鲁艺记忆

刘妮 主编

人民出版社

代　序
鲁迅艺术学院创立缘起

为了民族的生存和解放，为了抵抗日本帝国主义强盗的侵略，把它从中国赶出去；为了巩固世界和平，全中国人民自卢沟桥事变以来一致奋起，各党各派团结在抗日民族统一战线之下，进行神圣的抗日民族革命战争，直至取得最终胜利。

在这抗战时期中，我们不仅要为了抗日动员与利用一切现有的力量，并且应该去寻求和准备新的力量，这也就是说：我们应注意抗战急需的干部培养问题。"干部决定一切"！这不仅在平时，而且在战时也是非常迫切的问题。在前线和日寇作浴血战斗的干部中，在后方动员工作中，都需要军事、政治、经济、文化各方面的成千成万的有力的干部，这是毫无疑义的。

艺术——戏剧、音乐、美术、文学是宣传、鼓动与组织群众最有力的武器。艺术工作者——这是对于目前抗战不可缺少的力量。因之，培养抗战的艺术工作干部，在目前也是不容稍缓的工作。

我们边区对于抗战教育的实施积极进行，已建立了许多培养适合于抗战需要的一般政治军事干部的学校（如中国抗日军政大学，陕北公学等），而专门关于艺术方面的学校尚付缺如；因此，我们决定创立这艺术学院，并且以已故的中国最大的文豪鲁迅先生为名，这不仅是为了纪念我们这位伟大的导师，并且表示我们要向着他所开辟的道路大踏步前进。

我们深知，这鲁迅艺术学院的建立是件艰巨的工作，决非我们少数人有限的力量所能完全达到；因之，我们迫切地希望全国各界人士予以同情与援助，使其迅速成长。这也就是帮助了我国英勇的抗战更胜利的进展，以至获得最后的胜利，把日寇赶出中国！

　　　　　发起人：毛泽东　　周恩来　　林伯渠
　　　　　　　　　　徐特立　　成仿吾　　艾思奇　　周　扬

目　录

2

3

鲁迅艺术学院成立宣言

在敌人企图加紧进攻西北、加紧截断陇海线，企图威胁抗日根据地——武汉的今日，在全国军队、全国人民誓死抵抗的今天，我们宣告鲁迅艺术学院的成立。它并不是打算在全国总动员中作歌舞升平的幻想，尤其不是想逃避现实；恰恰相反，它的成立，是为了服务于抗战，服务于这艰苦的长期的民族解放战争。

在这伟大的神圣的抗日战争中，全国的艺术家的确已经团结一致，坚决地站上了他们的岗位，但是我们不得不指出，抗战形势的发展，对于艺术界的要求比我们艺术界目前所贡献于抗战的是更多更大。而我们的艺术界在人力、技术和工作的表现上，还不能完全满足客观的要求。鲁迅艺术学院的成立，就是要培养抗战艺术干部，提高抗战艺术的技术水平，加强这方面的工作，使得艺术这武器在抗战中发挥它最大的效能。

越当敌人加紧进攻的时候，我们越感觉到成立这个学院的迫切需要。因为我们相信：艺术不仅能唤起民众，而且可以组织民众，武装民众的头脑。本学院的成立，一面要培养大批的艺术干部，到抗日战争的各个部门、军队中、后方农村中、都市里以至敌人占领的区域里去工作。另一方面，我们追随和号召全国的艺术家，为了寻求最有利于抗战的艺术道路而努力。我们研究实践，希望全国的艺术家与文化界，站在抗战的立场上，给我们切实的援助。

我们不仅为了服务于目前的抗战而工作，更进一步，我们还要为抗战胜利以后建立独立自由幸福的新中国而工作，一方面，我们的一切工作是为了抗战，另一方面，我们要在这些工作中创造新中国的艺术。我们要接受各时代的中国的和外国的艺术遗产，使新的中华民族的艺术更迅速的成长。

全国艺术界的同志们！请把扶助它的成长当做自己的责任吧！

鲁迅艺术学院

1938 年 4 月

鲁迅艺术学院创立一周年

沙可夫

一

1938年4月10日鲁迅艺术学院在延安正式宣布成立，到今天已经整整一周年了。

一年以前，延安已设立有抗日军政大学与陕北公学，培养着成千上万的军事的与政治的适合于抗战建国需要的干部，此外还有各种专门学校，如卫生学校，通讯学校，摩托学校等，训练技术人才。这里就缺少一所以培养大批抗战艺术工作干部为主要宗旨的学校。于是，鲁迅艺术学院就适应着这个要求而被创立起来了。

鲁艺是一个国防教育机关，所以它的主要任务是训练大批适合于今天抗战急迫需要的艺术干部。同时我们没有忘了一面抗战一面建国，所以鲁艺除了上面它的主要任务以外，认为以马列主义的理论与立场，建立中华民族新时代的文艺理论与实践，团结与培养新时代的艺术人才，这对于鲁艺是同样重要的任务。

鲁艺是在中国共产党直接领导与扶助之下创立并壮大起来的，我们要使鲁艺成为实现中共文艺政策并执行中共在文艺运动中的统一战线政策的堡垒与核心。过去的事实告诉我们，"五四"以来中国新文化运动一贯地都是在中共直接或间接影响与领导之下发动与开展起来的。因此鲁艺应同时担负起中华民族抗战建国的新时代文艺运动的推动者的任务。

二

鲁艺在这一年中渐渐扩大与巩固起来了。在人力物力均感困难的条件下，由于大家的努力，我们总算获得了些成绩。这里首先应指出的是我们分发了两期约二百多个戏剧、音乐、美术、文学的干部到前线部队里与后方各机关团体中去实习工作。这些干部尚能切实地去做抗战艺术工作，受到各方面的欢迎。他们中间的一部分已经实习期满，回到学校里来了。他们带回来不少工作经验与教训，供我们参考，以改进鲁艺实施教育方针的一切工作。

在创作方面，我们也有些收获。经过多次演出，比较成功的剧本，个人的或集体的创作，数量在三十个以上。例如：《大丹河》《流寇队长》《团圆》（以上多幕话剧），《农村曲》《军民进行曲》（以上歌剧），《松花江上》《松林恨》《夜袭》（以上改编的旧剧），《还我的孩子》《矿山》《一心堂》《油布》《八一三的晚上》《今天》《两代》（以上独幕话剧），《希特勒之梦》《国际玩具店》《学不够》（以上活报剧）等等，都是为延安以及边区广大的观众所热烈欢迎的。音乐作品油印出版的已有七八种之多，其中有民歌小调，有救亡新歌，有抗战合唱，也有外国革命歌曲的介绍。这些歌曲已经流行到全边区以至全中国各地去了。上面指出的《农村曲》与《军民进行曲》，以及最近创作的《生产运动大合唱》也不能不说是鲁艺在音乐创作上的成绩表现。至于美术方面，我们曾举行了好几次美术作品展览会，出版木刻壁报与纪念鲁迅木刻集。这里应该指出鲁艺在文学创作上的成绩表现比较少，虽然也有个别的文学作品发表在报章杂志上，并在两次下乡工作中（秋收运动与旧历新年宣传周）文学系同学写了不少东西。

在一年中我们组织了百次以上的公演晚会，在一二万个学生与党政军干部中多少起了宣传教育的作用。同时我们两次发动全体教职学员下乡工作，一方面把平日我们学习研究所得的东西拿到广大的边区农村群众面前，看看是否为大众接受，也就是说，我们的艺术在大众化方面做到了如何程度；另一方面我们去向群众学习，体验他们的生活，听取他们的意见。这给了我们许多宝贵的工作经验与教训，也不能不说是一种收获。

一年中得到以上所说的一点点成绩实在太渺小了，当然是远不能令我们满意的。同时在我们过去的工作中存在着许多弱点与缺陷，也是不可否认的事。但无论如何，鲁艺这一个新辟的仅满周岁的艺术园地，正蓬蓬勃勃茂盛起来了。这里虽然还长着些荆棘杂草，阻碍着它的发展，但我们有这个信心，可以克服一切困难，乘着鲁迅先生的精神，向前迈进。

我们热望着全边区以至全中国各界人士给我们以指示与实际的帮助，使鲁艺更顺利地更迅速地完成它的任务，使它真正成为中华民族新时代文艺运动的推动者与培养抗战建国艺术干部的核心。

原载 1939 年 5 月 10 日《新中华报》

鲁艺的一年

徐一新

艺术在民族革命战争中已起了显著的作用，证明艺术可成为战斗的武器，而且是争取最后胜利不可缺少的武器。但是怎样来创造和运用这种战斗的艺术，就需要有真正懂得抗战艺术和忠诚为抗战艺术奋斗的干部。培养抗战艺术干部是目前抗战艺术运动中最重要的工作。因此，延安的鲁迅艺术学院就应运而生了。

鲁迅艺术学院以已故的中华民族大文豪鲁迅先生为名，它不仅是为纪念这位全国青年大众所拥戴的导师，表示我们的尊崇与敬意；而主要的，表示出我们要坚决承继着鲁迅先生的精神，这就是他一生在文艺事业上不屈不挠的为国家为民族的伟大精神，鲁艺就学着鲁迅的大无畏精神，艰苦卓绝的奋斗了一年。

在一年的艰苦奋斗的工作过程中，鲁艺壮大了。从第一届的60、70人到第二届的150、160人，直到现在的第三届增加到400人。从学习部门，第一届只有戏剧、音乐、美术三系；第二届就增加文学系；到第三届又成立综合戏剧、音乐、美术、文学的普通部，和原来分系的成为专修部。鲁艺如此飞快的扩大，是因为鲁艺产生在大时代的抗战烽火中，更重要的是因为鲁艺执行了正确的战时艺术教育的方针。这教育方针，就是培养新的抗战艺术干部，发扬民族形式的大众化的艺术。

我们的口号是到前线去，到敌人后方去，到农村中去。鲁艺成立以来，一、二、三届的同学，大部分都派到前线和敌人的后方。派到前线实习的同学来信中这样写："到底达到我们到前线的愿望，前线使我们兴奋，使我们在工作中添加了许多的智慧。"从这里可以看到鲁艺派到前线的干部，不只感到兴奋，而且在工作中添加了智慧，这就是说在工作中发现了自己的能力，如果勉强配得上说"天才"两字，这也就是一般青年的艺术家们在前线觉得自己是可以做番事业了。许多干部在前线收集了宝贵的材料，许多干部在工作中创造和发现了新形式和新题材。这证明只有理论与实际的密切联系，工作和学习适当的配合，才能培养出天才的艺术干部。

由于全体教职学员的努力，在艺术工作的各部门（戏剧、音乐、美术、文学）一年来都有很大的进步。如在戏剧方面新旧形式的研究与尝试；音乐方面，民歌小调的收集和改编，歌曲的创造；美术方面，木刻宣传画的加深研究和普遍的发展；文学的集体创作运动等。艺术应该反映时代和现实，离开时代和现实，艺术不仅不能向前进步，而且渐渐会被淘汰。

鲁艺这一年来，虽说没有做到什么大的成绩，但觉得一块新的土地上，如果肯去不辞劳苦地开垦，总会有收成的。热望着全国的文艺界同志在这块新的园地上多出力，给鲁艺以有力援助，在抗战艺术发展的基础上来建立将来新中国的艺术理论与实践。让我们和全国文艺界同志共同担负起这伟大的历史使命。

1939 年 5 月 7 日为鲁艺周年纪念而作

选自《文艺突击》新 1 卷第 1 期，1939 年 5 月 25 日

一年来的政治教育的实施与作风的建立

宋侃夫

我们鲁艺要造就一批新时代的革命文艺工作者。他们应该具有革命的人生观和世界观，能够以马列主义的理论与方法为指导，体验现实、认识现实、反映现实。他们应该充满斗争精神与牺牲精神，以为民族与社会的解放为目标。他们不怕困难，而是迎着困难坚定勇敢地向前。他们不是个人主义、自由主义的颓废派，而是具有刻苦、谦虚、紧张、严肃作风的艺术家。这就是我们培养新的文艺干部的方向。鲁艺在中共中央领导下，以培养抗战建国的艺术文学人才，建设新民主主义文艺为宗旨。我们的学校应该成为革命文艺战线上的堡垒。

经过建校两年来的努力，现在已经为全国人民特别是知识青年、文艺界注目和向往。许多革命的文艺工作者和爱好文艺的进步青年，抱着无限希望和兴奋的心情，从全国各地来到延安鲁艺，在紧张、活泼、刻苦的生活中，学习、研究、创作。在这里，我不能对鲁艺的各项工作作全盘的介绍，只就鲁艺建校第二年以来的政治教育的实施与革命作风的建立，作一个简略的介绍。

一、鲁艺的特点与政治教育的方针

鲁艺是一个专门培养文艺工作干部的学校，它的政治教育方针，应该和培养政治干部学校有所不同，除了一般抗战的政治教育以外，还要有适合它本身特点的内容。

首先，因为鲁艺是培养抗战文艺干部的学校，它担负着造就新时代革命文艺人才和建设新时代文艺事业的任务，艺术与政治的关系是不可分割的。艺术是随着社会的发展而发展，是一定社会观念形态上的反映。政治指导着艺术的动向，艺术配合政治又推动和影响政治，最后服从于政治。

因此，鲁艺从政治上去提高每个文艺工作干部的水准，提高革命文艺理论与实际工作的水准，是非常重要的。必须真正获得先进的政治武器，才能创造和提高先进的文学和艺术。而这种武器就是要能够掌握马列主义的立场和方法，同时在实际生活中去认识现实、体验现实，反映出现实的真实性。

所以鲁艺应该加强马列主义的教育，从马列主义的教育中获得革命的人生观与世界观，使自己成为一个革命的艺术家、文学家，使鲁艺成为中国共产党领导下的文艺战线上的堡垒。这就是鲁艺实施政治教育的方针。

同时，我们还要把马列主义的立场与方法运用到文艺理论的研究和文艺创作上来，运用到鲁艺的全部实际生活中来，用马列主义提高全体人员的思想意识，团结全校教职学员。只有这样，才能建立文艺工作者的优良作风，洗刷不良习气，使革命文艺工作者都能具备坚定不移、刻苦奋斗的品质。这就要依靠在平时实际生活、学习和工作中，一切政治活动中，不断地努力，不断地斗争，不断地锻炼。

在这样的方针下，两年来政治教育的实施，在逐步改进和提高中获得了相当的成果。特别在建校的第二年中，这一方面的收获显著，已建立了比较强固的基础。事实证明，我们的政治教育方针是正确的，今后仍应循着这一方针继续努力。

二、政治教育的内容

一个学校，确定政治教育方针固然非常重要，但是如果仅有方针，没有具体的方案来实现，那就等于空谈。

鲁艺的政治教育方针既然确定，那末在民族抗日自卫战争中，对于一个抗战的艺术干部，在政治上最基本的要求就应该具有：（一）马列主义的基本理论。（二）中国革命问题及抗战的基本知识。（三）革命的政策与策略。（四）关于国内外形势的认识。因此，我们的必修课程是：1.马列主义；2.中国革命的问题；3.共产主义与共产党等课。

整个课程的配备，原则上是艺术与政治并重。除平时的政治辅助教育外（课外读物、座谈会、讨论会、演讲等），每周政治必修课为六个小时。

虽然一个艺术文学干部不是政治干部，一个艺术家、文学家不是政治家，但是要做一个革命的文学家、艺术家。一个抗战建国的艺术文学干部，他必须具有最基本的政治知识，必须具有革命的人生观与世界观，必须能够以马列主义的立场与方法去认识和处理现实中的问题，绝不能忽略艺术教育与政治教育的一致性。

两年来，特别是建校后的第二年来，我们的政治教育课程配备，便是根据这种原则具体实施和运用的。我们也曾经遇到过一些思想阻碍，对政治教育存在着两种不正确的偏向。一种以为艺术家、文学家可以不学政治，可以不了解革命历史的规律，可以不向大众与社会学习，可以忽视革命品质的修养。另一种偏向是把政治运动机械地搬用到艺术领域和艺术活动中来，把政治口号机械地简单地收入艺术作品中，用单纯的政治眼光去观察艺术家，要求革命的艺术家成为革命的职业家。这两种偏向同样会妨碍革命艺术家的进步，会妨碍政治教育有效地实施。我们用了极大的努力和这两种偏向作斗争，始终把握了艺术教育与政治教育一致性的原则。

为了使全校的教职学员，在政治理论和艺术理论的学习研究中，在艺术创作中，能够密切联系实际，正确了解伟大抗日战争中国内外形势的变化，以及每一重大事件、重大战役、政治运动的真相，提高他们政治学习的兴趣，丰富艺术创作的题材，除了上述的政治必修课程外，我们还经常请中共中央的领导者，来延安的名流学者，前线归来的将领，战地归来的群众工作者，实习归来的文艺工作干部到校讲演。在政治处指导下，有教职学员组织的时事研究会，定期向全体教职学员作时事报告，经常举行政治、时事问题讨论会、辩论会、问答会、战斗故事座谈会等等。

为了帮助少数政治水准较低或基本知识较差同学的进步，还另外指定几种课外自修书目，如《论持久战》《论新阶段》《唯物史观》《辩证唯物论》《社会科学概论》《中国近代革命运动史》《近代世界史》等，由教员或程度较高之同学辅导。

一年来的经验证明，我们所实施的政治教育，是鲁艺实施抗战的艺术教育所需要的，也是全国其他地区广大进步文艺青年所迫切要求的。许多来自大后方或战区的青年，都一致体会到政治上的提高和进步，使艺术水准更加提高。他们所以进步迅速，主要是由于切实地掌握了这一思想武器。

三、政治教育的教学方法

鲁艺实施政治教育的教学方法，虽然和延安的其他学校有共同之处，但亦有不同的特点。

（一）政治与艺术的联系：首先，我们是一个培养文艺工作干部的学校，因此，我们不应将政治教育机械地、呆板地、生硬地套到艺术领域中。正确的方法是使每个学员在学习过程中，逐渐正确认识政治与艺术的关系。同时，经常注意每个与艺术文学有关问题或论文的讨论和阅读，如最近发表的毛泽东同志的《新民主主义的政治与新民主主义的文化》[①]，洛甫同志关于中共文化政策的报告以及其他重要论文等，都曾经在全校教职学员中开展了热烈的学习讨论。

（二）集体学习与个人修养：我们的集体学习与个人修养，正如政治教育与艺术关系，是不矛盾的，一致的，应该并重。集体学习，主要是求得互相帮助，普遍发展，使程度高的帮助程度低的。班和小组的集体讨论会，主要是求得对问题的了解更加深刻、普遍。在集体学习中同样注意个人的修养，尽量发挥每个学员的潜力和创造才能。亦只有提高个人修养和

---

① 即《新民主主义论》发表时原题，发表于 1940 年 2 月出版的《中国文化》创刊号。

学习的自由主动，才能充实集体学习的内容和提高集体学习的效率。

（三）少而精：在一个专门培养各类艺术干部的学校里，在整个教育计划上，它的课程种类相当繁多。在短短一年一期的政治教育中，课程只能少而精，以便学员集中精力专攻几种最基本的课题，决不能像一般培养政治干部的学校有那样繁重的政治课程。

（四）理论与实际的联系：除了教课及政治学习讨论注意这一点外，课外经常实施关于时事及其他实际问题的教育，注意平时集体生活之锻炼和修养。在这方面，我们已经有很多好的收获。

（五）教与学一致：教员要教的与学员所要学的，都是在正确的进步的理论与实际相联系的前提下，因此，在教与学的两个方面都能取得一致性。而且教员经常征求学员对教课的意见，教员亲身参加指导学员的政治讨论会。政治处及教务处经常召开政治课代表会议，了解教学中的优缺点，彼此都站在改进工作的立场上提出意见，使教员和学员打成一片。

四、革命艺术家的作风和品质的修养

开办一个大规模为抗战服务的革命艺术学院，这在全国以及中国共产党本身来说，都是一件创举的事业。正因为这样，它在经验和人力方面的基础都是薄弱的。从它的诞生到现在只有两个周年。短短的两年中，在中共中央的正确领导下，在全体人员的不断努力创造和改革中，在工作经验的积累中，虽然不敢说已经有了一个令人非常满意的完善作风，但是可以说努力的方向和前进的基础是树立了。最近我们已经确定了"紧张、严肃、刻苦、虚心"①八个字作为鲁艺的校训，用这八个字的精神和鲁艺的实际生活与斗争密切的联系起来，使之成为全国革命的文艺工作者所景仰的作风。

---

① 这是毛泽东同志为鲁艺题写的校训，同时还题写了鲁艺院名，即"鲁迅艺术文学院"。时间是 1940 年 4 月 10 日。

（一）抗日民主的作风

我们充分的运用了民主集中制。每一期的教育计划、教学方法以及校规的建立和执行，都是事先发动全体教职员讨论，广泛征求意见而后决定的。凡是讨论有关行政及教育工作的院务会议及其他各部门的会议，都有教职学员的代表参加，转达和听取全体教职学员的意见。

同学们有自己的组织。学生会是同学们的自治团体。它的组织是独立的，除了和学校取得密切联系，主要在于推进学生的自治与民主精神。凡同学中不分阶层、党派、性别，只要是学员中的一分子，不论他的思想信仰、文化水平怎么样，都有选举权和被选举权。当然，一般选举标准是以其在政治上、学习上、工作上能否起领导作用，能否为大家所信任而定。学生会的民主活泼的工作作风，的确使同学们的团结更加巩固，生活更加活跃。在文化娱乐、体育、卫生、生产运动、组织学习竞赛以及参加学校建设、行政设施、一切课外的艺术的政治的活动，都能热烈响应学校的号召，成为贯彻学校的领导方针、教育计划、行政设施的保证。

鲁艺不仅招收了许多艺术青年在这里学习，还团聚了许多专门家文化人在这里担任教课、研究、创作等方面的工作，因此，教职员人数相当多。他们为促进全校教职员的团结友爱，互助互励的精神，在民主集中制的原则下，也组织了自己的团体——教职员会。和学生会一样，在互助学习、帮助校行政及教育的设施，以及在各种集体活动、生产运动、自我学习、干部教育等等方面，都获得了不少的成绩，同时在同学们中也起了模范推动作用，通过教员和同学们的自己组织的活动，使全校教职学员都紧密地团结在学校的周围，成为学校一切活动所依靠的两大支柱。

除了学生会和教职员会两个团体外，按照各系的特点及个人之爱好，在自愿的原则下，组织了许多文艺理论研究及艺术实习性质的团体，如文学诗歌方面的路社、民歌研究会、小剧场、歌咏队、工美会，以及边区文化团体的各种分会。这些团体的活动，对于各系及个人的学习，全校的工作，乃至于边区的文化事业，都有所收获和贡献。

此外，各系的学习班长、组长都是采用民主方法选举的，人选都是同学们平时所信任的，能够领导全班、全组的生活学习的同志来担任。

还有，在我们这里有抗日集会、言论、信仰、写作、通讯之自由。如果别的地方顽固分子正在禁止青年学生的这种爱国活动，那么我们这里却是完全相反，不但不禁止，而且积极倡导和赞助学生去做。我们认为对于抗日建国活动最积极的分子就是最好的分子，亦是一个好的革命艺术家所应具有的精神。

正因为有这样的抗日民主自由的作风，全校是在团结活泼的气氛里生活着、呼吸着。也正因为这样，同学们能够自觉地遵守及执行校规及学校的一切决定。

（二）文艺界的统一战线的作风

在鲁艺的教职学员中有共产党员、有国民党员及其他抗日党派和无党无派的青年及专门家。有大学生、中学生、留学生。有资本家出身的子弟，也有工人。只是没有，也不允许有汉奸、托派一类的民族败类。从它所包含的阶层党派和民主作风说，都表现出它是一个统一战线的学校。我们曾经公开告诉同学们说：鲁艺有中共的支部；我们也曾经公开告诉同学们说：任何党派或无党无派的同学都可以公开表明自己对抗战建国的态度，自己的思想信仰，我们不仅不歧视，相反，更加注意亲密地互相帮助、互相敬重，正如中国共产党在抗日民族统一战线中对全国各党各派及无党无派人士的态度一样。

在鲁艺这个文艺领域内，有音乐家、戏剧家、小说家、诗人、漫画家、木刻家……有全国闻名的老专家，也有正在努力上进的青年作家，他们也都互敬互爱、互相鼓励、互相琢磨，精诚团结，结成牢不可破的统一战线，同时起了推动和影响全国文艺界的团结作用。

（三）谦虚互助的作风

在我国文艺界，常常有些人以专门家自居，自高自大，傲慢自夸，又互相攻击，互相轻视，即所谓"文人相轻"的恶劣习气。但是在鲁艺，我们的文艺专家和文艺青年，则是不断地和这些恶习作斗争，在斗争中克服自身可能存在的这些弱点。在这里的文化人、专门家，大都能谦虚下问，虚心接受别人的指教和批评，努力改正自己的弱点和错误。不论团体或个人的缺点，都能在互助互爱互敬互信的精神下，进行批评和自我批评，经常通过团体会议、班和小组会议，以及在壁报上进行公开的检讨，充分反映了这一作风的发扬。

（四）刻苦奋斗的作风

鲁艺和边区其他革命学校一样，继承了中国共产党艰苦奋斗的优良传统，在刻苦斗争中生活，不仅吃小米住窑洞，而且在紧张的学习生活之外，为了保证生活供给，有吃有穿，每年都要从事开荒、播种、锄草、秋收、种瓜、种菜等生产劳动。在大力提倡发展生产的同时提倡加紧创作。去年因为缺乏经验，收获较少；但是今年的春耕就迅速地顺利完成了，而且是和学习工作紧密配合，并未因为劳动生产，而妨碍学习和工作。谁说艺术家文化人不能刻苦，不会劳动？事实作了反驳。他们还体验到在劳动中可以进行创作，在劳动中可以锻炼自己。有了这种抗日民主统一战线，谦虚互助刻苦奋斗的作风，教育计划的完成，造就大批革命的文艺工作者的任务也就有了保证。

五、一年来的收获

一年，对于一般大学的学制来说是很短的。但是在战时急需实施抗日教育的今天来说，不能说时间太短了。这一年是全国抗日将士和全国同胞用血肉换来的，值得珍惜和宝贵。

全体教职学员认识到战时时间的宝贵，在战斗中学习，努力克服客观条件给我们造成的种种困难。我们可以自豪地说，已经取得了相当的收获，在政治教育和作风修养方面最重要的收获有以下几点：

第一、政治水平普遍提高了，一般具备了政治的基本知识，掌握了革命的人生观，使每一个革命的文艺工作者获得了应该努力的方向。自然，个别不积极和进步比较迟缓的也有，但终究是少数，而且在大多数先进同学帮助之下，仍然学到了一些前所未有的东西。总之，普遍获得了一个抗战的文艺工作者应具备的抗战基本知识和坚定的政治方向。

第二、极大地提高了艺术家文学家学习政治的兴趣，形成全校加紧政治学习的极大热潮，克服了认为艺术家可以不学政治和轻视政治的思想偏向，并且学得了正确学习政治和正确研究处理政治问题的方法。

第三、在"紧张、严肃、刻苦、虚心"的校风影响下，在集体生活的陶冶中普遍克服了小资产阶级的散漫习气、个人主义、自由主义、为艺术而艺术、艺术至上主义、灵感主义等等不良倾向，培养了一种新时代文艺工作者应有的优良作风。

这就是说，我们按期的完成了政治教育实施计划和预期的任务，虽然由于条件之限制，还未能用更多的时间去锻炼他们。

我们同时也看到，我们的努力还不够，经验还不多，人力还有限，在已有的成绩面前绝不能自满。我们的工作还有很多缺点，亦决不掩饰。但是我们都有这样的信心：在中共中央文艺政策的正确指导下，在全国文化界知识界的支持和帮助下，加上我们全体教职学员的努力奋斗，一定能在艰苦的条件下开拓新的道路，取得更多的经验，培养出更多更好的革命文艺工作干部，贡献给伟大的抗日战争。

巩固和扩大鲁艺的成绩！提高我们的政治和艺术的水准！高举新民主主义文化的旗帜奋勇前进吧！

1940 年

鲁艺新花开不败

何 洛、岳 慎

一、要成立一个抗大、陕公式的艺术学校

> 我们是艺术工作者，
>
> 我们是抗日的战士。
>
> 用艺术做我们的武器……
>
> 踏着鲁迅开辟的道路……
>
> 为建立新的抗战艺术，
>
> 为继承他的革命传统，
>
> 努力不懈……

每当校友见面，把臂言欢，唱起这首鲁迅艺术文学院的院歌时，我们仿佛又回到延安当年那种热火朝天的沸腾生活中。特别是有关鲁艺的一切往事，更加历历在目。这个在西北高原革命圣地建立起来的崭新艺苑，它所播下的革命文艺种子，今天不知开出多少香飘四方的新花。但是，鲁艺究竟是怎样披荆斩棘，艰苦创业的，恐怕青年一代不一定完全知晓吧？在鲁艺建校四十四周年的纪念日子里，我们谨以深切的怀念，将它成立的前后，向读者介绍一二。

1937 年底至 1938 年初，为了纪念一·二八战争中牺牲的抗日英雄胡阿毛，曾由沙可夫、朱光、左明同志集体讨论，沙可夫执笔，写成三幕话剧《血祭上海》。参加演出的，既有喜爱演剧的流亡学生，更有从上海来

延安的名演员孙维世等。演出相当成功，中宣部特别在机关合作社设宴招待，以示慰问之意。约莫下午四点多钟，先到的演员和工作人员一进门，就由该社主任、一位长征过来的老同志亲自接待，他笑容满面地寒暄了几句，把人们引向后院的东屋。

陕北二月的天气，还是严冬季节。除了户内外的温度不大相同而外，再经阳光射进窗来，而且盆火烧得正旺，室内好似弥漫着一股初春的和暖气息。屋子很清洁，桌椅墙壁都打扫得干干净净的，大家的心情很愉快。你看看我，我看看你，不禁发出会心的微笑。有那心急腿快的还走到北屋和西屋去转了转，回来向大家高高兴兴地汇报：

"那里都摆着大圆桌，还有红漆方凳，这次会餐可不同往常演出之后那样呢！"

"看样子，嗯，大有宴会的气派，排场可是不小。"大家喧笑一会儿，就互相窃窃私语起来，可是，眼睛总瞄着门外，耳朵听着门外。

"哈哈！哈哈……哈哈！"突然传来清脆而响亮的笑声，室内的人们不约而同地抬起头来。大鼻子说："这准是'大小姐'来了。未见其人，先闻其声。"女同志们赶忙站在门口，想要看一看这个台上的"小大姐"究竟和台下的她，风度又有什么不同。孙维世的确名不虚传，既漂亮又开朗。她抢先跨步进门，笑着向大家点点头，打招呼。跟着鱼贯而入的是李富春、张闻天、毛主席、凯丰、陈云、杨松、朱光、李初梨、沙可夫、徐一新、吕骥、任白戈、李柯、左明等，以及其他参加演出的几位演员同志。陈云同志作陪的那一桌很有趣，开始大家客客气气的，话不多。青年们已过惯了延安小米加萝卜条的艰苦生活，望着眼前的大碗肉呀，肥嫩的鸡呀，有名的"三不沾"和蜜汁轵辂甜食呀，都不好随便动箸，而只将筷子先去拣其他的炒菜吃。忽然，一声泼油的脆响和扑鼻而来的香味。大家不禁喊道："好香好酥啊！"注意力马上又集中到那冒着吱吱叫的小泡上面去了。有人问："这是什么菜？"

"这是四川的名菜锅巴肉，"操着四川口音的老师傅答道，"请同志们尝尝，有啥子意见告诉我们，好帮助我们改进工作。"大家满意地夹了一块锅巴肉，"啧啧"地赞叹两声，又拘谨起来。陈云同志看出大家想吃又不敢吃的样子，就心生一计，他端起一盘剩下不多的炒菜，向挨近的同志问："你猜猜，这个盘子是什么年号制造的？"大家的目光齐向他手上的盘子射去。

"从盘子的蓝花、蓝边看来，可能是民国年间的吧？"有人说。

"不，明朝嘉靖年间就出过蓝花瓷器呢。"

"是呀，那是有名的古瓷，"人们七嘴八舌议论开了。陈云同志将盘子往自己的饭碗一扣，再举起盘底儿让大家瞧瞧，笑说道："这不是道光年间的吗？嗯！"盘底一个字也没有，这时，大家才恍然大悟。

"对！对！是倒光！倒光！"

"哈哈……哈哈……哈哈！"席间马上活跃起来，名菜也就不愁"滞销"了，这个敬酒，那个唱歌，红火得很。笑谈中，风卷残云似地，不多会儿就结束了"饭役"。不料李富春同志又走过来，邀约了几个男同志到那边几桌去支援战斗，馋嘴们真是大饱口福啊！

当毛主席把大家集中在一起，高举酒杯走到人们中间的时候，他以洪亮的声音祝贺这次演出成功。接着他讲道："这个戏告诉我们，只有不怕牺牲，才能挽救我们中华民族；只有建立起统一战线，才能求得抗战的胜利。同志们在工作中都表现得很好，很努力……我们还应该学习胡阿毛英雄那种机智勇敢、大无畏的精神。你们这个演剧队伍集合起来很不容易，这是山上和亭子间①的结合，也是延安各个机关、学校、团体能演戏、有戏剧才能的同志们的结合。我们需要文化、艺术的队伍，这个队伍需要扩大，需要成立一个抗大、陕公式的艺术学校。"

一阵热烈的掌声表明毛主席关于成立艺校的话，就是大家心里的话，

① 山上，指来自井冈山等革命老根据地的文化人。亭子间是上海里弄房子中的一种小房间，位置在房子后部的楼梯中侧，狭小黑暗，因此租金比较低廉。解放以前，贫苦的作家、艺术家、知识分子和机关小职员，多半租这种房间居住。亭子间的，指从上海等地来到陕甘宁边区的文化人。

而且是不少同志议论过的话。因为这件事情，正是抗日宣传迫切需要的啊！全体高兴地站立起来，再一次向毛主席鼓掌。有那"勇敢的人"，更举起酒杯走到毛主席跟前，激动得说不出话来，好容易蹦出了一句：

"为我们艺术大学向您致敬！"并把酒一饮而尽。他又将空杯高高举起，转向毛主席，转向领导同志们，转向在座所有的人，似唱似嚷地和大家同声喊出："为我们共产党艺术大学的成立干杯！干杯！"

二、鲁艺校舍选在哪里

学校就要成立了，首先要解决的，是一个适宜的校舍。延安虽然也是著名古城，但实际上却只有村镇大小的规模，这里居住着数万人家，二三十户买卖字号。现在呢，已是中共中央所在地，情况自然大为改观了。除了党政机关和部队而外，还新成立了抗日军政大学、陕北公学。这两个学校兴旺发达得很，经常一天就可以成立一个约百几十人的连队、一个数字不相上下的学生队，还有许多群众团体也相继出现了。人们熙来攘往，胜过往昔不知多少倍。鲁艺决定先成立三个系：戏剧、音乐、美术，文学系是稍后才成立的。城内、近郊都住满了人，而且还继续不断地在好多山沟里挖新的窑洞。桥儿沟、枣园、拐峁、柳林……当时对于一个频繁演出、宣传的学院所在地来说，都感到远了一点，我们只好暂在寒假期间的延安鲁迅师范学校的几间屋子住下，马上组成筹备机构，以便领导起日益繁重的建校工作。一切事务性的张罗处理就够使人忙活了。什么桌椅用具啦，图书收存啦，新生报名处啦，考试场地啦，日益增加的人员食宿问题啦，使得工作人员们团团转。且不要说担任驮水、运输的主要交通工具——三头毛驴，也得给它们弄草料、准备下夜晚饲养的地方。都挤在弹丸之地，好不嘈杂、纷乱。

这时，张庚同志带着一个队伍来了；接着，崔嵬、丁里、王震之同志们的救亡演剧二队也来了。他们到来之后，教员和学员的基本力量算是得到解决了。而且为了迎接眼前学院的成立，迎接"五一"劳动节的演出和考试新生等等，也得要靠他们共同去做。而他们却住在南关外的"交际处"，来去很不方便，于是又想法在城内借住了几间基督教教堂院子里的瓦房，让他们集中。正当千头万绪的时刻，恰好中宣部的通知下达：我们可以搬到北门外原延安保育院的十几孔窑洞去住，因保育院为了防空，为了我们建校，已迁居到安塞去了。事不宜迟，说干就干，一听说去看校舍，好多工作人员和新报到的同学们，一窝蜂似的，都拿着能够找到的工具快步奔向北门外。出得北门，只见皑皑白雪在艳丽的红日照射下，大地和群山都闪现出银色的光辉。大家齐声喊道："好美的河山呀！""空气真是新鲜！""哎呀，照得我的眼睛什么都看不清了！"

手拿扫帚、正在扫雪带路的刘国甫同志，是长征过来的，很有经验，一听叫嚷就转身喊道："别看雪了，看彼此的衣服，低头走路罢。这样眼睛就不会花。"像服从命令似的，头一齐低了下来。扫雪的，铲雪的忙个不停。不多会儿，就到达坡下文庙的废墟中，这时，每个人已是汗涔涔的，润湿了头脸和衣衫。顾不得很好揩拭，又去看那牌坊、石柱、断碑、残瓦和两个大的洗砚池。

"真够意思，我们这个共产党的艺术学校，却建立在这文庙后面的窑洞里。"

"也好，五千年的古国文化，可作我们的坚实基础。"

"哦，这要发扬光大才行，不能吃老本。"

"对着呢，我们是建立新的艺术呵！"

议论和感叹，似乎唤醒了这个废墟。稍事休息之后，大家又跟着刘国甫同志扫道前进。上到山半腰，就是第一层窑洞。窑洞雪白如银，壁上、地上和窑洞前的坪台上，都打扫得非常干净，使人赞不绝口。第二层四五个窑洞，和坪台同样清洁。可以想见，保育院的同志们是怎样认真地在执行着"三大纪律八项注意"啊！

"两个坪台完全可以排戏、练歌。"是谁满意地说道。

"作为全院集合的场地也不错呀。"

"同意，同意！"一位女同学高喊。

正想登上第三层窑洞时，由于上面坍塌下来的泥土堵住了通道，刘国甫同志又指导大家使劲地挖土台阶，修梯子路，搬掉挖出的土块，还清理出比下面两个坪台都大的空地。人们七嘴八舌地围着领导同志，马上就提出了初步的分配方案来。

"这三个窑洞让男同学住，因为再上边就是大山野岭，照顾女同学就住在下边吧，她们可以少走路，到伙房吃饭打水也方便。"

"行！为了办事方便，当然院部办公室也住下边一排好。"

"同意，同意！"有的举手，有的鼓掌。当来到山坡上的一段梯田时，有位眼尖的女同学像发现了新大陆似地嚷道："快来看呀！这里还有我们园丁和花朵们留下的宝贝呢！"她摇晃着一只小小的红色童鞋和两个泥娃娃，果然，这里还散落着阿姨们自制的泥刀、泥枪之类的玩具。欣赏之下，大家都乐起来了。再一看，原来这里是菜地。经过一冬的风吹雪压，豆架仍然一排排地竖立着，太阳能照射到的地方，还有几棵绿莹莹的青菜。所有这些，也许是故意留给我们的礼品吧？"啊！我们也要在这地里种菜！"

"好主意！"说说笑笑，大家又跑下半坡通往伙房的路上，趁势修起一两块梯田。休息时，抬头观望，这才看清我们整个校舍是坐落在文庙旧址的西边山坡上，三层十多孔窑洞都是朝南开的。往东一拐，还有一排五孔窑洞，是给庶务股伙房和政治处办公用的地方。

有了校舍，大家兴奋极了。瞧着对面高高的清凉山，南面的宝塔山，王家坪的苹果园，真想唱几句让那边的人们听听。哦，那由北往南在宝塔山下折向东流的延河，烟雾缭绕的延安城，山脚下大路上来往的行人，都可以看得清清楚楚，间或还能听到驼铃叮叮当当响。这样美好的地方，不正是我们要努力学习革命本领的所在吗?！看呀看的，大家不觉就唱起新学会的陕北民歌：

"陕北好地方，小米子熬米汤……"

"一道道山来，一道道水……"

兴致勃勃地下得山来，大家心里和口里都在想着谈着，明天就搬进这新的校舍安居乐业罢。

三、我们的课堂好别致

两天来，经过紧张的搬迁，收拾，安顿好校舍之后，一切都就绪了，学习即将开始。晚饭后，趁着落日的余晖，全院师生集合在第一排窑洞前的坪台上，副院长沙可夫在鼓掌声中，向大家祝贺我们学院的成立。他说："这是我们自己动手劳动的结果，如同列宁提倡礼拜六劳动一样地有意义，一样值得人们纪念……大家要准备好四月十日开学典礼的演出和五一劳动节的演出。我们要一边上课，一边排戏。要把抗大、陕公的好传统、好纪律接过来，建立起我们鲁艺的好作风。只有用突击的精神和克服困难的决心，才能完成党交给我们的任务。任务是重大而光荣的，同志们，应该抓紧努力干。"接着，他请兼管教务的吕骥同志向大家介绍学习的方针、计划。吕骥同志讲："明天就开始上课了，我们要用战斗的姿态去迎接教学工作和其他一切要办的事情。今天这个飞行集会开得很好，任务明，办法对，时间也短。"会议结束后，夜幕已经降临，可是没有一个人马上走散，都感到像这样第一次全体集合在一块儿不容易，而且站在山坡边，不正好浏览浏览延安的夜景吗？风带来了轻轻的气流，抚摸着我们的脸面，是那样清冽、湿润，白日的喧嚣虽已逝去，但大道上偶尔仍会听得到马蹄声或驼铃声。清凉山、宝塔山、凤凰山、城垣房舍和延河两岸的树木，完全模糊不清了。只是从那些山上，透过一排排窑洞纸窗射出来的灯光，犹如陈列着的串串明珠，煞是好看。

"这个灯的海洋，真像香港的夜景，不，更胜似香港的夜景。瞧！多么层次分明啊！"

"灯光下，不知多少革命同志又在夜以继日地辛勤劳动啊！"大家谈叙了一阵，就有值日的同志来催促休息了，大家才兴犹未尽地很快散去。

嘟嘟的哨音，将沉睡的人们唤醒，下一天的战斗又开始了。迎着晨曦，大家从第三排、第二排、第一排窑洞跑步来到延河边洗脸刷牙、练功练声。然后，又整队去到伙房吃鲤鱼穿沙（小米煮荞面条的早餐）。饭后，每人扛着刚发下的白木凳子，带着学习用具，唱着抗战歌曲，踩着山沟里的石头、冰雪，朝着我们的课堂大砭沟走去。在一个大阳坡上，我们就分成三队开始上课。戏剧系由张庚同志讲戏剧概论；音乐系由吕骥和向隅同志讲音乐问题；沃渣同志和美术系的同学们往沟里边去了。

高原上晴朗的天空，真是蓝得晶莹透亮，白云一片片，缓缓地在这蓝色的海洋里飘浮。谁曾想到经过长途的跋涉，绕过敌人的关卡、暗哨，竟会享有这样幸福的学习机会，而且是学习自己喜爱的专业。我们将怎样才能把这艺术的武器磨得锋利呢？除了延安和党所领导的其他敌后根据地，世界上还能有这样丽日高照、空气清新的野外课堂么？

"呀！快看，那边的黑烟滚滚吹过来了。"是谁忽然大声喊叫。

"准是什么人家失火了吧？"大家一呼隆站立起来，朝着冒烟的地方冲了过去。转过山坳，才看见美术系的师生们，正围着一大堆柴草树枝烧火呢。他们挥手大喊："别怕！别怕！这是我们在烧炭条，准备写生、画画用的！"哦，好一场虚惊！从此，我们习惯了在这山坡上和窑洞前的坪台上边学业务、边排戏，很快创作和排练好《人命贩子》《弟兄们拉起手来》《大丹河》三个话剧。音乐系也排练出独唱、大合唱、快板等。美术系搞起了自己的画展，算是胜利地完成了两个预定的演出任务。

夏天来了，大自然披上了红花绿叶的服装，我们每人也领到一套蓝灰色的军衣。太阳下，渐渐难以集中精力学习了，一场大雨又使得我们无法在浑浊的河水里洗脸洗衣服。做饭和饮用的清水，都是用毛驴从城里水井驮来的。院部决定，星期天到后山去砍树拔草，盖一个棚子好遮阳遮雨，并利用课余时间，大家去搬运附近的石头和残砖，自己动手挖水井。

星期日，天还没有亮，我们就一齐上了山，顺着山梁往上爬。当站在一座高高的大山顶上时，只见东方天边，忽然像闪电一般，放射出万道霞光，我们身上、脸上和目所能及的山林、河川都给染上了一层金黄的颜色，大家高兴得手舞足蹈起来，唱起了每个人都喜欢的陕北民歌：

　　"青天呀蓝天，这个蓝蓝天，这是什么人的队伍上前线？老乡哎老乡，细听我来明，这就是那不怕困难的八路军。"

　　像是有人下了命令一样，大家以离弦之箭的劲头冲下山去，冲进树林。歌声在林间，山谷发出轰响。当太阳升起时，我们砍的树枝、柴草，简直背都背不完了。一路伴随着歌声、笑语，翻山越岭，直到我们第三排窑洞前，才止步揩汗。午饭时，我们已搭好了两个棚子，同学们有的休息，有的洗衣，有的在河里游泳。晚饭后，微风吹着嗦嗦发响的树叶草叶，送来阵阵清香。在新搭起的棚子里，徐一新同志给全院同志们讲解中共党章，因为要求入党的人真不少呢。

　　经过几天的课余时间，我们已收集了大堆的石块、断砖，够砌起两座井筒有余。有人和女同志开玩笑说："小妹那双红酥手变成了豆腐手，又变成了能抓砖石的劳动手啦。"

　　"哈哈……哈哈……哈哈！"男同志们响起一阵哄笑声。在我们亲手搭的棚子下，又为七一和七七的延安第一届艺术节排练好了《流寇队长》《大丹河》《农村曲》《打渔杀家》四台大戏；也准备好了歌咏晚会和美术展览。最使人不能忘怀的是，展览会上还欣赏了毛主席书写的《清平乐·六盘山》词。

改编后的鲁艺

张　颖

一、从改制到改编

去年底，许多鲁艺的从前线回来的同学，他们带了三个月的工作经验向学校报告，像他们那样的艺术干部在军队里，在广大人民的工作中，感觉到自己学习有很多缺点，就从那个时候开始，无论是学校的负责同志或是同学们，都深切地注意到关于教育制度的问题。后来经过两次工作检查和半个月的讨论，终于在1939年2月初——第三期刚开课的时候，公布了新的教育制度，而且很快就要把它实行起来。

这就是新的方针：我们要把一百人的学校扩大到四百。从前只要四系（文、剧、音、美）现在要改编为三部（研究部、专修部、普通部——这是改制主要的部分，就是训练一般的艺术干部，各部门都能，但不精）。很快，在不觉的两个月以后，整个学校变样儿了，眼看着西山的窑洞一直通到南山去，就连平常散步的坟场都觉得热闹挤拥起来。不单如此，同时还给全延安罩上了活跃的空气，给全中国将来造就更多的艺术工作者。而且就在不久后，五月中旬我们的周年纪念晚会上显示了新的成绩，我们的改制是胜利了！

大概过了两个月吧，我们正高兴着新方针顺利进行，可又来了新的更大的变动。那就是敌人加紧围攻晋东南和逼近边区的时候，为了能更深入敌后的宣传和配合军队的需要，于是我们又改编为两个连（完全按军事部队），一个是到晋东南去的（大部是以前普通部同学）；另一连是留守老家

26

的（大部是以前研究及专修部）。在高唱着《到敌人后方去》的歌曲的一个早上，我们带着激昂的情怀和含泪的眼睛把这连年轻的艺术部队，送离了延水，直奔干燥的公路去了！

二、四处与四系

学校虽然走了一半的同志，但并不觉着是缩小了，组织机构上还是一样的：从院务会议、院长，下面分政治、院务、教务、编译四处，各处除处长外还设科，分别管理学校一切学习生活的事情。四系：文、剧、音、美都直接属于教务处。各系除系主任外，有生活及学习干事，各课代表（同学公选），系里面的课程分专修课和必修课，必修课是全体讲授的，如社会科学、哲学、艺术论、艺术讲座等，专修课程各系不同的。——现在各系的课程，文学系有中国文艺运动、世界文学、名著研究、及写作等；戏剧系有戏剧概论、戏剧运动、导演、表演、化装术、舞台管理及装置、剧作法等；音乐系有音乐概论、音乐史、音乐欣赏、和声学、作曲法、视唱、指挥、乐器等；美术系除美术理论外还分木刻、雕塑、漫画三班，分别研究技术。除四系外还有研究部艺术指导科，研究部有研究员，是专门对一个问题做研究的，这些研究员大部都是系的教员。研究部下还有研究室，专门收集材料以充实帮助学习，艺术指导科是指导并帮助各地剧团进行工作的，如给他们排戏或讲课等。

在整个课程上除了室内的讲授外还有课外实习，经常的是到各机关、学校、团体去作各部门的指导，如排戏、教歌或组织晚会等。而且学校规定三个月作下乡宣传一次，就是到附近乡村或留守兵团里去，一方面作宣传同时还可以收集民间材料。另外还有学校定期有计划的公演也是很好的实习。

三、我们愿作创造新中国艺术的先锋

不久以后（1939 年 7 月底）我们搬了一次家，搬到新划定的艺术区去了。这是很好的地方，在延水旁的一个小村镇上，有延安城不易看到的绿树，有可以演戏的舞台，有清静的山沟和窑洞，环境给予我们的是安静、沉默，就像是要我们真实地完成留守老家的责任。

记得在我们开课的前天，我们院长赵毅敏同志向我们做了一个很详细的报告："……在这儿我说明今后我们学习的主要方向：可以这样讲，留在此地的同志们都是在艺术方面有更高的理想，同时愿意更深刻地去研究的，这就是我们的任务。现在一方面要加紧在艺术理论上的研究，如目前文艺动向及利用旧形式的问题，艺术史的问题，我们应该为建立新中国的艺术理论基础而奋斗！另一方面要努力写作，就是要用实际事实来完成全国艺术的先锋的任务。而且过去的事实也告诉我们，以前我们的创作如剧本、歌曲等虽然不多，但能流行到全国的广大民众中，尤其是军队里，而且起了很大的作用，这是证明，我们要建设新中国艺术的基础，要帮助全国艺术界朝进步的方向走，不单有理论而且要使更多的创作在实际中进行……"我们要研究，我们要写作，我们要建设新中国的艺术——这样的空气溢满了全校。

四、我们是怎样学习和生活的

就是在沉默埋头中的鲁艺仍然是活跃的，因为学习把我们的生活更充实更愉快了！

早上，太阳的暖气正使我们觉到畅快的时候，我们每个人都是挟了一本书，或画板、谱子，去找自己适当的地方。于是空地上时常听见清脆的歌声，是音乐系的同学练声，山谷间传出抑扬的说话，是戏剧系同学在读剧词，而且还可以看见坐在树荫底下，河岸旁边有人思索、观察、写、画……早晨总是很轻松地过去了。

在上课时，我们都会有这样的感觉：高兴实习，不高兴听讲；高兴开讨论会，不高兴上自习。虽然实习时，我们的工具很少，但是热闹得总是很兴奋的，而且有时在兴奋中会得到更有趣的收效。记得有一次，当我们要演出一个大合唱的时候，音乐队当然是很可怜的，只有锣、鼓、二胡、小提琴、口琴等。但我们很需要一个低音的大提琴，可是怎么办呢？买不着，借不到，结果有一位同志想出一个好办法来，把二胡的杆及弦放在火油箱上，利用了大的火油箱代替空筒，于是在大的波动中声音就和大提琴没有两样。恰在我们演习时，一位美国的女作曲家来参观，听见那我们新乐器的演奏，她神妙的说："这个新式的中国大提琴的声音是更能动人的。"于是在一阵哄堂大笑中，我们不禁更兴奋了！

时常在课后突然来一个突击工作的命令，比方欢迎××晚会，欢送××晚会，时常都是没有预期的，正好，在突击中能锻炼我们的能力！有一次，忘记是欢迎谁了，总之是下午四点钟才得到的消息，于是全院马上就行动起来了，本来晚饭后可以散步的，今天可不行了。为了准备，我们全体人员，不管院长、教员、勤务都聚在礼堂里。开始时真是毫无头绪的工作，张庚同志在排戏，星海在指挥唱歌，文学系同志在写街头墙报，美术系同志在写标语，画欢迎的横匾，其他的人就在做布景、缝服装，忙个不知所以。大概一直到午夜两点钟才搞好，并且在高声歌唱中完成了我们的工作的。第二天一早就整队去欢迎，我们队伍里的画片、横匾挺神气的，于是心中也早忘记昨夜打瞌睡的情形了。

晚饭后，太阳下山去了，黄昏给我们带来更多的愉快！山沟、河岸、田脉间都充满了我们闲步轻松的话语。三三两两自由自在地走着。在夏天，迎着延水带来的晚风看看从田里匆匆归来的农夫，使人觉得舒适惬意。当游罢归来时，还可以听那微风带来的奏乐，是那么动人，那么热情，这是一般广东老乡在奏着他们的乡曲，像是在诱惑着所有的人们……

住在我们邻近的一个学校的同志们，时常低声地指点我们说着，像是在祝福："建设新中国的战士们啊，愿你们永远这么自由幸福！"

原载 1939 年 10 月 3 日《新华日报》重庆版

鲁 艺
——革命文艺教育的历史丰碑

龚亦群

延安鲁艺是革命文艺干部的摇篮。在其存在的八年中（1938 年 4 月到 1945 年 8 月），培养了大批革命文艺工作者，创作了不少文学艺术作品，胜利地完成了党中央赋予的"训练大批适合于今天抗战急迫需要的艺术干部""建立中华民族新时代的文艺理论与实际，团结与培养新时代的艺术人才"的历史使命。它所积累的丰富经验，在今天仍有值得我们继承借鉴的地方。作为长期在鲁艺工作的党政干部，这里谈谈我的一点粗浅体会。着重点是鲁艺在文艺教育方面的贡献和经验。

一、提高与普及

鲁艺成立以后，面临的首要问题是培养什么样的人才：专门人才呢，还是普及工作者？答案只能是辩证的：必须兼顾当前和长远、普及和提高，并善于将二者结合起来。正如中共中央干部教育部部长李维汉 1941 年 4 月在鲁艺讲话所指出的：鲁艺一方面要"培养当前抗战需要的文艺人才"，另一方面"也应有长远打算，为将来把文艺活动推向全国准备大批有相当修养的文艺干部"。鲁艺的教育计划，体现了这一方针。当时的"提高"，首先表现在教学结构上，即分系进行专业教育，每系设有系统的专业课，进行系统讲授；"普及"人才的培养，则以"普通班""部干班""地干班"等形式进行教学，不分系，课程包括文学、戏剧、音乐、美术、舞蹈、杂耍等多方面知识技能的基本内容，有时又根据特定对象和要求，在某一系内设普通班,学习年限和课程设置则不同于本系专门班。为了培养更高级的专门人才,鲁艺还在各系的毕业学员中,选择一批成绩优秀的留校作教员和研究员,由此得到进一步提高。

正确处理提高与普及的关系不是简单、容易的,指导思想上有时会存在着困惑和某种偏向。鲁艺八年中,曾进行过三次工作检查,基本上是围绕这个问题进行的。第一次在1938年末至1939年初,沙可夫副院长在总结中确认,前一段时间没有贯彻"普及第一"的方针,就是说,抗战急需部队文艺大批人才,而鲁艺还不能适应;第二次在1941年,周扬副院长在总结中提出了倾向于正规化、专门化的方案;第三次是1942年文艺整风,周扬副院长在总结中检查了前一段时间(1941年左右)"关门提高"的错误倾向。这三次检查,说明鲁艺领导对普及与提高的关系是在经常进行探索的,这种探索对提高教育质量是有益的。例如,第一次检查后分设了普通部与专门部,第三次检查后的戏音系,除戏、音专业班外又分设了部干班和地干班等,都是工作检查的积极成果;第二次检查结论虽有偏向,但为时很短就在第三次检查中纠正了。即使有暂时的徘徊,总的来说,仍然是兼顾提高与普及的,例如1941年,还为前方剧团办进修班,当晋绥边区的吕梁、前线、黄河、七月、工卫、奋斗六个剧社到延安休整、学习时,就在鲁艺听课。

二、教学与实践

根据党中央规定的教育方针,鲁艺是担负着建设民族新文化和培养新时代的艺术人才的双重任务的,二者必须并行不悖,因此,文艺教学与文艺实践必须相结合。根据文艺教学本身的规律,课堂教学也必须与艺术实践相结合,否则培养不出文艺专门人才。为此,鲁艺采取了一系列重要措施。

一是成立了各种实验或实践机构。按照专业设置,挂靠相应部、系,成立一批实验或实践机构,包括文学研究室(原各文艺工作团,挂靠文学部、系)、实验剧团和平剧团(挂靠戏剧部、系)、音乐工作团(挂靠音乐部、系)、美术工场(挂靠美术部、系)。这些机构担负着研究、实验、实践活动(演出、展览、文学创作等)各项任务,不但配合了教学工作,而且对进行抗日宣传和活跃边区人民文化生活起了重要作用。

二是在各系教育计划中专设实习课。例如戏剧系,每届都有几次实习晚会,自编自演,其中不少优秀剧目,演出效果颇好。音乐系同样举行过多次实习晚会,美术系则举行实习展览,文学系也有自己的创作实习。

三是组织工作团到前方和边区部队、农村、工厂实习和工作。例如,文学系组建的文艺工作团曾两度开赴华北前线工作;戏剧系和各剧团多次到边区各地和南泥湾演出;文艺整风后鲁艺曾组织较大规模的文艺工作团到陕北各县进行创作、演出、收集民歌等活动,长达数年之久。此外,还有的师生到农村、工厂、部队挂职或不挂职进行实习,深入生活,学习群众语言、群众文艺,积累素材,进行创作。这些活动,锻炼提高了师生的思想、业务水平,丰富了创作素材,带回了不少优秀作品,同时也完成了抗日宣传的光荣任务。

三、艰苦奋斗,克服困难

延安的工作条件和生活条件一般地说是艰苦的,而鲁艺的办学条件更有特殊的困难。因为鲁艺这一培养文艺人才的专门学府,需要许多特殊的教学设备,如文学艺术书刊、音乐系教学需要的乐器,美术系需要的颜料和木刻刀,戏剧系需要的布景、灯光、化装用品和材料等,缺乏这些设备就无法进行教学。当时鲁艺这一切设备都奇缺。怎么办?只有遵照党中央指出的方针办:艰苦奋斗,克服困难。

困难是通过以下途径逐步克服的:

一是充分发挥师生从外地带来的图书、乐器的作用。鲁艺的图书馆原来没有几本专业书刊,后来外地来院师生逐步增加,他们献出部分带来的书刊,使图书馆的专业书刊渐渐多起来。音乐系原来乐器极少,后来逐渐增多，也是师生从外边带来的，例如鲁艺唯一的大提琴，就是大提琴家张贞黻同志来院任教时带来的，大小提琴这类珍贵乐器虽属个人所有，仍是学院的宝贵财富。

二是自力更生、自己动手搞教学设备。各系师生纷纷自己动手搞教学设备，如美术系主任王曼硕带领同学们自己动手上山伐木建成了画室，制造了二十多副画架，烧制了素描用木炭条；戏剧系自己动手建成了排演室和运动室；大提琴家张贞黻在学院附近山沟里成立了"乐器试制室"，制成了第一把精致的小提琴；延安除解放社印刷厂外是没有电灯的，戏剧演出就靠汽灯照明，戏剧系徐一枝等同志克服一切困难，保证了演出中照明的顺利和质量。

三是通过各种关系到国统区募集和采购。周恩来副主席是积极为鲁艺充实教学设备的，曾多次募集和采购图书和乐器，并设法运抵延安，其中包括鲁艺唯一的一架钢琴。此外，鲁艺还通过八路军西安办事处及各种社会关系到西安和边区附近城市采购一些教学设备。在当时国民党顽固派对边区严密封锁下，我们的教学设备是来之不易的。

四是通过参加大生产运动改善教职学员的生活条件并补充学校的部分经费。鲁艺从 1938 年开始就进行开荒生产，全体教职学员积极参加；1941 年以后的大生产运动中，鲁艺人员种粮食、纺羊毛、烧木炭（取暖），各尽所能，不但改善了物质生活条件，而且在劳动中受到了锻炼。

四、一个不断发展的教师队伍

鲁艺的教师队伍，是不断发展的。1938 年建校时，教师不过二十人左右，以后年年增加，最后达到百余人，而且质量很高，阵容很强。为什么这个队伍能逐步扩大？

首先是坚定地执行了党中央的知识分子政策。党中央负责同志对鲁艺的作家、艺术家是非常关心的，经常接触、交谈，每年新年都要邀请其中一些人会餐并亲自作陪；中央统战部经常与学校负责人联系解决教师中一些具体问题（包括教师入党问题、生活问题等等）。学校领导坚定地执行了党中央的知识分子政策，依靠和信任来院任教的作家、艺术家、做好教学工作（各系、团领导班子都是由专业人员组成的）；按照中央统战部规定的高级知识分子津贴标准（比党政干部高）制定本院教师和职工津贴标准，教师最高津贴标准比院长高，沈雁冰同志在鲁艺的生活费用是实报实销的。知识分子政策的贯彻执行，使鲁艺有一个稳定的并能不断发展的教师队伍。

周恩来副主席驻节重庆时不断动员和组织输送作家、艺术家来延安工作，使鲁艺教师逐渐增加，每年都有来自国统区的进步文化人来院任教。

从优秀毕业学员中选拔教员和研究员使鲁艺教师队伍不断增加新生力量，不但后继有人，而且其中有的是"青出于蓝而胜于蓝"。

延安内部的人才流动也使鲁艺教师有所增加。1944年，鲁艺为了团结各方面的作家，邀请了"文抗"和部队作家舒群、欧阳凡海、艾青、萧军、高长虹、公木等来院任教，舒群并担任了文学系主任。

兼课教师是鲁艺教师的重要来源。许多老革命家和社会科学家来院兼任马列主义理论课教学工作是值得大书特书的，其中有李富春（讲党的建设）、杨松（讲列宁主义）、艾思奇（讲辩证唯物主义和历史唯物主义）、李卓然（讲中国革命问题）等同志。"文抗"许多作家（包括丁玲）都曾来文学系讲课。鲁艺还开设过俄语选修课，兼课教师是常乾坤同志（建国后任空军副司令员，是早期留苏学空军的）。

结束语

以上四条是我对鲁艺教育工作（不包括创作和艺术活动）经验的初步概括，不一定完整和准确。我觉得这都是值得珍惜的宝贵经验和光荣传统，归结到一点：鲁艺是革命文艺教育的一块历史丰碑。在今天新的历史条件下，仍在熠熠生辉。

记"鲁迅艺术文学院"

茅 盾

我猜想大家都知道，在中国的贫寒的西北角，有这样一个学校。

在广大的中国，在全民族为求自由解放而抗战已经四年，正迫切地需要坚强勇毅的文艺战士的今日，纪念鲁迅先生的学术机关，现在还只有这一个；而把文学艺术的理论研究与创作实践和生活认识与革命经验密切地联系配合起来的，现在也还只有这一个"鲁迅艺术文学院"。

我想来一定早有人介绍过这个学校了，但是，象征着中华民族新生力量的"鲁艺"——即"鲁迅艺术文学院"的简称，是一天天在进步，在发展的。我虽不文，但如能就我亲见亲闻，记下它的发展史中的一页，或者也是读者所乐许罢：

1940年之5月，我从新疆、迪化、四川内地，经过西安的时候，就打算在延安参观，刚好有便车，五月二十四五，到了延安，6月初，借寓于"鲁艺"所在地的桥儿沟的东山，一住四个月，双十节始离延安南下至重庆。这四个月，我可说是和"鲁艺"生活在一起的：我在我的寓居——窑洞里，可以听得山下"鲁艺"上课下课的钟声，可以听得音乐系的学生们练习合唱，我走出窑洞，在门外的空场上停立，就可以看见山下"鲁艺"校舍的全景，看见一律灰布制服的男女学生在校舍各处往来；我向对面看，则西山那一排新开的整整齐齐的窑洞以及那蜿蜒曲折而下，数百步的石级，实在美丽而雄壮；那是"鲁艺"附属的美术工场所在。我还可以俯瞩东山与西山之间那"山谷"中的一片绿野，这里布满着各种农作物——青菜，茄子、玉蜀黍，南瓜，洋薯、番茄——而番茄尤为桥儿沟的特产，是从前一个西班牙的神甫从西方带了种子来的。这许多繁茂的农作物之中，有一部分就是鲁艺师生以及其他工作人员"生产"的果实。你如果读过夏蕾女士（她是在鲁艺教书的某著名漫画家的夫人）的"生产插曲"你就知道生产运动在"鲁艺"简直是一首美妙的牧歌呵！

从我所住的窑洞出去，沿着半山腰的路，绕过另一山头，便到了延安颇有名的"鲁艺教员东山住宅区"。这也一律是窑洞，这里是文艺家之家，但正因为住的人是文艺家，所以每一个窑洞的布置装饰各各不同，充分表现出那主人的独特的个性来。每一个艺术家运用他巧妙的匠心，从最简陋的物质条件中亲手将他们的住所（窑洞）布置得或清雅，或明艳，或雄壮而奇特。每当夕阳在山，红霞照眼，这遥遥相对的东西两山（教员住宅区与美术工场区），便有一簇一簇的人儿，在他们门前的广场上（请记得，这是在山顶，而且扩展成为大可作球戏的广度，而且横跨了两三个山头的），逍遥散步，谈天游戏。

艺术家的夫人们，用她们自制的小坐车推着孩子们慢慢地走，或者是抱着挽着她们的孩子们聚在一堆谈天。她们也是一律的灰布制服，但是她们的"小天使们"却一个个打扮得新奇艳丽——用了她们在"外边"所穿的衣服为原料，用了她们巧妙的勤劳的十指。你也可以看见那边一小堆人谈吐得很热烈，从前线回来不久的小说家荒煤，在滔滔不绝有声有色地讲述前方的文艺工作，民众运动，巨人型的木刻家马达，叼着他那手制的巨大烟斗，站在旁边听，照例是只把那浓眉的耸动来代替说话。

朗爽的、清脆的、甜蜜的各样笑声，被阵阵的和风，带到下边的山谷里，背驮着斜晖的牛羊从对面山坡上徐徐而下，而"鲁艺"的驴马群也许正在谷中绿草地上打滚嬉戏地追逐。

"鲁艺"生活的一部分的氛围，就是这样的！

"鲁艺"的校舍是延安唯一的道地的西式建筑。大约是 1925 年吧，西班牙的神甫在桥儿沟经营了这巍峨的建筑。全体是石头和砖的，峨特式的门窗，可容五六百人的大礼拜堂（现在是大礼堂）它那高耸入云的一对尖塔，远远就可以望到，那塔尖的十字架也依然无恙，"鲁艺"美术系的一个学生——富有天才的青年木刻家古元，曾经取这从前的"大礼拜堂"及其塔尖为题材，作了一幅美妙的木刻，题名曰"圣经时代已经过去了"；正像这幅木刻所示，现在这所巍峨的建筑四周的大树荫下，你可以时时看见有些男女把一只简陋的木凳子侧卧过来，靠着树干，作成一种所谓"延安作风"的躺椅，手一卷书，逍遥自得的在那里阅读。大礼堂内，昨天是讲演会，有学问有经验有斗争历史的"老干部"讲国内外政治经济的形势，或者是从前线回来的老战士作一个华北抗日根据地文化动态的报告，或者是"长征的英雄"演述长征的故事，青草地，猓猓国，雪山，大渡河。但今天则是怡心悦目的晚会了，"鲁艺"的"实验剧团"演出了果戈理的、莫里哀的、莎士比亚的不朽名作。或者是曹禺的《雷雨》和《日出》，或者是"鲁艺"戏剧系教师王震之（也是不久以前刚从前方回来的）根据了华北前方的实际生活新编的四幕剧《佃户》，或是又是姚时晓的现实主义的独幕剧《棋局未终》和《闲话江南》了。那时候，你会惊异，哪里来的这么婀娜潇洒的都市风的摩登姑娘？在桥儿沟，从没见过这样的人呀！然而这是"实验剧团"的演员，"鲁艺"戏剧系的助教或学生；昨天也许她还身上是灰布制服，脚上是草鞋，在"生产队"中抡起了锄头；她是从大都市来的，从前曾经穿厌了绮罗，住惯了洋房，曾在北平或上海的有名的大学里念书，或竟已经毕业了，但现在她是灰布制服、草鞋、爬山、吃小米饭的"鲁艺"学生！"鲁艺"的"平剧团"，也许在晚会中也有一个节目，演出了《八大锤》或《打渔杀家》，那时你会吃惊地认出来：这里有好多位"男女同志"也是演话剧的好手，而且你还记得不多几天以前他们还和你讨论国际政治经济的形势、抗战的现阶段的一些问题，文艺上的现实主义、"民族形势"、悲多汾（即贝多芬——编者）、谭鑫培、汪笑侬；也许还有人指着"平剧团"中一个鼓手，一个老头儿，告诉你：这位俨然正容打鼓的老头儿从前是江西的一个商人，家景很不差，酷爱平剧，于是"发狂似的"舍施了家财，万里长征，参加了"平剧团"，担任了鼓手的任务。

"鲁艺"的音乐系也来一个节目，他们人数不多，不能演奏作曲家冼星海所作的"黄河大合唱"（那在延安通常是二三百人的合唱，最多为五六百，至少也有一百多人）。但他们的新曲多着，可以是北方民间小调，也可以是西欧古典作家名作的一段，也可以是蒙古和青海的民歌，而且提琴独奏和口琴独奏也是素擅胜场。

你也许想抽空窥看一下演员们的化装室罢？那就上舞台后面的一个小房，你看见正在烫头发。你记得那位"长征"过来的"理发师同志"并不会这一套。仔细一认，才知道那临时技师原来也是学生。她以前自然是端坐着让人家给她烫发的，做梦也不会想到自己拿起钳子为人家烫，但现在既需要这么一手，她也就干，也就会了！而那边一排房子据说是"实验团"的道具服装室，你进去一看，多么整齐，管理员指着那形形式式的服装告诉你：这些，大部分是教员和学生自己带来的衣服，延安是穷的，"鲁艺"也是穷的，哪里有钱设备剧团的服装！

在"鲁艺"，有不少在"外边"成名的导演和演员，但更多的是崭然新露头角的新人，他们的技术曾使那多见多闻的中国制片厂的头等艺人大为惊讶。当拍摄《塞上风云》外景的一行人由蒙边回渝经过延安的时候，却逢演出曹禺的《日出》，他们看了以后赞叹道："想不到你们在这里演出这样的大戏，而且演得这样好！"

在"鲁艺"，聚集着全国各省的青年；他们的身世多式多样，有在国内最贵族式的大学将毕业的，也有家景平平、曾在社会混过事的，更有些是"南洋伯"的佳儿女，偷偷从家庭里跑出来的，有海关邮局的职员，有中小学教员，有经过战斗的"平津流亡学生"。他们齐集在"鲁艺"，为了一个信念：娴习文艺这武器的理论与实践，为民族之自由解放而服务！

"鲁艺"的学生有四五百，但教师和工作人员也有二三百。你觉得奇怪么？其实说明了一点也不怪。"鲁艺"并不采取"填鸭式"的教学法，它是以学生自动研究，各自发挥其所长为主体，而以教师的讲解指导为辅佐的，所以除了正规教师而外，又有不少介于教师与学生之间的指导员，各系都有。指导员们自己学习，同时又帮助学生学习，他们都是优秀的文艺青年，也有的已经是新作家，除了文艺部门的教师和指导员又有社会科学、哲学部门的教师和教导员，他们除了学识丰富，还有长期的斗争经验和多种多样的生活经验。

"鲁艺"现在有四系，文学，戏剧，音乐，美术。修业期限为二年。在此时间要娴习基本的技术知识，并须立下高深理论研究的基础。你觉得二年的时间太短促么？但民族社会的需要太迫切了，不能不赶快。所以每周上课时间虽有二十多小时，而实践的时间还要多。戏剧系和音乐系"实践"的场所是经常召开各种晚会；美术系献身手的地方是没有空间的限制的，而且他们还有"美术工场"。至于文学系，则有他们自己的壁报以及延安出版的各种刊物。

学习性质的小组会，其重要性不下于课堂教授。在小组会中，指导员的作用，就可以看出来，一个文艺方面造诣颇高而又对于社会科学有研究的指导员，常能使他所参加的那一组学生进步特别快。

"鲁艺"还只有三年的历史，——以前名为鲁迅艺术学院——但改为两年制还只有两年工夫。不过时间虽短，贡献却已不少。在华北敌后各抗日根据地以及游击部队中，到处可见"鲁艺"毕业生的踪迹。"鲁艺"图书馆中藏有"鲁艺同学"从前方寄回的各种成绩。就中美术系学生的木刻（宣传性质的新式漫画，故事性的连环木刻等），最为出色。大抵"鲁艺"学生在前方最活跃的，是戏剧系、音乐系和美术系，文学系只好排在末位，这一半因为文学系要借文学来表现，在文盲众多的农村中，文学作品不免形同奢侈品了；又一半则因善能运用文学而具有深入浅出之妙者，亦尚难找。然这是就各系比较而言，非谓文学系学生遂无佼佼者，事实上他们写了不少很好的关于前方的报告文学。

1939年尾，"鲁艺"派出一班毕业生到华北前线。这是一个混合性的文化纵队，有戏剧工作者，歌咏工作者，美术及文学工作者。他们随同两支被派往华北去的武装队伍出发，冲过敌人的三道封锁线，急行军时一夜走百五十里，有时无水可喝，连马尿也喝过；（19）40年6月他们到达目的地后第一次写出来给母校同学的长信，揭示在"鲁艺"的报告处了，从这信里，我们知道他们一路所遇的艰险；但从这信中又看出他们的精神多么奋发和愉快。他们全体一百多人在冲过封锁线时只有二人掉队，存亡未卜，而这二位都是男生，女生没有一个掉队。

在这封信到了以后约一个月，"鲁艺"的又一"实习计划"成熟了。这次所派也是混成队，但分成数小队，目的地是"边区"。这新的计划是根据了在前方工作若干时回来的教师们的报告而拟订的。过去的工作方式，有若干是被修改了；新计划的主要点是要被派出的人员先真正地充实各自的生活——多了解各地的社会情形，多了解民众，而不以走马看花式的写报告文学为急务，依这方针被派出的人员到了目的地后，不像从前那样以文艺写作者的特殊姿态出现，而以一个普通工作者的身份参加到当地的各种工作里去。一年半载以后，再谈写作。不过在此期间，他们和"鲁艺"各系还是要保持经常的联络，他们要就实地工作中提出有关文艺运动的意见，而"鲁艺"各系，要经常给他们的指示。这新计划下所编的数小队，每队有一队长，则是指导员或教师担任的。这几队虽然是在"边区"工作，但生活之刻苦不下于前方，因为"边区"民众对于一些稍有"拿身份"倾向的工作人员就不满意，更不用说摆官架子了，而知识分子生活习惯之未能全然群众化，即"鲁艺"学生亦时或不免。

北方的夏季晚上总是凉快的。月圆之夜，天空无半点云彩，仰视天空，万里深蓝，明星点点。这时候，"鲁艺"大礼堂后边第一个院子里，正展开一幅诗意的画面，两列峨特式的石头建筑，巍然隔院而对峙，这是学生的宿舍。作为近厢的另一列房子，则是会客室和办公室，三面游廊，很整齐的石级。月明之下，树影婆娑，三人五人一小堆一小堆的青年，席地而坐，有靠着一株树的，也有在游廊的石级上的，有人在低语谈心，有人在月光下看书，但也有人琤琤地弹着曼陀琳，有人在低声的和唱，如微风穿幽篁，悠然而又洒然，但渐渐和唱者多了，从宿舍里也传出了歌曲的旋律，于是突然，男中音、女高音，一齐迸发，曼陀琳以外又加进了小提琴和箫管，错落回旋。而终于，大家不谋而合地唱起"风在吼，马在叫，黄河在咆哮"来。这时候，也许和风又送来了黑头的悲凉苍老的唱歌词，那是相距不远的"平剧团"的"同志"们也在户外休息了。歌声像风发云涌，愈来愈高愈壮烈，到了顶点，忽然一下停止，大家都又不约而同朗声纵笑起来。然而笑声过后，从树影下又轻轻传出带点哀婉味儿的民歌的旋律，三个女同志坐成品字形，脸对着苍穹，深有所思地低声唱着。四周静的像入了云似的。民歌唱到第二叠，声音低细到不可得闻了。稍顷，曼陀琳声复作，于是错综的笑语也在四处陆续起来。有人扬声念道，"发思古之幽情，扬大汉之天声"。但语音未终，早为一阵元神旺盛的笑声所淹没。

这些穿灰布衣制服吃小米饭的青年男女，就是这样发情感淋漓，大气磅礴的！

选自 1941 年 10 月 16 日、11 月 16 日
《学习》半月刊第五卷第二、四期

我怎样到鲁艺

萧 三

向窑洞城走去

我们一行人乘大卡车从西安出发，往延安行进已经是第三个早上了。昨天傍晚一到洛川歇宿，客店的伙计们就管我们叫"同志"。城门上白粉写着"坚持抗战到底"和小字"第八路军炮团政宣"（离城三四里许扎有八路军炮兵团）。这里的一切已经完全不像三原客店中正堂壁上贴着"莫论军情"字条，更不像出西安城、过咸阳桥都要受检查、怄气那种样子了。

早已进了陕甘宁边区啦！第三天离延安更近了。车上三十几个人都感觉得可以自由呼吸了。鄜县城外5里有个合作社，我们停下来吃早饭。只见正屋墙上挂有毛泽东、朱德、周恩来等同志的相片，两边对联写着："以抗战而设立合作，为生产以巩固后方"。

吃了早点，上车再前进。路上小平同志摆开了龙门阵，说在某某地方，一次朱德同志召集当地上层人物来开会，讲共产党八路军主张团结抗日救国的道理。士绅们当场提出了200多个问题。有人问："将来共产主义社会里，绅士还有没有地位？"朱德同志答："将来人人个个都是绅士。"由于合作社那副对联，小平同志又说出某地某人作的另一副对联，按汉文拆字作对习惯是这样的：

列为无产者，
宁不革命乎。

在快到达洛川的路上，我们看见大约有 80 多个青年男女，背着背包，往北方走去。他们都是到延安去进抗大的（这两年以来，成千上万的青年从全国各地奔赴延安）。有两个青年女子是新四军介绍来的，走路到洛阳，搭"寻常快"到了西安，由西安又走路去延安。她们已经走了 8 天，两脚都起了泡，借了点钱，留下在洛川。晚上我们同车的两位见了她们，商量好今天搭我们的大卡车同走。车行不远，路上又遇见两男两女，我们也让这两个妇女搭上了车，虽然司机不大愿意。

过甘泉，墙上满是标语口号："坚持抗战""坚持统一战线"……但也还看得见原来写的什么"我们只有一个政府——国民政府"（陕特剧团），但看了"加紧自卫军的军事政治训练"（八路干校政宣）；"边区农产品竞赛展览会"的布告，"抗敌画报——陕甘宁边区抗敌后援会宣传部"，"肃清汉奸托匪！"等标语，明显地看出，这里已经是陕甘宁边区政权巩固的地方了。

到了七里铺（这里有兵站，有"交通大旅社"），通过少陵川，车上的人突然大声喊道："看！延安的宝塔！"大家抬起头来，只见秃山群中一座宝塔屹立在蓝天下，蔚为壮观。越走越近了。这时谁都抑制不住心中的快乐。车上青年、壮年、老年不觉齐声唱起歌来。从新四军来的王胜荣同志到过苏联，会唱许多那边的歌子。他告诉我，《祖国颂》《我要飞到东方去》等歌已普遍了全中国。新四军曾开办了一个训练班，3000 人，他们都会唱。他们已经毕业，分配到各地工作去了。

在车上无论男女都身穿灰布军装，打着灰布绑腿，头戴灰布军帽，但额前钉着一个青天白日的帽徽——这是因为那时共产党和国民党讲抗日民族统一战线，红军改名为"第十八集团军"，于是大家都算是国民政府的军队。我穿戴的那一套衣裤是在兰州我军办事处发的。穿了十来年的西服，现在改装，顿觉得一身都轻。右臂上还钉了一块小小的长方形黄边白底两层布的臂章。上写"陆军第十八集团军总司令部秘书处秘书萧孝山，中华民国二十八年度佩用"，臂章里面也有"军字第 33 号"和"尽忠职务，严守纪律，实行主义，完成革命"等字样。

进了窑洞城

1939年4月29日，从西安开往延安的大卡车走过十里铺、七里铺的时候，我们知道，离延安只有十里、七里路了，飞快就要到了。在车上向前望去，只见前面山山之间立着的那座宝塔，特别显眼。这就是延安南门外东边的宝塔山。车上人人兴奋极了，高兴得要跳起来。大家的身子都向前倾去，以为这样更接近目的地——延安一些。

宝塔越来越高越大，延安果然就在眼前。这时车上反而沉静了一会，大家仔细观看前面车两边的一切。稀疏的房屋，山上一排排的窑洞，有门有窗；山下的"大路"尽是土路，车子走过，尘土飞扬，几分钟后才"镇静"下去。卡车进得延安城南门（城墙和城门还留着在），只见城内瓦砾成堆，没有一间完整的房屋或商店——大家因为日本鬼子几次轰炸，都搬到城外去住窑洞了(这个空城以后日本鬼子还来炸过几次，结果只多了几个弹坑，丢下些没有炸开的废铁，给军民做犁、耙、菜刀……用)。城内一条直通的石路还看得见。车子沿着这条仅存的街道往北走，一直开出北门。然后又走一二里地。只见右边流着细水的延河，左边山上一排排、一层层的窑洞。在这些之中，有一座高大的建筑，那时叫组织部大礼堂。礼堂前面有一块空坪，卡车到了这里停下。这时大约是下午5点左右。从礼堂涌出的人群中，首先看到李富春、王若飞、许之桢……许多同志。他们都和我热烈拥抱，问这问那。萧劲光同志奇怪地问我："还回那边去吗？"我大声答道："我现在回来了，我不走了！"一同下车的邓小平、邓发同志熟人更多。另一些同车的王胜荣同志和他的爱人赵明珍、美术家蔡若虹和爱人夏蕾，以及其他几个青年男女，到了这里都下车提着简单的行李前往招待所。提我的行李箱子的时候，我对富春同志说："送到鲁艺去吧……"他犹豫了一下，立即首肯。

人群散了，大家开完会之后各自回去休息和吃晚饭了。这里下午6时开晚饭。我和邓小平、邓发同志被引到山上中央组织部几间窑洞去。上得山来，还没有进窑洞去之前，只见身体魁梧的毛泽东主席从左边窑洞走来。富春同志上前去告诉他是谁们到了，并说了我从前的名字，现在叫什么……毛主席说："那还是一样。"一面说，一面走近我，我也加快脚步迎上前去，两人紧紧地握手了。主席头一句话："啊，十多年不见了！"我问他身体好吗……于是两人一同步入陈云同志（那时是中央组织部长，李富春同志是副部长）住的窑洞里。邓小平、邓发同志已经坐在里面，这时起身和毛主席握手。主席和我只得坐在一条长凳上。陈云同志用他特有的几个小口洋磁缸子给每人倒了杯茶。毛主席从衣袋里拿出"红锡包"香烟待客，亲自敬每人一支。"最后一支给你。"我说："你自己呢？"我要还给他那支敬我的烟，他不肯收，笑说："我将乞诸其邻。"别人都舍不得拿出主席亲自敬的那一支香烟。最后还是陈云同志给主席另外一支抽了。

为什么碰得这么巧，我们一到延安，下得车来，就见到了尊敬的、渴望已久的毛主席呢？原来他这天下午在大礼堂开会作报告，正是开完会，毛主席讲完了话，散了会之后，到上面窑洞里坐坐，休息休息。我们的大卡车恰恰在这个时候开到了。

在陈云同志这里，大家嘻嘻哈哈，没有中心题目地谈了一顿之后，毛主席提出："先在这里坐坐，然后过河到我那里去吃晚饭。"大家很赞成，都起身走出窑洞，几个人一同下山，来到主席专用的汽车前面。这是延安唯一的一部汽车，车身比小卧车略长，黑颜色，没有车盖，原来是一部救护车。除司机旁边可坐一人外，车上挤着可坐五六个人，主席的警卫员坐在前面，我们坐在后面。路途很近，下山不远就过河，这时水浅石多。过了延河再往东北方向走一小段路，就到了杨家岭——党中央所在地。在满山是窑洞的山脚下，一小排窑洞，门窗俱备，和其他首长的住窑一样，挂有白布门帘——这就是我党、我国人民伟大领袖那时的住所。主席让客人先进门去。第一间是客厅和食堂，旁边一间是书房兼寝室。窑洞每间宽一二丈，长三四丈，高亦约三四丈。"天花板"是穹形的。墙壁用石灰刷白了。屋子里桌椅俱全，方桌、长凳……下得车来，小平、邓发同志各自找自己的住处和熟人去了。一时都回到毛主席这里。方桌上已摆好了碗、筷、杯盏。开饭了，主席邀我坐在他的左手边。席间谈笑风生，毫无拘束。主席敬客人的酒，红葡萄酒，主席不时开玩笑，他的话总是庄中有谐，谐中有庄。我说了几个外国的事。主席笑道："这是洋新闻。"我索辣椒。主席开玩笑说："现在可以开个辣椒同乡会。"又说："凡是革命的都吃辣椒。季米特洛夫是保加利亚人，吃辣椒；斯大林是格鲁吉亚人，当然也吃辣椒。可见吃辣椒的都革命。"吃喝之际，毛主席又记起20年前他和我一起在渤海大沽口本想看海，但冬天已经结冰，我们就在冰上走了很远的故事。主席说："那个时候我还相信旧小说里所写的蓬莱仙岛是可能的……我8岁的时候最信神，我父亲不信神，我还认为他不对哩……"

吃过晚饭，大家散去了，主席邀我进他的书房兼卧室去。只见靠窗一张长的书桌，上面摆着纸笔墨砚和书报。点着洋蜡。一张木床放在土炕上。床上叠着白布被子，花布被心。蚊帐是挂起的。一切是那样俭朴，而又那样整洁。我第一次相信路上听人们说的：窑洞里夏凉冬暖。这时外面颇热，但在里面非常清凉。书桌里面一把硬椅是主席的座位；对面还摆着一把椅子。但我们这时都不靠书桌坐下。我在靠壁的椅子上坐下来。主席便坐在靠床的凳子上。他又敬了烟、茶——这是饭后必需的。窑洞里开着留声机。放旧戏唱片。这是当时在延安他唯一的娱乐。主席说，唱片是昆腔。我对他说，在外国多年，但音乐还是喜欢京戏之类……他说，那很好。又随便谈了一会，我觉得时间已经不早了，起身告辞。主席问我去哪里？我答："去鲁艺。"临别时主席从书架底下取出一听香烟，吹了吹上面的灰尘，塞在我的大衣口袋里（延安这时期缺纸烟）。我这时才觉得，远道归来，没有准备一点礼物送主席，很是抱歉！也因为我在国外得到的几块美元，在新疆、兰州、西安早花完了。

走出窑洞，天上星星高照。我和主席作别时，他对我说："你来，下午来！"（主席通夜工作，到第二天早上，上午才睡觉）。我们握了手，他又两手并放膝前，一鞠躬（还是和青年学生时代的样子）。我也向他一鞠躬。主席叫我乘他专用的汽车到城北门外的山下，由警卫员提马灯和我的很重的皮包，一直送到山上沙可夫（鲁艺副院长）的窑洞里才转身回去。

这一个下午和晚上，我实在太幸福了！我一辈子也忘不了！

五一、五四在延安

我回到延安正是 1939 年五一前夕。在毛主席处的那个晚上，就见有人来向他请示五一举行群众大会时间问题。因为延安这个抗日根据地、中共中央和八路军总部所在地，日本侵略军对它特别注意，白天可能派飞机来轰炸。在我到达这里之前不久，日本大批飞机就来轰炸过一次。当时许多机关人员都住在城里，轰炸的目标是明显的。自从那次以后，全都搬到城外山沟里来了，日本飞机要炸也不过是把城里的残砖破瓦再弄碎一些罢了。人、畜是安然无恙的。可是现在五一要集合上万的群众开会，万一日本飞机来炸，我们岂不要冒损失的危险？于是延安所有的集会都在傍晚举行。

这次五一群众大会是在当天下午 6 点开始，在城南门外一个操场里集合的。我和许之桢、赵毅敏、沙可夫诸同志分别骑着马，出城南门，来到广场。只见群众有组织的队伍布满了一地，共约有 10000 人。延安各学校的队伍都打着旗帜：党校、抗大、陕公、鲁艺……最惹人注目的是本地群众的队伍。这里有延安妇女联合会的 50 人，有些是小脚；有边区自卫队——他们手持红缨枪，头戴草帽。还有印刷工人队，边区机器厂工人队——这就是延安——边区的无产阶级，总共不过几百人，他们挥着红绿白纸小旗，上面写着"抗日救国"等口号。晚上 8 点才正式开会。人民爱戴的领袖毛主席也来了，并且讲了话。大家一看到他就拍手欢迎，听了他的讲话又很兴奋地鼓掌。大会上还有两个讲话的。然后举行总动员宣誓，这是国民党政府规定的，把五一作为所谓"国民精神总动员日"，边区为了照顾统一战线也举行动员宣誓。实则是庆祝五一国际劳动节。之后，便是游行。散会的时候月亮已经上升了。在这里我又遇见了许多老同志，第一次参加延安的群众大会，觉得非常兴奋。

五四，今年是五四运动20周年，又是第一次举行青年节。西北青年救国联合会三月里就决定把五四这天作为青年节；国民党的三民主义青年团也决定把五月一日至七日作为青年周。

既然是青年节，所有的小鬼们今天都离开工作去参加大会的活动。照顾我的那个小马一早就去参加秧歌舞和合唱练习了。非常好，我昨夜两点才睡，今早无人敲门，睡到8点才起来。

第一件事是去看青年展览会。离鲁艺不远有一排窑洞是青年机关，在一间较宽的茅屋里陈列着许多展品：照片啦、文件啦、刊物啦……都有。我注意到一个图表：全国有46个青年团体；陕甘宁边区的青年救国联合会有165006名青年会员。墙壁上贴有毛主席及其他中央领导同志的题字。许多年之后，我第一次看见毛主席自己写的词《清平乐·六盘山》：

天高云淡，望断南飞雁。

不到长城非好汉，屈指行程二万。

六盘山上高峰，红旗漫卷西风。

今日长缨在手，何时缚住苍龙？

诗句的气概伟大雄豪，书法遒劲活跃，真是诗如其人，书如其人。

因为是青年节吧，鲁艺今午会餐，就是说，吃的比平常好一些。就在山下露天坪中，每8个人一堆，围着一桶烧肉，一桶腌白菜煮肉汤，吃小米饭。我挤在一堆人里，和大家一样，自备有洋瓷缸和勺子——前天在合作社买来的。这里每个人的洋瓷缸有很多用途：喝水、漱口、洗脸、盛饭和菜……都用得着它。行军的时候更少不了它，拴在腰带上或挂在背包上，时刻不离身。

傍晚6点钟的时候，我和大家去抗大第五大队的坪场参加青年节大会

（说明一下：我初到延安的时候，觉得什么都新鲜，什么都有意义，身体、心情都好，什么会议都愿意去参加，去听，去看，何况是青年的大会呢），又遇见了许多熟人。会场里席地坐满了人。将近7点大会开始了，毛主席也来了，全场鼓掌欢迎他。主持大会的讲了一番话之后，就请主席讲话。他讲了大约一个小时，生动、通俗、严正，不时讲些古话、笑话，引起会众大笑，足见深入人心。我后悔当时没有把他的话全都记录下来，现在只能在《毛泽东选集》第二卷545—547页（编者按：指人民出版社1952年版）读到主席为延安的报纸写的纪念五四运动20周年的论文《五四运动》，那天的讲话大意和文章差不多。"……知识分子如果不和工农民众相结合，则将一事无成。革命的或不革命的或反革命的知识分子的最后的分界，看其是否愿意并且实行和工农民众相结合……真正的革命者必定是愿意并且实行和工农民众相结合的。""全国的青年和文化界……我希望他们认识中国革命的性质和动力，把自己的工作和工农民众结合起来，到工农民众中去，变为工农民众的宣传者和组织者。"——这也就是主席那天在大会讲话的主要意思。

这篇讲话的全文后来在《毛泽东选集》第二卷549—557页发表了，题为《青年运动的方向》。

庆祝大会完毕之后，在坪中举行了焰火晚会。这也是使人难忘的景致。晚色已经涂上了清凉山、宝塔山……场中几处却燃烧着熊熊的野火，照得通红。游艺节目开始了。鲁艺演出了陕北民间的秧歌舞和《生产运动大合唱》。我第一次看见音乐家冼星海同志自己在指挥。火光照出他的中等身材和黄色短褂。曲调富中国民歌风味，听起来悦耳。此外，还有抗大、党校的歌舞。一会大家唱起《快乐的孩子们》来。歌词译成了中文。

已经晚上10点多了，我早退。在回鲁艺的路上还听得见场中的歌声和看得见那里的火光。

第一次听星海的《黄河大合唱》

纪念鲁艺周年的晚会还继续地举行着。5月11号晚上在组织部大礼堂表演的全是音乐和唱歌、唱戏等节目，大小12项。我喜欢冼星海领唱的广东劳工歌和向隅改作的《五台山之夜》乐器演奏等节目。尤以光未然作词、冼星海作曲的《黄河大合唱》为最出色。这是一部巨大的作品，分8部，很有气魄。我的初次印象，从音乐说，第一部和末二部最好，中间有几部歌咏也好。但朗诵、独唱、介绍说明等等小节觉得不十分调和，不知能否清洗一下。

这部大合唱今晚由音乐系全体学生几十个人参加演出，由教员冼星海指挥。后来在延安有一次有500人参加这部黄河大合唱，也是在这个礼堂的台上。那的确是伟大的场面！是雄壮的歌声！在延安——边区和在大后方以及全国各地的人听着这部大合唱的时候，都为中国有这样的音乐而自豪！冼星海同志不愧为人民的音乐家。

但星海是多么勤劳创作，从来不自满足的！我和他接触过几次之后，就感觉得他的胸怀里经常燃烧着一团强烈要求创作的火。

他还怂恿我写歌词，他作曲……我后来写了《打倒汪精卫》和《三八大合唱》，前者星海用民歌形式谱曲，后者分几部分。最好的是我写《抗战剧团团歌》，星海谱曲，李丽莲教唱。后来这剧团改组，取消了，歌也无人唱了，但仍不失其为星海优秀创作之一。

生产—开荒

和延安各机关各学校一样，鲁艺的师生也订出开荒的计划。5月31日的晚上，全校在院坪里开了个生产运动大会，决定分几个队、分队开山上的几块荒地，并且分配给某些人一定的任务，给我的任务是看守开水。6月1日早上，不到5点我就起来了，立即到烧开水的炉灶前面站着。那是临时搭起的棚子和炉灶，几大锅开水已经由炊事员和小鬼们烧得滚滚的了。我的任务是：不许人们取开水洗脸、漱口，甚至不能喝，因为这几锅开水是预定要在大家出发之后挑上山去给开荒的人喝的。在出发之前，果然有少数男女学生来试图取开水作各种用途，都被我阻挡住了。自然，有的见我在看守，就不走近锅灶了；有的却对我笑笑或说几句商量话，我都"铁面无私"地拒绝了。

早上 6 点多钟，除极少数病号外，全校学生和教职员 200 多人，整队出发上山去了。过了一会，十多个小鬼也排成一队，挑水上山。此外还动员住在本院招待所的 10 多个新来投考的学生和不久前来院进修的抗战剧团 30 个左右男女儿童，都提水到山上去。这时我和政治处主任徐一新同志、教务处主任 ×× 同志一道，也各提一小桶水，跟着送水队去山上。走的路颇远（经过一条沟，见一些山石上贴着某某店、某某号的条子，据说是计划在这里将要建设一个市场，人们将开店铺的，但现在还只是一条荒山沟），到山顶上，只见戏剧系的学生在一处开荒。再前面一点是其他系的学生、普通部的、教职员的各组，分地段都在挖土。今天因为农具（镢头）不够，每三人共用一把镢头，一班挖土 10 分钟，每人每次可休息 20 分钟。我这是第一次上山，徐一新同志带我到各处走走，向大家慰劳，然后回到教职员队开垦区。我几次"打游击"代替几个人挖土。不久，右手食指和中指中间就破了一层皮。

在人们开荒挖土的时候，抗战剧团的孩子们在山顶一块草地上给大家跳舞、唱歌，有所谓"乌克兰舞""网球舞"……很有意思。

午前 11 点，杨家岭毛主席处派人来找我，说有事请我去。当即下山，见马路上停着卡尔门驾驶的那部小汽车在等我。到了主席处，原来是卡尔门在那里给主席照相、拍电影。他计划拍摄主席的工作日——主席一天的活动。

几天开荒，我都担任看守开水的工作。等大家出发之后，我也就可以抽身到山上去看看，帮着打土了。6 月 6 日是开荒打土的最后一天，我随大队同去，正式随班打土，非常愉快。10 点左右，全部计划完成了，大家回校。7日下午开生产运动第一阶段（开荒、打土）的总结大会。据报告，鲁艺这次开荒 600 多亩，报告、讨论之后有"讲演"一项，我讲了十来分钟，说劳动可以改变人的本性（那时还不会说劳动可以改造思想的话）。刚从苏联回来总不免每次都讲苏联。在这里我自然又谈了苏联的突击运动和斯达哈诺夫运动的特点等等。听者都欢迎，至少是不讨厌。

自由之神在纵情歌唱

黄　钢、谭家昆

正当今天，一些报刊在热心讨论自由的文学和文学的自由之际，我们亲眼目睹了一群又一群曾经为文艺的自由坚决斗争过的延安鲁艺及全国各地的鲁艺校友们，欢欣愉快地走进了北京人民大会堂。这时间是在1988年5月20日——延安鲁迅艺术文学院成立50周年的纪念日。这一天，来自全国各地的鲁艺师生校友们，用和谐的步调踏上了那一排排多层次的巨石砌成的台阶。从1938年延安崎岖的山沟里走向这面向朝阳的人民大会堂东门，他们走了50年，一共是走了半个世纪的路程。

半个世纪的检验！

如今，她们和他们当中有些人，确实已经步履蹒跚了。一位引人注目的满头白发的妇女被人搀扶着，正进入了人民大会堂小礼堂内，人们用尊敬的目光集中注视到这位妇女，目送着她走向那大厅之内拍摄集体照的位置。她就是当年延安鲁艺副院长周扬同志的夫人和革命伴侣苏灵扬同志。

她今天同时也正是代表卧病在床的周扬同志来到这会场的。

同样引人注目的还有好几位坐在轮椅上的白发老人，他们也不顾路途奔波和行动不便，赶来参加今天的聚会。

当年啊，他们都曾经是用了何等矫健的步伐，从全国各地、从海内外，凭着坚强意志和信念，越过了千山万水，排除了重重艰难险阻，奔赶到象征着为创建人类美好未来的圣地——延安。

忆往昔："恰同学少年，风华正茂"；但今天，你看看那拍摄鲁艺校友集体照的一排排人们中，不正是有我国第一个把列宁形象搬上延安话剧舞台的著名演员干学伟和导演张水华吗？还记得那叩动人心弦的《白毛女》歌声吗？剧作者贺敬之不是也在那儿吗？曾经用年轻的双手创作了木刻画《草车》，并被名画家徐悲鸿誉之为"中国共产党的大艺术家""中国艺术界一卓越之天才""必将为中国取得光荣"的"他日国际比赛中的一位选手"——古元，正是他，在1949年全国解放前夕，被解放区派往欧洲出席世界和平大会，这位与会的中国文化界代表，就在那次国际大会上同各国友人一起欢呼了南京城的解放。当年延安的一批优秀的歌手，她们中间有的人今天正在文化部老干部合唱团的队列里，带着孩子般的微笑应邀与会。他们当中，无论是谁都难以忘怀：半个世纪以前，她们和他们经常是以轻快的步履出入于延安城东北侧桥儿沟那座鲁艺的校门，而在那校园内，时时都飘荡着充满生命活力的、奋发往上的歌声。

苏灵扬从挤满了人群的小礼堂旁门进入会场。她婉谢了邀请她上主席台的盛情，在进门口的一张普通座位上坐下。当时，我们就坐在她的邻座。

半个世纪前，当黄钢还是鲁艺文学系的一个新学员的时候，1939年初，交出了他的最初的习作《开麦拉之前的汪精卫》。当时兼任鲁艺文学系主任的周扬，立时把这篇系列地揭露汪精卫卖国嘴脸的报告文学作品，发表在周扬主编的《文艺战线》上。这篇报告文学发表后，在当时抗战的大后方引起了极大的注意。而周扬同志推荐这篇新作时，只是凭借着文稿的本身，他当时并没有与当年不足22岁的新学员黄钢见过面。当然更谈不上什么人情或者是走后门甚至是用金钱去购买版面这一类陈腐陋习了。

听吧！当年延安的歌声又一次响彻在人大会堂的这个会场里了：60多岁的秋里团长是合唱团的指挥，他一举起手中的指挥棒，文化部老干部合唱团的歌声好像是掀开或再现了一个全新的世界。老干部合唱团的女团员们，虽然都已年过花甲，双鬓染霜，可这一天，她们却都像少女般地穿上了鲜艳的红绸上装；男团员们深色的礼服衬托着满头银发，当年的飒爽英姿，风貌犹存。他们那催人泪下的歌声，意味着永不曾衰败的青春。

老干部合唱团这天歌唱的头一曲歌，是象征和呼应着祖国社会主义四化建设精神的《军民大生产》。那时候军民之间亲密无间的团结，给人们以无限的力量。

听吧！合唱团的第二首歌——

> 夕阳辉耀着山头的塔影，
> 月色映照着河边的流萤，
> 春风吹遍了坦平的原野，
> 群山结成了坚固的围屏。

这就是势将万古流传的《延安颂》——今天听来，像是一首圣洁的颂歌，而又是以上面平静的抒写来开头。

> 啊，延安！你这庄严雄伟的古城，
> 到处传遍了抗战的歌声！
> 啊，延安！你这庄严雄伟的古城，
> 热血在你胸中奔腾！

是啊，延安，这一座远在中国西北角，距离首都北京上千公里之外的古城，正像这支歌曲在半世纪前所预告的：

> 啊！延安！
> 你这庄严雄伟的城墙，
> 筑成坚固的抗日的阵线！
> 你的名字将万古流芳，
> 在历史上灿烂辉煌。

对那个抚育过一代新人的母亲般的古城——延安，在场的鲁艺校友们十分深情地沉浸在回忆之中。他们当年，为了挽救祖国的危亡，歌颂和支持自豪的民族解放斗争，没有任何人曾给他们以强制的力量，都是自觉自愿地奔赴到延安，奔赴抗日的战场——这哪里能找到一丝一毫不自由的文艺的影子呢？

苏灵扬同志这时候手抚着自己的胸口，极力控制着自己激动的感情，不让她的泪水从自己的眼眶里盈流出来。

"我记得延安的骆驼铃声。"在10年前，作为记者的黄钢和谭家昆，到周扬同志家中去访问时，苏灵扬同志深沉地谈到她对延安的追忆和怀念。苏灵扬同志说："我刚到延安的时候，半夜里听到远远地从沙漠地里走过来的骆驼队的铃声，我都兴奋得睡不着觉。"是呀，在中国地图上旧称为肤施县的延安，在红军长征到达前，在文化上原是一座荒凉的古城……

我们那天去访问周扬和苏灵扬同志时，他是刚从"文革"时期的监狱里出来。

"听说您在'四人帮'监狱里，经常在默写每一个鲁艺学员的名字，是这样吗？"黄钢问。

正在中央组织部招待所大院里散步的周扬边走边笑着回答说："我倒不是单单在记下你们的名字。我同时也是锻炼自己的记忆力：我怕自己记忆力衰退了，忘记了历史。"

历史岂能忘记？事实告诉我们：许多校友都已是革命的英烈了。当年创作《延安颂》都只有二十岁出头的词作者莫耶（女）和曲作者郑律成，早已经离开人间了。他们都不愧是"实现中共文艺政策的堡垒与核心"——延安鲁艺门墙之内走出的战士。

老干部合唱团唱出的第三支歌《鲁迅艺术学院院歌》。这歌声是多么激昂雄壮呵！

我们是艺术工作者，

我们是抗日的战士。

踏着鲁迅开辟的道路，

为建立新的抗战艺术，

为继承他的革命传统——努力不懈。

　　正像是这天纪念会上，代表鲁艺校友会致辞的赵毅敏会长在讲话中提到的——师生们都记得鲁迅先生的遗训："文艺是国民精神所发的火光，同时也是引导国民精神的前途的灯火。"他们——鲁艺师生们也正是用艺术的武器。"指点江山，激扬文字"，谱写过多少动人的诗篇啊！

　　50年后，鲁艺校友再次听到、再次唱到自己的校歌，歌声把他们带入一个震撼历史的年代，而又把那个历史年代尚未完成的历史职责，再次交付给今天文艺界的有志之士。1938年，张闻天同志为鲁艺成立的题词，曾这样写着："认识大时代，描写大时代，在大时代中生活奋斗，站在大时代的前卫为大时代服务！这就是现代文艺家的使命。"那么，我们究竟应该怎样认识今天的这个大时代呢？生活在今天这个大时代中的"现代文艺家"，又应该怎样去完成自己的历史使命？怎样才能"站在大时代的前卫"，"认识大时代"，"描写大时代"，为大时代服务而创造出真正的自由文艺呢？这是一个值得我们深思的问题。

　　"抗日的现实主义，革命的浪漫主义。"这是毛泽东同志1939年为延安鲁迅艺术学院的题词。这也就是说革命的现实主义与革命的浪漫主义应该同当前的大时代紧密地结合在一起，才能创作出真正自由和永不衰竭的文艺作品。——这一天，在人民大会堂的小礼堂中，老干部合唱团歌唱的《延安颂》《延水谣》和《太行山上》，正是体现了毛泽东同志这两句题词的精神，今天听起来，仍然像一股热腾腾的新鲜血液那样，鼓动着听众的生命脉搏。

　　《太行山上》这支歌是千千万万群众所熟悉的歌曲。老干部合唱团歌声一起，礼堂内全体到会者立时响起了嘹亮的和声。一位鲁艺女校友解冰同志，从座位上立时跃起，她迅速地离开了自己的座席，神采奕奕地站在礼堂过道上，指挥着全体与会者和老干部合唱团一起高声合唱——

红日照遍了东方，
自由之神在纵情歌唱！
看吧！千山万壑，
铜壁铁墙。
抗日的烽火，
燃烧在太行山上！

——这唱的不是与他们无关的陈年旧事。这唱的是他们自身的经历和写照。就在太行山上、其他抗日根据地和敌人后方，他们走过了多少弹洞累累的前村壁，当年鏖战急。在改天换地的日日夜夜里，战士们创立了多少难以数计的功勋和业绩！

听吧！母亲叫儿打东洋，
妻子送郎上战场。
我们在太行山上，
我们在太行山上。
山高林又密，
兵强马又壮。
敌人从哪里进攻，
我们就要他在哪里灭亡！
敌人从哪里进攻，
我们就要他在哪里灭亡！

58

《太行山上》的词作者是八路军战士桂涛声，冼星海谱曲。

为抗战发出怒吼，为大众谱出呼声。

这是周恩来同志为星海同志的题词。《太行山上》这支歌曲，确实是铿锵有力地"为抗战发出怒吼，为大众谱出呼声"，唤醒了沉睡的人们。这同样也是为它 50 年后的听众谱出了动人的呼声。

歌声刚一停止，抱病前来与会的苏灵扬同志对她的邻座黄钢说："请你转告主席团同志，我今天听了合唱团刚才的歌声，我的心情非常激动，它叫我想到：鲁艺，虽然创办已经 50 年了。但是，直到今天，它还很年轻！很年轻！"

是的，自由之神是永远不会衰老的。一切为自由而斗争的战士——包括为了真正的自由文艺而工作的战士在内——在马克思列宁主义思想光照下的工作历程，是永远不会衰竭的。艺术上的青春年华，永远属于为真正的自由文艺而斗争的自由战士们！这个历史规律是久经考验的，同时，也不是以某些人的反对、咒骂和企图从根本上否定它们的愿望为转移的。

正是体现了这一历史的规律，延安鲁艺的校友们，在 50 年后的今天，在中华人民共和国的人民大会堂里又一次掀开了一个全新的精神世界。延安的歌声，唤起的不仅是对往事的记忆；歌声是把昨天、今天和明天的历史职责交付给 20 世纪 80 年代的人们，而且通过一辈辈青年的双手，将会确定不移地延伸到 21 世纪以后的无限年代。这就是获得真正自由的历史规律。

原载《延安文学》1988 年第 4 期

我在鲁艺所学到的

张 庚

我是 1938 年 3 月到延安鲁艺的，到了之后就当教员，现在回头来看这段生活，我深深感到无论是教员，是学生，其实都在学习。论年龄，老师和学生相差无几；论生活和工作经历，鲁艺的绝大多数学生也决不比教员少。鲁艺是个熔炉，学生和教员都在其中受到锻炼。我在这里的 8 年，是令人终生难忘的。

马克思主义这门科学，从书本上是早就读过一点的。但读了书本，并不能就算懂得，如果不在实践中去体会，就一辈子也难入门，这是我在鲁艺这些年学习中所得到的一点心得，是我毕生所学到的最宝贵的东西。我体会到，马克思主义，是一个人做人、做工作、做学问的主心骨。

初到鲁艺时，我一心教课、排戏。那时不像现在，人事关系单纯，不论同事、教员和学生，都是同志，做的都是革命工作，都是为抗战，都是热情澎湃，也可以说没有什么个人的烦恼。

1942 年开始的整风，是鲁艺生活的一个新阶段。对于我这样的没有多少实际经验的人来说，在整风中所提出来的问题，诸如什么叫教条主义，为什么教条主义有那么大的危害，是理解不深的。接着就是参加文艺座谈会。在这次座谈会中，使我感触最深的就是脱离实际，关门提高是个严重的错误。难道搞文艺不要提高？难道提高还是错误吗？这是对于没有接触广大群众的人所很难明白的。整风也不能关门，也不能死抠那几十个文件。到了 1942 年底和 1943 年初，就闹起秧歌来了。闹秧歌对于我来说，与其算是一个文艺活动，还不如说是走向群众中去的一条通道。"鲁艺家"

的秧歌使得广大的农民、干部都轰动起来了，秧歌队走到哪里，观众就跟到哪里。延安这个地方人口是稀少的，但我亲眼看到曾经有那么几场秧歌聚集了上万的观众，无论是农民、是干部、是知识分子，都看得欢天喜地。农民中间出来了评论，说这是"新秧歌"，称赞演《兄妹开荒》的演员王大化和李波是"好把式"，并且奔走相告说是去看王大化去，这使我为之惊讶，为之深思。就这么几个并不惊人的节目，为什么能如此深深地打动广大观众？当然也可以说，广大的群众太缺乏文化生活了，现在居然来了这些红火热闹的秧歌，怎么能不轰动呢？但我又想，延安的晚会并不少，经常演话剧，即令是干部，为什么对那些晚会反应平常，而对这回的秧歌却反应得如此强烈呢？

特别值得令人思考的是，文化高低这样悬殊的人们都对秧歌发生了兴趣，到底是为什么？在闹秧歌以前，群众对于我们虽无不满，但始终有陌生感，这次一闹秧歌，群众和我们忽然亲切起来，成了朋友。过去的鲁艺这块地方，在老百姓看来，固然不是禁区，但我们排戏等等，他们从不来窥探。自从闹秧歌以后，我们排练秧歌，一直到排《白毛女》，老百姓总有人来看，看后还随意发表议论，和我们成了一家人，使我们特别感到温暖，老百姓和我们的心打通了。

作为一个共产党员的我应当从中学习如何与群众打成一片的道理，作为一个文艺工作者应当从中学习文艺为人民服务的道理。

1943年秋末冬初，我们组织了一个鲁艺工作团到绥德、米脂一带去闹秧歌。这回是流动演出，走到哪里就住在老百姓的家里，和他们同吃同住。一路上，我们除了演出之外，还不时编演新节目。演出的效果，也和在延安演出时一模一样。用一句话来形容，就是和群众水乳交融。老百姓像对待亲人一样对待我们，使我们感动。这些情景，至今如在眼前。

我们在绥、米一带流动演出时过了两个年节，一个是阳历的新年，一个是旧历的新年。阳历对于这一带的老百姓生活没有多大影响，可旧历新年对于老百姓却是一年之中的大事。这时是农闲，老百姓都在准备着热热闹闹过一个团圆节。

就在春节的时候，我们的秧歌闹到了米脂县的桃镇。这时，许多老百姓的秧歌队也都汇聚在这里，一时成了一个民间艺术大会串的局面。令我们没有想到的是民间艺术家中间真有能人，唱民歌的，说"练子嘴"的，打腰鼓的，扭秧歌的"伞头"，等等，各显其能，令我们这些没有见过世面的目迷五色，耳迷八音。所有的秧歌队都是白天演出，到了晚上，许多"好把式"都聚集在我们所住的地方，高谈阔论，互教互学，热闹非凡。我们便从中学习，记谱。腰鼓舞便是从这里学到的。我至今难忘的印象是，老百姓的腰鼓打得雄健壮伟，用他们的话来说，就是要打得耀武扬威。的确如此，打起来震天动地，威慑人心。谁说民间艺术低下呢？当时我们都觉得美极了。

"练子嘴"就是北京人所说的快板。我们在清涧县遇到一位老汉，我至今还记得他的名字叫拓开科，他不仅说得好，而且词也编得好。诗的形式和白居易的《长恨歌》《琵琶行》是十分相像的，是七言诗体，所不同的就是一韵到底。他曾经给我们演过一段记述某次清涧农民反对地主非法派工派款，自发引起暴动的故事，文词雄壮动人，也像白居易一样，在叙事的末尾有几句作者的评语作结。这使我认识到中国民间诗歌原是有悠久的民族传统的。

我们平常听到的锣鼓牌子，多半是打击乐器的单纯演奏，但我们在米脂听到的却是加进了笛子一起演奏的，以前很少听到过。宋朝的打击乐队就是鼓笛合奏的，可见陕北的器乐曲来源也很古。

过去，我对于民间艺术，概念上总以为是粗鄙浅陋的，这回下乡，才初次认识到它原来是个奇瑰绚丽的宝库。中国这个国家，历史悠久，民族的来源众多，所积淀下来的文化当然是丰富的，表现在民间文艺方面就是如此。我们一些从五四新文化运动中受过洗礼的人们，往往有一种对于中国民族的传统的多少带有虚无感的偏见，对我来说，要不是这回的大开眼界，很难扳过这个偏见来，现在重新回忆这段生活，才想到知识分子和人民的隔阂，其原因之一，恐怕是对于自己民族太缺乏了解，特别缺少感性知识所致。要克服这种偏见，并不容易，往往我们已经走到群众之中去了，但由于有了先入之见，却不能从中收获什么，甚至有益的启示也得不到。这回在我们下来之前，学习了毛泽东同志的著作，教我们必须先做群众的学生，然后才能做群众的先生，还特别叮嘱，要老老实实、恭恭敬敬地向群众学习，这些话看来似乎矫情，过火，但要扳正某些知识分子顽固的偏见，不这样说很难起作用。所以不要误会其本意是故意不承认老百姓也有很多落后的方面，要不然，怎么会有一个大前提是要当群众的先生呢？

《白毛女》在鲁艺学习中的价值和地位是十分重要的，特别对搞戏剧、音乐的同志是如此。《白毛女》令我们深刻体会到中国农民的苦难深重，在创作过程中是如此，在观众反应中尤其如此。当《白毛女》在延安大礼堂演出之后，鲁艺收到许多女干部写来的信，每人都不约而同地说，她的遭遇和白毛女十分相似，看《白毛女》的时候，她们都哭得看不下去。当时听到这样的反应，我们十分震动，像《白毛女》这样的传奇故事，竟有这样深广的生活基础，而我们却不了解。这使我们深感对于中国的事情知道得实在太少。作为一个革命者，作为一个文艺工作者，我们要学习的东西是何等的多啊！后来在土改中间，在解放战争中间，《白毛女》从农民和战士那里所得到的强烈反应，更加深了我们这个感觉：中国人民是苦难深重的。

鲁艺教育我们的远不止这些，这些只不过是印象最深刻，永难忘怀的零星点滴罢了。

我们从事文艺工作是为什么？我觉得是为了加深人与人之间的互相理解，是沟通心与心之间的互相感应，有了这点，人们就可以释放出巨大的潜力，为人民干出惊天动地的伟业来。我们国家过去需要这样的力量，今天更需要这样的力量，永远需要这样的力量。这就是我在鲁艺所学到的，并且在离开鲁艺从事其他工作中间继续不断加深的认识。

忆毛主席在鲁艺的一次讲话

刘西林

延安的4月，已经是燕鸣柳绿春回大地的时候了。就在这个月中旬的一天上午，全院师生欢声笑语，纷纷提着用不同的废料自制的小凳子，集合到前院的讲桌前面，等待着聆听毛主席的报告。同学们对近一二年来，鲁艺排演了《日出》《带枪的人》等大洋戏，现在又埋头钻研斯坦尼斯拉夫斯基的体系，这种关起门来求提高的做法是否对头，众说纷纭，希望能在毛主席的报告中得到解答。我刚从前方回来，除想聆听毛主席的教诲外，还想一睹毛主席的风采，看看我们党的领袖和一般人究竟有什么不同。

正在凝神呆想的时候，忽然响起一阵热烈的掌声，毛主席在周扬、宋侃夫等同志陪同下，已从中院走出二门，正在举手向同学们答礼。我集中视力端详着毛主席的形象，只见他面容有些黑瘦但目光炯炯有神，衣着很简朴但仪表堂堂，举止自然大方，毫无矫揉造作之态。乍一看并无非凡之处，只是身材较一般人高大一些。在周扬同志的开场白之后，他一面用力吸着烟，一面稳重地讲起话来，讲得速度较慢，每个字都咬得很清楚，很有吸引力，一开口就立即使会场活跃起来。他幽默地说："我对文艺是门外汉，今天在文艺家面前谈文艺，这是'班门弄斧'哩！"话音一落，全场爆发出一阵大笑，笑声充满了对毛主席的崇敬和亲昵之情。这时的毛主席正年富力强，头脑十分清晰，讲话极有条理。他从中国的社会现状，革命的性质、任务谈起，谈到新民主主义文艺的民族形式和革命内容等问题。他把这几个问题讲得丝丝入扣，顺理成章，使人感到天衣无缝，无懈可击。当谈到文艺和生活、专家和群众的关系时，使人明显地感到他是针对鲁艺的关门提高和旧知识分子的弱点而谈的。他说：知识不是天生的，它来自两个方面的实践，一是人类和自然斗争的实践，二是阶级斗争的实践，理论是实践的总结。他把我们学院称作"小鲁艺"，把整个社会比作"大鲁艺"。号召我们不仅要在"小鲁艺"学习，还要进到"大鲁艺"参加火热的革命斗争实践，在实践中学习。谈到这里，出现一个小插曲。由于毛主席满口湖南腔，当谈到"自然"二字时，同学们没听懂，就交头接耳，互相问询。我也没听懂，等待回答。这时和我一起坐在最前面的张守维听懂了，他用普通话轻轻对我说了一下，哪知毛主席听到了，立刻弯下腰问是怎样说，然后他学着张守维的声调向大家重说了一遍，使大家恍然大悟，引起一片欢笑。毛主席跟大家笑在一起，而且笑得特别开心。作为一位革命领袖，这样坦然磊落、平易近人，由此可以看到从他平凡中所透露出来的不平凡，接着毛主席又说："我们这些知识分子（意思是包括他在内）必须放下架子，深入到群众中去，拜群众为师，老老实实向群众学习。如果高高在上，自命不凡，群众就不买你的账，英雄就没有用武之地"。他以自己开始接触工农兵群众格格不入而后逐步打成一片的经过，说明知识分子和群众结合是一个艰苦的过程，必须坚持努力，改变自己的思想感情。接着他对给革命造成严重危害的教条主义进行了尖锐的批判，有名的"黔之驴"的故事，就是在这里引用的。当他形象地谈到毛驴子大吼一声并尥起蹶子、被老虎识破它就这么点本事而丧命时，他轻轻拍了一下桌子幽默而又辛辣地说道："这就叫做'装腔作势，故意吓人'！"说得全场哄然大笑，人人称快，都觉得毛主席的比喻恰当，切中教条主义者的要害。

报告会解散了，但同学们的心没有散，不约而同地凑在一起，热烈议论和回味毛主席报告的深刻内涵。有的说：毛主席让我们到"大鲁艺"去，实际是对我院一针见血的批评，值得三思。有的说：我们要认真当小学生，学习民间艺术，坚持民族形式和革命内容的统一，否则，即使走出去，也会脱离群众……直到吃饭时，还在边吃边议论。

这一整天，毛主席都是在鲁艺度过的，晚上参加了为他在教堂里组织的晚会，先演节目后跳交际舞。演出的都是按毛主席报告的精神选出的具有民族特色的小节目。我也被安排上台唱了一段蹦蹦戏《老妈开嗙》，一面扯开嗓子演唱，一面用两手比画吹喇叭当过门，因教堂小，人也不多。所以反响很大。这本是个凑数的节目，原以为要招人耻笑，谁知第二天欧阳山尊（他是战斗剧社社长，到延安是准备参加文艺座谈会的）告我说，"你把毛主席唱乐了"。我听后一愣，毛主席为什么乐？难道他真的喜欢这土玩意儿？还没等我想清楚，约在5月底，我们早就渴望的毛主席《在延安文艺座谈会上的讲话》发下来，我们一面精心阅读文件，一面认真联系实际。同学们都觉得毛主席这次的讲话和上次报告，精神是一致的，不同的是《讲话》专讲的文艺问题，所以对文艺发展的规律阐述得更加全面和具体，解答了几年来文艺界产生的诸多疑难问题，明确了文艺发展的正确方向，统一了文艺思想。同时我们还以《讲话》为武器，对学院的办院方针和领导作风，提出很多意见。系主任张庚同志和副院长周扬同志分别在戏剧系和全院，以关门提高和洋教条作为检查重点，进行了诚恳深刻的自我批评，表示决心改正，立即行动。同学们也检查了自己的思想认识，特别是过去对民族、民间艺术不够重视的同志，都端正了态度。全院师生一致表示：过去我们搞的关门提高，影响不好，今后贯彻《讲话》，一定要走在前头起先锋作用。

果然像周扬同志所说的，鲁艺改正自己的缺点是坚决、果断、有实际行动的。比如，在音乐创作上，毛主席讲话以后，纪念抗战五周年以及在配合边区民主选举的活动中，鲁艺编演了不少具有民族特色和地方色彩的音乐节目，我记得的有刘炽作曲的《三月里刮春风》，张鲁作曲的《七月里石榴花开红似火》，马可等集体创作的《七七大合唱》，还有安波、路由创作的对口唱《俩亲家》等。这些曲调来自民间又高于民间，因而雅俗共赏，人人欢迎，很快流传开来。直到今天，一哼起来还感到津津有味，并引起对延安时代的怀念。戏剧方面也编演了姚时晓等集体创作的以反映敌后抗战生活为内容的多幕话剧（剧名已忘记），演出效果也较好。

在深入群众生活、学习民间艺术的热潮中，迎来了1943年的春天。如果说去年的春天是鲁艺在文艺思想上大提高的春天，那么今年的春天可以说是鲁艺在艺术实践上获得重大成就的春天。从这年的元旦到春节，为配合"拥政爱民""拥军优属"和发展生产的群众运动，鲁艺创造性地运用群众喜闻乐见的大秧歌形式反映现实生活。在元旦编演了《拥军花鼓》（王大化、李波合唱）、《挑花篮》（于蓝、陈炎等合演）以及《小车》《旱船》等秧歌舞节目，表现了边区人民翻身后的新生活。这种把传统形式和现实生活结合起来的新型秧歌舞一出现，就给人以清新的感觉和鼓舞力量，延安人民称之为"革命秧歌"，非常欢迎，争相仿效。

元旦演出后，立即进行总结。周扬同志讲了话，记得他十分兴奋地肯定了方向是正确的，他说："过去演过一些大戏，组织过很多晚会，但从没有像今天的广场演出吸引这么多观众，受到这么热烈的欢迎。"同时他也指出了创作上存在的缺点，比如王大化演农民曾化装成旧剧"三花脸"的样子，周扬同志对此严肃指出：对传统的东西要批判地接受，不能丑化劳动人民。以后王大化演出时就改成"俊扮"了，突出了农民淳朴健康的性格特征。还有一个剧，是以歌颂模范人物为内容的，但作者却让这位模范人物在独白中，指责这个比自己差，那个不如自己，周扬同志指出这是小资产阶级打击别人抬高自己的思想反映，当即予以纠正。

在认真总结元旦演出的基础上，大家又努力创作了一批春节上演的节目，这次的节目比上次提高了一格。众所周知的著名秧歌剧《兄妹开荒》（路由、安波作，王大化、李波合演）和《二流子转变》（王炎作，并和冯异、王志贞合唱）、《运盐去》（也叫《赶毛驴》，王岚等演）等，就是这时编演的。这种崭新的艺术形式，突破了秧歌舞的局限，在保留歌舞特点的同时，发展成为有人物、有情节的广场秧歌剧，反映生活更加广泛和深刻，再加上专业演员的精彩表演，立即引起广大军民的普遍欢呼，产生了强烈共鸣。"太阳，太阳，当呀么当头照"（《兄妹开荒》）的歌声很快风靡延安。从此，鲁艺的校门大开。我和其他从前方来的同学一样，带着母校的殷切希望，重返原单位工作。留校的全体师生也走上与群众密切结合的道路，陆续编演了以歌剧《白毛女》为代表的很多反映生活比较深刻、艺术形式不断发展、广大观众更加欢迎的优秀节目，为贯彻党的文艺路线、争取抗战最后胜利，作出重要贡献。

从演《日出》到写《秋瑾》

颜一烟

　　1939年夏，我从抗大文工团调到了鲁艺。分配我在艺术指导科当教员。艺术指导科科长田方，教员有王滨、翟强、颜一烟（戏剧），李焕之、李丽莲、李鹰航、李树连（音乐），华君武（美术）。任务是辅导兄弟剧团，如，烽火剧团、抗战剧团……，排戏和讲课。我讲过《剧作法》。在这期间，我参加演出了独幕话剧《闲话江南》，姚时晓编导，我演老板娘；多幕话剧《流民三千万》（又名《九一八前后》），塞克编导，我演老太婆。1939年秋，与刘因、史行合作写五幕话剧《先锋》，这是描写一二·九运动的第一个大型话剧，抗大、女大联合演出。

　　1939年冬，毛主席特邀鲁艺的领导同志叙谈，说起延安也应上演一些国统区作家的作品，《日出》就可以演，并说这个戏应当集中一些延安的好演员来演。于是，立刻成立了《日出》演出筹备组，决定由抗大、鲁艺等单位联合演出。这是五四以来优秀剧目在延安的第一次演出。党中央和各级领导都很重视。毛主席亲自指示：这个戏是几个单位联合演出的，一定要团结互助，搞好合作关系；并指示：要成立个临时党支部，来保证这个任务的胜利完成。

　　不久，导演王滨宣布了演员名单：

　　陈白露—李丽莲，方达生—张成中，张乔治—干学伟，王福升—刘笑生，潘月亭—王异，顾八奶奶—颜一烟，李石清—方深，李太太—李郁，黄省三—刘镇，黑三—田方，胡四—范景宇，小东西—林白，翠喜—韩冰，小顺子—石畅，哑巴—林农。

刚一听这个名单，我确实吓了一跳，万没想到顾八奶奶这一角色竟叫我演！田方看出我情绪不高，就找我谈话。我说："从来没演过这样的角色，怕演不了！"田方说："我也从来没演过黑三这样的角色，开始我也有你这样的心情，可是后来我想：司令员是决不会将一场战斗当儿戏的，当他命令一个战士去冲锋陷阵的时候，他一定是在这个战士的身上发现了他可以胜利完成任务的有利条件。"

"我哪儿演过这样的角色？我有什么有利条件？"

"我们都是生长在那种'损不足以奉有余'的黑暗的旧社会的，像黑三、顾八奶奶这类人，我们见得还少吗？"

"那还用说！"

"是啊！这不就是有利条件吗？"

我喃喃地说："太恶心！不愿意演！"

田方说："叫你去演这样的人，又不是叫你去做这样的人！我虽然没演过反派，但我总想：要演好反派，自己必须是最正派的人。我们的任务是暴露黑暗——是要通过这些人物使观众更憎恶、更痛恨那个社会——那个拿穷人的血养肥了自己的、大大小小的臭虫们活跃着的黑暗社会！让我们一起学习吧！"

田方的创作态度，给了我极大的力量。

《日出》于1939年12月28日在延安北门外中组部礼堂预演审查。28日这天，从下午就飘起了雪花。瑞雪兆丰年，人们都高高兴兴准备过年了。可在中组部礼堂里，也是"飞雪迎春"了——因为，礼堂的所谓"窗户"，只有用木条钉的几个框框，甭说玻璃，连糊窗纸都没有。长长的木板钉的凳上，盖上了一层雪，怎么能让观众坐在这样的位子上看戏呢？更何况今天还有首长来审查？全体职员、演员就忙着打扫剧场，有的扫雪，有的找了一些谷草麦秸等塞窗框。

第二幕开幕没多长时间，顾八奶奶正向陈白露讲她的"恋爱哲学"："爱情是你甘心情愿地拿出钱来叫他花，他怎么胡花你也不心疼——那就是爱情，爱情……"忽然，大幕落下来了。李丽莲和我都怔住了，不知道出了什么事。

幕一闭，立刻有位同志拿着棉军衣奔过来给我们披上。我们忙问："出了什么事？"原来丽莲和我都穿的是绸子旗袍、高跟鞋。数九隆冬，外边下着大雪，里边飞着雪花，我俩在台上冻得发抖，牙齿咯咯地相碰，台词都说不大准了。那位同志告诉我们：中央首长冒雪来审查，周副主席看见你俩在台上冻成那样，就跟领导发了脾气："你们太不爱护演员！怎么把她们冻成这样呢？"导演说："没想到今晚下这么大的雪，我们也没法子呀！"周副主席问："有没有毛衣裤？叫她们穿在里面。"导演解释："没有。再说有也不好穿，她们的绸旗袍是紧包身的，里面要穿上毛衣、毛裤，外边显出一道一道的不好看，也不真实啊！"周副主席生气了："把演员冻坏了就真实？你们是怎么理解艺术的真实的？你们见过资本家的太太、小姐坐在豪华的大饭店里冻得发抖吗？——现在演员冻得连话都说不清楚，难道这就是艺术的真实吗？"

那同志还告诉我们："周副主席已经派人给你们找毛衣、毛裤和木炭了，叫你们好好休息休息，暖和暖和。"听了这些话，丽莲和我都感动得热泪盈眶，强忍着不叫它滚下来，因为怕毁了装。

没多大工夫，服装员就给我们拿来了用土羊毛捻成线手织的毛衣、毛裤，叫我们穿在绸旗袍里边。舞台工作人员在凡是观众看不见的地方，如沙发、大柜等家具的后边，都生上了炭火盆，盆中的炭火烧旺了，这才打铃重新开幕。三九隆冬，礼堂外飘着雪花，而礼堂内、舞台上、我们演员的心里，却是温暖如春啊！

1940年元旦，《日出》正式公演。演出后，下装的时候，一个小战士给我们端来了两碗凝固的猪油，说是毛主席送给我们下装用的。我们那时候，既没有下装纸，也没有下装油，更不用说什么"美容霜"了。我们下装油，以前用过麻油，后来因为点灯油不够用（一个班一个月才半斤油），就把油省下来留着晚上学习时点灯。我们下装时，就拿小刀把油彩刮下来，再拿清水洗一洗就算了。

演员们看着这两碗猪油，心里都是暖烘烘的，感到中央首长对我们关怀爱护真是无微不至啊！谁也没说话，可是谁也没伸手去摸那猪油。有个演员说："咱们别用它下装吧！多可惜呀！"也许这是当时大家的共同心理。这两碗猪油怎么处理呢？有个馋嘴的小家伙忽然建议："拿这两碗猪油炒小米饭，全体职演员会个餐，不比光咱们几个人用它下装强！"立刻有人响应："赞成，把毛主席的盛情，吃到肚子里，记得更结实呀！哈哈……"几个人附议："对对！会个餐！——咱这脸还是拿小刀刮吧！"于是，演员多数通过，把这两碗猪油炒了小米饭，放了些盐，全体职演员美美地会了一个餐。

《日出》在延安公演，确实是轰动了一时，那一段时间，真可以说是：满山争谈《日出》。当时延安的《新中华报》曾以《〈日出〉公演八天，观众将近万人》为题，报道了公演盛况，说："演出效果甚佳，获得了一致好评……"

直到 80 年代，有几位老同志相聚时，谈到《日出》，还说："几十年来看过不少剧团演的《日出》，总觉得延安那台最好。"

还有的同志说："我从 1937 年就看《日出》。几十年来看过多少剧团演出这个戏，我觉得黑三这个角色，田方是演得最好的。"

60 年代初，外地一个剧团来京公演《日出》后，该团扮演顾八奶奶的演员告诉我："周总理看了我们的戏，给了很大的鼓励。谈到我演的角色时，总理说：'还是我们延安的好！'""我们延安的……"话说得那么亲切感人！这和当时给我们送来木炭、毛衣裤一样，使我终生难忘！

吴老（吴玉章同志）当时是我们鲁艺的院长，对我们更是特别地关心。一次，在演出的空隙，把我们叫到他的窑洞里，和我们亲切地畅谈了近两个小时。最初谈的是《日出》的演出，给了我们很大鼓励。后来吴老说：

"徐老也有这个意思：应该把我们中国第一个女革命家的事迹搬上舞台。你们写剧本，我来提供材料怎么样？"吴老说的我们中国第一个女革命家就是秋瑾烈士，而执笔写这个剧本的任务，就给了我。

《日出》演出一结束，我就开始了写《秋瑾》的准备工作。

为了我写作方便和可以及时得到指示，吴老特地把我从桥儿沟接到杨家岭去住。吴老工作那么忙，还每天抽出时间给我提供材料。听了吴老的介绍，我非常敬佩我们中国这第一位女革命家。同时也唤起了我强烈的创作激情，我下决心用全力，把我们这位女中豪杰的光辉事迹介绍给我们延安妇女和青年同志们。吴老在百忙之中，还时常关心着我的写作，几乎是每天询问我写作的进展情况。我写一场，他老人家听一场，逐字逐句帮助斟酌修改。

吴老不光是关心我的写作，还非常关心我的生活，常叫人给我送纸、送笔、送吃的东西。有一晚，我正在开夜车赶写剧本，忽然一个小鬼推门进来，在我桌子上放了一个洋铁做的小盆，里面放着一个馒头、一块肉。啊！我岂止是"三月不知肉味"呀！高兴地拿起来就吃。"咦！这是什么肉？骨头怎么这么细？猪骨头怎么细得像针似的？"我边吃边问小鬼。小鬼哈哈大笑："哈哈！人家从延河里提来送给吴老的，吴老叫慰问你。这不是猪肉，是鱼。哈哈……"我在延安7年，第一次、也是唯一的一次吃鱼，而这鱼，是我们敬爱的院长——吴老"慰问"我的呀！

吴老对秋瑾烈士的评语是："文而不弱，勇而有谋，有革命精神，有社会经验，嫉恶如仇，至死不屈，是民族的英雄，是女子的模范！"这一评语，始终指导着我的创作。

1940年三八节，四幕话剧《秋瑾》在延安首场演出。刚好在不久前回到延安的邓大姐特地赶到会场在幕前致辞，向延安各界妇女热烈祝贺节日；同时，祝贺《秋瑾》的演出。极大地肯定了我们演排这个戏的重大意义，给了我们热情的鼓励。

我站在大幕前报幕的时候，看见坐在前排的吴老，微笑地指着台上向邓大姐说着什么。我想，吴老大概是向邓大姐介绍他是怎样指导他的这个学生创作这个剧本吧？

1945年"八一五"，抗战胜利了。党中央立刻组织了东北干部团。消息传到了鲁艺，广大师生争先恐后报名。被批准后，编为八中队。出发前，周副主席和朱总司令特地给我们作了报告，分析了形势，讲了我们的任务。特别提到：我们八年抗战，打出这个局面，国民党反动派肯定会趁此机会来抢胜利果实。你们一定要尽快地赶到那里去建立起东北根据地。记得最清楚的是，周副主席亲切地向我们说："你们要用两条腿和国民党的飞机竞赛噢！"我们每个人的背包只有8斤重，可是心里的担子却是80斤、800斤都不止！1945年9月2日，我们肩负着党交给我们的光荣而又艰巨的任务，喝了最后一口延河水，望了一眼宝塔山，告别了哺育我们的革命圣地延安，踏上了新的征途。

永远感谢您，鲁艺！

演 列 宁

干学伟

从前，我很爱演戏。可是，为演列宁我却遇到了不少困难，也得到了收获和欢乐。

1941 年七八月间，我因病住在延安鲁艺医务所里。病刚好一些，就常出去找朋友、散步。一天，我从外面回所，听人告诉我，周扬同志来找过我。我很奇怪，他找我有什么事呢？立刻下山。

回到实验剧团，见到王滨同志，他很兴奋地告诉我，"刚才周扬同志来，建议我们演出《带枪的人》，水华和我导演，田方演雪特林，你演列宁……"这真是一个意外的好消息。

他还提出，要我自己先去准备角色。因为这是一部描写十月革命时的革命史诗，场面大，人物多，共有三幕十三场又加一尾声。列宁只出现在三场和尾声之中，还有十场戏要先去排演。这，使我感到很愉快，因为他们给了我时间和创作的"自由"。

有一位热情的朋友曾激励我："你应该创造出光辉的形象来！"我想要达到这个目的，必须仔细、深入地研究资料和剧本。一个人是不是光辉，在于他做了什么，又是怎么样做的，为什么他要做这些事……等等。除了在人的行动中，哪里有什么光辉可谈呢？中世纪宗教画中的圣徒们头上画的光圈，那是宗教的表现方法。

我读了剧本，很激动。又读了尼·包戈廷的《我怎样写〈带枪的人〉》一文，发现他是从列宁与雪特林见面一场开始落笔的，我不禁深为惊奇，而且陷入深思了。为什么这一剧本是从第二幕第二场开始写的呢？

在前一场里，雪特林偶进斯莫尔尼宫，见到《土地法令》，兴奋得想喝茶。在这一场开始时，他就在找茶，见有人从身边走过，就打个招呼，问他茶在哪里，那个人就是列宁。他听到有人招呼，回头见到那是个穿旧军服，带着枪，帽上却没有红军帽饰的士兵，就关切地同他谈了起来……听说他想回家买牛种地，又见到怀里露出来《土地法令》一角时，列宁就告诉他白匪正在向苏维埃政权反扑，"你能放下枪么？""不，恐怕不行！"雪特林很惋惜地回答。列宁深情地注视他一下，就同意了他——不打仗，怎么保卫工农联盟的苏维埃政权呢？列宁给他指出了找茶的地方，进了办公室。

对列宁来说，这是革命斗争年代中的一个小小的插曲。但对雪特林却是一个生命的转折点。当他得知刚同他谈"家常"的人就是列宁时，他愣了，忽然，仿佛梦中惊醒一样，"砰"，丢掉空茶壶，叫着跑去参加了红军。这就是列宁平易近人的风格！也就是这部史诗形象思维的萌芽吧！

这里，发生了一件全剧关键性的绝不可少的事件，就是一个缺乏觉悟的士兵——武装了的农民——经过与列宁接触，成为一个有觉悟的红军战士，后来又成为红军基层指挥员。这样表现列宁的朴素而又伟大，不是很有典型意义又别具一格吗？这也就是《带枪的人》这一剧名的由来吧！

这样，我就请王滨和田方同志去我们鲁艺桥儿沟教堂的空祭坛前排戏，我估计这场戏不难演。没想到，当我一走上斯莫尔尼走廊，我就心慌了，别扭了。"我这样走路像列宁吗？"这一问题立刻干扰起我来，闹得我很窘：似乎脚、手、肩、脑袋……怎么摆动都不对。列宁还没有同雪特林对话，背上就已经出汗了，我自己失去了信心。

我们尝试了多次，仍然不行，我感到沮丧。当时，真应该感谢我那两位老战友，当我对自己失望时，他们俩却没对我失望。他们拿我过去演过的角色来鼓励我，安慰我。使我又有了信心。为此，我思考着怎么克服这一困难，我失眠了。

过了几天，我一个人从桥儿沟去中央党校礼堂。路过飞机场，前后都没见人。我一面走一面就揣摩起列宁走路的样子来。在几里路中，我一次又一次地调整我的步伐大小，快慢，然后将手和臂的晃动，位置，肩的高低，头部微昂、侧度、视线……等等，一点一点由单一到兼顾地调整起来。说也奇怪，当我逐渐觉得自己的行动接近于影片中见到的列宁形象时，我在排演中感到的别扭劲就逐渐消失了。我觉得全身的运动都是和谐的，至少在走路这点上建立起了信心。

我又请他们来重排。谁想到，没排几遍，导演就高兴地肯定了。我和田方之间也感到了流畅的交流、反应，有一种自在、自信的感觉。这使我体会到演员的信念，有时是在很简单的形体动作中逐渐建立起来的。反之，如果某些细节的动作不真实，很可能带来一系列的别扭，使整场戏陷入困境！这场戏里的列宁与群众的关系中，表现出了平凡、可亲，富有影响人的魅力，因为对他来说，真理就是很朴素而明朗的。

为了发展列宁作为无产阶级领袖的形象，这就必须进一步表现列宁如何通过组织的力量来巩固政权。这就是全剧的第九场。在这场戏中，斯莫尔尼宫里为支援前线充满了紧张、繁忙的活动。水华对整场戏的战斗的紧张的气氛极为重视。使我一从会议室出来，就在一种匆忙、纷乱、很有真实感的气氛中：接电话，听汇报，下手令，解决后勤支援的问题，痛斥钻进斯莫尔尼宫来的孟什维克分子，并乘车去前方。整个调子是高昂有力的！一切为了战争的胜利！这就使得列宁这一人物，作为工农联盟的领袖的形象更丰满了！从组织领导中展示他的果断和强有力的才能！

在第十场戏中，列宁只有两段电话的台词，一个是建议《真理报》派记者去战地采访，一个是给斯大林的，表示赞同斯大林写的《民族平等权利宣言》草案的。剧本没什么舞台提示。这两个电话，却使我为难了一个多月！

我想从影片中去找《列宁在1918》中瓦西里饿晕前，列宁在看地图，由此想到有关战场报道……但，不行，缺乏连贯性，我又从一张图片中看到列宁坐在沙发上看报……也不行，不紧凑，不是有机的处理……

那时已经 11 月份，天气渐渐冷了。实验剧团团长钟敬之同志兼这部戏的美术设计，住在靠山坡的石窑洞里，他怕我住在平房里太冷，就约我和他同住。有一夜，我半夜又想起打电话的戏来，就想同他谈谈，"老钟！老钟！""唔……"他在睡梦中迷迷糊糊地应了一声。"你说，在彼得堡天将亮时，列宁从窗口可以看见街上，人们在大雪中排队买面包……？""唔……"他哼了一声，翻身又睡着了，他那很有分量的身子压得床板吱吱呀呀地呻吟了起来。真够呛！为了组织演出、设计舞台美术、置景，又得省钱……他哪有精力同我半夜再谈表演呢？我对这两次电话，实在发愁了。

偶然，见到戏剧部主任张庚同志，谈起这场戏来，他问了我不少关于电话的对象、内容等问题，后来，他可能无意中问了我一句："你从哪里来？"这一问使我想起好多情况来。在前场戏里，列宁曾叫人准备车子去前方，在他下场时说："我们去吧，同志们！"很显然，那时火线已迫近彼得堡了，列宁是亲自去前线视察的。于是我找到了最主要的规定情景，那就是列宁是从前方回来的，他在前线亲自观察并感受到了战士们英勇战斗的情景。他是在深受感动的情况下给《真理报》打电话的。

这样，我设计了一系列的动作。在天亮以前，由前方回来，进了办公室，从外套口袋中掏出报纸，丢在办公桌上，走到衣架前脱大衣和帽子……搓着手给报社通电话，语气中带着对战场上英勇战士炽烈的情绪，拿着报纸打电话，用同志的方式提出意见。然后，坐下，在桌上发现了斯大林的《民族平等权利宣言》草案，越看越觉重要，然后思索着站起来在室内踱步，在舞台左前侧，思考着微笑了，急急地回到桌边，侧坐在桌上，高兴地给斯大林打了电话……

从艺术处理来说，不同的演员不可能只有一种处理，但在这场戏里，极容易发生"硬嵌镶"进去的动作和场面，而我找到的动作设计至少使我自己感到充实而有信念。在这一场戏中，列宁的行动已经深入到意识形态的领域和他与战友之间的关系了。无疑的，这是对列宁——作为伟大的领袖的刻画，越来越深刻和丰富了！

人民群众没有领袖就缺乏力量。没有群众的"领袖"，显然是不可思议的。领袖脱离了群众，那真是无可挽回的悲剧！

在尾声中，列宁在演讲中提到了一个老婆婆说的话，她说："现在不用怕带枪的人了，有一次我在森林里，碰到一个带枪的人，他不仅不从我那儿拿走柴火，反而给我捡柴火……"这正是画龙点睛地指出："带枪的人"变了，也表现出政权的性质起了根本性的变化——苏维埃政权属于劳动人民。

1941年12月，《带枪的人》终于在延安南门外新建成的陕甘宁边区政府大礼堂上演了。在抗日战争的艰苦年代，在莫斯科保卫战正在激烈进行的时刻，观众的心情是可想而知的。当许珂同志帮我化装时，我还为自己扮演的角色——列宁——是否将被观众接受而不安。但是当我走上舞台，站在幕后等待出场时，我的心情突然之间沉静了下来，我只想回到"自己的"办公室去……我终于从斯莫尔尼走廊的后景走向前台，剧场一刹那间，静极了，仿佛什么都凝冻了起来，我快步走向前去……突然，震耳的掌声扑面而来；使得雪特林叫我"敬爱的朋友！"也几乎听不清楚，我感到一阵轻微的快慰的战栗——刹那间，我放下心来，我创造的列宁这一形象，初步被接受了……于是我稍稍一怔，回身开始了我第一句话："你想喝茶吗，啊？"

1942年初，延安的《解放日报》上发表了萧三同志对《带枪的人》演出的剧评，给我们以很大的鼓励。晚春，我收到老同学张颖同志的来信，并附来了一张放大的剧照，在信中高兴地告诉我们："《带枪的人》的剧照，已经过重庆办事处转送塔斯社驻中国分社，寄往莫斯科了……"在全世界反法西斯侵略战争的年代里，中国人民与世界爱好和平的人民之间是有共同的命运和心愿的。

尼·包戈廷在《我怎样写〈带枪的人〉》一文中曾经写道："工人和农民在党和天才的列宁领导下的联盟，这一思想在剧本中是从头至尾贯串着的。"我认为，我们的演出基本上认真地表现出了尼·包戈廷作品的精神，这是一次相当宏伟的演出。导演王滨和水华同志在戏的整体处理上达到了卓越的成就，并在群众场面中使用十月革命时期的红军军歌和手风琴伴奏，使演出富于革命浪漫主义的高昂的情调。

鲁艺，这一革命的文学艺术的教育园地，给我在创作道路上奠定了良好的基础。当我回忆起曾和我们一起战斗过、为革命艺术鞠躬尽瘁的人们——王滨、田方、许珂、李丽莲、于亚伦等许多同志以及尊敬的沙可夫、萧三、李伯钊等同志时，我更感觉到应该坚持鲁艺的道路，将革命文艺的火种永远传播下去！

毛泽东同志对平（京）剧研究团的关怀

简　朴

在纪念中国共产党成立 66 周年之际，我想起毛泽东和其他老一辈无产阶级革命家关怀和扶植延安京剧活动的往事，如实笔录，以表缅怀之忱。

抗日战争时期的延安，物质条件十分困难，京剧表演团体排演现代戏，戏装没有什么问题，如果排演反映古代生活的传统京剧，没有戏装就不行了。当时陕甘宁边区政府经费拮据，戏装问题如何解决呢？这个问题反映上去，中央决定用毛泽东、周恩来、董必武等七位同志担任国民党政府参政会参政员所受的月薪共 2000 银圆去购买，1938 年冬天，由阿甲、任桂林同志在西安买到全份相当可观的京剧戏箱。从此延安演出传统京剧，观众就可以看到喜闻乐见的戏装了。

延安鲁迅艺术学院平（京）剧研究团，既无留声机，也无京剧唱片，又很缺乏京剧剧本，这给剧团学习、研究京剧艺术和排演传统剧目带来困难。毛泽东同志很喜爱京剧，他那里收藏很多京剧剧本和京剧唱片。1942 年由鲁艺平（京）剧团和 120 师战斗平（京）剧社组成延安平（京）剧研究院，毛泽东同志慷慨地把封面盖有"毛泽东图书馆"字样、蓝色椭圆形印章的 40 集《京剧戏考》全部赠与平（京）剧院。同时，我们借来贺龙同志的一部手摇留声机和一些唱片，又听说毛主席处有程砚秋、言菊朋等著名演员的唱片，剧院派我和孙震同志去枣园找到当时任毛主席生活秘书的江青，借来《春闺梦》《亡蜀鉴》《清官册》《汾河湾》等唱片，这些来之不易的珍贵资料，为我们进行业务学习和艺术研究、艺术生产，增添了良好的物质条件。

毛泽东同志是一位热心的京剧观众，他经常观看我们的演出。1941年初秋，他和朱德、陈云、邓发等中央领导同志观看鲁艺平（京）剧团在中央党校礼堂的演出，那天上演的剧目是《宇宙锋》（于陆琳主演）、《独木关》（陶德康主演）、《十三妹》（任均主演）。散戏后，毛主席在党校经营的中山食堂宴请演职人员夜餐。席间毛主席谈笑风生，他说："你们的《独木关》演得很好，薛仁贵的赫赫战功，都记在何忠宪的头上，这很不公平嘛。现在的抗战也有这种情形，八路军就是屡建战功的薛仁贵，是真的'白袍小将'；国民党军队就是通敌窃功陷害忠良的张士贵、何忠宪，是假'白袍小将'，真假两个'白袍小将'，就是真假两种抗战。"这段言简意赅的话，对于演出传统戏曲如何借古鉴今和古为今用，以及对于整理改编传统戏和新编历史戏，给予我们深邃的启迪。那天朱老总也讲了话，他说："京剧有很多戏是可以为抗日战争服务的，岳飞、史可法、文天祥、郑成功等这些抵抗外侮的民族英雄，你们编演出来，就可以提高人民群众的爱国觉悟，增强军民团结抗战的力量。"他简短几句话，提高了我们对戏曲可以为现实生活服务的认识，增强了搞京剧革新的信心。这次夜餐气氛活跃，大家很兴奋。

毛泽东同志多次看过由阿甲同志主演的《宋士杰》（《四进士》整理本)，他曾提出要冲淡宋士杰的衙门讼棍色彩，强化田伦、顾读等人的贪赃枉法、残害人民和田氏阴谋毒辣的表演。我们根据他的意见，改进了演出，受到广大观众的好评，使《宋》剧成为很受欢迎的保留剧目。

1945年10月，毛主席到重庆和国民党谈判返回延安，我们在党中央所在地杨家岭中央大礼堂为他演出。他特意走到后台看望演员，他对我们说："蒋介石请我看了三次京剧，重庆的京剧技术比你们的好，风格没有你们的高。"他的话促使我们更加刻苦练好技术，注意剧目的思想性、艺术性和表演风格的整体性、严肃性。

至于毛泽东同志为成立延安平（京）剧研究院所作"推陈出新"的著

名题词，为新编历史剧《逼上梁山》所写的"旧剧革命划时期的开端"和为《三打祝家庄》所写的"巩固了平剧革命的道路"两封信，其重大而深远的历史意义，已为京剧改革丰硕成果的历史事实所证明，这里不多所叙述了。

忆延安鲁艺平（京）剧研究团

张东川、李纶、任均、朱箪、简朴、任桂林、王一达共同回忆

李纶执笔

一、鲁艺平（京）剧研究团成立前平（京）剧活动简况

1938 年六七月间，为庆祝七七抗战一周年，以延安鲁艺师生为主，中央党校、抗大学员参加，编演了《流寇队长》《农村曲》《松花江上》三个新戏。《松》剧是旧形式新内容的京剧。剧本作者是王震之。演员有阿甲（原名符律衡）、江青、崔嵬、成荫、李纶、张东川、张冶、金钟鸣、谢翰生（洪涛）、李非、谷野、翟其春、龚伟、严熹、张达观等。乐队有卜三（原名徐玉峰）、陈叔亮、王震之、李纶、金紫光、刘沛、王久晨、邓玉成、刘介之等。此剧首演于延安城内天主教堂，接着到延安各机关、团体、部队演出了许多场，还为中共六届六中全会演出，受到热烈欢迎。

1938 年 8 月，第二期戏剧系学习告一段落，一些同学被分配到鲁艺实验剧团工作，团长为王震之。后来分为两个团，一团为王震之率领去前方，二团留延安，钟敬之任团长。这时期，阿甲、方华、李纶、王地子、苗培时、徐平、安波、张鲁等 8 个人经常在各种晚会上演唱京剧、曲艺、民歌小调，时间久了，这 8 个人曾被戏称为"八宝团"（其实偶然参加的还有刘沛、李非等）。王地子还自编自演了京剧活报剧《学不够》，很受观众欢迎。

不久，鲁艺实验剧团二团撤销，成立了旧剧研究班。指导员是罗

合如，研究生最初只有阿甲、李纶、张东川、徐平、常绍卿、王久晨、卜三、任均、石畅，后来增加的还有陶德康等。旧剧研究班经常与院内其他部门的同志合作，在各种晚会上演出。演出的京剧有《刘家村》，由罗合如编剧，主要演员是罗合如、阿甲、徐平、方华、张东川等。《夜袭飞机场》由陶德康编剧，主要演员是陶德康、徐平。《赵家镇》由李纶编剧，主要演员张东川等。1939年7月，鲁艺一部分师生转赴敌后抗日根据地，旧剧研究班撤销。1939年9月，为纪念九一八八周年，演出了京剧现代戏《钱守常》，由阿甲编导并主演，任均、任桂林、王一达、罗合如、石天、石畅等扮演了剧中主要或重要角色。此剧的创作和演出，得到了观众的好评。从1940年起，延安演出了京剧传统戏，主要剧目有《法门寺》《鸿鸾禧》和《群英会》。参加这些戏演出的主要演员有阿甲、任均、陶德康、罗合如、王一达、石畅、张东川、石天、齐淄棠等；演奏员有陈冲、华君武、刘炽、陈叔亮、樊清章等。随后，又演出了新编或改编京剧历史剧《陆文龙》《梁红玉》和《岳母刺字》，分别由陶德康、阿甲、任均和王一达主演。张东川和金毅夫等扮演了此三剧中其他主要角色。京剧传统戏和新编或改编的历史剧的演出，受到了毛主席、周副主席和党中央其他领导同志的重视和延安广大观众的喜爱。

二、成立鲁艺平（京）剧研究团

抗战以来，以京剧清唱到京剧现代戏，直到京剧传统戏和历史剧都受到延安观众的欢迎，从事京剧工作的同志们，也都感到需要建立一个进行京剧研究和演出的专业团体。1940年初，阿甲给中共中央书记处就此事写了一份万言书。后经书记处批准，1940年4月在延安鲁艺正式建立了平（京）剧研究团。阿甲任团长兼研究科科长，罗合如任演出科科长，陶德康任教务科科长，陈冲任指导科科长。后来，增设副团长，由罗合如担任。石畅接任演出科科长。阿甲免去兼职后，李纶担任研究科科长（各科曾一度降格，科长改称干事，原干事改称助理干事；后又改回）。党支部委员会监督和保证行政工作，其成员定期改选。先后当选为支部委员的有苏远、简朴、任均、李纶、孙振、王一达等。简朴、李纶、孙振曾任支部书记。

建团初期，基本团员人数很少，如无团外同志协助，不能进行正规演出。鲁艺第三期学员结业后，戏剧系石畅、任均、展宇和美术系石天被分配来团；后来逐渐从院外调进一些人员，本团又培训了少数学员，大大增加了实力，除为数不多的剧目和个别角色仍需团外同志助演外，一般剧目能够自行演出。1941年冬，任桂林从第二战区再来延安，参加本团工作；1942年春，王一达从实验话剧团转入本团。此后本团艺术力量进一步得到加强，在无团外人员协助的条件下，一切研究和演出任务都可以胜利完成了。

鲁艺平（京）剧研究团前后相加的总人数是42人。除上面提到者外，演员还有方华、王甫、王铁夫、朱革、阿良、李碧岩、张梦庚、陈怀平、孟刚、周聘雪、徐特、秦桢、梅松、浪影、鲁非、曾荣。专职演奏员还有卜三（板鼓）和贾风（二胡和打击乐）、袁石静（京胡）。专职舞台工作人员有王水漫，学员是冯光荣、平胜凯、许万恒、张复兴、张洪春、张俊瑞、张墨忠、孟庆成、侯铁山。

三、平（京）剧研究团的方针、任务和演出剧目

平（京）剧研究团不像其前身旧剧研究班那样只重学术性问题的研究，很少演出，其计划是：第一阶段重点学习京剧技术，时间约三年；第二阶段着重研究；第三阶段进行改革。各个阶段都要与演出实践密切结合。但实行起来，三个阶段不能截然分开，而是互相结合、渗透的。事实上，在学习阶段中，就创作、改编、演出了一些剧目，已经是一个既进行学习研究又经常演出的专业剧团了。

平（京）剧研究团实际存在只有两年的时间，虽然主要任务是学习京

剧技术，但因与实践密切结合，又为满足观众的需要，演出了相当多的传统剧目，有《法门寺》《鸿鸾禧》《群英会》《打渔杀家》《坐楼杀惜》《击鼓骂曹》《四进士》《四郎探母》《捉放曹》《龙凤呈祥》《十三妹》《审头刺汤》《二堂舍子》《平贵别窑》《六月雪》《连升店》《空城计》《武家坡》《扫松下书》《宇宙锋》《黄金台》《双狮图》《古城会》《独木关》《一箭仇》《白水滩》《连环套》（"拜山"一折）、《黄鹤楼》《梅龙镇》《乌盆计》、二本《虹霓关》《奇双会》等。此外，整理并演出了全部《一捧雪》（整理者阿甲）；改编并演出了全部《宋江》（阿甲、李纶、石畅改编，陶德康、陈冲、石畅导演）和前半部《玉堂春》（石畅改编，王一达导演）。在建团以前不久，还演出了剧本选自国民党统治区进步刊物的新编和改编的历史剧《陆文龙》《梁红玉》和《岳母刺字》。

平（京）剧研究团曾派人辅导延安一些机关、学校的业余京剧活动，有时还与他们合作演出。还有少数业余演员参加过本团的演出。剧目有《梅龙镇》《黄鹤楼》《连环套》（"拜山"一折）、《宇宙锋》《斩经堂》《战蒲关》《贺后骂殿》《查头关》《白马坡》《胭脂虎》《花木兰》《审头刺汤》《空城计》和《四进士》等。

四、平（京）剧研究团进行学习、研究和改革的简况

（一）关于京剧前途问题的讨论

鲁艺出的墙报文艺期刊上曾发表文学系个别同学和本团个别同志的文章。前者认为京剧是封建社会产物，在将来的社会主义社会中前途可虑；后者认为京剧经过不断改革发展，即使到社会主义社会也会受到人民欢迎。双方各持己见，领导上没表态。

（二）关于京剧的形式与内容和发展道路问题的研究

其理论方面的研究成果，主要表现在平（京）剧研究团一些同志在

1942 年 10 月出版的《延安平（京）剧研究院成立特刊》上所发表的一系列文章。如阿甲文章中提到掌握京剧技术的歌舞规律表现新观点历史剧；任桂林文章中提到由新的历史歌剧走上新的现实歌剧；李纶文章中提到掌握技术规律和歌舞规律，建立科学导演制度，创造新技术；徐特文章中提到要与群众共同来解决京剧改革问题；罗合如、王铁夫文章对京剧的一些艺术问题作了探讨。

（三）关于传统剧本整理改编

如《宋江》剧本的改编，着重描写了宋江走向农民起义队伍时的思想、情感等的发展变化过程；《一捧雪》的整理中，对莫成的"义"与死相矛盾的复杂的内心痛苦作了深刻的揭露；前半部《玉堂春》剔除了色情与低级庸俗之处，突出了爱情的描写。……总的来说，一种是改编或整理者对原剧本的结构、剧词作系统的重写，如《宋江》；另一种是演员对所演角色的剧词作细微的变动，有的虽只改动一个字、几个字，或是一句两句，不但在文字上改掉了不通之处和低级庸俗趣味之类，而且还能使形象更为鲜明。

（四）关于京剧表导演艺术的研究与实践

逐步试行导演制问题。多数剧目虽未有明确的导演，但排戏负责人有时在某种程度上起了导演的作用；演员也大都自觉地揣摩所饰角色的思想感情，追求唱做念打的精彩技术，内部动作与外部动作力求融合一致。不少剧目在演员互相交流方面取得更好的效果，如《断臂说书》，演员阿甲、陶德康、朱革、王一达在排剧中切磋琢磨，演出时配合默契，使几个形象非常动人，观众为之感动。排《宋江》时，初试导演制，效果良好。排前半部《玉堂春》时，建立了正规的导演制，取得成功。教传统剧目，在教员"说戏"时不是单纯地教表演技术，而是同时讲解、研究剧情和人物。

自觉或半自觉地摸索在京剧表、导演中运用现实主义创作方法，发扬京剧中固有的现实主义因素问题。比如，在阿甲、王一达等一些同志的表演中，都令人有"这一个"的感觉。这对后来的延安平（京）剧研究院产生了很大的影响。

演员与观众的交流问题，特别是审美水平和艺术趣味等方面的相互影响的情况下，政治文化水平和艺术欣赏水平较高的观众与政治文化水平艺术欣赏水平较高的演员共同形成了鲁艺平（京）剧研究团较高的艺术风格，这种风格在延安平（京）剧研究院中又有了新的发展。

（五）关于平剧音乐方面的研究与实践

京剧四声、尖团、韵辙、发声等方面的研究问题，阿甲、罗合如当时讲这些课时不断介绍自己的心得体会，罗合如后来还发表了这方面的一些文章。

京剧唱腔和伴奏方面的研究问题，主要是本着音乐要表现与配合整个剧情中具体人物具体思想感情的要求在演出中加以运用。如阿甲在《草船借箭》中，任均在《四进士》中，简朴在前半部《玉堂春》中的某些新的唱腔，可能是由于音乐魅力，使观众既从人物形象塑造上得到审美享受，又从音乐本身有所欣赏，因而总是满场喝彩。这类事例是很多的。

五、平（京）剧研究团自力更生、艰苦奋斗的生活作风

当时衣食住行都很困难，大家住简易草房，有的下雨时漏水，雨停后室内继续下雨。剧团自己打窑洞，自己到南泥湾砍树运树做窑洞支架。陈冲因此将腰扭伤，平胜凯为部队艺术学校打窑洞时被塌方砸死。到甘谷驿演出时自背行李，日行近百里，晚上接着演出，大家动手搭台卸台。平时到各机关部队演出，往往每个晚会往返数十里，演完戏步行回到桥儿沟时，已是次日凌晨。

六、平（京）剧研究团的思想政治工作

剧团领导和党支委会除了组织各种学习来提高大家的政治、文化、业务修养，树立共同的政治理想与艺术理想之外，剧团领导和党支委起模范带头作用，如扛戏箱、搭台时的重劳动抢着干。在艰苦条件下，开娱乐晚会、舞会，劳逸结合，心情舒畅，形成全团同志团结奋斗精神愉快的局面。

七、延安鲁艺平（京）剧研究团的历史地位和历史局限性

平（京）剧研究团是我党中央领导下，最早的京剧研究和演出的专业剧团，它对党领导的京剧工作起了先驱作用。它在表、导演创作中的现实主义传统；它的演员与观众相互影响而形成的艺术风格；它的艰苦奋斗的生活作风和工作作风等等，对延安平（京）剧研究院和各解放区京剧表演团体以及建国后的全国京剧工作，都产生了较好的影响。

由于当时没有印刷条件和录音录像设备，平（京）剧研究团的剧本、唱腔、影像，今天能见到的甚少。但由于延安的京剧工作者，在社会主义时期有的在京剧院（团）中任主要演员、导演、院（团）长；有的在宣传文化部门中任部、厅、局、处、科长。通过这些同志的工作和劳动，延安的传统精神和作风，得到了继承和发展。

但鲁艺平（京）剧研究团的历史局限性也是很明显的，主要是在技术上，除了陶德康（曾受益于程继光等，当年北京有些京剧班社曾邀他"下海"，但他愿作著名票友参加演出）、阿甲（1938年前即为著名票友，在一些戏的表演上有自己独特风格）、罗合如（曾受益于瑞德宝、陈道安等名家并有一些拿手好戏）、陈冲（业余司鼓多年、精通京剧音乐、并会说许多传统戏）、任桂林（青年时在山东省立剧院正式学习小生，毕业后在一些地方演戏）等技术水平较高之外，其他一些主要的同志多是只在某几出戏中有独到之处的票友，功夫没有科班出身的那么扎实。其次，非常紧张的战争环境，极其困难的物质条件，特别是广大观众对戏曲艺术的迫切

需要，使平（京）剧研究团不可能以十年磨一剑的办法，在技术上精雕细刻，因而在音乐、舞台形象方面没有留下什么艺术珍品。

应该承认，强调初期着重学习京剧技术是正确的，但把学习、研究、改革三者截然分在三个阶段进行，是不完全适当的。鲁艺平（京）剧研究团，虽然事实上也做了一点改编创作剧本工作，但做得太少了，甚至连整理剧本的工作都没能有计划地进行。这说明，除了上述主客观条件的限制外，当时领导思想上也有一定的片面性。

学习·实践·普及·提高

——忆延安鲁艺戏剧系第三届

王一达

延安鲁艺戏剧系的第三届，有别于前两届，也不同于以后的第四、五届。第一、二届学习期限都只有三个月，课堂学习较少而演出实践较多，偏重普及。从第四届起，学习期限定为三年，课堂学习多而演出实践少，偏重提高。第三届则是介乎两者之间，期限为一年半，学习与实践并进，普及与提高相连。

我们第三届戏剧系的大部分同学都是在1938年12月和1939年1月入学的，共有34人。在1939年7月，部分同学被调往敌后抗日根据地之后，又有7个新同学插班学习。除被调往敌后根据地的、被派去或要求去国民党统治区的香港的以及转校或转系学习的以外，一直学到结业的同学只有20人，分配到部队和其他根据地去的3人，其中，留在鲁艺实验剧团、平（京）剧研究团和其他部门的14人，转入第四届戏剧系继续学习的3人。

第三届戏剧系的基础课和参加全院学习的大课都与前后各届基本相同。前者主要是《戏剧概论》《导演论》（两课都是张庚讲授）、《剧作法》（王震之讲授）；表演（结合排戏，崔嵬、姚时晓、张庚分别导演并讲授）、化装（崔嵬讲授）、舞台美术（钟敬之讲授）、视唱、练耳（唐荣枚和潘奇讲授）等等；后者主要是《艺术论》（周扬讲授）、政治理论（徐一新、李华、韩托文、宋侃夫讲授）、哲学（艾思奇讲授）等。文艺方面的大课在前阶段还听过《现实主义》（沙可夫讲授）；政治和哲学方面还听过吴亮平、陈伯达等讲授的大课。此外还有选修课，本系同学可以到别的系去听他们的专业课，如许多同学听过周立波讲授的文学、塞克讲授的歌词写作。个别同学还听过音乐、美术等课。除在课堂听教师讲课外，个人自修也占相当比重。鲁艺当时的图书馆很小，藏书不多，但同学们可以读到一些重要的马克思列宁主义的政治理论书籍、民主主义和社会主义的文艺理论书籍以及文学、戏剧等名著。

开学不久，作为表演课，系里就安排了专职教员给学员排了两个独幕话剧。一是《今天》，姚时晓编导，担任此剧主要演员的同学是方深和韩冰；二是《被蹂躏的女性》，崔嵬编导，担任此剧主要演员的同学是任均、王昇（我当时的名字）和柳岸。这是我们系的第一次演出实践，尽管并非每个演员的表演都非常精彩，但初步显示了同学的艺术力量。

后来，作为"实习"，我们系连续排了几个由同学创作的独幕话剧，有的戏由同学自己导演，有的戏由教员导演。那几个戏是：《回家》，刘因编剧，胡丹沸导演，主要演员是刘镇；《渡口》，严正编剧，主要演员是柳岸和刘镇；《杂货商的儿女》，范景宇编剧，主要演员是王思真（现名覃珍）；《可以往来的朋友》，刘因编剧，主要演员是王昇；《良民》，刘因编剧，张庚导演，主要演员是王昇、柳岸和王仲颖（现名王松声）。通过这几个戏的排演，许多做演员的同学和几位搞编剧的同学都得到了实践。

最后一个作为表演课，由教员排的戏是日本话剧《婴儿杀害》，姚时晓导演，主要演员是黄药、方深和任均。

我们系的同学还和教职员联合排演过几个独幕话剧，先排的有：《一家人》《人命贩子》《顺民》和《红灯》。担任演员的教职员有王震之和崔嵬等，同学担任演员的是谢力鸣和柳岸等。最后排的一个独幕话剧《棋局未终》，姚时晓编剧，张庚导演，担任主要演员的教职员是干学伟和姚时晓，同学担任主要演员的是王昇。这种与教职员的联合排演，对我们学员是很好的锻炼。

对我们锻炼最大的，也最显示全系艺术力量的，是与教职员和别的系同学以及院外个别同志大联合，排演曹禺创作的四幕话剧《日出》。王滨导演，钟敬之舞美设计，担任演员的，教职员有李丽莲（饰陈白露）、干学伟（饰张乔治）、颜一烟（饰顾八奶奶）和田方（饰黑三）；美术系同学是刘笑生（现名石天，饰王福升），院外同志是张成中（饰方达生，他后来调来鲁艺实验剧团工作），同学有王昇（饰潘月亭），方深（饰李石清）、李郁（饰李太太）、刘镇（饰黄省三）、范景宇（饰胡四）、林白（饰小东西）、韩冰（饰翠喜）、石畅（饰小顺子）、林农（饰卖报的哑巴）。舞台工作大部分由我系同学承担。这个大戏在延安的公演，引起了空前轰动。当年的观众，至今难忘，普遍认为是后来几十年在全国各地都没有看到过的精彩演出。当年延安演出的《日出》，除剧本是久负盛誉的名著，王滨的导演非常成功，钟敬之的舞美设计也很成功之外，包括李丽莲和田方在内，全体演员的表演都是相当成功或比较成功的。全剧列名的 15 个角色中的一大半（9 个角色）是由第三届戏剧系同学饰演的，我们为分享了巨大的成功而感到自豪！

1939 年春，我们系曾一度计划作为教学剧目排演《日出》，已经派了角色，但未公布。几个月后，决定改排《雷雨》，并公布了角色分配名单。因为学院接到中央紧急命令，调出相当多的教职学员，派往敌后抗日根据地，我系被调近半，所以没有排成。1940 年春，我们系重新决定排演《雷雨》。这次是作为表演、导演实习剧目，由本系同学的群众团体"小剧场"主持。戏已排了大半，但因排戏时间少，加上当时由学员自己导演这一名剧，也有些力不从心，直到结业，戏还没有排完，所以演不出，非常遗憾！据目前在京同学回忆，我系两次《雷雨》角色分配的名单大致如下：

周朴园——（第一次）方深；（第二次）王昇。

繁　漪——（第一次）张铮；（第二次）王思真。

周　萍——（第一次）洛林；（第二次）展宇。

周　冲——（第一次）谷军；（第二次）林农。

鲁　贵——（第一次）王昇；（第二次）方深。

侍　萍——（第一次）李郁；（第二次）黄莴。

鲁大海——（第一次）范景宇；（第二次）严正。

四　凤——（第一次）林青；（第二次）任均。

另外个别角色还配有 B 组演员，如柳岸是饰四凤的 B 组演员等。

第一次的导演是教员张庚，第二次的导演是学员王昇和石畅；指导教员是姚时晓。第二次虽然戏没有排完，因而未能演出，但对同学们又是一次很好的锻炼和很大的提高。

除话剧外，我们系同学还兼演过京剧、歌剧、秧歌、舞蹈，并参加过大合唱。

京剧，最初有任均、石畅和展宇演出了穿现代服装表演的传统戏《鸿鸾禧》，三个分饰金玉奴、金松和莫稽。后来，他们又与专业京剧工作者符律衡（现名阿甲）等合演了也是穿现代服装的《打渔杀家》，任均饰肖桂英，石畅饰教师爷。再后，更多同学参加了与罗合如、任桂林等专业京剧工作者合演，由符律衡编导并主演的京剧现代戏《钱守常》，饰演剧中主要角色的同学是任均和王昇。从西安买回来戏箱，延安演出了京剧传统戏和新编的历史剧以后，任均、王昇、石畅是经常参加的特邀演员，并总是分别饰演女主角和其他主要角色；展宇、刘镇、韩冰等也分别客串过某些戏的次要角色。我们系同学当时参加演出过的戏有《法门寺》《棒打薄情郎》《群英会》《古城会》和历史戏《梁红玉》《陆文龙》《岳母刺字》。1940 年 6 月，作为本系结业汇报的剧目，全系同学在专业京剧工作者、乐队和舞台工作者协助下，演出了自编、自导、自演的京剧新编历史剧《吴三桂》。此剧由王昇、石畅二人编剧并导演；王昇饰吴三桂，任均饰陈圆圆，石畅饰多尔衮。尽管编、导、演都并不成功，但从全系来说，敢于排演这么一个京剧大戏，是不能不认为"难能可贵"的。

我们系同学参加过歌剧《军民进行曲》演出的有柳岸等；参加过扭

秧歌的，几乎是全系同学；参加过舞蹈的，有王仲颖、刘镇、王思真、任均等；参加了《生产大合唱》的是一部分同学；参加了《黄河大合唱》的，几乎是全系同学，其中值得单提的同学，一个是陶剑心，他参加管弦乐队，操用煤油桶自制的"低音胡"，以代替当时延安没有、无处购买也不会制作的"倍大提琴"；另一个是柳岸，她除参加合唱外，还担任过朗诵。

如我在此文开头所说，鲁艺戏剧系第三届期限较长，课程较多；一边学习，一边实践；立足于普及，过渡到提高。这是区别于前后各期的很明显的特点。如果问还有什么别的特点，我回答还有：一是重视文化遗产，重视传统艺术，重视民族形式；二是既专学话剧艺术，又兼习其他艺术，基本做到一专多能。此外，同学自治，如党支委成员以学员中的党员为主，又如选举全系大班长以接替原由领导委任的区队长，组织同学自己的群众团体小剧场来协助系领导安排课内实习排演和课外自学活动，也都可算是特点。

以上这些特点给同学们带来了极大的好处，那就是使我们得到了更切实的、更全面的教育和培养，从而使长期从事艺术（话剧、京剧、歌剧、电影以及音乐等等）工作的一些同学在后来分别成了专家、骨干；也使后来改行从事其他（政治、军事、工业、新闻、广播以及医务等等）工作的一些同学都做了相当出色的贡献。

鲁艺培育了我们，我们终生怀念鲁艺！

学话剧　演京剧

——忆在延安鲁艺的学习与工作

任　均

我自幼爱好戏剧，在中学读书时，课余学过一点儿话剧，也学过一点儿京剧；还演过一个独幕话剧和两出京剧传统戏。那时，无论是话剧，还是京剧，我都只是个人爱好，演出也是所谓"玩票"；学得都很肤浅，演得也很平庸。

抗战开始以后，我参加了一个剧团，演出过几个反映抗战的独幕话剧。可是这时，我的戏剧知识还是很少，表演水平仍旧不高。

1938 年 12 月，我到延安参加革命以后，为了掌握戏剧基本知识，提高表演艺术水平，考入延安鲁艺第三期戏剧系。

我非常幸运，入学 3 个多月，就和另外两个同学一起被吸收加入了中国共产党。入党之后我更加努力学习，积极工作。

在鲁艺戏剧系学的是话剧，可是我在鲁艺演过的话剧只有两个：一是《被蹂躏的女性》。崔嵬编导，由我主演，同台主要演员有王一达和柳岸。二是日本话剧《婴儿杀害》。姚时晓导演，我扮演警官的女儿，同台主要演员有黄药和方深。完全出我意料，我演得多的，却是京剧。

我在延安演京剧，是从 1939 年春天开始的。演的第一出戏是《鸿鸾禧》（前两折）。我扮演金玉奴，同台主要演员是本系同学展宇和石畅。第二出戏演的是《打渔杀家》。我扮演肖桂英，同台主要演员除石畅外，最主要的是当时已经专业搞京剧的阿甲。由于当时延安还没有戏箱，演这两出古代戏，穿的却是现代服装。当拿腔拿调地唱念时，尤其是做旦角的程式动作时，感到很别扭。

同一年的秋天，我参加演出了京剧现代戏《钱守常》。阿甲编导并主演，我扮演钱守常的女儿，同台主要演员还有任桂林、王一达、罗合如、石天。因为是宣传抗战，演出时有一种政治责任感，而且又是穿现代服装演现代戏，表演不感到那么别扭。但是，不可否认，新内容和旧形式之间，还是有些不协调的。

后来，从西安买来了戏箱。从1940年元旦起，延安开始演出了真正的京剧传统戏。第一出戏演的是全本《法门寺》。我扮演宋巧姣，阿甲扮演赵廉，石畅扮演刘瑾，王一达扮演贾桂，石天扮演刘公道，齐瑞棠扮演刘媒婆，张东川扮演刘彪。在当时延安的条件下，这个演员阵容，可以说是最整齐的了，鼓师是陈冲，琴师是华君武，陈叔亮和刘炽都演奏打击乐器。乐队虽小，力量很强。正因为如此，所以轰动了延安，盛况空前。我们连演四场，毛主席连看四场。其他中央领导同志，凡在延安的，也都观看了。

接着演的传统戏是全本《鸿鸾禧》，又名《棒打薄情郎》。我还是扮演金玉奴，同台主要演员是陶德康和王一达，这出戏也很轰动。我永远难忘的是，周恩来副主席从重庆回到延安，正巧看了这出戏的演出。他在1940年4月23日写给我的信中，除谈到我的在重庆的二姐任锐和在莫斯科的外甥女孙维世以外，他写了："前晚看了你的拿手戏，赞佩不已。"我突然接到他的亲笔信，真是喜出望外，又得到他这样的鼓励，更是受宠若惊。

那时，我还演过两次新编历史剧：一是《梁红玉》。采用国民党统治区进步刊物上发表的剧本，由我主演，陶德康导演并扮演韩世忠，张东川扮演金兀术。二是《吴三桂》。我扮演陈圆圆，王一达和石畅编导并分别扮演吴三桂和多尔衮。如果说演传统戏，基本上是模仿前人的表演，那么，演新编历史剧，则是创造自己的角色。在这一点上，和演现代戏一样，不同点是穿古代服装演古代戏，形式与内容之间，没有不协调的问题。尽管我对角色的创造不尽成功，但还是比较得心应手的。

学习结业，分配工作时，组织决定我去新成立的鲁艺平（京）剧研究团当演员，这在我的思想里引起了很大的波动。京剧，我是爱好的，也演过不少出戏；受到观众欢迎和领导鼓励时，我很愉快。但是让我以演京剧为专业，我却并不心甘情愿。不过我考虑，我是共产党员，应该个人服从组织；我又想到人民群众对京剧是那么需要，党中央和毛主席对京剧又是那么重视，特别是周副主席还给予了我那么大的鼓励，经过反复的思想斗争，我终于无条件地服从了组织的决定。

我在鲁艺平剧团，除还演上述几个保留剧目外，又主演了《十三妹》《玉堂春》《宇宙锋》，与别人联合主演了《龙凤呈祥》《四郎探母》《宝莲灯》《梅龙镇》《奇双会》等戏。随着艺术实践的不断增加，表演水平也逐渐有所提高。

我在鲁艺平（京）剧研究团工作时期，还有一件终生不忘的事。那是在1941年秋季的一个星期天，我和本团的阿甲、罗合如、陈冲、陶德康、李纶、石畅、方华以及当时还在鲁艺实验（话）剧团工作，经常协助演出京剧的王一达，在业余京剧活动的主要演员于陆琳陪同下，应邀到杨家岭毛主席家里做客。毛主席用了六七个小时的时间，热情而亲切地同我们畅谈京剧艺术及其发展前途，欣赏延安稀有的京剧唱片，并共进午餐。这不是平常一般的"做客"，而是特殊荣幸的"听课"，毛主席单独给我们几个人上了宝贵的一课，使我们受到了深刻的教育和极大的鼓舞，从而坚定了我们在党的领导下从事京剧事业的决心和信心。

1942年4月，遵照党中央的决定，鲁艺平（京）剧研究团与八路军120师战斗平剧社合并，成立延安平剧研究院。我和全团同志从此离开了鲁艺。

此后，我在延安平剧研究院和陕甘宁晋绥联防军区平剧院（原属晋绥军区）工作。从我在延安演第一出京戏算起，我在边区和解放区做京剧工作整整10年。

我有自知之明，我演京剧，并不是很有才华的；之所以在延安时期能做京剧的主演之一，是"此地无朱砂，红土子为贵"。全国解放以后，京剧表演艺术家和优秀演员大有人在，我是不能和他们相比的，我已经完成了在边区和解放区从事京剧工作的历史任务，应该愉快地退出舞台。在全国解放前夕，经组织同意，我改做了行政工作。虽然从那时起，我再也不演戏了，但我在鲁艺学到的戏剧知识，仍然在我的工作中起着一定的作用。

　　我离开鲁艺，至今已有40余年，从来没有忘记过领导和老师对我的教育和培养。我一直在深深地怀念着敬爱的母校。

启蒙的第一课

严 正

我接受启蒙教育，主要是两方面：一是革命理论的指引，一是社会实践的验证（生活实践与创作实践）。理论与实践结合起来了，才唤起我对革命文艺工作的严肃的责任感和历史的使命感。

参加革命前，在南京左翼剧联领导下，参加了抗日救亡戏剧、歌咏宣传活动。凭着青年人一腔抗日救亡的热情，串学校，走机关，组织业余报社、歌咏队，通过演出宣传群众，鼓舞斗志，激发爱国热情，鼓动团结抗日。尽管遭到国民党反动政府军警的破坏镇压，依然变着方式坚持着干。当到了革命圣地延安，在鲁艺学习和工作，心想：老早就参加革命活动，如今又身处革命环境中，想当然自己已成为革命文艺工作者了。

可是整风运动开始以后，鲁艺领导检查了办学方针，特别是延安文艺座谈会开过 7 天之后，毛泽东同志到鲁艺讲话时说：你们现在学习的地方是小鲁艺，还有一个大鲁艺，还要到大鲁艺去学习。大鲁艺就是工农兵群众的生活和斗争，广大的劳动人民就是大鲁艺的老师。你们应当认真地向他们学习，改造自己的思想感情，把自己的立足点逐步移到工农兵这一边来，才能成为真正的革命文艺工作者。亲聆毛主席这番教导，自己犯起疑来了，自问：怎么自己做个革命文艺工作者至今还未入门呢？看来关键是立足点要转移到工农兵方面去，核心是改造自己。尽管思想认识一下子上不去，却下决心按照毛主席指引的方向去做，到大鲁艺去，拜人民群众为师，从干中去理解吧。

1939 年春节在延安县曾观看了群众闹秧歌，这是一种朴素的民间集体舞文艺形式，群众性很强，遍及整个陕甘宁边区。这些朴素的甚至是稚拙的小场歌舞剧却十分吸引人。同时，结识了"伞头"，搜集了领舞的各种图案、秧歌的基本步法、唱词、小场子对舞的动作与表达的情趣等。因为有这么点底子，经院领导决定，就背上行装到群众中学秧歌去了。

1943 年元旦，鲁艺为宣传拥政爱民，拥军优属，组织了秧歌队。当时由刘炽同志带着我一起教同学们扭秧歌。刘炽和我就成了延安鲁艺第一支秧歌队的"伞头"。几天之后，鲁迅艺术文学院秧歌队鲜红的门旗竖立起来了，在五色缤纷的彩旗和大幅"拥政爱民""拥军优属"标语的簇拥下，一支几十人的大型秧歌队踏着锣鼓点，扭着健壮的舞步，从桥儿沟出发了，向延安南关外边区政府献旗，向延安北门外边区联防司令部献花。秧歌队走街串巷，群众用惊奇的目光看着我们，并议论纷纷："尔个变了，鲁艺大学的学生也扭起咱们老百姓的土秧歌来了！"有的说："好气魄啊！好红火啊！"王大化和李波同志唱的《拥军花鼓》，特别受到广大群众的欢迎。我们秧歌队无论走到哪里，都有群众跟随着。当演员打着花鼓唱道："猪啊、羊啊，送到哪里去？"场外的老乡接着唱："送给咱英勇的八呀路军。"真是盛况空前。

首次演出获得了延安各界的肯定和赞赏。同时，群众也提出了评论的意见，集中一点是：鲁艺闹秧歌群众双手欢迎，就是秧歌队将咱们边区各行各业人扮得不美，咱们看了心里不舒坦。

我听了这一尖锐批评，像当头浇了一桶凉水。是啊，扮相是难看啊！作为秧歌队的打头人可能比其他演员的扮相还更难看。头上扎了十几个小辫子，辫子上插上各色的纸花；面部化装是仿戏曲"丑"的扮相，眼上涂上两大白粉圈圈，红鼻头、两颊抹上两块红圆饼，两耳挂着红辣椒或红枣串串，身穿大红袍，手持大团扇和绿色手帕。舞步舞姿基本上是保持旧秧歌的扭动情趣……自己在镜子前一站，也发现扮相非但不美，简直是丑化了！可是又想，这是从群众那里原样学来的呀！为什么群众会反感呢？……问题出在哪儿呢？我自己困惑起来了。

在困惑思索中，再次学习毛主席《在延安文艺座谈会上的讲话》：

到了根据地，并不是说就已经和根据地的人民群众完全结合了。

工作对象问题，就是文艺作品给谁看的问题。……既然文艺工作的对象是工农兵及其干部，就发生一个了解他们熟悉他们的问题。

我们知识分子出身的文艺工作者，要使自己的作品为群众所欢迎，就得把自己的思想感情来一个变化，来一番改造。没有这个变化，没有这个改造，什么事情都是做不好的，都是格格不入的。

我沿着毛泽东同志指引的路，又走进群众中去，请教桥儿沟的老乡。群众说："尔个边区是咱群众当家作主呢，政治大翻身了。可不该像旧社会把咱老百姓不当人看。"有的说："如今咱们群众代表参加边区政府大会，跟毛主席、朱总司令平起平坐，共商国家大事哩。"桥儿沟秧歌"老把式"悄悄地对我说："旧社火是闹红火，扭的是骚情秧歌，有的人家都不让年轻女子出来看呢！"……这些简短朴实的话语，像惊雷骇电骤然撞击开我的困惑，它的冲击力在我灵魂里升腾。茅塞顿开，思绪清晰，心情顺畅了。群众教育我做一个文艺工作者必须看到"时代不同了"这样一个现实。这时，才悟到毛泽东同志亲自到鲁艺动员全院师生到大鲁艺去的深远的意义：深入群众，改造自己。

问题找到了，眼光似乎从云雾中飘落到大地上：这里的人民群众在建设没有剥削和压迫的陕甘宁边区，他们参政，已是社会的真正的主人。这样的主人在贫瘠的黄土高原，用自己辛勤的汗水所收获的粮食，宁愿自己缺食少穿，把好粮缴出来支援抗战，供养人民子弟兵和成千上万的干部，他们是何等的崇高伟大啊！中国第一代新型的农民形象，他们崇高优美的精神面貌光彩照人，岂容歪曲丑化！

由于创作意识和审美观念的改变，鲁艺秧歌队在扮相上由丑变美了。抛掉《王小二开荒》的旧名，改成《兄妹开荒》，威武雄壮的胜利腰鼓舞《庆祝胜利》和《歌唱南泥湾》的八女挑花篮悠扬抒情的歌舞问世了，反映陕北乡土风情的《运盐队》、歌唱大生产的《回娘家》《推车舞》等等，一大批表现新时代、新生活、新面貌的节目投入排练。新秧歌的主题新了。

秧歌队全部改为"俊扮"。头扎英雄结，身穿绣花红兜肚，外套天蓝色的上衣，腰系彩绸缎带，看上去人人精神焕发，个个英姿飒爽，真是一派新时代气魄，我和刘炽两个"伞头"装扮也漂亮英俊了。但手上扔掉大团扇和绿手帕，改换什么样的道具却感到为难。应以什么具体形象来作为表现工农兵战斗风格的鲁艺秧歌队前导的标志呢？同志们提出的方案不少，都难以选中。正在大家聚议设想时，猛然间，有位同志看到一杆红旗迎风飘扬，红旗上的铁锤、镰刀在阳光照耀下熠熠闪光。他喊出：应该是它！

于是，铁锤、镰刀被选定为鲁艺秧歌队的前导标志，它是人民大众的代表形象，是无产阶级政党领导的象征。

1943年2月9日，鲁艺秧歌队以百余人庞大阵容，第一次高举铁锤、镰刀，工农代表形象领衔，连续到党中央所在地杨家岭、联防司令部、边区政府、西北局、文化沟等处演出。每天到延安农村演出五六场。由于鲁艺秧歌队的面貌全变了，深得群众的喜爱，每到一处，群众皆奔走相告："鲁艺家来了！"周扬同志听到，笑着对我们说："'鲁艺家'多亲昵的称呼！过去你们关门提高，自称为'专家'，可是群众不承认。如今你们放下架子，虚心向群众学习，诚诚恳恳地为他们服务，刚刚开始做了一点事，他们就称呼你们是'家'了，可见专家不专家，还是要看他与群众结合不结合。这头衔，还是要由群众来封的。"

鲁艺秧歌继承了五四以来新文艺形式的要素，熔戏剧、音乐、舞蹈于一炉，形成一种新型的、小型的广场剧。它是具有民族特色、乡土气息和时代特征的灵活轻便的歌舞剧表演；它体现了革命化、民族化、大众化的特色，能够迅速简明而艺术地反映群众生活斗争的新的艺术品种。群众看了演出后说："鲁艺家秧歌变样了，唱的、演的、跳的一满美的太咧！"广大群众批准了。中央首长看后也赞道："这还像个为工农兵服务的样子"，一致认为：鲁艺为文艺表现新的群众时代开了个好头。

鲁艺秧歌掀起了延安表现新的群众时代的秧歌运动，影响遍及各革命根据地。解放战争时期，高举铁锤、镰刀的秧歌队，紧随解放大军，高唱《解放区的天是明朗的天》，跨黄河、越长江，直至珠江海口，歌唱全国人民解放的伟大胜利，欢庆中华人民共和国的诞生！全国解放后，秧歌又走向世界，受到不少友好国家人民的热爱，也得到友好国家歌舞团以跳秧歌舞来表达对中国民族文化的赞赏和敬仰。

培养革命文艺工作者的学校

舒　强

我是 1944 年 2 月间到延安鲁艺的，以前我一直在国统区工作。我去延安鲁艺的目的，是学习马列主义，以便将来为社会主义戏剧事业做点贡献。

到延安鲁艺时，鲁艺的人大部分都下乡演出去了。回来时，在鲁艺大门外的空地上搭起一个土台子，竖起几根木杆，挂起一块天幕和两块大幕就演起戏来。观众就坐在地上或站在小土坡上看。一连演了 3 天，节目有《兄妹开荒》《二流子变英雄》《周子山》等，演出有乐队伴奏，演员又扭秧歌，又唱，又说，说的是陕北方言。都是陕北的农民、干部和民兵的打扮，戏里面演的人和事都是我从未见过听过的；新的社会里出现的新人新事，新的思想感情，新的矛盾和问题。那些工农兵形象，我感到很生疏，又很亲切。我看到的是一种崭新的戏剧，感到从未有过的振奋和激动。当时心里想，这才是真正的人民当家作主的新社会，才是真正表现人民生活的戏剧；将来新中国的戏剧，应该是这样的。

到延安鲁艺以前，我已经搞了十几年的演剧工作，演过几十个戏，可是从来没有演过这样的戏，也未见过这样的人物和生活。我在兴奋之余，开始感到自己对这里的一切太陌生了，太不了解了。我想，要是让我演，我怎么演呢？不会，一点也不会。我感到自己到延安以后变成无用的人了，心里不免有些茫然和悲哀。

不久，西北战地服务团从晋察冀回到了鲁艺，和鲁艺文工团一起演出荒煤和姚时晓同志合写的表现太行地区军民反日伪军抢粮斗争的话剧《粮食》。鲁艺戏剧系领导张庚同志让张水华同志导演，也让我参加，这是我到延安后第一次参加导演工作。

排演未开始，我就碰到一件意想不到的事。有一天，周扬同志把周恩来副主席请到鲁艺来听《粮食》剧本，请他提意见。对周恩来同志，过去在大后方我就是对他非常尊敬的。可是鲁艺请他来对剧本创作提意见，我有点不理解，心里想，为什么不请几位剧作家来提意见，请个大政治家来干什么呢？他会政治斗争，会打仗，他懂得艺术么？懂得演戏、写剧本么？那天读剧本时，在座的除周副主席外，还有张庚、吕骥、荒煤、姚时晓、张水华和我。荒煤读完剧本，周副主席并未直接对剧本提意见，却提出一大堆关于太行地区敌、友、我军和人民的各阶级的情况及他们间的各种关系和矛盾，当地的生产情况和政府执行政策的情况等问题，我听了以后感到莫名其妙，心想，这是搞戏，又不是搞政治、打仗，谈这些不相干的事情干什么呢？在大后方时，我跟许多有名的大导演演过戏，从来没有这样搞过。等周副主席听了荒煤和姚时晓同志回答问题以后，他才根据太行地区敌我斗争的具体情况提了很多精辟的意见和很多重要的需要注意的问题。

这时，我才恍然大悟，才第一次认识到演戏再不能像过去在大后方那样，不管对剧本中反映的社会、生活和人物了解不了解，背熟了台词，挑好地位，上台就演起来，必须要先对剧中的社会、生活、人物和党的政策等了解清楚才能排戏。演戏是艺术创作，可是它竟是如此离不开政治，离开了政治、政策，如何处理人物和人物之间的关系和矛盾呢？我才懂得，艺术和政治有那么密切的关系。做一个导演、演员不懂得艺术固然不行，而不懂得政治也是不行的。

后来到了排演的时候，剧中人物：八路军的长官和士兵、政府的领导和群众，地主、富农、中农、贫雇农和民兵等等我都未见过，都不了解，他们应该是什么样子？怎么说话和动作？我都不知道。我才第一次认识到：没有生活，不了解剧中人物生活中的具体形象，根本就不可能进行艺术创作，我第一次深深地感到自己是一个多么无知和无用的人。

排完《粮食》，跟着又参加导演《前线》和《白毛女》的工作。对我来说，都是学习。我没有到过根据地的农村和前方，可是鲁艺和西战团的许多人去过，我没有接触过工农兵及其干部，他们接触过，他们中不少人就是来自农村和部队的。所以，在排演过程中，我总是常常向演员们提出这样的问题：如果不是演戏，在现实生活中，假如像剧中这样的人，在如此这般的情境下，他会怎么想，会怎么动作和说话呢？我首先让演员按生活中见到过的人物来表演，而后，我再在演员创作的基础上帮他们加工、修改，所以排演过程，也是我从演员那里间接地学习根据地工农兵生活以及党和政府的各种政策的过程。

后来，在排演《白毛女》时，有件事又给了我终生难忘的震动。那是排到把喜儿从山洞里救出来以后，开斗争会斗争黄世仁的时候，当喜儿控诉黄世仁害死她爹爹，把她奸污以后，群众极为愤怒，拥上前去打黄世仁，恨不能把他打死，这时我和大化急忙阻止群众，叫场上的干部和民兵把黄世仁保护起来，把群众推开，不让他们接近黄世仁，我们以为这样处理是从党的统一战线政策出发的。党的政策是要团结地主共同抗日的，如果打了黄世仁，不是违反了党的政策吗？

后来在鲁艺大院里连排时，许多同志，特别是工农群众意见很大，他们非常激动地说："为什么要保护黄世仁？为什么不让群众打他？！这样的恶霸地主还不让打？根本就应该枪毙！"当时，我心里想：你们这些人既不是专家又不是领导，懂得什么呢？我们是按党的政策排的，所以根本听不进去。后来，到党校去演，很多从前方回来的党政军领导干部看了也提出了类似的意见，我心里感到有些不对头了；后来中央领导同志看了也提出了同样的意见，认为像黄世仁这样的地主，已经是逼死人命的杀人罪犯了，根本不是团结的对象，是应该公审法办处决的，群众仇恨他，要打他是理所当然的。干部可以向群众说明政策，劝说群众要按政策办事，不要打人，不要那样保护黄世仁。

这时，我才猛然觉悟到党的政策和工农兵群众的思想感情、愿望是那样地紧密联系、息息相通的。群众意见是正确的，而我自以为是正确的，却是错误的，我第一次深深感到自己在群众面前是多么无知和幼稚。从此，我再不敢瞧不起工农兵群众，轻视他们的意见了。

一到延安，我就学习了毛主席的《在延安文艺座谈会上的讲话》。其中谈到的知识分子思想情感的改造问题，我非常同意，不过我想这个问题对于我来说是早已解决了的问题。早在去延安的十几年前，我就参加了左翼剧联，一直演的是革命的戏，为使全中国的劳苦大众得到解放而奋斗着。坐过牢，吃过许多苦，总是一心为工农群众的，我的思想情感早已不存在改造的问题了。可是，后来遇到一件事，使我大吃一惊，我才知道自己的思想情感和工农兵之间还存在着多么大的距离。

大家知道，在延安时最初的《白毛女》剧本里有这样的情节，就是黄世仁强奸了喜儿以后，有了身孕，黄世仁要和地主的小姐结婚了，怕喜儿闹起来，就欺骗她要娶她，喜儿信以为真，产生了和黄世仁结婚的幻想。到连排和演出时，工农群众和许多工农兵干部对这点都有意见，认为喜儿不应该也不可能有这样的幻想，嫁给一个有杀父之仇的人，怎么可能呢？可是我想，像喜儿那样一个孤苦伶仃的女孩子，面对那样强大的黑暗势力，无依无靠，能有什么办法呢？暂时忍辱地活下去，也是人之常情。所以，听了许多意见都改了，唯独这一条，没有接受，考虑再三，还是不改。

直到1945年进军华北，1946年在冀中农村演出时，贫下中农和八路军战士看到这里，在台下大骂喜儿没骨气，玷污了贫雇农。骂我们这样处理喜儿是歪曲和污辱贫雇农。当时，我心里虽受震动，但还是未下决心改掉，直到1947年到1948年我们参加了农村土地改革，长期和贫下中农生活在一起，特别是在土改斗争地主、恶霸的大会上，听到许许多多地主阶级残酷地迫害贫雇农的血淋淋的事实后，对贫雇农的思想感情才有了比较深刻的理解和体验。这时，我才发现我们那样处理喜儿是错了，才发现自己的思想情感和工农兵之间存在着这么大的距离，才觉悟到自己的思想情感的改造问题还没有根本解决。

在延安鲁艺期间，我还受到一次批评，那是我有生以来所受到的最难堪的批评。事情是这样的：在排《白毛女》时，因为以前用秦腔形式表演行不通，我和大化就想办法使表演既要歌舞化，又要生活化，还要艺术化，我们既用了秧歌步，也用了芭蕾舞；既用了斯坦尼的话剧表演方法，也用了戏曲的表演程式。比如喜儿唱："我不死，我要活；我要报仇，我要活"时，我们就用了戏曲里甩发的动作程式。唱一句，甩一下发，先向后，再向前，再向左甩一个圈圈，再往右甩一个圈圈……结果到了连排时，全鲁艺的人都来看，看了以后非常不满意，说我们把喜儿搞成了"四不像"。记得当时文学系在饭堂外墙上还出了一次壁报专刊，专门评论这次连排，让我们把喜儿弄得中国人不像中国人，外国人不像外国人，既不像古人也不像现代人，根本不是解放区的农民形象，是歪曲农民形象。真是把我们搞得面红耳赤，无地自容，抬不起头来，演员们都泄了气，戏几乎排不下去了。

后来，我和大化总结了前段排练工作，我们虽然被批评得狗血喷头，可是冷静地思考，他们批评的是对的，我们错了。错就错在我们是在形式上耍花招，只是从形式上去硬搬中外古今的表演形式，忘记了一切都应该从人物的生活内涵出发。不是根据人物的生活内容有选择地吸取、借鉴，更没有消化、创新。经过这次群众和专家们的批评和教育以后，我们的创作思想明确了，又经过一番努力，最后搞出了既是歌剧的、又是富于生活真实感的、有民族色彩和艺术表现力的一出好戏，受到了广大工农兵群众、专家和干部们的欢迎。从此，我才深刻地认识到批评和自我批评的重要性。

我在延安鲁艺的时间是短暂的，一共是一年左右，可是我在鲁艺所受到的教育，是我终生难忘的，是决定我一生的艺术创作方向、道路的。

鲁艺，是教我如何做一个革命文艺工作者的好学校。

1987 年 12 月 26 日

兴奋　自豪　感慨

——忆延安鲁艺的大课和演出

陈锦清

前几天，我们几个鲁艺戏剧系第一期的同学聚了聚，有岳慎、邸力、张颖、安琳、干学伟和我。这些年过花甲和古稀的人坐在一起，是一种什么心情呢？兴奋、感慨、怀旧、自豪……实在难以言状，对 50 年前的事，却都记忆犹新，历历在目。

1938 年春天，在延安城东的一所中学旧址里，集聚了一批青年。有来自抗大的，如张平、苏路、路玲、张守维、翟强寿；有来自陕公的，如岳慎、张颖、安琳、韩塞、里诃等，他们中绝大部分是演剧五队的成员和戏剧爱好者；还有原演剧六队的干学伟；上海蚂蚁剧社的陈锦清；陶行知先生创办的晓庄学校的侣朋；后来，又来了演剧一队的邸力、王一芬；还有熊塞声、刘漠、孙嵩、谭兴邦、陈炎、胡苏等。这些青年就是鲁艺戏剧系第一期的学员。

领导和教员几乎都是当年左翼联盟的成员，如音联的沙可夫、吕骥，剧联的张庚、崔嵬、丁里、姚时晓、左明，美联的江丰、沃渣等同志。

师生都睡地铺，吃饭都在院子里，分组围着一盆黑豆芽，或蹲或站。每到上课前，值日队长集合同学，"凳上肩！""起步走！"经过一条小路，到附近耶稣教堂去上课。晚上，按小组围着小油灯，整理笔记或讨论。这是何等新鲜的集体生活！

后来，师生增多了，就搬到北门外，那里的半山腰，有几排朝阳的窑洞。上课就在窑洞前或山坡上。

我们的课程又是多么丰富！

周扬同志讲授艺术论和中国新文学运动史，吸引了全校各系的学生，他讲课时没有什么提纲，而是侃侃而谈，有说有笑地看看这边同学，望望那边同学，他用马克思主义的美学原则，阐述了艺术和生活的关系；用辩证唯物主义的反映论阐述艺术是经济基础的上层建筑之一，同时又可以反作用于经济基础；他引用了车尔尼雪夫斯基、伯林斯基、卢那察尔斯基、鲁迅的论述，却从不见他带书本，可见他渊博的知识和惊人的记忆力。他看了一位同学的笔记将反"应"纠正为反"映"，可见他是多细心，也许他讲课不写提纲是因为工作太忙，当时他是边区政府的教育厅厅长。

张庚同志讲授戏剧概论和中国话剧运动史，不仅使戏剧系的同学感兴趣，其他系的同学也有被吸引来听的。他讲到梅耶荷特的结构主义；讲到哥登格雷的导演中心论；泰洛夫的演员中心论；最后指出戏剧是综合艺术，讲到斯坦尼斯拉夫斯基。他讲话有鼻音，带着几分幽默，时而做点手势。他的课使我们在戏剧理论上有个基本的概念，得到初步的系统的知识。

艾思奇同志讲授哲学，课程内容和他的著作《大众哲学》一样通俗易懂。他讲课时，习惯眼睛往上看，在耶稣教堂院子里上课时，眼睛望着天空。在北门外，我们利用星期日，盖了一间四面通风的教室，墙是延河边的石头垒的，顶是山上的树梢盖的，艾思奇同志在这里讲课时，一边讲一边好像在数着顶盖的树梢梢似的。

此外，还有李富春同志讲授中国共产党；杨松同志的列宁主义问题，李卓然同志的中国革命问题……这是多有分量的课程！

第一期戏剧系学习期限只有 3 个月，既缺少参考书，又没有讲义，但是像这样水平的教师和课程内容，恐怕在近代办学历史上也是罕见少有的。

我个人在当时是比较幼稚无知的，但是在同学们的热情帮助下，在这种政治和业务紧密结合的环境里，真是获益匪浅！

同学们绝大多数在进鲁艺前已参加过演剧活动，所以开学不久，为了星期六的晚会，大家就开始创作一些短剧和活报。如孙强、侣朋和干学伟三人创作并演出了《希特勒之梦》。

为了在4月10日庆祝鲁艺成立演出，我们一边上课，一边排戏，十分紧张。剧目有王震之同志编的《弟兄们拉起手来》，号召青年学生参加游击队去（张平、岳慎等演出），这出话剧，演剧一队演出过；有外国独幕剧《到马德里去》，内容是反对西班牙卖国走狗弗朗哥的独裁（张容、陈锦清、韩塞演出），还有《希特勒之梦》，加上音乐系的节目，都在庆祝成立大会上演出了，毛主席和中央领导人都来看了，观众反应很热烈，被认为是："第一次公演和展览，便获得惊人的成绩。"

成立典礼演出后，紧接着是五一劳动节、五四青年节、五卅纪念日、七一党的生日、七七抗战一周年……几乎每个纪念日必演出，每演出必有新剧目，每个剧目都反映了当时的形势和革命斗争。如王震之编写的反映煤矿工人斗争生活的《矿山》（胡苏、干学伟、陈锦清、金锤铭等演出）；左明同志改写的表现地下工作者偷运军火的《军火船》（翟强、庄焰演出）；其他演出有李伯钊同志编导的《五卅活报》、王震之编写的反映抗日斗争生活的五幕话剧《大丹河》（韩塞、岳慎、安琳、里诃等演出）和《流寇队长》（崔嵬、孙维世、马瑜等演出）；还有歌剧《农村曲》（张平、邸力、张颖等演出）、新编京剧《松花江上》（阿甲、李纶等演出）。除纪念节日演出外，同学们还举行了自己创作的实习演出，有翟强编导的《油布》，孙强编导的《还我的孩子》，都很有水平。

由此足以看出师生们创作热情之高，精力之旺盛，革命激情之饱满。没有这种革命乐观主义的精神，没有这种新的艺术理论和实践密切结合的作风，不可能产生这样丰富、多样、频繁的创作和演出，以致引起延安各界的强烈反响和兴趣。同时，延安的观众也给了同学们极大的鼓舞。

5月中旬的一天，毛主席来到北门外的山坡坡上，一位领导同志第一个看见了他，说："老毛来了！"那时，见到毛主席是相当普通的事，不像进城后，尤其是"文革"中人们对他那样狂热。毛主席来后，就在男生宿舍的窑洞前，给我们作了极为重要的讲话。他讲到两支文艺队伍，上海亭子间的队伍和山上的队伍汇合在一起，就有团结问题，鼓舞我们要互相学习；讲到《红楼梦》里有个大观园，鲁艺是个小观园，同学们应该到大观园去，到人民的生活中去，大观园就是太行山、吕梁山……

毛主席的讲话，对学校影响极大，根据他的指示，这期（第一期）戏剧系学习结束后，除一部分同学为了延安观众的需要留在实验剧团外，其他同学都分赴晋西北、晋东南……有的同学就此没有回来。如苏路、路玲1942年在冀中日寇施行绝灭人性的大扫荡中，路玲战斗到最后一息，英勇牺牲在日本鬼子的刺刀下；苏路虽然幸免，但在日本帝国主义投降后，在天津却被国民党特务抓住，敌人施行酷刑，政治利诱，苏路始终坚贞不屈，最后被敌人勒死，装在麻袋里，沉到海河底……

1988 年 1 月

普及的《兄妹开荒》和提高的《白毛女》

——重返延安忆旧

于　敏

1982 年是延安文艺座谈会 40 周年。我趁"百花"和"金鸡"双奖发奖的机会，回到一别 36 年的延安。这个抗日圣地已经有了很大的变化。一个初具规模的现代化城市出现在延河之滨。可惜和当年的景观大不一样了。宝塔山，这革命大发展和革命大胜利的象征，原来是十里之外就可以望见的，现已被房屋和街道所遮掩；绿树葱葱的王家坪不见了；清凉山下的万佛洞前也因新修建筑而失去了特色。

我和一些同志来到鲁迅艺术文学院的旧址——桥儿沟。天主教堂的尖塔依然耸向天空，当然，破旧多了。当年这教堂是鲁艺的礼堂。我站在礼堂前面，耳边响起了毛主席、周总理和许多中央领导同志的讲话声，眼前出现他们和鲁艺师生一起联欢的情景。教堂左近的大院子是文学、戏剧、音乐、美术四系住宿和学习的地方。这里上过课，开过会，纺过线线，堆积过自种自收的谷子，演出过大秧歌、秧歌戏和《白毛女》。1945 年的"八一五"之夜，胜利的欢呼声响遍了远山近谷。也是在这大院里，篝火冲天，狂欢的人群绕火堆飞跑，为首高举火把的是大提琴家、正患肺病的张贞黻。第一次大戏《日出》的排练也正是在这礼堂里和院子里。导演王滨紧锁眉头的苦思，黑三田方带煞气的方步，顾八奶奶颜一烟的忸怩作态，还有饰翠喜的韩冰，饰小东西的林白，饰潘月亭的王异，饰哑巴的林农，饰陈白露的李丽莲……历历如在目前。

《日出》的演出是轰动一时的，为陕甘宁边区的演剧活动揭开了新的

115

一页。在极困难的物质条件下，比如，服装、道具等等都是别出心裁拼凑来的，演出的艺术水平都是很高的。后来我多次看过《日出》，超过当年演出水平的实在不多。达到当年顾八奶奶、黑三和翠喜水平的实在少见。这可能是我的感受，而艺术欣赏是不排斥偏爱的。

当时我正在延安《新中华报》当记者和编辑。《日出》演出以后，我写了一篇不像样的剧评。这篇文字倒成了我进鲁艺的敲门砖。当时，实验剧团刚刚成立。团长田方，副团长王斌（滨），我则滥竽为研究科长，专司剧团的政治和业务学习。剧团和戏剧系为戏剧部，主任是张庚。再上一层的领导则是鲁艺院部，院长是周扬。

剧团于1940年到1942年5月之前，演出了不少多幕剧和独幕剧：《带枪的人》《结婚》《蠢货》等等。这些演出培养了人才，锻炼了队伍。

1942年开始的整风和当年召开的延安文艺座谈会，改变了鲁艺的面貌，也改变了师生们的思想感情。背起背包，深入群众，学习人民的语言，研究民间的音乐、舞蹈和戏曲，于是一个崭新的、为老百姓所喜闻乐见的大秧歌和秧歌剧运动开始了。《兄妹开荒》是这一时期开始的标志，而《白毛女》是这一时期艺术创作的高潮。

从《兄妹开荒》到《白毛女》，是在普及基础上的提高，也是在深厚的民族传统土壤上的创新。这创新是以思想感情的飞跃变化为条件，是以学习群众的生活和群众艺术为基础的。客观地说，从《日出》的演出开始的所谓"关门提高"，也还是有收获的，向艺术家们灌输了必要的文艺知识。所以这一时期的新创作是"古为今用"和"洋为中用"的模范。可见问题不在于"大、洋、古"本身，而在于站在什么立场，用什么思想感情来对待这"大、洋、古"。由于思想感情的大变化，艺术良心的跳动与时代的脉搏一致了，艺术家的内心要求与时代和人民的需求一致了，艺术方向与政治方向也一致了。"三个一致"使文艺的雅俗共赏成为现实，使文艺的审美作用和教育作用得到统一。

从《日出》的演出到《兄妹开荒》，到《白毛女》的创作，短短5年多的时间有很多有益的经验和深刻的教训，值得回顾和总结。当前文艺界和电影界有许多争论不休的问题，其中有许多根本的、原则的问题，在当年，是从理论和实践上基本解决了。

实验剧团的大院现在成为陶器厂，精神财富的产地变成物质财富的产地，倒也颇有意思。实验剧团的石窑洞仍然完好。我和陈荒煤、袁文殊、钟惦棐合拍一影。当年的毛头小伙已变成了白发老叟。我的心，我的思想感情没有老，也永远不会老。

我们转到石窑后面，登上土坡，隔着溪沟，眺望东山一带。鲁艺院部的石窑和石墙依然如故，但是山上的土窑大半坍塌了。山下依然流着清清的溪水。这里是师生们洗沐的所在，而那清冷的水也为他们灌溉出硕大的、一见要流口水的西红柿。也正是在这溪流两边，走过一双青年男女，歌唱着，谈笑着，憧憬着，后来成为终身伴侣。如今他们也都是儿孙满堂了。

愈是艰苦的岁月和艰苦的生活，回忆起来愈加隽永和有诗意：以王大化和刘炽的铁锤、镰刀为前导的新秧歌长龙，欢舞跳跃，从我的眼前过去了。挑着闪悠悠的花篮，踩着轻盈曼妙步伐的少女队伍过去了。响彻云霄的是李波的歌喉。挑着水罐和饭篮的妹妹于蓝上山来了。前有王昆后有林白的《白毛女》正激起千万人对日寇和蒋家王朝的仇恨。士兵的枪机一响，陈强差点吓掉了魂。可谁叫你演地主少爷演得那么逼真呢？这些演出到过党中央所在地杨家岭，到过王家坪和枣园，到过延安的近郊和远郊，到处受到热烈欢呼。群众受到鼓舞，也得到赏心悦目的艺术享受。全国解放之后，这些节目也上了城市的广场和舞台。

实验剧团的历史功绩将会载入史册！

1987 年 12 月 18 日

117

记一次巡回演出实践

于　蓝

　　延安，在抗日战争的年代里，被千千万万热血青年所向往。抗大的校歌第一句就是："黄河之滨，集合了一群中华民族优秀的子孙。"这是真实的，没有任何夸张，这个革命圣地确实哺育了一代人成长。当时十七八岁的少男少女，现在都已白发斑斑，这些人都经历了抗日战争、解放战争。在人民共和国缔造之后，又经历了社会主义革命和建设的曲折道路。再回想往事，就更加清醒，也更珍贵那过去的历史。

　　因为我在抗大时经常参加业余的话剧活动，1940年3月被调到鲁艺的实验剧团。熊塞声同志是我在抗大的话剧启蒙老师，她带我们去排练果戈理的《婚事》，一会儿排练，一会儿讨论。熊塞声问我："喜欢吗？"我点点头。她严肃地说："只是喜欢还不行，这是神圣的事业，我们要把毕生的精力献给舞台艺术，我们要死在舞台上！"以后又听到好几位同志都说："要死在舞台上。"对于"神圣"二字我是懂得的，可舞台能和革命战场相比吗？为什么要"死"在舞台上呢？我怕自己做不到这一点，有些惶惑了，谁真的能死在舞台上呢？很长时间我不能理解。

　　几十年过去了，每当我的思绪萦绕往事的时候，延安的舞台，农村的舞台，前沿阵地的临时舞台，以及建国后的剧场、影院……都历历在目。有多少仁人志士以文艺为武器，活跃在那些舞台上，为革命的文艺事业辛勤耕耘，奋发战斗，甚至鞠躬尽瘁，以毕生的心血和生命献给这神圣的事业，他们实践了"要死在舞台上"的誓言。

　　我在抗大业余演出多幕话剧《一二九》获得了抗大同学和延安观众的

赞赏，可是调到鲁艺后，演出的第一个节目《佃户》（王震之编剧、王滨导演），剧本和演出都是好的。但我却未得到任何赞许。我扮演的是16岁的农村姑娘银子，第一次彩排后，塞声同志就说："啊！你们演的是英雄与美人啊！"既是讽刺又是批评，我心里很不是滋味。以后又在四幕话剧《粮食》（陈荒煤、姚时晓、水华等编剧）中饰演农妇角色，很想从外形动作上下点功夫，凌子风同志是导演之一，他赞同我的想法建议："农民经常盘腿坐在炕上，你试试罗圈腿如何？"我练了几回，总感到是外加的动作，没有解决农民形象的实质性问题。

怎样才能演出真实而生动的农民形象呢？1942年毛主席发表了《在延安文艺座谈会上的讲话》，毛主席还亲自来到鲁艺为我们讲了文艺要为工农兵服务，号召我们走出小鲁艺，投身到大鲁艺中去！要深入到创作的源泉——火热的斗争生活中去！特别记得他讲"黔驴技穷"的故事，说你再多高的技巧，如没有工农兵的生活，群众也不会欣赏你的作品……当时我坐在最前边，听得真切，毛主席穿着双膝打了补丁的裤子。《在延安文艺座谈会上的讲话》，是有深远历史意义的经典著作，延安的文艺界掀起了学习热潮。

延安文艺座谈会开过之后，1943年冬，鲁艺工作团决定到绥德专区深入生活，巡回演出。当时带下去的节目除在延安演的新秧歌《花鼓》《兄妹开荒》《赵富贵自新》《张丕谟锄奸》《夫妻逃难》等剧目外，还有田方等同志沿途编导的《减租令》，它以大秧歌演唱的形式，把当时农村中减租斗争的生活情节表演出来，深受群众欢迎。第一场演出在绥德中学的广场，后来在绥中礼堂，绥德中学的学生、老百姓和部队都观看了节目，受到热烈欢迎。习仲勋同志也来观看并给以赞扬。

由于和群众的距离缩短，和他们吃在一起，睡在一起，接触了许多妇女，耳濡目染，印象里留下不少人物形象。但最难忘的是在子洲县，为一位保卫边区而牺牲的烈士开追悼会，会场就在山半腰，山壑、崖边坐满了男女老少，还有手持红缨枪的民兵，在一瞬间会场突然肃穆起来，所有人转看一个方向，原来烈士的妻子骑着毛驴缓缓地自远处而来。她穿着朴素的细棉衣，腰间系着厚厚的毛线腰带。她没有哭，没有喊，却令人感到那凝聚悲痛的，确实达到了"真悲无声而哀"的境界。此刻，千百人关注着她，整个山壑里笼罩着悲壮肃穆的气氛。她并不漂亮，很普通，但却震动了我的心弦，我感到就是美，这真实、自然富有内涵的美，才是真正的美！她给我留下了最深的印象，这形象使我理解到她的生活历程：丰富而坎坷！后来我在五幕秧歌剧《周子山》中扮演农村地下党员马洪志的妻子，从她身上得到了极大启示，我不再追求那双眼皮、高鼻梁、大眼睛的舞台美了，更多地寻求角色质朴的内在气质和特定环境中的真实逻辑与真实动作，以及由此而产生的真情实感。

五幕秧歌剧《周子山》艰难而生动的创作过程，完全符合《在延安文艺座谈会上的讲话》精神，没有它的实践很难产生大型歌剧《白毛女》。原来的秧歌剧都是小段子，多幕秧歌剧《周子山》则大胆地把地方戏剧（鄜鄂戏、秦腔等）的演出形式与话剧的表演方法巧妙地融为一体。而所揭示的生活内容又比地方戏曲既深刻又易懂，既丰富又洗练，是由秧歌剧升华脱颖而出的新创造。这个演出曾获得陕甘宁边区政府授予的甲等文教奖。

《周子山》取材于与国民党地区交界的子洲县的祝子山，敌人发现他在党内和其他同志有矛盾，就派人混进边区，把祝子山拉出去，他叛变了，以后，又被我政府抓住，关进监狱，给予优待。我们编此剧时创作组从监狱拿到很多材料，又提审了祝子山，使剧本很快充实。编剧是张庚、贺敬之、王大化、马可、张鲁等同志，导演是张庚、水华。剧本写好了，但排练又遇到了困难：尽管农民熟悉了，在衣着服装上很像农民了，可是唱完台词就不知道该怎么动作，大家感到台词也变得干巴巴的了，排戏实在无法进展下去。这时，张庚、水华同志找来了当时的农村地下党员、做治保工作的申红友，他把当时陕北农村地下工作的生活、习惯，规律，生动而形象地讲述出来。他不只是讲，还根据剧情边讲、边指导，排练动作，一下子把演员的想象力调动起来了，使每个演员都找到角色特定的动作逻辑和相适应的动作形式。比如演党代表的刘炽同志，就不再穿红军军装，而是翻穿光板老羊皮大衣，手执羊鞭，随时准备遇到敌人就可钻进羊群以掩护自己，边唱边演，洒脱自如；申红友又告诉我如何倾听、辨别敲门的暗号声，然后怎样拿起木棍到门外放哨；又教给王大化同志如何用盛米的斗来遮住小小的油灯，以免敌人发现灯亮，这样子舞台气氛活跃了，真实感找到了，独特的富有表现力的动作出现了，因此每个角色都获得了新的生命力和光彩。特别是张平同志扮演周子山，他亲自和叛匪祝子山谈话审讯，了解他叛变前后内心的矛盾和外形特点，在扮演角色时如鱼得水，淋漓尽致地揭示了他的内心活动。在边界演出时，许多家属哭泣，许多政治土匪又提枪跑过来了。子洲县县长说："文艺工作真了不起，你们一个戏，等于我们工作好几年。"群众感到真切感人。

而当我们回到延安汇报演出时，更受到专业同行们的热情赞扬，他们说富有乡土味，每个人物都有鲜明的个性，具有农民气质，给人留下隽永的回味，我想这就是我们最初从深入生活获得创作源泉的生动证明。我们很多人都感到没有《周子山》的演出，可能也就没有《白毛女》的诞生，这是从广场独幕秧歌剧走向舞台演出大型新歌剧的重要阶段。两个多月的时间并不长，但是从思想、生活到创作都深深走进了群众的火热斗争生活中，因而获得了创作的丰富营养。这是我真正迈进艺术创作王国的开始，也是我获得成功的起步。

当然，我在鲁艺这难忘的校园里，也得到过丰富的文艺知识和表演技巧。尽管我们有着重学习技术的偏向，但是在战争岁月里，能挤出那么一段时间进行提高，是多么难得啊！这是一个问题的两个方面，只有技巧的提高显然也不可能真正的提高，必须深入到群众的火热斗争生活中去。有了创作的源泉，也就不至于"黔驴技穷"了！

我爱延安，我爱鲁艺！因为延安和鲁艺是我革命和创作的摇篮！

回忆王大化

任　颖

日子过得多么快啊！我记得在22年前，1940年冬，大化和马列学院的同学们一起，在延安陕北公学大礼堂演出苏联名剧《马门教授》时的情景。

当时，他是一个21岁的青年，扮演了剧中的老科学家马门洛克医生——一位忠实于科学事业、但又不愿意过问政治的老人。他以自己卓越的医术救治了法西斯匪徒，最后却被德国法西斯匪徒逼死。大化成功地创造了这一角色，他深刻地表现了马门洛克的科学精神，以及马门洛克对法西斯迫害的极度容忍，直到他临死之前才恍然大悟："科学也离不开政治！"给观众以很大的教育。

《马门教授》一剧，在当时，只不过是马列学院同学们的业余演出，但是他的表演才能却得到了人们的赞赏。几次公演之后，在延安当时的一部分干部与学生的眼里，都认为他是一个聪明用功、才气洋溢的好演员。

在那个时候，我深深地知道，大化的心情是十分复杂的，他是既高兴又心酸。高兴的是他在1939年秋天，从四川重庆回到了他渴望已久的家——延安，回到了党的怀抱。他得到了组织、同志、朋友给予他的温暖、关怀和力量。他一心向往的是自己怎样更好地学习马列主义，更好地提高阶级觉悟，在革命的熔炉中锻炼、改造自己小资产阶级的思想感情。同时，他爱好美术，想在马列学院毕业之后，仍以木刻这一武器，为党更好地工作。这次《马门教授》的演出，观众又给予他支持和鼓舞。在这兴奋与激动的同时，使他回忆起1939年之前在大后方的情况：那时，他一面做着党的地下工作，一面为了解决生活问题，到处奔波，饱尝了生活的折磨及人们的奚落。他曾在业余剧社担任舞台装置工作，在那样的一个环境中，在某些人的眼睛里，大化只不过是一个既寒酸又病弱的青年，一个"危险分子"。大化在这白色恐怖下，为了坚持党的工作，不怕生活艰难和疟疾的折磨，也不顾别人对他有何看法，更不计较自己的才华是否被埋没，他坚持下来，为党工作着。但在内心里是多么怀念着想回到自己的家，回到毛主席的身边来啊！

大化回到延安之后，他感到自己是多么幸福啊！在他黝黑透红的脸上时时露出一排雪白整齐的牙齿，乌黑发亮的眼睛里总是闪耀着愉快的笑意，使人感到他是一个无忧无愁、热情活泼、富有才气和充满活力的青年。

我永远不能忘记他在王家坪的桃树林下，给我们娓娓不倦地讲着生动有趣的地下斗争的故事。我更不能忘记，在1941年春天的一个傍晚，他从桥儿沟鲁迅艺术学院谈定工作回来，激动地告诉我：中央组织部已决定他离开马列学院，调鲁艺戏剧系担任朗诵教员兼演员。他说："我将永远担任演员工作了，木刻就作为我业余的创作吧！"从此，我和大化在工作之余，常在青凉山下、延水河畔谈论着他对未来工作的憧憬，向往着革命的胜利。一次，他又对我说："颖子！革命胜利之后，那时，我们就能够在自己的——我们人民的大剧场里演戏了，我演呀，演呀！我要为我们的人民演戏呀！一直演到我年老的时候。那个时候，你的头发也许已经白了，你带着我们的孩子来看我的戏。晚上，我演完了戏，卸下装，我们一家高高兴兴地回家去……"大化的理想和他当时的言谈笑声，至今还常常萦绕在我的耳边和我的脑海之中。

大化到了鲁艺之后，他演出了《海滨渔夫》《神手》《七七大活报》《工人之家》等戏。在他紧张繁忙的教学、演出工作中，他和其他的文艺工作者们一样，产生了一个新的问题：他常常对自己的演出感到不满意，但是又不知道从何处着手去改进它。他感到苦恼，感到茫然。他有着一颗为党为人民工作的赤诚的心，但是，他不知道文艺应该怎样才能更好地为人民服务，怎么才能真正地为人民所喜爱。

1942年5月2日，这是个具有伟大历史意义、永远值得纪念的日子，党中央在延安召开了文艺座谈会。毛主席在会上讲了话，他指出了文艺必须为工农兵服务，文艺工作者必须面向工农兵，必须到群众中去，必须长期地无条件地全心全意地到工农兵群众中去，到火热的斗争中去，到唯一的最广大最丰富的源泉中去……大化听了讲话之后，在思想上起了很大的变化，他激动，他兴奋，他深深地去体会毛主席讲话的精神。同时，他和鲁迅艺术学院的同志们一道，在周扬同志的领导下，积极地热烈地响应了党的号召，把自己完全投入到文艺为工农兵服务的实践中去。从此，大化在毛泽东的文艺思想指引下，开始走上了新的广阔的创作道路！

1943年的元旦和春节期间，为了遵循和执行党和毛主席的文艺方向，配合拥军拥政爱民运动，同时，又结合了民间拜年的习俗，整个鲁艺沸腾起来了，他们组织了庞大的秧歌宣传队，走向街头，走向广场！

我记得，大化和李波同志第一次演出《拥军花鼓》的时候，他们两个人，一个手上拿起小花鼓，一个手上拿着小铜锣，一扭一扭地和鲁艺秧歌队伴演其他节目——《赶旱船》《推小车》《赶毛驴》的同志们一起，奔向桥儿沟的街头，又赶向延安南门外的新市场去演唱：

> 正月里来是新春，
> 赶上那猪羊出呀了门，
> 猪呀，羊呀，送到哪里去呀？
> 送给那英勇的八呀路军！
> 嗨呀梅翠花，嗨呀海棠花，
> 送给咱英勇的八呀路军！

在这之后，大化和李波、路由、安波等同志，又集体创作了第一个反映工农兵生活的秧歌剧——《兄妹开荒》。这个戏的演出，轰动了整个延安城，大化的名字就很荣幸地和《兄妹开荒》联系到了一起。正如1956年12月张庚同志在回忆大化牺牲10周年的一文中所述：

1942年以后到过延安的人，没有不知道王大化的。那时，正是闹秧歌闹得热火朝天的时候，王大化和李波两人的一出《兄妹开荒》轰动了延安；那时延安的老百姓跟着秧歌队看王大化，看了一场又一场，王大化成了老百姓中间的明星。

《兄妹开荒》之所以获得如此轰动，大化之所以能够取得一些成绩，这里面有着许多客观因素。

首先，应该归功于党的领导，因为在毛主席延安文艺座谈会讲话之前，延安的一些大的戏剧专业团体，经常演出的是外国名剧，和我国几幕几场的大戏。观众也只局限于干部和学员之间，我们的劳动群众与剧场（大礼堂）是"无缘"的，即使偶尔有这么一个看戏的机会，他们也不可能接受、理解《日出》中陈白露的生活方式和《雷雨》里繁漪的心理活动，他们更不能鉴赏果戈理《钦差大臣》中的钦差大臣赫列斯塔珂夫、市长、市长的女儿这一类角色的表演和创造。所以，当《兄妹开荒》在广场演出之后，它受到了群众普遍而又热烈的欢迎，因为它歌颂劳动、歌颂人民，这在我国戏剧史上是别开生面的新事情。同时，随着鲁艺闹开了大秧歌以后，文艺工作者们和广大劳动群众之间的隔阂，开始被打破了。鲁迅艺术学院和桥儿沟老乡们的关系，也日益密切和融洽起来。我经常看到许多年轻的、年老的农民和民间艺人，不论白天或夜晚，出现在我们鲁艺的院子里或同志们的家里。

其次，正因为《兄妹开荒》是贯彻党和毛泽东文艺方向后产生的一个面向工农兵的作品，人们都充满着无比的热情来热爱它，都渴望着它能够尽善尽美、日臻完善，纷纷地提出了许多宝贵意见。《兄妹开荒》和大化的表演一再被丰富、被充实、被提高。多少人的智慧和才华都集中体现在作品里和演员的身上。所以说，这个作品和大化的表演的成功是在党的领导下集体智慧的结晶。

《兄妹开荒》的情节比较简单，但它表现了我陕甘宁边区幸福愉快的新生活。在形式上，它采用了旧秧歌剧中的小场子，但在加工以后，却变成了群众所熟悉而又新鲜的喜闻乐见的东西。创作者们最初表现这一题材和采用秧歌形式的时候，并未意识到他们是在做着怎样一件具有重大意义和深远影响的工作，只是凭着自己的政治热情和艺术的责任感，为了配合运动，几个人凑合在一起，自编、自导、自演。但是经过第一次的演出之后，他们觉得自己应该更加努力、更加刻苦地做好这一工作，因为群众喜爱它。

我记得在这之后，晚上大化在小油灯下，常常与桥儿沟的老乡们一起，反复排练、征求意见，并向他们虚心学习语言。大化又和王家乙、刘炽等同志深入探讨秧歌剧中的人物表演、劳动气质、舞蹈、鼓点等问题。加上每次演出后的总结经验和周扬同志的一再指示和帮助，最后终于创造出了我边区新型青年农民的生动形象。

为了不辜负党的重视和培养，大化是刻苦用功的，他对每一个问题都认真地去思索和考虑，我仅举一个很小的例子：为了歌颂和美化青年农民的形象，他跑到附近农民的家里去仔细观察他们的穿着打扮，去分析他们的爱美心理。最后，他找到了他的表现形式，那就是他在以后的演出中，总是喜欢把剧中人物头上的白头巾结子扎在前额上，蓝色的短衫上露出一副白毛衣的袖口，外面披上一件深蓝色的土布短袄，腰间系着一条紫红色细线编织的宽带子，上面的穗穗儿飘荡着。他肩上扛上一把雪亮的锄头，踏着秧歌的步伐，随着音乐的节奏，轻松愉快地跑上场子来，用那洪亮的嗓音，高唱着：

> 雄鸡雄鸡高呀么高声叫，
> 叫得太阳红又红；
> 身强力壮的小伙子，

怎么能躺在热炕上作呀懒虫。

扛起锄头上呀上么山岗，

山呀么山岗上，好呀么好风光，

我站得高来看得远来么咿呀嗨，

咱们的边区到如今成了一个好呀地方。

哪哈伊呀嗨嗨呃嗨，哪哈伊呀嗨。

几百个、几千个观众的心，随着歌声和舞姿，沉浸在他所表现的那种解放了的新型农民的健康的欢乐里！大化把我边区青年农民的生动形象呈现在我们的眼前！他这一表演，一方面真实地反映了主人公对边区劳动生产的热情；另一方面也是大化把自己内心燃烧着的对于这个农民的热爱和他自己全部的才能，贡献给党，贡献给人民。正如他自己在《从〈兄妹开荒〉的演出谈起》一文中所说的：如果缺乏这种感情，一个无生命的外型是不会感动人的。

《兄妹开荒》的每次演出，都给予观众很大的鼓舞和影响，也给予大化自己很深的教育和力量。我记得大化最为激动和永远难以忘怀的一次演出，那就是在 1944 年的夏天他们到南泥湾去劳军。

南泥湾，这是一个怎样了不起的地方啊！南泥湾，那儿住着一些什么样的人们啊！那些人们在那里又做着一件怎样了不起的事情啊！他们是我们的英雄，是南泥湾屯田政策的执行者，在党中央的号召和指示下，他们在创造历史的奇迹——把千百年的荒山野岭变成了陕北的江南，粉碎了反动派的经济封锁，用我们自己的双手"发展生产，丰衣足食"。党中央的指示，一个字、一个字地在他们的脑海里跳跃着，他们怀着从来没有过的兴奋和激动的心，在南泥湾的处女地上燃烧起狼牙刺的烟火，一镢头、一镢头下去，把坚硬的土地翻了个个儿。在欢乐的劳动和笑声中，他们常常唱出：

一把镢头一支枪，

生产自给保卫党中央！

　　大化就在这千百个战斗英雄、劳动模范，又是杰出的歌手们的面前演出了《兄妹开荒》。当他和李波同志表演到剧中兄妹拿起镢头和挑饭的扁担，要展开劳动竞赛，唱起"向劳动英雄们看齐"的时候，观众和演出者的心沸腾了，他们紧紧地拥抱在一起，已分不清演员还是观众，都一致地拿起镢头开起荒地！唱起"向劳动英雄们看齐"的歌子。这歌声响彻云霄，这歌声在南泥湾的满山遍野飘荡着！

　　今天，在我回忆起大化告诉过我的这一情景时，多少年了啊！我的心也还在激动着，我无法用文字和语言来表达和描述它们，我只有一句话：文艺工作者和工农兵融合在一起，这是毛泽东文艺思想的胜利啊！

　　据说，在那次演出以后，南泥湾的战士们开出了更多的荒地，而大化自己，在那次演出以后更加下定决心，要在文艺战线上，和那些英雄们一样，在党和人民的事业中，贡献出他自己的一切力量。

　　继《兄妹开荒》之后，大化和水华、马可、家乙等同志，又创作和演出了《赵富贵自新》《张丕谟锄奸》《二流子变英雄》等秧歌剧。1943年12月2日至1944年4月9日，大化随鲁艺工作团下乡，到了绥德分区，一面深入群众生活，一面进行创作和演出工作。大化在这4个多月的工作中，开始比较广泛地接触边区工农兵的生活，从民间艺人和革命群众的身上受到了很深的阶级教育。在这里，使他进一步认识到了毛泽东的文艺思想的正确性和重要性，在他以后的思想感情和艺术创作中起了决定性的作用。我记得大化从绥、米一带回来之后，曾对我谈过他的感受。

　　他在米脂县杨家沟，遇见了一位老乡名叫巩维忠，他是一个民间歌手。巩维忠写了许许多多的歌词，唱出了人民心底的话，他歌颂我们的边区和八路军，瞧：

八路军好比一堵墙，日本来了他抵挡，

子弹灵巧枪杆好，打得日本只管跑。

边区的人民能安稳，我们要拥护那八路军，

八路军抗战立大功，我们给抗属来代耕。

延安府来地气宽，八路军占的是米粮山，

队伍尽够千千万，丰衣足食不困难。

······

大化遇见了这样一个人民的歌手，他深深地受到了感动，他记下了巩维忠的许许多多的歌词，并在他的下乡日记中写下了这么一段话：

巩维忠写的唱的太多了，这里说明了一个很重要的问题，人民大众是真正的艺术家。在群众中正蕴藏着多么宝贵的艺术创作的珍宝啊！人民大众的生活及他们本身正是艺术的源泉，这是万分正确的。过去，我表面上认为"这是对的"，但对于人民大众本身的艺术家，却仍是采取了"大概会有吧"的态度。周扬同志、解放报上曾介绍了孙万福这位民间诗人，我仍认为这是个别的，在杨家沟这事给了我一个新的认识，纠正了我过去那种看法，因为群众中生长着无数个新的人物，新的诗人，而他们的诗歌正是代表了人民的心，人民是欣悦听之的。而我们的一套学生腔，一套远离生活实际的东西，当群众"解不下"的时候，还要责怪群众。这正说明我们自己的无知和丑。的确，群众是英雄，他们不但创造了生活，也创造了艺术。······

又有一次，大化在葭县发生了这样一件事情：他给群众大会的会场写会标，写错了一个字，战士给他指了出来，在这里他得到了很大的教育，在他1944年2月19日的日记上这样写着：

今天早上我在写大会的会标，当我写完葭县的"葭"字之后，一个警备队员在我身边，用指头在地上划了几下，然后对我说，这个"葭"字写错了，我一看我的"葭"字，对着来嘛！我就对他说"殳"与"殳"是一样的，我根据的是什么呢？是根据了我的直觉。当他对我说时，我心里想，你认的字还不如我多呢？我的理解总比你对一些，因而，也就没理会。等一会王元方来了，也说我写的不对，我才知道是真不对了，好像王元方说的就值得考虑，而一个警备队员的话就不大放在心上，这是看不起工农兵的一个具体表现，虽然当时我即向那位同志作了自我批评，但是我那样的想法，是不对的！是一个原则问题，从这一件小事情里，说明了下面的几个问题：

1. 看不起工农兵群众，不虚心地向他们学习，反以自己"文化比你们高"（文化指认字）……这种地方正说明了如何当学生的问题。

2. 工农兵大众的文化水准是飞跃地提高着，真是日新月异。自己非但未能赶在头前，还只能随在他们后面工作，这样一来，自己如果不虚心努力干的话，那会远丢在后面。甚至被遗弃。

3. 为工农兵是具体的，不是口头上的话。只是保持某种程度上的关系是不对的。而是要和他们融合到一搭里。

……这虽然是一个字上发生的问题！但如果能好好地想一想，不放松不宽恕自己的话！是有益的，也就是最实际的教育。

使大化久久不能忘怀的另一位老师，那是在《周子山》排练过程中给予具体帮助和深刻教育的申红友同志（《周子山》一剧是描写陕北土地革命斗争的。申红友同志系米脂县桃镇区一个区干部，曾参加过土地革命。大化当时是《周子山》剧本作者之一，又是剧中农民领袖马红志这个角色的扮演者）。申红友同志不仅在艺术上，如戏的内容、导演处理、演员表演等方面给他们解决了许多困难问题，尤其重要的是他的高贵品质和朴实的工作作风，给大化很大教育！

大化在他的下乡日记及《申红友同志给我们上了第一课》一文中曾写着：

他教育我一个真正的共产党员、一个坚强的革命斗争的战士是普普通通的、与群众在一搭里；并不是一个孤零零突出的（过去对这问题只是理论的认识到）。老申就是这样一个最现实的人物，首先他对革命工作的态度是叫人感动的，他是一个搞政权工作的人，工作忙极了，可是帮助我们搞戏弄到深夜，在极寒冷的清晨为我们排练，他不说什么，他所能说的是"咱要叫这个戏本编的好，能更把那实际内容来宣传给群众"。老申有着那么丰富的斗争知识，但他丝毫不骄傲，他是虚心的，每当他提出一个意见时就问："我看这搭应该这样，你们看怎么样？行不行？""依我看这搭加上这么一个实际内容，你们看对不对？"更使我感动的是在排第三场时，他领来了一个曾经参加打寨子的同志，这位同志是一个乡长。老申说："咱自己没参加过打寨子，不能乱说。""计划布置打寨子咱参加过，就照那个事实来做，对不对？"他的虚心是真的站在为革命工作上，是完全实事求是的态度……

从这里我们不仅看到了大化是如何向民间学习，向群众学习和他思想感情上的一些变化，我们也看到了人民大众是怎样哺育、充实和教育着我们的文艺工作者们。尤为重要的是这些事实更加说明了毛主席文艺座谈会讲话的正确性，以及他每一句话和每一个字的深刻的含义和深远的影响。

1944年冬到1945年的夏天，贺敬之、马可、舒强及大化等同志和许多演员同志们一道，又紧张地投入了新歌剧《白毛女》的创作中去了。《白毛女》的创作是一项艰巨而又光荣的任务，因为党号召要在秧歌剧的基础上，具体地说也就是要在《周子山》的基础上提高一步，摸索和创造出一个我们民族的新歌剧，来迎接即将在延安召开的我党第七次代表大会。当这个任务提出之后，鲁艺的文学、戏剧、音乐等各个部门都动起来了，加上刚刚从前方回来的西北战地服务团的同志们，大家纷纷寻找题材。最后，认为西战团同志们带回来的流传在河北农村的白毛女故事，是有典型意义的。我记得是周扬同志首先肯定它，说这个富有浪漫主义的民间传说是多么好的主题，"旧社会把人逼成鬼，新社会把鬼变成人"。并且还亲自主持了一次会议来进行动员，要创作出这个剧本。当时还组织了导演小组，有王滨、大化、舒强，指定大化担任《白毛女》的执行导演，剧本是集体讨论的。《白毛女》这一新歌剧从酝酿素材到它在延安演出以及最后总结工作，总共才花费了半年多的时间。

在《白毛女》的创作过程中，存在的困难是相当多的。首先，这个剧本是要反映新旧两个时代，表现尖锐的阶级斗争，其中的生活和剧中的主人公又都是他们不很熟悉的河北农村的群众，人物又多，剧情也较复杂，加之这又是一个新的尝试。但是在党的领导下，困难终于克服了。我记得，在写作剧本的阶段，贺敬之、丁毅、大化等许多同志是那样的认真，一个字、一个字地反复琢磨和推敲；在《白毛女》的音乐创作上，马可、瞿维和大化等同志又深入研究和探讨。我记得在1944年冬天的一个晚上，大化从戏剧部的大石窑研究完剧本回来，已经是夜深人静的时候了，他一进门，从房间缝里看到马可同志还在他那小屋子里写《白毛女》的曲谱（我们两家住隔壁），他立刻跑到马可同志的屋子里，两个人又谈起《白毛女》中如何运用河北民歌的问题来了。

以后，在排练阶段，大化和舒强同志，又和演员王昆、林白、张守维、吴坚、邸力、赵起扬、陈强、王家乙、李波、韩冰等同志夜以继日、废寝忘食地反复进行排演工作。

《白毛女》在当时延安来讲是新秧歌剧的新的发展和提高，《白毛女》也是鲁艺的同志们离开延安前的最后一个作品。

《白毛女》的排演使大化在思想上进一步起了变化，《白毛女》的工作总结也给大化很深的教育，成为他又向前迈进的开始。当大化1946年在东北安东回忆起这一段工作时，在他9月7日的日记中曾这样写着：

为军区文工团校对《白毛女》的剧本，感触甚深。《白毛女》已成为有广泛影响的作品了，想到了这个，自己也是愉快的，这个成功不是偶然的，一方面党在领导这个工作上是花费了很大的精力的；另一方面，一个重要的物质基础，那就是丰富的坚强的人民斗争意志和人民所受的苦难。《白毛女》的排演曾在我思想上起了变化，《白毛女》的工作总结给了我教育，成为我进步的开始，我常记住这个工作。

1945 年"八一五",日本帝国主义投降了。当这个胜利的消息从新华社传到我们鲁艺来的时候,大家都高兴极了!那天晚上,人们就像疯了一样,兴奋地点起火把,在鲁艺的院子里、在桥儿沟的大街上,跳起舞来。多少年来,我们中华民族才到了扬眉吐气的时候!但是,就在这个时候,我们的阶级敌人蒋介石反动集团,在美帝国主义的扶植下,企图掠夺胜利果实,把人民重新投入水深火热之中。党发出了号召,为了东北人民的彻底解放,我们必须向东北挺进。大化就在这一年的 9 月 2 日早晨,跟着我们的队伍,随着东北文艺工作团,离开了我们最敬爱的毛主席、党中央,离开了他学习、工作、生活过将近 6 年的革命圣地延安,出发去东北开辟新的工作。

在行军的路上,虽然"他的身体是孱弱的,但是他打前站,赶毛驴,为小组同志安排住处,陪着病号讲故事,艰苦的工作需要号召的时候,他从队伍中站出来了,他没有旧文化人孤高自赏、摆臭架子的恶习,他善于和群众接近……"(录自华君武《哀悼大化同志》一文)。

大化在东北一年多的工作中,走了不少地方:城市、乡村、前线、后方。他为党为东北人民更加发奋地工作,同时,也更严格地要求自己的思想、工作、生活各个方面,都按照党所要求的那样去做。从外表上看来,他似乎不像在延安时那样热情活泼了,但是在他的内心里,对党对同志对工作却燃烧起更为炽热的爱。在他的日记中曾记着这样的一些话:

我要多多地为党工作,我要为革命多做工作啊!我要在这个过程中来改造自己,我不要求什么地位和物质上的享受。我要为革命立功,但不要把我说成功臣。(1945 年除夕)

一个党的文化宣传工作者,不但是指你的作品,而最重要的是你这个人就是党的最具体的宣传品。(1946 年 1 月 7 日)

他又在日记上这样写着:

多做事,少说话。要说有用的话,要多做革命需要你做的事。

革命工作的年龄,不是一面牌子,而是鞭笞自己进步的鞭子。(1946

年 1 月 8 日)

大化就是这样按着自己的要求在东北文工团工作着。他在团里参加编剧、导演、演戏、舞台设计、独唱、领唱、写文章、编辑丛书、设计出版物封面、干部教育、新团员教育……此外，辅助当地新旧剧团的戏剧工作者及老艺人，引导他们走向新的方向，介绍剧本，帮助排演，并组织戏剧、音乐讲座，培养当地爱好戏剧或音乐的青年。同时，还替各机关团体画领袖像、名人像和宣传画、宣传图表等。个人又刻木刻，画漫画。这一年多来，他日日夜夜都在紧张地工作着；这一年多来，围绕在他脑子里的就是革命斗争、艺术事业，文工团的巩固和发展。在这一年多来，他在生活上从来没有想到个人的要求与享受，甚至在大连那样繁华的城市里，物质条件是那样充裕，他也从没向党要求过任何一件衣饰，整天就是穿着破衬衣、蓝工服。从延安到东北，他受到了许多的称赞和表扬，比如，在陕甘宁边区文教大会上被选为甲等文教英雄，后来又在东北文工团被选为特等模范工作者，但他从不骄傲和自满。我曾见到在他的日记上又有这样的记载：

不经意地从书店里看到一本《兄妹开荒》的单行本，上面只写了一个王大化作，这样不好！同时，里面的评价也过于高了……

1946 年的"八一五"，大化在大连与兄弟国家的艺术工作者联欢，他在日记中又这样写着：

《兄妹开荒》演给他们看，博得了很高的评价，他们围着我，司令官拥抱我，像老妈妈似的吻我……我兴奋得难以抑制，我心里想着，这荣誉是党给我的，人民给我的，但我并没有觉得要骄傲，因为今天教我更进一步地掌握技术，得更加紧学习。

另外，他的日记上还写着这样的几段：

一个共产党员艺术家，首先要绝对的是优秀的党员，其次才是艺术家。

集中精力去培养新的一代和加深自己的学习，更多地培养新生力量，更多地加深自己！

……不要总想做头一名，只要贡献出自己的一切就是好的，应该更埋头。有意识地叫别人出头露面，有意识地埋头自己。无名英雄是更可贵的！

大化对于敌人是痛恨的，并有着政治上的警惕性和敏锐感。他在1946年1月17日的日记中写着：

不要为暂时的和平懈怠、休息。革命的胜利，往往是在最后的，只有把反动派彻底打败的时候，胜利才是靠得住的。

大化对于自己的同志和对于党是怀着无比深厚的感情的。一次，他在参加了一个同志的追悼会后，心情非常沉痛，在日记上写下这么一段：

万一当我……让我预先写下吧！

万一当我——的时候：

告诉毛主席和党中央，我这个党员工作还是做得太少了，但是我是多么想多做一些呀！

毛主席！我想念您！常常同别的同志谈起这一辈子还会见到您！听您说话，但是，在我临——的时候，我心里还是记着您的。（1946年1月21日于东北）

大化也并不是没有缺点和弱点的人，他是小资产阶级青年学生出身，但是，他能够很忠实很顺从地听党的话，并有着一种坚韧刚毅和勇于正视缺点、改正缺点的性格。他总给人一个强烈的感觉，那就是他能够为了党为了人民的艺术事业，要求自己不断地向前进，在火热的工作中和斗争中忘掉个人！

1946年12月21日，正当他参加了实际斗争生活以后，要为党建功立业，正当他要为东北人民不遗余力地创作新作品，正当他在人民的艺术事业上有着无限前程的时候，不幸，他从齐齐哈尔赴讷河的下乡途中，坠车牺牲了！

那是在怎样的一个情况下？那是在1946年12月18日晚上，大化在齐齐哈尔市演完了最后一场《兄妹开荒》，为了准备春节演出的新节目，第二天早晨他率领了一个创作小组，赶去讷河搜集材料。这是处在解放战争初期的最艰苦的岁月里，由于交通不便，大化他们从齐齐哈尔乘火车到宁年后改乘一辆私人拉脚的卡车，去到乡间，车上行李和人都堆集得很高，拥挤不堪。他为了照顾别的同志和老乡们的安全，自己坐到卡车的后顶上。这辆卡车就冒着东北零下40多度的严寒，在凹凸不平的路上行驶着。车行至拉哈附近的路上，车子突然震动，他一下子从车顶上甩出去了，跌在一两丈远冻得像钢板一样坚硬的土地上，当即昏迷不醒，后送讷河陆军医院抢救，确诊为脑出血、脑震荡，终因伤势过重，无法挽救，于21日下午7时50分与世长辞了！那时他仅27岁。

多少人为他的牺牲而痛哭！多少人为他的牺牲而悲恸沉默！因为我们大家都不愿失去他，都不愿失去这样一个优秀的党员，这样一个年轻多才的革命艺术家！

当我回忆起16年前这一情景时，我克制又克制的眼泪，终于情不自禁地掉了下来。因为我不仅是他的妻子，我还是他的同志、战友和观众。但是，今天，我们的人民在党的领导下，革命终于胜利了，我虽然看不见和听不到他的表演和歌声，但是我带着我的两个孩子——潍潍、盟盟，在"我们自己的——我们人民的大剧场里"，却看到了许许多多年老的艺术家，和许许多多年轻一代的文艺工作者们的卓越精湛的表演，特别使我高兴的是在纪念毛主席《在延安文艺座谈会上的讲话》发表20周年的今天，我将在我们人民的首都北京，看到大化当年在延安时演出的《兄妹开荒》和其他的一些节目。这在我，本来是痛苦的回忆，但已变成了欣慰的纪念。我相信这些优秀的青年艺术家们，将会表演得更加出色，更加动人，更加精彩。

回忆起大化他这一生，完全是在党的教育和培养下成长起来的；他的艺术创作和艺术实践，也都是沿着伟大的毛主席的文艺方向而取得了一些成绩的。如果离开了党的领导和文艺为工农兵服务的方向，大化个人是不可能有所成就的。今天在我们伟大的社会主义事业的建设中，在毛泽东思想的指引和党的"百花齐放、百家争鸣"的文艺方针下，在我们文学艺术的领域里，一定会开出更鲜艳的花朵，放射出更奇异的光彩，来攀登世界的文学艺术的高峰！

1962 年 4 月 5 日于北京

第一次"下生活"

姚时晓

大概是 1940 年春末，周扬同志要我带着鲁艺文学系的三个同学到绥德地区去深入生活。这三位就是林蓝、李清泉和陈寒梅同志，这些名字都像一幅幅美丽的画卷，叫人容易记住。他们都是出生在城市里的青年，像我一样，对陕北农村完全陌生。这次鲁艺领导给我们一个好机会，让我们下去了解和熟悉农民，促进文艺创作，对我来说是求之不得的。但是我作为这个小组的带队人，实在很惭愧，从延安到绥德我还不晓得往哪儿走，要不是殷参同志带路，要没有他一路照料，说不定会出洋相甚至于迷路。殷参同志当时已是绥德一家报社的记者，他是两年前从鲁艺分配到那里工作的。这次他是顺路做了我们的向导。他在这条路上已经有一套如何昼行夜宿的经验，为我们安排得很周到。那时候白天走路比较暖和，但晚上宿营时春寒未尽，他带我们住在牛棚旁边的窑洞里，这确是比较暖和的住房，使我们得到很好的休息。

我生活在鲁艺这个艺术圈子里，自我感觉是良好的，也就不知道这个圈子多么狭小。我刚到绥德时，只是以旁听的方式参加那里举办的小学教师训练班。他们都是本地区的知识分子，还有些本地干部，这仍然是知识分子和干部这个层次。我的变化不算太大，但我已经感到有些恐慌起来。主要还是陕北地区的语言听不懂，觉得很吃力。这说明我在鲁艺一年多时间，缺少跟当地人接近的机会；这次到农村生活才开始跟本地干部接触。听他们说话的语汇相当丰富，然而我却难以和他们对话，若不改变这一局面，我将如何了解人呢？总不能让对象来迁就我吧。为了缩短语言隔阂这段路程，我首先抓住一个陕北话音比较能听得懂的干部当老师，有意识地听他跟人家说话来摸索语言规律，努力克服自己身上的层层障碍。我在吴堡农村里的时候，经常跟着一位民运干部到处串门，问这问那地不嫌自己烦人。有个调皮的青年农民发现我这个样子，常跟我开玩笑，笑我这个南方人啥也听不懂。这说明我正在交上农民朋友，他们可以毫无拘束地开我的玩笑。当然要通过语言这一关不那么容易，有个熟悉习惯的过程。在这过程中，同时也了解到这些干部的工作困难，以及人与人之间的矛盾，迫使我跟他们有对话的必要，把我逐步引向深入。

这里正处在新旧两个政权交替的过程中。本来这绥德专区早就确定归中共直接管辖；只因国民党不认账，他们派了个专员，强设专员公署，不肯走。我们党中央向他们几经交涉不行，即派了三五九旅旅长王震同志到绥德，由于军事实力的改变，反对国民党专员的摩擦，使他无法立足而逃跑了。当官的虽然离开了，然而本地的国民党员和三青团员还是要跟我们较量。我们已经派了许多干部在各地工作，但旧政权的设施还来不及一下改变过来，保长、甲长、联保主任这些名称依然照旧。我到吴堡"下生活"的时候，恰逢准备进行乡政府等基层政权建设，要使这地区和陕甘宁边区的其他地方一样，实行三三制的新体制。但是，要使各个政权机构的负责人实行民主选举，不是轻而易举的。首先由于人民群众长期穷困和没有文化，成人中文盲占多数，国民党的残余势力就会利用这个弱点，搞欺骗活动，为农村中的旧势力争夺选票；而新区的本地干部对这项工作又缺乏经验，大多是一边实践一边学习。我认为他们都是忠于职守的，非常认真地为推进选举而努力工作。此外，这地方都经历过土地革命，但农民多半仍然是封建意识，对妇女在社会生活中的平等权利有些人就转不过弯来，所以封建思想和民主制度存在着明显的矛盾。如何引导农民克服旧习惯？只能采取耐心的教育，决不是搞一场政治运动所能解决的。

我在农村里生活的时候，为了避免"作客"，主动协助当地的干部们做点工作，比如跟他们到各个村庄调查统计选民的人数，给他们做些宣传讲解工作等等。他们对于像我这样的外来干部还是欢迎的。

我不是先确定了创作目标下去向他们收集材料，而是刚到吴堡农村一开始就接触政体改革这个题材。我对这个题材很感兴趣，觉得它比较新鲜又有意义，这一现实斗争生活还富有戏剧性，我立即集中地注视它的演变，每天记下一些素材，自以为颇有收获；当然刚下去发现了可写的材料，自然是高兴的，但仅仅单一地追求这一点，很少对其他题材进行创作上的设想，这就难免陷入片面之境。实际上三个月的现实生活中涌现着各种动人的素材，例如经过黄河岸边的李家沟时，我看到了黄河船夫与恶浪搏斗的惊心动魄的场景；同时还可见旧社会斗争的痕迹，从前这里的地主老财建立的层层碉楼，这是为了严防奴隶们造反用的。记得有一天晚上，我在借宿的窑洞里，倾听一位健壮的老者叙述了一次土地革命斗争时的牺牲情景，他不时发出悲愤的感叹。这一桩桩具有独特气氛的牧歌，虽然都是浮光掠影，但想起来就使我神往，而那时我却让它们只在耳旁流逝；这些偶然发觉的片段印象，由于我在吴堡农村的日月太短，以后也没有继续采访，这当然是十分遗憾的。那时我太呆板地记住按领导原定计划，即在下面三个月左右时间，我也就按时回学校了。

此外，也就是比较单一地重视反映现实斗争题材，急于求成，并没有把革命历史题材放在心上，这就容易使一些动人的素材作为辅助的参考。自己在生活中也花了一些功夫，已经有一些基础，但没有真正深入下去，因此收获不够丰富。其根本原因是我当时还缺乏长期地无条件地全心全意地在农村中扎根下去的愿望。

清凉山上庆七一

金紫光

那是 1938 年的盛夏。

苍翠的清凉山，美丽的清凉山，每个到过延安的人，都会有这样不可磨灭的印象。的确，这是一座多么值得怀念的山啊！

这座平凡而又伟大的清凉山，坐落在延安古城的东门外。蹚过哗啦啦的延河，一眼就可以望见一大片简易的平房和层层叠叠的窑洞。那就是闻名中外的抗日军政大学的校部。附近山坡上还有一片平房和窑洞，那就是党的宣传工作的喉舌——历史上著名的《解放日报》的社址。沿着河边的山坡土路往上走，在延河东岸一片悬崖峭壁顶上，有一片规模较大的山坡，那就是在战争年月艰苦奋斗、克服种种困难，印刷出版党报、党刊和马、恩、列、斯以及毛泽东同志等老一辈无产阶级革命家著作的解放社和印刷厂的所在地。记得在抗战以后纪念党的诞辰的第一个庆祝活动，就是在这里举行的。

回忆往事，有些已经遗忘，有些还历历在目。记得在 1938 年 6 月底，解放社印刷厂的工人同志们，曾派人到北门外去邀请鲁迅艺术学院来厂联合举行七一纪念晚会。当时负责鲁艺领导工作的副院长沙可夫同志，虽然表示热情支持，但一再说明实际困难。因为鲁艺刚成立不久，只有戏剧、音乐、美术三个系，全院不足百人。在七一纪念活动中要排出三个剧目，一是新歌剧《农村曲》，二是新京剧《松花江上》，三是话剧《流寇队长》，另外还有音乐节目等。因此，实在难以完成两方面的纪念活动的任务。经过反复研究，最后印刷厂决定改在七月一日白天举行，鲁艺仍在晚上演出。纪念活动就这样安排了下来。

在七月一日上午，鲁艺派了七八个同志到清凉山去察看并布置演出场地。当时我在音乐系学习，被派去帮助做准备工作。记得同去的人中有戏剧系的谢翰生、邓予成、徐玉峰等，我们在上午一起抬着幕布、汽灯和有关用具，直奔清凉山。

到了印刷厂，负责人祝志澄同志热情接待了我们。他把我们引到山坡上一个堆放材料的场地旁，在一块大岩石前面的小平房门前停了下来，然后开门叫我们进去，这里就是演出场地。我们进门一看，原来里边是个天然的大岩洞，连外接的平房，共有100多平方米大小。地上早已摆着一排排用碎石块垫起的长木板条，这就是观众席。靠一头留有一片空地，四角还搭着木架子，这就是演出的舞台用地。老祝幽默地说，够不够就这么大，这比红军在长征路上的露天舞台小多了，但总算有个安静地方呀。接着我们就把抬来的幕布张挂起来，拴了两根挂汽灯的铁丝，还在小天幕后面留下一小块化装候场的地方，旁边还留了乐队的席位。最后由工人同志挂了一个红布横幅，上边用黄纸剪贴着四个大字：庆祝七一。

时间已经差不多了，我们正想休息，谁知老祝却进洞来大声喊着："同志们，现在还有一个新的任务，请大家继续完成。"接着，洞外就进来几个工人，抬了一个大筐，挑了两个洋铁桶。有人喊道："好，一起消灭它们！"我们打开筐子一看，里边不是金黄色的，而是银白色的，还冒热气。桶里盛的不是熬南瓜，而是香喷喷的墩肉。于是大家就美美地饱餐了一顿。

饭后，老祝让大家到工人宿舍去休息，我们说就在这木条凳上休息一会就行了。这时不知是谁大喊了一声："睡什么午觉，下延河洗澡去！"话音刚落就有几个人跳将起来，冲出洞外。

清凉山的石岩洞的确很凉爽，但光线很暗。我们刚一出门就感到热气蒸人。特别是太阳辐射强烈，刺目难受。在向山下走去的路上我问老祝："厂里的节目有多少？"老祝谦逊地说："主要是看你们的，不过工人们很卖劲，他们临时还突击把抗战剧团那批红小鬼的活报学了来，凑个热闹。"我因为和老祝熟识，就告诉他个底："鲁艺的主力都放在中央礼堂的晚会上了，今天演员们来不了，主要的节目就由音乐系来唱了，请你们谅解。晚上欢迎你们到城里去看我们的新歌剧和新京剧，到时可能中央首长都会来的。"老祝说："别看我们这里简陋，我们也请了毛主席来参加呐。"我当时一愣说："就在这儿，就这些节目，还请毛主席来？"他赶忙说："毛主席会来的。"我只"嗯、嗯"地点了点头，还是有点怀疑。

当我们正在清凉山下那个悬崖旁边游泳时，远远看到鲁艺的同学们从河对岸蹚水过来，他们要提前准备节目去。有的人也想跑过来游泳，领队的罗耶波立即把他们喊住，并叫我们都赶快穿衣服上山，跟大家一起合乐去。

到了俱乐部，大家合了乐，便开始帮助工人同志化装，挂汽灯。有些同志在一旁休息，不时发出议论说，今天是工人同志内部举办的纪念活动，毛主席不会来了。有的说，正因为是工人同志自己组织的活动，毛主席可能会来的。有的说，毛主席那么忙，又是大白天，就是想来也来不了啊！有的说，你们不要忘了，今天是七一，是抗战爆发后第一次纪念党的生日。有的说，毛主席晚上要去中央礼堂看鲁艺的演出，肯定是不会来了。大家正在你一言我一语地议论时，印刷厂的同志们已经陆续进场来了。这时，有的同志热情地跑到山坡上去瞭望，看看毛主席是否来了。等了好久，还是没有看见。观众已经把俱乐部坐得满满的，只剩前边两排还空着，等候毛主席的光临。正在这时候，祝志澄同志满面笑容地走进来，先到前排去检查了一下，接着，外面就进来了七八位同志，走在前面的正是大家盼望已久的毛主席。场内响起了热烈的掌声。毛主席走到群众中间，和大家亲切地握手交谈。老祝一边请毛主席到前边去，一边叫大家为毛主席让出一条路。毛主席频频点头，最后就坐在老祝招呼的前排矮木板条凳上。

演出开始前，解放社一位负责同志先讲了一段话。演出的第一个节目是四部合唱，第一个歌子是《国际歌》。虽然是小合唱队，但声音和谐，情绪饱满，效果很好。第二个歌子是黄自作曲的《抗敌歌》，还有贺绿汀的《游击队之歌》、苏联名曲《光明赞》。另外有郑律成独唱的《延安颂》、女声齐唱《新的女性》、男生齐唱《抗大校歌》《鲁艺院歌》，还有张林镔的小提琴独奏，肖逸的口琴独奏，梁寒光等人的广东音乐合奏等。印刷厂的节目我记不清了，但有一个印象最深的节目是他们新排的活报。其中有一个场面，我现在还记得：有三组人，每一组抬一个人出场，集体朗诵，"我们是抗日的陆军"，"我们是抗日的海军"，"我们是抗日的空军"，"陆海空军总动员，打倒日本帝国主义"。这个节目虽然很简单，但短小精悍，很有战斗性。它反映了中国人民当时的革命斗争热情。那天的节目，的确演得十分精彩，博得了毛主席及全场观众热烈的掌声。

演出结束后，全体同志一起合唱了《义勇军进行曲》。毛主席在雄壮激昂的歌声中走出了会场。大家望着毛主席的背影远去，心中充满了喜悦。

我永远不会忘记这次七一纪念活动，尤其不会忘记毛主席是那样的亲切和蔼、平易近人。毛主席就生活在人民群众当中。

幸福的回忆

——延安文艺座谈会前后

金紫光

巍巍宝塔山，潺潺延河水，35 年前革命圣地延安的风貌，又栩栩如生地重现在眼前。回想当年延安文艺座谈会前后一些情况，真是令人兴奋鼓舞。

一、参加延安文艺座谈会

1942 年 5 月，那正是明媚的春天。西北高原的惠风吹醒了延河两岸的山花野草，有的含苞欲放，有的碧绿丛丛，蔚蓝的天空，不时飘来朵朵白云。一群群革命文艺工作者，从桥儿沟，从杜甫川，从蓝家坪等地，跋山涉水，行色匆匆，精神振奋地奔往党中央所在地杨家岭，参加伟大领袖毛主席亲自召开的文艺座谈会。那时，我在中央研究院文艺研究室工作，也幸福地参加了这次座谈会。

座谈会的地点就在中央办公厅楼下会议室。当大家陆续来到后，毛主席亲切与大家握手问好。会议开始后，毛主席首先向大家讲明了会议的目的和要求，并提出了文艺工作者的立场问题、态度问题、工作对象问题、学习问题等，让大家自由发言，各抒己见。座谈会举行了 3 次，第一次在 5 月 2 日，第二次在 5 月 8 日，第三次在 5 月 23 日。参加会议的共约七八十人。原定 5 月 23 日下午毛主席为会议总结，因发言的人多，移到傍晚。在休息时，主席和大家一起照了相，然后留大家在杨家岭吃饭。因要听主席总结的人增加了很多，临时就把会场移到会议室门外的广场上。

毛主席就在会议室门外的一张木桌前，发表了那具有划时代意义的关于文艺工作的重要讲话。在暮色苍茫中，毛主席的魁伟身影像劲松一样挺立着，他那洪亮的湖南家乡口音，在山谷中震荡。后来又点燃了汽灯，在明亮的灯光照耀下，毛主席一直讲话到深夜。

这里我不禁又回想起当时的时代背景。那时，伟大的抗日民族解放战争正处在相持阶段。国民党反动派搞假抗战真投降，连续掀起三次反共高潮，并派大批军队包围陕甘宁边区，经常对边区进行骚扰破坏，同时还在各根据地不断制造摩擦。国际反法西斯战争也处在艰难的岁月。在党内，王明机会主义路线造成的严重危害和影响，还没有得到彻底的清算。毛主席在2月1日中央党校的成立大会上，作了《整顿党的作风》的报告，4月3日中央决定在全党进行整风，5月2日起就召开了文艺座谈会。这次座谈会和党的整风运动是紧密联系在一起的，是伟大整风运动的一个组成部分。毛主席在座谈会结论中所说的问题，包括的范围很广，从文艺问题到政治思想问题，从阶级斗争、路线斗争到世界改造。毛主席高瞻远瞩的讲话，是对马克思列宁主义文艺理论的新贡献、新发展，它是中国文艺革命的指路明灯，也是中国无产阶级革命史上划时代的光辉文献，不仅对中国革命，而且对国际共产主义运动，也具有重大的意义和深远的影响。

在文艺座谈会以后，我们都参加了党的整风运动，在政治上、思想上、组织上接受了一次深刻的无产阶级的教育和改造。在整风运动告一段落后，大批的文艺工作者从各自的工作岗位出发，到农村去，到工厂去，到部队去，深入工农兵，深入到火热的斗争中，和群众一起生活、一起劳动，向群众学习，做群众的小学生。除参加生产劳动外，还向群众学习一些人民喜闻乐见的文艺，如民歌小调、秧歌舞、民间戏曲等。有的还长期在农村落户，有的在基层担任了一定工作。我也随西北文工团的同志到延安县农村生活。毛主席在《讲话》中号召："一切共产党员，一切革命家，一切革命的文艺工作者，都应该学鲁迅的榜样，做无产阶级和人民大众的

'牛'，鞠躬尽瘁，死而后已。"我们都下定决心，要一辈子做全心全意为人民服务的革命文艺工作者。

二、秧歌运动和民族新歌剧的产生

在1943年春节来临时，边区政府决定在春节期间开展拥军优属和拥政爱民运动。许多农村、工厂和部队都组织起各种形式的秧歌队，普遍进行慰问演出，有些机关和专业文艺团体，也进行了这样的活动。有秧歌队红旗招展，锣鼓喧天，来到杨家岭给毛主席拜年。毛主席看了秧歌队的表演非常高兴，接见了秧歌队的人员，还和大家一起合影，给大家以热情的鼓励。

毛主席在《讲话》中说："对于过去时代的文艺形式，我们也并不拒绝利用，但这些旧形式到了我们手里，给了改造，加进了新内容，也就变成革命的为人民服务的东西了。"对于过去民间流传的文艺形式，人民大众是喜闻乐见的，但过去搞关门提高的专业文艺工作者，对它们却是陌生的。这次由于大家遵照毛主席的教导，深入群众，向群众学习，和群众一起对旧文艺形式进行改造和利用，所以收到了显著的成效。如鲁迅艺术学院的新秧歌剧《兄妹开荒》、民众剧团的《十二把镰刀》等，就受到广大群众的欢迎。同时，西北文工团、联政宣传队、青年剧院、部队艺术学校、烽火剧团、抗大文工团等，也都在这方面做了很多工作，取得显著成绩。此外，中央党校和枣园机关及保安处等单位，也都组织起业余的秧歌队，编演了不少好节目，如《一朵红花》《动员起来》《牛永贵负伤》等。从1943年到1944年一年多时间，延安的机关、团体、学校、工厂、农村等，几乎到处都有秧歌队的宣传活动，形成了一个群众性的秧歌活动的热潮。所有秧歌队，就是文艺轻骑兵。它的人员有多有少，大体上都由以下几个部分组成：旗队、乐队、舞队、剧队、曲艺和后勤等。每个秧歌队一出来，前面有大门旗，接着是红旗仪仗、锣鼓唢呐或中西乐队，然后是由"伞头"改造成的男女领队人，男的手拿锤子，女的手持镰刀，边行进，边舞蹈，全体演员随着跳起大秧歌舞，不断变换着队形花样，有的手舞红绸，有的持着彩色道具，有的还有狮子、旱船、推车、跑驴、霸王鞭甚至高跷等。如果从山上向下瞭望，简直像一条五色缤纷的彩龙在飞舞。有时在舞队后还有尾旗。然后就是沿途尾随的观众，浩浩荡荡，煞是壮观。秧歌队在到达一定的地方后，先由舞队绕场一周，形成一个表演圈，广大观众即围坐在周围，也有的观众站在山坡上。山上山下，人山人海，红火热闹。然后在场中表演各种小型文艺节目，内容有歌颂党的领袖的，有宣传党的政策的，有描写农业生产的，有表现军队战斗的，有反映工业建设的，有破除封建旧风俗的，有改造二流子的，有教育少年儿童的，等等。这些节目新鲜活泼，健康有力，丰富多彩。

1944 年底 1945 年初，延安鲁迅艺术学院学习秧歌剧的经验，创作演出了大型歌剧《白毛女》。这是在人民群众喜闻乐见的民间文艺的基础上发展成功的。这个戏的创作演出，为中国的新歌剧艺术开创了一条新的道路。记得 1944 年秋，中央党校还演出过反映红军时代农村斗争生活的新型歌剧《刘红英》，1946 年秋，中央管弦乐团创作演出过反映抗战时期农村土地改革的新歌剧《兰花花》。另外，晋察冀边区还演出过《王秀鸾》等，晋冀鲁豫边区还演出过《赤叶河》等。其他地区也创作演出了不少类似的剧目。延安文艺座谈会以后蓬勃开展的九月新秧歌运动，大大丰富了延安和各根据地人民的文化生活，给广大群众以很大的思想教育，也给文艺工作带来了很大的变化。《白毛女》等民族新歌剧，就是在秧歌运动的基础上产生发展起来的。毛主席《讲话》中提出的"要使文艺很好地成为整个革命机器的一个组成部分，作为团结人民、教育人民、打击敌人、消灭敌人的有力的武器"的指示，在这里得到了很好的体现。

三、演出《逼上梁山》

在 1943 年延安的秧歌运动轰轰烈烈地开展的时候，有些同志从秧歌运动中得到很大的启发，认为既然像秧歌那样的旧艺术形式，经过改造与革新可以变成广大人民群众喜闻乐见的革命艺术，那么其他的旧艺术形式为什么不可以这样做呢？

就在这一年的秋季，延安一位同志尝试编写了一部新历史剧《逼上梁山》。一些同志看了这个剧本，认为这个戏用新的观点反映了北宋末年的历史，有新的思想内容，又能发挥京剧的艺术特色和风格，就建议组织排练。这个戏从1943年9月开始筹备，11月试演。试演后反映很好。以后经过多次集体讨论研究，边排边改，于12月底正式演出。在1944年新年期间，许多中央领导同志观看了演出。

最幸福、最难忘的是，伟大领袖毛主席在日理万机的百忙之中，曾两次观看《逼上梁山》的演出。毛主席第一次来时，大家事先不知道，是在演出开始后才发现的。毛主席看完演出很高兴。第二天即派人打电话来要剧本。因原剧本在排练中已作了许多改动，我们就连夜誊写了一份手抄本，送呈毛主席审阅。接着，毛主席在9日晚又再次看演出。那天晚上我们都有些紧张，生怕演出中出差错。演完后，大家互相攀谈毛主席观看时的表情，猜测毛主席会有什么意见。10日上午，剧作者和导演等都出去搜集反映，还想知道主席看戏后的指示，以便改进。

这一天，因为我要为晚上的演出做准备，一个人留在《逼上梁山》临时办公的地方。当我正围着木炭盆背诵新改的台词的时候，忽然有人敲门。我开门一看，原来是一位年轻的警卫战士。

"同志，你找谁？"我问。

"找《逼上梁山》的作者和导演。"小战士回答。

"有什么事吗？"

"给他们送来一封重要的信。"小战士严肃地说。

"他们都在山上，不知在哪个窑洞里。请把信交给我吧！"

小战士犹豫了一下，仔细地看了看我，接着微笑地问道："你是演林冲的吧？"

"噢，这么说，你看过演出了，请提提意见吧！"

"我是昨天晚上跟随主席来看的。"小战士爽朗地说，"瞧，这就是主席给你们写的信!"

"主席给我们写的信?!"我又惊又喜，双手接过毛主席的亲笔信，高兴得跳了起来。

毛主席的警卫员走后，我怀着无法形容的幸福和喜悦，捧着这最最珍贵的书信，一口气跑到山上，找到了《逼上梁山》的编剧和导演，把毛主席的亲笔信交给了他们。他们小心翼翼地拆开信封，把毛主席的手书轻轻地展开，主席那刚劲有力的字立即呈现在眼前。主席的信是用毛笔写的，共有两张纸，一位同志一字字、一句句地宣读起来。

主席的信中说："看了你们的戏，你们做了很好的工作，我向你们致谢，并请代向演员同志们致谢! 历史是人民创造的，但在旧戏舞台上（在一切离开人民的旧文学旧艺术上），人民却成了渣滓，由老爷太太少爷小姐们统治着舞台，这种历史的颠倒，现在由你们再颠倒过来。"

主席的信中还说："你们这个开端将是旧剧革命划时期的开端，我想到这一点就十分高兴，希望你们多编多演，蔚成风气，推向全国去!"

我们几个同志读完主席的信后，立即召集全体演员宣读和学习。读了以后，同志们又争相传阅，接着又一遍遍地高声朗读。有的同志安静地坐在一旁仔细地聆听，有的同志禁不住流下了欢欣的热泪。主席的光辉书信，大大提高了我们的觉悟，是对我们的巨大关怀和鼓舞，也是对我们的巨大鞭策。我们都下定决心，把《逼上梁山》当作一个京剧革命的事业认真搞好。此后，我们从上到下，更加齐心协力，继续投入战斗，一边演出，一边广泛征求意见，不断加以改进。不久，我们根据毛主席审阅的手抄本和《逼上梁山》的底本，又整理出一个演出本。后来经过集体研究加工，最后又搞出一个本子，这个本子曾在延安铅印出版。

光阴似箭，转瞬间已过去三十多年。当年在毛主席《讲话》的光辉照耀下，在整风的基础上产生的这许许多多剧目，它们的创作道路是正确的，经验是可贵的。今天在纪念《讲话》发表35周年的时候，回顾一下战斗的过去，展望光辉的未来，更增强了我们胜利的信心和斗争的勇气。

原载《北京文艺》1977年第5期

鲁艺对我的培养

黄 苭

难忘的四年

每每想起鲁艺，首先想起延安，想起延安的宝塔山，北门外，桥儿沟……想起鲁艺培养我的师长们，朝夕相处的同志们：沙可夫、赵毅敏、周扬、宋侃夫、张庚、姚时晓、钟敬之、田方、胡苏、干学伟、陈锦清、熊塞声、张云芳、于蓝、任均、王昇、王思真、林农、柳岸、严正、韩冰……想起鲁艺，耳边就响起了《延安颂》《黄河大合唱》，那雄壮嘹亮的歌声，想起鲁艺，我就好像又回到那年轻的时代，难忘的岁月。

抗战前，我在开封女中读书时，开始从看曹禺的《雷雨》《日出》爱上了话剧艺术。从初中到高中，我常常在学校的联欢会上参加演出话剧。那时仅仅是爱好。卢沟桥事变后，平津流亡同学和上海救亡演出队一队、二队、五队相继到开封演出抗日救亡的话剧、街头剧，他们的宣传活动，像火炬一样，点燃了开封人民，特别是青年学生抗日救亡的火焰。就在这年冬天，我和开封女中的另外 4 个同学一起，参加了由开封男高中同学组织的开封抗救流动话剧团，开始用话剧、街头剧、救亡歌曲等形式，在豫北各地宣传抗日救亡。1938 年夏秋，我在陕甘宁边区枸邑县陕公分校学习革命理论时，也常参加演出抗日救亡的话剧。1939 年 2 月，陕公高级班解散，我由岳慎同志推荐，并经过张庚同志主考、面试，考入了鲁艺的普通科。

普通科学习内容包括：戏剧、音乐、文学、美术四个方面，是为各解放区和前方需要，培养多面手的短期训练班。考进鲁艺，我简直如鱼得水，过去凭爱好和自己的体会演戏，到鲁艺这个党直接领导的艺术学院学习，自然会得到提高。在普通科，也学了一点音乐知识。1939年5月，我同牧虹、左英等4人，还演了一个由张庚编剧、李焕之作曲的小歌剧《异国之秋》。约在1939年6月，普通科解散，有些人到前方，有些人另有分配。我和左英被分到第三期戏剧系继续学习。在普通科时间虽不长，对我来说，却是一个很重要的阶段。普通科的党组织很关心我的成长和入党问题。当时支部指定专人和我联系，就在演过《异国之秋》以后，党支部胡苏同志通知我，批准了我的申请，我庄严宣誓入党。

我们刚分到戏剧系的时候，鲁艺正从北门外搬往桥儿沟，当时我因产后吹了风，大病一场。病愈后，为了不使孩子妨碍我学习，毅然决然将孩子送到老乡家喂养，我得以正常地参加系里的学习。那个时期，戏剧系的教学很有计划，系主任张庚同志和教员姚时晓同志合作也很好。理论课除政治学习外，业务方面系统地学了《戏剧概论》《导演论》，并结合教学排练了《雷雨》，演出了日本话剧《婴儿杀害》。每学一个阶段，都进行考试。为了活跃学习生活，还开展生产学习竞赛。我们的生活既紧张又愉快。当时我们住在一个方方的院子里，女同志住一个窑洞，男同志住两个窑洞。对面一排窑洞住着音乐系的同学，我们常能听到他们优美的歌声。我们戏剧系的同学也参加了《黄河大合唱》的排练和演出。我们两个系性质接近，关系比较密切。

1940年7月，三期戏剧系结业。和正规大学一样，领导要求我们每人都写毕业论文，记得还在前边院子举行了展览。学院和系里领导对我们认真负责，为培养我们成为有用之才，花费了不少心血。对我个人来说，经过戏剧系整整一年丰富的学习生活，很有收获。

那段生活也是难忘的。张庚同志讲课时总带微笑的神态，老姚给我们排戏时的那股认真劲，都在我的回忆中再现出来。当时和我一起学习的三期戏剧系的同学们也都历历在目，现在几位同学已经去世，健在的也都是六七十岁的老人了，但在我的记忆中，大家都是生龙活虎的青年。方深的"李石清"、王异的"潘经理"、林白的"小东西"、韩冰的"翠喜"……一个一个又浮现在我的脑际，严正爱唱的那首《卖烧土》的歌声，又嘹亮地响在我们耳边。

戏剧系毕业后，我被分配在实验剧团当演员，这时我又生下第二个孩子。在当时战争环境下，生活较艰苦，身体得不到补养，到实验剧团就连连生病，身体一蹶不振。虽然我带着孩子，仍要求自己尽力和大家一样参加学习《联共党史》和斯坦尼斯拉夫斯基的《演员自我修养》，但毕竟是疾病缠身，孩子缠身，影响我不能参加劳动，不能演戏。刚到实验剧团时就遇到团里正要重排演出《日出》，团里领导的意见，是希望我饰演李石清太太。当时我生小孩刚满月，身体很虚弱，还要喂奶，日夜排戏，对我来说是做不到的事，所以只好请赵路同志来饰演李太太。以后，团里不敢给我角色，怕排好戏后，我如生病就会影响演出。所以在实验剧团的两年多，是我最不幸、最痛苦的日子。后来，有个时期，鲁艺大演秧歌剧，《兄妹开荒》呀，《胜利花鼓》呀，去南泥湾慰问359旅呀……看着同志们欢天喜地忙着排练化装、演出，我真羡慕，常常为自己不能工作而暗自落泪。

1943年4月，我和左英离开了鲁艺，但4年的鲁艺生活使我永远忘不了。

话剧和广播

我离开鲁艺，接受审查，做出正确结论后，我曾做了一段保卫工作。以后，从1946年6月到1983年离休，40多年我一直在党的新闻工作岗位上。开始在延安新华通讯总社，进城后，分配到中央人民广播电台。

我开始到延安清凉山新华社工作时，被安排在揭露蒋管区的编辑部，隔壁的窑洞里是"口播编辑部"（就是广播电台的前身）。有一天，口播部的同志问我们的部主任廖盖隆："你们窑洞里来了一个演话剧的吗？我们听到一个演员说话的声音。"这指的就是我。我想，是否我说话有"话剧腔"？要不，就是因为他们只编稿子，不要求说普通话。当时我在新华社同志之间，不仅说话不一样，业务工作和过去所熟悉的话剧，差距也很大。新闻工作对一个演员来说，是一项完全生疏的工作，我深深感到知识面太窄，懂得的太少，于是，我埋头钻研业务，向新华社的老同志学习，使自己在短时间内掌握了业务。

那时，我业余曾参加一些戏剧工作。如新华社撤退到太行山，那年八一建军节，我和左英、齐越及另外几位话剧爱好者，曾通过无线电话播出（当时无录音设备）一个广播剧《红军回来了》。

进城后，在广播电台组织的文艺晚会上，我还演出过话剧。我在少年儿童广播部工作时，曾给小朋友广播过苏联童话剧《十二个月》和中国童话剧《大灰狼》等，我都参加了导演和演播。

后来，我调到国际台，负责对华侨广播部的工作，过去在鲁艺所学的以及延安平剧团给我的熏陶，都能在我的工作中发挥作用。我在华侨广播部的工作，除政治方面的工作外，业务方面包括审签、审听广播新闻和专题节目；审签文艺节目和对播音工作的领导，都是鲁艺培养出的。曾有一个播音员问我："你对于播音艺术为什么那么内行？"了解我情况的人替我回答说："她过去是演戏的。"

我在广播工作的实践中体会到，广播和话剧虽是两种不同性质的工作，但懂得话剧的人，特别是演过戏的人，能较深刻地理解播音，能懂得播音如何表达情感的稿件，如何在播音中以情代声等。

当年在鲁艺学习过的同志，可能绝大多数都一直从事艺术工作，我从艺术跳到新闻广播，可以说是大改行。没有想到，鲁艺所给我的教育培养，却仍然能在我后来的工作中得到运用和发挥。我衷心感谢鲁艺，感谢当年培养我的师长们，怀念同我一起学习、工作、生活的亲人们。

1988 年 1 月

一件难忘的往事

迪 之

我是鲁艺四届戏剧系的学生。几十年过去了，有一件小事深深印在我的记忆中，至今难忘。

鲁艺校前有一条东西向的小街，街南是一片庄稼、菜地，延河顺着南山脚下蜿蜒向东不停地流着，平时延水清澈见底，如遇山洪暴发，好似黄河激流，从街南洼地奔腾而过，往往把庄稼、菜地吞噬。

1941 年夏末的一天，下了一夜暴雨。转天清晨，我被喧哗声吵醒，"洪水下来了，桥儿沟街都被淹了！"我赶紧穿好衣服往校外走，迎面来了一位同学，两腿沾满泥痕，怀中抱着两个西瓜，笑眯眯地对我说："快去捡西瓜，洪水冲下来的！"我跑出校门一看，一片汪洋顺着街口从西往东倾泻而下，河中冲下来很多漂浮物，由于我凫水能力差，加上自己好面子的心理，没好意思下水，只得"望洋兴叹"，扫兴而归。那位同学见我空手返回，还笑话我胆小无能，我以自恃清高的态度一笑对之。

一天晚饭后，集合的哨声突然吹起，"集合了！在篮球场集合开大会！"我随着人群到了会场，看到篮球架下一张条桌坐着政治处的老王同志和一位年近花甲的农装老汉在交谈；几百名同学互相交头接耳喊喊喳喳，气氛显得紧张。"开会了！"老王高声喊着。他首先表扬了一些在闹洪水中帮助老乡打捞东西、修盖受灾害房子的同学，随后他严肃地说："可是也有的同学很不像话，乘着洪水去打捞西瓜。"我听后，怀着一种侥幸的心理暗想："幸亏那天我没下水捞瓜，不然今天也得挨'批'丢人。"接着老王又提高嗓门说："还有的同学到了可恶的程度，洪水过后，还到老乡地里去'捡'！……"这时会场哗然，纷纷议论起来。有人站起来发言，检讨自己太自私，不应去捞西瓜，没考虑老乡遭灾的心情。有的则声色俱厉地批评说："这哪是'捡'？而是'偷'！是'抢'！……"给我留下印象最深的是王大化同学的发言，他心平气和地说："同志们！我们天天学的是'为人民服务'，时时讲着'为人民服务'，当人民辛苦了一年，眼看着劳动果实将要收获的时候，遭到了灾害，我们不是帮助人民解救危难，而是无动于衷，袖手旁观，甚至趁火打劫！洪水过后还忍心到老乡地里去'捡'残留下的一点点可怜的果实，我们为人民服务的思想跑到哪里去了?!"这一席话虽然没有豪言壮语和惊人之句，但却深深打动了我的心。

那位农民装束的桥儿沟老乡意味深长地说："今天开这样的会，我也没想到，我是从旧社会走过来的，咱延安每年都要闹一两次洪水，那时遭灾的人家有谁管啊！现时有了共产党，遭灾的人家政府给了救济，乡亲们从心眼里感激。要说个别同学捡了个把西瓜，算不了个啥，说是'抢''偷'，也有点过分了。党政军民本是一家人，不说两家话，学校这样认真开批评会，说明纪律严明，我要把这次会的情况给乡亲们说嗒说嗒……"

会后，我的心情久久不能平静。是的，"为人民服务"不是一句空洞的口号，而要见诸于行动，而这行动是由自己思想意识支配的。从这件"小"事，我觉悟到自己的思想境界与王大化同学相比，是有着差距的。鲁迅先生曾在《一件小事》一文中无情地鞭挞自己袍子下面藏着的"小"。"捡"西瓜这件"小"事，不是也暴露了自己思想境界中的"小"吗？此事虽已过了几十年，但一想起来，还是感到脸红。

转年秋收季节，庄稼已收割，成捆堆在地里。我们正在上表演课，不知是谁喊了一声："洪水从南门外下来了！快到桥儿沟了！"当时没有人动员，也没有人指挥，几乎全校的人不约而同地涌出校门，奔跑到街南地里把一捆捆庄稼抢到北山坡上，使这次庄稼免遭水劫。几位农民拉着同学们的手热泪盈眶地望着滚滚奔腾的激流从山脚下飞过，虽没说一句话，但共同的思想感情交织在一起，那就是："咱们都是一家人！"大家都为做了一件分内应做的事情而感到无比的欣慰。

岁月流逝，转瞬已过几十个春秋，在延安，在鲁艺所受到的"为人民服务"的革命教育永远伴随着我，成为我终生行动的指南。

鲁艺生活中的几段插曲

张东川

我从事专业的文艺工作是从延安开始的，而鲁艺是培养和教育我成长起来的母校。我回忆起几段小小的插曲，把它追记下来，纪念鲁艺成立50周年。

一次空袭

延安紧靠北门外在西山旁边有一排窑洞，这就是当时延安鲁艺的院址。一个星期天的上午，就在鲁艺后山坡，剧团党支部临时决定召开一次支部大会。但就在这一天，没有意料到的事情发生了。敌人的飞机怪叫着，突然出现在延安的上空。我们马上停止开会，隐蔽起来。空袭过后，我们赶快跑回剧团，团址仍然完整。经过检查，唯独不见了王久臣同志，大家一下子紧张起来。突然，他头上裹着绷带回来了，情绪异常激动，他愤愤地声明："妈的，日本飞机打了我的头，老子要开飞机！要报仇！"原来，这天他到街上办事，遇空袭时没有躲得及，被日本飞机扫射了一枪。哎呀，真是险呀！空袭后，他赶快跑到附近红十字会门诊部进行了包扎。大家听到他这一愤怒的声明，以为这一声明不过就是一个声明吧！真没有想到，有志者事竟成，就在解放战争时期，王久臣同志真的到航校学会了开飞机。日寇飞机这一枪不仅把他打到了航校，更使他在空军系统里一直工作到了离休。

159

月光下读书

鲁艺从北门外搬到城东 10 里左右的桥儿沟。这里原来是天主教堂的所在地，也是当时延安地区一座较像样的建筑。鲁艺就在这里重新建立了院址，这是一个非常幽静的环境。可以说桥儿沟时期的鲁艺，是学习条件最好，同学们获得学习成绩最突出的时期。同学们利用这样好的机会，拼命学习，努力钻研，尽速把自己充实起来，随时准备接受新的任务，为抗战，为革命贡献自己的力量。

鲁艺在东山的图书馆，藏书虽然不是很丰富，但在延安当时的条件下也可以说是很可观的了。运用各种办法搜集到的政治、文艺理论论著，大受同学们喜爱。只要发现有了新的书籍，大家都来争着借阅，图书馆中书籍的流动量很大，充分发挥了它应有的效用。

各个系的同学们除了正式上课以外，都利用所有业余时间把借来的书籍在树丛里、阳光下或是躺在山坡上精心地阅读。当时延安没有电灯，夜晚几个人围在一盏微弱的小油灯下进行学习。如果能够得到一盏带罩的煤油灯，那就是很大的幸福了。

有一天夜晚，碧空万里，皓月当头，圆圆的明月显出异样的光亮。为了按期向一个朋友交回所借的书，我只好借助月光去抢读了。幸好这本书的字比较大，印刷较好，读起来不是那么费劲。开始我以为就我一个人在平房前面的月光下读书，可抬头一看，西山坡上，一位同学依靠着一块青石也在低头阅读。啊，这大概也是准备争取按期还书以便再借不难吧！

除夕的反串演出

"每逢佳节倍思亲"，有一次过年，为了减轻大家的思亲之情，就想组织一些节目在欢乐气氛中去迎接新春。当时鲁艺正在演出曹禺的《日出》，有人出主意来一个反串《日出》吧！于是李丽莲扮演了黑三（她原来演陈白露），田方扮演了小东西（他原来演黑三），林农扮演了陈白露，熊塞声扮演了潘经理，让我演胡四（因我在鲁艺曾扮演过几次京剧的花脸角色，故意让我来演这一软绵绵的人物）等等。故事是按《日出》的情节临时拼凑的，演出效果确实不错，全院同志们捧腹大笑，欢乐地度过了除夕。

年是欢乐地过去了，这种心情周扬同志也是理解的，但却给予了一个严肃的批评。周扬同志指出："对曹禺这一很有影响的剧本，采取这种开玩笑的方式胡编乱演，是对艺术作品、艺术创作极不严肃的态度，在鲁艺是不应该发生这种现象的"（大意）。这一批评，给我留下了深刻的印象。

鲁艺对待艺术的这非常认真、非常严肃的创作态度，绝不意味着要限制创作自由，束缚活跃的艺术思想，而是要求以严肃的创作态度更好地执行"百花齐放"的方针，给人以好的精神食粮；并通过正确的文艺评论，更健康地发展艺术，繁荣社会主义的艺术创作。

在延安鲁艺生活比较艰苦，学习和工作比较紧张，但精神上却是非常愉快的。50年已经过去了，今天回忆起以往在鲁艺生活的一些片断，使人感到无限的欣悦和怀念。

1988年3月于北京

参加演出实践漫忆

孙 铮

一

1943年1月，我随新四军二师干部调往延安学习，早在淮南大众剧团工作时，演出节目是一些短小的歌剧、地方戏和民间曲艺，虽然很受群众欢迎，但我总认为这是一些粗糙的演出，谈不上艺术性，总想到延安鲁艺去提高，这一天终于盼到了。从淮南路东到延安要通过无数道敌、伪、顽封锁线，遇到很多困难和风险，行程3000多里，在当年9月的夜晚到达了延安，进入鲁艺戏剧系学习。

学院的艺术实践，教学活动，已不是我原来想象的样了。记得到鲁艺看到的第一个演出是《兄妹开荒》，当秧歌队敲打着锣鼓出现在教堂旁的操场上，全院的师生员工以及桥儿沟附近的老乡们，一瞬间都涌来把场地挤得满满的，只留下一个可供演员表演的小圆场。《兄妹开荒》开始演出了，我一面在看戏，一面在观察观众的反应，我发现不仅仅农民喜欢，师生员工不也随着演员王大化和李波那真实而又诙谐幽默的表演在感情上起了共鸣吗?! 我也被发展着的剧情、演出的风格和强烈的地方色彩吸引住了。当散场秧歌队转移阵地的时候，人们也随着秧歌队远去了，哪儿有"鲁艺家"的秧歌队一出现，马上又汇集起一个厚厚的人圈子了。

自从整风、大生产运动和毛主席《在延安文艺座谈会上的讲话》发表之后，鲁艺已起了深刻的变化。这时在鲁艺照样可以听到钢琴声、小提琴声，但更多的是锣鼓和板胡、三弦的音响；在山谷中不仅有《黄河大合唱》浑厚的歌声，还有地方色彩较浓的信天游、郿鄠、道情以及打夯种地的"秧歌号子"。这种生活上、思想上、艺术上的风气和格调逐渐在改变着我，教育着我，我要认真检讨自己来延安学习的目的和所要解决的一些问题。

二

为迎接 1944 年春节，系里准备排演一些新的秧歌剧，我和张波同学被分派到由张水华老师导演的《夫妻识字》剧组，初次读剧本认为剧情较简单，人物只有夫妇二人，曲调变化不大，但歌词写得很顺口，按我在前方排戏的经验，两天便可排出并演出。

清晨爬到山头练声，学秧歌步伐和戏曲身段，顺利学会了唱腔和步伐后，我自认为可以排戏了。张水华老师和配曲编剧的马可同志在检查我的创作准备工作之后指出："尽管你的声音很响亮，一字一句唱得合辙，吐字也清楚，但是洋学生唱山歌缺乏陕北乡土气呀！"哎呀，什么是陕北乡土气呀？他二人似乎看出了我的疑惑，恳切地说："不能关在学校里单纯在技术上下功夫，还要熟悉陕北群众的思想感情，熟悉他们的生活和劳动。"我感到很有道理，于是每天除向老艺人学曲调和体验老艺人演唱的陕北味外，还经常坐在大路边观察那些赶脚的人，把马鞭扬得高高的神态，嘴里哼着信天游。有时在山坡上和放羊娃坐在一起，一面欣赏大自然的景色和羊群吃草，一面听放羊娃唱清脆高亢的山歌。

《夫妻识字》的唱腔，最初只是"花音冈调"——戏里夫妻相互考文化很有风趣的一段不能充分表现。马可同志刚由乡下采风回来不久，他和导演研究，用了郿鄠调中的戏鞁鼗（革迁），使曲调丰富了，夫妇二人学文化的情趣效果出来了。

演秧歌都是用陕北话，很难学，鼻音很重，不好听。为了深入生活，我到桥儿沟三口之家（婆婆、儿媳和孙儿），开始对他们有隔阂，语言又不懂，很不自然；后来我发现她家儿媳很会纺线，为了向他们学习，帮她纺线，这才逐渐熟悉起来，她从教我如何可以纺好线说到她童年纺纱的生活，谈到她家的破窑洞和地主老财的剥削，直到陕北闹了革命，生活才好起来。我听后很受感动。这时扫盲工作开始了，她让我教她识字。有一次我到她家，还见她埋头在灶头上给她参军的"娃子他爹"写信，我就让她教我陕北话，像《夫妻识字》开头一段自白介绍，得到她不少帮助。具体了解一个翻身妇女的自豪感和学文化的迫切感，对剧的主题加深了认识，特别在学语言中，在不同的情况下，由于内心感情的千变万化而表达出轻、重、缓、急的内在含义，包括多么丰富的生活感情。例如，刘二媳妇说："如果有人问我是谁呀？我就是刘二家婆姨！"这自问自答的自我介绍，起初总说不好，后来在她帮助下，特别是那天我争着看她给丈夫写信时的神态，不只是表现了青年农妇的忸怩，也流露了她对丈夫的深情和骄傲的自豪感。

戏开始排练，涉及到人物造型时，我认为陕北人的头式还是鲜明的，男的只要把头上的羊肚子手巾的英雄结一扎，妇女只要梳一个遮满后脑勺的大发髻，腰上扎一条腰带就很像了。我找到两个妇女，一个眼睛大大的，很机灵，头发蓬松，我认为她洒脱大方；另一个穿得整齐，头梳得亮光光，插上一些很精巧的银饰，还插把化学梳子，长得丰满，态度从容，我觉得也很好。后来打听群众对她二人的反映，群众说前一个是个二流子，后一个是地主家儿媳。经群众这么一指，使我觉察到自己审美观的问题。在导演的带领下我们到集市上去，导演突然像发现什么，指着一个想买什么东西的青年农妇要我们看，那妇女穿了一身黑色棉衣裤，棉袄里面穿了一件玫瑰红的土毛线毛衣，毛衣织得似乎宽大了些，袖口和下摆都露出一溜毛衣边，像黑衣服周围镶了一圈玫瑰红的花边。腰间束了一根玫瑰红土毛线宽腰带，衬出她那健壮的身影，头上梳的是陕北妇女大而扁的髻，几乎占满了半个后脑勺；十几粒像珍珠一样的银色插针，均匀地插在浓黑的发髻上，朴素美观，一看就是个典型的陕北妇女打扮，既不俗又有特点。特别是她那一双有神的眼睛和带有红色面颊透露出幸福的笑容，我们都被她吸引住了。水华同志讲：这样找寻是一个方面，还要深入到生活劳动中去熟悉她们。

这样在导演的帮助下，我初步塑造了一个陕北妇女的形象，演出效果很好。回想这小秧歌剧仅仅只有 20 分钟，但导演却认真指导我们深入生活，感受群众的思想感情，引导我走上了正确的创作道路。

<h1 style="text-align:center">三</h1>

1944 年西北战地服务团在周巍峙同志率领下由晋察冀回到延安，他们不仅带回了《粮食》《把眼光放远一点》等充满战斗气息的话剧，还带回了《白毛女》的民间故事。在周扬院长指导下，开始了《白毛女》集体创作活动，由贺敬之、丁毅两人执笔，舒强、王滨二人导演，并选派了角色。

《白毛女》的传奇性，曲折动人的情节，和喜儿及劳动人民的悲惨命运，激发了大家的创作热情。开始，剧中人物是按民间传说安排的，对人物性格的认识较肤浅，有些概念化。对戏中所包含的旧中国充满复杂尖锐的矛盾揭示不深。后来周扬同志指出：这个戏既富有浪漫主义色彩，又有现实意义，在反映抗日时代的作品中，首先突出农民与地主的阶级斗争问题，应抓住这个重点把两个时代、两种社会制度作鲜明的对比。

开始杨白劳被逼惨死的情节，是安排在平常的日子里，有人提出阴历年是穷人的难关，到处躲账，而地主阶级则是花天酒地，荒淫无耻，真是"朱门酒肉臭，路有冻死骨"。这样就把逼债放在大年三十晚上。开始没有穆仁智这个角色，是黄世仁在三十晚上向杨白劳讨债，并带了 10 斤白面去诱骗喜儿。这不能反映地主阶级的残暴狡猾。后来增加了在黄世仁豢养下为虎作伥的狗腿子穆仁智。还有黄母这人物，有的地主家庭出身的同学介绍自己的亲戚，表面"阿弥陀佛"，夜间在大烟榻上用烧红的大烟签来扎打盹的丫头，揭示了这个地主恶婆的两面性。特别是喜儿，最初塑造得比较软弱，受了黄世仁的凌辱欺骗，还对他抱有幻想，认为这是"人之常情"。又如喜儿受到黄母虐待躲到桌底下睡着了，梦见父亲，两人欢欣地跳了一段父女深情的双人舞，实际歪曲了喜儿。领导提出选择情节和事件，必须通过喜儿这个代表千百万力图挣脱封建统治残酷剥削的农民。周扬同志明确提出：应突出表现"旧社会把人逼成鬼，新社会把鬼变成人"的主题思想。经过反复修改，特别是作者概括加工，这个戏的主题思想、人物性格，通过情节事件的推进才逐渐丰富起来。贺、丁二同志写好剧本，拿到群众中去念，征求群众的意见，终于在不长的时间里，《白毛女》的歌剧本子诞生了。

经过紧张的排练，在《白毛女》正式彩排的那天，请了全院师生员工与桥儿沟的老乡和其他艺术团体的同志来观看演出，演出效果意外的好，特别是王昆扮演的喜儿、张守维扮演的杨白劳、邸力扮演的王大婶，李波的黄母、赵起扬的赵大叔、陈强的黄世仁、王家乙的穆仁智、张成中的大春及其他演员真挚纯朴的表演，打动了群众的心。有一位老大娘，每看到喜儿受苦时，就不住地流泪，她边看边说："我那死去的娃呀，就是这样！"有些老民间艺人说，他们演了许多戏，没见到场子里这么安静，戏这么动人、这样让人心酸！

同时，群众也向我们提出了意见：黄世仁是个大坏蛋，为什么不枪毙？女同志提出黄世仁很潇洒，不太讨人厌；老师还提出喜儿被黄母迫害吓得要命，躲在桌底下怎么会睡得着？就是做梦也是噩梦呀！虽然群众意见看起来很有道理，但当时剧组怕枪毙黄世仁是否会违背团结地主抗日的统战政策，当时并未采纳，记得我由新四军回延安路过山西汾河封锁线后的一个夜晚，就是住在一个大地主庄园里，受到他们的热情接待，和我睡在一个炕上的地主儿媳告诉我，她的丈夫是我们的交通员，那时我想党真伟大，团结了一切可以团结的人抗日，我也认为不枪毙黄世仁是正确的。

不久党召开第七次全国代表大会，《白毛女》正式为七大代表演出的一天终于到了。我永远忘不了那激动人心的场面：毛主席、朱德、刘少奇、周恩来等中央首长都来看戏了，这对我们剧组是最大的鼓励与欣慰。

戏顺利地演着，台下静悄悄。当演到喜儿在村头斗黄世仁时唱到"想不到今天，太阳底下把冤申……"时，不少代表都流了泪。幕慢慢地闭下来了，静静地过了一会儿，暴风雨般的掌声响彻了剧场。台前台后的剧组同志们都在无言地交流着心底的快乐，导演舒强那锐利的目光，发现大家不平静的心情，他用手示意要我们平静，其实他的心更不平静。接着传来中央有关领导的意见：首先祝贺演出的成功，但同时指出像黄世仁这样的恶霸地主不枪毙，那我们的基本群众就很难发动起来抗日。真是一针见血地指出了问题的要害，党中央领导和桥儿沟老乡的意见是一致的。开明地主李鼎铭是我们边区政府的副主席，汾河边的地主掩护我们为革命作贡献，这都不能与黄世仁相提并论，我们对党的统战政策作了那么狭隘而又片面的理解。

在连续一个月的演出期间，不断地接到观众的来信，有的是七大代表，有的是中央党校的学员，他们在信中写道："我也曾遭受喜儿类似的迫害，你们的戏说出了我想要说的话。""在参加工农红军前我像王大春一样，是党救了我。""我的大伯就像戏中杨白劳那样含冤而死。"还有位在晋察冀工作的代表说："白毛女的传说，我们在前方早已听说了不少，但经过你们改编加工，更真实、更深刻、更动人了。"他们在鼓励我们的同时，也提出了不少意见，我们边演、边改、边提高。

通过《白毛女》的演出，使我认识到作为演员提高政治素质的重要，不仅要有纯熟的技巧，更不能忘记戏剧艺术创作的集体性，就说《白毛女》的舞台工作吧，尽管那时物质条件很差，但在钟敬之、何文今、许珂等同志创造性的劳动下，设计并制作具有民族风格的布景。没有专业化装师，导演舒强就帮助演员造型化装，灯光条件极差，但灯光组同志想尽办法为舞台灯光效果作出了成绩。服装组同志为了给黄世仁制作一件皮大褂，用熨斗在棉花上烫成一个个仿狐狸皮的花纹。乐队由许多有成就的老师和同学组成，如李元庆、马可、瞿维、时乐濛、刘炽、陈紫等同志，他们不仅在作曲改编上付出辛勤的劳动，而且场场参加演奏，这种不计名利、甘当螺丝钉的精神是永远应该学习的。

1942年以后的鲁艺，经过整风和学习毛主席《在延安文艺座谈会上的讲话》，明确了一条崭新的广阔的创作方向，开拓和创造了一套新的艺术教育道路。我在鲁艺的短短两年中，生活劳动特别是艺术创作，收获很大，终生难忘。她是艺术的摇篮，培育了我们。

1945年"八一五"日本无条件投降的消息传到鲁艺，山上的美术系主任江丰同志一变他沉默寡言的常态，从被里掏出棉花，扎成火把并渗了灯油，他点着火把，熊熊的火焰划破了宁静的桥儿沟夜空，一瞬间山上山下迸发出星火燎原的气势。同志们满含喜悦甚至是狂欢的热泪奔走相告，中华儿女在艰难的斗争岁月里，用鲜血赢得了抗日战争的胜利。

不久，鲁艺即组织东北、华北两个文艺工作团。华北团有钟敬之、高维进、贺敬之、王朝闻、杜士甲、王昆、陈强等同志，我和莫朴也随以艾青为团长、江丰为政委和周巍峙领导下的东北文工团，于9月12日在飒飒秋风中，告别了延安宝塔山，向华北挺进了。

记鲁艺实验剧团

钟敬之

鲁迅艺术学院的戏剧活动一向十分活跃。在建院之初的两个月间就已演出了《人命贩子》《大丹河》等大小剧目十余个。尤其是在七七抗战周年纪念时，先后创作并演出了歌剧《农村曲》、改编旧剧《松花江上》以及三幕话剧《流寇队长》，都得到一定好评。为了结集人才，适应延安文娱活动及开展新的演剧工作的需要，学校决定于1938年8月1日宣布创立一个专业性的戏剧团体——鲁艺实验剧团。当时的团员有龚伟、肖逸、孙强、温容、韩塞、里珂、张平、徐一枝、阿甲、张东川、李纶、关鹤童、张林簃、王久晨、地子、齐瑞棠、张鲁、王一达、张守维、路玲、邸力、陈锦清、张颖、熊塞声、方华、岳慎、庄焰、李非等。团的主任和各科科长都由戏剧系教员兼任：剧团主任及教育科长王震之，干事里珂；组织科长李伯钊，干事龚伟；剧务科长钟敬之，干事孙强；导演有左明、崔嵬、张庚；还有音乐顾问向隅，医药顾问马海德。

8月27日，与鲁艺第二届开学的同时，剧团正式举行成立典礼。来宾有李卓然、萧向荣、徐懋庸等同志。晚会上演出了两幕话剧《一心堂》和新编京剧《松林恨》，稍后又演了三幕话剧《打虎沟》。

剧团成立之初，这些艺术青年，革命情绪饱满，工作热忱高昂。那时几乎经常聚集在城内与边区文协同院的两间平房里，紧张地学习和排戏。近旁的院子就是中央大礼堂（即旧天主教堂）可供我们借用，这样就有个小小舞台作为排戏和演出的基地了。鲁艺学校却在北门外路西山坡上开了些窑洞，离城约有一里许，我们每天上课吃饭总得往返奔波。我的更多精力集中于改建那个教堂里的小舞台，和试验设计制成几种铁皮灯罩以管制汽灯照明。有一段时间我就索性在舞台旁边的一间不设门扇也无窗纸的小房间里住下，每当晚会散场之后，在暗淡的菜油灯光下工作或读书，条件虽然艰苦，精神却很愉快。在这一年内，实验剧团又先后排演了多幕话剧《团圆》（沙可夫作）、《血宴》（陈荒煤作）和新歌剧《军民进行曲》（李伯钊编剧，冼星海作曲）。

1939年2月，鲁艺全院作了一年来的工作检查，认为过去规定的教育计划，偏重于培养专门人才，而忽视培养为前方急需的有多方面才能的文艺干部。为了与前方取得直接联系，更好地开展抗战戏剧运动，加强前方和敌后根据地的文艺工作，鲁艺于3月间派出实验剧团，去前方开展工作。这次剧团由王震之任团长，另有肖逸、张平、安波、龚伟、徐一枝分任各科科长，团员有张鲁、地子、安琳、方华、周云深、齐瑞棠、翟其春、朱革、徐徐、江雪、刘谟、张潮、黎辛、聂眉初、王韦等近30人。他们离开延安后经西安东进渑池北渡黄河入山西垣曲，越王屋山经阳城、晋城，北向高平、壶关、长治，到达潞城地区八路军总部驻地。而后还去了太行山区的平顺、陵川，又渡浊漳河北向黎城、左权、和顺，东至赞皇、内丘一带，随地开展工作。后转榆社、太谷，南下风陵渡过河，于年终西返延安。他们在前方的9个月间，共计先后演出晚会达百余次，创作话剧及新编曲剧20余个，以及歌曲、小调、杂技等不计。此外，他们还帮助其他剧团排戏、教歌、讲课各数十次。

当实验剧团大部人员上前方之后，留后方的人员其中大部是对京剧具有专长和爱好者，如阿甲、罗合如、张东川、李纶、陶德康、王久晨、赵奎英、薄平等，便组成了一个鲁艺旧剧研究班[鲁艺平（京）剧团的前身]，先后演出有：《刘家村》《夜袭飞机场》《天快亮了》以及稍后的《钱守常》等剧，开始对旧剧形式进行探索改革工作。

这一年，陕甘宁边区剧协正在酝酿组织一次大规模的戏剧演出，以推动戏剧运动。据当时负责此项工作的张庚同志回忆说：那时毛泽东同志亲自把他找去，说延安也应当上演一点国统区名作家的作品，《日出》就可以演，并说这个戏应当集中一些延安的好演员来演。为了把戏演好，应当组织一个临时党支部，参加的党员都要在这个支部里过组织生活，以保证把戏演好。这样，鲁艺，包括实验剧团留延人员，实际上负起了这次的主要任务。于是调动人员，集中精力，筹备演出《日出》。我参加了这个工作并担任舞台设计，导演为王滨，那时我们虽然并不完全了解毛泽东同志倡议演这个戏的深意，大家却都在加倍努力，决心把戏演好。这个戏是以边区剧协工余剧人协会的名义演出的，但实际上鲁艺实验剧团与总政和抗大的几个文艺工作者是合作的主力军。该剧导演王滨和组织者之一的田方以及演员颜一烟、张成中等，都是当时总政宣传大队和抗大文工团的，李丽莲是边区文协的，他们在这次演出之后就都留在鲁艺工作，成为后来重组实验剧团的骨干力量。那时鲁艺教务处设有艺术指导科，有郑律成、干学伟、华君武、李丽莲、李鹰航等。田方、王滨、颜一烟等来了以后，由田方负责。

《日出》是1940年元旦起在延安正式公演的，一连演出12场，以后又在9月间由实验剧团和戏剧系重排并再演多场。剧中演员与角色如李丽莲的陈白露、王一达的潘经理、干学伟的张乔治、田方的黑三、颜一烟的顾八奶奶、范景宇的胡四、韩冰的翠喜和林白的小东西等，都给观众留下了深刻印象。还有，从这个戏演出以后，一批解放区以外著名作家的剧本以及几个外国名剧，先后在延安舞台上陆续演出，影响并推动了延安戏剧运动的发展。

实验剧团自前方返回延安，经过一段总结和调整之后，与教务处艺术指导科合并，于1940年2月间改组成立新的实验剧团。以田方为团长，王滨为副团长，内设研究、演出、剧运三科。各科负责人为：研究科长钟敬之（不久调离剧团，负责筹建鲁艺美术工场），后为于敏，干事是干学伟、陈锦清；演出科长王滨，干事张平、张守维；剧运科长田方，干事地子、龚伟。当时田方同志提出一个剧团改组后的计划草案，大意是为了推动抗战戏剧运动的发展有必要提高理论与技术，需要建立一个较正规的剧团，培养有新的思想认识与技术修养的优秀戏剧工作者。努力树立紧张严肃刻苦虚心的团风，克服个人散漫的不良作风。那时正值鲁艺教学上趋向专门化提高，各系都组成有专门的研究创作机构，如文学研究室、音乐工作团、美术工场以及实验剧团。所以剧团的学习气氛也大为高昂，积极编制理论和政治统一的学习小组，草拟学习规约，着重听艺术论和戏剧概论课，上马列主义课，开新文化问题的讨论会。先后又请何思敬同志讲哲学，吴亮平同志讲"形式与内容"问题，也请刚从前方回延安的袁牧之同志作报告。

在这期间的业务活动也开展得比较活跃。演出方面为庆祝鲁艺成立两周年，由王滨排演了王震之编写反映农村生活斗争的剧本《佃户》，主要演员有李莫愁、张守维等，于6月初演出。同时，还先后排演了《婚事》《钟表匠与女医生》以及8月间重排并演出《日出》。为了使团员有更多的实践机会，在11月间选排了契诃夫的3个小戏，由陈锦清导演《求婚》，马瑜导演《蠢货》，史行导演《纪念日》，作为团员的普遍学习剧目，一直到年终演出才结束。

这年10月前后，水华和肖昆等同志从重庆来到延安，他们随身带着有章泯同志尚未翻译完成的斯坦尼斯拉夫斯基体系的部分译稿。水华对此已有研究，经和张庚同志商定，便在戏剧系第四期教学实践中探索试行斯氏体系。这对实验剧团的理论和表演的学术研究影响极大。当时天蓝、曹葆华两位同志选译的苏联斯坦尼斯拉夫斯基学派戏剧家B.E.查哈瓦的《导演的原则》和T.拉普泊的《演员的工作》以及斯坦尼斯拉夫斯基著作《论演员》3篇辑成的《演剧教程》一书，便成为重要教材，广为传诵和学习。

此外，剧运科还做了不少辅导工作，对边区和延安的剧运起过一定作用。如那时从前方来鲁艺学习的剧团有王江三带领的黄河剧社和谢力鸣带领的奋斗剧社，来团学习长达半年之久。他们有关编导、表演、话剧、京剧、音乐、舞蹈、装置、美术等课，都是由实验剧团派人或转请人去完成教学的。还曾由地子去延安文化俱乐部主持举办了导演训练班，并派人为烽火、抗战、边保和女大、青干等单位讲课。在这一年内剧团自己演出了《佃户》《婚事》《闲话江南》《棋局未终》《钟表匠与女医生》、契诃夫的3个小戏及重演《日出》，9个戏共演出16场。其中，参加演出、排戏全过程的有《一年间》《蜕变》《钦差大臣》《大战平型关》《松花江上》等11个剧目；部分参加的有《秋瑾》《马门教授》《维也纳暴动》《塞上风云》《阿Q正传》《李秀成之死》等7个剧目。

1941年10月，实验剧团的组织机构与干部人选，经鲁艺院务会议决定作了调整，成立团务委员会，采取集体领导制度，以张庚、钟敬之、田方、王滨、于敏、水华、许珂、姚时晓、何文今、王大化、干学伟11人组成团务委员会。并由钟敬之、田方、王滨、于敏、水华5人组成常委会，钟敬之为主任，田方为副主任。团内组织略作调整，即团部下面不设各科，改设研究室和演出委员会。研究室由水华负责，干事范景宇，下分演员导演组、舞台装置组、理论剧作组，分组进行学习与研究；演出委员会由何文今负责，委员有张守维、马瑜、张成中、邸力，负责排戏演出制作等的一切计划和实施。

当时陕甘宁边区剧协为开展边区各地的剧运，决定要在戏剧节（10月10日）举行一次较大规模的会演，以检阅本年度的演出阵容。那时参加的节目中有鲁艺实验剧团的《带枪的人》，青年艺术剧院的《上海屋檐下》，部队艺术学校的《悭吝人》，文化俱乐部业余剧团的《新木马计》等。从此，实验剧团即以全力投入这个革命史剧《带枪的人》的筹备及排练工作。《带枪的人》是苏联包戈廷写的剧本，从一个侧面反映伟大的十月革命。演出此剧是在中国舞台上首次出现列宁和斯大林的形象。此剧由王滨、水华任导演，钟敬之任舞台设计，重要演员有干学伟饰列宁，严正饰斯大林，田方饰俄国士兵伊凡·雪特林。全剧13场及尾声，舞台装置场面及出场人物的众多是空前的。自1941年12月27日彩排，于翌年元旦正式公演，连演10余场，获得颇大赞誉，这是对实验剧团力量的一次全面检阅。

按照当时公布的"剧团1942年度工作大纲"，本年度2月至6月，工作中心集中于学习研究，7月起开始排戏，拟于戏剧节演出。前一阶段以研究室工作为主，每人参加一组，由组长领导分期进行。演员导演组以研究斯坦尼斯拉夫斯基演剧体系的表演艺术为中心，重在研究体系的表演技术及其基本练习。舞台装置组以了解与研究一般舞台美术的理论为主，并重视技术实习，包括实习写生、构图和模型制作等。后一阶段排戏，原计划排演我国剧本《愁城记》，后因整风学习，改变了学习计划。

1942年延安整风运动开始。实验剧团于4月间调整学习计划，开展整风学习。鲁艺在整风学习中，联系实际，触及有关学院的教育方针和教学工作的检查，思想认识都有提高。在七七抗战5周年纪念活动时，鲁艺戏剧部（含实验剧团和戏剧系）的师生们，遵循文艺新方向，突击创作并演出了几个反映华北军民反扫荡斗争的话剧，有《我们的指挥部》（陈荒煤作）、《军民之间》（袁文殊作）、《民兵》（姚时晓作）、《三光政策》（骆文作）等，这些剧本虽然不是直接来自前方的，但已经在踏着新的步伐开始前进了。

1943年的新年和春节，整个延安掀起一片红火热闹的群众秧歌运动。实验剧团的同志们，都先后投入秧歌运动的行列，并与鲁艺音乐部的同志们一道，从向群众艺术学习中产生了不少深受广大群众欢迎的新作品，包括《兄妹开荒》以及小节目《打腰鼓》《挑花篮》《拥军花鼓》等等。秋季，西北中央局号召延安各文艺团体分头下乡，鲁艺组成一个以实验剧团和音乐工作团为基础，又增加美术、文学等专业人员40余人参加的鲁艺工作团，由张庚率领去绥德地区开展工作，副团长田方，团员有水华、王大化、贺敬之、马可、华君武、安琳、张平、于蓝、王家乙、林农、欧阳儒秋、唐荣枚、李焕之、刘炽、关鹤童、时乐濛、丁毅、王元方、孟波、黄准、张鲁、陈克、吴梦滨、计桂森、何路、王岚等。这个工作团在年前出发至第二年4月回延，他们在当地干部的帮助下，集体创作了新歌剧《周子山》带回延安演出，深受广大群众赞赏。此后，鲁艺实验剧团和鲁艺音乐工作团即与鲁艺戏剧部及鲁艺音乐部一起合并编组，进行整风。

1944年夏，西北战地服务团由周巍峙同志率领从华北前方工作多年后返回延安，集中进行工作总结，在与鲁艺戏剧部（包括实验剧团）和音乐部的同志们共同相处期间，开展了一系列较有影响的戏剧创作及演出活动，其中就有1944年9月演出反映太行山区沁源战斗生活的四幕话剧《粮食》，这是陈荒煤、姚时晓、水华集体创作并得到周恩来同志大力支持和鼓励的；又如同年冬为配合整风运动，在中央的倡议下，中央党校和鲁艺联合演出了苏联考涅楚克的三幕五场话剧《前线》以及在鲁艺又同时开始创作与排练，在翌年为党的七大召开时献演的大型新歌剧《白毛女》。

当时的物质供应十分困难，为了保证戏剧演出的基本条件，唯有依靠自己动手，出力献智，创造性地去克服困难。这样，剧团的后台工作的任务更为繁重，例如当时在舞台上只能用煤油汽灯作光照，因为没有电灯。但汽灯这东西是很难驾驭的，首先是要保证点燃照亮，不被风吹气塞所熄灭，再则要控制光照，还得自己设计制成几种铁皮灯罩，做出舞台上需要的顶光、面光、侧光、天幕光等照明效果，使用的灯数有时多达十数个，所以当时在舞台上管理汽灯光照是后台工作中最艰苦的。实验剧团在这方面曾经取得过一些经验颇值得重视。还有为演员的造型直接服务的化装，因为那时边区已在被封锁状况下，购买化装品的来源断路，怎么办呢？就有同志开动脑筋，经过多次实验，使用一些可作代用的物品，土法上马，制成各种油彩涂料，并作出许多富有创造性的好办法，举例来说，演出革命史剧《带枪的人》时，就专为扮演列宁的演员做了一个钢盔式的"硬壳头套"，以及为塑造斯大林的面型用一种特制的"鼻油灰"，都是利用雕塑家塑像用的胶泥，调制成一种带强油性的塑泥来代用的。还有演员的服饰穿戴和携带及陈设的小道具等，几乎都得自己动手制作。在这些方面，实验剧团的同志们充分发挥了自力更生的精神，也体现了革命演剧运动中的传统作风，包括经常担任角色的一些同志都积极参加这种工作，如演员张守维、王家乙、陈克等，管理汽灯灯光，在每次紧张工作中搞得满头大汗；马瑜、范景宇、史行等对化装及化装品之制造，被人人称道；还有邸力、于蓝、李波、高维进、林白等几位女同志，经常热心地参加服装剪裁及缝制和保管等工作。至于布景、大道具的装置制作等工作，除有专职的徐一枝、何文今同志外，在每次演出时还须动员众多人力。鲁艺实验剧团由于有这些同志们的努力，各类演剧用品都从无到有地逐渐积累起来，这不仅提供了每次演出的需要和方便，又大大节约了演出经费。

1987 年 12 月

鲁艺实验剧团在前方

刘谟

1939年3月间，党中央特令鲁艺组织演出团体随同开赴前线的八路军炮兵团一起去晋东南八路军总部慰问演出，鲁艺院领导在原实验剧团基础上重新配备人力组成了赴太行晋东南前方的鲁艺实验剧团。

一、剧团成员

主任——王震之；秘书——肖逸；剧务科——张平；组织科——程安波；宣传科——龚伟（兼队长）；总务科——徐一枝。

团员：张鲁、地子、刘谟、张潮、齐瑞棠、周云深、朱明哲、翟其春、田民、徐玉峰、张守维、安琳、阎间、苗敏、方华、江雪、聂眉初、洪任舆、王韦、林伊乐。

当时和实验剧团一起随炮兵团去晋东南的还有以荒煤为主任的鲁艺文艺工作团。团员为：黄钢、杨明、梅行、乔秋远、葛陵。

二、从延安出发到晋东南

1939年3月10日，鲁艺院部出了迅字第十号布告："兹奉紧急通知，本院实验剧团及文艺工作团须于明晨出发，特此通知。希各该团人员于今日准备完毕，下午五时，本院在城内机关合作社欢宴各出发同志，七时在中央大礼堂举行欢送大会，明晨五时授旗出发。"

3月11日晨，鲁艺实验剧团从延安乘卡车出发，12日到西安后即随八路军炮兵团乘专列火车到达河南省渑池县，然后步行到黄河渡口，过黄河到达山西省垣曲县。在垣曲为炮兵团首次慰问演出,稍事休整,继续跟随炮兵团前进。在翻越王屋山的行军中,剧团分若干小组在沿途设宣传鼓动点,用抗战歌声、说快板、喊口号进行鼓动宣传。炮兵团的战士们牵着背负沉重大炮的骡马,吃力地爬坡过梁,个个汗湿衣衫,但大家却情绪高昂,不断呼喊:"再来一个好不好?""好!""欢迎再来一个!"

剧团随炮兵团翻过了王屋山到达山西省的阳城县。实验剧团在阳城进行休整和慰问演出后,继续随炮兵团前进,经高平、晋城、壶关、长治等县境到达八路军总部驻地的潞城地区。从此,在八路军总部领导安排下,对前方部队和地方进行了紧张的慰问演出和宣传活动。

三、演过的戏和唱过的歌

实验剧团出发前方,时间紧迫,人员大部是临时调配的,因此在出发前根本没时间排戏练歌。歌子是行军中休息时突击练唱的。从延安带出来的剧目都是延安演过的,如《一心堂》《农村曲》《人命贩子》等几个戏;到前方演的戏大部分是根据前方实际编写排练的,如《沉冤》《游击队的母亲》《傻子打游击》《小过年》《磨擦鉴》等。由于处于战争环境,剧团比较多的采用活报剧的形式,甚至有时来不及写出剧本就商定戏的基本内容和角色,动作、台词等由上台的演员们机动灵活处理,这就是常说的"台上见"。但由于剧情切合实际,短小精干,生动活泼,所以还是比较受战士和群众的欢迎。

唱过的歌曲有:《延安颂》《在太行山上》《游击队歌》《到敌人后方去》《打回东北去》《松花江上》《大刀进行曲》《红缨枪》《军民合作》《青年进行曲》《抗日点将》《恨难消》《五更鸟》《干一场》《拆桥破路》《骂汪小调》等。安波同志对民歌比较熟悉,他利用民歌曲调结合前方实际创作一些曲目,也较受欢迎。

剧团还演出京剧片断、快板、相声等。总之,当时没有什么条条框框,只要能反映抗战打日本和宣传党的政策的艺术形式都利用,所以还比较丰富多彩，收到一定的效果。

剧团在行军经过的村庄或宿营地时，还在墙上书写抗战标语、口号，有时还画漫画。

四、紧张艰苦的战斗生活

遵照总部的计划安排，原定于7月1日起在长治县城举行晋东南地区部分剧社、宣传队会演活动。鲁艺实验剧团安排在首场演出，7月1日黄昏，剧团在演出地点装好了台，演员化好了装，汽灯也点着了，忽然总部的通讯员快马加鞭而来，传达总部命令：由于日寇开始大规模扫荡，先头部队已经逼近，令剧团立即停演，火速转移到指定地点。剧团奉命立即拆台，收拾道具、幕布、服装等物品，部分男同志和全体女同志先行出发，少数同志把借老乡的服装、道具赶快还回去。经过一夜行军，天明时走到一个村子休息，大约走了120里地左右，同志们个个又困又乏又饿，大部分人一停下来就靠在草垛子旁睡着了。当时战斗部队都开赴前线开展反扫荡，抗击敌人，像实验剧团等非战斗部队则在太行山上和敌人兜圈子，天天行军转移，上山、下山、过河、翻岭，十分疲劳。

有一次剧团向平顺县太行山深处转移，正在爬山，气候突变，下起雨来了，周围无村庄躲雨，同志们又无雨具，越往高山走，雨下得越大，背包经过雨淋越发加重了分量，鞋子也灌满了水，走起路来更感到沉重吃力，一个个淋得像落汤鸡。一直走到黄昏时才走到一个叫小庙岭山顶上的只有四五户人家的石望垴村。有的同志开始把石望垴三个字听成了死亡垴，最后才弄清楚是石望垴。这里可能是太行山最高的地方，日本鬼子从没来过。同志们和老乡聊天，得知山上的妇女从未下过山，年纪大的男人还留着辫子，甚至还有个别老人打听皇帝怎么样了，总之这太行山之巅的石望垴村几乎与世隔绝，十分贫困。

剧团20多人来到这里，吃住成了大问题。可是天快黑了，雨又下个不停，实在无法再前进了，于是大家分散到老乡家墙根、灶旁、牲口槽头等空处，或躺或靠地休息。老乡把挂在墙上的大簸箩也取下来，个子矮小的女同志蜷缩在簸箩里睡，还挺舒服哩。石望垴村，村小人穷，没有多少余粮借给剧团，剧团同志背的米袋几天来也吃空了。正在发愁的时候，忽然一眼望到远处黄灿灿的一大片，走过去一看原来是正在开花的黄花菜（金针菜），大家高兴得很，想不到能在这高高的太行山上吃上贵重的野生的黄花菜。然而，把黄花菜煮熟了，香味冲鼻子，吃起来却不是滋味，既无盐又无油，而且是当饭吃！不少同志吃了几口就不想吃了，有的同志吃了还吐，变成了空喜一场。平顺县小庙岭石望垴村这一行给剧团同志的印象是难以忘却的。同志们团结友爱，互相帮助，经受了考验的锻炼。

7月1日以后的形势比较紧张，县城大部被日寇和汉奸伪军占领，除八路军部队外还有阎锡山和蒋介石的友军。友军不友，常常和八路军闹摩擦，但我八路军仍尽力争取友军团结抗战。鲁艺实验剧团还几次奉命前往友军驻地慰问演出。有一次到一个友军部队演出，当晚剧团就在该友军驻地的村子住宿。半夜，一个老乡跑到剧团团部敲门，说友军队伍已经开走了，问剧团为什么不走？团领导估计有敌情，当即决定立即撤离该村。后来得知剧团撤离不到一小时日寇就进了村，要不是老乡报告，剧团的同志们很有可能当了俘虏。还有一次实验剧团到另一友军驻地慰问演出，演完戏发现一位小鬼张赞不见了。原来是被该友军扣留了，要他参加他们的队伍，张赞同志坚决拒绝参加，该友军无可奈何只得放他回团。总之，剧团在八路军总部领导下，认真执行党的方针政策和上级指示，经受了前方复杂形势和艰苦环境的锻炼和考验。

五、在 385 旅和 386 旅

385 旅和 386 旅是八路军 129 师的主力部队，战士中很多都是身经百战的红军长征战士。剧团奉命到这两个旅慰问演出，大家都感到十分荣幸。

剧团每到一个旅，旅首长都安排剧团住在旅部驻地的村子里，在当时艰苦困难的条件下，还让司务长弄肉为剧团改善伙食，旅部领导同志还到剧团同志住的房东家来看望同志们，使大家觉得十分亲切和感动。

根据旅部的安排，剧团以旅部驻地为中心组织慰问演出。每次前来看演出节目的都是驻扎在旅部周围 20 里左右的队伍，离得比较远的部队则在以后分别前往慰问演出。剧团演出一般都是黄昏时候开始，每当部队进入演出会场后，歌声震动了宁静的山庄，此起彼伏地大声喊叫："唱得好，唱得妙，再来一个呱呱叫！……"整个山村沸腾了！加上剧团搞音乐的同志也分别到连队中去教唱新歌，更使整个会场、整个山村都沉浸在欢乐的歌声海洋之中。

剧团因为住在旅部驻地村子里，因此与旅首长见面的机会比较多。如剧团住在麦仓村 385 旅驻地时，就见到了陈锡联司令员，并问他在晋北阳明堡焚毁日寇飞机 24 架、消灭敌人 100 多人的情况。

剧团到陈赓的 386 旅驻地郝壁村慰问演出，正好遇上 386 旅五一大检阅，阅兵地点就在村前宽广的浊漳河干涸的河滩上。受检阅的队伍全副武装，迈着雄健的步伐经过检阅台接受旅首长的检阅。在受检阅的队伍中还有一支精神抖擞，身着老百姓衣服，手持长矛大刀的队伍；最后是骑兵部队，马蹄声由远而近，尘土飞扬，飞快地驰过检阅台，给人以勇不可挡的感觉。检阅的时间相当长，但仍使人感到还有众多的队伍不断地向检阅台涌来，似乎没完没了。剧团的同志们被安排在检阅台周围参观，大家有生以来第一次看到如此壮观的大阅兵，激动万分，亲眼看到在前方敌后英勇抗日的八路军战士的英雄形象和军威，深受教育和鼓舞，不少同志激动地流下了眼泪，由衷地爱戴和敬佩八路军战士。检阅完毕后，剧团的同志访问了陈赓旅长。

六、剧团办培训

前方部队根据建制的不同，分别建立了人数不等的宣传队，队员大多是十多岁的小鬼。他们没有经过训练，只会唱一些歌子，跳些简单动作的舞蹈，行军时对部队进行宣传鼓动，书写抗日的口号标语。为了提高宣传队的水平，鲁艺实验剧团遵照总部指示，协同129师宣传队开办训练班、很多宣传队都派人参加。当时全剧团的同志们都动员起来参加培训工作，有的讲如何排戏，有的讲如何化装，有的讲如何布景装台，甚至如何点汽灯也是一门课。讲化装课除讲如何根据角色化装外，还要想方设法根据前方实际来讲如何制作化装用品：如黑色油彩，就把老乡家灶房的大锅搬出来，刮下锅底的黑烟，用凡士林加硬脂酸调配；没有凡士林就用猪油调制。其他红、黄等油彩则用老乡染衣服用的染料配制。如要制作秃头的头套，就用猪尿包晒干了套在演员头上就行了。培训内容除戏剧方面外，还教学员写美术字，凡参加培训的同志都无例外地要学唱歌，学打拍子，有的还专门学习指挥方法，这对他们回部队开展歌咏活动是很有帮助的。

总之，在当时战争环境的艰苦困难条件下，剧团的同志们尽了最大的努力，基本上完成上级交给的培训任务，受到领导和受训同志的好评。

七、奉命回延安

1939年，晋东南前方的形势日趋紧张复杂，一方面日寇不断扫荡，对我抗日根据地分割、封锁，另一方面在晋东南地区活动的国民党顽固派，加紧反共摩擦活动。这样，晋东南抗日根据地形成了受敌、伪、顽夹击的不利局面。鲁艺实验剧团就是在这种形势下，在总部领导下到达垣曲、阳城、晋城、高平、壶关、长治、潞城、平顺、陵川、屯留、黎城、和顺、辽县（左权）等县广大村、镇，在极为紧张艰苦的环境中，深入广大八路军部队驻地对军民进行慰问演出。

1939年12月中旬，鲁艺实验剧团奉命回延安，从延安出发到晋东南的同志除王韦、洪任舆两同志因工作需要留下外，其他人员全部调回延安。到晋东南后，从抗大分校分配来剧团的新同志徐徐、周震中、黎辛、方俊夫、程秀山、杜德甫、曹达、郝正良、赵铭、赵智、米林、张赞也一同回延安。他们的到来，大大充实了剧团的力量。

实验剧团回延安，仍走从西安到晋东南的路线。不同的是，来时是从西安乘火车一直到河南省渑池县的，回去时因日寇飞机轰炸风陵渡—潼关一段铁路、火车不通，因此从山西垣曲县过黄河到渑池乘火车到潼关下车，步行到华阴再乘火车到西安。3月初，实验剧团是作为八路军炮兵团一部分佩戴"八路"臂章跟随炮兵团到晋东南前方的。回延安时，八路军已改为十八集团军，总部发给每一个同志一枚十八集团军的臂章，大家都感到无比荣幸，深深感到自己成为一名八路军战士而自豪。同志们都认识到更应严格要求自己，努力学习，提高觉悟，坚定立场，为抗日、为革命继续奋斗、前进。

剧团到达西安后，西安八路军办事处安排住在七贤庄办事处，特意留剧团在西安休息了两天，剧团在七贤庄专门为办事处举行了慰问演出晚会。1939年12月底，剧团回到延安，结束了9个月赴晋东南前方慰问演出的任务。

鲁艺学习生活片断

胡丹沸

挚 友

我是 1938 年底到达延安，入鲁艺第三期专修科戏剧系学习的。开课后一个多月，适逢农历正月十五闹元宵。入夜，延安北门外，黄土山坡上（鲁艺旧址）从山脚到山顶，那一排排一层层窑洞门窗透出的油灯的光亮好似闪闪繁星。我正站在延水河滩上眺望着我的母校。突然传来震天动地的锣鼓声，使我振奋地走向那热闹处。

头扎英雄结的农民们，一个个是那么威武雄壮。有一位手舞着钢绳，绳的两端正飞舞着两团闪烁的火球。蜂拥的人群，随着火球的闪烁，让开了一个圆场，这就是极妙的"打场子"。接着，长长的秧歌队舞入圆场。前进、停顿的节奏那样鲜明；随着舞步起落的歌声是那么高亢纯朴。下面，便是武术会的表演，刀枪与棍棒齐飞，这全武行的技艺，使得演出达到高潮。随着观众的阵阵叫好，挥舞刀枪棍棒的节奏加快，观众的情绪也白热化了，我不禁高声惊叹起来。哪知旁边响起更高的一声赞叹，仔细一看，原来就是一直沉默寡言的同学刘因（刘慕坤）。我仿佛触摸到了这位冷面孔的心，竟然如此滚烫。

我们在返校途中，不约而同地交谈着经过苏维埃运动，进行了土地革命的陕北农民，是这样的身形矫健，脊梁骨挺得那么坚硬，一扫我们在国统区所见到的农民——面有菜色、愁眉苦脸、卑躬屈膝——的印象。经过这次交谈，我们就成了莫逆之交。

合　作

在那以后，在同学中和我交谈最多的就是刘因，话题是鲁迅的杂文。我们都酷爱那些投枪和匕首式的政论。

与日俱增的友谊在加深着。最愉快的还是和刘因以及其他同学们的一次大合作。

那是1939年春末夏初的时候，我们系有一次排练实习。剧本恰恰是刘因的习作《回家》，由我任导演，刘镇同学主演。这是我们学习《戏剧概论》《导演论》和《演员论》中的一次理论学习成果的展示，看看我们在实践上是如何运用的。这次实习也是一次艺术民主的尝试，至今还记忆犹新。

透过刘因的近视眼镜，看见他那双眸的转动，我便知道他是同意我对剧本的分析的，何况他还有时略一点头。剧本写的是游击队的一名侦察员突然回到久别的家乡，在他婶婶的掩护下，完成了任务。就是在这种情景里，展示了各种不同人物的心态，从而表现了人物的性格。这是一个精炼的短剧。导演计划征得刘因的同意，就进行准备，因为这准备就是正规的实习课。我极力搜索记忆，在入学之前，我曾在山西敌后巡回演出过，接触过这样的生活，又排演过类似的剧目，我和刘镇反复地推敲导演计划，最后取得了一致的看法。实习演出之后，不论是担任舞台工作的同学，还是导演、演员，都认为在理论学习中，有这种实习是必要的，从而更加鼓起学习理论的热情。这证明鲁艺的教育方针是正确的。我们系的实习指导老师崔嵬、姚时晓看了演出也都比较满意。老师们看到学生哪怕是些微小的进步，都是高兴的。

悼　念

最近听到王一达（王昇）同学告诉我：刘因于1941年在两淮地方的一个县的区里担任区委书记，因掩护同志，坚持到最后，惨遭敌人杀害，当场牺牲。突闻噩耗，不禁愕然！冲锋在前，退却在后，刘因同志实现了对党的诺言。一个不善形于声色而内心滚烫的形象屹立在我的眼前。48年前，延安闹元宵中的那一声惊叹，仿佛仍在我的耳边回荡。

又听说刘镇同志也已病故，他那朴素、正直、刚中有柔的性格也是记忆犹新的！

安息吧，我的两位亲密的同窗！

1987 年 12 月 19 日

为抗战服务的艺术

张　治

我是 1938 年春考入鲁艺第二期戏剧系的。我们进校时戏剧系第一期的同学还没有完全结束，他们正在组建实验剧团，忙于演出。由于人手不够，就拉我们二期同学跑龙套。他们的演出活动很频繁，从《大丹河》到《流寇队长》连续演出几个月，我们就跑了几个月龙套，大家发了不少牢骚，讲了不少怪话。我们是先跑了一段龙套，才正式开课的。

我们宣布的教学计划分三个阶段：第一阶段在校学习 3 个月，第二阶段出去实习 3 个月，再回校学习 3 个月之后毕业。戏剧系所开的专业课程有戏剧概论、戏剧史、表演术、化装术、剧作法、舞台装置等；还有全校的共同课：政治课和文艺理论课。一面上课，一面还要排戏演出，实际上各门课程学习的时间都不多。第二阶段成荫同志和我分配到八路军 120 师实习。戏剧系共有 20 多人，八路军 3 个师每师只分配了两个人。1938 年11 月，贺老总（贺龙）在中央开完了会，问鲁艺要干部，正好把我们带到抗日前线晋西北的岚县。我们这一批人中还有音乐系的 2 人，美术系 2人，文学系多人以及老师沙汀、何其芳也一起到了前方。

我们到达岚县之后不久，120 师即出发向敌人后方进军，经过长途跋涉，通过同蒲、平汉两道封锁线，挺进到敌占区的心腹地带冀中平原。

成荫同志留在师部战斗剧社工作，我和陈滋德同志（鲁艺第一期音乐系同学）分配到 358 旅组建战火剧社。剧社的中心工作是演戏，我是戏剧系的学生，所有戏剧工作的重担，责无旁贷地落到我身上了。可是我这个戏剧系的学生到底有多大分量，我心里明白，我仅仅是个业余戏剧爱好者，鲁艺上了3个月基础课，ABC还没有学通。戏剧系同学的水平参差不齐，有的很高，有的很低，成荫是我们戏剧系的高才生，同时，我们系也有几个像我一样的小青年，什么也不是。现在要挑重担了，能干什么呢？会干什么呢？尤其倒霉的是从延安出发时，我准备了一些资料，包括教材、剧本、刊物等，可是在通过平汉路封锁线时，材料全部丢失了，两手空空一无所有。由于是在敌人后方打游击，和我们的大后方延安的通信联络也断绝了，不可能要到材料，今后如何开展工作呢？思想起来真愁煞人，部队的领导对文艺工作非常重视，特别是对从延安鲁艺分配来的干部，就像稀有金属那样珍贵，视我们为专家，把组建剧社的重任交给我们，我们不能打退堂鼓，不能退却，明知这个任务艰巨，咬着牙也要鸭子上架。

战火剧社是以师部宣传队部分人员为班底组建的。这个宣传队不演出，只做一般的宣传工作，不具备剧社所需要的基础，组建剧社等于白手起家，从零开始。要物色招收演员，要对演员进行必要的基本训练，要购置幕布，制作化装用品，要编写剧本，这是最难解决的问题。在开始阶段，我们只能从记忆中挑选一些适合我们演出的剧本，把故事梗概整理出来，集体创作台词，把戏记录成本。就这样我们排演了《顺民》《游击队》《三江好》等剧，当然，我们的演出本，不可能和原著一样。后来，我们即开始自己创作新剧本了。

经过一个多月紧张的筹备工作，我们在河间县时卧佛堂镇进行了首场演出。演出获得了出乎意料的成功，整个卧佛堂都沸腾了。冀中是敌人的后方，冀中的人民群众对于日本帝国主义的暴行深有感受、切齿痛恨，所以他们看了我们宣传抗日的话剧，反映非常强烈。卧佛堂演戏的消息传开之后，友邻部队以及附近村镇，纷纷前来邀请我们演出，使我们应接不暇。

万事开头难，头三脚我们总算踢开了，有了个良好的开端。在工作实践中深深感觉到在鲁艺学习的时间太短，学习的东西太少了，多亏跑了几个月龙套，在跑龙套过程中所看到学到的东西，在工作中全用上了。剧社就在这样的基础上逐步成长。

冀中地区，人口稠密，日本侵略军占领的据点星罗棋布。不论我们住在哪里，也都在敌人的四面包围之中，敌人据点距离我们大都是二三十里路，因之，我们每天都处在高度的戒备状态中，部队为了隐蔽自己，迷惑敌人，经常转移驻地，天天晚上夜行军，寻找到有利战机，就打一仗，消灭一部分敌人，这就是游击战。我们是部队的剧社，天天跟随着部队行军战斗，在行军战斗的间隙，抓紧时间排练，为部队和当地群众演出。

1939年秋季，我们的部队从冀中平原又转移到晋察冀山区，得知鲁艺跟随延安联大到达晋察冀边区来了，我们非常高兴，我和陈滋德急不可待地赶到阜平城南庄去探望我们的母校，看到了沙可夫、崔嵬等领导和老师，感到分外亲切，总算是回到了娘家。我们向校领导汇报了我们在前方工作的情况，同时也大诉了一番苦。我们把剧社组建起来了，也进行很多演出，但搞戏的只有我一个人，既是编剧，又是导演，既是演员，又是教员，本来是跑龙套的料，一下子挑起了大梁，实在是招架不了，苦不堪言。我3个月实习期早就超过了，可是前方那样急需艺术干部，我怎么能提出回校呢？只是希望学校帮助我们解决困难，一句话"要人"。学校的领导对我们的工作表示满意，也非常同情我们的困难，给了我们巨大的支援，把戏剧系的沙力、周宗彬，音乐系的项军、江橹，文学系的刘兆平等5位同学分配到我们剧社工作。剧社增加了一批生力军，声势大振，一下子变成了"暴发户"，艺术骨干加强了，剧社的面貌迅速起了变化，艺术水平有了显著提高。

抗战期间，战火剧社跟随358旅转战于冀中、晋察冀、晋绥等抗日最前线。打仗时，剧社的同志分散到连队，做宣传工作、战勤工作。358旅几次大的战斗战役，如冀中的齐会战斗，晋察冀的陈庄战斗以及同蒲北段的百团大战等，我们都直接参加了，而且在战后还创作和演出了反映这些战斗的戏剧音乐作品。1941年初，阳曲县游击队邀请我们去太原西山的阳曲演出。这里是游击区，距四周敌人的据点都很近，夜晚站在山顶上即可看到太原市的电灯光亮。我们的演出方式是闪电式的，由驻地出发到演出地点，演完之后迅速转移，每天转换 3 个地点。演出时游击队在四周山上布防，万一发生情况，要求我们必须在一小时之内撤出。演一场戏，就是一次战斗，演了一个多月，没有发生意外情况，一切都很顺利。有些敌人据点的群众也跑到山上来看戏，政治影响很强烈，鼓舞了群众的斗志，提高了群众抗日胜利的信心，推动了阳曲县的工作。

鲁艺在党中央领导下于抗战初期成立，几年来为革命、为人民培养了大批艺术人才。战斗在敌人后方的剧社、文工团，都有我们鲁艺的同学，鲁艺的同学大都是这些艺术团体的领导骨干。他们没有辜负鲁艺的教导和希望，在前方极端困难的条件下，不怕艰难困苦，不怕流血牺牲，坚持艺术为革命服务，为战争服务，为工农兵服务，使革命的文艺在解放区蓬勃发展。

革命文艺在战争年代曾发挥了巨大的作用，目前又正在为祖国的四化建设贡献力量。这一切成就，应归功于我们的母校——延安鲁艺，是鲁艺的领导和老师们辛勤的耕耘，才培育出这样众多的鲁门弟子，才能在全国范围内开花结果。鲁艺的丰功伟绩，在新中国的文艺史上将永放光芒。

在 三 边

祁　椿

　　1944年五六月间，组织上决定我单独去三边分区工作。当时那颗年轻的心是很复杂的：延安，有我的两届同学，相处几年的同志；几年间，有的不在了，更多的则不知去向。这次要离开集体，我自知幼稚，出去工作能胜任吗？想起1938年毕业时曾积极要求去前方，为什么现在倒怯阵了呢？从前方回后方又工作几年了，怎么能老蹲在小鲁艺里舍不得走呢？几年锻炼，我懂得了党是依靠群众战胜敌人的，只要不脱离群众，还有什么可担心的呢？于是便默默地收拾着行装——一条来自日军的睡袋改成，必须扎起才能睡觉的被子；几件在晋东南时发的灰军衣；还有在大生产中自缝、自纺、自织、自制的衬衣、袜子、鞋、挂包等等，全部家当不过六七斤重。

　　演《血泪仇》中小栓子的张树槐来了，他听说我要走了，要替我呼吁留下来，我也有点被他的稚子之心所动，但我向他说："这是组织上的决定，是组织对我的信任，没什么比这更重要。党不是要我们走出小鲁艺吗？就是要我们到大鲁艺去宣传组织群众，为抗日战争的胜利去工作去斗争嘛！"结果他不言声了。

　　走了三四天，站在草山梁下望，无边的草原上，有座不小的古老而完整的城池，定边城到了。于是我加快了脚步，到地委宣传部报到时，贾部长向我介绍了七月剧团的人员、业务情况，欢迎我这个搞戏剧的同志来工作。啊!？原来三边也有不少鲁艺的同志！宣传部有美术部的陈叔亮，七月剧团有音乐部的聿尹、加洛，三边公学还有彭瑛，警备三旅宣传队有戏剧系的史行，音乐系的史次欧。我的心情振奋，有了这许多依靠，信心更足了。

剧团领导引我来到同学们的住处，不少团员也拥到身边来，言语表情流露出对我的期待。七月剧团虽然有《十三把镰刀》《查路条》《血泪仇》等反映现实的节目，却几乎都演的是传统折子戏。团员都是向师傅一口口、一招招地教唱出来的。所有女角全部由男孩子扮演，可见其古老程度。在文化生活极为贫乏的三边，剧团很受人民欢迎。但对于我们这个没有戏曲艺术知识的人，却产生了困惑。怎么办？首先要适应情况，于是也穿上蟒袍、软靠、朝靴，学唱秦腔，打起小旗跑龙套。

我们的友邻三旅宣传队，虽也演秦腔传统剧目，更多的是用各种形式反映部队生活内容的节目，诸如《牛永贵挂彩》《宝山参军》等秧歌剧、快书、快板等曲艺节目，很是活跃。这两个剧团，是三边军民文化生活的主要支柱，为军队与群众所欢迎，也正因为只有两个，很自然产生比较。不久，便听到领导和团员们提出的具体要求：演歌剧。

干背台词，教示每个动作，固定的程式怎能演好戏呢？繁忙的巡回演出，难以进行专门演技训练，幸好有张水华同志在绥德分区几个月的示范，我便在行军走路、排戏中将斯坦尼表演理论，逐渐灌输给演员。很快，大型秧歌剧《周子山》在定边公演了。这一炮轰动了定边城。这要归功于几位从小鲁艺来的同志，因为这是歌剧，没有他们，我是力不从心的。随后又演出了《三石粮》，再次赢得了领导的鼓励，群众的欢迎，全体团员兴奋极了！

人民的承认对我们是巨大的鼓舞，青年人的进取精神，鞭策着我们要更好地为人民服务。仅有的几件乐器，难以表现新歌剧的需要，加强音乐、灯光、化装、演技成为继续前进的课题。剧团的几位"外路脑子"（团员们这样称呼我们）开动了脑筋。想买吗？国民党的封锁，进不来。其实，要买也没钱。怎么办？只要有了理想，又有一定的知识，党的"自力更生，艰苦奋斗"思想立刻出现在眼前。对！就地取材！这种想法成了骨干们的行动，在城里、在乡间随时随地搜寻着所需的材料。

终于弄到了羊皮鼓的羊皮，松木、杜梨木、坨蒿木也备齐了，分队长陈杰搞到笼圈，警备三旅通讯科送给我们一些没有通过电流的被服线，G、D、A、F四根弦没问题了。万事俱备开始动手：加洛同志按提琴规格画好图样，聿尹、林立在湿皮，我们用木刻刀一刀刀地剜削雕刻……一把硕大的低音胡配备在高大的聿尹手中，精巧嘹亮的高音二胡，在精明的林立手里拉响，陈洪和几位团员都有用笔做的长短横笛，只有我和加洛的两把提琴最后完成。因为我的技艺不高，这第一把琴只能对付着使用。我暗下决心再做一把。

剧团突然增加10来件乐器，高、中、低音部俱全，大大加强了以歌唱为主的演出气氛和效果，受到领导的赞扬。以后不少喜庆大会都要邀请我们去参加，这给三边文工团（这时七月剧团已改此称）增色不少。

青年人是不满足现状的。人们越是赞扬，我们就越想再干好些，聿尹能画，我也会涂鸦，张力提出幻灯想法，行动就开始了。团员们搞到了凹凸镜片，我们收集了首长们的香烟纸，打褙子做片框……聿尹画了许多宣传画，我画了一套孙犁小说缩编的《白洋淀》，定边同志的家属给做了银幕，试映效果不错。此后每逢演出之前，将幻灯片刷上石油，配以音乐解说，一两千人以上的广场都看得很清晰，这又成了定边的一件新事。

鲁艺引导我走向革命道路

任桂林

我开始参加革命文艺工作，是在延安鲁艺。虽然时间不长，但对我的一生起着决定性的作用。

我是从第二战区到延安的。当时国内的政治形势还比较好，我是公开请假来的。当时我有一种糊涂思想，认为在革命圣地延安演京剧是风马牛不相及的事。因此我想改行，做一个民族音乐工作者。

我进鲁艺是经冼星海同志考试录取的。星海同志问我的经历，我说我是搞京剧和昆曲的，他叫我唱了一段昆曲。没想到他对民族音乐遗产，是那么喜爱，一听我唱便录取了。同班同学有时乐濛、关鹤童、刘炽等人。在音乐系学习期间，我参加了李焕之同志创作的《青年大合唱》的演出，收到了很好的效果。

那时，鲁艺有个旧剧研究班，阿甲负责，约有七八个人。阿甲写了个剧本《钱守常》，大概的故事是这样的：一位开明士绅，不堪忍受日本帝国主义的欺凌压迫，走投无路，幸有机会遇到一位游击队长，在他的启发说服下，这位士绅毅然投身于抗日斗争。这个戏演出效果很好。阿甲扮演开明士绅，我扮演游击队长。演出后，院领导给阿甲发了5元钱剧本创作奖金，以示鼓励。阿甲把这钱请参加演出这个戏的所有演职员"改善生活"，饱餐一顿，也就走了。

在学习期间，我自学了毛主席的《论持久战》和《新民主主义论》等著作，使我思想上有所转变。原来对京剧遗产要取其精华，去其糟粕，不能一概否定。

有一天院领导通知我和阿甲到西安购置戏箱（服装道具等），我们服从命令。到了西安后，住在七贤庄八路军办事处。我托西安著名戏剧家封至模先生协助购置戏箱，封先生有进步思想，愿意帮忙。我和封先生在西安共同办过夏声剧校，关系不错。约用一个多月的时间，戏箱买妥了。我们雇了三辆骡马车，满载着戏箱，返回延安。当徒步走到洛川时，我的痔疮犯了，寸步难行。我请阿甲先回延安，我留在洛川休养。后来我回二战区了。

我虽然没有回延安，可是还惦念着延安的京剧活动。我曾派一位叫孙金城的到延安去教怎样折叠戏装，怎样化装、梳大头等技术，教了一个月才返回二战区。我还发动歌剧队的队员们捐款约二三百元，资助延安的京剧活动。

不久，发生了第一次反共高潮，国内政治形势大为逆转。二战区的进步人士，有的去大后方，有的去延安。我当时任歌剧队的副领队，率领歌剧队到三原县二战区后方办事处。

到1941年，歌剧队才返回二战区。当全队到河东去演出时，我留在河西宜川县的秋林镇。我和张季纯同志商议，偷偷地离开了二战区，经过一天的路程，进入陕甘宁边区。政府派人一站一站地送我们到了桥儿沟。我见到了同学们，真是心情激动。当时任鲁艺院长的周扬同志，还请我和张季纯同志在东山上他住的窑洞里吃过一顿饭，表示欢迎。周扬同志叫我去鲁艺平（京）剧研究团做研究工作，我服从分配。那时鲁艺平（京）剧研究团已初具规模，人员约有40人左右，都是从四面八方调来的。阿甲为团长，罗合如同志为副团长。

有了戏箱以后，鲁艺平（京）剧研究团就开始演出优秀的京剧传统戏了。团内同志对传统剧目会得不多，大家互教互学。我记得陶德康同志在这方面的贡献最大。因他在参加革命前，在北平辅仁大学上学的时候，就是一位著名票友。在延安演传统剧目，干部们觉得是一件新鲜事，争相观看，所以受到了热烈欢迎。我认为，搞戏曲改革工作，不懂得传统剧目，是不行的。它的很多优秀表演艺术,多寓于传统剧目之中,而且历史悠久,有着丰富的艺术遗产。必须掌握优秀剧目中的优秀表演艺术,才能谈到戏曲改革工作,不然,就成了一句空话。鲁艺平(京)剧研究团在当时演出了大量的优秀传统剧目,这是非常重要的。

我到鲁艺平(京)剧研究团后,第一件工作就是排练《奇双会》。阿甲演李奇,任均演李桂枝,陶德康演李宝童,我演赵宠。这个戏在鲁艺礼堂和中央党校都演过,在杨家岭中央大礼堂也演过。我记得有一次在杨家岭演出,毛主席也来看戏。当我演到"三拉"时,毛主席在台下哈哈大笑,我在台上还听到他的笑声。另外,和阿甲演过《断臂说书》,和罗合如演过《黄鹤楼》,和任均、王一达演过《鸿鸾禧》(多演到"推江"为止)。其他同志也演出了不少的传统剧目。

1941年底,120师战斗平剧社来延安演出,受到了热烈的欢迎。次年4月,两个平剧团体合并起来,成立延安平剧研究院,归中共中央办公厅直接领导,我们从此离开鲁艺。

我虽早离开了鲁艺,但引导我走向革命道路的是鲁艺,我一生的转折点,也是在鲁艺。在我的内心中,对鲁艺永志不忘!

1987年12月1日

从延安中学到鲁艺

续 磊

1945年4月12日，我从延安中学毕业的前夕，荣幸地加入了中国共产党，预备期半年。在我的政治生命刚刚绽开花蕾的时刻，又面临着升学、选择专业的关口。我们延中三班的毕业生30多人，大部分进入延安自然科学院学习，报考鲁艺文学系的有5名同学：刘力群、陶萍、程远、张龙题和我。记得入学前，要求我们每人写一篇文章，我的自命题是《黄昏》，写的是傍晚黄昏时分延中的一些女同学在课余聊天时，听一位从前方来延中学习的大姐讲述一位被日寇残杀的抗日女英雄的事迹。文章交出不几天，我们5人都被通知录取了（当时我们是供给制学生，是带有保送性质的考核）。

在这里，我顺便讲一讲延中和鲁艺的渊源。当年鲁艺和延中的校址都在桥儿沟，鲁艺在桥儿沟的前沿，延中在后沟。延中的不少同学晚饭后散步，常到鲁艺去玩，有的曾被挑选参加过鲁艺的《黄河大合唱》，记得有于立修、贺高洁等；有的还交下了朋友，张鲁的爱人孙延辉就是延中的学生，我们还参加过祝贺他俩新婚的舞会呢！此后，还有关鹤童与贺高洁、刘力群与音乐系程瑞征，都结了亲。我那时虽未敢步入鲁艺的"领地"，但却是鲁艺最忠诚的观众之一。当歌剧《白毛女》还在排练之时，我同几位女同学闻声寻觅，曾爬到鲁艺窑洞的屋顶偷看排练，"北风那个吹，雪花那个飘……"那优美动听的旋律，很早就飘扬在延中的上空。在大闹秧歌的热潮中，我们更是赶着去鲁艺看热闹。不久，延中的秧歌队也活跃起来，我们排演的反巫神秧歌剧，也曾为鲁艺师生和邻近的老乡们表演过，还到边区大礼堂演出过一场。我饰演迷信的老婆婆，刘力群演患病的儿媳妇，演巫神的是一位陕北籍男生。我们还在鲁艺大礼堂演出过冀中的抗日小话剧，我也是演老太婆。

我在鲁艺文学系学习的时间很短，从1945年4月底到8月底。我们算是第5期学员，但延中的同学是插班进来的。我到文学系只想多学点文化知识，我在中小学时期的作文常常受到老师的称赞，对文科学起来似乎比较容易些。当时我对文学这个领域有多大，作家的使命有多重，知之甚少。

记得我到文学系学习不到一个月，只听公木老师讲过一次中国文学史，就开始了纺棉花的生产活动。我纺的是一等纱，这是在延中大生产运动中练出来的。

我在文学系就读时，系里的领导和同学们对我们延中来的新生非常关心。我们组里的同学有高岳森、张兆虎（现名林冬）、李冰、刘荆兰和我。高、张二位是冀中小八路成长起来的，政治上比较成熟；高岳森是学习小组长兼党小组长；我那时是预备党员，他对我很关心，经常约我散步谈心，思想上给予我很多帮助，建立起很好的友谊。我赴东北时，他还特地写了一首长诗《送女郎上前线》鼓励我，这首诗至今我还保存着。他现在是湖南省年龄最小的顾问委员，退居二线之前任省文化局局长。李冰是陕西人，早已成为湖北省的著名诗人了。刘荆兰毕业于绥德师范，她有一副好嗓子，非常活泼，解放后不久，终于成为中央歌剧院的歌剧演员。当年我们这个小集体是十分团结友爱的。

在抗战胜利后不久，党中央决定组建东北工作团赴东北开展工作，并由鲁艺组成一个工作队，鲁艺各系的师生积极报名应征，出乎意料的是，我和刘力群、陶萍竟获准参加这支远征的行列，我们真是惊喜若狂啊！陶萍是东北人，她的舅父在延安枣园工作，参加了这次的工作团，她按理是要"打回老家去"的；我和刘力群（刘景范之女）则是要求到艰苦的环境去经受革命锻炼，这种愿望更得到了父辈们的支持和鼓励。文学系被批准的还有黄仁、肖彦、纪云龙等十数位师生。

整装待发之际，在鲁艺大礼堂门前的那张合影，坐在前排中央的就是我们三个短发女友。遗憾的是，从延安出发的第二天，刘力群突然鼻腔大出血，不得不返回延安医治。陶萍最为不幸，到东北两年后，她患了脊椎结核，竟过早地夭折了。我算是幸运儿，虽然行军途经绥德时，又发了一次疟疾，但在组织和同志们的关怀照顾下，很快便痊愈了，骑了一程毛驴，继续随队前进。特别是过封锁线急行军，一气跑了足有十几里，黑夜茫茫，也不知是哪几位同志暗中帮助我，几乎是轮番拉着我跑过去的，真太感谢他们了。经过两个月的艰苦行程，终于胜利地到达了目的地——沈阳市。

在这次行军途中，我结识了鲁艺的许多著名作家、戏剧家、美术家、音乐家，有严文井、公木、田方、沙蒙、王大化、华君武、张平、刘炽、于蓝、欧阳儒秋等。10月12日，我的入党预备期满，我是在行军途中讨论通过按期转正的。到达沈阳后，鲁艺工作队临时改建成东北文工团，进行了将近两个月的宣传演出活动，我也充当起合唱队员和群众演员。撤至本溪后，我被分配到东北日报工作。

写到这里，我要特别感谢舒群老师，他是文学系主任，又是鲁艺工作队的领导成员之一，他对我一直很关怀。几年前，他的长子李霄平带来一封复制的信件，那是我父亲续范亭在我们从延安出发的前夕写给舒群同志的亲笔信，难得在动乱年代保存了下来，特抄录于此：

舒群同志，你来了两次都未能一谈，歉甚！小女续磊随你们去东北工作，请你多加指导。北去天气很冷，每人最好能带一件毛衣和棉衣，我的身体日渐好转，请释念！即此祝你一路健康，工作顺利！再会！

续范亭　八月廿七日

我走后不久，一位同学将我临行时拍摄的单人小照送交我的父母，父亲看到后，即抒发他对女儿的思念和期望之情，曾仿《木兰词》书写了《念续磊》一诗："阿爷无大儿，续磊无长兄，愿随工作队，从此替爷征。革命事业大，非可期速成，临行拍此照，聊以慰双亲。"诗后注曰："续磊吾之长女，今年18岁，1945年随军东征，病中念及，代为此句。"

1987 年 12 月

鲁艺片断

高维进

"夕阳辉耀着山头的塔影，月色映照着河边的流萤……"当我乘坐的卡车转出崂山，远远望到宝塔山时，情不自禁地哼起了我喜爱的《延安颂》。

一

我是1940年5月底从战火纷飞的豫皖敌后新四军六支队（四师前身）所在地河南永城新兴集回延安的。

我们搭乘的是刚从前方回来经西安回延安的朱总司令的车队，朱总司令坐在第一辆，我们坐第三辆。待我上车后，见年轻的八路军战士干部中，还有两位穿便衣的长者，他们也坐在这装满行李、杂物的高高的车上，只是被照顾坐在靠车头的前边，用棉被垫得软一点，可以减少一些颠簸之劳。看着那位瘦小个子戴着眼镜学者风度的人，好像在哪里见过。后来听他们交谈，才知道是著名文学家茅盾先生。另一位是社会科学家张仲实先生。我想起见过茅盾的照片，只是现在苍老一些。我也读过他的小说《春蚕》《秋收》《林家铺子》《子夜》等，都还有深刻印象。茅盾夫妇还带着一儿一女，大概是全家到延安去的。看到他这样的大作家和我们青年一起坐着大卡车去延安，足见延安不仅吸引着年轻人，也是一切爱国进步人士向往的地方。我能有幸和大作家同车去延安，是多难得的事！后来我在鲁艺时，又有幸能听到茅盾讲授中国市民文学概论。他讲课内容丰富，观点明确，语言生动，只是那南方口音有些难懂。

二

八路军总政组织部介绍我到鲁艺去，正值戏剧系第四期在招生。当时戏剧系的主任是张庚，副主任是王震之。王接待了我，他问了我在前方剧团的工作情况，让我去找教员王滨同志，由他出题考试。我到王滨同志的窑洞里，说明来意，他上下打量我一阵，要我简单地说了做过些什么工作，然后叫我向后转，走到门口去。我走到门口，他又叫我向后转，向左转，向右转，前后转了好几个转，来回走了好几趟。他问我：你穿的什么衣服？旗袍还是裙子？我说：我这不是穿着军装，打着绑腿么！他问我：那为什么动作有慢、有快呢？我当即回答：我是第一次来到这个陌生的地方，地面高低不平，光线又暗，还弄不清你的用意，自然走得慢一些，后来就好了。他说好吧，过两天到教务处去问结果。就这样算是通过了这场别致的考试而被录取。后来他还教我们形体锻炼及表演导演课。王滨是我接触的第一个老师，可惜他早已去世，无法再接受他的教诲，但我常在怀念他。

6月初，我搬进了鲁艺，当时四期各系同学都住在山下小院里，清晨一起床就响起"我们是艺术工作者，我们是抗日的战士，用艺术作我们的武器……踏着鲁迅开辟的道路……"的歌声。第四期学习开始，正值抗日战争进入相持阶段，毛主席发表《新民主主义论》之后，由于抗战形势的变化与考虑到抗战后建国的需要，因此改变了一、二期那时学习三个月就上前方的做法，将学制一再延长为三年。规定教学目的是"培养新文学艺术之理论、创作各方面的专门人才"。"必须具备马列主义及艺术理论之相当修养，并有基础巩固的某种技能专长。"课程设置比较多，注意知识的全面性和专业技能的基础训练。这种强调专门化和正规化，注重提高正符合同学们的学习愿望。开始时，我对学院的生活还不太习惯，在前方炮火连天，每日行军、作战、演出，这里却安定、宁静，每天听课读书，早晚在山沟里散步，中午在延河里游泳，在河边做形体锻炼，学习很紧张，但却是和前方不同的另一种紧张。

学校图书馆有一些藏书，我们贪婪地阅读一切可以借到的书籍，托尔斯泰、巴尔扎克、莎士比亚、高尔基……因为书少，有一阵子还掀起抄书风，记得程秀山、季敏，我们曾分头把一本《哈姆雷特》抄下来。周立波讲授名著选读，更引起我们读书的兴趣。听课、读书提高着我们的文学素养和欣赏水平。

三

戏剧专业课，讲授斯坦尼斯拉夫斯基演剧体系，是从第四期开始。张庚同志请天蓝、曹葆华翻译了拉普泊的《演员的工作》、查哈瓦的《导演的原则》、斯坦尼的《论演员》，辑为《演剧教程》，由延安新华书店出版，作为最基本的导演、表演教材。年底，水华同志从重庆来到延安，带来斯坦尼的《演员自我修养》的几个章节。许珂、颜一烟又翻译了斯氏的文章。由戏剧系同学自己刻蜡版，用马兰纸印成讲义。张庚和水华等边研究、边教学。陆续把"注意力集中""想象""情绪的记忆""交流"等逐段给同学们讲解并做小品练习。过去我演戏，把台词背熟就行了，哪懂什么潜台词，感情交流……排戏时，也只使演员走了地位，面对着观众，让观众听清楚演员说什么，看清楚台上发生什么事情，根本不懂什么表演、导演理论，通过学习懂得了演戏还必须有科学的方法。

1942 年 7 月，纪念抗战 5 周年时，是毛主席发表过《在延安文艺座谈会上的讲话》和专门到鲁艺来对全校师生讲话之后，实验剧团和戏剧系，结合抗日战争的实际，排练了荒煤等同志创作的四个独幕话剧，配合反扫荡形势的宣传。这是整风后第一次反映敌后斗争内容的演出。我在袁文殊编剧、水华导演的《军民之间》里饰演儿媳，为掩护一个八路军受伤战士，假认他做自己丈夫以躲过日伪军的搜查。这次演出既是工作任务又是学习实践。在排演中，水华耐心细致地引导，针对每个演员的情况，解除你的紧张情绪，帮助你进入角色，自如地表演。这次在水华的帮助下，我完成了演出要求，后来到张家口，由舒强导演，演出《白毛女》时，我饰王大婶，也还能完成任务。水华是我的好老师，他排戏时的情景，至今还清晰地留在我的记忆之中。

1943 年春节，为实践毛主席《讲话》精神，鲁艺组织了大秧歌队，劳军演出，我参加了跑旱船。这是又一种艺术实践的尝试，对每个人的艺术思想是极大的震动。我还参加过烧木炭、纺线、背煤、织毛衣等生产劳动，既改善生活克服困难，又是对我们思想感情的改造。虽说 1942 年 4 月整风学习开始后，上课就不多了，但 22 个整风文件的学习，对每个人政治上、思想上是极大促进。这一切：整风学习、生产劳动、闹秧歌，使我们从世界观到艺术观都有了突变。树立了向群众学习，走与工农相结合的道路，全心全意为人民服务的观念。认识到只有长期地全身心地投入工农群众的斗争生活中去，才能成为有出息的文艺工作者。这是我在鲁艺几年学习的最大收获。

1946 年以后，我离开戏剧工作岗位，转搞新闻纪录电影的编辑工作，但在鲁艺学习的得益，影响着我的一生，始终指导着我前进。

1987 年 12 月 20 日于北京

无私无畏的文艺战士刘因

张继轩

刘因是一个颇有前途的文艺工作者。他带着深入生活、为工农兵而创作的革命热情，从延安辗转千里来到条件艰苦的华中敌后，用他满腔的热血抒写了一首对党对人民无限忠诚的诗篇，为抗日战争的胜利，为民族的解放无私地奉献了自己的一切。

1939年1月，刘因于陕北公学毕业后又考入鲁艺戏剧系，他如饥似渴地汲取着古今中外各文学流派的艺术精华，尽情地遨游在文学艺术的海洋里，孜孜不倦地研究革命理论。他耳濡目染毛泽东等革命领袖的言行，倍感我们党的可亲和英明，心中有说不出的温暖和幸福。在党的培育下，刘因的政治修养和文学素养迅速提高，结合生活实际和革命斗争的需要，他写出了许多的诗歌和戏剧，步入了革命文艺战线的行列。

这年6月，刘因郑重地递交了入党申请书，但由于领导更换，介绍人李伟、谢力鸣调走，直至1940年12月24日方予批准。

1940年秋，刘因毕业后被留院实验剧团搞文艺创作并兼任戏剧系四期剧作法助教。在这时期，他的作品先后在《谷雨》等解放区刊物上发表，反映我党统战工作的独幕剧《可以来往的朋友》被转寄国外登载，剧作《良民》《挂红灯》在家乡安徽涡阳公演。他的作品大都短小精悍，内容深刻，形式活泼，特别是他的剧作，多是独幕剧，且语言通俗，无需布景；更兼独白、旁白多，很受群众喜爱，为此，刘因获得了"青年剧作奖"。

1941年7月，他的四幕悲剧《中秋》由鲁艺实验剧团公演。《中秋》的旨意在于启发人民群众吸取血的教训，跟着共产党抗日闹革命，受到广大观众的好评，得到许多文艺工作者的肯定；同时也指出对生活现实的把握还不足。刘因受到很大的鼓舞，但也通过人们对《中秋》的评论和对自己的作品的再认识，深深感到一个文艺工作者要创造出好的作品就必须置身于群众之中，在实践中丰富自己的知识。他看准了方向，就请求组织能给几年的时间让他深入敌后、深入基层做些实实在在的工作，于实际生活中积累创作材料。经他再三恳请，院长周扬作出特别批准，允以三年的时间到敌后体验生活，然后再回学院写作，并许诺刘因将电告新四军政委刘少奇说明他去华中的目的。

1941 年 8 月，刘因随赴山东的抗大三分校干部队出发，几经辗转，行程 4000 余里，历时 7 个月才到达江苏盐阜区新四军军部。

这一艰难行程，开阔了刘因的眼界，使他体验到敌后斗争环境的艰苦，他将所见所闻和感想都随时记在笔记本上，为他的创作提供了丰富的素材。一路上，刘因目睹敌后人民在抗战中有无数英勇无畏的事迹，也受着封建蒙昧的影响。他认为：文艺创作的任务不单要表现光明进步，还要揭示事物发展的矛盾性，使人们从现实中醒悟，从而走上革命道路。要达到这个目的，就无需对生活中的一些落后、消极的现象讳莫如深。因为先进、积极只是比较而言的，只是一个过程，揭露正是为了让人看清自身的弱点，从而摆脱它，然后才能疾步向前。这种观点无疑是符合唯物辩证法的，可是这种观点在日后又曾一度受到误解，认为是"专爱暴露阴暗面"甚至说他有"政治问题"。

刘因到达新四军军部后被分配到鲁艺工作团教授剧作法。他在教学中结合自己在实践中对文艺创作的认识，针对文艺界存在着的不良倾向，提出了"反对八股公式主义，提倡深入生活，深刻反映现实；反噱头主义，市侩主义；提倡内容朴实，态度严肃；反对传统的国语主义，提倡语言大众化、方言化"的教学观点。其严谨朴实的教风，身体力行的精神深得学员的敬重，他的教学观点也广为学员们所赞同。这时，毛主席《在延安文艺座谈会上的讲话》像一阵春风吹暖了刘因的心，再一次证实了他所走的深入生活，为工农兵而创作，为工农兵所接受的创作路线走对了。他手捧《在延安文艺座谈会上的讲话》激动得热泪盈眶，决心沿着为工农兵服务的方向走下去，并努力进行实践。

到鲁艺工作团不久，刘因被选为鲁艺工作团党支部组织委员；除奸部成立又兼任保卫委员。他担任支部领导后，更加注重个人修养，热情关怀青年的成长，及时将先进分子吸收到党内来，调动了这些青年人的积极性。

1942年12月中旬，军部准备反扫荡，刘因借机重申前请，得赴新四军四师师部，本欲到地方工作，但又被安排到师文工团工作。

刘因自到华中后，从不因工作繁忙而辍笔，配合形势他写出了不少的独幕剧和文章。他的剧作《可以来往的朋友》和反映部队战士生活的独幕剧《都别学我》在鲁艺工作团公演。就如何对待政治与艺术的关系，他写了《艺术与政治的关系》一文，阐述了领导应如何指导艺术的问题，批驳了政治与艺术脱节的单纯政治观点，对党的文艺方针进行了探讨。结合党内思想斗争，他写出了《泗阳案件所予我的启示》。这些文章既为许多同志所赞许，也受到一些领导人的指责，把他说成是"艺术至上主义"而"另眼看待"。刘因冷静地分析了受到误解的原因，乃坦率地向组织上申述了自己的政治观点和创作原则，密切了与组织的关系。

1944年3月，四师师部直属队整风班成立，刘因被调往学习。整风中，刘因对领导和同志所存在的缺点错误直言不讳地予以指出，而对一些张口即"党性不强"，闭口是"思想意识有问题"的扩大化做法作了坚决的抵制，同时他也毫不掩饰自己的过错，勇于解剖自己，写出了数万言的《反省自传》。

整风结束，刘因被调任四师十一旅宣传科副科长。1945年冬，他再一次要求深入群众体验生活获准。组织上为照顾他，还特地送给他两匹战马。

刘因怀着欣喜的心情，赶往华中八分区雪涡县（现属安徽涡阳和河南永城两县），并谢绝留县委工作而到了边远的黄口区担任区长兼区委副书记。在工作中，他认真负责，不徇私情，立场坚定；在生活上，他与群众同甘共苦，体察民情。他经常深入群众，随时了解他们在想什么，需要为他们做什么，向他们讲解革命道理和科学知识。刘因平易近人，处处为群众着想的作风得到群众的高度赞誉，遇事总是爱找他处理。

1946年春，刘因主办了一个积极分子训练班，为组织农民协会、发展民兵武装培养了一批农村干部，推动了全区反匪、反霸、反奸斗争和减租减息运动。

同年9月，国民党军五十八师和交警两个纵队从宿县向雪涡县进犯。黄口区首当其冲，孤立作战，形势十分危急。刘因和区委负责人刘希真、赵宗瑞连夜召开了紧急会议。刘因分析了敌情，提议由刘希真带领非战斗人员迅速转移，自己带一个武装小分队就地坚持游击战，这是符合后来豫皖苏军区提出的县不离县，区不离区，坚持斗争的原则的。

黎明时分，刘因带着有50多人组成的小分队送走了战友，告别了自己刚刚满月的孩子和体弱的妻子。

小分队转移了部分公粮，欲从敌人间隙中插过去，在到永城南甘庙时被敌发现。敌人从两面包抄过来，刘因指挥小分队且战且退，在刘庄户又遭敌堵截，与数倍于我的敌人展开激战。撤到四董张庄时，小分队终因敌众我寡、弹药殆尽而失利。这时，刘因命令小分队分散撤退，自己则留在最后阻击敌人，因不幸脚踝中弹，倒在地上。深度近视眼镜也跌落一旁，但他的枪还紧握在手，顽强地向敌还击。

战友们撤退了，敌人一步步逼近刘因，大叫着："要抓活的！"刘因沉静地举起了只有最后一颗子弹的盒子枪对准了自己，一声枪响，惊呆了敌人，刘因壮烈牺牲了！敌人对这个宁死不做俘虏的钢铁战士恨之入骨，竟残忍地割下他的头颅，挖出他的心脏挑在枪上。

噩耗迅速地传遍了四乡，闻者莫不饮泣。黄口区委和群众于当晚冒着生命危险掩埋了刘因烈士的遗体。

刘因的一生，是探索真理、无私无畏的一生。在政治思想上，他忠贞不渝地捍卫党的方针和政策，从不随波逐流、回避矛盾；在文艺创作中，他坚定不移地走为工农兵而创作的道路，始终都在摸索着能为工农兵所接受，能真实地反映生活的艺术形式；在战斗生活里，他不畏牺牲、英勇顽强，表现出为祖国、为人民舍生忘死的高尚品德。整个一生说明了他是无产阶级最忠诚的文艺战士，是我们学习的光辉榜样，值得我们永远怀念。

关于鲁艺的回忆与思考

吕　骥

鲁艺成立于 50 年前，它的全名是鲁迅艺术学院，1939 年改名为鲁迅艺术文学院。到东北后，并入东北大学改名文艺学院。1948 年底又从东北大学分出来建立独立的东北鲁迅文艺学院。1953 年初，中共东北局宣传部决定将戏剧系并入东北人民艺术剧院，音乐和美术分别成立两个专门学院，文学系结束，鲁艺的历史从此结束。

鲁艺的存在是历史的产物，她在历史上留下的轨迹是不可磨灭的。它在艺术教育上走的是一条崭新的道路，为我国艺术教育创建了新的体系。她在抗日战争、解放战争中和建国后都作出了贡献，她的经验是有价值的。

今年纪念她成立 50 周年，研究她的经验，可供我们今天建设有中国特色社会主义精神文明的参考。

在音乐教育上，鲁艺的实践，在下面几个问题上，提供了可供参考的经验。

建立新的音乐教育体系

鲁艺教学时间虽然不长，但是建立在新的思想体系上的教学内容、课程安排，是在革命思想指导下制定的。当时，在党中央领导下有中央党校，培养党的工作干部；抗日军政大学，培养抗战所需要的军事政治干部；陕北公学，培养抗战所需要的各种地方工作干部；鲁艺培养的是抗战所需要的文艺干部。可以说，培养各种干部都必须具有革命思想基础，必须讲授革命理论课。这方面各个学校是相同的，仅仅在不同的工作能力方面，不同的业务思想上，各校所讲授的课目不同。

我们在鲁艺筹备成立的时候，一方面体会了党中央对于鲁艺的要求，一方面研究了当时一般青年的思想状况。我们认为，一般青年具有很高的抗战热情，但缺乏基本的马克思主义理论修养，特别是不了解中国革命的道路，有些人甚至缺乏明确而坚定的革命理想。至于爱好音乐的青年，对于音乐虽然极其爱好，却缺乏音乐理论修养和现代音乐发展的知识，也缺乏音乐工作能力。因此，我们在教学计划中安排了一系列过去音乐学校所没有的马列主义思想政治理论课，这方面和抗大、陕公基本相同。除这些课以外，我们还开了马列主义艺术理论课，如艺术论、中国文艺运动史；音乐系还开了新音乐运动史。至于音乐专业课，因为学习时间很短，根据当时提出的三三制（学习三个月，实习三个月，再学习三个月），安排的科目十分精简。在专业课的教材选取方面，也和过去音乐学校不同，增加了民间音乐作为教材的一个重要方面，还有苏联音乐和外国革命音乐教材。这些方面的教材内容，在过去的音乐学校中是不可能开设的，而我们却将它们作为我们教材的一个重要部分，和我们自己的进步的、爱国的、民主的，以及外国古典音乐教材并列，以便同学们能够从古今中外各种优秀音乐文化中汲取营养，扩大自己的视野，充实自己的知识，提高自己的工作能力。

还有一点，鲁艺和过去的音乐学校不同的地方在于理论和实践相联系。我们认为理论来自实践，而且必须指导我们的实践，不只是一般地联系实践，也不是必须掌握了理论之后，才开始实践，实践是与掌握理论并行的。所以，同学们在学习过程中，就开始进行歌曲创作实习，规定一定的时间去工厂、机关辅导歌咏活动。郑律成的《延安颂》就是学习时的创作。

总之，鲁艺教学计划的制定和教学原则是：在马列主义思想指导下，为建立起新的艺术教育体系奠定基础，满足客观需要。实践证明这是正确的。从此，使我们看到旧的音乐教育体系是应该改革的，也是可以改革的，经过改革，可以收到更好的效果。

破除音乐天才迷信，在实践中不断创作提高

鲁艺要培养抗战所需要的文艺干部，这些干部必须根据抗战的需要，派到敌后和大后方去工作。抗战所需要的音乐干部，必须具备多方面的能力，不仅要负责开展歌咏活动，还必须根据客观形势的需要，写作各种题材的歌曲，以鼓舞群众抗战热情，坚定群众的战斗意志。

要培养这样的干部，首先要从思想上破除过去广泛流行的"音乐天才论"，要用新的音乐是感情的产物，是植根于社会生活的新思想代替旧的观念；要使同学们理解音乐也是群众斗争的一种武器，可以团结大家、鼓舞大家对敌人进行斗争。这首先要求同学们具有正确的艺术观。特别需要对音乐具有正确认识，这当然只有通过他们自己的实践才能逐渐获得。我们安排的共同课和专业课的内容都是根据这个原则确定的。比方，"艺术论""中国文艺运动史"和"新音乐运动史"就是想从理论方面、实践经验方面来说明"音乐天才论"是脱离现实生活为少数人服务的错误理论。

这些认识实际上是总结了聂耳以来的创作实践经验，是符合现实的，是正确的。我们不仅用这样的理论教同学们、教师们，也用这样的思想指导自己的创作。产生于1938年春夏的歌剧《农村曲》和后来的反映军民合作的《生产运动大合唱》，以及许多歌曲创作，特别是产生于1939年春《黄河大合唱》的巨大成功，更加鼓舞了全系师生的创作热情。

鲁艺各期学生中都有一些同学在音乐创作上作出了贡献，反映了当时当地的群众生活情绪，鼓舞了广大群众参加抗战的热情。随着鲁艺同学分赴各敌后抗日根据地，这些思想和经验也带到了各根据地，影响各地音乐工作者。因此，各根据地不断涌现出一些新作曲者，陆续创作了数以千计的革命群众歌曲，其中一些优秀的歌曲，长期流行于群众生活中，鼓舞着各根据地广大群众精神奋发地从事战斗和工作，成为一个时代的记录。

以这样的理论和观点为指导的音乐创作和歌咏活动，从聂耳时代开始，经过救亡运动时期，进入抗战初期，已经形成一条广阔的革命音乐道路。鲁艺不过在新的艺术教育中形成了一个完整的更为全面的思想体系。事实上，不仅在抗日根据地形成了一种具有强大活力的思潮，就是在大后方，这种新思潮也被一些进步音乐工作者所接受。1940年李凌同志主编的《新音乐》，就是以这种新的思潮为思想基础，并推动这个新思潮在大后方广为发展，深入到大后方广大知识青年中，成为推动大后方群众抗日歌咏活动的主要动力。

研究民间音乐，继承民族音乐传统，
创造群众喜闻乐听的群众音乐

研究民间音乐，早在刘天华的时代，就已经开始。黎锦晖的儿童音乐创作活动，主要就是在民间音乐基础上进行的。但刘天华的创作活动主要放在二胡琵琶音乐范围内，黎锦晖的创作活动，也只限于儿童歌舞音乐，后来也曾在酒吧间流行歌曲上有所发展。赵元任的歌曲创作，显然也和民间音乐有密切的联系，但与其说他是从民间音乐的音调上汲取了某些营养，不如说是在语言学基础上，从人民语言音调中，受到更多的影响为宜。黄自和音专同学贺绿汀、刘雪庵等人的歌曲创作，也从民间音调中汲取了有益营养。聂耳在他自己的创作活动中，特别是最初的几首歌曲，显然受了黎锦晖的影响，这和他少年时代接受了云南民间音乐的熏陶是一致的；不过由于他的生活体验，特别是对于生活和时代的认识，长期在无产阶级革命思想的教育下，使他和他的前辈们走着不同的道路。他的革命世界观和人生观，以至革命的艺术观，使他走上了革命的道路。在学习民间音乐过程中，他怀着为革命，把音乐作为革命武器的思想，使他更加自觉地走上了革命音乐道路。从他开始，民间音乐和革命音乐结合起来，创造了新的经验，使革命群众歌曲随着作曲家对民间音乐的理解的深化，日益获得鲜明的人民性。

鲁艺音乐系在自己的教学计划中，由于时间的限制，民间音乐课讲授时间较少；但在有关的课程中都注意采用民间音乐素材，同时提供了所记录的民间音乐作为参考资料。所以，二期同学郗天风同志后来能够写出几篇研究绥远民间音乐研究的论文。1943年春节能够组成鲁艺秧歌队，演出若干受欢迎的小节目，流传于边区各地。固然这首先是由于毛主席的《在延安文艺座谈会上的讲话》在思想上解决了当时文艺工作中最基本的重大问题，鲁艺才能够创作出《兄妹开荒》《夫妻识字》《白毛女》等一批戏剧音乐节目，在文艺上开辟了一个新的纪元。其次，大家如果没有五六年时间从事民间音乐的搜集研究的准备，也难以获得如此辉煌的成就。1945年10月间也不可能集中出版十多册包括陕甘宁边区、晋西北边区、晋察冀边区民歌和戏曲音乐在内的专集。这些工作都是在以鲁艺师生为主组成的中国民间音乐研究会组织领导下完成的。

如果说《黄河大合唱》标志着延安创作的高峰，那么，1940年以后又开始形成一种新风格，以秧歌剧音乐和歌剧《白毛女》为代表，和一般抗战歌曲的确有所不同，有了新的发展，和人民群众结合得更紧密了，在民间音乐音调基础上，涌现出一种新的音调。这就是在音乐上探索用群众的音乐语言表达新的群众思想感情。过去大家认为民歌音调只能写抒情歌曲，我们认为这种看法并不全面，民歌音调同样能够写出进行曲风格的歌曲。事实上，陕北的革命民歌中就有《千里雷声万里闪》《打开清涧城》《刘志丹》这样一些并非抒情的歌曲，在秧歌运动中，我们鼓励同学们进行探索，终于出现了以腰鼓节奏为骨架的《胜利鼓舞》这样雄浑的进行曲风格的歌曲。这并不是个别的例子，在其他地区，一些作曲者也创作了《战斗生产》《没有共产党就没有新中国》《解放区的天是明朗的天》《团结就是力量》《淮海战役组歌》《说打就打》这类歌曲。大后方作曲者也创作了《军民合作》《壮丁歌》。

不拘一格，各自创作独特风格

在音乐创作上，鲁艺音乐系从来不主张音乐作品是从模仿得来的，即使是初学写作，也应该用自己的语言，表现自己的，或自己所体会的感情。创作必须根据自己的审美要求去完成。1940年前后，有的同志主张在音调上可以模仿苏联革命群众歌曲，她的音调是革命情绪的表现，模仿可以写出好的歌曲。有的同志却认为应该有我们民族的风格，绝不能模仿苏联音调。我们动员大家就这个问题展开讨论，经过深入思考和辩论，大家认识到，苏联群众歌曲在世界范围内的确是一种新的音调，她是建立在苏联人民生活和他们的民间音乐基础上的，所以她才具有强大的生命力，才在世界范围内具有独特地位。我们不应该模仿她，我们必须根据我国人民生活现实，创造具有我国民族音调特色的歌曲。应该用鲁迅说的，越是民族的，才越具有世界意义（大意）。作为我们的指导思想，毛主席在他的关于新民主主义文化的论述中，指出了民族的、科学的、大众的文化的原则，在这一点上，两者是完全一致的。鲁艺正是根据这个原则去实践的。

当然，我们并不反对从世界优秀音乐文化中汲取我们所需要的营养，但这决不是模仿。我们在音乐创作上主张每个人应该依照自己的爱好选择题材，根据自己的理解和审美观点进行创作，因为只有这样才能有自己的性格，才有自己的风格。

鲁艺音乐系各期同学的创作，从第一期的郑律成、安波开始，在音乐风格上就完全不同，以后的各期的同学以及鲁艺音乐工作团从事创作的同志，也完全沿着不同于他们的风格进行创作，各自具有不同的审美趣味。如大家熟知的作曲家李焕之、卢肃、李淇、王承骏、李鹰航、马可、刘炽、张鲁、张棣昌、王莘、时乐濛、瞿维、寄明、黄准、庄映及其他一些人，莫不如此。这是因为大家都理解党的要求，重要的问题在于如何深入群众生活，如何创作出受广大人民群众欢迎的作品。人民群众的生活是千姿百态、丰富多彩的，不同的群众是有不同兴趣和不同要求的，文艺（包括音乐）应该是丰富多彩的，应当有作者自己的个性，应当有不同的风格，而不应该是千篇一律、同一类型、同一格调、声调雷同、色彩一致，缺少新鲜感的作品。群众所要求的是从音乐中听到新的世界，人民的心声。正像毛主席说的那样，"普及工作若是永远停止在一个水平上，一月两月三月，一年两年三年，总是一样的货色，一样的'小放牛'，一样的'人手口刀牛羊'，那末，教育者和被教育者岂不都是半斤八两？这种普及工作还有什么意义呢？"这里说的是普及与提高的关系问题，其实也包含了风格的多样化问题。

可以说，鲁艺音乐系的创作，在文艺整风以后，特别是同学们分批深入到陕甘宁边区各分区的基层单位群众中去以后，进一步获得了新的发展。以秧歌运动为标志，进入到一个新阶段，真正取得了新的人民风格，从而更加受到广大群众的喜爱，一些长期受欢迎的节目，鲜明地反映了一个新的时代人民的精神面貌。

鲁艺音乐系在延安 8 年的时间，从 1938 年到 1945 年离开延安转移东北新解放区之前，可以说，进行了两方面的探索，以文艺整风为分水岭，前一阶段主要探索了音乐教育方面如何建设新的体系，这个探索是有成效的，培养了一大批有实际工作能力的干部和一批创作干部，后来大多数人成为各地区音乐工作的领导骨干和创作主要力量。后来的三四年中，则主要在艺术创作上进行新的探索，如何利用民间艺术形式，加以改造，创造新的人民艺术，以适应广大的农村群众、新战士和干部的欣赏要求。这主要是音乐与戏剧、舞蹈融成一体的、有悠久历史的综合艺术形式——秧歌剧，以及在我国歌剧基础上借鉴了戏曲和欧洲歌剧而创作的《白毛女》，这是音乐与戏剧两部门的师生共同进行的，这方面的探索也是成功的，不仅受到广大群众和干部以至部队指战员的欢迎，而且受到中央领导同志的赞扬和肯定。

"鲁艺家"的"斗争秧歌"演出的成功，不仅受到延安农民的普遍欢迎，农民的秧歌队也开始了新的变化。随着鲁艺秧歌队去绥德、米脂一带演出，并且对当地学校秧歌队进行辅导，对当地以及其他分区秧歌活动都产生了巨大影响。完全实现了毛主席所说的"对旧形式"我们也应该利用改造，这也就是对民间旧的艺术形式的"推陈出新"。在新秧歌出现之后不久，延安也出现了改革的京剧《三打祝家庄》。而秦腔的改革则更早一些，《血泪仇》已在边区各地演出了。这证明了中国民间艺术具有强大的生命力，在于她不断输入新鲜血液。

由农村进入城市，学制走向正规化，马列主义思想基础和新的教育体系不变

1945 年 8 月 15 日，日本侵略者宣布投降。鲁艺大部分师生离开延安，开赴东北，参加农村清匪反霸斗争和土改。直到 1948 年沈阳解放，才将分散在佳木斯、牡丹江、辽南、哈尔滨的几个文工团的人员集中，在沈阳恢复鲁迅文艺学院。在集中前，几个文工团在各地演出了根据东北人民斗争而写出的话剧、歌剧、广场歌舞、音乐作品，向城市和农村人民以及野战军和起义部队进行了广泛宣传。据当时的统计：在进沈阳之前的 10 个多月中，5 个团共创作了 30 多部反映东北人民生活斗争的戏剧、音乐作品，在 24 个市县和农村、部队演出近 300 场，观众约 42 万多人次。通过这个阶段的生活和工作，对当时东北人民翻身的斗争获得较多较深入的了解。

鲁迅文艺学院在沈阳恢复建院，由于大城市的优越条件，有了建设正规化教育制度的可能。因为整个东北刚刚获得解放，由于长期被日本帝国主义统治，社会的正常生活被破坏，正待新成立的人民政府从事整治，音乐教育还不可能马上进入正常轨道。1950 年美帝侵朝，很快进到鸭绿江边，我国被迫进行抗美援朝战争，学校也由沈阳北迁到哈尔滨。这时期由于各种政治运动相继进行，1949 年底全国教育工作会议提出了"新中国教育要以解放区的新教育经验为基础，吸收旧教育有用经验，借助苏联经

217

验"的方针，但学校教育一直未能沿着这条正确轨道，按正常的秩序向前发展。丰富的实践经验，还未来得及系统地总结，又面临着新形势向我们提出的新问题。因此，大家始终紧张地为当前的任务而奔忙，几乎无暇顾及理论上的探索和大型作品的精心构思。

抗美援朝结束后，鲁迅文艺学院又从哈尔滨迁回沈阳。这时，全国进行院系调整，合理布局，使之适应社会主义建设需要。大批各类专业干部，为实现新的剧院艺术的规划走上新的岗位，鲁艺这时候也按上级党和政府的安排，将戏剧系调整到东北人民艺术剧院，美术和音乐两系分别建成独立的专门学校，作为综合艺术文学院的鲁艺的历史任务完成了，她的历史也结束了。正像《创立缘起》所说的那样，"艺术——戏剧、音乐、美术、文学是宣传、鼓动与组织群众最有力的武器。艺术工作者——这是对于目前抗战不可缺少的力量。因之培养抗战的艺术工作干部，在目前也是不容稍缓的工作"。她在抗战初期诞生，在抗战中为各方面培养了一批批的文艺干部，他们在各个部门不同的岗位上作出了贡献，甚至献出自己的生命。也正如《成立宣言》中所说的那样，"我们不仅为了服务于目前的抗战而工作，更进一步，我们还要为抗战胜利以后建立自由幸福的新中国而工作"。她所培养的文艺干部，不仅在抗战时期作出了贡献，在新中国成立以后，继续在为人民作贡献，有些同志虽然过早地离开了我们，但他们所开创的事业和他们的光辉成就是不可磨灭的，历史已经把他们的贡献记录了下来。鲁艺的精神通过她所培养的干部，继承了下来，成为中国人民精神财富的一个组成部分。毫无疑问，将继续被后人发扬光大，成为新中国文化的重要组成部分。

到了新天地

冼星海

延安这个名字，我是在八一三国共合作后才知道的。但当时并不留意。到武汉后，常见到抗大、陕公招生的广告，又见到一些延安来的青年，但那时与其说我注意延安，倒不如说我注意他们的刻苦、朝气、热情。正当我打听延安的时候，延安"鲁迅艺术学院"寄来一封信，音乐系全体师生签名聘我。我问了些相识，问是否有给我安心自由的创作环境，他们回答是有的，我又问：进了延安可否再出来，他们回答说是完全自由的！

我正在考虑去与不去的时候，"鲁迅艺术学院"又来了两次电报，我就抱着试探的心，起程北行。我想如果不合意时再出来。那时正是1938年的冬天。

一进入延安，许多新鲜的印象都来了。一路所看到的窑洞都是七散八离的，这里却是一排排的很整齐。那种像桥穹一样的石砌房屋也多起来了。古旧的城，一半蜿蜒在山上，在南方和华中都很难找出这样的城吧！这些印象，使我觉得延安似乎不应该是这样，延安应该美丽得多。

我下了汽车之后，当局把我招待到"西北旅社"（是个最上等的旅社），他们把我当做上宾看待——几天之后，日本飞机突来轰炸，我刚才走出房门要到防空壕去，炸弹已在头上丢下来，我赶忙卧倒，炸弹就在我面前炸开，房子都被炸倒，托天之福，我险些被炸死！这次危险受惊不小。他们赶快给我搬家，我就住到北门外的"鲁迅艺术学院"去。

我在"鲁艺"担任教音乐的课程，他们分给我一个窑洞居住。从前我以为"窑洞"又脏又局促，空气不好，光线不够，也许就像城市贫民的地窖。但是事实全不然，空气充足，光线很够，很像个小洋房。不同的只是天花"板"（应说"土"）是穹形的。后来我更知道了它有冬暖夏凉的好处。我吃到了小米饭，这饭不好吃，看来金黄可爱，像蛋炒饭，可是吃起来没有味道，粗糙还杂着壳，我吃一碗就吃不下去了。以后吃了很久才吃惯。各方面的生活我也跟他们一样，我开始学过简单的生活。

生活是这样：一早起床，除了每天三顿饭的时间，和晚饭后二小时左右的自由活动，其余都是工作和学习（我到的时候及以后，学习的空气很高）。他们似乎很忙，各人的事好像总做不完。我住在窑洞里，同事、同学常常来看我，我也到他们的窑洞里去。他们窑里布置得简单，一张桌子、一铺床、几本或几十本书和纸张笔墨之类，墙上挂些木刻或从报章上剪下来的图照，此外就没什么了。大家穿着棉布军装，留了发却不梳不理。

"鲁艺"的音乐人材，我到时不多（全中国音乐人材本来就少，所以也难怪）。他们算是全延安歌咏运动的中心，从影响上说，也许还是全国歌咏运动的中心吧。他们对新音乐建设的工作，做了一些；对大众化和民族形式的努力，成绩较大。有"民歌研究会"收集的民调，包括了全国的，陕、甘、绥远的尤多。还有少数民族（如蒙、回、藏、番、苗……）及朝鲜、安南等地的民歌土调。因为延安是全国各地直到各弱小民族（现在还有印度的）的青年"集散之地"，所以"鲁艺"的"民歌研究会"就能从那些青年的口里把歌调记下来。"鲁艺"关于世界音乐的材料有一些，外间看不到的这里也有。他们和苏联音乐界的关系密切，要得到那些材料不难，世界音乐的材料也较容易得来。我最近托延安的负责人要几千张乐谱，他答应一定能取来。所有这一些情形，对于我写曲、研究有很大的好处。只是乐器方面设备太差，全延安没有一架钢琴，除了能够携带的西乐器（如提琴手风琴之类）外，只能数数中乐器了。我现在正在研究中乐器的特点，想利用它们的特长以补目前的缺陷。

我担任的课不多，有很多时间来写作研究，常有时间找学生来谈。学生们的进步相当快，他们生活单纯，专心学习。现在招生考试很严格，学生的基础更好。有些用功能赶过教员，因此教课的人不怎样吃力。学生们和我很好，上课时间往往要延长。有一天晚间上课，讲到夜深，本该休息，但他们说不疲倦，要我讲下去，一直讲到了天明才罢。

我对"鲁艺"的生活很易习惯，只是开会最初不惯，我觉得开会妨碍写作。我曾经向他们表示这一点，他们没说什么。后来，我才知道这是他们对问题解决的审慎态度。他们以为开会大家都发表意见，问题就考虑得较周到了。又，开会时，大家交换了意见，不同的经过争论后又相同，因此就没什么隔膜，容易团结。我对于这一点，慢慢也就习惯了。

生活既安定，也无干涉和拘束，我就开始写大的东西。1935年开了头的《民族交响乐》在安静的窑洞里完成了。还有《军民进行曲》《生产大合唱》《黄河大合唱》《九一八大合唱》《三八活报》……都能连续的写下来。现在还有几个大的作品未完成。

延安的人很欢迎《黄河大合唱》，已经唱演过近10次了，还愿意听。招待外面来的贵宾时也演唱。他们（贵宾）看（指挥）听过后也感动地讲过感想，但不如延安的青年批评那么多。延安的人喜欢新的东西，也喜欢批评。他们常对我的作品发表意见，而且有一套道理。我因之常常以他们的批评作参考，改正某些地方。但是也有些人批评时常常以过去或现在某作家的作品为标准，这种稍带点保守性的批评，是在别的地方也不能免的。这种批评对我也有帮助，使我看见我的作品的个性、进步还是退步。

还有一种批评，给我的益处较大。那就是负责当局的关于方向的指出。譬如他们所主张的"文化抗战"，那关于音乐上民族、民主、大众化、科学化的方向等，给予我对于新音乐建设的研究和实行问题很大的启示。

为了学习浪潮的推动，我也学习理论，最初只限于与音乐有关的东西，后来知道了这还不行，我就也来一个学习社会科学的计划。我看了一些入门书之后，觉得不至于落在人后了。但慢慢发生了兴趣，我竟发现了音乐上许多的问题过去不能解决的，在社会科学的理论上竟得到解答。且不说大的方面，如音乐与抗战、音乐与人类解放等等问题，只举出为什么工农的呼声有力、情感健康这一点。关于这一点，过去我以为是因为他们受苦，但这回答我自己也未满意，所以在吸收工人的呼声及情绪入作品时，显得表面化（形式化）。现在我知道，劳动者因为是被压迫者、被剥削者，他们只有摆脱这种枷锁才有出头之日，如果不然，就只有由衰弱而灭亡。所以他们的反抗就是求活，他们的呼声代表着生命，代表着生命的未来的力。还有，工人们是一贫如洗，毫无私蓄，连妻子、儿女也要变成工厂主的奴隶，在这样的生活状况下，他们的头脑里不进什么自私（因为私不了），所以他们的胸怀是大公的。他们反抗压迫、剥削，不只是为了自己，别人也得到益处，世界上没有了人吃人，谁都过着幸福的日子；劳动者要消灭人吃人的制度来救出自己，因而也救出了所有的人。这样可以知道劳动者所想的实在是最高尚的、为着大众的、正义的。他们不需要欺骗、卑鄙、自私、阴谋、猜忌、残忍等等。所以，感情是健康的。又因上述种种原因，他们最能团结自己和团结各种人民。因之他们的声音、感情就能充溢着热爱和亲切，真诚和恳挚。至于他们命定要做新世界的主人翁，把世界变成大同社会，这样，他们的气魄自然是很大的，力量自然是深厚的——所有这一切就构成了劳动者的呼声的无限力量和情感的健康。而剥削人、压迫人的集团的音乐之所以日趋没落和充满颓废、感伤的靡靡之音，正象征着他们是不行了，人们已不再要他们乌烟瘴气的胡弄，已不再允许他们把世界推向火坑。

　　我的学习还很肤浅，还不能很好的应用到写作上。现在似乎比以前忙了些，我想还得好好的努力一下。

节选自冼星海《我学习音乐的经过》，

原载 1940 年延安《中国青年》2 卷 8 期

星海在武汉和延安

钱韵玲

1983年1月25日，当吕骥同志和妮娜接过星海的骨灰盒时，泪水蒙住了我的双眼，我的思绪飞到40多年前，飞到了当年的武汉、西安、延安……

记得1937年九十月间，你随着党领导的上海救亡演剧二队，经由江、浙、豫等地来到武汉，在一次中小学音乐教员为你举行的联欢会上，我第一次见到了你。你那样朴素谦虚，是那样热情诚恳，全然没有留学生、音乐家的架子，给我留下了深刻的印象。以后我们经常在救亡工作中接触，你和我们无拘无束地谈话，谈祖国的前途，民族的兴亡；谈音乐的力量，音乐工作者的责任。在你的主持和指导下，不久成立了海星歌咏训练班。你关心我们每一个青年。你的学生中，有中小学教员，有工人、店员，还有流亡学生。你不辞辛苦，孜孜不倦地给我们讲音乐理论、讲作曲法，你手把手地教我们指挥，不厌其烦地为我们修改作业。你在艺术上一丝不苟，从不放过微小的错误，然而你又总是鼓励我们哪怕是一点一滴的进步。你是一位令人尊敬和爱戴的良师和益友。

你是中国新音乐运动的斗士，你说："聂耳的方向就是中国新音乐的方向！聂耳的道路就是中国新音乐的道路！"你对此身体力行，经常深入到乡村、工厂、矿山以及伤病员中，教他们唱救亡歌曲，你也在他们之中捕捉创作的启示。记得有一次你在大冶煤矿深入生活，在煤矿门口看到一幅工人们欢迎的横幅，上面写着"欢迎冼泰斗！"你马上对他们说："这个泰斗应该是聂耳！而不是我，我还不够格。"1938年聂耳逝世3周年纪念日，你在《新华日报》发表了《聂耳，中国新音乐的创造者》一文，对他充满了敬仰和崇拜之情。

1938年5月，在武汉，由第三厅主办的抗战扩大宣传周的日子里，你带领我们——海星歌咏队及其他歌咏队走向街头巷尾和大家一起宣传，嗓子都喊哑了。7月，你又和张曙等同志们一起发动了歌咏火炬游行，将近一百个左右的歌咏队和群众，高举火炬在黄鹤楼下，在长江水面通宵高唱救亡歌曲；愤怒的歌声传遍中国大地，从四面八方汇成震天的怒吼。

在武汉的一个难忘的日子，一次周副主席作报告，报告中讲"全面抗战"光靠军队不行，还应该发动群众。周副主席报告完了，你就站起来指挥大家唱《全民团结》。歌唱完以后，周副主席走到你身边，亲切地和你交谈。自此以后，周副主席经常派人来找你去谈话。每次你从周副主席那里回来，都有一种兴奋和激动的神情。你对周副主席十分钦佩和敬爱，你对我说："周副主席真是一位杰出的政治活动家，和他在一起真感到信心和力量！认识了周副主席真是一件幸事！"这年的9月，我们在周副主席的安排和关心下，离开了武汉，去革命圣地延安。我们离开武汉的那天为我们送行的有赵启海、苏拍、黄冰等同志。到了西安，由于种种原因我们耽搁了约一个月。一些别有用心的人来劝阻你不要去延安，要你留下来为他们工作，然而你是那样坚定，不为金钱和名利所动摇。

1938年11月3日，我们终于到达日夜向往的延安。到汽车站来接我们的有鲁艺副院长沙可夫和吕骥等同志，你是那样的高兴和激动。党中央的领导同志关怀我们，派人来问寒问暖。记得到延安不久，贺老总和其他中央领导同志去请我们到西北饭店吃饭，他们鼓励你要为抗战写出更多的歌，要为革命培养更多的人。文艺界的同志也热情地欢迎你的到来。一次鲁艺举行会餐，还专门请我们去，你深深体会到革命大家庭的温暖。同志们的深情厚谊，使你感到了无穷的力量。新的斗争条件，新的斗争环境也为你的工作和创作开辟了新的天地。你日以继夜不知疲劳地忙于教学工作和创作，有时通宵达旦。你总是感到自己做得太少，有愧于党，有愧于前方将士，有愧于同志们的期望。你像老黄牛一样，默默地奉献着自己。到延安不久，1939年春天，你就接连创作出了《生产大合唱》《黄河大合唱》等许多著名作品。陕北初春的夜是很冷的，那时延安的木炭很缺乏。夜深人静，炭火熄了，但你创作的热情比火焰还要炽热！你用整个身心创作《黄河大合唱》，发出了我们中华民族的怒吼。一部巨作完成了，你却消瘦了，憔悴了，可是你的声音却传遍了神州大地，激励着中国人民为祖国而战斗。在5月间的鲁艺一周年纪念会上，毛主席和其他中央领导同志也来了，亲自聆听了你指挥的《黄河大合唱》。听完以后，毛主席站起来鼓掌，并连声称赞："好！好！好！"你是多么激动啊！你转过身来向毛主席连连点头，热泪盈眶。以后，毛主席专门派人送给你一支派克金笔和一瓶派克墨水，这在当时的延安是极为珍贵的。这年的7月，在欢迎周副主席回延安的联欢会上，你再一次亲自指挥演出了《黄河大合唱》，演出后，周副主席当场为你题写了"为抗战发出怒吼，为大众谱出呼声！"的题词。

1939年6月14日，是你永生也不会忘记的日子。那天，你从外面回来，脸上洋溢着激动的笑容对我说："我的组织问题解决了，从今天起已成为党的一员了，这是我一生中最光荣的一天！"你又对我说："我还有缺点，要很好的学习，改造自己的世界观。"并叮嘱我也要尽快地解决组织问题。你在工作之余特别注意认真学习马列主义、毛主席著作，当时有的书买不到，我记得你就向莎莱等借来学，而且还很细心地做了许多笔记。你曾不止一次地对我说：在音乐上过去不能解决的问题，在学习马列主义和毛主席著作中得到了解决。你的工作和创作实践，就是你成长为共产主义战士的见证。

我永远也忘不了1940年4月下旬，你从城里回来告诉我："组织上决定派我去苏联，为电影做配音工作。"

在你要离开鲁艺的头天晚上，音乐系的同学座谈你的幼年生活及你学习音乐的经过，谈到下半夜。你希望同学们一定要坚持聂耳的方向，再三告诉莎莱等同志要记住7月17日这一天。

你离开桥儿沟鲁艺的那天，许多同志送你到飞机场。你和同志们依依不舍的情景至今历历在目。你和大家合影留念，这是你在延安最后的一张照片。

我还记得5月初，我们在杨家岭附近的延河边，你抱着女儿妮娜和我散步，碰见了毛主席。他老人家满面笑容，我们向他打招呼。主席用广东话和你亲切交谈，问你抱着的妮娜叫什么名字？又问妮娜多大了？……

记得你临离开延安前，又是一个难忘的日子。毛主席在百忙中，在他家中接见了你同袁牧之同志，我和妮娜也去了。主席同你谈话中说你的任务是半年，任务完了就回来，这里还需要你工作。这天晚上毛主席还招待我们吃晚饭。

5月11日，这一天是你的生日，又是你离开延安的一天。清早，鲁艺同学白韦、关鹤童、庄映、刘炽等还有我小时的老师袁溥之同志（大革命前的武汉称她为女将，人们称她为五虎之一）也来送你，当我们步行到汽车站时，周副主席不久也来了，他问冼星海同志来了没有？你答，来了，周副主席亲切地说，那就开车吧！当你上了汽车，再次回头来向我们挥手再见，并说：你们不要忘记7月17日这一天，你们一定要坚持聂耳的方向。

汽车开动了，卷起了阵阵的灰土，开向了远方，渐渐地看不见了，你的声音却长久地在我们心头回荡。

抗战胜利了，人民解放了，正需要你回来工作时，你却永远离开了我们，在异国的土地上长眠了。你是多么思念祖国和亲人，直到临终前，你还倾吐对祖国的眷恋之情。

星海，你是永生的！你把自己的一切和党的事业、和民族与人民的事业紧密联系在一起，你不愧为中华民族优秀的子孙，党的优秀儿子。祖国和人民永远怀念你！

向往与追求

李焕之

抗日战争爆发，促使每个爱国青年抉择自己的奋斗道路。从 1937 年 7 月到 1938 年 7 月这一年间，我开始了革命音乐的创作生涯。从厦门到香港，一直保持着同诗人蒲风的密切合作；同时又与广州中国诗坛社的朋友们合作了不少抗战歌曲。然而身处于香港这个孤岛，又怎样能够真正投身到抗日救亡的斗争洪流中呢？有的朋友到闽西老根据地去工作了，我多么羡慕他们啊！就在这时，经朋友介绍，我参加了在香港的抗日团体抗战青年社。这是一个由福建同乡的年轻朋友们组织起来的，办了一个刊物《抗战青年》。这样，我又结识了一些新的志同道合的战友。当时我并没有意识到这是一个中国共产党的外围组织，但我们都信仰马克思主义，经常在一起学习马克思主义的著作；同时还到工厂、青年学生中做些宣传活动，举办文艺座谈会。我是经常到九龙的陶化大同工厂去教工友们唱歌，教乐理、识谱等，但这一切活动都还不能满足我要更深入到火热斗争的渴望。

大约是 1938 年 5 月间，从我们党所办的报刊上，读到了一则延安已经创办鲁迅艺术学院的消息，作曲家吕骥是音乐系主任。这则消息使我大为兴奋，这不正是我日夜渴望、向往着的地方吗？我于是给吕骥先生写了封信，询问有关报考、入学及学习年限等问题。没有等到复信，我们抗战青年社的朋友们已开始筹划分批奔赴延安的事，我当然是踊跃当先，参加了第一批。同行的还有一位台湾籍朋友王文庶（他就是现在台盟的离休干部沈扶），他的目标也是鲁艺，要报考美术系。于是我们一行 4 人（另两位是王芸和朱茂德，他们要到陕公或者青训班）。就在 1938 年 7 月 18 日离开香港，到达了广州，好友容民铎到车站来接我，他兴致勃勃地给我介绍了昨晚（7 月 17 日）在广州隆重举行聂耳逝世三周年纪念活动的盛况。7 月 20 日，我们离开广州北上了，容民铎和克锋到车站送行。克锋（即金帆）同我原是没有见过面的朋友，只是用通信方式合作了不少歌曲，其中一首混声、四部合唱《保卫祖国》，我随身带到延安鲁艺后多次演出过。

1938 年 8 月 4 日，这个日子是我永远不会忘怀的，王文庶和我两人经过了半个月旅途辗转，终于风尘仆仆地走进了延安城，远远望见了巍峨的宝塔山。一匹小毛驴驮着我们的行李直奔延安北门外鲁迅艺术学院而去。后来我才知道，我们从西安到延安的 6 天中（前 3 天汽车，后 3 天步行），康濯和高戈一直和我们同行，他们一口湖南口音，但当时不认识，也没有互相搭话、互通姓名，而是进了鲁艺后，见面才知道的。

在鲁艺大操场东边的半山坡上，有两排土房子，其中有一间就是音乐系主任吕骥的住房兼办公室，就在这里我接受了入学考试：视唱、听音、口试、看作品等。考试顺利地通过了，音乐系助理员罗椰波把我带到班上，班长周极明十分和蔼可亲地同我谈话，简略介绍了班里的同学。从此，一种完全新的生活开始了。

窑洞，多么别致的集体宿舍，班长把我安排在靠窗的第一个床位上。我没有被子，只有一条线毯，那还是离开香港时朋友张廖之送我的，它陪伴了我北上的旅程。好在 8 月的气候还很热，但夜里就有点凉了。我把一块黄斜纹布当床单，把书和衣服当枕头。吃过午饭后，天气好极了，明亮而炎热的太阳洒满了窑洞门前的空地。同学们都纷纷上炕睡午觉，我在南方生活惯了，没有睡午觉的习惯，于是抱着普劳特的《和声学》坐到窑洞前有阴凉的地方，准备开始新的学习生活。但是，赤日炎炎正好眠，看来在北方生活，不午睡是不行的。

吕骥同志把我从南方带来的一些作品都审阅过后，把我叫到他屋里，他认为《保卫祖国》这首合唱写得还不错，只是个别地方应该改一改，他已经在乐谱上给我做了具体的修改，并说可以拿到系里合唱课上去唱，这对我是多么大的鼓励啊！我记得这首合唱的歌篇还是我自己刻好了蜡版，然后拿到油印科去印刷的。合唱课是在小操场上，每人都有一张小板凳，按声部次序坐定，吕骥同志亲自给大家讲解、排练。唱过几遍之后，忽然，他让我自己来指挥。哎呀，天呐！我从来没有学过指挥，更没有指挥过合唱，只是在香港教过工人唱歌而已。好吧，锻炼，锻炼，从此，我又增添了一门新的作业。这首《保卫祖国》看来还有点演出效果，常常在晚会空隙，由音乐系同学上台合唱，我也就上台指挥了。指挥，是我很感兴趣的一门专业，在香港时我看过一部美国电影《丹凤朝阳》（又名《一百个男的和一百个女的》），描写著名指挥家斯托可夫斯基的艺术片，他不用指挥棒，而是靠手势来掌握乐队，这部片很使我着迷。所以，我也很乐意担任指挥，从实践中学习。

音乐系还有两位老师，就是向隅和唐荣枚伉俪俩，一见面，我想起来了：原来在1936年初我到上海音专学习时（当时已在江湾新址），临时在附近农家租了房子住，向隅和唐荣枚就住在我隔壁；后来搬到民庆路，他们俩也住在另一幢小楼里。当时不知道他们的名字，可是时常见面。现在想起来真有点意思。在系里，向隅同志教视唱练耳和作曲法，后来也教合唱课；唐荣枚教声乐，我和韦虹两人还一起跟唐老师上过一堂声乐课。

有趣的是：我们班上广东人占了一半，有李树连（李凌）、梁玉衡（梁寒光）、李鹰航、甄伯蔚、叶林、韦虹、张刃仙、翟定一等，我也算得上一个假广东吧。聚在一起就哇啦哇啦地讲广东话。吹、拉、弹、唱广东乐曲和广东戏。当时，生活条件虽然简陋、艰苦，但精神上总是愉快，感到充实。学音乐之外，还学政治，学军事，参加劳动。这时，正在延安城东门外修筑飞机场，同学们都组织起来去参加抬土、推小车。我写了一首《修飞机场歌》。到了秋收时节，学校就组织各系同学编成小组到农村参加劳动去了。

延安是个歌咏城，我一到延安就真切地感受到了。刚刚到延安的那一天，远远望见宝塔山时，同时也就传来了阵阵歌声："啊，延安！你这庄严雄伟的古城……"，从田野上，传来孩子的歌声："河里水，黄又黄，东洋鬼子太猖狂……"一进了鲁艺，从早到晚，歌声不断。清晨，大家纷纷跑到延河边去洗漱，就情不自禁地唱起来了："延水浊，延水清，情郎哥哥去当兵……"当太阳从东山坡上洒向大地，就响起了"红日照遍了东方，自由之神在纵情歌唱……"当下课铃响了，同学们活跃起来，阵阵歌声此起彼伏，这边有人唱起了"大丹河水滚滚流……"那边传来了"张老三，你听我，告诉哟嗬你，我刚从山西哟嗬回来的。……"在那北边的山坡上，从院部的窑洞口传过来了"我们祖国多么辽阔广大，她有无数田野和森林……"一听，就知道是沙可夫院长或者是徐一新主任在引吭高歌，纵情抒怀呢！晚饭后，同学们三五成群漫步在延河边，你就会听到"夕阳辉耀着山头的塔影，月色映照着河边的流萤……"夜幕降临了，从山那边传来了悠扬迷人的小提琴声，啊，"提琴鬼"张林箖又在自我陶醉了。

歌声是我们生活中的亲密伙伴，她又是我们那个革命时代的人们内心世界的缩影，更是我们民族精神面貌的体现。鲁艺音乐系的同学们在自由的歌声中成长。

虽然同学们在音乐专业的修养上根底不厚，但"自由作曲"课鼓励大家勇于创造，谁写了较好的作品，都可以成为合唱课的材料。在每一个重要的节日或纪念活动，我都写了些歌曲，九一八纪念日来了，程波（安波）写了首"九月里秋风凉又凉"的词，我为之谱了曲；鲁迅逝世两周年和庆祝苏联十月革命节，梅丝（王元方）作词我作曲，写了《鲁迅纪念歌》和《十月革命赞》（混声合唱），这几首作品都在合唱课里排练并演出了。

在音乐系第二期即将结束之际，一个振奋人心的消息传来了："冼星海来了，冼星海来了！"欢迎会上，星海同志指挥我们唱《到敌人后方去》，我入神地盯着他指挥的手势，心想："我可有了一位指挥老师了。"大家都沉浸在无比兴奋和幸福之中，鲁艺音乐系又揭开了新的一页。

1988 年 6 月 5 日写于北京

从重庆去延安的路上

李 肖

8月中旬，人称"大火炉"的重庆，闷热难熬。等待去延安的消息，更使人焦灼。元庆和我为他怎样才能巧妙地摆脱"中华交响乐团"的大提琴演奏；为我怎样才能离开"巡回施教队"的话剧排练而绞尽脑汁。20岁刚出头的我，没有社会经验，元庆比我大5岁，也没有这种冒险的经历，商量来商量去找不出好办法。8月20日的晚上，我们在长生桥公园里正在研究怎样离开重庆的问题，忽然，背后响起轻微的脚步声，我们赶忙换话题。一个30岁上下面带书卷气的男人，气喘吁吁地跑来，上气不接下气地说："元庆，我可找到你了，你要赶快离开这儿，国民党正在抓人，听说你已上了他们的黑名单，要设法赶快走！"话音刚落，人已无影无踪。我问元庆此人是谁？他吞吞吐吐不肯讲，看样子他们的关系是保密的，我也就不便再问了。

第二天5点钟左右，元庆到乐团收拾东西，我到剧团请假。之后我们一起到报馆送去结婚登记稿，中饭都没有顾上吃，就秘密地上了去北温泉的火车。

说是结婚，实则躲"警报"。虽离开重庆，心总不踏实，他休息我站岗，我休息他放哨，天天等着去延安的消息。有一天晚上9点多钟，服务员敲门，说有人找。我们兴奋极了，一定是好消息来了，俩人一起飞奔下楼……一个女人，原来是我父亲的一位世交，我称之为姑姑的。她说："从报上看到你们结婚的消息，我想你们父母都不在跟前，我就算你们的家长祝贺你们来了。"让我们空欢喜一场。

在北温泉，20多天过去了，去延安的消息依然杳如黄鹤，我们只好耐心等待。已经是9月天气了，多少消去几分焦躁，晚上有股凉风倒也舒服，就在第29天的夜晚10点钟，服务员又来敲门，说有位先生要找李元庆。盼人来又怕人来，元庆不让我下楼，他说万一国民党来抓人，你千万不要惊慌，我不是共产党员，他们不会把我怎么样，几天就会放回来；万一回不来，就到你姑母那儿躲一躲。看来元庆是有两手准备的，他顺手带上替换衣服，然后紧紧握我的手下楼去了。我看他那匆匆离去的身影，忽然有一种失重的感觉，待了一会儿，接着来回踱步，就像热锅上的蚂蚁。我想，他真的被捕了，我要立刻回重庆托人营救他。可是，如果他一时回不来，错过了去延安的机会又该怎么办？正在胡思乱想之中，元庆和那位先生上楼来了。我一眼认出他就是那天晚上送口信的人。他和元庆悄悄地说话，我断断续续地听到他说："去延安有消息了，你们先回重庆八路军办事处等待，到时候会有人和你们接头……"当元庆问及通过什么关系才能到八路军办事处的时候，他说："你们回重庆先暂住乐团，很快就会去人和你们接头，她一切都为你们联系好了。我乘夜车回重庆，你们放心好了。"他匆忙离去，元庆和我兴奋地紧紧握着手，暗暗祝贺我们将要迎来的春天……

我们回到重庆的第二天晚上，那位曾经送过口信的学者，迈着稳健的步子，又来到我们住处。他警惕地望着四周，小声对元庆说："你们9月12日下午7点钟，准时在重庆南大街（益寿药店）门口等候，到时候从东边开来一辆黑色小轿车，就停在药店门口，有一位青年司机，假装下来修后轮胎，他上身穿件灰色旧西装，下身穿一条蓝布裤子，戴着旧白手套。车里还坐着一位女同志，她就是接你们到八路军办事处去的。你们尽量少带东西，有些替换衣服也就够了。"等他走后，元庆告诉我："他是我多年的老朋友"，但叫什么名字他仍旧不说。

和我们同路去延安的还有元庆的妹妹李炎和妹夫叶洛，我们4个人挤在乐团宿舍不到10平方米的小屋里，大家异常兴奋，谁也没有睡意，海

232

阔天空地聊起来，展望未来，充满着喜悦。我们连夜整理衣物，不觉天已发白，必须趁人熟睡时候离开此地。

9月12日下午6点20分，我们到了约定地点等候，因时间尚早，为了避免别人怀疑，元庆和我到药店买止痛片，为了拖延时间，故意拿出10元钱让他找，叶洛和李炎到附近擦皮鞋，他们的皮鞋擦完了，我们的药也买好了，可车子仍无踪影。这时我们慌了，是不是听错了时间？是不是走错了地点？是不是车子半路出了毛病？我们心里都在胡乱猜疑着……在焦急中，时间一分一秒地过去了。

整整7点钟，一辆黑色小轿车飞驰而来，青年司机果然下来修车，他先四下张望，正好和我们的目光接触，意思是让我们赶快上车。看到他一身打扮，和暗号相符，我们火速上了车，那位女同志没有多说话，只是和元庆热情地握了握手。司机开足马力，直朝八路军办事处飞驰。

车子停在山坡下，天已黑下来，我们下了车还要翻过一个小山坡，只见山下两旁酒馆里坐着一些不三不四的大汉，他们歪戴帽子斜瞪着眼直盯着我们，一只黄狗汪汪地狂叫。我们心里十分紧张，生怕出现什么意外，摸着黑往山上爬，心怦怦地乱跳。那位女同志带着我们跑跑躲躲，一点不敢大意，慌乱之中，我的鞋子掉了一只，也顾不上穿，拿着一只鞋终于跑到八路军办事处，这才松了一口气。那位女同志帮我们把一切安排妥当，我们住下，她匆忙地走了。同屋的老大姐告诉我们，她就是周副主席的秘书张颖同志。

1941年，政治空气和以前有所不同，统一战线尚未完全破裂，一大批知识分子向往延安参加革命，为新中国解放献身。在周副主席的亲切关怀下，组织上决定我们以各种借口掩护身份，有的说到延安找父亲，有的找丈夫；有的扮工人；有的扮学生。我是以探望爱人的家属身份出走的，另外组织上还在我身旁安排两个少年，一男一女，男的叫李冬（307医院院长兼党委副书记，现在也是60岁上下的老人了，当时才13岁），解放后我们经常联系。女的名字不记得了，离开延安后至今也未见过面。当时，他们管我叫嫂嫂，这两个年仅十三四岁的少年，也是去延安参加革命的。我和他们一块编了假口供，每天我都让他们熟悉一遍。而我和元庆这对夫妻却变成陌路人，互不来往，只是在洗脸的地方或上厕所的路口说上几句话。住在这儿的同志，虽是四面八方汇集到一起，但互相之间好像多年的老友，亲密无间，时刻都能感受到革命大家庭的温暖。

一天凌晨3点，忽然一阵急促的哨音，同志们从睡梦中惊醒，仅仅10分钟就整装完毕。据说是国民党警察署来检查，我忙把两个小青年叫醒，他们蒙蒙眬眬睁不开眼睛，为了不出问题，我又急忙和他们对口供。这时全院子的人都很紧张，只听见皮鞋声、嘈杂声混成一片。我真担心元庆会出什么问题，我拉着小弟小妹站在门口听他们问什么？自己也好做准备，结果被同屋有经验的老大姐阻止了，她叫我安静地坐在床上等着。十几个国民党警察来到我们房间，我看到两个少年对答如流，气氛才缓和下来。等这些人走了，办事处的负责同志才告诉大家："同志们不要紧张，刚才来检查的不是什么国民党警察，而是我们自己的同志，我们要试验大家口供背的怎么样，锻炼大家在突变中怎样保护自己，用以达到锻炼队伍的目的。"这时大家才松了口气，原来如此，看来离上路的日子不远了。

我们到八路军办事处后，周副主席曾两次接见元庆同志。第一次就在曾家岩51号，除我们两人外还有其他几位艺术家。日日夜夜为国家操劳的周副主席，刚开完会就急忙赶来看望大家，按约定时间不差分秒，当他看见大家早已在座时仍谦虚地说："我来迟了，对不起，让大家久等了。"周副主席说："你们到延安的心愿就要实现了，看看同志们走之前还有什么困难？家中是否都已安排妥当？组织上对大家决心到延安参加革命是非常欢迎的，延安需要你们去工作。不过那儿的生活条件比较艰苦，吃小米饭，熬土豆、萝卜，国民党断绝我们的运输线，故意刁难我们。我们要自力更生渡过难关，大家到那儿是要吃苦头的，要有这个精神准备。不过到那儿，在我们共产党领导下，精神生活是愉快的，创作是自由的，你们到那儿各显其能，为革命创造精神财富。"周副主席对元庆说："我知道你是音乐家，演奏大提琴的，你到那儿可以参加演出，也可以开独奏音乐会、可以教学、也可以翻译东西，那儿是广阔的天地。你爱人李肖同志是做什么工作的？"元庆腼腆地说："她是话剧演员。"周副主席接着说："好嘛，鲁迅艺术学院就有个实验话剧团，可以到那儿去演戏嘛！"接着又问其他同志类似的问题，大家在热烈、亲切的气氛中，感到无限温暖。

我们兴奋得久久不能平静，一位德高望重的共产党副主席，居然能这样平易近人地和我们谈话，就像叙家常一样，谈笑风生，像父亲关心儿女似的那样和蔼可亲，又高瞻远瞩地指明大家的努力方向。

没隔两天，周副主席又第二次接见了元庆同志。这次我没有参加，听元庆回来兴奋地讲："周副主席主要是向我了解重庆音乐界的思想情况，还有哪些进步人士可以请到延安授课？""另外，我提到大提琴带不走的问题。周副主席欣然地笑了，蛮有把握地答应我，他说：'大提琴是你战斗的武器，我会设法给你带到延安的，你放心好了。'"元庆高兴地告诉我："咱们有幸和周恩来副主席见面，这是我们一生最大的幸福。他的谈话使人兴奋，给人力量。我原以为一位国内外闻名的中国共产党领导人，要接见我们，当时心里不免有些发怵，真没想到周副主席是那样平易近人，热情关怀、感人肺腑、永生难忘。"

过几天就要出发了，不幸的是我突然泻起肚子来，一天要泻十几次，这怎么能上路呢？经医生检查，确诊是阿米巴痢，而且还有传染性。元庆把情况向组织汇报了。没料到被邓颖超同志知道了。邓大姐亲切询问我的病情，并决定带我到市区医院急诊治疗。她像妈妈般地关心着我，当时我感动得热泪盈眶。第二天下午3点钟，她的司机来叫我，我们一同上了车。哪知山下的特务随着邓大姐的车跟踪而来，司机说："后面的狗又跟上来了。"邓颖超同志说："不必理他们，恩来同志和我每次出门，他们的车都跟在后面盯梢，你们不用怕，他们不敢对我怎么样。"很快车子停在一家医院门口，邓大姐嘱咐我："你看完病千万别乱走，我开完会马上来接你，你可千万别离开医院！"

等看完病时，已是傍晚时分了，落日被一片乌云遮住，天渐渐黑下来，我的心开始紧张了。一会儿站在门口四处张望，一会儿又躲进挂号处窗口。扫地的勤杂工奇怪地问我："你要挂号？都下班了，明天再来吧！"我一时想不出合适的答话。……我再次跑到门口，假装系鞋带拖延时间，忽听汽车喇叭声，果然是邓大姐的车来接我了，我好像失散离群的孩子，终于回到妈妈的身边，我紧紧拉着邓大姐的手，眼泪流下来了。邓大姐安慰我："对不起，我开会来迟了，叫你等急了。"

药还真灵，第二天就见效，等出发那天便已痊愈，邓大姐也放心了，我一生也忘不了这件事。

出发前一天，办事处领导动员，叫大家在路上要警惕国民党的刁难，除衣物外，什么书都不要带，按背诵的口供和假身份回答问题，千万不要露出破绽。

1941年10月中旬，我们出发了。元庆和我虽坐在一个车里，但我们始终没有讲一句话，由于沿路国民党故意刁难，闯过28道检查哨卡，本来10天就可以到达目的地，结果拖了半月之久。有一天到一个小镇，不知哪位同志带了一本《马克思论文艺》被查出来了，他们抓住把柄，把所有车上的衣物都翻遍了，硬说车里有共产党员。明明可以再赶半天路，这么一来走不了啦，大家心急如焚，只好留在小镇上住宿。警察故意把大家安排在又脏又臭的洗澡堂里，屋子小，人又多，一股臭潮气扑鼻难忍，虱子跳蚤咬得人满身是包，疼痛难忍。大家只好用凉水擦，免去疼痒之苦。第二天上午10点钟左右，他们才放我们走。接近延安的那段路，都是崎岖不平的山路，刚刚能驶过汽车，稍不小心，就有掉下山沟的危险，谁也不敢往下看，大家紧紧围在一起。我偷偷看了元庆一眼，他毫无惧色地目视远方，好像在欣赏风景似的。其实我知道他的心思。他从青年时代起就努力学习马列主义的基本知识，为追求真理而积极参加党领导的革命活动。他于1932年组织北平音乐家联盟，在聂耳同志的支持下，开展革命音乐活动。

整整 10 年过去了，盼望已久的延安城啊！他望着那火一样盛开的映山红，那样强烈，那样眩目！元庆眼睛里闪动着兴奋的光芒，突然大喊一声："大家快看啊！宝塔山就在前面！"大家目不转睛地望着、欢呼着，这就是我们日夜思念、向往的革命圣地——延安！我们像一群孩子终于投入母亲的怀抱！

良师益友

——星海与三期音乐系片断

时乐濛

星海离开我们已 43 年了。但是，历史不管多么久远，给人的感觉却总是那么短暂；过去不管多么艰辛，给人的回忆却又是那么美好。星海留给三期音乐系同学们的记忆太深了。对我尤其如此，因为这里还有一点历史渊源。

1937 年七七事变、全面抗战爆发后，由于国民党军队"飞将军"刘峙（群众对他撤退如飞的讥讽）的快速大步撤退，郑州已处于战火的前沿。愤怒激动着人心，歌声振荡着大地！学校自然也转入战时状态。我除了和扶轮第一小学的其他老师们随同师生们组成的宣传队深入街头、机关、工厂、农村进行讲演、唱歌、演剧等宣传活动外，还担任了妇女抗战训练班的教歌任务。但是，当她们除了学唱一般的抗战歌曲外，还要我给她们写首自己的歌时，我就蒙了。

就在这时，秋天，星海随同演剧二队来到了郑州。当时他 30 岁出头，中等身材，黝黑的肤色，方方的面孔，深深的眼窝，是个比较典型的广东人，唯不像一般广东人那样瘦小，看上去粗壮结实，因为质朴豪爽，还使人感到有一种劳动人民的气质。他的到来，给郑州的歌咏活动增添了巨大力量。尽管他操着浓重的广东口音，说起北方话来不免有些生硬，但是他那火一般的热情，精湛并具有煽动性的指挥艺术和似乎永远用不完的充沛精力，却汇集成一种强大的吸引力，凝聚着郑州成千上万的人民群众。他日以继夜地组织群众，教唱歌，教指挥，教作曲，在短短的几天里，使郑州的歌咏活动如同怒涛般地翻滚沸腾起来!

这期间,在郑州扶轮中学音乐教员汪秋逸先生家里召开的一次座谈会上,大家向星海提出了怎样指挥、作曲和教歌的问题。因为时间关系,他除了向大家扼要地讲述了一些指挥的基本线条和手势作用外,还特别嘱咐大家,指挥是群众歌咏活动的组织者、核心和灵魂,首先要善于用自己的感情去指挥手势,再用手势去指挥歌唱。关于作曲,他说:"作曲当然并不那么容易,但也不要把它看得那么神秘。你们大家不是都唱过许多歌吗?不是都认识谱子吗?这也就可以学着写了。先不要想得那么高,照葫芦画瓢也可以,只要你认为已经把自己的感情表达出来了就行了。现在千百万人要唱歌,单靠几个专业作曲家来写怎么行?其实在你们所唱的歌曲中,有些很好的歌就是工人、店员写的。"接着又结合他自己的经验,精炼地向大家讲述了一般群众歌曲写作的要点。提到教歌,他更加激动地指出:"今天是在抗战,哪怕是喊句口号,也能激动人心,而喊口号又有谁去想过他的嗓音是否好听呢?又有谁曾渴望过在喊口号中得到美的享受呢?没有。人们只不过是借以表达对鬼子的愤怒和同仇敌忾的抗战决心。生活要唱歌,唱歌也是生活,教歌也要像带头喊口号那样去做。"有意思的是,最近我翻阅过去的笔记时,偶然发现了一段酷似星海的话,"歌唱实际上是一种悲欢的表现,决不是我们对美的渴望而产生的。难道一个人处于感情的强大影响之下(如震惊时的呼喊,失望时的哀叹,劳动时的号子等等),还会想到讲求美妙、优美,还会去注意形式吗?……歌唱像说话一样,原本是实际生活的产物,感情的产物,而不是艺术的产物。"可惜没有记载是什么人说的。

这次座谈会对我还有着特殊意义:强化了向星海学习指挥和作曲的念头。当时自然不会想到这竟也是我生活历程中的一个重要转折。

1938 年 8 月,风闻吕骥、星海都到了坚强的抗战堡垒、革命圣地延安。为了抗战和向星海学习,我毅然离开了学校,奔忙于武汉、西安之间,直到 10 月底,才经由西安八路军办事处送往陕甘宁边区枸邑县看花宫镇陕北公学分校学习。同年12月于陕公分校跨进延安鲁迅艺术学院。下旬，由分校出发，同行的有音乐系的汪鹏（清华大学地质系毕业，延安最好的提琴手）、庄映、白炜、江雪，美术系华君武、古元、陈叔亮、朱吾石，戏剧系的严正等。月末的一天，当我们远远望见那宝塔山上耸立入云的高塔时，大家不约而同发出了狂劲的呼喊："啊……！啊……！"这呼喊像是只有色彩没有旋律、只有激情没有语言的歌，回荡在延河上空、山谷之间！我们终于来到了延安！

1939年1月，我们进入鲁艺第三期音乐系学习。星海任音乐系主任。他常以自己的生活经历来勉励大家和他自己。他出身于海员家庭。如果说他热爱劳动人民，其实他自己就是劳动人民。父亲早逝，和母亲相依为命。家贫，以劳动为生，但性格坚强，只要他认定的道路是对的，就百折不挠地走下去。1929年，他为了祖国的振兴和民族音乐的发展，决心到法国学习音乐。虽然只有到达新加坡的路费，他就动身了。母亲到码头送行，看到其他一些公子哥儿们的富有，而他除了一把破旧的提琴外几乎一无所有的情境，母亲的眼泪不禁夺眶而出，他则以豁达、爽朗、带着稚气地安慰母亲："妈妈：你应该笑啊！你不是说我有力气、有精神吗？我比他们都富有啊！"到新加坡后，他不得不下船任教于一华侨学校。待积攒的路费刚够买去法国的船票时，他又动身了。到马赛吃了一顿饭，便囊空如洗了。以后，就不得不以劳动来维持生活了。在饭馆里当跑堂的，在理发馆里当学徒，在跳舞厅里当乐手。因身体虚弱而又神往于作曲，曾摔碎过餐具，挨过老板的打；在跳舞厅演奏，曾遭受过"高等华人"的辱骂；还因生活贫困，借穿不合体的旧衣，剃了个"光头"而受到耻笑与蔑视……这些，他全然不屑一顾，拼命地学习。一天，他带着自己艰辛劳动的成果——作品去求见巴黎音乐学院的著名作曲教授保罗·杜卡，门房看他穿的破旧，谎言教授不在家，拒绝传报，他就不吃不喝等了一天。门房既感动又惊异，才引他去见教授。他向教授诉说了来法学习的辛酸经历和想进巴黎音乐学院的愿望，并送上了他的作品。教授一生中尚未遇到过这样的学生，深为感动地说："音乐院每年只收两个外国学生，现在名额已满，不过我可以收你作私人学生。"并表示愿在经济上给予帮助，问他需要什么时，他就干脆回答："饭票！"以后，又以优异的学习成绩被追认为巴黎音乐学院的学生。

1935年，教授对他说，你们祖国正处在灾难之中，你应该回去为你的祖国尽力了。但他深感教授的恩情，不忍离开。5月，教授突然去世。他把教授送往坟地后，再也无所留恋，决心返回祖国，仍像他去时那样，又是靠着水手和老乡们把客人吃剩下的饭菜拿给他，把他带回了上海。

当时，我们国家、民族所遭受的灾难，正如鲁迅先生所说的那样，已到了要做奴隶也不可得的地步。然而，聂耳却用他的歌声倾泻出了"起来！不愿做奴隶的人们"的震天怒吼！星海回到上海时，聂耳已去日本，他俩没见过面。但是，星海对这位比他小六七岁，而且是自学成才的年轻人却至感敬佩！并给予高度评价："聂耳先生摆脱旧社会的音乐环境，而创造出新时代的歌声来就是他给中华民族新兴音乐的一个伟大贡献，他创造出中国历史上所没有的一种民众音乐。……他已给我们开辟了一条中国新兴音乐的大路。""聂耳的创作精神和不断努力是中国一般青年音乐作曲者中我很佩服的一个，我虽然没有和他见过面，我却被他的大众歌曲所感动。他给我们力量，也给我们鼓舞和希望。"是的，他对聂耳的尊崇，以至1940年5月他赴苏之前，还谆谆嘱咐三期音乐系的同学们，关于我国音乐节的问题，一定要坚持以聂耳逝世的日子为中国的音乐节。这一切也正是对我们的最生动、最深刻的品德教育。然而，星海对聂耳的尊崇，更重要的还表现在他们以其渊博的音乐才识和创造精神在继承着并在更广阔的范围内丰富着、发展着聂耳首创的革命音乐。

星海的探索创新精神和创作速度是惊人的。1939年2月，当音乐系的同学们受到抗大合唱队的影响，也组织起合唱队，唱起《抗敌歌》《旗正飘飘》《玉门出塞》等合唱曲时，他问大家："为什么唱这些歌？"大家回答说："提高！"他立即表示："好！我给你们写！"他1938年11月才到延安，1939年1月就演出了他的歌剧《军民进行曲》。3月，演出了他的《生产大合唱》，在这次演出座谈会上，他提出了"音乐应该大众化、民族化、艺术化"的主张。4月，演出了他的《黄河大合唱》。周恩来同志为他题词："为抗战发出怒吼，为大众谱出呼声!"9月，演出了他的《九一八大合唱》。1940年3月，又先后演出了他的《三八妇女节》活报和《牺盟大合唱》。除此，这期间他还写了《满洲囚徒进行曲》《三八妇女节歌》《反汪小调》等大量合唱曲和群众歌曲。

尤其令人难以置信的是，当我的弟弟时光源拿着自己为我们老家酒后村的和乐小学写的不像样的一首校歌歌词，去向他求助时，他竟然很快地谱了曲，并流传于我们家乡的偏僻农村。特别是当我们目睹他的这些作品又都是在他学习、开会、教学、排练、演出、指挥和写文章等繁重的工作中挤出时间来完成的，就不难想象他的精力是多么旺盛，意志是多么坚强，对人民又是多么忠诚!难怪音乐系的老大哥汪鹏后来调往延长县搞石油工作，因不出油而失去信心时，就以星海的话："外国人能办到的，我们为什么办不到"以自励!

星海对人民有着赤子之心，故而质朴、豪爽、谦虚、热情、平易近人。在创作中，他从来不耻下问，每写出一个新的作品甚至作品中的一段，常常是首先唱给饲养员、炊事员、同学们、干部、群众以至十二三岁的小鬼（勤务员）们听，征求他们的意见，有的当时就改，有的回去考虑。他的信条是："直觉最重要。"何况"既然是为工人、农民写曲子，自然也要征求他们的意见，向他们学习，改正错误"。一次，当他拿着《黄河大合唱》的稿子征求汪鹏的意见时，汪鹏说："不错!"他说："我不想听'不错'，我只想听哪些不行!"他的许多作品就是这样修改的，有些还是当场修改的。甚至在他的《民族解放交响乐》中用不用《满江红》和《小放牛》的音调，也来征求系里的小姑娘莎莱的意见。

在向星海学习的一年半时间里，大家还有个突出的感觉，即从他的指挥、创作、排练实践以及和他聊天中学习的东西还更多些，甚至超过课堂。如在《黄河大合唱》的排练、演出中，他要求大家："你们是船夫，是在对着黄河呐喊，在向着敌人战斗，不是在唱《黄河大合唱》。"他耳朵不好，也不注意音准，但他的指挥带给合唱队员的是生活，是感情，是精神，是力量，演出反映极其强烈。对于创作，他要求"音乐与感情应融为一体，作品是有感情的音乐，也是有音乐的感情"。感情应当朴素真实。为此，在排练《生产大合唱》时，"酸枣刺、尖又尖"一曲，他专门挑选了一些小鬼来演唱，而且他还有着特殊的本领和魅力，逗引得小鬼们的演唱异常清新、生动、可爱。

在和同学们的相处中，他始终以"大家给我的比我给大家的多"的气度，把聊天视作相互理解、相互学习的有效方式，常不拘一格地和大家进行有益的聊天。1939年冬的一个晚上，在系里的一次有关中国歌剧问题的讨论会后，我送他回家（桥儿沟东山），他的肺不好，走到半山腰时要休息一下，他又趁机和我聊了起来，陈述着他的观点："中国歌剧的创作和发展，既不能简单地采取民歌、戏曲、说唱或西洋歌剧的模式，也不能是各种东西的大混杂，应当是以我为主的各种因素、音乐文化的融合统一。……"虽然雪越下越大，他却毫不介意。直到我不得不再一次打断他的兴致，催他赶快回去休息时，天色已经微明了。1940年5月，他离开了延安，但同学们仍然在遵循着他的启示前进，并终于在以后"新秧歌运动"的实践过程中，于1945年创作出了歌剧《白毛女》，揭开了我国歌剧艺术的新篇章。

以上，当然不是说他的各个方面都已十分完美。由于时代和其他种种条件的局限，他的有些作品确还显得粗糙；有些论点也不免失于片面，甚至还有错误。但可贵的是他有着真实无邪、毫不文过饰非的优秀品德。他把自己的起点定得很"低"——一个穷学生，一个普通人。他所以能在巴黎那个花花世界里剃起"和尚头"，穿起别人舍施的、肥大不合体的旧衣服，并不是要显示放荡不羁，而在于他完全不需要掩饰的真实。正如一个哲人说过的，你若想自己生活得有意义，就必须首先赋予这世界以意义。星海就是这样，他的一生虽然是在坎坷中踏步，在逆境中挣扎，承受着难耐的精神重压，负载着疲惫、病痛的身躯在前行，但心却始终和祖国、和人民"热"在一起，追寻着、探索着、坚韧不拔地向着一个个新的目标冲击。他取得了成功！他不但把自己的创作，也把同代人的创作不断地推向新的境界。

这里，还不得不特别谈谈他的《黄河大合唱》。这是因为它犹如贝多芬的《第九交响乐》那样，是星海全部作品中的华彩乐章。星海也像鲁迅对于文学那样，谙熟中外传统音乐和时代新潮，唯独憎恶那种贵族老爷式的"把玩"音乐和孤芳自赏的陋习，而对审美要求较高的大合唱这一艺术花朵，也不是把它化为"天女"，而是把它变作"村姑"献给广大人民群众，赢得他们的喜爱，成为他们音乐生活中的一个重要组成部分。50年代至今，群众性大合唱艺术的繁荣盛况就是有力的明证。他在大合唱，特别是《黄河大合唱》的写作中，以古人、前人、同代人皆可师之，又皆可破之的观点，把人生感受哲理化，把哲理感情化，把感情音乐化，紧贴着时代写黄河，经由黄河写时代，使其丰富深厚的思想内涵、绚丽雄浑的艺术形式和自强不息的民族精神得到较完美的统一。它是三四十年代我们民族的经历与民族感情的浓缩，也是星海热爱传统、熟悉传统、才突破了传统；热爱生活、熟悉生活、才创造了生活；勇于开拓、善于思索、才使得创作的微观个性和时代的宏观个性融为一体的合理结果。《黄河大合唱》超越了时代和民族的界限，它是历史的，也是现实的；是我们民族的，也是世界人民的。

星海以其崇高的思想品德、为人民献身的火样热情、谦虚平易的工作作风和大量优秀作品，给我们留下了珍贵的精神财富，成为我们继续前进的巨大鼓舞力量！

一切服从战争。1944年，我们家乡沦陷了。10月，音乐部主任吕骥同志找我谈话，要调我到部队——河南军区、改行做政治、武装斗争工作。这是我生活历程中的又一次重大转折。12月，我告别了鲁艺6年来的不平凡生活，像来时那样，又背上我的提琴，沿着冰冻的延水，再次经过宝塔山下，万分留恋地离开了延安。

充满乐感的人

——忆冼星海同志

陆　友

1937年底，我们上海战地服务团辗转来到武汉，继续进行着宣传动员人民参加抗日战争的活动。一天，老化装师辛汉文先生对我说："演剧二队也来武汉了，我们去看看冼星海吧！"我在上海时虽见过冼先生教唱救亡歌曲，但还从未交谈过，有辛先生引见，当然乐于去拜访了。他在我们战地服务团较年长，又是上海影剧界的知名人士，都尊称他辛大哥。他带我来到汉口一座楼房二层高声叫道："老冼在家吗？"门开后，冼先生将我二人让进房内，辛大哥说："我给你带来个学生，我们服务团指挥唱歌的。"先生听说我是唱歌的，即与我攀谈起来，问我唱过哪些歌曲，是怎样学音乐的，会什么乐器……随即又拿出多种简谱和线谱的乐曲、歌曲要我视唱，我都一一作答。随后他拿出《顶硬上》歌谱对我说："今天晚上武汉民众乐园请我去演出，我正想找个伴唱呢，你来了很好，今晚就随我去民众乐园演出，就唱这首《顶硬上》。"

冼先生的歌曲我唱过不少，而这首《顶硬上》不仅未唱过，也未听说过，现在刚拿到歌谱，晚上就要演出，太仓促了，我有些迟疑。先生看出我的心事，他说："这首歌，是我刚刚创作的一首劳动歌曲，是根据我们广东码头搬运工的号子创作的，不难唱，且是我们两人合唱，我唱主旋律，你的声部是伴唱。刚才我听了你的视唱，你完全可以在今晚同我一起演出。重要的是感情，要唱出被压迫者要翻身求解放的刚毅情绪。"先生还谈到他幼年时常听母亲唱搬运工人号子的情景，分析了《顶硬上》的演唱情绪及粤语的发音，最后约定晚上在民众乐园共同演出。自我们进屋直到告别的两个多小时，先生就是与我谈音乐、说演唱，而对在座的老友辛汉文却无暇顾及。我们告别出来后，辛大哥尊敬而感慨地说："老冼就是这样的人，他对音乐有无限深厚的感情，对别的，他都没兴趣，只要一提起音乐，他就如饥似渴地唱呀、拉呀、弹呀，真到了废寝忘食的程度。对音乐他有天才，但刻苦地追求，勤奋努力才是他成功之本。"

这天下午6时左右，我来到民众乐园。在后台冼先生与我合练了几遍《顶硬上》。当轮到演出时，我们上场演唱了，先生虽不是声乐家，但凭他热情奔放、慷慨激昂的情绪，也使台下观众热烈鼓掌并要求再来。他兴奋地要我陪他又唱一首《救国军歌》，观众还是欢迎他再来，他拿着小提琴自己上场了，一连演奏了三四首乐曲。他感慨地说："人们多么需要健康的音乐啊！"先生对人民对音乐的深情挚爱，给予我深刻的启迪。

1938年秋，冼星海到延安鲁艺任教，正逢鲁艺二期音乐系学员将结业，他热情地向同学们作了数次音乐讲座，深受同学们的欢迎。三期音乐系开学之初，我被留校工作，因与先生相识，故系领导及党支部都要我对先生多加照顾。他与夫人钱韵玲住在西山坡面东的两孔窑洞，我常去问候。他对当时延安艰苦的生活是能适应的。每当谈起生活，他总是说："可以了，要革命就不能怕苦嘛！"有时还风趣地说："我的待遇比你们高多了！"这是指当时供给制时他每月可领到5元津贴（即零花钱）。而我们学员及一般工作人员每月是1元2角。有时先生还端出一小锅红烧肉说："尝尝吧，这是韵玲给我烧的营养品。"先生谈生活最多也只一两句，话题一转就是音乐，他学识渊博，知识丰富，对各种音乐都有自己独特见解。中国的，外国的，古典、宫廷、教会的或是现代各派和民间的，他都津津乐道，陶醉在音乐中滔滔不绝，甚至边说边哼，或是边说边用小提琴演奏着，犹如寒夜的烈火，温暖着听者的身心。

一天上午，我去看望他，他有些疲倦地说："昨夜没睡好觉，听了一夜风声。"原来，昨夜这里刮起七八级的大风，在黄土高原的半山坡上，虽住在窑洞内，但因无遮拦，狂风时高时低的呼啸声，吹打窗纸、门帘的响动声，飞沙走石的呼哨声和窑洞近旁枯枝草叶的凄凉声。他把这一切声响作为大自然的音乐来欣赏。他静心地聆听着大自然的美妙乐章，沉浸在无限的想象中。

有一天黄昏，先生在窑洞里谈兴正浓，忽然起身拉我出门，边走边说："来了，来了。"我们来到窑前的平台上，向下边的大道望去，只见在夕阳余晖的照射下，一队骆驼顺着大道向延安城北门走来，先生手指着驼队说："你听，你听……"这队骆驼正排成单行，跟随着头驼缓慢、稳健的步伐，发出"当当"……"当当"的响声，他注视着驼队的行进，聆听着驼铃声声，直到驼铃去声悠远，最后如梦方醒地说："我已经听了好多次了，这浑厚、深沉的铃声，引起人多少思绪啊！"

此后，我还多次看到在晨昏、当驼队行经校外大路时，他伫立在山坡上出神地聆听。他说，他正在创作《民族交响乐》，驼队行进的情景和苍茫的铃声，都成为这个作品的构成部分。并希望我能帮他弄到一个驼铃。为此，我曾到延安各处去寻找，还向驼队打问，求他们代购买驼铃。由于路途遥远，这种驼铃产地在塞外蒙古地区，而他们又无备份，无法相让。不久，我奔赴敌后抗日前线，告别了母校和敬爱的恩师。没有机会听他的《民族交响乐》了，更不知他有没有驼铃……而驼铃的声音一直到几十年后的现在还在我耳畔回荡。

1987 年 12 月 21 日

鲁艺给我留下的烙印

李　凌

我有过好几个母校，都在我的成长中喂过"奶水"，但最重要最有意义的，确定我一生奋斗目标，加固我志向的，还是鲁艺。

远在我读初中时，我便开始听说共产主义，那时正是广州起义失败刚过去，在台山一中刚毕业的朱伯廉，便宣传过共产主义。1935年，我的表叔伍铭和邝泽民在一个小学教书，他们两人是当时台山共产主义启蒙运动的热心人，也是引导我的战友。

抗日战争的第二年，我在报纸上看到了延安鲁艺招生的信息，就和李鹰航等朋友北去报考鲁艺。

我认为在鲁艺学习较为关键性的还是马列主义和毛主席的抗日民族统一战线、论持久战等理论教育，使我确立了革命人生观和世界观，指导着我的艺术实践。

当时的延安，人数不多，部队有限，地盘只有陕甘宁边区，加上敌后抗日根据地。武器呢，基本上是小米加步枪，缺衣少食。

但是大家眼明耳清，充满信心，相信能够取得最后胜利，指点江山，重新安排祖国的命运。

我是一个有着多种爱好的青年，文学、体育、美术、音乐都喜爱。比较起来，好像美术较有根底，出版过一本《美术字集》，木刻家黄新波、陈烟桥也主张我到日本进修美术。因此我到延安，就入了鲁艺美术系。我上了一个星期的课，感到纳闷，一是因为当时有用的是漫画、木刻，而我的人体素描功夫不够，二是我感到美术不如音乐活跃，而且群体性强，我

248

就转到音乐系。

但在第二期毕业后，仍不安心。其原因是：虽在音乐基本课程及新音乐运动理论上有所收获，但在技术上进展不大，就想和叶林去陕北公学高级班，专攻政治。吕骥同志和郗天风再三劝我说，"潜心研究音乐理论的人不多"，要我参加鲁艺高级研究班，专学理论。当时留下来在研究班的戏剧组有颜一烟、韩塞，美术组有华君武、罗工柳、陈叔亮，音乐组有李焕之、梁寒光、李鹰航、郗天风、沈亚选和我。

郗天风是一位热心人，他向我介绍了许多音乐书籍，和我一起做习题，还谈了许多心得，约我和他一起编刊物……这样我才把音乐工作作为终生职业。

鲁艺的作风，热诚、团结、互相关心的风气是我永久难忘的。一个广东人，语言生疏，会有许多困难。但生活在第二期音乐系的同学中，像在一个大家庭里一样，大的带小的，高的指导低的，强的关心弱的……无微不至。因此，每次唱到吕骥同志的《毕业上前线》，就禁不住落泪，许多旧日的师友，对当时那种革命友爱的风尚，是无限思恋的。

1938 年的鲁艺，用现在的眼光来衡量，算不上个学院。只在延安的北门开了几十孔窑洞，大概是"薛仁贵别窑"那种窑洞吧。后来自己动手修了十多间小草顶房子，没有书桌、椅子，上课就带个小板凳。没有大教室，数九寒天上大课，就在广场上熬。再加上国民党反动派封锁，迫得男女老少都亲自动手开荒，才能过活。学生每月津贴 2 元，教师每月 10 元，抽烟的只能抽 8 分一包的卷烟……

但当时的领导、教师到每个同志，那种艰苦奋斗的创业精神，那种鲁迅所提倡的韧性战斗的精神，却异常高涨，一批批毕业上前线，还把一部分骨干，调到山西敌后根据地去开辟分院，朱杰民、雷哲如……许多同学都为国牺牲了。

当年延安鲁艺，还有一种可贵的风尚，凡事都从实际出发，实事求是，看问题比较辩证。

那时学习也比较实际，能学什么学什么，有什么用什么。外国教科书，拿得到的都学，蒲勒特的和声学，黄自的《简易对位法》以至《哈里露亚》都拿来练唱；小提琴、风琴、口琴、二胡等都用；没有低音乐器，梁寒光就用洋油桶来自造。

对我国的音乐发展的历史，还比较客观，对黄自比较尊重，温习过他的《长恨歌》，唱李维宁的《玉门出塞》。

对学习和尊重自己的民族音乐遗产，比较关心，成立了中国第一个民族研究会。

我认为鲁艺初期那种实事求是，心胸开阔，而又能辩证地对待问题的作风，使我一生受益不小，它使我减少许多僵化。

想起母校那段生活，的确令人怀念。

1988 年 1 月

我 与 鲁 艺

唐荣枚

　　20世纪30年代初期，向隅与我都在上海学习音乐。他是1932年由上海劳动大学转考入国立音乐专科学校，跟黄自学习和声、作曲，跟富华（国立音专的意大利籍教授、上海工部局乐队首席）学习小提琴；我是1933年由湖南来上海考入国立音专，先后跟周淑安和俄籍教授克利诺娃学习声乐。我们虽然都是长沙人，但是到了音专同学时才互相认识，1934年结了婚。

　　抗日救亡歌咏运动中，我们曾与冼星海、吕骥、孙慎等人演唱救亡歌曲，录制唱片，为电影配乐。1937年抗日战争全面爆发之后，8月13日日本又向上海发动进攻。地处战区的国立音专无法继续上课，我们于是带着大儿子回到家乡，与革命音乐家、国立音专同学张曙等人一起在长沙开展抗日救亡歌咏活动。

　　老革命家徐特立经过二万五千里长征，这时回到湖南担任八路军驻长沙办事处主任。他与我的父亲是结义兄弟和多年的同事，数次会面中，他介绍了革命圣地延安欣欣向荣的景象，从五湖四海聚集而来的人们蓬勃高涨的抗日爱国热情。延安当时缺乏各方面专门人才，希望有志之士前去延安致力于各项事业的建设与发展。

　　向隅的二哥是个音乐爱好者，1933年去比利时学习食品机械制造。这时来信说他因为学习成绩优异，获得了一笔奖学金，可以供给两个人的生活开支，准备资助专业学习音乐的弟弟去著名的布鲁塞尔音乐学院深造，希望他尽快启程去比国就读。

向隅不愿意在祖国处于生死存亡的危急关头，自己却远走高飞出国留学。他回信谢绝了二哥的盛情邀请，为了祖国的独立与解放，向隅毅然决定奔赴生活条件艰苦的延安，投身到抗日斗争的革命洪流之中。我为了照顾年迈的双亲和两岁的儿子，继续留在长沙从事抗日救亡工作，并于这年底由省委书记和我姐姐介绍加入了中国共产党。

1937年底，向隅拿着徐特立的亲笔介绍信，和我的弟弟柯兰（当时年仅17岁的中学毕业生），同路到了延安。为了追求光明，当时众多的热血青年冲破国民党反动派的封锁和阻挠，从四面八方跋山涉水奔赴延安参加革命，在这个火热的革命熔炉里学习马克思列宁主义，学习军事技术，纷纷走上抗日民族解放的战场。

1938年初，为了纪念上海一·二八抗战6周年，先后来到延安的一些革命文艺工作者，以及上海救亡演剧一队、五队，文艺干部训练班和抗日军政大学、陕北公学的一些学生，联合排演了一个四幕话剧《血祭上海》（剧本为集体创作，朱光、左明编导，刚来到延安的向隅承担了为该剧作曲、配乐和手风琴伴奏的工作）。

此剧的主要演员沙可夫、朱光、李伯钊、徐一新、任白戈、左明、孙维世等，有的是红军时期的革命文艺家，有的是来自上海等地的作家和话剧电影演员。他们的艺术造诣深厚，表演技巧娴熟，剧情又生动感人，配有插曲和音乐，因而为延安各界人士瞩目。这次演出轰动了整个延安，连续公演了二十余场，真可谓盛况空前。

有次中央领导同志观看了《血祭上海》的演出之后，毛主席等人特别邀请演职员一起吃饭。大家谈到延安当时已经有了培养军政干部的抗日军政大学、陕北公学，但是还没有专门的艺术学校。考虑到艺术是宣传、发动、组织群众的有力武器，艺术工作者也是目前抗战中的一支不可缺少的力量，延安已经聚集了相当一批文艺干部，又有着许多热爱文艺的青年，毛泽东、周恩来、林伯渠、徐特立等人当即联名倡议创办一所以鲁迅命名，专门培养抗战文艺干部的新型学校——

鲁迅艺术学院。

经过短时间的筹建工作，中共中央书记处确定了鲁艺的教育方针。1938 年 3 月 7 日，公布了院系机构和主要负责人、各系教员名单，同时进行招考新生的工作。鲁艺起初是借用鲁迅小学的部分房屋作为临时校舍，后来搬到城里的教堂与文化协会挤在一起，5 月才搬到延安旧城北门外两侧，离城一里多路的山脚下，几排新旧土窑洞，加上十来间简陋的平房，就是鲁艺的校舍。

鲁艺音乐系起初是由吕骥担任系主任，他是 1937 年初随上海一支赴绥远慰问抗日将士的代表团去前线开展抗日救亡歌咏活动，七七事变之后，经山西来到延安的。音乐系的教员，最早只有吕骥和向隅两个人，他们都是湖南人，并且是长沙省立第一师范学校的同班同学，在上海也经常见面，这时又在延安一起共事。

除了全院性的共同课，音乐系第一届先后开设的专业课有：视唱、练耳、指挥、唱歌、乐器、练声、乐理、作曲法、自由作曲、作词、朗诵、音乐概论。由于人手太少，忙不过来，吕骥知道我是学声乐的，就要向隅写信动员我去延安。我收到长沙八路军办事处转来的信以后，把儿子托给双亲照料，与二位堂姐结伴同行，于 1938 年 4 月初来到延安，担任音乐系的声乐教学。

当时报考音乐系的人相当多，录取的并不少，但是有些人没有来报到，音乐系第一届学员只有 15 名，大多是从抗日军政大学或陕北公学转过来的爱好音乐的青年，不少人已经从事了多年的革命工作，如张国焘原来的警卫员曾经参加过长征。有的还对我国的民族民间音乐相当熟悉，如安波；有的在上海业余学习过音乐，如郑律成就和克利诺娃学过声乐。原上海救亡演剧一队的李丽莲、潘奇也曾经在第一届待过很短一段时间。

第一届学员是 3 月 14 日开始上课的，4 月 10 日才在城里的中央大礼堂正式举行开学典礼，毛主席等中央领导同志亲临参加，并和我们一起合影留念。5月12日，毛主席来到鲁艺，在半山坡一间窑洞前对全体师生作了一次重要讲话："你们的校歌'我们是艺术工作者，我们是抗日的战士，用艺术做我们的武器'，这很对。""文艺是团结人民、教育人民、打击日本帝国主义的武器。""无产阶级文学艺术工作者要到革命斗争中去，要学习人民的语言。要从革命斗争中学习的东西多得很。""你们要好好看书学习。还要学习民间的东西。""鲁艺是个小观园。抗日民主根据地就是大观园，你们的大观园在太行山、吕梁山。"他的话为鲁艺的建设和教学，指明了正确的方向。

万事开头难，鲁艺音乐系在创办时遇到了很多困难，如办学的物质条件极差，学员入学后，还要动手挖自己住的窑洞；没有教材，也没有参考资料，缺乏可供练习的乐器；只有3名教员，教学任务繁重，教学经验还有待积累。由于教员与学员们的共同努力，这些困难很快就基本上得到了解决。教员自己动手编写讲义（至今许多人还珍藏有向隅编写的《作曲法》油印讲义）；发动学员互教互学，集体讨论研究；没有乐器，除了向隅带去的一把小提琴大家轮流练习，胡琴、笛子、口琴、手风琴、打击乐器都利用了起来；所能找到的中外歌曲、乐谱、民歌小调，甚至于宗教作品，都成为教学的参考资料、研究对象，教员在实践中边干边学，逐渐积累经验，提高教学水平。经过3个月的紧张学习生活，期终时，音乐系第一届的学员大都取得了很好的成绩。

第一届学员临毕业时，参加了延安两次大的音乐活动：抗战周年纪念宣传周期间，音乐系除了担任乐队与合唱队的节目，7月7日起还协助戏剧系演出了新歌剧《农村曲》（李伯钊编剧，向隅作曲），演出二十余场。7月18日举办了纪念聂耳、黄自的音乐晚会（由于人手不够，一些先到校的音乐系第二届的学员如李凌、梁寒光、王元方、金紫光等人，也参加了这两次演出）。

在第一届的基础上，第二届又增开了"新音乐运动""民间音乐研究""近代歌曲研究""和声""音乐欣赏"等课程。学员增加到30余人。

1938 年 11 月，第二届结业时，冼星海、杜矢甲来到鲁艺，增强了师资力量。李焕之从第二届毕业后留校任教，这都为鲁艺音乐系第三届的开办，创造了良好的条件。

1987 年冬于北京

我一生的缘分

卢 肃

对于当年进步的文艺青年，延安鲁艺是有很大吸引力的。

我是徐州人，自幼喜爱音乐，但是为了糊口，后来还是学了中医。倒是抗日战争把我卷进了艺术行列。1938年春，当我以五战区青年军团抗敌剧社歌咏指挥的身份和剧社一起奔赴台儿庄前线的时候，还未到达台儿庄，前线军人就退了下来。形势急转，许多爱国青年聚集在武汉商讨出路。入川么？去国外学习么？还是去敌后打游击。当时国民党掀起的第一次反共高潮已使我吃了些苦头。正议论纷纭，听到一个信息：延安有一个新成立的艺术学校——鲁艺，校址设在一个高台阶的大庙里，欢迎进步青年去学习。朋友们的描绘对我形成很大的吸引力。不是要向后走而是要向前进。我为自己选择了道路。通过中华民族解放先锋队（简称民先）的关系，我参加了荣高棠、陈荒煤领导的北平学生移动剧团。剧团决定经西安、延安、榆林去平西打游击。我们经过种种艰险、盘查，终于走到了延安。一到延安我们就被吸引住了，决定分头进入各个学校学习，学点新的本领再去前方。我如愿以偿，进入了鲁艺音乐系学习。

我在音乐系随吕骥、向隅学习理论作曲，后又随冼星海学指挥和自由作曲。我如饥似渴地学，不只学音乐，也学社会科学。许多在国统区禁看的书，在鲁艺随自己看，我是连趴在坟地里躲日机轰炸时也在学习，所以各方面进步很快。当时学生也参加学校的建设，房屋不足就自己动手挖窑洞；也参加部分的农业劳动以改善生活。鲁艺强调理论联系实际，我们边学习边参加演出。演《生产大合唱》时，我和丁里、王式廓、野枫等演拉犁歌。如歌剧《军民进行曲》《黄河大合唱》的首演,音乐系、戏剧系,甚至美术系的师生都参加了。我除了学习之外,还在马海德指导下和康复一起创办鲁艺卫生所。

记得1939年初,为适应抗战形势发展的需要,从各系抽调部分学生,结合由前方派来的学员,组建了一个比各系都大的普通部。学生除各有专业重点外,还都要上歌咏、排戏、初级美术技能的共同课。我这时就被从音乐系调到普通部当教员了。我在此时也开始了自己的音乐创作,记得第一首曲子是自己写词的《中华颂》,还请冼星海提过修改意见,此曲稿未能保存。接着我准备写《我们的歌手死在海底》(有关聂耳的),但因出发去敌后而没有写成。听说后来李焕之就这一题材写了一个合唱曲。

陕甘宁边区虽是中共中央所在地,是全国人民心中的灯塔,但边区只有150万人口,地处穷乡僻壤,生产落后,所以陕甘宁边区实无力供养很多军队和各地汇聚来的众多青年。于是,在七七抗战二周年时,由抗大、陕北公学、鲁艺、青训班、工人学校组成的文化纵队就离开延安,到敌后的抗日民主根据地去办学了。除抗大保持自己的建制以外,其余的学校就合起来成了华北联合大学。这是一次大胆的、在敌人鼻子底下进行的几千人的文化大进军。鲁艺除留了少部分师生员工在延安继续办鲁艺外,从副院长沙可夫起,到文、音、美、戏四系的系主任和师生及普通部的全体师生,都行军二千五百里,"小长征"穿过敌人的重重封锁线,到了晋察冀边区。鲁艺变成了华北联合大学的文艺部。行军中我担任了全团的卫生队长,负责全团的医疗、收容工作。在过同蒲路时,行军序列的后卫连遭到敌人的袭击被打散,我前襟和背后的水壶都被子弹打穿。我和陕公大学部的一位同学在山涧田野,躲开了敌人的搜捕,五天粒米未进,最后才遇到边缘区群众进行掩护,沿村转移到晋察冀二分区。回到学校,学校正准备为我开追悼会啦。

这时的鲁艺实际上一分为二。延安仍保持了鲁艺,华北联大文艺部也是鲁艺的人马。记得在鲁艺二周年纪念时,联大文艺部也纪念。钟惦棐写词、我作曲，还写了一首怀念的独唱曲，词是这样的：

> 记取前年，正是鲁南大捷时候，
>
> 踏着鲁迅开辟的道路，
>
> 响彻西北的古城头。
>
> 而今，两载，吾等来到敌后，
>
> 工作更新，方向仍依旧，
>
> 依旧，依旧，
>
> 踏着鲁迅开辟的道路走。

这支歌曾由管林在纪念会上演唱。在战歌盛行的当年，这种风格的歌是写得比较少的，被看作"小资产"。

1944年春，文艺部主任兼音乐系主任吕骥又很快被调回延安鲁艺。可能是鲁艺音乐系主任冼星海要去苏联，需要他回延安接管音乐系。这一来，我就接任了华北联大文艺部音乐系。这时文艺部各系的办学有了新的发展。除了从边区以内和从敌占区个别招生之外，如杨沫、陆与、海默，仲伟、李真等都是从敌占的北平到联大学习的。在战斗频繁的情况下，个别招生相当困难。而部队和地方的剧团及宣传队却急需学习，提高文化和艺术水平。于是有计划地安排各剧团全团开到学校，从领导干部到演员乐队以至后勤人员都来，然后通过考试，分编成不同的班级。反扫荡紧张时就分散打游击。反扫荡战斗结束就集中起来进行学习。山坡、场院就是课堂。这种形式办学，符合实际需要与可能，在战争环境中，为晋察冀边区培养了大批文艺人才。

鲁艺在敌后人员的生活与在延安时有很大不同。我们不但亲自参加战斗，而且与老乡生死与共，成了一家人。老乡几乎每顿饭都惦念着我们，我们也的确成了老乡的组织者和思想上的朋友。老乡、八路军、民兵，成了我们生存的依托和了解社会的眼睛。所以自己对民族的抗战，对人民争生存、争自由的斗争感受特别深刻。

这时期虽然生活极艰苦、紧张，但创作却特别旺盛。有些作品就是在渠边、井旁、槽头、平房顶上的粮仓边写出来的。生活——创作——传播集于一身，音乐特别是歌曲写好之后，立即在群众和部队中教唱、传开。这真可谓是"不入虎穴，焉得虎子"，不深入到敌后战场，不付出牺牲，我是写不出像《子弟兵战歌》《群众的力量大如山》《夜行军》《团结就是力量》这样一些作品的。在敌人后方的几年，是我音乐创作的第一个高潮，也是我逐渐理解人民、理解革命、理解艺术的一个重要成长阶段。1942年，根据地大大缩小，联大文艺部不得不停办，我于是到了边区文联和西北战地服务团。1944年，西北战地服务团被调回延安。回延安的路上，西战团随军区主力团行军，通过敌人重重封锁线。我是西战团的行军指挥员，保证了全军不掉队，顺利到达延安。西战团并入鲁艺，于是我又回到鲁艺。

从1944年到1946年延安鲁艺结束，只有两年多的时间，却是中国历史上一个重要的转折时期。

1945年秋，日本投降，抗日战争胜利一片欢腾。随着形势发展，一批批同志派赴各地，我却被派做鲁艺留守处副主任，协助独臂的魏良弼照管留下的婆姨娃娃和高沫鸿、王式廓、张贞黻这些有病的老艺术家。当用"骡窝子"把最后的老弱送去张家口时，我却因盲肠开刀感染留在了延安。我怎么也没有想到，1946年春节，竟由我代表鲁艺去向桥儿沟乡政府和兄弟单位拜年、致谢。

鲁艺结束以后，我便到中央党校文艺工作研究会工作，并参加新组建的中央管弦乐团。我真正进行秧歌剧的实践，是在胡宗南进攻边区，我们文艺工作研究室撤到清涧以后，我在《周子山》中扮演了马红志。我很喜欢这部秧歌剧，认为是秧歌剧运动的最高艺术成果。不久我们东渡黄河到了晋冀鲁豫边区，文艺工作研究室就正式改组为人民文工团。后来人民文工团又发展成北京人民艺术剧院和中央歌剧舞剧院，我开始致力于歌剧创作。

我从鲁艺到联大文艺部，再到鲁艺，1964年调我到沈阳音乐学院。延安鲁艺虽然结束了，但鲁艺的大部人马到了东北解放区又办起了东北鲁艺。后来东北鲁艺又分成了辽宁人民艺术剧院，鲁迅美术学院、沈阳音乐学院。沈阳音乐学院的校史就从延安鲁艺算起，校史展览室的许多文献都是延安鲁艺的旧物。沈阳音乐学院下乡办学进行社会实践时出了个油印校刊，我书写了刊头，名字就叫大鲁艺。应当说，学校的名字虽数度更换，但鲁艺的传统仍在。鲁艺和它各个时期和地域的变异体，可以当之无愧地是解放区艺术教育的典型。虽然它不可避免地有自己的局限性，但就它对祖国文化建设的贡献来说，是应当享有应得地位的。而鲁艺办学适应时代和实际需要的方针，课程设置和有些学科的创立，都是我们今天文化艺术建设可以借鉴的宝贵遗产。

1986年，我应约参加中央电视台专题片《回延安》的拍摄，重新访问了延安，访问了鲁艺旧址，参加这次访问的有我和管林这样的老鲁艺，有70年代在延安插队的知青，当代的创作家，也有正在大学读书的80年代的大学生。看到延安现在的建设成就，城里的高楼大厦，也看到农村仍然未能脱贫，我们这几代到延安的知识分子，有不同的评价和感慨，但也共同地吮吸着宝贵的延安精神。我像导游一样向大家叙说着鲁艺当年的盛况。40年后又重来，桥儿沟大体仍是过去的样子，不长的一条街，但我对着面墙开裂、门窗破旧的鲁艺大礼堂，实在不胜感慨。这个大礼堂现在已是陶瓷厂的杂物仓库，似乎已是风烛残年，行将倒塌了。从文物保护来说，这礼堂若在别处早修缮加固开放展览了。当我向热情接待我们的延安地委书记建议修整时，书记同志无奈地说：延安的革命文物太多了，无钱修那么多。但他又爽朗地说："好吧，你们拿钱来我就修！"回答令人心头五味俱全。

1988年4月25日于北京

鲁艺的创作道路

关鹤童

1941 年，抗日战争进入第五个年头，国民党反动派制造震惊中外的皖南事变，掀起第二次反共高潮，同时也不断进攻和封锁陕甘宁边区。日本帝国主义侵华部队 1942 年已打到了黄河东岸。在山西和陕西两省交界的黄河西岸，驻扎着绥德分区英勇保卫河防的 359 旅和独一旅，担负着保卫党中央、保卫陕甘宁边区的光荣任务。

绥德分区包括绥德、米脂、葭县、吴堡、清涧 5 个县。就陕北来说，这一带是文化水平较高的地方，历史上出了不少名人：李自成的家乡是米脂，蒙恬、韩世忠的家乡是绥德。在这个地区的民间，蕴藏着丰富的民歌和民间文学、美术的创作素材。

为了慰问保卫河防的将士，深入连队、农村，为工农兵服务并向部队和民间学习，经鲁迅艺术学院决定，由吕骥同志亲自领导派出一行 9 人的访问团到河防驻地的连队和绥、米、葭、吴等县的农村里去。

访问团的团长马达（原名陆诗瀛，广西北流人。他是我国早年从事革命美术活动的著名版画家，也是中国新兴版画开拓者之一。1930 年加入中国自由大同盟，1931 年加入中国共产党，曾一度担任过"美联"党团书记。1938 年到延安鲁艺后，在美术系执教。新中国成立后任中国美术家协会天津分会主席，1978 年病逝），副团长安波（原名刘清禄、山东牟平人。从 1935 年学生时代起，就加入中国共产党，曾担任县委工作。1938 年到鲁艺第一届音乐系学习。他的文学修养很好，为了宣传群众，利用山西、陕西民歌填词，如《怎么办?》《夜摸营》《一杯茶》《老百姓偷枪》等，流传甚广，人称"小调大王"。1942年被选为中国民间音乐研究会理事，负责研究部的工作。他的一生在搜集、整理研究民歌，为民歌改编填词和进行民族风格曲调的创作等方面，成绩卓著。1943年在延安新秧歌运动中贡献更为突出。如由著名艺术家王大化和李波演出轰动一时的《拥军花鼓》和《兄妹开荒》（羊路由词，安波曲），当时几乎是家喻户晓、妇孺皆知的名曲。解放战争期间，担任过冀察热辽联合大学鲁艺的院长。建国后，曾任东北人民艺术剧院院长，辽宁省委文化部部长，中国音乐学院第一任院长，1965年6月15日病逝。他是我国现代乐坛上不可多得的重要作曲家之一，仅创作歌曲就有三百来首。此外，还创作话剧、电影剧本、歌剧、戏曲、曲艺和文艺理论。

访问团的成员：

文学组有邢立斌（全国解放后任贵州省文化局局长、省文联副主席、省委宣传部顾问）、张潮（《人民日报》著名记者、总编室副主任，记者部文艺部主任）。

美术组有庄言（北京画院副院长、北京美协副主席、北京师范大学美术工艺学系教授）、焦心河（画家、木刻家、1945年随359旅王震旅长所率领的远征军南下，不幸牺牲）。

音乐组里有张鲁（著名作曲家、黑龙江省文联副主席、河北省文化厅顾问、音协河北分会名誉主席）、刘炽（著名作曲家、辽宁歌剧院第一副院长、煤矿文工团总团团长）、安波和关鹤童。

我们音乐组的4个人加上马可（这个期间他到延长去探亲），都是中国民间音乐研究会的会员。多年来，志同道合，都愿意而且努力从事搜集、整理、研究中国的民歌，发展民族音乐。正因为如此，在鲁艺音乐研究室里自动形成民歌5人小组。因为苏联有个国民乐派五人强力集团，所以有些同志开玩笑，也管我们叫民歌五人集团，简称MIX（米赫）。其实，当时在吕骥同志领导下，参加民间音乐研究会的还有很多人，如向隅、李焕之、李丽莲、刘恒之、徐徐、张棣昌、李刚等都是热爱中国民间音乐的，都是有各自的贡献的。

我们河防将士访问团是1942年2月初出发，5月下旬返回延安的，历时将近4个月，徒步行军千里，沿途受到当地党政军民学有关领导和同志，如王震、袁任远、王恩茂，独一旅高旅长，张宗翰、高铁、文毅、洪涛、储虹等领导和有关同志的热情接待，为了要慰问所到地区的军民，必须要表演节目。这么一个小队伍，除了马达同志年纪大一些外，包括平常不大演唱的人，也都上了台。又演唱，又当乐队。刘炽的笛子，张鲁的三弦，庄言同志拉二胡。就地取材，根据359旅当时的训练情况创作了《一支枪三个手榴弹》《光荣的贺龙投弹手》《河防将士访问团之歌》等等，有些歌很快在部队传开。我们的小演出，没有幕布，也没有专门的舞台灯光。节目有独唱、对唱、齐唱、独奏，由于大部分是民族风格的，所以每次演出，还是相当受欢迎的。除了演出，为战士创作写歌，还下连队、剧团、学校教歌。美术组的同志为战士画像、写生，把战士们打靶、下操、野营等生活反映出来，还为连队画黑板报及油印报的报头，辅导战士画画。庄言、焦心河同志等返回延安后，展览过他们的作品，还在《解放日报》上陆续发表《跟这位同志当小八路》《饲养员与马》等作品。张潮同志在文学刊物《草叶》第5期上发表《炮轰后的宋家川》。

除了完成慰问河防将士任务外，还到农村收集民间音乐、美术、文学故事等。音乐组又分两组，张鲁和我到绥德和米脂，安波和刘炽随着访问团其他同志一起到葭县和吴堡。

这一次收集民歌和民间音乐数量不小。之所以能有丰富的收获，主要是能和农民、战士交朋友。我们接近他们不是采取"你唱、我记"的办法，而是拜访他们，在他们窑洞的炕上，盘膝而坐。首先由我们先唱一些民歌，引起对方的兴趣，使他们"不见外"，把你当成朋友和知音，他看到你真心实意地想学，民歌就源源不断地唱出来了。

在米脂县桃花峁，事先经过了解，我访问一群农民歌手，当时，春节快到了，当地的风俗，唱曲以前要"猜拳"，谁输了谁唱。就这样，我收集到了一批过去从来没有听过的民歌。酒曲《审录》（王金龙审苏三的故事），就是这一次搜集到的。

当时生活是很艰苦的，到哪去全靠两条腿。晚上根本没有电灯或蜡烛而是用菜油灯或者用蓖麻子穿起来点燃当灯。贺龙司令员（120师师长兼陕甘宁联防司令部司令员）从黄河东岸前线回来路过绥德，听说来了个河防访问团是鲁艺的，便说："我得看看，让他们来呵！"见到我们以后说："你们慰问河防将士，这边有（指黄河西岸）那边也有呵：你们要能去，我马上给中央打电报。"发现有的同志鞋破了，要给我们每个人发一套衣服，一双鞋子。安波说："不要给我们发吧！"贺龙同志说："怕什么？穿我的衣鞋，不就把你们拉到前方去嘛！我希望你们去！"

尽管生活艰苦，访问团同志的干劲很足，搜集到的民间音乐材料成果丰硕。对后来的歌曲创作，新秧歌运动以及新歌剧的创作，都是有益的准备。

例如现在全国通用的哀乐，就是这一次收集到的民间乐曲曲牌。安波那一组记录用的是2（Re）调式，我搜集时用6（La）调式记的。我们是在不同的地方都收集到的。我所记的原谱现在保存在艺术研究院音乐研究所。

第一次使用这个曲牌是在公祭刘志丹同志时。1944年5月，刘志丹陵墓在志丹县修建落成，志丹同志灵柩由山西运回志丹县安葬。鲁艺派出由向隅领导，由时乐濛、张鲁、王元方、任虹、李焕之、徐徐、徐辉木、程瑞徵、彭玉英等组成的哀乐队。安波同志为此曲配词，歌曲名字为《公祭志丹同志》。后来成吉思汗陵柩迁回内蒙古路过延安时，也以此曲为哀乐。

以后逐渐扩散，终于成为全国通用的哀乐。又如《黄河水手歌》，"你晓得，天下黄河几十几道湾……"这支悠扬豪迈的歌，也是这次刘炽在黄河船夫那里收集记录，经过马可改编，由鲁艺音乐研究室八九个男同志首演，流传至今。

刘炽还搜集到《打夯歌》，经马可改编成为《变工队生产》，其他如《揽工人儿难》《光棍哭妻》等反映穷苦人生活的，也是这次搜集的。

在新秧歌运动《减租会》节目中，安波将这次搜集的道情配上词，名为《翻身道情》，著名歌唱家李波、郭兰英都以他们粗犷、健康明朗的歌声唱出"太阳出来，满山红……"来歌颂中国共产党，表达了翻身农民的喜悦。

在创作方面：1942年5月，访问团从绥德分区返回延安后，为了迎接抗战5周年，由安波写词，我们5个人作曲，集体创作民歌联唱《七月里在边区》。联唱一共分6段：《七月里》（刘炽）、《纪念碑》（马可）、《开会来》（安波）、《割麦子》（关鹤童）、《自卫军》（张鲁）、《在边区》(合唱)（刘炽）。于当年7月7日晚演出，情绪高昂、热情、红火、朴实，更主要是民族风格乡土气很浓，受到陕甘宁边区政府林伯渠主席及听众们的热烈欢迎。后来延安南区合唱团以及其他解放区和国统区也都演出过。

吕骥同志在《论安波同志的歌曲创作》一文中这样评价这部作品："这部作品事实上是星海同志的《黄河大合唱》之后，第一部别开生面的作品，生动地反映了边区人民的民主生活的几个侧面。音乐语言非常亲切动人，群众风格、民族风格十分鲜明。实际上是他在1943年秧歌运动中创作的《兄妹开荒》的一次有准备的总练习。……是从《黄河大合唱》到《兄妹开荒》秧歌剧之间的一座桥梁。这不仅是从创作技巧上来看，更重要的从创作思想上和创作道路上讲，都具有联结点的意义"。

我们这5个人，在创作思想和创作道路上确实有不少共同之处，这也难怪，当我们几个人拿到安波写的歌词时，几乎没有怎么讨论就每人"认购"一段。写出来一试唱，是那么和谐，基本上都是从郿鄠调式发展出来的民歌风的新作品。

再如著名新歌剧《白毛女》中，杨白劳唱的"十里风雪"一段和喜儿唱的"红头绳"一段，是由安波、刘炽在葭县搜集到的陕西民歌《拣艾根》发展出来的。

焕之同志《春节序曲》就是运用这次从绥德民间秧歌"伞头"领唱段落发展出来的。

其他如秧歌剧《血泪仇》《周子山》都有运用民歌或从中发展出来的段落。

"鲁艺家"的秧歌

刘 炽

"鲁艺家",这是陕北人民对延安鲁迅艺术文学院大型秧歌队的简称，并非尊敬也非爱称。但，当年，鲁艺的秧歌队确以大、新、红、火，为观众所称道、所爱戴，因而在延安、安塞、绥德、米脂、葭县、吴堡等地，比较驰名。和鲁艺齐名的还有：边区文协秧歌队、枣园秧歌队、中央党校秧歌队、联政秧歌队、保安处秧歌队、抗战剧团秧歌队、延安县秧歌队等大型秧歌队，其他各地中、小型秧歌队无以数计，可以说在边区境内星罗棋布、遍地开花。

因为我是鲁艺秧歌队所有大秧歌的设计排练者，又是领舞的"龙头"，也就是当时观众所称的"鲁艺家的秧歌头儿"，只能依据鲁艺秧歌队的萌生、成长、壮大作为论述的实例。

鲁迅艺术文学院在延安北门外时，演出过《农村曲》（歌剧）、《军民进行曲》（歌剧）、《生产大合唱》、《黄河大合唱》及《大丹河》、《流寇队长》（话剧），都是同前方抗战、后方生产自卫相互联系着。艺术创作和演出必然地要反映这个要生存（吃穿住）、要平安（不被敌人吃掉）的现实，即文艺为战斗和生产服务。

1939 年秋冬之间，鲁艺从北门外迁至东门外距城八里的桥儿沟，任命了新院长（周扬），订改了校训——原来是用抗日军政大学校训"团结、紧张、活泼、严肃"，后改为"团结、严肃、刻苦、谦虚"，还制定了"艺术公约"。

我是鲁艺三期音乐系的学生。50 年后的今天，回头看看这条艺术教育路线，我以为是正确的，没有错，而且非常不够。开始几年强调普及人才的培养、输送，那是急需、"雪中送炭"，而抗战进入相持阶段，对"提高的"专业人才的培养，应该提到议事日程上来了。鲁艺是14个解放区（一亿多人口）的文学艺术最高学府，应当把重点移向专门人才的着力培养。当然"关门"大可不必，这个"关门"给鲁艺带来许多非难。

1942年春天，阳光和煦的一天上午，毛主席来看望鲁艺的同学们，并讲了话，谈到了延安文艺界争论的问题，提高呀、普及呀、歌颂光明呀、揭露黑暗呀等等，特别强调了小鲁艺和大鲁艺的辩证关系，豆芽菜和参天大树的问题，使我们思维天地豁然开朗，冲出小鲁艺，走向大鲁艺——走向社会。1942年中央宣传部组织延安文艺座谈会，毛主席又作了划时代的精辟论述，着重阐述了文艺为什么人的问题，走什么路和如何走等一系列问题。这就是鲁艺秧歌队诞生、发展、开花、结果的雨露阳光，鲁艺秧歌队在《讲话》光照下应运而生了。

鲁艺秧歌队的大队长是田方、副大队长是江风，在他们领导下，以音乐系、戏剧系、音乐研究室、实验剧团为主力军，还有美术系、文学系、美术研究室、文学研究室，几乎全院动员，在周扬、宋侃夫同志直接指挥下热火朝天地进行创作、演出。

大队之下，设立了各种专业组。剧作组有安波、贺敬之、丁一、王岚等；作曲组有马可、刘炽、张鲁等；乐队组有时乐濛、王元方、彭瑛、马可、刘炽、张鲁、李刚等；导演组有王大化、张水华、王家乙等（我负责大秧歌编导）；美术组有华君武、古元等；总务组由大队长田方、江风同志兼任。

大秧歌的队伍，由我为"龙头"，严正为副"龙头"领头，王家乙是"龙尾"，大型图案的收口全凭他。

向民间学习闹秧歌，开始也走过偏差道路。如：大秧歌正、副"龙头"头上甩红头绳扎起好几个高高的小辫子，耳朵上挂上两个大红辣椒，脸上画着白眼窝儿，身上乱七八糟地穿上五六件不同颜色的衣服，装扮起来、令人发笑。王大化和李波第一次演的《打花鼓》（也叫《拥军花鼓》），李波是正正板板的陕北姑娘形象，而王大化则是怪模怪样的白鼻梁、朝天小辫子。这说明我们对民间艺术的学习只停留在"一塌瓜子"的照搬，而缺乏认真的选择和扬弃。后来的演出在内容与形式上都做了些相应的变化和出新，受到延安军民的热情欢迎，他们既看到了他们熟悉和热爱的东西，又为一种富有活力和新鲜感的东西所吸引。有的老乡甚至背上干粮、带上水壶，我们走到哪里、他们跟到哪里，一连看上几天、几场，每次演出人山人海、掌声不断、盛况空前。各种秧歌队派人来学习或请我们去教、去排，络绎不绝。从此，声名大震、家喻户晓，都说："鲁艺家"的秧歌又新又美又迷人……

说起"一塌瓜子"的照搬，这里有个笑话，似乎难以启齿，其实真是个应该汲取"惨痛教训"的笑话：

当时大秧歌之后小场演出有《拥军花鼓》，采用民歌填词的办法，旧瓶子（指旋律）装新酒（指歌词），歌词是这样的：正月里来是新春／赶上猪羊出（哇）了门／猪哇、羊啊，送到哪里去？／送给咱英勇的八（呀）路军／哎哩美翠花、黑不溜溜儿花／送给咱英勇的八（呀）路军。

演出时，每次唱到"哎哩美翠花，黑不溜溜儿花"，我们秧歌队全体非常热情地大声接唱叠句，为王大化、李波帮腔，观众却大笑不止，开始我们以为演员表演精彩，引起笑声，后来发现，不对！笑得有些蹊跷！几场演出都是在"黑不溜溜儿花"处大笑，下来后，我们采访当地群众，也是笑而不答，又询问秧歌把式，他们说："那是一句儿话（不好听的话）。是说男女下身部分……"我们才恍然大悟，后来改成了"哎哩美翠花、海哩海棠花"。这就是由于不懂方言俚语，又"一塌瓜子"照搬，所造成的笑柄。

鲁艺的大秧歌队，在延安、在全陕甘宁边区是规模最大、人数最多、队伍最长、阵容最强的。鲁艺秧歌队5个大字（约两丈横长）的门旗，由两个壮小伙子用两根4米长的杆子横扯高举在空中，门旗下我们的乐队也是很有气魄的，除大鼓、大钗、大锣等各种打击乐器和一支唢呐队外，还有小提琴、手风琴，低胡（土大提琴）等，鼓乐齐鸣、五花八门，很有声势。乐队之后，是一队标语、漫画、宣传画组成的"牌子阵"，这也是地方秧歌队所没有的。

门旗、乐队、宣传牌子之后，我这个秧歌头儿跳在最前面，用各种暗示，带着秧歌队做各种图案队形变换。如遇场地较小或途中被大商号主人摆了桌子、茶水、点心、糖果，燃放鞭炮热情挽留时，伞头为表示答谢引出各种不同表演形式的小场子（小节目）轮番在中心场地闪现一番，如：旱船、腰鼓、推小车、赶毛驴、打花鼓、瞎子算命等等，这种闪现暗示此处不能拉开场子表演，只是答谢盛情之意。有时用秧歌领唱向热情观众致意，唱词因景而异，大体是："你们的盛情我们心领，这里狭窄演不成，下一个场地是×××（如：北门外、新市场等等），请大家前往观看带批评。"于是，观众在笑声和掌声中为我们让开了道，而后随队跟到预定场地，有时还提前赶到下一个场地，自动地为我们开场子、维持秩序。

群众如饥似渴地希望看到他们熟悉、热爱的民间艺术，又希望看到不断地发展、创造、出新，否则他们会说：没意思、咋还是打花鼓?! 这正好论证了"在普及基础上提高、在提高指导下的普及"这个带有辩证意味的理性认识与判断。如果鲁艺秧歌队只是队伍大一些、人数多一些，而缺少新意、缺少不断的发展和创造，那就未必能在1943年掀起的那样轰轰烈烈、遍地开花的秧歌运动高潮中，给人留下长久的记忆。

1943年春节前，鲁艺师生又一次同心奋战，创作了一批颇受欢迎和具有一定影响的作品，如《兄妹开荒》（羊路由编剧，安波作曲，王大化、李波表演），标志着秧歌运动的深化和提高。随之而来的是一系列小秧歌剧的诞生，如《张丕谟锄奸》《赵富贵自新》《夫妻识字》《货郎担》等。还应特别提出两个小戏的创作，一个是用郿鄠写成的《二流子变英雄》（贺敬之、丁一等编剧，张鲁配曲，王家乙、张鲁表演）和用道情写成的《减租会》（编剧：王岚、林农，编曲：刘炽，由韩冰、鹤童、刘炽、林农表演），这两个戏剧型的秧歌剧演出反映十分强烈。

另外，还要谈谈 3 个舞蹈型剧目的创作和演出：

《赶毛驴》，也叫《运盐去》，内容是表现延安南区合作社为活跃三边与延安间物资交流而组织毛驴发展运输生产的事迹。形式是参考北方秧歌中的跑竹马加以演变发展。3 个演员是：王岚、张鲁、刘炽。

《挑花篮》也叫《南泥湾劳军》（贺敬之词、马可作曲、刘炽编舞），这是一个富有女性美的抒情性舞蹈。由李群、蒋玉衡、何路等 8 位女演员肩挑 16 个花篮表演。通过基本训练，掌握韵律、舞姿和情态；通过演员柔美抒情的艺术体现和快速巧妙的图案、队形变化使这个作品在广场演出中也获得了非常好的艺术效果。

《打腰鼓》又名《进军腰鼓》，是为庆祝苏联红军大反攻胜利而作（贺敬之作词，刘炽作曲、编舞）。这是我在观看延安县秧歌队演出时，被 4 位腰鼓演员激烈、热情、精湛、娴熟的表演吸引、振奋，一种土壤中散发的泥土气息、一种中国调式的铿锵之声、一种中国气魄的壮美，深深感染了我。当田方大队长要我排练一个庆祝红军反攻胜利的节目，要求火热、威武、雄壮……我立即建议用大型的集体腰鼓舞来表现。队部同意后，第二天午饭前贺敬之就把歌词拿来了，我读了又读、一口气把曲子谱完了。

腰鼓舞的动作，我在 1942 年曾向米脂县灵水寺腰鼓老艺人学习过。这次搞大型的，我把灵水的文腰鼓和其他各地的武腰鼓熔于一炉，编排一套崭新的腰鼓，用 16 个精壮的农民小伙儿形象表演，演员有张鲁、吴坚、张平、叶央、刘炽等。记得第一次正式演出是在延安城南新市场内一个广场上：……大秧歌的乐队演奏最强最热时，突然停止，只听场外 16 只腰鼓齐声滚奏，左右两排如旋风般疾驰入场，生龙活虎、翻转腾挪：鼓槌、彩带上下翻飞，满场观众目瞪口呆，直到最后腰鼓队以进军式队形边唱、边敲、边舞向前挺进出场。

这种腰鼓后来传到了 14 个解放区，传到了塞外江南，传到了首都北京。第一面五星红旗冉冉升起之日，天安门广场也曾震响着《进军腰鼓》

的雄壮、铿锵之声……

千金之裘，非一狐之腋；一花独放，决不会呈现春天。诚然，一片绿叶，可以预示春天即将到来，而百花盛开、万紫千红，才是真正的春色满园。新秧歌在陕甘宁边区、在14个解放区形成蓬蓬勃勃的运动，那是千万个秧歌队齐心努力的结果。延安鲁艺的秧歌，也只是绿洲之一叶、沧海之一粟、全豹之一斑，决不可也不该夸大其自身作用，只能说鲁艺秧歌队是全院师生坚定地走出小鲁艺、进入大鲁艺——人民的艺术海洋的第一步，而这一步，是走对了。

延安的第一部歌剧《农村曲》

唐荣枚

　　为了庆祝中国共产党成立 17 周年，庆祝抗日战争一周年来所取得的胜利，1938 年 6 月 14 日，中共陕甘宁边区党委与边区抗敌后援会，召集延安的党、政、军、民、学各机关团体代表举行第一次联席会议，商定 7 月 1 日至 7 日为纪念周，举办庆祝游行、成绩展览、体育比赛、文艺演出等各项活动。创作和演出节目的任务，自然落在延安最大的文艺单位——鲁艺的身上（副院长沙可夫因此兼任晚会筹备委员会主任）。

　　讨论演出节目时，由于时间紧迫，大家决定分头创作三种形式的剧目：话剧《流寇队长》、京剧《松花江上》（根据京剧《打渔杀家》改编）和歌剧《农村曲》。

　　《农村曲》的编剧是当时担任鲁艺编审委员会主任的李伯钊（1911—1985）。她 14 岁就加入了共产主义青年团，曾任中央红军学校政治教员、高尔基戏剧学校校长、中华苏维埃共和国临时中央政府教育部艺术局局长、中央工农剧社社长。作曲则由音乐系教员向隅（1912—1968）担任。在创作之前，专门召开了温涛、潘建、吕骥、李丽莲、程安波、高敏夫等人参加的座谈会，对《农村曲》的剧本和音乐创作，提出了一些很好的建议和设想。创作当中，李伯钊多次把剧本念给大家听，四处征求意见，力求使剧情和台词符合现实。向隅在国立音专学习时，就研究过许多外国的歌剧名作；1934 年在上海观看过聂耳作曲并主演的新歌剧《扬子江暴风雨》、张曙以戏曲为基础创作的歌剧《王昭君》；对中国的古典戏曲如京剧、湖南花鼓戏也有相当了解。于是他结合中外歌剧、戏曲的表现形式，以民

273

族风格的曲调为素材，运用主题音调、独唱、对唱、重唱、齐唱、合唱、前奏曲、幕间曲等多种创作手法，谱写了《农村曲》的音乐。他整天坐在北门外窑洞里埋头作曲，只用了4天，就突击完成了这部歌剧。排练过程中，导演左明，演员丁里、李丽莲、徐一新等又不断提出修改意见，《农村曲》才最后定稿。

歌剧《农村曲》首演时是鲁艺戏剧系教员左明担任导演，主要演员丁里、李丽莲、邸力，都是上海著名的话剧与电影演员。扮演女主角凤姑的，是鲁艺戏剧系第一期学员中的新秀张颖，凤姑的丈夫由张平扮演。逃难孤儿的扮演者，特邀延安鲁迅小学的学生于龙江。恶棍黄天苗则由鲁艺政治处处长兼党总支书记徐一新担任。负责舞台美术设计的是戏剧系教员钟敬之。

延安这样的穷乡僻壤，乐器是十分难找的。《农村曲》首演时，向隅除了担任乐队指挥，还要拉小提琴。唐荣枚弹风琴，乐队其余的成员均为音乐系二期学员：李凌、梁寒光拉小提琴，金紫光、王元方拉二胡；王元方还兼吹笛子；杜芬、顾荣吹口琴。就是这4种9件乐器，组成了当年歌剧《农村曲》的伴奏乐队。乐器虽然很少，由于作者在作曲与配器手法上的不同构思和处理，它们经常是分成几个声部演奏，富于和声变化，因而演出摆脱了乐器简单的限制，产生较好效果。

歌剧《农村曲》反映了中国人民抗日救国斗争，故事情节亲切感人，有说有唱的新颖表演形式，富有民族风味的音乐，精彩的表演，受到了延安群众的热烈欢迎，连续演出了20余场。延安报纸给予好评，称赞正是延安艺术界送给七月的珍贵礼物。"此次的剧有两个主要的特点：一是我们已经开始创造新形式的歌剧了。成功的部分大半是在吸收歌谣风的写法与曲调。农村曲确是此次最大的成果。"（1938年7月20日《新中华报》第4版）

《农村曲》的演员张颖在她的文章中说："前年七七第一届戏剧节的联合大公演是个高潮……那次公演中成绩最好，也就是最受观众欢迎的，是三幕歌剧《农村曲》。整个歌剧的演出我想在中国还是全新的形式，在延安也是一个新的尝试，剧本的台词以通俗的民谣代替，差不多没有对白，由许多片断的歌曲集成了整个的内容，它还能保持完整的戏剧性。表演的方式和话剧稍有不同，动作一方面是根据词句内容和人物个性，同时还配合曲子的节奏，在观众看来会感到不自然甚至机械。演出形式是参考了苏联活报剧和西洋歌剧，表演大部分与话剧相同，剧本结构和舞台装置与话剧无两样。歌剧演出时乐队也是很重要的部分，不只是增加了整个剧的情调，而且衬托了演员的动作和表情，使整个演出效果大为生色。在延安那样物质困难的地方，乐器当然非常缺少。演出中他们能够用几件极简单的土乐器组成乐队，而且使人感到满意，真可算一件伟大的成功。"（见1940年1月6日重庆《新华日报》第4版《关于延安的戏剧——片断介绍》）

根据现存的文字资料及一些当事人的回忆，《农村曲》还曾经活跃在冀中、山东、晋东南等抗日根据地，以至国民党统治区的重庆、桂林等地的戏剧舞台上。

塞克和星海

孙焕英

诗人塞克（陈凝秋）和作曲家冼星海，可以说是两位最亲密的合作者。他们共事有三个阶段：南国社时期、星海从巴黎回国后以及延安鲁艺时期。其中以在延安鲁艺阶段的合作最和谐、最亲密，也是收获最丰硕的时期。

塞克先生在向我们讲课时，曾多次谈到他和星海在延安鲁艺的情况，现将这些零碎的情况整理出来，供大家参考。

相同的创作习惯

塞克和星海在创作习惯上，是很相同的：一旦创作冲动兴起，不能自已，废寝忘食，必欲一气呵成而后已。这种创作上的紧迫感，据塞克谈，实际上是时代紧迫感、责任紧迫感、使命紧迫感的一种反映。抗战期间，非常需要歌咏这种武器。人民需要歌咏来激励自己，武装自己。所以，他们一旦进入创作构思，什么都不能干扰他们。有些作品的完成，简直是神速的。塞克和星海共同创作《救国军歌》，只是一顿饭的工夫。那天，塞克拿着写好的《救国军歌》歌词去找星海时，星海正在吃饭，他把歌词接过去，一边端着饭碗吃饭，一面审视歌词，哼哼着曲调。吃完饭，两人整理了一下，试唱了几遍，曲子就定下来了；随即交给歌咏活动的积极分子们去教唱，一两天后，这支歌就传遍了延安，几乎家喻户晓。

这种创作是不是草率不严肃或是粗制滥造呢？不是的，俗话说，熟能生巧，这是他们长期积累而一旦爆发的表现。换句话说，是由于他们有着多年功夫的基础。别看这一会儿或者几天，这里面凝结了多少年的血汗。

星海为了快出作品，常常是一边写一边请人听、唱，提意见，以求快求好。而塞克为了快出作品，常常是一个人跑到山坡小路上或夜深人静的马路上，往复徘徊，苦思冥想，反复推敲而完成腹稿，在静中求快求好。他的许多词稿，不是坐在屋里写出来的，是诞生在散步当中。常常是一稿未成，不能入睡，不接触人，等到自己认为满意了，才拿出来给人谱曲。

共同的探求

塞克和星海所以能长期合作，从政治思想上说，有着共同的志向；但更直接的是，他们在艺术风格上有着相同相通之处。如果没有这个基础，他们的合作恐怕未必能这样稳定，以至终生。

塞克对自己的歌词，较满意的有两点：一是意境的深化，让人们接触后铭刻难忘。他说，他的那些"种瓜的得瓜，种豆的得豆，谁种下仇恨，谁遭殃""仇恨的种子也会发芽"之类的词句，不单是形象的比喻，更主要的是在"仇"字上做文章，要深化表达民族的仇恨。日寇侵华，唤起人们对侵略者的仇恨，从仇恨中爆发出力量。如何表达仇？要设法深化。如果没有了"仇"字，也就没有了抗战文艺。"仇"字是贯穿他抗战时期作品的基调。在《生产大合唱》中，他在《二月里来》这个最打动人的最广泛传唱的歌曲中，表达了这一思想。他自己较满意的另一点，就是他的歌词的大众化，群众对他的作品能理解，能接受，他的作品能在群众中扎根而成为群众自己的艺术。在大众化方面，一个是要深入浅出。像"种瓜的得瓜，种豆的得豆"，就是老百姓常用的谚语，老百姓并不感到深奥难解，深化了，而又让人不感到深。另一点，就是用大众的方式、大众的语言表达大众的思想。像《生产大合唱》中的《二月里来》一段，表达群众爱国，就用了"多打些粮食充军粮"，非常质朴。像这个剧中的合唱"个个村落笑嘻嘻，又有耕牛又有鸡"，表达群众的乐观情绪也是很质朴的，都是用的老百姓的家常话来表达他们平凡而伟大的思想感情。如果不是这样，换成一副文人腔，什么献身精神呀，革命乐观主义呀，等等，这哪里是老百姓的表达语言和表达方式呢？塞克谈到，现在一些年轻人的词华而不实，表达什么都是一个腔调。不说思想上，就是语言上和表达方式上，也和老百姓不是一路，只能自我欣赏。

星海的风格也是如此。星海到达延安鲁艺时，已经是在法国巴黎音乐学院高级作曲班毕业以后的事了。按说，他对西方音乐艺术造诣很深，自然受西方音乐的影响也很深。但他明白他是为中国的老百姓写曲子的，所以，星海在延安鲁艺时期的创作，是明显的大众化的。他的曲子，有两种情况。一种是民族风格很浓，一听就知道是中国作品，甚至带有地方味，像《二月里来》《黄水谣》，但你找不出它来自哪一首具体的民歌。这就是他把中国民族民间音乐消化吸收为自己的艺术营养了；另一种是直接从某一首民歌演化而来，像《黄河大合唱》中的《河边对口曲》，这是直接从山西的一首民歌改编而谱成，有说快板的味道。它在大合唱中出现，使整体富于变化而显得生动。像《生产大合唱》中的《酸枣刺》，就是从一首儿歌变化来的。这首儿歌的原始曲调，还是塞克向星海提供的。在他们创作《生产大合唱》时，一天晚饭后，二人到鲁艺山下去散步，讨论这首词，塞克说他原意图就是要把这首词谱成儿歌形式，并随即哼出了他听来的一首儿歌。星海听后认为引用它较有个性，可以改造配词，结果就定下了。这些民族民间的音乐营养，经过星海吸收消化，加工处理，深深地打动了群众的心，也为他的作品增加了光彩，使他的作品在人民心中具有不朽的生命力。

在延安鲁艺时，星海追求大众化，从多方面考虑，是很彻底的。他在雄厚的大合唱中，敢于有意识地运用中国的民族打击乐器，效果很好，使中国人听了很亲切。他考虑大众的现实能力和现实条件。他的一些大合唱，是很有气魄的，但那时延安没有正规的大型管弦乐队，星海就因地因时制宜，口琴、京胡、笛子、月琴、锣、鼓、钗等等，星海都能协调地把它们组织起来进行演奏，而且很好听，挺有特色。按照传统的西洋配器法来说，好像是四不像，但星海有能力驾驭着他的音乐向人民大众靠拢。

正因为塞克的词和星海的曲在这些方面有着共同的地方，所以它们结合起来，是那么和谐一致，浑然一体，交相辉映。

对青年有着共同的热情

塞克谈到，在延安鲁艺时期，他和星海虽然也还刚过了青年时代，30岁刚出头，但那时延安文艺界更多的是十几岁、二十来岁的小青年，包括鲁艺的学生。所以，他们俩算是相比之下的老成了。他和星海虽然在延安鲁艺很有影响，很受尊重，但他们没有任何架子。特别是星海那里，常常是门庭若市，上课也是不拘形式。星海常在一伙学生围着聊天时，就把知识灌输给他们了。他们无所不谈，往往通宵达旦。星海尤其喜爱鲁艺音乐系三期的一些学生，说他们将来是中国音乐界的骨干。

塞克讲到过《黄河大合唱》的诞生情况。1939年春，《黄河大合唱》的词作者光未然（张光年）随演剧第三队从外地到延安，那时，他还是个青年。他将这部歌词请星海谱曲，星海让塞克先谈谈意见。塞克发现这个青年有激情，在这部歌词中黄河这个形象很有气魄，建议星海为《黄河大合唱》谱曲。果然，星海一旦进入创作境界，才思奔涌，一气呵成，写出了这部大作。不久，《黄河大合唱》很快传遍延安，传向全国。

关于《生产大合唱》

1938年12月9日，延安青年界举行集会，纪念一二·九运动。会上，毛泽东在讲话中提到了大生产运动。散会后，在中央机关合作社吃饭，毛泽东、塞克、李昌三人同桌进酒。席间，毛泽东又说起大生产问题，并希望塞克以笔耕来促进大生产运动。

恰巧，此时星海向塞克求词，并且说："塞克，你写个厉害的!"

塞克开始思考星海的话，什么是"厉害的"呢？冲啊、杀呀，已经不少了。

转眼到了 1939 年春天。有一天，塞克在延河边散步。延安轰轰烈烈、热火朝天的大生产运动，使他触景生情，深受感动，并产生了创作欲望。他想，这不是"厉害的"吗？大生产运动，对抗日战争产生了伟大的影响，作出了重大的贡献，将来在历史上也会记上一页。这个题材可以搞一个大型的、新颖的、有气魄的作品，也就是星海说的"厉害的"。于是，他在延河边上就构思起来。当时，塞克的想法是：在内容上，要写出大生产对抗日的伟大贡献，还要表现出人民对抗战的热心、决心和信心，以及大生产的动人景象。在形式上，要有创新，可以吸收歌剧、活报剧的化装表演。在风格上，要民族化，有地方风格，口语化。这一天，在延河边上产生了提纲，有了个腹稿。

之后，经过几天的反复思索、推敲，塞克觉得腹稿成熟了，用了整整一天的时间，挥笔写出了《生产大合唱》的歌词。

这个大合唱共分四场。

第一场：春耕。合唱。有几个壮汉拉犁。这段词是塞克参考了星海的原作《拉犁歌》的格式写的。

第二场：播种（独唱）与参战（儿歌合唱）。有几个农民播种与儿童歌舞表演。

第三场：秋收。混声合唱。有化装表演。

第四场：丰收。独唱与大合唱。有化装表演。

星海很欣赏这个大型作品，立即动笔。从 3 月 1 日开始作曲，只用了 6 天，就写出了总谱。星海的曲子，基本上是按照塞克歌词所规定的格式写的。

第一场的曲谱，用星海《拉犁歌》原曲。

第二场的独唱《二月里来》，星海有意突出陕北风格，从信天游发展而来的，曲调开朗辽阔。儿歌合唱，星海采纳了塞克的建议：塞克在演剧一队时，在山西临汾刘村看见过庆新年的儿童歌舞表演，印象很深。他将曲调哼给星海听，星海认为与词的情调相吻合，便做了些修饰，定稿了。

第三场：村妇、少女的独唱是民谣风。化装牲口的表演唱是风趣、诙谐的儿歌。结尾是气势磅礴的大合唱。

在配器上，星海因地制宜、因陋就简，根据延安的乐队水平和乐器条件，连口琴、胡琴都用上了；有意加重了民族锣鼓的应用，目的是突出民族风格。

1939年3月21日，鲁艺在陕北公学预演《生产大合唱》，获得了成功。此后，这个大合唱响遍了全国，对抗日战争产生了重大的积极影响。在纪念七七事变50周年的时候，中央人民广播电台组织录制了《塞克词作音乐会》《二月里来》等合唱，又飘荡在祖国的上空。在将近半个世纪的时间里，传唱不衰。

深切怀念马可同志

瞿 维

　　1939 年冬天，在陕北黄河岸边的宜川县，我第一次认识了马可同志。这是一个体格魁梧的北方青年，他谈话从容不迫，以特有的风趣和幽默感吸引着人。我们很快就互相熟悉了。他告诉我：他是徐州人，抗日战争以前是河南大学化学系的学生。抗战爆发后，在共产党和毛主席的伟大号召下，他毅然走出了化验室，投身于抗日救亡的时代洪流中。在学生时代他就是一个音乐爱好者，拉得一手很好的二胡。在聂耳、冼星海等作曲家的革命歌曲鼓舞下，他在群众中展开救亡歌咏活动。1937 年 8 月，星海随着上海救亡演剧二队的同志来到了开封。在短短的几天中，星海以巨大的热情展开了工作。他在工农群众中教歌，还和青年们交朋友。星海不仅用他的作品鼓舞人民的斗志，而且用他从事音乐活动的实践为青年树立了为工农服务的榜样。在星海的鼓舞和帮助下，马可同志决心走上从事革命音乐活动的道路。因此，他对星海怀有特别深厚的感情。从那以后，他积极写作抗日救亡歌曲，并在宣传队和工农群众中教唱。我们见面的时候，他就拿出一本手稿集，里面已经记载了他写的 200 多首歌曲。他多么勤奋啊！这使我对他产生了由衷的敬佩之感。

　　1940 年春，我和他一起到了延安。在党的阳光雨露的滋润下，马可的生活开始了一个新的阶段。特别是经过了整风运动，学习了毛主席的《在延安文艺座谈会上的讲话》之后，他在世界观和艺术观上都起了重大的变化，坚定地走与工农相结合的道路。

　　几十年来，他遵照毛主席的教导，努力在创作上反映工农兵的斗争生活。在党所领导的各次革命运动中，他写了很多鼓舞群众斗志、深受群众欢迎的作品。在秧歌运动中他写了《南泥湾》《夫妻识字》等作品，以浓郁的民族音乐语言、明朗秀丽的笔触刻画了边区军民响应毛主席"自己动手、丰衣足食"的号召，展开生产运动和努力学习文化的新的生活画面。在秧歌运动的基础上，他和其他同志一起写了歌剧《白毛女》。在解放战争期间写了《我们是民主青年》《咱们工人有力量》等，这些作品表现了中国人民在共产党领导下为推翻蒋家王朝、建立新中国而斗争的决心，起到了"团结人民、教育人民、打击敌人、消灭敌人"的战斗作用。全国解放后，他紧密配合各次政治运动写了《革命人永远向前走》《雷锋》《石油小唱》《伽椰琴，你多少弦》等热情歌颂社会主义革命和社会主义建设的作品。直到病危期间，他还不肯停下笔来。

这种生命不息、战斗不止的顽强斗争精神表现了他坚决执行毛主席革命文艺路线的忠诚。他所写的作品都具有明确的政治目的、强烈的革命感情和鲜明的民族风格。他的作品也像他的为人一样朴素、热情、平易近人而又具有鼓舞人的力量。

马可同志对学习的努力和工作的勤奋是我们所熟知的。在延安时他是民间音乐研究会的骨干，他总是利用一切机会去收集、研究、整理、分析所能得到的各种民间音乐资料。很多民歌资料都是由他亲自刻印的。在民众剧团工作期间，他认真学习了陕北民间戏曲音乐。他能利用郿鄠这种地方戏曲形式写出反映边区人民新的生活风貌的《夫妻识字》，就不是偶然的了。

还有一件事也给我以深刻的印象：在沈阳解放以后，我们建立了大型的管弦乐队。他决心写一首表现中国人民生活的乐队作品，虽然他过去并没有接触过这种形式，但是他立足于表现人民的生活，研究了西欧的交响乐作品的表现手法，写出了《陕北组曲》，其中创造性地把板胡和管弦乐相结合，描写了边区人民的斗争生活和胜利的欢乐。当我们看到他那几本厚厚的学习笔记时，都被他这种坚强的毅力所震惊。他就是这样一个不达到目的誓不罢休的人。

马可同志一贯热爱党，热爱毛主席。他是在毛泽东思想照耀下成长起来的文艺战士。在《讲话》发表以后，他更是身体力行，努力贯彻执行毛主席的指示，到火热的群众斗争生活中去经受锻炼，刻苦改造世界观。在陕北时期，他参加了秧歌队到绥德、米脂一带的农村中一面演出，一面参加减租斗争，做社会调查。在解放战争时期，他在东北参加剿匪、土改工作。沈阳解放后，到鞍钢去深入生活。因此，他的作品总是息息相关地反映着各个时期革命斗争的脉搏。他的作风平易近人，刻苦耐劳，关心集体，总是以普通一兵的身份出现在群众之中。大生产运动中他是一个棒劳力，开荒、种地、挑粪、烧炭……样样都干。在秧歌运动中，他是一个多面手：拿起笔来他写剧本、歌词、音乐，拿起板胡来他是一个乐队队员，缺少演员时他可以上台顶替……到了驻地他又是一个炊事员，挑水、做饭样样都行。去年中国歌剧团组织小分队下乡，他已卧床不起，但仍写了四首"小诗"为他们送行。他用"工农为师甘俯首，毛主席指路要力行"的诗句与同志们共勉。他在到上海治病的火车中又写了长诗《不学蓬雀学鲲鹏》，欢迎歌剧团小分队的胜利归来。其中说："等我恢复了健康，我将首先向小分队去报到。"他是多么渴望着和群众战斗在一起啊！如果不是病魔夺去了他宝贵的生命，他一定会像当年闹秧歌的时候一样，以一个普通文艺战士的身份出现在小分队中。

"四人帮"为篡党夺权的罪恶目的，在文艺界实行法西斯统治，打击和压制执行毛主席革命路线的文艺战士。由于江青说了一句"马可不是我们的人"就判处了马可同志政治和艺术生命的死刑，在长达9年的时间里不给任何工作，剥夺了他为人民服务的权利。但是，马可同志并没有被吓倒，在同志间的交谈中，在他的日记中，他都无情地揭露了这伙反革命黑帮的反动实质，对他们种种倒行逆施的反革命行为表示了无比的义愤。1975年8月，毛主席对《创业》的光辉批示是对"四人帮"的一次沉重打击，马可同志听到传达后十分兴奋，他在日记中由衷地高呼："主席抓得好！

中央抓得好！"1975年8月10日，在这样形势下，"四人帮"一伙才迫不得已给马可同志分配了工作。但，马可同志由于政治上长期受到他们的迫害，他的健康情况已很不好。尽管如此，马可同志还是以革命利益为重带病坚持了工作。他在卧病期间对党和革命事业的忠诚，是感人至深的。他总是时刻关心着集体，关心着革命利益，而不顾自己的病痛。他的儿女劝他休息，他总是说："如果我不工作。团里400多人的事就会耽误下去。周总理那样的高龄还在带病工作，我的病算得了什么！"1976年4月，他的病情已很严重，按照医生的意见，转地到上海去治疗。可是，"四人帮"在上海的余党，却百般刁难，不给他必要的治疗条件。"四人帮"一伙迫害马可同志的罪行是令人发指的。

在病中最使马可同志挂心的事还是党内的路线斗争。同志们去看望他，问他有什么困难时，他说："什么困难都好解决，最使人担心的是党内的路线斗争。"在"四害"猖獗时，一个忠诚的共产党员怎么会不首先担心党和国家的前途和命运呢！但是，不管这帮丑类如何猖狂于一时，他始终坚信毛主席的革命路线必将取得最后的胜利，他说："历史的巨大笔触当然还会正常地写下去的，什么样的小丑也改变不了。"（1976年1月11日）

"四人帮"为了建立"帮天下"的反革命统治，竟然歪曲历史、颠倒黑白，把无产阶级文艺的历史从江青篡夺样板戏的成果的那一天算起。在音乐领域就妄图把聂耳、冼星海以来的革命音乐传统一笔勾销。1975年是聂耳逝世40周年、冼星海逝世30周年，伟大领袖毛主席亲自批准举行纪念活动。他们迫于压力，不得不出面举行了一次活动。但是，却设置重重障碍，千方百计地贬低抹杀聂耳、冼星海的历史地位和作用。为此，马可同志十分气愤地写道："有人如此慷慨地要摒弃聂、冼。……这是令人多么难过多么寒心的事。但他们终究是属于中国革命人民的。他们永远是我们的！什么势力也夺不走他们！"（1975年10月25日）马可同志为《中国建设》杂志写了一篇纪念星海的文章，他针锋相对地题名为《追念他——

为了永不忘记》。所以要用这个题目是寓有深意的，他说："这是针对有人就是要'忘记'他、摒弃他而言。"（1975 年 11 月 3 日）马可对星海所流露的强烈感情，正是针对"四人帮"颠倒历史的强烈抗议，也是为了保卫革命文艺传统而进行的一场战斗。

马可同志去世太早了，他没有能够亲眼看到"四人帮"的垮台。可是，他却用自己的实际行动向这伙"害人虫"展开了斗争。当我们读到这些充满了无产阶级义愤的文字时，就好像他仍旧和我们一起进行着战斗一样。

马可同志用他坚定的步伐走完了一生的道路。这道路并不是平坦的，他遇到了各种矛盾和斗争。但是，他始终坚定地按照毛主席的教导去解决这些问题，为无产阶级的音乐事业战斗一生。马可同志无限热爱党和毛主席、忠于革命事业的高贵品质，努力实践和勇敢捍卫毛主席革命文艺路线的战斗精神，将永远鼓舞着我们。

1977 年 7 月

值得永远怀念的学习生活

苏 林

延安鲁迅艺术学院的创办，距今已半个世纪了。许多往事已淡忘，但是，当年在抗日烽火中诞生的这所革命文艺学府的教育、工作和生活情景，却仍然清晰而深刻地留在记忆中，难以忘怀。

作为鲁艺音乐系的一名学员，我对 40 年代初期延安鲁艺所实施的教育，感受最深和获益较多的主要是三个方面：在坚持革命化教育的同时，对文艺专业教育给予了充分的重视；在教育的全过程中，对理论学习和参加社会实践活动的结合，安排得较好；在师生员工中，培养并树立了团结奋斗、刻苦工作学习、艰苦创业的优良传统和校风。我感到，这三个方面，是鲁艺在吴玉章、周扬等同志的主持下，贯彻执行当时党中央《关于延安干部学校的决定》所形成的办学方针和主要指导思想，也是延安精神在鲁艺的体现。我在离开鲁艺以后的 40 多年中，特别是在做学校教育工作的岗位上，鲁艺教育的上述影响，不断给我以启示和力量，使我在新的环境和条件下，注意坚持和发扬这些好的传统和作风。

我是 1939 年从第三厅所属的一个以做歌咏宣传工作为主的抗敌演剧队辗转到延安的，由组织分配和冼星海同志的介绍（他是 1938 年武汉歌咏干部训练班的主持人之一，并亲自担任我们的合唱课和指挥课），进入音乐系学习。从音乐系第三期的结束阶段到第四期的全过程，前后有 5 年。那段时间，由于抗战形势的发展和前后方工作的需要，对培养专业干部反映出新的要求。对此，党中央高瞻远瞩，适时地作出决定，明确提出：党今天担负着极其复杂而艰巨的任务，我们需要培养出大批有专业技能的干部，要求各种专门性质的学校一定要认清自己的性质和任务，各有所专。招收学员要按照其志趣才力，阅历经验和发展前途。很明显，40年代初期，鲁艺在办学上把开创之初实行的以短期培训为主并随时分配工作的办法，转变为以培养专业文艺干部为任务，重视招生对象的选择，并制订了各系比较稳定和正规的教育计划开始实施，这是鲁艺发展过程中一个新的开端。这不仅适应了形势发展的需要，也符合广大师生的愿望。

回顾我在第四期音乐系的学习，一些亲身经历过的具体情况，使我对鲁艺教育形成了自己的主要感受和粗略看法。

（一）1939年以后，陕甘宁边区处在国民党军队封锁下，延安环境十分艰苦，物质条件匮乏，开办音乐专业教育所需的图书、资料、教学设施和音乐器材很难找到，师资力量也感不足，但是，由于领导和各方的关怀、支持，在系主任吕骥同志的主持下，全体教师充分发挥了主观能动性，学员的积极性也很高，教学显得很有生气。课程设置全面，教学内容比较充实。专业理论课（如：新音乐运动史、和声学、乐理与作曲等），基本技能课（如：视唱、练声、发声、指挥法及器乐练习等），都做了细致的安排，使教学能够按计划、有秩序进行。教师虽然人数不多，但他们在教学中表现了高度的责任心，自选自编教材，精心进行讲授和辅导。有的教师还亲自刻印讲义在课前发到学员手中。这些情况进一步激发了学员刻苦学习专业的自觉性，并建立起同志式的新型师生关系。这样，经过两年多的学习，学员的专业知识和技能，打下了一定基础，理论水平和创作能力有了提高。这些成绩的取得，在当时条件下是难能可贵的。另外，音乐系还经常举办和参加音乐演出活动，介绍并传播了大量苏联歌曲，反映抗战和边区生活的新歌曲，也选唱过一些著名的中外古典音乐作品。这些公开的演唱活动，既是检验音乐系教学成果的机会，也是促进群众歌咏活动的好方式。

（二）由于学院重视理论与实践的统一，学员走出学校到基层去、到工农兵群众中去，向实际学习、进行调查研究和体验生活的机会还是较多的。我在音乐系的几年中，除平常参加集体的校外活动外，曾有两次被个别派出参加时间较长的实习和调研活动。例如，1941年下半年至1942年上半年，学校派我同美术系的张凡夫、文学系的戴明等同学到南泥湾八路军炮兵团实习。在那里，我们以政治部文艺干事的身份参加战士的训练、垦荒和文娱生活，开展文艺工作，进行创作实习。这次实习生活，过得紧张愉快，使我对部队生活的特点和战士的文化需求有了一定了解，认识到音乐为兵服务应注意的问题，从中检验了自己所学知识和技能，看到了不足之处。另一次是整风以后的1944年下半年，音乐系派我同音工团的安波、李清宇等同志参加西北局宣传部组织的边区群众文教工作的调查。这次调查是在边区人民政府秘书长罗迈同志主持下进行的，是为召开边区文教大会的一次准备工作。安波去了绥德分区，李清宇去了关中分区，我参加了去三边分区的调查组，组长是西北局宣传部的吴科长。到定边后，我被派到群众文艺活动开展得较好的靖边县城关乡去蹲点调查。通过在这个乡的了解，我看到，在延安新秧歌运动的影响下，群众文艺活动出现了活跃的局面，开始办起了黑板报、识字组，并成立了一个自编自演反映当地群众生活的新秧歌队。这年春节，他们所编演的以揭露巫神为害和破除迷信为内容的秧歌剧，颇受群众喜爱。9月，调查组回延安后汇报三边地区情况时，罗迈同志对这个秧歌队给予肯定和赞许，并确定让他们来延安参加会演。这个秧歌队的带头人杜芝栋和关中地区一个社火队的带头人刘志仁，曾被边区政府誉为"群众艺术家"，《解放日报》还发表专文介绍。这次的调查，给了我向群众学习的好机会，对边区群众的生活状况、思想面貌以及语言、文化生活情况，有了较多的接触，进一步体会文艺的普及和提高的关系，它们的相互促进作用。这些思想上和工作上的收获，对于课堂和书本的学习，是一次充实和提高。

（三）延安各干部学校对学员所普遍进行的革命化教育，在鲁艺也同样受到了重视。我们通过几门马列主义理论课和中国革命史、党的建设等课的学习以及课外自学的若干社会科学书籍，知识水平、理论基础，都较系统地得到加强。参加集体的生产劳动和其他各种体力劳动，是学校革命化教育必不可少的内容。我们通过开荒种地，伐木烧炭、纺纱纺线，以及各种建校的自我服务的劳动，不仅克服了许多困难，为集体创造了物质财富，更重要的是培养了学员不怕困难、自己动手、艰苦创业和以苦为乐的革命思想作风。我在鲁艺曾三次参加赴南泥湾垦荒种粮、伐木烧炭的劳动队，和一次到柳树店后沟伐木运料的劳动队。回顾那时整日披荆斩棘、挥镢挖地，有时披星戴月奋战在荒山僻岭的情景，如今仍历历在目，回忆起来也很觉欣慰。

我是一个因党的事业需要和组织分配早已离开文艺战线的干部，但是，在延安鲁艺学习生活的几年，是我革命行程中影响深远的一站，我永远怀念她。

1988 年 2 月于北京

怀念安波同志

李 波

"安波是个好同志，他是红线上的人。"这是我在"文革"时期回答某些"造反派"的一句话。虽然他们对我的回答极不满意，而且对我更加凶狠，但我还是坚持了这句实话。因为从我认识安波同志那天起，直到他去世，所有的事实都证明了这一点。安波同志对党对人民无限忠诚，生活作风艰苦朴素，他就像一团火，总是给别人以光亮和温暖。他的为人正像他在音乐事业上的巨大贡献一样，使人永远难以忘怀。

我第一次见到安波同志，是 1942 年毛主席《在延安文艺座谈会上的讲话》刚刚发表时。为了贯彻《讲话》精神，我们延安鲁艺的师生怀着极大的热情走出小鲁艺（学校），到大鲁艺（人民群众中）去。全院掀起了一个向民间文艺学习的高潮。为了迎接新年晚会，俱乐部号召各系都要搞出自己的节目，谁会什么就演什么，谁的家乡有什么民间艺术表演形式，都拿出来提供参考。于是很快就出现了大秧歌、跑旱船、推小车、踩高跷等一大堆节目。王大化同志和我被俱乐部指定排练打花鼓，但题材要自己去找。当时我刚从部队来到鲁艺不久，土里土气的什么也不懂，谁也不认识，很紧张。王大化同志便安慰我说："不要紧，我们到音乐系去找安波同志帮帮忙。"我说："现在各系都在搞自己的节目，我们是戏剧系的，他肯帮我们吗？"王大化同志说："安波同志很热情，他一定会帮助我们的！"

当我们来到安波同志的住处时，他正伏案写作，一见我们便马上停下来热情接待，没有一点架子，他那种平易近人、和蔼可亲的态度，使我一下子就放了心。我们说明来意后，安波同志想了一想说："我给音乐系写

291

了个跑旱船的歌，他们觉得不太合适，你们看看行不行。"他顺手递过曲谱，立即唱给我们听，内容是拥军的，曲子用的是陕北民歌"打黄羊"的基调，我们听了很满意。他说："你们先练着试试看，哪儿不合适再来找我。"我们便拿回来开始排练，我们借鉴了凤阳花鼓的形式，一个背鼓，一个拿小钹，请刘炽同志为我们设计了锣鼓点，取名就叫《拥军花鼓》。演出后，受到领导和群众的一致称赞。这就是我与安波同志的第一次接触与合作。

我们的第二次合作是在1943年春节前，当时为了配合庆祝苏联红军大反攻的胜利，全院举行了第二次秧歌表演宣传活动。由于我与大化已合作过一次，领导便指定我们俩和路由三个人再搞一个自编自导自演的小节目，这就是后来的新秧歌剧《兄妹开荒》。但是我们在创作过程中，谁也没想到这就叫秧歌剧。一开始我们只是选好了主题，编好了情节，写好了基本歌词与对白，就又去找安波同志为我们谱曲。他和第一次一样，热情地接待了我们。这次任务比第一次复杂得多，《拥军花鼓》仅仅是个小表演，而《兄妹开荒》有人物，有情节，需要根据内容和人物性格塑造出音乐形象，要把边区人民对党的热爱，劳动致富的信心，以及勤劳乐观的精神面貌表现出来。安波同志非常耐心和刻苦地进行着创作，特别是开场第一曲"雄鸡、雄鸡，高声叫"这段唱，写了一遍又一遍，总是通不过，大家听了都说民族风格还不够强，生活气息还不浓。当时周扬同志很关心这个小节目，要求一定要搞好。但是时间那样紧迫，我和大化白天排练，晚上就到安波同志那里去逼他要曲子，每次去，都见他坐在一张小桌子前苦思冥想。小油灯的光线很暗，远了看不见，我和大化就一边一个趴在安波同志的肩膀上，一面看着他写，一面唱，觉得不理想，马上就改。我和大化还幼稚地唱些郿鄠、道情之类的曲牌子给他听，企图启发他的灵感。其实安波同志记住的民间曲调要比我们会唱的多得多，但他并不嫌弃和笑话我们，相反却非常认真地听我们唱，并和我们一起探讨研究，反复征求我们的意见。《兄妹开荒》创作的成功，是安波同志向民间音乐艺术学习的成果，是为秧歌剧这一新的艺术形式的形成和发展作出的巨大贡献。

全国解放后，安波同志到辽宁担任了文艺领导工作。责任重了，工作也更忙了，但在创作上只要有求于他，他一如既往，从不拒绝。当时我觉得《三十里铺》这首民歌曲调优美动听，群众非常喜爱，但就是歌词太旧，便写信给安波同志，请他帮我改写新词，并请他最好再给我们改写几首民歌。信发出后不久便接到他的回音，并寄来了两首新改编的民歌，一首是《三十里铺》，另一首就是《三绣金匾》。当我接到这两首歌时，感动得流下了眼泪。这两首歌后来成了我独唱的长期保留曲目。

我非常喜欢安波同志的作品，从他的作品中，我们可以看到他热爱党、热爱人民、热爱人民军队的强烈感情，感到他对人民群众的生活及民族民间艺术是那样熟悉和理解，他不仅掌握了民间音乐音调、音乐语言和调式等等规律性的东西，而且也掌握了生动的生活语言、语调的变化特征。如《开会来》这首男女声对唱歌曲，我唱了好多年，什么时候唱什么时候都受欢迎。最近，在北京参加大专院校举办的一二·九学生运动50周年纪念音乐会，我和邱玉璞同志又表演了这首对唱，受到青年观众的热烈欢迎。《开会来》是安波同志创作的《七月里在边区》民歌联唱中的一段选曲，正因为作品的生活气息浓厚，音乐语言亲切动人，民族风格又极为鲜明，所以其艺术生命力才能如此长久。从而也证明了安波同志的音乐作品是经得住时间考验的。

1965年，当他病危时，我和郭兰英一同到医院去看望他，他躺在床上，两只眼睛肿得已经睁不开了。他听见我们来了，就用右手把自己的眼皮撑开一条缝，看见了我们，便风趣地说："是你们两个呀，是什么风把你们吹来的……"在整个交谈中，他依然那样乐观，没有一句要离别和伤感的话。万没想到我们回来后不久，他就离开了我们。当我向他的遗体告别时，望着他那熟悉的面容，一想到他再也不能和我交谈了，就再也控制不住自己感情，扑向他，用双手摇晃他的肩膀，呼叫着："安波同志！安波同志！你睁开眼再看看我吧！"但是他再也看不见我们了……

安波同志是我的良师益友。他的一生，是为党为人民、为民族艺术事业辛辛苦苦，兢兢业业奋斗的一生。向安波同志学习，这就是我们对他最好的怀念。

1985 年 12 月于北京

《八路军大合唱》是怎样产生的

公 木

有的同志很关心《八路军军歌》和《八路军进行曲》是怎样产生的？编写的经过如何？说起来这两支歌都包括在《八路军大合唱》一组曲内。这里，我把《八路军大合唱》的诞生过程向大家做个简单介绍。

1938 年冬，我和几个青年一同从瓦窑堡抗大第一大队抽调出来，派回延安，分配工作。听说要回延安，人人都是恨不能腋下生双翼，两脚踏上风火轮。一路上餐风饮露，爬山越岭，总伴着快活的歌声。唱得最多的是《延安颂》：

> 夕阳辉耀着山头的塔影，
> 月色映照着河边的流萤。
> ……
> 啊，延安！
> 你这庄严雄伟的古城，
> 热血在你胸中奔腾。
> 啊，延安！

我们特意放大音量，高声呼喊，直震得白云青天铮铮应鸣。一会儿又唱《延水谣》：

> 延水浊，延水清，

情郎哥哥去当兵。

当兵啊要当抗日军，

不是好铁不打钉，

……

延水清，延水浊，

小妹子来送情郎哥。

哥哥你前方去打仗，

要和鬼子拼死活。

这个小调儿使我们轻松愉快，忘记了快步行军的疲劳。

到延安，我被分配到延安抗日军政大学文工团编导室，任务主要是编写歌词。文工团直属于政治部宣传科，就和宣传科同在一个山头上。几天后，科里一个同志来看我，中等身材，挺直腰杆，红面庞，两眼炯炯有神，人们管他叫"小郑"。说话间，我才知道他就是郑律成，抗大音乐指导，《延安颂》《延水谣》的作者。"噢哟！还这么年轻啊！"想到他的歌子已传遍整个陕甘宁边区，几乎人人都会唱，都在唱，都爱唱，我不禁在内心里闪过这么一个念头。我们都很腼腆，没有多少话说。我顺口提到《延安颂》和《延水谣》，说它们很受群众欢迎，在瓦窑堡街头上、山沟里到处听到有人唱。他有点不好意思地说："那只是习作，试作。"然后表示他还要努力向中国民族传统学习，向民间音乐学习，争取实践毛主席关于"为中国老百姓所喜闻乐见的中国作风中国气派"的指示。也许由于我大几岁，满脸胡子，团里都叫我"老张"。他说："老张同志，以后咱们多多合作吧！"这样，我们就算认识了。话虽然没有谈多少，手可是握得非常紧、非常热。

过了没有多久，我又被调到宣传科，搞时事政策教育工作。当时我和律成同志一同住在延安南门外西山坳一个土窑洞里。从此，我们同饮一个箍桶打的开水，同吃一副扁担挑的饭菜，风晨月夕，同在崄畔上听我们科长谢翰文同志讲井冈山，讲瑞金，讲遵义会议，讲雪山草地。有时又同听谢翰文科长宣读华北、江南各个战场八路军、新四军传来的捷报。这些便成为我们在工作中的精神食粮：有的同志拿去写通讯，有的同志作宣传画的题材，我把它们写在时事报告提纲里，律成同志谱入歌曲中。

1939年春，歌词，我已顾不得写，完全把精力用在编写时事报告提纲上了，每个月差不多要用三分之二的时间写，三分之一的时间去连队或大队讲。延安的三个大队，也要隔两三个月去讲一次。我跟律成同志说："顾不得同你合作了。"他说："不，还是要合作的，你去作报告，我去教唱歌。都是面向学员，配合行动，不也是合作吗？"于是，我俩总要一道下连队。有时报告要以支队或大队为单位，他更不放过机会，一定一同去，通过政治处的文艺干事和各俱乐部的文娱委员，组织声势浩大的歌咏活动。群众歌声像烈火，律成同志就是一粒火种，他走到哪里，哪里就爆发出烈火般的歌声。每次集会，总是先唱，唱得群情激奋了，才开讲；休息时，又唱；讲完后，再唱；唱得尽兴，然后才解散。有一个连队的墙报上出了这样一首顺口溜：

坐地听报告，
站起来唱歌。
说说唱唱，唱唱说说，
不知不觉晌午错。
晌午错，也不饿，
歌如潮，情似火。
身居窑洞里，
心怀全中国；
翘首登荒山，
放眼看世界。
我们多亮堂，

我们多快乐!

律成同志特意把这首短诗抄下来,在归途上给我看,他说:"这是对我们合作的奖励啊!"

这年 7 月中旬,抗大总校教职员工万余人在校首长罗瑞卿同志率领下,东渡黄河,开赴前方。政治部宣传科只剩下律成和我,说是调转到即将在延安成立的抗大三分校政治部宣传科工作。三分校政治部各科室人员,一时还没有调配齐全。有一天,律成同志告诉我,他翻了我抄在本本上的全部手稿,把我写的《岢岚谣》作了曲,我很惊讶,近二百行的长诗,能唱吗?作曲会是费力不讨好吧。他说,还想谱《子夜岗兵颂》,这是我半年前在抗大一大队做学员时写的一首短诗,登在连队墙报上。诗中反映了自己深夜站岗放哨的一点感受。律成同志把它拿去不声不响背着我为它制谱,用咏叹调写成了一首独唱曲,然后用他那带着浓重朝鲜族音调的清亮歌喉唱给我听,这使我既惊奇又高兴,紧紧握着他的手说不出话来。以后他就经常催促我,要我作词供他写曲。他说:"你是从前方来的,让我们携手合作为八路军歌唱吧!"他进一步建议:"咱们也搞一部大合唱吧!""什么大合唱?""当然是《八路军大合唱》啦!"最初,我有点胆怯,经他一再鼓励,并且提出命意,点出题目:"军歌、进行曲、骑兵歌、炮兵歌,再添一篇快乐的八路军,岗兵颂也算一篇,总共七八篇或八九篇就够了。"渐渐把我的信心也煽动了起来,切实感到歌唱八路军是我们共同的责任。就这样,便动手了。歌词部分倒没有多费力,只用了三四天工夫就完成了。它包括《军歌》《进行曲》《快乐的八路军》《子夜岗兵颂》《骑兵歌》《炮兵歌》《军民一家》《八路军和新四军》等八支歌,要的就是这个"八"字。从命题构思,到谋篇造句,唯一的合作者就是郑律成同志。先前是他为我现成的诗篇作曲,这回是我为他预成的曲子作词,所以处处得听他的。记得他曾要求,《骑兵歌》要写出马蹄嘚、嘚前进的脚步声,《炮兵歌》要写出轰隆隆震天响的气势,《进行曲》要长短相间,寓整于散,要韵律谐和，节奏响亮，中间还要并排安插上三个四字短句。诸如此类，凡力所能及，我都照办。只要他满意了，就算拍板定稿了。

我每写成一篇词，郑律成同志就拿去作曲。没有钢琴，连风琴也没有，只是摇头晃脑地哼哼着，打着手势，有时还绕着屋当中摆的一张白木茬桌子踏步转游。意识到我在带着笑意注视他，他就走出窑洞，躲到崄畔或爬上山坡去创作。制谱似乎比作词更费斟酌些，他也经常用鼻音哼哼出一个调儿来，征求我的意见。作曲的时间拖得比较长，大约到八月底九月初，全部编曲才算完成了。他说："给词作曲，如同为虎生翼。"我说，"为虎生翼，不是一句好话。"他笑道："不管它。咱们的虎，是吃日本鬼子，吃反动派的虎。生了翼，更凶，更猛，更厉害，有什么不好？"当律成同志把"翼"生出，抗大三分校已经正式开学，我搬到三分校政治部住，继续搞时事政策教育工作，律成同志却调到鲁迅艺术学院音乐系做教员去了。但是郑律成同志虽然离开抗大，还是经常回来教歌。三分校的每个连队，无论在行军途中，无论在集合会场，到处都在唱："铁流两万五千里，直向着一个坚定的方向。""向前，向前，向前，我们的队伍向太阳。""北有黄河，南有长江，波涛滚滚流向东方。"1939年秋冬，这嘹亮的歌声在延安的山山岭岭都在回环荡漾着，那歌词不管是"虎"不是"虎"吧，确乎是生"翼"了。在这年冬季，《八路军大合唱》由鲁艺音乐系油印成册，还在中央大礼堂组织过一次晚会，由郑律成同志亲任指挥，进行专场演奏。此后，不只抗大学员唱，各机关、部队、学校也都传唱起来。

大约是1940年夏天，总政治部宣传部部长萧向荣同志邀请郑律成和我到文化沟口青年食堂吃了一顿红烧肉。他告诉我们说，这些有关八路军的歌曲已由抗大学员传唱到各个抗战根据地，很受广大战士欢迎。我们本来都不会喝酒，萧部长笑着说："今天破例，都喝三杯。"我们只好听命。萧部长继续说："一杯酒，祝你们继续合作取得更大战果；二杯酒，祝你们更认真地向工农群众学习；三杯酒，祝你们再接再厉写兵，并且为兵写！"我们表示，一定把萧部长的话铭记在心，当作党的嘱咐来遵守，当作终生任务来执行。

后来，《八路军军歌》和《八路军进行曲》便正式刊登在《八路军军政杂志》上，这表示军委正式认可了它们。后来，我还与郑律成同志约好共同编写一个反映冀南抗战的歌剧。只完成了一个序曲，律成同志便离开延安去前方，我也调离抗大政治部，计划中断了。以后30多年间，不曾再凑到一起工作过，每当相逢，总不免回忆起这次未完成的合作，觉得是件憾事。也常想另外找个题材，弥补上这个遗憾。直到前年9月在长影小白楼会晤，还相互约写过。总以为来日方长，谁知这次匆匆一面，竟成永诀了呢！

1977年2月15日于长春，1982年1月修订

我的第一个艺术摇篮

彦 克

1940年10月，我们吕梁剧社参加完华北地区的百团大战后，即奉命从晋西北前线调延安。不久，我考入了鲁艺部干班学习。这是鲁迅艺术文学院部队文艺干部训练班的简称，是由八路军延安留守兵团拨出经费，调进学员，在鲁艺培训的一个特别班。当时决定学习期一年，班主任由鲁艺政治处主任、党总支书记宋侃夫同志兼任。学员们除从留守边区的部队中抽调外，还从晋西北前线调派了黄河剧社、七月剧社、前线剧社前来学习，中期又有边区的抗战剧团插入，学员将近300人。

吕梁剧社是第二次来延安了。上次来延安是在1938年10月。但那时仍保留着原剧社的行政组织，住在校外，少部分人在鲁艺各系旁听学习之外，其余大部分时间是请鲁艺派教员到本单位去上课。这次在部干班学习，则拆散了原有建制，按程度分编为三个队。一队侧重专业学习，二队是综合学习，三队是文化学习。一队设立了文学、戏剧、音乐、美术四个专业。在这个队学习过的同志，文学专业有：穆青（后转入鲁艺文学系，后任新华通讯社社长）、孙谦（后任山西文联副主席）、王岩（后在武汉市工作）、胡零（后留鲁艺工作）、戴蒙梅（后病故于延安）等；戏剧专业有：马济川（后在中央文化部工作）、万毅（后任西安市话剧团团长）、宋啸（后任新疆军区政治部文化部部长）等；音乐专业有：徐颖（后任成都市建委主任）、张朋明、沙青（后任黑龙江省音协分会主席）、杨毅（后任人民检察院检察员）、李秉忠（后在新影工作）等；美术专业有：牛文（后在重庆美协工作）、赵域（后任中央美术学院油画系副主任）、杨青（后在西安工作）等。有些同志现不知在何处工作，他们是：牛运仓、容国春、刘杰、林平、寒果、贾年、白洁等，还有些同志已记不起名字来了。我当时在一队，学习音乐专业。在二队学习过的有：西戎（后任山西作协分会主席）、胡正（后任山西作协分会副主席）、张加毅（后在八一电影制片厂任导演）、张宏（后任云南省林业厅厅长）、薛滔（后任八一电影制片厂资料室主任）、张勃（后任山西晋剧院副院长）、张勤（后任山西艺校教师）等。在三队学习过的有：肖纪（后任福州军区政治部青年科长）等。本来是一队的马烽（后任山西文联主席）和郭生（后在四川美协分会工作），因工作需要，分别调往鲁艺卫生所与美术工厂，边工作，边学习。

部干班的课程，也分队安排。一队，除旁听鲁艺的大课（如周扬同志的文艺运动，宋侃夫同志的政治课），更多的是自己单独进行。文学方面：天蓝同志讲文学创作，周立波同志讲文学名著分析；戏剧方面：张庚同志讲戏剧概论，王震之同志讲剧本创作，马瑜同志讲化装常识，干学伟同志讲表演艺术；音乐方面：吕骥同志讲音乐运动，向隅、麦新同志讲歌曲创作，时乐濛同志教唱歌指挥；美术方面：华君武同志讲绘画，钟敬之同志讲舞台美术，力群同志讲木刻；还有临时安排的专题讲座也不少，如荒煤同志报告过前方文艺工作概况；等等。

在听课的同时，学员们还要完成作业，音乐和美术方面尤多，很实际地锻炼了专业技能。作业较突出的，定期公布在走廊的墙报上。我谱曲的一首小歌《送儿当兵》（刘御作词），是从鲁艺墙报上抄来的，写完后，公布在墙报上。音乐系李尼同志看了就填写了二部，成为男女声二重唱。后来这首歌还在部艺多次演唱过。其实，当时我并不认识李尼同志，二重唱又是我从鲁艺的墙报上抄回来的。

部干班的学习，对我来说，是启蒙教育，也是基础训练。鲁艺有一个图书馆，我们还有机会广泛阅读许多中外名著，开阔了视野，提高了艺术鉴赏能力。更为宝贵的是：部干班和鲁艺各系住在一个院内，和各系同学的接触，观摩各系的艺术实践，都是极宝贵的学习机会。刚进部干班不久，也有人闹过笑话：有位同志病了，经医生诊断后开了药方，取药时司药同志问他取什么药，该同志回答说，"莎士比亚"。其实医生告诉他是"阿司匹林"。可见他对莎士比亚已熟了，阿司匹林还很生。

经过半年的学习，引导大家在文艺工作的道路上起步迈进，本拟再继续学下去的，后来留守兵团根据总政治部和中央文委联合发出《关于部队文艺工作的指示》精神，决定创办部队文艺工作干部训练的专门学校，这就是 1941 年 4 月 10 日在鲁艺礼堂隆重开学的"八路军延安留守兵团政治部部队艺术学校"（简称"部艺"）。部干班全体转到部艺去了。部艺，仍然是在鲁艺帮助下进行教学的，不仅派出了大批兼职教员，而且还经常一起进行艺术实践，周扬同志称部艺是鲁艺的"小弟弟"。有人说："部干班是我们的第一个艺术摇篮。"这话是真实的，是我们大家的心里话。

足　迹

——记鲁迅艺术文学院

李建彤

中国文联访问团的成员陈锦清、马瑜、严良堃、黄河、田华、马玉涛、严永洁、崔德志、马宁、白晓朗和团长陶钝，秘书长夏义奎，文联的干部柴文逸、范慧、李兴叶、李木山、贾德臣等，还有从西安同来的陕西文联的同志们，都要去看鲁艺旧址。我和陈锦清、马瑜更是心潮沸腾，因为我们三人都在那里受过教育。

走上往城东桥儿沟去的路，我的眼都忙不过来了。在汽车上左顾右盼，要找我们走过无数次的飞机场，这里修建了许多新式楼房。右边的延河，被楼房挡住；左边的清凉山下抗大八大队住址、抗日军政大学校门、延安专员公署旧址，也都被新楼房所代替，眼前是新机关、工厂，都是新楼新门，找不到我熟悉的东西。

只有接近桥儿沟的那条高山下的石砭，还可看出点旧的模样。

这条路，我走过千万次，这条河我蹚过千万次。记得有一次进城，就在石砭旁，看见周扬同志骑马走在我前边。他回头看看，我忙低下头。另一次，也是在这里，走着走着，发现后边脚步"嚓嚓"响；一回头，是郑律成。他正向罗家坪方向过河。还有一次，我要进城，延河水涨了，一下河，齐腰深，恰好遇上马可，他把我架了过去。这种事情太多，常常遇见涨水，男同志架上女同志过河。

这时我腿上的"扎老营"已痊愈，可以跳到延河里洗澡，站在河水冲击的石头旁边，把头扎在水里，痛痛快快地扎着猛子。夏天，先洗衣服后洗澡，等洗完澡，晾在河边石头上或草稞上的衣服也干了，穿上再回学校去。

每年夏天，大家都下河游泳。教员、学生，男的、女的，都在这里游，连平时不爱活动、不爱说话的指挥课教员李焕之也下了河。可是现在，河水被水库拦走了，河水小得不能再小，河床改了位置。真是三十年河东，三十年河西呀。河道竟移到了南边山脚下。

在桥儿沟附近，抓一把泥土就想起往事，捧一捧河水就照见旧人影儿。

走在大道上，我似乎看见鲁艺的人排着队伍往城里开会，我们秧歌队在大道上行进：看见了李群、黄准穿着美丽的服装，在驾旱船、走小车。看见刘炽在打腰鼓、张鲁在推小车……那五彩缤纷的旗子、飘带在风中飞舞……

晚上，我们迎着月亮往回赶路，手拉着手唱着。那路旁的包谷林，像整整齐齐的仪仗队，高山上农民窑里的油灯，从窗纸透出一点点小星。天上的月亮像挂在空中的大灯。乌云飞来飞去，遮住了天灯，我们的眼又变成了夜明珠，高声唱着，把狼都吓跑了。

如今，我们是坐着汽车走路。到了桥儿沟街上，我第一个要找的，是小街老汉开的小饭铺，我们常常去买黄软米红枣年糕吃，真香甜啊！现在没有了。

进了天主教堂的大门——我们鲁迅艺术学院的大门。一看见这座教堂，我心里怦怦跳：那是我们的大礼堂，是我们听报告、演出的地方，开音乐会、彩排的地方，也是节假日开舞会的地方，是声乐工作者练声的地方。教堂的尖顶小楼上，常常有人在那里"｜｜1 3 5 i｜i 5 3 1｜。"ma……ma……

每逢过节，戏剧系把礼堂布置得五光十色，每根柱子上都有带色的小灯，音乐系准备最好的乐队。锣鼓一响，都跑了来，我们要跳舞，要扭秧歌，要玩。可以从晚7点玩到第二天早7点。半夜还供应热乎乎的红枣汤，多么欢快舒畅啊！最后，总是在扭秧歌中结束。这都是花儿盛开，叶儿肥绿的年代！

如今这礼堂，变成了仓库，门闭上了，墙也裂了缝。门前那几棵大槐树还在，好像它们也是想我们想老了，想瘦了。

礼堂旁边，当初是我们的篮球场。如今没有了球架。我在这个球场来回走过三年半，往这球场上一站，什么都想起来了：

周扬院长在这里讲教育计划，讲五四以来的文艺运动，讲车尔尼雪夫斯基；音乐部部长吕骥在这里讲音乐工作……

李焕之指挥冼星海写的《黄河大合唱》、吕骥写的《凤凰涅槃》，焕之休息，时乐濛也来指挥了。

瞿维和寄明在弹钢琴伴奏。汪鹏拉小提琴。郑律成在唱男高音，他用朝鲜人说汉话的口音唱道："凤凰凤凰。你宿（死）了吗？你宿（死）了吗？"他还经常唱他自己的"山鸡咯咯配成双"，也唱苏联的《斯大林之歌》。

这里，杜矢甲用男低音唱着《伏尔加船夫曲》。

向隅用小提琴和张贞黻的大提琴合奏，李元庆也拿着大提琴来了，他也要来表演。

唐荣枚在这里独唱，她还在教学。潘奇也独唱，她也在教学。潘奇是我的老师，是她把我引进了这个大门。

刚入学时，就是在这里，我一仰脸，看见3个熟人：那是"开封艺师"的宋宗义（叶枫），他也在这里的音工团。他从前比我高两班，是个男低音。他可不是个单打一的人，音乐、美术、体育全行。我还看见了米兰，就是在抗大八大队前方队留下的那个女学生。怎么？有人叫他"陈迈"？中训班的高克，也坐在那里听课。

这个场上，不断变换着节目：王大化和李波在这里演《兄妹开荒》，韩冰和王大化演《赵富贵自新》。集体的大秧歌《胜利的锣鼓》，好热闹啊！于蓝还在这里演过《周子山》里的女主角呢！

王元方报幕声音清晰有力，关鹤童的稳重，陈紫的忙活，庄映的快当，都在为演出奔忙。

我们的石窑窗子，也正对着篮球场，拉琴拉累时休息一下，向外偶然一看，能发现古元、华君武、严文井从后院正往前院走，经过篮球场。还看见了周立波和林兰从这里走向大门外，有人说他们在谈恋爱。可不是么，墙报上还贴着周立波的诗呢："天上的星星，地下的眼睛。比起天上的星星，我更爱地上的眼睛。"还有人补充说，那是晚上在山沟里散步时写的。

从球场再进一层院子，就是我们住的那个院子——第三进院子。这里是音乐部开小会的地方。故事很多。再进一层，又是个小院子，是钱韵玲、周奇、郑律成、马可他们住的地方。在这个小院里，大生产运动时，女同志都坐在这里纺毛线，听周楠（女）讲《安娜·卡列尼娜》，大个子周楠用南方普道话喃喃地讲着沃伦斯基、安娜、卡列宁……

向左转，本来有条路可通戏剧系的大院儿，可现在不通了。我也进不去。我还是想着：我和寄明、李波、江雪，都在那里住过，我们几个人之间也有许多小故事。现在来不及说。这个院子像花园，有许多不同的花和树。在这里开晚会时，那小灯，都挂在花丛和小树之间，舞伴们可以在花丛和树林中转来转去。

《白毛女》就是在这里排练的。王昆和演过小东西的林白轮换演喜儿。王家乙演穆仁智，陈强演黄世仁，张成中演大春，阿邸演大春妈，张守维演杨白劳，韩冰演张二婶，李波演黄母，赵起扬演赵大叔。他们的演出，都给人留下抹不掉的印象。我有点先入为主，看了他们的戏，一换人总觉不够味儿。不但那些形象在脑子里抹不掉，那些唱腔都烂在每个人的肚子里。在这个院子里，没有一个不会唱《白毛女》，连四五岁的女孩子也会唱："刀杀我，斧砍我，不该这样糟蹋我……自从进了黄家门……"

也就是在这里，我曾因体弱而晕倒过，失去知觉。朝鲜姑娘威娜和许多女同志围着我哭，卢肃跑来给我治病，妈妈班的同志们都送来吃的。我哪能吃啊，我不能吃，不会说话，她们又哭……

从戏剧系院子里再返回去，下个坡，向后门走，路经一个小四方院，这里曾是文学系住过的院子：那3个穿黑衣的姑娘，还有当时所说的中国的马雅可夫斯基——贺敬之，另几个才子杨思仲（陈涌）、冯牧，都在这里。

文学系搬到了前院儿，戏剧音乐系搬了进来，在这个院子里，我和"西战团"回来的钟伟等住在一个窑洞里。就在这个小方院里，我们排演了秧歌剧《一朵红花》。我演儿媳妇，钟伟演我婆婆，李群演妇女主任。演我丈夫的是谁？我忘了，因为除了演戏，我从未和他说过一句话。今年夏天在烟台碰见了北影的导演潘文展，他说他和我一块演过戏，大概就是他吧！

我从小院子里出来，再看看原来的食堂，没有了。我们的伙房呢？给我们烧过开水的老赵大爷呢？都在眼前，可又摸不着，拉不住。从前的事，在脑子里是那么清楚：这个食堂、这个伙房、这里立着的几棵古槐的林荫路，都有故事。连伙房后边那个煤渣堆，我都记得清清楚楚。每天早上，有好多妈妈班的同志（全是专业女干部）在这里捡烂炭。她们要为孩子煮水，煮小米汤，煮豆浆，烤尿片子，她们需要火，只有捡烂炭。她们心里追求着真理，不怕苦。我还陪寄明来这里捡过烂炭呢！那时她的孩子刚满月。晚上熬夜，我和她一块用猪油炒小米饭，煮红枣汤。

想到后沟看看，来不及了，有人在叫我。我只用眼眺望一下，没有看见美术系的西山，也没有看见我常提着小提琴去上课的东山，没有看见张贞黻老师，更没有看见那些供我们吃西红柿的菜园子，那小河流水，垫脚过河的砖和石头。这里都留着旧人旧事……都在我脑子里：红、黄、青、蓝、紫……

三年半，我在这里的三年半过得很快，可又显得那么漫长。因为事件多，人物多，光数数那老老少少的，各行各业的女角，就有上百人左右。如果说，《红楼梦》中有金陵正十二钗，副十二钗的话，这里可以写出正二十四钗，副二十四钗了。不但有林黛玉、王熙凤式的人物，也有外国小说的安娜和吉蒂。男角也能数上一百单八将。《三国演义》的人物何尝没有呢？有刘备，也有曹操，有杨修，也有陈琳……他们的衣着、相貌，都在我脑子里活动。

这里的生活太丰富，太有趣！可我现在还来不及写，以后定要一件件讲来。

目前，我只想把两位逝世的，又和我接触的人物写几笔，以表寸心。

安波

出了鲁艺的大门，我又找桥儿沟街上那个朝鲜人开的小铺，那里曾经卖麦芽糖和纸烟之类的东西。1945 年 5 月之后，我在那里碰见过安波。他是去买纸烟，我去买麦芽糖，见面他问了一句："你分配到了哪里？"

我说："我到了边区政府。你呢？"他说："我刚分配到民众剧团，住在新市场后沟，你去找我玩吧！"我说："好！"

但是，我没有去，我失约了，为什么？三言两语怎能说得清呢？

安波，本是鲁艺早期毕业的学生，在音乐工作团工作。我是 1941 年入学的学生。那时的音乐部，包括音工团和音乐系常在一起开会，听报告，私人之间，我和他没有接触。《在延安文艺座谈会上的讲话》发表后，搞群众喜闻乐见的东西。安波写了个《老来红》唱词。是描写长征来到陕北的老炊事员把一生献给了平凡而又伟大的工作。他在中央机关——杨家岭做饭，保证大家的健康，到了 50 周岁，中央领导人都去为他过生日，祝贺。

安波的唱词写得很好，怎么唱呢？他找上了我，要我用河南坠子唱。我虽然是河南人，但没有学过坠子。这种曲调在山东、河南都流行。安波是山东人，他也很熟悉。我们就按照从小在家乡听过的记忆，顺着音往下编，又把学校的旧唱片找来听。居然编得有点像了。我就拉下脸来唱。每天晚上在石窑里唱，他坐在旁边听。唱上一两小时，他问："你的嗓子累吗？"我说："不！"他问："为什么？"我说："我是到了上海，才听老师讲点子洋唱法。在小学里，就是用大嗓子唱。唱惯了，把发音的位置向上摆一摆，长期不哑。如果哑了，用开水冲碗烧黑的烙馍，拌上白糖喝了，两三天就好。"安波头次听到这种说法，他拍手叫道："好！"

那时，学校讨论洋唱法和民歌唱法，究竟用哪种好，有人主张用民歌唱法，用大嗓。当然，安波写的《老来红》，非用大嗓不可。唱坠子，自然用大嗓。每天晚饭后，安波坐下来听我唱，边唱边修改。几天之后，他满意了，才找了李尼拉琴，也是现编着用二胡拉的。不几天，我就和李尼演出了。在学校大球场上演，在桥儿沟小镇上演，到工厂去演。

那时，我脑子想得多。虽然唱了，我并不满意，安波的词写得很好，是不是可用别的曲调唱呢？搞音乐的，是什么曲调都能摸出个大概的。

在特定的情况下，混合编组，我和安波编在一个小组，他任组长。不久，康生的黑手伸进鲁迅艺术学院，来"抢救失足者"了。有一天晚上，在球场上挂着汽灯，音乐、美术、文学、戏剧四个部的人都带着小凳子在球场上坐下来，每组围个小圈子，全球场都坐满了。

这天晚上是开"抢救大会"。主席台前走出个美术系的学生，中等个子，戴着眼镜，他自称是山东人，和安波是同乡，自称参加过特务组织。他说："我的领导人是音乐部的安波。"

真是颗意想不到的炸弹，把人们惊住了。谁不知安波是个好同志？是个精明能干的同志？可那时，谁也摸不清底，谁也不敢伸头去打保票，虽然谁也不相信。

就在××咬上安波时，安波气得叫了一声："我是共产党员！"晕过去了。他躺在地上——就在我脚旁边。我们全组的人都围着他呼唤："安波，安波，不要急！"我用手拉着他的膀子，使劲往起拉，可我拉不动。他似乎什么也听不见了。

第二天，发现他被看管了起来，就住在戏剧系最东头那孔石窑里。陪伴人是韩明达，我的同班同学。去吃饭，去厕所，韩明达都跟在他后边。我每次碰见他们，都要站在路旁，默默地看一阵子。想说点什么，又不敢说。我估计，韩明达不会亏待他，这人年龄虽小，心里却不糊涂。

我估计得差不多。1983年在西安，王荣和我一块去医院看韩明达时，提起这些事，韩明达说："那时，安波想抽烟，又没钱买，我跑到校部，想去偷两盒。我刚到校部，就碰上了周扬同志，他问：'小鬼，你来干什么？'我说：'安波想抽烟，我来偷两盒。'周扬说：'你拿一条去吧！'"

听韩明达的说法，证明陪伴人没有难为他，可那精神的压力大得很。

1944年，安波放出来了，我们又编到了一个小组。这个组，都是被"抢救"过没做结论的。每天学习，还是在戏剧系那排石窑里。一个组十来个人，唯独安波身体最坏。他头发长得竖起来，手指甲也很长，衣服上短几个扣子，说话声音也低了。和从前相比，差远了。从前的安波，虽然也是不修边幅，可是精神得很。用他的胶东话，讲起什么都头头是道，那双圆亮的眼，总是充满活力。

那时，领导上发了话：要各组的人自由组合，自由编排节目。每天设法锻炼身体。我和李曦（女）就拉着安波在院子里学跳舞。鲁艺虽然舞风盛行，安波却从未跳过舞。人拉着他跳，让他锻炼身体，他也只跟着转。我们像教小孩上操一样叫着："一二三四，一二三四……"如此这般，每天要跳两次。

舞是跳了，但是，我们彼此都不聊天，谁也不问谁的情况。有一天，刚散会，人们都跑了，我还没有走，安波也没走，他的眼发着直说："建彤同志，我是好人！"我说："明白！"只限于这两个字。但是，他明白同志们同情他，谁也不敢多说一句。那时，我是个开"顶风船"的人，曾在音乐部的大会上问过一句："安波的问题什么时候解决？"没有人理我。这已经是冒险了。那天安波也在场，他低着头，抬头看看，又低下。他心里有多少说不出的委屈！

虽然同志们心里都明白，彼此同情着，可平时，谁也不说。只有1945年在桥儿沟小铺那次，他郑重其事地约我到他那里去玩，我没有去，从此，我们算永别了。直到他逝世那年，我在报纸上看到了消息，我也没去向他的家属慰问一句。因为我又被《刘志丹》小说案，打进十八层地狱了。

张贞黻老师

1938年我拒绝去鲁艺，到1941年再去鲁艺，是赶了末班车。也是出于无奈，我不得不去补充一些我需要的东西。主要是学习文艺理论。谁知碰上个新的教育方针：从前，每期半年毕业；从我们这届起，要学习3年，要夺取技术。夺取技术？我们已经不是七八岁的孩子，大都是二十多岁的人了。人大树高的，夺取什么技术都晚了。这是战争造成的结果。为了完成学习任务，我还是决心去争取。

那时，学校很民主，学生选老师，老师选学生，互相选择。我选了小提琴。张贞黻老师选学生时，在七八个人中，只选了两个，一个是19岁的男学生程瑞征，一个是我。从此，我和程瑞征隔天提着小提琴跑到东山上一次课。

东山，就是我在中组部训练班学习时住的那架山，我很熟悉。张贞黻住在靠东北头的拐弯处。我和小程同时去，总是一个站在窑外听，一个进窑上课。张贞黻上课很严肃，从拉空弦起，就很认真。要我们站得笔直。琴和弓都要放得准确，他绷着脸，用上海口音说外文术语。还坐下用大提琴伴奏着。学生稍有不慎，他就皱起眉头批评："停！做什么样拉？"我和小程都有缺点，小程手心爱出汗，我的手指短。这是老师不曾料到的。

我和小程都很怕他，也尊重他。听音乐部吕骥主任介绍说：张贞黻是远东第一大提琴手，在音乐界很有地位，也很有骨气。在重庆，他拒绝为蒋介石演奏，毅然来到延安。他是鲁艺的最大专家了。

我和小程都很守规矩，叫拉什么，就拉什么，他没指定的，我们就不敢拉。特别是我，更是死守规矩，除老师规定的练习曲外，连一个别的曲子也不敢拉。小程有时还拉一下民歌，我从不敢尝试。听说有这么件事：部队艺术学校的音乐教员梁××，要求向张贞黻学小提琴，刚上了第一课，张贞黻见他拉得很油，便直截了当地说："你这种人我不能教，毛病太多！"还有鲁艺的两个男学生，都自学过小提琴，要求到张贞黻那里上课，一看他们弯着腰，歪着脖子，拉得满欢，张贞黻就说："算了，我不能教你们！"以此为例，我生怕拉出毛病，但是我守得太死，连个民歌也没拉过。

那时我下了决心：既来之，则安之，这3年不能白费，我起早贪黑地拉，连和同学说句话的时间都舍不得。我两头不见人，早上5点，天还不亮，就悄悄摸进琴室（练声室），一个人拉起来。中午，别人都休息，我又悄悄走进琴室，一个人去拉。晚上，别人都玩儿，我一个人早早去睡觉，就是和人来个不见面。

大家都说我用功，张贞黻也觉得我用功，便鼓励说："你的手指是短了点儿，但是没关系，将来再想办法。"说这话时，仍是皱着眉头。

在陕甘宁边区参议会礼堂开音乐会，我去报幕。张贞黻在后台对郑律成说："你听听李建彤的声音，一开口满堂响。她是不是在练声？"郑律成说："不知道。"其实他们都不知道。我还抽空向潘奇老师学着声乐呢！我如饥似渴地吸收。

彼此熟悉了，张贞黻课后向我问话："你还想学什么？"我说："小提琴，我也喜欢，但已经晚了，不可能成为提琴家。只想了解各种乐器，丰富知识，我已不可能当专家，只可做宣传工作的干部。"

张贞黻在我这样的学生身上，可花了不少脑子。他问："你学过钢琴没有？"我只得实说："抗战前，学过两年，是断断续续的，而且是重复的，这个学校是这样，到那个学校又重来，进展不大，已经忘掉。"他说："我再教你。现在学校只有一架旧钢琴，轮不上学生用。可先用风琴代替，练习手指。"他说话算数。真的，他每天抽时间下山，到练声室，用风琴教我弹练习曲。他还教我做小提琴。无论教什么，他都是皱着眉头说话。那时，我已少言成性，也是板着脸，只有简单的回答。

有个礼拜六，学校开晚会。黄昏时，张贞黻走到礼堂房檐下，一只麻雀从檐上飞下，撞在他面前，他一手抓住，用小绳拴了。礼拜一上课时，他用碗端出个"红烧麻雀"，要送给我和小程吃。我们不好谢绝，只好带下山，几个人吃了。他知道学生生活不如教员好。他还有个小炭炉烧饭，经常做点什么吃的，让我们带下山吃。那时同学们开玩笑说："你们两个成了老师的金童玉女。"

我的道路坎坷不平，从前住过两个艺术学校，还有一个钢琴补习班，都只有半年，便被时代冲散。这次说是3年，可学了不到1年，又被冲散。转到整顿三风——主观主义、宗派主义、党八股了。这是划时代的好事。就是得经常开大会。大家踊跃发言，凡是我讲的意见，张贞黻老师都表示赞成。当然，作为一位老专家，他是不会发言的，发言多是学生娃娃。只是在我去上课时，他才说："我听了你的发言，觉得你讲得对，是这个样子！"

他是个瘦高个儿，脸上戴着金丝腿近视眼镜，衬着他苍白的脸，好像阴森森的，很少言笑。可他并不麻木，很通情达理。他那时正和一个女学生谈恋爱，又怕学生背后议论他，他严肃地述说自己的过去："我的妻子，也是学音乐的。她常外出半夜不归。我在家等待，等到半夜，等到天亮，专门听她的脚步声。一月月下去，一年年下去，我病倒了，得了肺结核，我们离了婚。……"

我很同情他的生活遭遇，也很尊重他的工作态度。有时候，下午去上课，他正睡午觉，窑门闩着。要等他睡醒了，才能开门让我们进去。我们不免有些埋怨情绪：我们都不睡午觉，你才40来岁，睡的啥午觉呀！当他说过他的遭遇之后，我们理解了，觉得他应当午休。他是带病工作的。他不但教学，还常开演奏会。他有个老习惯：一上台，就要穿燕尾服。这在延安是仅有的一人。我们也能体谅他，刚从大后方来的嘛！

"抢救运动"来了，我也受了冲击。那时他已搬到山下音乐部的石窑住。他把我叫进窑里问道："你有没有问题？"我说："放心，我没有问题！"他又平静地说："那你就不用怕，我也放心了。"他有正义感，关心自己的

314

学生。他说："你的脸色很坏，生了什么病？"我摇摇头说："老师，你不要管，我什么病也没有。"其实，那时我已患了心脏病，身体很乏力了。

幸运的是，老师没有受冲击，他是所有老专家中唯一没受冲击的人。真感谢领导人尽力保护了他。否则，他死得更早。

1944年，学校派人下乡办冬学，其中也有我。张贞黻老师听说我要下乡，连忙为我做了一把二胡，让我到乡下用。文艺工作者，没有乐器是不行的。小提琴，属于学校公有，不能私自带出。我接到新做的二胡，很感激他：真是我的好老师，替我想得太周到了。

我从乡下回来，他已感到学生们总有分配走的一天。又赶着为我做小提琴。他从外边带进一套做提琴、钢琴的工具，在一个大绿帆布包里装着，像个大麻袋。走进他的屋子，满屋是小锯子、刨子、锉子、锤子……桌上，凳上，全是工具、木屑，他两手不闲地干活，真够辛苦的。一个艺术家，用脑力，又要用体力。

我那个小提琴，按照他的叮嘱，是从联防司令部作战科张松涛那里找来的洋松木、核桃木……所需的东西都备齐了，他做大件，我搭下手，二十来天，就做成了。听听音响，比进口的提琴还好。这是他亲手做的第一把小提琴。大家都很羡慕我有这么好的老师。可是我内心有愧，我是个不争气的学生，哪值得他下那么大的苦心啊！我明知自己学不出什么成就。

1945年5月，我被分配到陕甘宁边区做宣传工作。后来，又要去延安专员公署，决心改行，到群众中去，到党政工作中去。虽然我还抽时间练提琴，经常还回桥儿沟找张老师上课，也听吕骥老师讲作曲课，请瞿维单独讲和声学。但是，文艺已经不是我工作的重心。我转移了目标，想扎根在群众生活中。我搞选举工作，搞兵源材料，处理各种案子……到县政府、区政府、乡政府跑各种工作，想开辟另一个天地。

有一天，张贞黻老师突然跑到延安专署，我惊呆了："老师你来干什么？"他在我房子中央站定，沉痛地说："对不起，我太粗心大意。你走后，我才听学生说，你得了心脏病，你是带着病走的。我知道，你们学生很穷，身无分文。我是你的老师，应当照顾你。"他说着，从蓝上衣兜里掏出一些边币。我忙说："老师，不行，绝对不行，我不能接受你的帮助。"他皱着眉头，放在桌子上走了。等到礼拜天，我再回桥儿沟上课，又把钱送还了回去。他很生气："你对我有什么意见？"我忙解释说："老师，没有意见！我对你什么意见也没有。只是不忍用你的钱，你也是病人！"是的，他在延安住过医院，听说还吐过血。

日本投降后，鲁艺的大部分人往东北走了，留下的，在中央党校成立了中央乐团。张贞黻留下任团长，孟波任副团长。这时，我还可以去上提琴课，有时是礼拜天下午去，有时早上去。边区政府离中央党校所在地文化沟较远，要走几里路。早上去上课都是空腹，礼拜天食堂开饭晚。凡遇这种情况，张贞黻老师都为我准备下早点，把他自己的牛奶留给我吃。我真不好意思，后来我去上课，先跑到李波家（也在乐团），吃点什么，再去上课。有一次，李波不在家，我还是去了张贞黻那里，谁知一进门，他先叫我吃饭，已经摆好了牛奶和月饼。啊！今天是中秋节，我竟这么呆，没给老师带点礼物，我愣在那里说不出话，他把眉头皱起说："做什么？叫你吃，你就吃嘛，吃完好上课。"

美军的观察组组长马歇尔要来延安。延安人出于礼节，得组织个晚会，节目中有大合唱，西北局宣传部托西工团的岳松去约我参加领唱，我正犹豫，张贞黻老师来看我，是听说我要参加合唱，来劝阻的，他说："你不要去，累得很，你的心脏不好，不要去应酬这些事情！"我真的推辞了。可有些人又埋怨我。

我在边区政府结婚后，请张贞黻老师来吃饭，他如约赶来。我们摆下饭菜，他先声明："我有结核病，要用两双筷子，免得传染你们。"没想到，连这点小事他也注意！我几乎流下泪来。这位老师，他是那样关心人，又是这样克己，总怕对别人不利，他真是个大公无私的人，体贴别人的人。

316

1947年，解放战争开始后，要转移了。他们向东转移，我随政府向北转移，再没见过面。这时，我已生下第一个孩子，在战争中，一手抱着孩子，一手抱着提琴。带队人动员大家轻装，第一次在安塞轻装时，我把所有的衣物都扔掉，只带着孩子和提琴。转移到安定县时，又要轻装，我只得把提琴寄放在一位烈士的侄子家里。怕敌人来了抢走，我把音桥、音柱、琴弦都卸掉，只剩下空壳留下，准备收复延安后再来取。我决不能把老师给我做的提琴丢掉。

　　1948年延安收复了，我回到延安，及时托人给安定县县长鹿鸣写信，请他到那位保存提琴的人家找我的提琴，鹿鸣同志回信说，他去找了两次，那家人说，敌人来时抢走了。我气得直跺脚。

　　从张家口回来的鲁艺同学告诉我，张贞黻老师在张家口肺病恶化，逝世了。我更觉得那把提琴的可贵。在延安时期，也许这是他留下的唯一的、亲手做的、完整的小提琴。为这件事，直到现在我还在思索：那提琴会不会丢掉？敌人抢个提琴空壳子干什么？是不是有人偷了？有人卖掉？是内行才会要那把提琴，不是内行不会要。那琴，真比进口琴还好得多。这是延安生产的唯一的提琴，是珍贵的文物！

　　为永记因孩子而丢掉的提琴，我的第一个孩子用提琴上两条弦的音起名叫"米拉"（3、6）。第一个女儿在战争中死掉；第二个女儿仍用这个名字"3、6"。

走进鲁艺校门以后

孟　于

1940年6月，我背上背包，经过清凉山下的飞机场，来到桥儿沟的教堂门前——这就是鲁艺的校址。当时我想，今后要在艺术道路上前进了……

我原在女子大学学习，冼星海同志常去给我们上音乐课，我受到他热情的鼓励，5月投考鲁艺四期音乐系。是唐荣枚和其他几位老师考声乐，向隅老师考视唱、练耳及指挥，最后由系主任谈话。这时星海同志已去西安，由刚从前方归来的吕骥同志担任系主任。我唱过他的作品，如《抗大校歌》《毕业上前线》等。他一身戎装，精神昂奋，声音洪亮，问我什么时候到的延安？唱过哪些歌？为什么要学音乐等？等我答完，他还讲了前方音乐工作者的动人事迹，坚定了我做音乐工作的决心。

当我收到鲁艺的录取通知书时，自然非常高兴，女大同学也纷纷向我祝贺，好几位同学一直送我到清凉山下。

四期音乐系，由各地抗日救亡宣传队中的音乐爱好者和从前方工作归来及从大后方来的40几位青年组成。从1940年春到1942年春，进行了3年较正规系统的学习。有计划，有要求，有考试，有成绩。第一学年注重业务基础知识，第二学年注重专业学习，声乐组，器乐组，作曲组，进行分科学习。每周的专业课不少于20小时。

学习条件相当困难，只有一架钢琴和一架手风琴及一架留声机，还有些由个人带来的唱片、乐谱等。欣赏课是听唱片，但唱针很缺，用过的唱针，还要精心地磨了再用。后来在周副主席的关怀下，1940年运来了一

318

大箱乐器、唱片。1941 年又运来一架钢琴和大提琴等。

政治理论的必修课有中国近代史、共产主义与共产党、马列主义基本知识及中国新文艺运动史。专业课有：视唱、练耳、乐理、和声、新音乐运动史、声乐、器乐等十二三门功课，还有选修课等。

大家学习热情很高，互相帮助的空气很浓。生活条件差，精神上却非常愉快。

我是声乐专业，启蒙学老师是唐荣枚，是西洋唱法，唱了不少练习曲，演唱的中外歌曲有：《黄水谣》《江南三月》《塞外村女》《民众武装曲》《花非花》《渔父》《菩提树》《啊，如此纯洁！》《君知否？南国》（选自歌剧《迷娘》）等 40 余首。还唱了自五四以来的优秀合唱曲及外国的合唱曲，丰富了音乐知识，也提高了演唱能力。

1941 年 3 月，全校总结一年来的工作，在总结会上罗迈同志又重申：当前的任务重在"要专门化"……除了培养文学艺术人才，还要为新民主主义革命成功后造就一批文艺工作和艺术教育的干部……这个讲话当时对全校的同志们是极大的鼓舞。

6 月 22 日，苏德战争爆发了，音乐系马上投入"援苏反德"的宣传活动；又为庆祝党的 20 周年和为纪念抗日战争 4 周年，在礼堂、广场及山坡上，展开热烈的宣传活动。

11 月 5 日，为庆贺郭沫若 50 寿辰，根据郭老的诗，由吕骥作曲演出了《凤凰涅槃》的大型合唱。后来这个合唱及其他音乐节目，还在庆祝苏联十月革命节及 1942 年 1 月 10 日在边区政府大礼堂的落成典礼上演出过。

紧接着 1942 年 1 月 17 日，全校各部组织了实习团到工厂、农村、部队、学校去体验生活，辅导开展群众文艺活动，搜集民间艺术素材。音乐系的女同学大部分去工厂、男同学大部分去部队。

1942 年 4 月，党中央发布了整风决定。5 月在延安召开的文艺座谈会上，毛主席作了重要的讲话，鲁艺全体老师都聆听了毛主席的教导。

5 月 30 日，毛主席又来鲁艺为全校师生作了重要报告，指出小鲁艺之外，还有个大鲁艺，要到大鲁艺去学习，去向工农群众的生活斗争学习，改造自己的思想感情，把立足点移到工农兵方面来，才能成为真正的革命文艺工作者。要求我们重视群众产生的文艺幼芽，要热情地扶持群众文艺中的"豆芽菜"。

毛主席的讲话深深地启发和教育着全体师生，很快就形成了学习讨论的热潮，推动了全校整风运动的开展。全校各专业系的学习全部停止了，从此深入生活，参加大生产运动，向民间学习。音乐系的同志们学陕北民歌，学秦腔，学郿鄠，学秧歌，学腰鼓，形成了热潮。为1943年春节，延安地区掀起的规模庞大的新秧歌运动作了各种准备。

光阴荏苒，几十年过去了，作为一名老文艺战士，仍然怀着我踏进鲁艺校门时的心情，发挥余热，继续为人民歌唱！

1988 年 1 月 20 日

对徐徐同志的回忆与思念

丁　炬

深秋寒夜，思绪万千。想起去年的今天——11月10日，徐徐急促地离开了我们，不由得泪流满面，千言万语难以表达我对他的思念。有时感到他似乎还在我身边，每当我在房中看书报时，总觉得他在隔壁房间休息。但当我独自在房内走来走去时，房内空空荡荡，这时才真正感到他是走了，离开了人间。回忆我们风风雨雨同舟共济46年的人生历程，值得怀念的事情是很多的，特别是徐徐青年时代的形象不时涌上心头。

徐徐幼年生活在农村，他父亲和哥哥常为道教仪式奏乐，音乐使徐徐感到莫大兴趣。上学后，黎锦晖的《麻雀与小孩》《小小画家》《葡萄仙子》等儿童歌剧，对他起到了启蒙的作用。每年春节闹元宵时喧天的锣鼓乐，给他留下了深刻印象。

他上中学时，对民间戏曲、音乐着了迷，常在假期晚上步行几十里赶去看戏。

30年代他在上海读书，受到各种音乐艺术的熏陶和影响，爱好更加广泛。当时流行赵元任的《叫我如何不想她》、黄自的《玫瑰三愿》等歌曲，以及通过口琴传播的一些西方歌剧、古典音乐和流行歌曲给他留下了深刻印象；那时他还经常去听上海工部局乐队和美国第七舰队军乐队音乐会，其中有不少外国音乐家同台演出，从而大大提高了他的音乐欣赏水平。特别是苏联电影《夏伯阳》《今日苏联》《马戏团》等使他精神振奋，同时受到中国左翼电影《桃李劫》影片中的《毕业歌》的启发，使徐徐在艺术欣赏和鉴别上趋向于进步艺术。

七七事变后，聂耳创作的《义勇军进行曲》，使所有爱国的中国人都热血沸腾，他也以满腔热忱参加了救亡歌曲运动。

1938 年 8 月 19 日，徐徐离开上海，绕道从广州、武汉、西安，到延安抗大学习。1940 年回到延安，被分配到鲁艺四期音乐系学习，并担任四期音乐系的党支部书记，直到 1941 年底。在这一年多的时间里，徐徐一直默默地做着一个共产党员应做的一切。

徐徐是一个性格内向，不善言谈，但充满热情的人。他从不显示自己，不讲漂亮话，总是不声不响、脚踏实地地努力工作。

1940 年 3 月 8 日，延安中国女子大学举行大规模的集体舞，庆祝国际劳动妇女节，冼星海同志率领鲁艺一个小乐队，到该校排练唱歌及为集体舞伴奏。而徐徐这个平时沉默寡言的青年，在小乐队里却是一个十分活跃的成员。

徐徐在鲁艺学习时，还兼任中央文化俱乐部的口琴训练班教员，每星期日进城去教课。同时还兼任部队艺术学校和延安中学的音乐教员。

这个时期的业余文化生活很活跃，每星期六晚上都有舞会。开始许多同志不会跳，徐徐不仅会跳交际舞而且口琴吹得很好，因而他和任虹同志教同学们交际舞。这一来，桥儿沟鲁艺大礼堂，每星期六晚上都是灯火辉煌，舞姿翩翩。开始同学们不好意思跳，徐徐就主动带着舞伴给大家示范，跟着一个个都下了舞场，好不热闹。后来他利用业余时间还编了一些外国舞曲，给舞会增添了不少色彩。为了组织好每星期六的舞会，每逢周末，还由他带领一帮同学布置舞场。有一年春节晚上搞了一个别开生面的反串化装舞会，男扮女，女扮男，大家非常欢快地度过了除夕夜晚。

延安的冬季是很冷的。白天学习室里有盆炭火倒还可以，但由于一天只发一斤多木炭，晚上必须熄火。一到夜里，盆、罐的水都结成冰块。我们虽然睡的是炕，但不能烧火，凉炕越睡越冷，所以一入冬就必须打草垫子才行。1941 年冬天来了，大家在附近山坡上打草，忙了半天，割回很少的蒿草。蒿草不如茅草暖。有的同学就泄气了，尤其是女同学懒得往远处跑，就想马马虎虎过一冬算了。徐徐和另一位同学合计着，这样怎么能过冬呢？有些同学被子很薄，有的甚至连被子都没有，冬天会冻病的。徐徐约了几个同学出去找草，中午派一个同学回来报信，他们在十几里外的山里找到了一大片草，要大伙去割。很多同学拿了刀和绳子去，看到了好大一片茅草地，草又高又密，马上情绪高涨起来了，一边唱，一边割，很快割了足够的草。大家背的背，挑的挑，踏着愉快的步伐回校。每个炕上铺上一层厚厚软软的草，晚上大家睡了一个温暖香甜的觉。

记得1940年深秋，学校组织人员上山烧炭，延安冬天取暖主要靠木炭，需要抽出身强力壮的男同学去完成这个任务，上山烧炭很艰苦，在山上居住、饮食、交通都很不方便，再加上缺少结实耐磨的衣服和鞋，有的连袜子都没有。徐徐愉快地和其他同学背上行李上山去了。他们在荒山老林里伐树、选材、烧炭，还要搬运。在家的同学心很不安，为他们做了一批鞋子，派人去慰问他们。一个多月，他们胜利回来了，大家热烈欢迎他们，为他们准备了热水，端上了热菜、热饭。傍晚散步时，我发现他走路有些困难，问他时，他说："没有什么，只是脚上的泡有些痛。"这时才发现他脚上仍穿着那双旧鞋，已经破得不行了，是用绳子捆上的。问他送去的鞋子为什么不换上一双？他说："别人也需要。我这双鞋不是还可以穿嘛？"

延安平地少，蔬菜种的不多，做不到一天一人一斤菜，我们就采野菜补充。可以吃的野菜很多，如猪毛菜、车前草、野蒜、苦菜等。徐徐长期生活在南方，对北方的野菜不熟悉，所以开始时，他采回来的大多是不能吃的。他就向别人学习认识哪些是可吃的，哪些不能吃，很快，他不仅能自己完成任务，而且还能帮助别人。一次他在后沟发现一片野蒜，他回来叫大家带小刀和筐子去，不一会就挖了一大筐。晚饭厨房给大家加了一个美味野蒜，同学们大开胃口。

徐徐一直参加《白毛女》的演出，担任舞台工作。《白毛女》演遍了各机关、学校、工厂、部队、中央各机关所在地。每天演出时都要搬幕布，装了卸，卸了装，他一直默默不语，埋头苦干，勤勤恳恳，任劳任怨。

1945年，鲁艺接到中央的指示要去东北时，我和徐徐刚刚结婚不久。我们被调到上海做地下工作，待命出发，后因几批去上海的同志遭杀害，中央又决定我们随鲁艺大队去东北。校部从各系抽调一部分同学，组成东北文工一团，由田方、沙蒙同志带队。11月15日，开完冼星海同志的追悼会后，我们就长途跋涉，路经陕西——山西——赤峰——张家口，因国民党封锁，暂留张家口华北联大文工团，徐徐是音乐组长。

1946年6月，开始又往东北进军，行军路上徐徐是收容大队长，照顾骡轿中的孩子和妈妈们，还有一些体弱的同志。每逢爬山，一些体力强的同志就帮着背孩子过去。有一次过河途中萧军同志的小孩掉在水中，徐徐立刻从水中救出孩子，可他的挎包全湿了，他在延安多年辛苦收集的民歌材料都成了浆糊。

每当我想起在延安时的那些日子，我的心总是久久不能平静。徐徐走了，却给我留下了终生难忘的美好回忆。

1987年11月10日

忆鲁艺二三事

卜 一

1939 年 1 月，我们一行 24 人从陕西枸邑县看花宫的陕北公学分校步行到延安，那时鲁艺还在北门外。对我这个仅仅在延安生活过几个月的年轻人来说，什么是延安精神，确实不甚了了。然而，就在这几个月中，确是深深地感受到了鲁艺的革命精神和优良作风。

我们到鲁艺不久就开展了生产运动，我们的任务是到北沟去开荒种地。用陕北那种宽嘴镐头，把荒山坡一块、一块地翻过来，然后撒上谷种，再用镐头将土坷垃打碎，谷种就掩埋起来，一场雨过去，谷子就渐渐出苗了。等长到几寸高就去间间苗、拔拔草，单纯依靠地力、没有施肥的条件，单等着收获季节的到来。对我们这些从来没有干过体力劳动的人来说，确实累得腰酸腿疼，但在延安革命风气的熏染下，又令人勇往直前，不甘落后。

一天下午，我们从北沟劳动回来，只见饭场上熙熙攘攘，西墙上从南往北挂起了长长一串漫画，是华君武同志的独家画展。他把农产品丰收的未来景象人形化了，苞米、谷子、萝卜、白菜，都是既长胳膊又长腿，既会说又会笑，一群群、一队队。

还有大肥猪领着一群群小猪崽、小鸡围着老母鸡，就连用木拐纺毛线也活跃在画面上。

记得当天我们吃的是小米稀饭中加了点面条，还放了点盐和葱花。这算是精心制作的好饭食，大家端着碗、一边吃、一边看。

我在鲁艺学习期间，先后赶上了《生产大合唱》和《黄河大合唱》的演出。这两部合唱都是冼星海同志的杰作。记得，一次是在抗大三大队的操场上演出，一次是在中央党校礼堂演出。从此，"风在吼，马在叫……"慷慨激昂震撼了全中国。《生产大合唱》是以载歌载舞的活报形式，人形化的牛、羊上了台，"咩咩""哞哞"的叫声，夹杂在合唱词曲中。舞台上有点简单情节的形象画面，合唱队却在舞台的一侧。这是艺术形式上很有胆量的创新。更可贵的是在排练中，全校师生的团结合作。记得上台扮演牛、羊的是全校年龄最小的女同学——林白、李群、黄准、杜粹远。合唱队里有4个男低音，除了杜矢甲是音乐系的声乐教员之外，崔嵬、丁里、王式廓，都是戏剧系和美术系的教员。

我们在日常生活中，也采用小鬼的称呼，但在延安，小鬼却是一种职称。不光是年纪小，而且是做服务性工作的才叫小鬼。鲁艺有两个小鬼，我至今还记得，一个叫杜宝，大家戏称"豆包"，另一个叫狗娃。他们只是为领导和专家干一点打水、送饭的工作。

一天，下着雨，延安的土地多是胶泥，一下雨滑得很，上山下山都不好走。杜宝拎着个小洋铁桶，给沙可夫同志送饭去，正好碰到沙可夫同志往下走，杜宝站住了，从下往上望着沙可夫喊道："喂！同志，帮帮忙吧！"沙可夫同志接过小桶，招呼着小鬼当心滑倒。这种上下无间、互助互爱的同志关系，真令人精神舒畅！

星海同志在鲁艺是他创作的高峰期，创作繁重，教学任务也很繁重，还要指挥排练和演出。那样大的名气，负担越重越有劲，而且那样虚心听取别人的意见。不管你是教师、词作者或是学员，只要你说得对，而且马上就改。记得党中央决定几个学校的大批学生开赴前方的时候，我们刚刚准备出发，星海同志的一首新歌《到敌人后方去》就应时而生了。"到敌人后方去，把鬼子赶出去"的歌声，激励着我们，一直伴随着我们从延安到达敌后征途，成了我们这支几千人队伍的进行曲。

吕骥同志除了教我们音乐理论和作曲之外，还肩负着整个音乐教学和音乐演出的组织计划工作。别看他个头不高，可是一唱起《保卫马德里》来，头一声就把人镇住了。声音高亢雄壮，气吞山河。更可贵的是他那种无时无刻不在为推动中国新音乐运动不断发展的战斗精神。他同我们一起从延安到敌后。我们通过封锁线时，是头一天下午 4 点集结，整好行装之后，一气长跑 40 里，半夜通过了封锁线。第二天一早，才登上一座山头，到达了根据地。就在这样长途行军疲劳紧张的情况下，到晋察冀边区不几天，吕骥同志就召集我们开会，研究成立中国民歌研究会的问题。

今天，同当时的环境条件相比，真有天渊之别。可是，延安精神和鲁艺作风不能丢，而是要更加发扬光大。

1987 年 4 月 11 日

忆 鲁 艺

杜粹远

去年延安鲁艺召开校友联谊会，见到许许多多多年不见的老同学，甚至在延安离别后就未见过面的老校友，多么亲切啊！大家在一起问长问短，有说不完的话，使我又回想起在延安时的情景，好像又变年轻了。

我1938年9月2日由陕北公学考入鲁艺二期音乐系。对于我这个到革命圣地延安不久的幼稚的中学生，一切都新鲜。我们的生活很简朴，每人一块小木板可以做桌子，又可以当凳子。上大课或开全院大会，我们就坐在小木板上听课，有时还拿砖头垫高坐，或干脆坐在地上，全神贯注地听课。吃饭就用茶缸，洗脸盆在会餐时还是用来盛肉菜的大餐具。每月一块五毛钱的津贴费，买些日用品。有时大家凑钱到各机关合作社的饭馆去会餐解馋。我们的生活无忧无虑，而且走到哪里都可以听到我们欢乐的歌声。早晨上操，我们练习爬山，每个人都不甘落后往山顶上爬，谁先登上山头，就为下边的同志加油。谁生病，厨房就做病号饭，做碗面条，煮个荷包蛋，彼此之间像兄弟姐妹一样，非常关怀而又真诚。我们就是生活在这样温暖幸福的革命大家庭中。

1939年初，党中央号召开展大生产运动，鲁艺全校教职员工都上山开荒。身体不好的同志留下干轻活。我是在开荒的队伍中，一大早我们就集合一起到山上去，以单位分成两组轮换劳动，每组在地头上站成一排，一吹哨就动手，我夹在男同志中间，我体力弱，两边的同志都帮助我，使我能和大家一道前进。在地头休息的同志就当啦啦队，喊加油。

很快就开完一片地。手磨破了，用手绢包上，也实行轻伤不下火线。收工回校、躺在炕上，腰酸肩膀痛，但没人嫌苦怕累。到收割时，往山下背谷子，大家既体会到农民的辛劳，也尝到收获的喜悦，知道了"粒粒皆辛苦"。劳动生产的门类后来扩大了，就不让女同志做重体力，组织女同志织毛衣、纺线。最快的一天可织一条毛裤，纺四两一等线。连有孩子的妈妈们也组织起来，做糊火柴盒等各种五花八门的轻劳动。男同志还要到山里为大家冬季取暖烧木炭。我们真做到了"自己动手，丰衣足食"。

由于我年纪太小，所以二期、三期、四期音乐系我都连续学习，后来调我到鲁艺院部干部处工作，我仍继续到系里去上戏剧课。因此，教过我的老师特别多，光是声乐老师就有唐荣枚、潘奇、郑律成。由于我没有变声，合唱中让我唱女低音，练声时特别注意让我保护声带。三期音乐系时，我和刘炽、黄准、李群四人合写过一个小歌剧，得到冼星海同志热情鼓励。记得1938年12月，日本飞机又一次轰炸延安，我和一些同学一起躲在星海同志窑洞的床底下。他提醒我们，要张开嘴，捂住耳朵，以免震坏耳朵。星海同志给我们上指挥课时，让同学们围成一个圆圈，在他示范下，一起练习指挥《黄河大合唱》中的"船夫曲"。我们和老师的关系，是异常亲切的，因为我们是同志。

以我这样年幼无知的女孩子，若不是在延安，若不是鲁艺的培养，在那个日寇暴虐，战火遍地的年代，我还能够拿起文艺这个武器，为党为人民工作，真是莫大的幸运。我永远怀念延安鲁艺，感激老师们，想念我亲爱的同志们！

回忆延安鲁艺第五期音乐系

蒋玉衡

　　1941年9月，我从女大辍学到鲁艺，进入第五期音乐系学习，我报到最早。安排住在紧挨大礼堂的第一排石窑洞。同学们有从前方来的，有从大后方来的，大多数是从延安的其他学校来的。音乐系、文学系、美术系和戏剧系的女同学都混住一屋，记得音乐系有蓝邨、李建彤、肖松、晓丹和我，文学系有何路、罗真理、牟决鸣，美术系有石蓝，吴铭。宿舍里没有床铺，也没有桌子，只有几张方凳。很长很长的大炕，从头到尾占去房间的五分之三。我们十几个女同学睡在上面也占不满。大家心情欢悦，虽然相识不久，却有着许多共同语言，很快便成了朋友。尚未上课，就先让我参加合唱队。以往，我是坐在台下倾听着鲁艺合唱团的高水平演唱，优美的歌声常常萦回脑际。今天我也进入这个行列中了。可是发下来的歌谱是五线谱，它对我过于生疏，手拿谱子张不开口。从此，我总是见缝插针，利用有利的环境和尚未上课的充裕时间，加紧练习。学习期间，我们唱过不少苏联歌曲，记忆较深的有《我们是红色的战士》《穿过海洋，穿过波浪》《假如明天战争》《我们是铁匠》《布琼尼进行曲》《伏罗希洛夫进行曲》《金色的浮云》等等，只有《金色的浮云》是旧俄作品，纯然抒情忧郁色彩。其他都铿锵有力、奋发向上，令人感到前程远大、战无不胜。抗战歌曲和反映边区人民生产劳动的歌曲，自然唱得更多，那明显的是另一个味儿，中国风格、中国气派。

　　大约是10月份的时候，开始排练大音乐会的节目，节目古今中外，各种声乐形式可算丰富。我特别喜欢男声合唱的《猎人大合唱》，它的情调是那么乐观和开朗，表现出男子汉的英武。女声合唱的《天使》却又轻柔、纯净，真像进入了天国，这两首歌情调对照鲜明。大音乐会的重点节目是吕骥同志为音乐会赶写的大合唱《凤凰涅槃》，歌词用的是郭沫若的长诗，因而规模和气魄都很宏大，有男高音独唱，女高音独唱、领唱、合唱。结尾是八个声部的大合唱，激动人心。

这次大音乐会，正好为接踵而来的整风运动提供一个典型事例。它以后就再也没有和观众见面的机会了。这就是在教学上被批评为"闭门提高"的四字概括。

鲁艺大音乐会的正式演出是在 1942 年的元旦后，学院派的味道很浓，庄重严肃。合唱队员都穿着特别设计的演出服，上装是乌克兰式样的黑色衣服，领口和袖口都有白色花边，女同志下身穿裙，虽然是粗布，但是和当时艰苦的环境和条件太不谐调了。费了老大的劲，反应冷淡，也就不奇怪了。

1942 年 5 月间召开了延安文艺座谈会，毛主席在会上发表了著名的讲话。但是只有老师们参加，所以毛主席专程来鲁艺向大家讲了一次，就在我们宿舍旁的篮球场上。一张光板木桌，木桌上一把洋铁壶，一个大粗碗。两次讲话的基本精神是一致的，但结合了鲁艺的实际，因而针对性更直接，表述和引例都很风趣，常常引人发笑，又令人深思。

我记得 6 月份以后，全部时间都投入了整风学习，教学停止了，课也不上了，但是整风学习不知怎么一变，又闯进来一个所谓的"抢救"运动。搞得一塌糊涂，洪洞县里没有好人。于是良好的同志关系，同志间的思想感情通道全部淤塞了。到了搞起大规模新秧歌运动的时候，这种气氛才逐渐缓解。

一个崭新时代的开拓

——回忆延安鲁艺的美术教学活动

蔡若虹

一、小天地不能脱离大天地

把美术教学单纯看作是技术性的教学，经五四运动时期算起，已将近 70 年了。尽管这种教学的结果阉割了真正的美术创作（把画室里的习作当作创作），尽管这种教学的结果造成了艺术思想性的贫乏，可是我们的美术学校仍旧把西方资本主义上升时期流行的美术教学方式奉为圭臬。这种洋教条，即使在全国解放以后也没有较多的改变，好像是一个无人敢与之较量的顽固堡垒。

然而这个顽固堡垒并不是不可摧毁的。第一个冲破这个堡垒的，就是 1938 年创办的延安鲁艺。鲁艺最有创造性的一举，就是把学院里的小天地和社会的大天地挂起钩来，把社会实践（包括生产实践）放在艺术实践的同等地位，从而使所学与所用、生活与创作密切地结合在一起。如果鲁艺值得我们纪念的话，我以为就在于它这种顶天立地的改革精神，就在于打垮了洋教条，就在于在艺术教学上开拓了一个崭新的时代。当然，艺术教学的这一改革并不一帆风顺，不到几年工夫，就遭到所谓"正规""关门提高"的袭击。这就是后来毛泽东同志号召鲁艺的同志们冲出小鲁艺、回到大鲁艺的原因。

从学院的小天地进入社会大天地以后最显著的特色，就是产生了一大批有血有肉的描写生活斗争的作品。这些作品虽然在艺术上还不够成熟，但是却比那些沉浸在个人情绪中的作品高明一百倍。社会实践就好像一本大书，它比其他的任何书本更丰富、更为生动、更为形象化。它让文艺工作者接触了许多新人新事，它让文艺工作者用自己的头脑去思索、去了解、去体会这些新鲜事物的来龙去脉、前因后果，甚至历史渊源。文艺工作者一经社会实践，就获得了取之不尽的创作源泉。记得在延安的时候，曾经做过乡文书的古元同志告诉过我关于他参加社会工作后的观感；他说，他过去对于结婚离婚的事情漠不关心，可是听了几次农村妇女要求离婚的诉苦，才知道农村妇女在买卖婚姻的高压下过着非人的生活。于是，就引起了创作冲动，觉得非把这些情况表现出来不可。的确，社会实践可以把过去漠不关心的事情变成非"表现出来不可"，把冷眼旁观的旁观者变成热情洋溢的主持人，这就是社会实践的优越性，这就是社会实践不同于一般地"到生活里去"的最大区别。

二、画室里的新气象

在画室里，模特儿脱去了层层外衣就等于脱去了社会生活的外壳，鲁艺美术系没有这样做，我们认为撇开社会功能欣赏肉体魅力的时代早已过去了。记得在桥儿沟东山的时候，曾经开过一次写生的座谈会，很多同志不主张再进行裸体写生，王曼硕同志说：裸体画的流行不能不从反对黑暗中世纪的禁欲主义说起，也不能不从希腊神话里许多裸体形象中去找到联系；我们现在既非中世纪，也不能生活在神话里，我们不必去依样画葫芦……（大意如此）。王式廓同志说：人体写生的目的，是从观察描写中去理解人的肉体结构和运动规律；模特儿应当经常变换姿势，将一次长时间的素描改变为多次的短时间的速写。后来我们就是根据这些意见制订了教学计划。我们不排斥人体写生，可是我们反对以画裸体为教条。

与此同时，我们也改变了静物写生的对象。桥儿沟的山沟里长满了黄色的蔷薇和紫色的丁香。可是我们却没有把花花草草作为静物写生的唯一对象。我们主张画生活中的常见物：一个水罐，几个茶碗，农民惯用的锄头和镰刀，一支步枪，一双穿旧了的爬山鞋……这些常见物代表着我们的常见人，也代表了整个40年代——生产的年代，战斗的年代。

可是我们主要描写对象还是人，我们的模特儿多半是农民，身体的健壮那是无与伦比的，而且摆起姿势来十分自然，这也许是长期劳动的必然结果。力群同志创作的《饮》，曾经得到过很多的好评。其实，这一喝水的姿态，就是陕北农民最典型的姿态。

为了加强速写的能力，鲁艺美术系的同学们还发明了一种"你画我，我画你"的"对画"活动；这种粗枝大叶的速写有时是用极简练的线条画成的。那时候大家穿的都是军服，都干过农业生产，都有那种艺术工人的素质，所以"对画"出来的人物形象，我们曾经戏称为工农兵的混合体。现在回想起来，如果把当年的这些速写保留到今天看看，那是多好啊！

三、关于创作实习

鲁艺一共4个系：文学、戏剧、音乐、美术。4个系只有一门共同的艺术课，这就是创作实习。美术系的创作实习，大概每周一次，都是在上课之前把作品的初稿（示意稿）汇集起来交给教员，教员从中挑选几幅有共同性的作品，在上课时做具体的分析和评述（肯定、否定或提出修改意见）。创作实习涉及的问题颇多，从作品的题材选择、形象塑造以及构图、光线运用……无不做具体的评定和说明。有时牵涉到作品的主题思想问题，教员还不免要引证中外名画，作出详细的介绍。创作实习，每系的教授方法不同，但是都受到同学们的重视，对于推动创作实践是大有好处的。

我担任美术系的创作实习指导只有两年左右，在教学实践中，我深深感到带有普遍性的问题，是造型的基本知识在创作的成功率中起决定性的作用。一个毛驴、一棵柳树、一个农民的院落……在审美能力强、技术熟练者的手下，往往成为风趣盎然的小品；相反，在缺乏造型知识、技术生疏者的手下，则往往成为一些概念的符号。在我看来，熟练的技术应当包括成熟的艺术思维在内；没有较多的造型知识，没有一定的审美能力，单纯地作技术锻炼是很难创作出动人的作品的。

鲁艺创办伊始，一切新辟的课目都在试行中得到肯定，但教学方法还待继续研究。我总觉得在现在的美术院校中，创作实习这门功课是千万不能轻视的。

四、没有完成的四本书

"实践出真知"，这是真理，但这不等于在实践之前完全不需要书本知识的辅导。我在教学中最感困难的，是没有造型知识的工具书，因而样样都要从头讲起。在 30 年代，我记得在一般美术学校中还有解剖学、透视学……之类的课程，但这些书本的观点很死板，不适用于创作。我总想请人编写四本迫切需要的工具书，大概的内容如下：

第一本，就叫它是绘画中的透视法则吧。它与过去的透视学不同之处，是除了说明透视的客观法则之外，同时说明视觉上的主观习惯性，并举例说明两者的有机结合。

第二本，人体运动规律图解。这本书是代替解剖学的。它与解剖学不同之处，是撇开骨骼单讲人体肌肉结构，并通过图录说明人体运动时几种主要规律（即人体躯干与四肢在运动中的必然变化）。

第三本，色彩学。除了说明色彩相互间的一般关系之外，还要根据我国的传统绘画在色彩运用上以少胜多的法则，并说明色彩运用与感情渲染的关系。

第四本，构图学。主要根据我国传统绘画在布局结构上的对立统一法则，列举具体作品做详细的示范说明。

这四本书的编写大纲刚刚写了一半，抗日战争就取得了最后的胜利，一个新的战斗又将开始，大家都忙于自己的行动准备，我偶然提起这四本书何时动手，王曼硕同志说："这恐怕要等到解放以后了！"

五、游来游去的吉卜赛

蒋介石有句名言：共产党人像吉卜赛……游来游去，游而不击。这句话，合不合乎实际情况呢？"不击"是胡说，"游来游去"倒是真的。

依我看，延安鲁艺搞美术的同志们也有点像吉卜赛，也是经常地游来游去——有两种范围的游来游去，一种是在延安革命根据地内部各个地区的游来游去，另一种是延安和各个抗日根据地之间的游来游去。游来游去是我们社会实践与艺术实践相结合的标志，我们有许许多多的作品都是在游来游去时产生的。

那时候，延安内部各地区当然是畅游无阻的。就连延安和各个抗日根据地之间，比如从延安到晋察冀边区吧，尽管有日军的封锁线，可是来往也不是十分困难，用同志们说惯了的话说，"过封锁线也不过是闲庭信步而已"。这话虽然带一点浪漫主义，但也合乎八九分真实，因为那时候游来游去，都一律轻装，除了身上的衣服以外，只有一个小小的背包，背包里最重要的要算木刻刀了。这一武器，是一刻也不能和我们美术战士分离的。

往来于延安与晋察冀边区（那时候我们叫前方）之间最为频繁的，是鲁艺的木刻工作团。这个团人数不多，我现在记得最清楚的，只有胡一川、罗工柳、彦涵、华山和几个年轻的小鬼。他们去前方时，我还正在赴延安的路上。可是他们从前方回到延安，已经是两三年的事了。他们带回不少木刻年画，贴满了两间大窑洞，对于在延安久居不动的我来说，简直是耳目一新！单从表现形式来看，恐怕说成"旧瓶装新酒"不尽合乎事实。民间旧形式的套用，已经被崭新的内容改装为样式不一的新瓶了。黑色木刻底版上套上几种鲜艳的水彩，原是我们民间年画的老装束，但由于人物造型手法更接近生活实际的原型，就显得别有风味。此外，也有个别作品保留了民间固有的现实主义与浪漫主义相结合的手法（例如同一画面上人物形象的大小不一，同一身体上头部与四肢的比例不一，以及装饰性的图案与人物景物交织在一起等等），由于作者深刻了解劳动人民的审美要求，所以信手拈来，也十分自然妥帖。总之，这个展览会揭开了边区人民拥军支前的新气象，无论是内容或形式方面，都对同学们起有良好的示范作用。

美术系的同学，每个学期都往往派往各个分区做临时的美术工作，背包一背，两脚如飞，也画了不少歌颂劳动模范的连环画。社会实践推动了艺术实践的进步，艺术实践又作了社会实践的生力军，这就是我们游来游去的实质！

六、美在民间

"我的天，到底要怎样才算美呢？"

一句话把大家都逗笑了。说话的人是听见别人谈起陕北老乡不喜欢"阴阳脸"说起的。的确，"阴阳脸"的提出使许多科班出身的美术工作者都感到诚惶诚恐，所以一提起这话议论就特别多。

延安的六月，晚饭后离天黑还有很长一段时间。这时候，鲁艺东山的窑洞门外，常常有三三两两，甚至七八十来个人坐在土疙瘩上谈天，由于谈话毫无拘束，触及面又广，所以比一般的座谈会更加活跃，更能够解决问题。

所谓"阴阳脸"，是指我们习惯于给陕北老乡画像时所用的有明有暗的素描式的肖像。老乡们很不喜欢脸上有黑影，就称呼这种画为"阴阳脸"。画家们常常为了这个称呼和老乡们辩论：

"你看你看，你看看我的脸上，这半边不是比那半边亮一些吗？那半边不是比这半边黑些吗？"

"我知道，我看得见。"

"你看你看，我这鼻子下面，我这下巴下面，不是黑乎乎的一片吗？"

"我知道，我看得见。"

"那为啥我画出来你就说是阴阳脸呢?"

"看得见的,不一定都要画出来嘛!"

"为啥不要画出来?"

"不好看、不美。"

从来没有一个老乡愿意把这种肖像画拿回去。

是不是陕北老乡都希望把他画成美男子呢?

"不是不是,"一个经常和陕北人打交道的同志说:"他们是喜欢那种不画光影、单用线条勾轮廓的。"

"对啦,他们喜欢单线平涂,"一个带上海口音的说:"我们以后专门画单线平涂。"

"也不一定,"另一个带广东口音的说:"老乡有老乡的审美观念。"

"能看见的不一定都要画出来这句话很有道理",另一个山东大个子说。

"我讲个故事给你们听听",带广东口音的说:有一天,我在河边碰见一群放牛娃,他们知道我是画画的,就围着我,要我给他们画像。我就用手指在河滩的泥上画,刚刚画到眼睛,他们都说不好看。我问,要怎样才好看呀?一个七八岁的小鬼说:"要凤眼,凤眼好看。"另一个十多岁的马上出来纠正:"不是凤眼,是丹凤眼。"我问:"为什么丹凤眼就好看呢?"那个十多岁的说:"关老爷(指关云长)是丹凤眼,他过五关斩六将……岳王爷爷(指岳飞)也是丹凤眼,他精忠报国。"——你们听听,老乡们的审美观念和伦理道德观念是结合在一起的——我又问:"你们又不精忠报国,干吗画丹凤眼呀?"这一下子三四张嘴抢着说话了!"我的哥就打日本!""我的大(父亲)也打日本!""我的三叔、四叔都是八路军!"一个只有六七岁模样的娃娃尖着嗓门儿高喊,"我家是烈属,我长大了也要当八路军!"——说实在的,我真的感动得流泪了,我没有别的话好说,我只是重复地说:"我把你们都画成丹凤眼好吗?"大家都乐滋滋地笑了。

听完了这个故事，我不免长叹一声，说："这种高于现实生活之上的理想的美，恐怕不仅陕北老百姓是如此，很可能全国到处都有，这正是我们中华民族的无比坚强的脊梁骨，很值得我们深思。如果问：美到底在哪里？我说：美在民间——在民间！"

1987 年 7 月 15 日于北京

延安的漫画活动

华君武

虽然由于出版和制版条件的限制，但是漫画在延安还是很活跃的。在到解放区前已经从事漫画创作多年的如胡考、蔡若虹、张谔、张仃等同志，从 1938 年起，先后陆续到达了延安。

延安发表漫画的方式有墙报、展览会、报纸。我们在鲁艺，1940 年到 1941 年就办过漫画墙报，大概每期有现在报纸 3 至 4 张大小。内容有反对德意日法西斯的，也有反对国民党蒋介石消极抗战、积极反共的，还有相当一部分是批评延安当时知识分子中的自由主义等错误思想的。漫画墙报很受鲁艺师生的注意，每次张贴出来时，总有一群人在围观。那时为漫画墙报经常画稿的有蔡若虹、朱吾石、施展、亦光、郭钧、许群（印尼华侨，抗日战争胜利后病逝）等同志。当然也还有一些偶尔画些漫画的美术系的学生，可惜现在已记不清楚了。

毛主席还看过我们墙报上的漫画。那时有一张讽刺自以为有知识，实际上没有真正知识而又自大的人的漫画，毛主席还表扬过。当然也有一些同志在漫画墙报上看到讽刺好像涉及他的漫画，也要生气的。当时鲁艺有一位领导总务工作的老红军，施展画了一幅漫画是批评学校总务工作的，画中人物形象和这位老红军也有一些相似之处，这位领导勃然大怒。后来周扬同志做了解释、说服工作，才算平息漫画墙报引起的一场风波。这在当时也算是学校一件轰动的新闻。

漫画墙报是用一块蓝布做底子的，这块布还是从学校领来的，当时要有这样一块蓝布还不容易呢。墙报的画有黑白的也有彩色的。

漫画展览会也是一种发表方式。我已记不清时间，大约在 1940 年冬天或刚过 1941 年，反正是天还极冷的时候。我们在延安北门开了一个反侵略、反法西斯的漫画展览会。许多不大画漫画的同志也都参加了。只要想想过去在国立艺专只教素描的王曼硕同志也用素描的手法，画了 3 个裸体的希特勒、墨索里尼、东条英机的像，参加了展览会，就可想而知了。单凭这点政治热情就不简单。

开展览会，会场多半在当时新盖的军人俱乐部。那是一排新建的石头窑洞，窑洞之间有小门可通，在延安可以算是很豪华的了。我们去开展览会，把画和马兰草制的衬纸用个木板一夹，背着木夹进城，到了展览的窑洞里就用预先采集好的酸枣刺，代替图钉把画张贴好。

漫画展览除了上面所讲到的，还举办过讽刺画展（作者是蔡若虹、张谔、华君武），还在鲁艺举办过张仃的肖像画展，也是有漫画风格的。

延安讽刺画展举行时，可以说轰动延安的干部，毛主席也去看了这个画展。后来毛主席也曾邀舒群（作家，当时在《解放日报》负责文艺编辑）、蔡若虹、张谔和我去谈过话。谈了漫画要注意片面性，不要把局部的东西变成全局，毛主席还举了我在《解放日报》发表过的内部讽刺画"延河植树"（原题已忘）为例，因为那幅漫画中，植的树没有很好保护都枯死了。毛主席说不要笼统说延河旁所有植的树都枯死了，应当说是那一段地点的树植得不好。

讽刺画展在延安鲁艺以及在整风过程中都没有讨论过，参加画展的 3 个人也没有总结过。但是在 10 年浩劫中，讽刺画展却被诬为反革命。在当时的所谓《美术界两条路线斗争大事记》中，无中生有地说延安讽刺画展后来遭到毛主席的严厉批评。这是一种捏造。毛主席不是这样的风格、气度。在延安，大家都尊重毛主席，毛主席和我们接触时，不使人感到害怕，反而使人敢于把任何意见（哪怕是错误的）都愿意告诉毛主席。那天，在毛主席处吃了晚饭，张谔和我也喝了不少酒，也问了一些可笑的但也是严肃的问题。

讽刺画展有没有缺点，甚至错误？我不能代表蔡若虹、张谔两位同志来讲，但是从我自己当时的思想、政治水平来看，肯定会有缺点的。第一，在当时，抗日是全国的头等大事，延安是抗日的中心（当时自己的认识水平还很低），来讽刺延安内部的一些问题，此时此地是否恰当？第二，我当时自己的思想里还有比较浓厚的自由主义、个人主义、极端平均主义思想，漫画是表现作者的思想立场的，有错误的思想就会程度不等地表现出来，但是这些作品散失了，现在也无法一一来评判了。

漫画是受到党的重视的，从我亲身的经历中有两件事值得说一说。1939年，当时延安的《新中华报》是一张小型的报纸，需要漫画，但是延安没有制锌版的条件（因为国民党封锁，无法得到锌版），必须作者自己把漫画刻成木刻去排版，我还刻过一次木刻漫画，可惜要求画面太小，不能画得太复杂，加上刻工不好，手也受了伤，再也没有继续下去。后来《解放日报》出版了，画面可以大些了，那时《解放日报》印刷厂里有一位工人曹国兴同志专门把漫画刻成木刻，而且刻得很好，就不需要作者自己动手去刻了。

抗日战争中，蒋介石消极抗日、积极反共，我们党是对他进行有理、有利、有节的斗争的。因此，用漫画批评国民党蒋介石，也和整个斗争的步骤是一致的。有时可以讽刺，有时又需要等一等看，看事态的发展。当时张谔同志在《解放日报》管美术。有时说，陆定一（当时是《解放日报》总编辑）、余光生（副总编辑）同志要我们赶画讽刺蒋介石当时的一些反动思想和行动的漫画，我们画好了，从桥儿沟到清凉山自己跑8里路送到解放日报社去。有时送去了还不发表，一压数天，到可以发表时才发表。漫画真正是一种斗争的工具，是紧密配合政治斗争的。

毛主席的《新民主主义论》和《在延安文艺座谈会上的讲话》对我的漫画创作起了很重要的教育作用，它使我思索漫画如何为工农兵服务，如何能为工农兵所理解，它也使我考虑漫画应当具有民族风格和中国气派，这也是我今天仍在摸索和实践中的主题。

可惜，从延安出来的同志中，从事漫画的人太少了。

1982 年 5 月于北京

我在鲁艺美术系

丁 里

我在延安鲁艺的时间不长，从 1938 年 4 月到 1939 年 7 月，不过一年零三个月。

我同崔嵬同志于 1938 年 3 月下旬到达延安。那是我们上海救亡演剧队第一队 2 月间在临汾刘村八路军办事处工作时，李伯钊同志告诉我们说："延安要办一个戏剧训练班，请你们去，我已经联系好了。"于是我们就离队到延安去了。

到延安之后，办训练班的计划变为办鲁迅艺术学院了。我被委任为鲁艺美术系委员，参与了筹建、招生等工作。

1938 年 4 月 10 日开学了，落在肩上的这项新任务，它既不同于外边的艺术院校，又要适应新的形势和需要，一切都必须从新做起，开拓前进。

美术系的系主任是著名木刻家沃渣；先后任教的有王式廓、胡一川、陈铁耕、江丰、王曼硕、蔡若虹、胡考等。

学员有 30 人左右，有少数人曾进过美术院校，有个别人曾发表过漫画作品，大多数是抗大、陕公爱好美术的同学，学员的质量是好的。

系里没有分科，同学们以自己的兴趣和特长，分别搞木刻、漫画、宣传画，油画是搞不来了。不论画还是刻，都是自由选题进行创作。每周有一两次作品讨论会，把已完成的作品张贴在教室的墙上，大家欣赏一遍之后，先由教员谈谈观后感，从作品的主题思想到表现方法、技巧等等，提出自己的看法，然后大家参与讨论，各抒己见。研究空气非常活跃，在彼此艺术欣赏的交谈中，取长补短，颇有收获。这种集体民主探讨的治学方法，同外边的艺术院校的教学情况是迥然不同的。

我就在这样的展评会上谈谈自己的心得体会与大家共勉。凡是从大家的作品中看到了新兴的东西，我都给以肯定和赞扬。我深信，人的才华是从刻苦钻研、不断磨炼中涌现出来的。

当时，像其他教员一样，我也从自己的创作实践中谈过自己的点滴经验，供同学们参考，现记录于下。

我在上海时，主要是画国际时事漫画。如何从当前的国际反法西斯运动中选取题材，研究主题，这是首要的一步，更费心思的是表现手法问题，既要揭发得深入骨髓，又要出之于不凡的技巧，而耐人寻味，这很难轻易地一挥而就的。我总是经过反复推敲，从几种不同的表现方法中找出较好的一种，才落笔成画的。

之所以要反复思考，一再衡量，这其中有一个对事物认识上的深化过程，一定要有不与人同的真知灼见，新奇的构思，卓越的技巧，才可以画出一幅较好的作品，这样才可以使人民进一步加深对事物的理解，兴趣盎然。画漫画绝不能潦草从事，潦草与艺术是无缘的。切记，切记！

要画出好的作品，必须从两方面提高自己的修养：一是提高自己对事物的认识能力，要有正确的政治观点，这才可以从现象渗透到本质，入乎其内才得以出乎其外。二是笔下的功力要坚实，素描是基础，要不断地刻苦磨炼。过去有画人体、画石膏的功底，就比较得心应手；现在只好从人体的素描、速写上下功夫。解决模特儿的办法是画群众，也可以大家互相画。之所以强调这一点，就因为漫画主要是以人物来表现的，如果对人物的表情、手势、体态、动感，弄得不清不楚，不明不白，就会令人不知所云了。

有人说："漫画是写意的"，意思是可以不必强调写实。我认为这个"意"是在实的基础上才可以"写"出来的。不然的话，随心所欲，信笔涂抹，就会弄得人鬼难辨，鸡犬不分，张冠李戴，而事与愿违了。

我这些见解不一定全对，不过是个人的一点心得体会，权作引玉之砖吧。

除上述在观摩会上的经验交流之外，我还常领年轻的小同学去野外写生。有一次苏联摄影记者还拍了电影。

我自己也曾画了几幅布画，张贴在延安城里的街道上，或参加美术系的对外展出。

我当时不过 23 岁，除了美术系的工作之外，还参加沙可夫同志写的多幕话剧《团圆》的演出，参加了李伯钊同志写的歌剧《农村曲》的演出，参加了塞克编剧、星海谱曲的《生产大合唱》的演出。……我成了鲁艺的活跃人物。

我在鲁艺时间虽短，它是使我受到党的培育，锻炼成长的黄金时刻，我终生不忘。

在沙可夫同志的领导关怀下，经李伯钊、吕骥同志的介绍，我于 1938 年 7 月入党！真是夙愿得偿，感奋不已：我将永远听从党的召唤，把一切献给党。

1988 年 1 月 5 日

草地小会

罗工柳

延安北门外，右边是清凉山和延河，左边是无名黄土山。山半腰有十来个窑洞，上上下下，大大小小，并且整齐，这就是鲁迅艺术学院最早的校址。

1938年秋末，鲁艺组成木刻工作团，准备到太行山八路军总部去工作。成员有：胡一川（团长）、华山、彦涵和我。鲁艺山下，有一片坟地，坟地旁边有一小块草地。鲁艺木刻工作团出发前，在这草地上开欢送会。会上没有茶点，大家席地而坐。出席人有鲁艺副院长沙可夫（那时没有院长），木刻家江丰、胡一川、陈铁耕、沃渣。还有鲁艺木刻研究班几个年轻的木刻工作者。人不多，是个小会。会上谈的不是离别的话，而是讨论中国木刻在新形势下如何发展的大问题。

中国新兴木刻运动，从鲁迅倡导开始，到1938年，还不到10年。木刻家队伍发展了，全国性木刻协会已经成立，全国性木刻画展，也已展出。中国新兴木刻艺术，从幼年向壮年成长。它为民族解放斗争，作出了自己的贡献。但木刻是从外国学来的，又在城市中成长，观众是城里人。现在木刻工作团要上前方，到敌人后方去。那里是农村，将来的观众是农民。农民群众喜欢这种木刻画吗？这谁也无法回答。只好让木刻工作团在实践中找答案。但大家都认为，中国木刻艺术，真正为中国广大观众所喜闻乐见，就必须中国化。怎样中国化，谁也不知道，也要木刻工作团在实践中去探索。

我们过了黄河，在晋西就开始举办木刻画展。到了晋东南目的地，马上又举办展览。展览的作品是全国性的，全国木刻家的作品都参加了。参观的人很多，提的意见也不少。集中起来，主要是两条意见：一是内容名堂不多；二是形式不好看。我们冷静思虑观众意见之后，认为群众的看法有道理，符合事实。这些作品的作者，确实没有生活，当然也不可能有深刻的内容，名堂不多是必然的，而表现手法是外国的，作者都处于模仿阶段，作品基本上是欧化的。这种作品得不到中国农民的喜爱是自然的。

鲁艺木刻工作团出发前，在草地开的小会所提出的问题，现在有了明确的答案了。怎么办？从群众意见中，我们得到启发。看来有两条是十分重要的：一是必须深入生活；二是必须向中国传统版画艺术学习。因此，木刻工作团首先抓深入生活。到1939年底，决定采用民间木板年画的水印套色方法，创作新的年画。内容是敌后战斗生活，形式是中国传统形式发展起来的。这是我们的探索。作品印出后，正是阴历腊月廿三。我们把新年画带到集市上去摆摊，看看群众是否欢迎。结果大受群众欢迎，很快就卖光了。一下轰动了，鲁艺木刻工作团出了名。朱德总司令很高兴，对木刻工作团这一工作，评价很高，并要秘书把这些木刻作品寄到重庆去，向外散发。彭德怀副总司令给工作团写来热情的长信，肯定木刻工作团探索成功。现在发现莫斯科东方博物馆馆藏了这批作品。美洲也有发现。中国革命历史博物馆把这批作品，作为一级文物珍藏。

新中国成立后，中国套色木刻艺术发展很快，已达到很高水平，成为有中国特色的版画艺术，成为世界画坛的一枝奇葩。

半个世纪过去了。回想当年在鲁艺草地上的那次小会的情景，看看今天中国木刻艺术发展的成果，使人感到那次小会的深远意义。

1988 年 11 月

一片冰心在玉壶

王朝闻

如今，要在旅途中写延安回忆录，只好赶任务。40多年前的往事记忆犹新，但一时还不能把注意力集中于此，只能在别人正在梦里的凌晨，对过去记述一些零星的印象。

在延安，我仍然在为雕刻打基础而着重于素描的基本练习，几乎每天都到处画速写。有时，眼睛累得把一根树干看成两根树干。这些习作早已散失，只有同人墙报的有关同志代我保存的两幅肖像和几件在战争中未曾丢失的雕塑习作的照片，还可表明我当时捕捉人物性格的努力。那时的创作很少，给党校大礼堂塑的毛泽东同志的浮雕像要算较大的作品了。党校学员对它的反映怎样教育了我，这一往事已经写进别的文章里，这里我就只能从略了。还值得一提的，是为了纪念十月革命而三天三夜赶做斯大林的浮雕像。

在窑洞里做两米大的浮雕，不能按习惯退后看整体效果。困难不小，但我仍抱着满腔热情从事这一工作。我的热情与钟敬之等同志对于这一工作的热情有关，也与当时在美术系学习的吕林诸同志的支持有关。他们日夜给我当助手，抬泥、和泥、堆泥、煮糨糊、做夜餐，把旧报纸一层一层往泥胎上贴，烧柴火烤。窑洞里烟雾弥漫，我们不能不进进出出，那味道，是名实相符的"够呛"。湿泥土烤得收缩了，脱胎的纸模成功了，那种战胜了困难的心情是不消说的。最后刷上石灰浆，钉在大木框里，背后大概是盖上白布床单，让美术系同志抬着参加到游行队伍里去。诗人萧三为此写过诗，他也以为这是石膏做的。当"石膏像"抬走了，这时我才感到累，累得躺倒在条凳上起不来。想睡，却也睡不着。如今我分析别人作品强调形象的矛盾性，也许是受了这一经历的影响。这一经历表明：只有经过困难，才更觉得工作的愉快。

不记得是不是在1941年，我曾给延安《解放日报》副刊写过一篇短文叫《再艺术些》，基本论点是反对造型的浮夸。但我的雕塑习作，也经历过不适当地夸张特点的弯路。七月剧社的一个小鬼叫史琳，脾气和长相都有点"倔"。我给他塑肖像，故意强调了这种"倔"的特征。后来自己察觉，这样的夸张反而表面化和不耐看。这期间，根据一张照片给朱德同志做过一个浮雕像。钟敬之同志后来对我说，朱老总说这个浮雕不像他，没有具体说它为什么不像他。我们探讨了这个问题，我以为可能是因为太强调了他的法令纹，结果不符合人们心目中的朱老总那种慈祥的性格。这一失败的经验，也使我明确了一个问题：尽管作为军事指挥员的朱老总有威严的特征，但这样的肖像是做给自己人看的，不强调他那慈祥的一面，只片面强调了威严的一面，这就不符合群众的审美感受和需要。

我曾访问过一位民间艺人，他谈的艺诀对我的影响颇深。他是早年从山西来延安定居的绘塑神像的能手，他的谈话给了我一些可贵的知识。譬如"画马三圆"或"画马三块瓦"（马脖子、马屁股是上圆，马肚子是下圆）不论马的动态有多大变化，这三点是不变的，也就是对马的基本形的一种概括。这一知识使我更尊重民间艺人，使我更重视形象的基本形。它使我更注意中国佛教艺术与古希腊艺术对基本形的种种应用，也促使我在教学工作和研究工作方面，更加强调某种基本形与具体内容的特殊关系。对于艺术形式与生活内容的关系、特殊内容与特殊形式的关系的理解，当然在这次访问民间艺人之前已有所关心。但我感谢这位一时想不起他的名字的民间艺人，对我反对一般化同时又重视一般规律的思想，起了一种至今仍然值得感激的积极影响。

再一件事也给了我很深印象。那是我与江丰诸同志研究年画问题（写过短文）期间，我们在一次年画展览会上，看见一位中年男子站在莫朴同志那幅年画《平型关大战》之前，看了很久很久。我问他，喜欢不喜欢这幅画，他说，美得太（好得很）。我问他好在哪里，他一一指点，什么地方他打过伏击，什么地方他打过冲锋……把一幅画说活了。我根本没有到过平型关，来自新四军的莫朴的作品未必对平型关的地貌作了如此逼真的描写。显然，他是以他自己的实践经验为起点、在艺术欣赏活动中发挥了主观的想象活动。这件事至今影响我对于审美主体的认识的能动性的认识，也是我一贯强调艺术创作的真正完成，它的欣赏者起着不可忽视的作用的重要原因。

在国民党顽固派的经济封锁等困难条件下，我与叶洛诸同志制作了泥娃娃，有的同志把它们带到市场出售，销路不坏。这一点使我间接知道了群众对艺术品的审美趣味。记得我做过《回娘家》等泥娃娃——像如今无锡惠山泥人那样，在风干的泥胎上涂粉、着色，自己也觉得好玩。在这次不记得为什么没有继续的生产与创作相结合的活动里，我们探讨过群众的审美趣味的继承性，民间艺术的装饰性与真实感的辩证关系。陕北剪纸中，那些变形的人物造型，也直接影响着我们的泥娃娃。我虽然反对漫画一味地举大拳头，但我喜爱陕北民间剪纸那种既质朴又夸张、夸张到人物性格表现得更生动的程度的艺术风格。

在延安鲁艺，我不只从各个方面接受群众的教育，也热心做过一些普及工作。大概是从兰琳同志那里借来一套罗丹雕塑图片，我为每幅写了说明，然后由字写得比我好认的同志分别抄出来，举行了一次观摩展，从事戏剧、音乐、文学的鲁艺校友颇感兴趣。在那么困难的物质条件限制之下，我是尽可能利用当时的条件进行自学和做点普及工作的。江丰同志有一本曾觉之翻译的罗丹《美术论》，我多次借阅，也向别人传播过有关知识。那时除了这本书，要算鲁迅翻译的板垣鹰穗的《近代美术史潮论》是读得较熟的读物了。

时间不容许作更多的回顾。我只能简单地说，延安鲁艺是一个值得纪念的学习环境。1975 年，我曾顺道自费旅行过延安。在延安的张建文同志陪我和我的女儿在桥儿沟逗留了一天。可惜，一个熟悉的老乡也没有遇见，真有"儿童相见不相识"之感。我住过的西山窑洞，不知在什么年代已经倾塌了。我们每天活动的"门外平原"也变成了萝卜地。

写到这里，想起王昌龄一首与镇江有关的送别诗，愿抄下来结束我的延安回忆录。它的全文是："寒雨连江夜入吴，平明送客楚山孤。洛阳亲友如相问，一片冰心在玉壶。"

1982 年 4 月 20 日

摇 篮

古 元

1940年夏天，我来到延安县川口区碾庄村，在乡政府担任文书工作。

下乡之前，我是个青年学生，先在陕北公学学习政治，后入延安鲁迅艺术学院学习美术，经过一年多的学习，我接受了马列主义和毛泽东思想，初步确立了革命的世界观和革命的文艺观，立志为人类解放事业奋斗，用艺术为广大人民群众服务。

我住在乡政府办公的窑洞里，在农民家里吃派饭，跟当地的干部一起工作，跟农民一起劳动。在参加生产劳动、文教卫生、征购农产品、拥军优属各项工作中，学习到许多实际知识，深感创造物质财富的艰辛，体会到劳动人民的勤劳智慧、艰苦朴素的高尚品质。

碾庄共有42户人家，但全村除正在上小学的儿童以外，只有一个识字的人，其余的都是文盲。自从1936年人民政权建立以后，乡亲们政治上解放了，生活也逐渐好转，村里已办起一所小学校，儿童可以上学了。但青年人和成年人要参加生产劳动，上不了学，文化还不能翻身。我就利用工作之余教他们识字。我每天制作一些识字画片，在一张小纸片上画简单的图画，比如画一头牛、一头羊或者一只水桶，图画下面写上"牛"字、"羊"字或"水桶"二字，分送给各户人家，乡亲们劳动后回到家里，看见这些纸片，就能认识纸片上的字。一天识一两个字，一个月就能认识几十个字，效果很好。

乡亲们都喜欢把画着大公鸡、大犍牛、大肥猪、骡、马、驴、羊这些识字小画片张贴在墙上，供朝夕欣赏。我从这里发现乡亲们对于家畜的喜爱心情，也知道了他们的审美趣味，我就以这方面的题材创作了《牛群》《羊群》《锄草》《家园》四幅木刻，分送给乡亲们。他们看见这些木刻画高兴地议论起来："这条驴真带劲！""这不是刘起兰家的大犍牛吗？""放羊不带狗不行！""放羊娃要带上一条麻袋，母羊在山上下羔，装进麻袋里背回来。"

经过一段熟悉的过程，我对这里的生活产生了深厚的感情，看见乡亲们的日常生活，如同看见很多优美的图画一样，促使我创作了很多木刻画，如：《选民登记》《准备春耕》《入仓》《小学校》《冬学》《读报的妇女》《结婚登记》《离婚诉》等。我每刻完一幅作品都拓印多张，分送给乡亲们。他们很喜欢这些作品，但是对于有些表现手法提出了批评。例如：对一幅《离婚诉》，首先肯定这幅画的内容，认为陕北妇女过去太受压迫，婚姻不能自己做主，出嫁后受歧视、受压迫、受虐待也不敢反抗，只能逆来顺受；如今解放了，男女应该平等，受压迫就可以起诉。但是，对于这幅画的刻法不理解，"为啥脸孔一片黑一片白，长了那么多黑道道？"因为我开始学习木刻时，参考一些欧洲的木刻作品，模仿外国的表现手法，并且把这些手法带到农村来了，乡亲们当然看不惯，他们提出的批评是应当重视的。我参照乡亲们的意见，不断地改进我的作品，力求为他们接受和喜爱。以后我又重新刻了一幅《离婚诉》，和以前的刻法就不同了，用单线的轮廓和简练的刀法来表现物体，画面明快，群众也就喜欢接受了。

后来，这些在碾庄创作的木刻作品，发表在延安《解放日报》上，发表在国内外的杂志上，在延安展览会上展出，并且送到重庆和其他地方展出，很受社会公众的重视，接着我又创作了《哥哥的假期》《减租会》《调解婚姻诉讼》《人民的刘志丹》《农家的夜晚》《排戏》《逃亡地主又归来》《区政府的办公室》等木刻作品。这些作品的素材，都是来源于碾庄的生活。

我在碾庄工作和生活将近一年的时间，这一段生活是非常有意义的，对于我以后的艺术发展有着深远的影响，是我艺术生涯的摇篮。

1982 年 4 月于北京

古元之路

——记青年古元的一段经历

葛　洛

　　过去、现在和未来，人们在谈起抗日战争时期延安的革命文艺时，都要谈到延安木刻；在谈到延安木刻时，也都要谈到古元。

　　古元在延安创作的那些表现陕甘宁边区人民的新生活、新风貌的木刻作品，早已为国内外美术爱好者熟知，并备受赞誉。他的作品为何具有如此强烈的艺术魅力？古元又是如何走上艺术创作的成功之路的呢？

　　1938年末，古元进入延安鲁迅艺术学院美术系学习时，还是一个不满20岁的青年。他出身于广东中山县一个农民家庭，在他那壮实的身躯中流动着农民的血液，粗眉大眼的相貌透露着纯朴敦厚的气质。上中学时期，他就酷爱绘画，初步掌握了绘画技艺。进入鲁艺之后，这座革命艺术学府以它的教育方针雕琢着这块璞玉，塑造这个未来艺术家的灵魂，给他的画笔不断增添活力。古元刻苦学习，既画素描，又攻木刻。他那一双粗壮的大手好像就是为刻木刻而生长的，一旦握住刻刀，就再也不肯丢下。在学习期间，他陆续创作了表现陕北风情的木刻《骆驼队》《挑水》《运草》等。虽然这些木刻尚属小品性质，但他善于从平凡生活中捕捉美的才能，使鲁艺的师生感到惊讶。在鲁艺学习一年，古元毕业。鲁艺根据深造艺术人才的计划，派他和4名文学系毕业生一起去延安农村参加工作。从此，古元跨出人生道路上的一个新起点，他的艺术生命也进入一个新历程。

　　1940年5月的一天，延安县川口区派来的农民牵着一头毛驴，驮上古元和4个同伴的简单行李，翻山越岭，把他们接到离鲁艺所在地桥儿沟 20 多里的碾庄乡。碾庄是一个有 42 户人家的山村，一座座、一排排土窑洞和石砌窑洞，散布在黄土高原上的一条山沟里。碾庄乡上了年纪的指导员冯占斌、年轻的乡长折艮开以及众多乡亲，热烈地欢迎了这 5 位"延安派来的文化人"。乡政府委员会当晚开会，宣布延安县政府根据鲁艺校方意见作出的安排：葛洛担任副乡长，古元担任乡文书，孔厥、岳瑟和洪流分别担任保卫、民政和生产委员助理，协助乡政府各方面的工作。古元和葛洛住在兼作乡政府办公室的一孔石窑里，其他 3 人选居乡上的 3 个自然村。

初到碾庄，古元和他的同伴只感到兴奋。这里的一切都是陌生的，又是新鲜的。古元在南国长大，陕北农村的一切事物更容易引起他的好奇心。但是恼人的事情接踵而来。他和同伴都不习惯睡热炕，只好借来木板在炕上搭床。每次到老乡家吃派饭，总担心那碗筷不干净，往往难以吃饱。听不懂陕北话，不但妨碍他们和老乡的感情交流，而且给参加工作带来困难。夜晚他们躺在床上，听着窗外狂风中野狼的吼叫，心情更为复杂。在工作之余感到的寂寞，也使他们很难忍受。每天傍晚，他们到村外比赛掷石头，这是他们唯一的消遣。他们还把村边的一条小山沟叫作"风景区"，把另一条小山沟起名"思索沟"。每逢乡政府开会，5 个老同学聚在一起，总要抽时间去"风景区"转一转，去"思索沟"坐一坐。只有这时，他们才感到十分惬意。

农村基层工作是繁杂而又紧张的。古元积极投身到工作中去，他的全部心思也逐渐被吸引到工作上。组织生产互助组、变工队，征收公粮，动员参军，拥军优属，民兵建设，治安保卫，动员讲卫生，调解民事纠纷……凡能插上手的工作，古元都争取参加。空闲下来，他和同伴又去帮老乡推磨、挑水。他们身上生长的虱子逐渐多起来，老乡们愿意同他们谈的话也逐渐多起来。在夜晚的村民会上，在个别闲聊中，他们从那尚不能完全听懂的陕北口音中了解到当地农村的巨大变化，了解到乡亲们苦难的过去和幸福的今天，激动的泪水常常模糊了他们的眼睛。古元和同伴居住的窑洞，也成了乡亲们的常到之地，他们的邻居刘起生、刘起兰兄弟，以及刘起生的儿媳、年轻的乡妇联主任王美英，更是这座窑洞的常客。每到晚上，如果闲暇无事，王美英便会到来，在菜油灯下，一边纳鞋底，一边唱起"永不到头"的信天游，那凄婉、高亢的歌声，常常使古元和他的同伴陶醉。

工作虽忙，古元并没有完全停下画笔，他常常带着画板参加乡政府和老乡们的各种集会，一边听发言，一边画素描。他为老乡们画的肖像，经常受到称赞。碾庄的老乡们得知他会画画，便纷纷向他要画，他给他们画大犍牛、大马、大公鸡、胖娃娃，有时一天要画 20 多张。老乡们用酸枣刺和劈开的高粱秆把得到的画钉在炕头上，几乎家家都有，整个碾庄仿佛成了古元的画库。冬天到了，村里成立冬学，开展识字运动，古元配合老师教识字，用小纸片给男女学员们画各种农具，各种生活用具，各种庄稼，各种动物……古元觉得画这种画很有意义，因此一丝不苟，认真对待。他的画给老乡们带来了喜悦，使他们得了益，他自己也得到很大的愉快。

到达碾庄几个月之后，古元开始创作第一幅木刻，题名《羊群》。自进入碾庄第一天起，给古元留下印象最深的事物，就是羊群。每天早晨，太阳刚露头，霞光满天，揽羊娃打开羊圈栅门，就像打开一个水闸，雪白的羊群犹如滚滚的雪浪从村中涌过，那一片咩咩的叫声好不热闹。傍晚，日落西山，碾庄家家户户的窑顶上升起炊烟，在淡淡的暮霭中，雪白的羊群涌进村来，又是一番热闹。羊群是富有的象征，是幸福的象征。古元早就迷上了羊群，对揽羊娃和羊画了许多张速写。创作这幅木刻之前，他又陪同揽羊娃上山，待了整整半天。木刻的草图打好了，他请老乡们提意见。这个说，放羊狗可重要哩，这张画上没有放羊狗。那个说，揽羊娃还要背个口袋，一为了装干粮，二为了当坐垫，三为了防雨淋，四为了装回偶然在山上降生的羊羔。古元采纳这些意见，在画面的醒目位置画上了值得敬重的放羊狗。不过，他没有让揽羊娃背口袋，在老乡意见的启发下，他给揽羊娃的怀里添上一只刚在山上降生的小羊羔。木刻刻好拿给老乡们看，得到一片赞扬声。大家特别喜欢那个揽羊娃，你看他多么神气，因为他现在不是给地主放羊，是在给全村的有羊户服务啊！

《羊群》刚完成，古元又创作了《牛群》。跟前一幅不同，后一幅中根本没有人的形象，整个画面中只有5头大小不同、形态各异的牛。但是那几头牛是多么可爱啊！大的膘壮体圆，坚强有力，小的憨态可掬，富有生机。无怪乎这幅作品刚完成，就受到老乡们的热爱，争着向古元讨取一张。儿童们则指着画中的牛展开争议，有的说那头大犍牛画的是我家的，有的又说是他家的。古元画牛，倾注了他对牛的热爱，而他爱牛，是因为他看到和深切感到了老乡们爱牛的感情。他曾看到由于牛生病，牛的主人是何等焦急。他也看到过由于母牛下了崽，牛的主人是何等喜悦。目前在我国，单纯以种地为生的农民在政治上得到解放以后，牛就是他的力量，就是他对生活的希望。因此，古元在这幅木刻中所表达的与其说是牛的形体美，不如说是农民对生活的信心和希望。

古元一面参加工作，一面进行创作，《家园》《锄草》《入仓》《选民登记》《冬学》《准备春耕》《人民的刘志丹》等一系列作品陆续产生。作品题材从农村小景扩展到农村社会生活的许多方面，陕北农民的新生活和新的精神风貌不断地在他的刻刀下得到再现。他依然保持着善于从平凡生活中发现美的特殊才能，美的内容越来越丰富、越扎实。在艺术风格上，他也越来越向人民大众靠拢，例如：当初他在碾庄创作的作品，大都采用西方木刻的阴线刻法，人物的脸上往往显出大片黑影，老乡们不好理解，难以接受。后来他就更注意向民族、民间艺术的优良传统学习，采用以阳线为主的刻法，使自己的作品更容易被老乡看懂和喜爱，从而收到好的效果。

古元和他的同伴们在碾庄乡工作将近一年，到了1941年2月，他们就要返回鲁艺了。这时正逢春节来临，碾庄每家每户轮流请古元和他的同伴到家里吃年饭，借以话别。老乡们拿出最好的米酒、年糕、油馍馍招待他们，向他们表达深切的惜别之情。这感人至深的情景，永远铭刻在古元的脑海中。

回到鲁艺以后，古元根据他在碾庄的生活体验和积累的素材，继续创作出一大批反映陕北农村生活的木刻。这些作品和以前创作的作品陆续在全国各地展出和发展，受到热烈欢迎和高度评价。1942 年 10 月，艺术大师徐悲鸿先生在重庆参观过全国木刻展之后，在《新民报》上发表文章，发出热情的欢呼："发现中国艺术界中一卓绝之天才"。

古元不会忘记小小的碾庄给他的一切。

1988 年 4 月 13 日

忆式廓同志

吴　咸

奔向延安

1938年5月，我在武汉认识了式廓。当时他从鲁西北到武汉还不久，穿了一身褪色的黄布军装，大家都说他是一个"大兵"，但又夸他画画儿画得好。

我们认识后，他给我的印象很好。当时他是个进步青年，正派老实，他要到延安去学习。我原在一个剧团里做救亡工作，到武汉也是为了要到延安去学习。那时我只知道延安有个红军大学。式廓是画画的，我是学美术的，我们志同道合。但式廓那时已经在武昌国共合作的政治部第三厅工作，画抗战宣传画，一时离不开。当时也有些比较亲近的朋友不同意我们去延安，说："在这里也是共产党领导的工作，为什么一定要去延安呢？"也有人说延安如何如何苦，冬天如何如何冷，夏天又是怎样的热，粗布衣服被汗湿透，干了以后衣服硬邦邦都可以站得起来。这些话对式廓全不起作用，他早就下了去延安的决心，断然放弃了每月薪金待遇相当高的工作。8月间，我们在武汉订了婚，同三厅的领导同志田汉谈妥之后，我们就经人介绍到武汉八路军办事处去办手续。那个时候到延安去，除了须共产党员做介绍人外，在武汉八路军办事处还要认真填表。我们坐在一间房子里填了半天，要写自己对共产党的认识，为什么要到延安去，还出了哲学上的问题要我们回答，似乎是一个不大不小的考试。经批准后，才又介绍我们去西安八路军办事处。我们坐火车到西安。到了西安八路军办事处，才知道那里有许多青年要去延安。有的在等着坐汽车去，但汽车不经常有的，也不知道哪一天才有，因此有的准备徒步。我们也选择了徒步，作为磨炼自己革命意志的开始。由办事处组织步行队伍，我们被编在约10个人的小队中，记得其中有后来在北京电影制片厂工作的田方同志。另有几十人（其中有王曼硕、夏风等几位搞美术的同志）的一队，在我们之前已经出发了。

办事处安排好走的日子，大家陆续不断地奔向延安。为了路上安全，办事处的同志关照我们，要注意保密，尤其出城门时要特别警惕。约在8月20日左右我们出发了。我们把皮鞋和一些可有可无的衣物送了人，行装尽量简单，但是式廓有几本书非带不可，内有罗丹《美术论》，那是他从日本带到家乡，又由家乡带到鲁西北、武汉、西安，现在他还要带到延安去，还有一副木刻刀，也是他心爱之物，必须带走。我们换上布鞋、带上草鞋。式廓还弄了一条扁担，挑着行李走，他说挑着比背着省劲。我就只背了一床被子，我们的征途开始了。为了安全出城，我们天不亮就动身，走得也特别快。

从西安到延安一共走了12天，开头几天每天步行约五六十里，就有客店可以住宿。我从来没走过这样远的路，因此腿脚酸痛，脚上打了泡，感到很累。式廓就比我强得多，他兴致勃勃，轻松愉快。在途中，我们是一天也不停留的，每天从蒙蒙亮走到傍晚或黑天，恨不得一步跨到陕甘宁边区。可是刚走两天，在路上就遇到这样一件事：我们正走着，忽然有一个青年人慌张地迎面走来说："不得了啦，不能往前走了，前面的人都失踪了，赶紧往回走！往回走！"式廓听了对我说："也许前面出事了，蒋介石什么坏事都能干出来。但是因此就能把人吓倒吗？日夜向往的地方——延安，就不去了吗？我们是为了追求真理、光明，千难万险阻挡不了我们去延安的决心。"于是我们又继续前进了。好像是在三原那个地方的客店里，见到了比我们先走的同志们，大家分析那是特务妄想阻挡我们去延安的勾当。

陕北黄土高原，沟壑纵横，到处是山。我们在山里走，上山下山，过了一山又一山，不知爬过了多少山梁，蹚过了多少条河，荒山僻岭，有时一天要走100多里路程，才有客店住宿。到了住宿地时，那真是累极了，连爬都爬不动了。

我们盼着早日进入陕甘宁边区。我们小队的同志们想法都是一样的，大家都盼着早日到洛川，据说到那里就是陕甘宁边区了。我现在还清楚地记得我们将要到洛川时，式廓抑制不住兴奋的心情，禁不住小声地唱《大刀进行曲》。我们背着行装，愉快地迈进，感到脚步比前几天轻快多了。如果不是还在国民党地区的话，我们早已要放声唱着进行曲前进了。

我们到洛川以后那种令人激动的情景是终生难忘的。跳呀！唱呀！我们这些20岁左右的青年仿佛都成了孩子了。当我们走进洛川的一个住宿处时，一进门，店里的工作人员就亲切地称呼我们"同志"。"同志"是多么温暖崇高的字眼啊！我们心里热乎乎的。他们欢迎我们的到来，对我们问长问短，细心非常周到。这是到"家"了，边区和白区真是两个世界呀！看到民兵手持红缨枪，忠诚地保卫着自己的红色政权，心眼里崇敬他们。红缨枪引起式廓极大兴趣，他说以后要画张画。

从洛川到延安大约要四五天的路程，可以自由自在、畅畅快快唱着救亡歌曲前进了。可是，天有不测风云，刚刚松了一口气，没想到式廓忽然得了疟疾，接着又得了痢疾。又拉肚子，又打摆子，一路行走非常艰难，把一个高大强壮的汉子弄得精疲力尽。在穷山沟里和荒山岭上，哪里去找药，又怎么能够停步呢？记得我们到延安的那天，也就是步行的第12天，式廓疟疾、痢疾一起发作，发着高烧，非常难受，我们所有的行装都由小队的同志们帮忙运走了。我搀着式廓艰难地走着，走几步休息一下，再走几步。实在不行，在路边躺一躺，我记得到了离延安不远的三十里铺，我们的心情是多么急呀！式廓鼓起百倍的勇气，加快了步伐。现在回想起来，对重病在身的式廓是多么不容易啊！式廓那种勇气和毅力，全是由投奔延安的喜悦激发出来的。

进了延安城，奔向抗大招待所，还没进门，不少同志就来接式廓这个病号了。他们赶紧把式廓安排在一个地方躺下。有的同志马上去找医生，有的把开水送来了，一会儿又把病号饭送来了。

经过一段治疗和休息，式廓的病渐渐好起来。但经化验，他的痢疾是阿米巴痢疾，暂时好了，因药物不足未能去根，后来式廓每年还要复发一次；疟疾也没断根，每年也要发作一两次。这两种病当时在延安都没有特效药，使他的身体健康受到很大影响。

学习、生活和劳动

新的生活开始了，人与人的关系改变了，大家都有一个共同的奋斗目标，跟着共产党、毛主席打倒日本帝国主义。我们的志愿是到抗大学习，准备到前方去。但组织上把式廓编在抗大四大队第十队，队里面的学员大都是知识分子，不少是已经有些小名气的作家、艺术家；我被编在抗大四大队六队女生队。当时去延安的青年，源源不断，住处很紧张。十队第一课就是打窑洞。打窑洞是很累的活，需要用两臂举起镐头使劲挖，但同志们不怕累，不怕脏，拼命干，在晚上还要"连续作战"，领导怕他们累坏了，不让他们这样干，他们就在半夜里偷偷起来干。式廓就是其中的一个。虽然他刚刚生过大病，身体还很虚弱，但他不愿落在同志们之后，也居然顶过来了。式廓在抗大没有学习多久，鲁迅艺术学院就把他要去了，让他到美术系当教员，那是1938年的12月，我和式廓同志在1939年春节结了婚，后来我也调到鲁艺工作、学习和劳动。

1939年，党中央和毛泽东同志号召开荒生产，式廓和戏剧系的崔嵬同志是一对山东大汉，一起抢着大镢头，同志们一般都用小镢头，这种大镢头知识分子举起来吃力，他们两个"大将"拿了大镢头肩并肩开荒，有时两人只拿到一把大镢头，小的谁也不愿用，两人就协商好轮流使用。毛泽东同志、周恩来同志、朱德同志等都带头劳动，大家开荒的劲头就更大了。我看到李槐之同志写的《回忆延安生活片断》：有一个战士为了多开荒，他上山去砍了一根有杈的树干，在两个杈上装了两个镢头，一下掀起两镢头土。比别人快得多，同志们给他起了个外号叫"气死牛"。大家的革命热情这样高，因为革命根据地的命运和中国的命运，打倒日本帝国主义的斗争和个人的命运都融合在一起了。谁不想贡献大一些、多一些呢？当时式廓两种病没有彻底好，确实很累，有时他昏倒了，就在地头躺一会儿，式廓开荒生产荣获过劳动模范。

有了这样的生活，他创作了一幅题目就叫《开荒》的木刻，这是他到延安后的第一幅作品。

1942年底，党中央号召大生产运动，自己动手，丰衣足食。蒋介石不仅消极抗战，而且积极进攻封锁我们的根据地，掀起一个又一个反共高潮。那时延安吃的用的都很困难，火柴都没有。式廓会打火链，打这东西要有些技巧，我就打不着纸捻，即使打着了，也吹不出火来，有时真急得要命，式廓却打得很熟练。小家庭的一些困难，式廓总是能设法克服的。买不到衣服扣子，捡到一点点铝片，剪成一个小圆片，中间钉两个小洞，磨磨光就成了扣子；喂孩子没有勺，用一块铝皮，剪成勺子，敲得凹进去，就是一个小勺子。因为有了孩子，困难很多。我1937年从上海新华艺专毕业就搞救亡工作，家务事一点不会，常出洋相，式廓在这方面也可以做我的老师。我做鞋总绱不好，绱完后总有些歪，他教我绱鞋，绱给我看，并告诉我：要从鞋头上开始，一面绱一面比比看看，就不会歪了。有一段时间，我得了伤寒病，管不了孩子；式廓又当爸爸，又当妈妈，给孩子做棉袄等过冬的衣物。还要挤时间种些菜，如西红柿、大葱改善生活。有一年，式廓在窑洞顶上试种了几棵西瓜，因为不能经常浇水，只活了一棵，结了一个西瓜，切开一尝，居然鲜甜异常，从来没吃到过这样好的西瓜。

在大生产运动中，鲁艺办了一个生产合作社，有纺织、打草鞋、做衣服、纳鞋底、打毛衣、捻毛线等等。式廓和我参加纺线。纺线的每人都有一辆纺车，天蒙蒙亮，我们就把纺车搬出窑洞，放在山坡上，一天纺到晚，天黑为止。一天纺头等线 4 两，那是很吃力的了，纺得腰酸背痛，腰都直不起来，腿也站不起来。不这样就纺不到 4 两。式廓觉得太慢了，又动起脑子来。他在纺车上自己做了一个加速轮——他会木工并且手艺还不错，把加速轮安在线锭旁，右手摇，左手拉出线来就快，这样式廓一天就能纺头等线 8 两，增加一倍。

参加延安文艺座谈会

1942 年 5 月，式廓同志在延安安塞深入生活的时候，接到了鲁艺美术系领导上的通知，叫他立即返回，参加毛泽东同志召集的文艺座谈会。式廓马上赶回来，但毛泽东同志的"引言"已讲过了，没听到。他参加了讨论并聆听了"结论"。具有划时代意义的《在延安文艺座谈会上的讲话》，给革命文艺工作者指明了为工农兵服务的方向和路线，他觉得自己豁然开朗了，艺术观发生了一个很大的飞跃。从那时起直到逝世，这 30 年，他的艺术创作和教学都在努力实践《讲话》的精神。他曾对大女儿获地讲："……当时听了毛主席的讲话觉得太好了，真是说到自己的心里去。"他说："这本《讲话》我要学一辈子，用一辈子。"在延安，他遵照《讲话》的指引从小鲁艺到大鲁艺去，下乡、下厂深入生活，甘当小学生，参加劳动，和农民同吃同住，向工农兵学习，帮助群众挑水扫院子，完全是八路军的作风。他不仅和老大爷、老大妈拉家常，和小伙子、小媳妇也谈得很投机。他严格要求自己，磨炼自己的思想意志。有一次，他和美术系夏风、文学系贺敬之、音乐系安波等同志到延安农具厂去访问特等劳模赵占魁。赵是延安工业上的一面红旗，在制造炼铁炉和手榴弹方面有不少贡献，组织上便派他们去了解这位英雄的事迹。式廓给赵占魁画了像，还画了许多张劳动场面的速写，回鲁艺后又和夏风合作刻了十多张一套的连环木刻。夏风同志说："式廓同志是选择了最好看的角度来画赵占魁的。因为赵的牙齿外突，画他的半侧面、大侧面都不好看，要画得既不难看还要像，更要把英雄本质表现出来，反复比较，选了一个基本正面的角度来画。"这就是式廓对工农兵的感情，已从一般的同情变为敬爱。

在教学中，式廓经常带着鲁艺美术系的学生到桥儿沟周围农村老乡家访问，给他们画像，跟他们交朋友。那时画画的条件很差，纸是土制的马兰纸，一擦就破；木炭条是自己烧的；图钉是用枣刺代替的，用色彩来画画更谈不上了。在这种条件下，鲁艺美术系的教师和学生创办了《桥儿沟画报》，每一个星期换一次，画的都是陕甘宁边区的大生产运动，表扬模范，以及改造二流子。群众很欢迎，很爱看。老乡们说："这是我们的画报。"

在延安的创作

《读报》那张画稿，是桥儿沟农民在劳动休息时的情况。式廓要表现延安觉悟了的农民关心国家大事和新人新事。画面上可以看到农民们非常注意报上一个好消息，那个读报的农民兴奋地举起一只手，他正谈到前方打了一个大胜仗的喜讯，打死打伤多少日本鬼子，抓了多少俘虏，缴获了多少武器……正捧着罐子喝水的农民也不喝了，旁边的农民喜悦地和他议论着什么；其他农民坐着的、站着的、抽烟的都用兴奋的眼睛盯着读报的人。画面有情节有中心，形象生动地反映了时代背景，反映了边区农民生气蓬勃的新生活和精神面貌。本来式廓想刻成大一些的木刻，后来忙着别事拖下来了，未能继续加工。

木刻《二流子转变》（后改名《改造二流子》），这是式廓深入生活后才创作出来的。1943年大生产运动，毛主席作了一个报告，题目是《组织起来》，里面谈到改造二流子的问题，要改造他们，让他们参加劳动。《解放日报》社论也谈到这个问题。式廓配合当时的生产运动，考虑创作一幅改造二流子的画，在农村住了几个月，注意改造二流子的各种做法。在安塞农村他看到有把二流子戴高帽子游街的，和其他一些过火的行动，他觉得不对头。式廓以为这种生活现象与党的政策精神距离很远，创作也就无法进行。式廓到另一个农村住的时候，又遇到一个二流子。他就对二流子进行各方面的了解、观察，和二流子的婆姨、小孩相处得也比较熟悉。后来到各家串门，熟悉情况，还参加了村里对二流子进行帮助和批评教育的会。式廓从中体会到农民们对于自己队伍中的落后分子的基本态度是积极的，感到这样才符合政策精神，于是他获得了创作《二流子转变》塑造型象的生活依据。二流子不是敌人，而是旧社会遗毒，式廓认为不能用打击的办法，只能说服教育。他曾给我讲过画中人物的身世和思想感情，那个指着二流子婆姨的老大爷是村干部，非常诚恳耐心地给二流子讲利害关系，似乎在说，看看你的老婆孩子多么可怜……坐在磨盘上的是二流子的婆姨，很苦，怀里还抱着一个婴儿；那个二流子的大孩子也很可怜，站在旁边的老太太很同情他；另一个老大爷摊开双手，似乎在说：你年轻轻地这样下去，怎么对得起婆姨和娃子？……背向群众的那个农民性格就比较强烈，伸出一只手指着二流子责骂他，也许是二流子的一个亲属，他背上背着一条绳子，衬托这农民的烈性子，他会说：你再不改，把你捆起来。其他老乡有的撇嘴，有的旁观；右下角的孩子穿着红衣服，戴着围嘴，衣衫整齐，正好和二流子的孩子形成对比。二流子穿得很破烂，坐在一段木头上。听了大家苦口婆心的说服教育，他的心动了，低着头，两个胳膊紧紧抱着自己的肩膀，抬不起头来。这张画，1944年在延安制成单色木刻，1947年在晋冀鲁豫边区北方大学完成了套色木刻版。1949年3月9日，徐悲鸿同志在美术展览会上看到套色木刻《二流子转变》，评价很高，不是偶然的。

从徐悲鸿先生那样喜欢式廓的《二流子转变》，使我想到关于这幅木刻命运的一段往事来。1947年，胡宗南军队进攻延安，我们随延安大学教职工撤离延安的时候，东西尽量要少带。式廓心爱的一些书都带不动，只得交给老乡"坚壁"起来。罗丹《美术论》从此离开了式廓。《二流子转变》这张黑白木刻板子相当厚，比较重。当时式廓正患肺病，路都走不动，又有孩子，他怕给集体带来负担，忍痛决定不带这块木刻版了。但是我觉得式廓为这张木刻花了不少心血，他自己对这幅创作也比较满意，我劝他还是带着。因为我坚持要带，他就把木刻背面削薄，好不容易去掉三分之二的木板，减轻了分量，才带了出来。

1940年，接受党中央布置给鲁艺的创作任务，让式廓绘制一小幅油画《自卫军宣誓》，作为党中央送给孙中山夫人宋庆龄女士的礼物。这是鲁艺领导和群众对式廓的信任。

1943年，全边区召开劳动模范大会，式廓为大会创作了一张毛主席的木刻像，作为大会的纪念品，分送给每个劳模。式廓对这张木刻比较满意。1960年编他的作品集时，他还想把它编进去，但因为是素描选集，不适合放木刻，只好割爱了。

《平型关战斗》组画、《进边区》这两幅创作，只画成稿子，没有最后完成。

1945年4月，党的第七次全国代表大会在延安召开，式廓参加了布置会场的工作。画了毛主席与朱总司令的油画像。式廓在鲁艺任教多年，课时多，素描、创作等他都要教，加上身体又有病，所以创作并不多，结合教课他每次下乡都画许多的农民肖像和速写，这些作品在鲁艺举办过展览，可惜在战争年代里遗失了一部分。他也画过一些漫画，为了给学生们做教材的需要，还搞过雕塑，塑过人像。

式廓与农民

式廓带着延安的传统作风进了城，他在中央美术学院任教，每次带学生下乡创作实践，他都要交许多贫下中农朋友，正如艾中信同志1954年发表在《文艺报》上题为：《画家王式廓笔下的农民形象》一文中说的：他"真爱农村，真爱农民……"有的同志说式廓是一位"农民画家"。确实，他的大部分作品是表现农民的，他对中国农民有着极深厚的感情，这也是由于他生长在农村，从小和农民一起生活，一起劳动。我和他在延安结婚以后，才知道他几乎能熟练地干许多农活；他喜欢农民，他自己也像农民那样脚踏实地为民族的解放，为人民的事业，辛勤耕耘着，默默地贡献着自己的一切。

青年时代的式廓，目睹旧中国农民的深重苦难，他产生一种为农民的疾苦鸣不平的感情。而当他走上革命的道路，到了延安，他才真正理解了，只有共产党领导下的人民革命才能推翻三座大山，使广大的中国农民翻身得解放。在边区，他看到在民主政权下农民终于丰衣足食的变化。抗日战争和解放战争的胜利，中国农民的觉醒，农民群众在革命战争中的贡献，深深地震撼着式廓。他在全国解放后的最突出的代表作《血衣》，就是在这认识的基础上，经过参加解放初期的土改运动而孕育产生的。从1953年的第一批草图，到1957年的《血衣》中主要形象基本塑造完成，《美术》杂志曾作过介绍。1959年又应中国革命历史博物馆的邀请，完成了大幅《血衣》素描画，前后共历时7年。式廓同志在创作中的严肃认真的态度，坚韧不拔的毅力，废寝忘食、分秒必争的往事，回忆起来，历历如在眼前。

式廓的工作繁重，但他对艺术实践却从不放松，他准备画许多画：《毛主席和我们在一起》《参军》《转战陕北》《井冈山会师》《发明者的夜晚》《长征组画》《血衣》油画，以及其他的一些选题。年老有病的式廓计划着为党为人民创造多少作品啊！然而，由于"十年浩劫"中备受摧残，严重地损害了他的健康。从1966—1972年，式廓受政治迫害达6年之久不能动笔作画。对于式廓这样一位对我国革命美术的发展抱有极大责任感的画家，内心的痛苦是可想而知的。

1970年夏—1972年10月，式廓和美院大多数同志一起，被下放去部队农场劳动。他好像一条老黄牛，在农场劳动中，总是尽最大努力去做。虽然年纪老了，增添了高血压和心脏病，但他仍参加繁重辛苦的稻田插秧、种菜。他种西红柿特别有经验，结得又多又大。式廓砌的炉子又好使、火苗又旺。别的班都请他帮忙，为开水房焊一个水漏斗，帮厨房安窗户、修蒸笼，给院子做院门。同志们说："王式廓金、木、水、火、土，样样都行。"他的这种勤勤恳恳、任劳任怨的品格，是延安时期就养成的。

1972 年 10 月，因病回家休养，怀着为党的艺术事业搞好创作的急切心情，他又带病开始收集素材了。他在给女儿的信中写道："我的业务荒废得厉害……我要抓紧时间，一方面熟一熟手，另一方面，我想搞点创作。61 岁了，我为人民服务的时间不多了……"他的这种心情我完全理解。但万万没有想到，1973 年 5 月，他为了把《血衣》画成油画，在河南农村收集素材时与世长辞了。当时，他正在画农民康五老大爷和另一位青年农民的组合画像，从中午一直工作到下午 6 点钟，康老大爷看到他脸色不好，冒着汗珠，手也有些颤抖，就劝他休息休息。正在这时，有人叫式廓去吃晚饭，可是他的腿已经不听使唤了，接着就昏迷过去……经全力抢救无效，于 1973 年 5 月 23 日，不幸逝世。

1982 年 4 月

怀念鲁艺

力　群

抗日战争年代，我在延安鲁艺度过了一生中最值得怀念的岁月。日本投降后，我才怀着一颗难舍难分的心离开了延安。

我于1940年1月从第二战区设在宜川县英汪镇的民族革命艺术院来到延安，在鲁迅艺术文学院6年，名义上是美术系的教员，实际上也是一名学生。因为我一走进鲁艺的大门就深感自己在各方面的空虚，不论是在马列主义方面，还是在艺术理论方面，都有一种如饥似渴的求知欲。因此我就像鲁艺的同学们一样，拿一个小板凳和他们坐在一起聆听周扬、宋侃夫、周立波等同志的讲课。周扬讲的是马列主义艺术理论，宋侃夫讲的是党的建设，周立波讲的是文学名著选读。这些课我都很感兴趣。

延安是八路军和新四军的大后方，有一个比较安定的和平环境。我感到整个延安就是一座热火朝天地学习马列主义和毛泽东思想的大学，是一个改造人的思想的大熔炉。所有的人都是来参加革命的，所以学习的积极性都很高。我们经常从桥儿沟出发，爬山越岭到十几里路远的党校大礼堂去听报告，那时我还不到30岁，风华正茂，并没有感到走路的疲乏，更没有感到生活的艰苦，反而感到生活的愉快和充实……

在鲁艺这个特定的大学里，除了学习还要创作。著名的《黄河大合唱》和歌剧《白毛女》都产生在鲁艺，文学上培养了著名诗人贺敬之，美术上培养了著名版画家古元。现在全国各省市文联和各协会，大多数的领导干部都是当年鲁艺的学生。而我作为鲁艺的教员，也感谢鲁艺使我在政治和艺术上都得到了提高。

30 年代，我在鲁迅先生的影响下开始从事木刻创作，到鲁艺时已经算是一个木刻家了，但真正创作出较高水平的作品，还是来到鲁艺之后。在我的一生中，为人所称道的优秀木刻如《饮》《伐木》《延安鲁艺校景》《帮助群众修理纺车》《丰衣足食图》等，都是在鲁艺创作的。因为我来了鲁艺之后，首先是艺术思想提高了，加以美术系的师生大多都在从事木刻创作，可以互相学习借鉴，因此就比在国统区时进步快。过去我曾受西欧木刻影响，尤其是苏联的木刻对我影响更大，到延安后，我开始觉悟到应该脱离这种影响，创造自己的风格。当 1941 年秋，我和古元、焦心河、刘岘 4 人在"军人俱乐部"举行联展时，诗人艾青曾在《解放日报》以《第一日》为题发表评论，表扬了《延安鲁艺校景》。"力群同志最初是以'Ho'来签署发表作品的，他的作品留给人以一种富于装饰美的印象"。"这次他的出品很多，而且大部分都是新作。这许多新作很明显的是作者在探求新的道路的一些可贵的努力。它们截然地表明了和他的旧作之间的一些差异。这些差异不只是表现手法上的差异，却也是创作意欲上的差异，这些差异使他的新作成了艺术创作路程上的一个主要的迈进。"《昨日的教堂》（即《延安鲁艺校景》）是这些作品里最值得赞许的一幅。作品的表现手法是最生动的，而这种生动恰好和在这作品里所流露的高原的树木与天空间晴朗的空气相协调，以致使我们不得不为这艺术家所再现了的景色所魅惑。"

　　《延安鲁艺校景》从刀法上来说是独创的，全然摆脱了我早期木刻所受的外国影响；从意境上来说，除了表现了高原天空的晴朗，也表现了教堂的雄伟和作为革命艺术学府的特有的气氛。当时在重庆展出时，王琦同志特著文赞扬这幅木刻在艺术上的成就。今天，这幅作品已成为抗日战争年代有关延安鲁艺的一件值得留存的艺术纪念品了。

　　特别应该提到的是毛泽东同志《在延安文艺座谈会上的讲话》对延安文学艺术的重大影响。我在这种影响下创作的《帮助群众修理纺车》曾被周扬同志所表扬。当他在解放战争年代出版的一本《延安木刻选集》的序言中谈到《讲话》发表之后延安木刻的新收获时说:"这一艺术上的收获不是轻易取得的,这不是作者们一个突然的作风转变,也不是一个优越的灵感的降临,对于文艺工作者来说,这一文艺新方向的实践过程是等于社会改造和思想改造的总和。我们能够说从《运草》到《减租斗争》的创作进程,仅仅是由于作者创作年龄上的差别么? 我们能够说从《饮》到《为群众修理纺车》的作者,仅仅是由于表现技巧上的转变么?"

在《讲话》之后,美术工作者力求实践文艺新方向,中国新兴木刻的"延安学派"逐渐形成。由于我们重视了作品为群众喜闻乐见,因而掀起了向民间年画学习的热潮。其结果是木刻的画面明朗了,采取了多种阳线的刻法。在内容上则更重视了表现人民群众的生产、斗争生活。从而使我们的木刻作品具有了新的面貌,而套色木刻《丰衣足食图》则更具有新年画的特色。

除了学习和创作,为了坚持抗战,为了抵制国民党对边区的封锁,我们还要开荒、锄草、纺线。纺线是一种技术性较强的劳动,我终于在鲁艺学会了一天纺二两头等线的本领。这些生产物质财富的劳动,是为了实现毛主席"自己动手,丰衣足食"这一号召的。但它们对于我的木刻创作也成了题材的源泉。我如果没有参加上山锄草的劳动就难以创作出《帮助抗属锄草》,如果没有纺线的生活就难于创作出《为群众修理纺车》,如果没有参加烧炭的劳动也就创作不出《伐木》这幅木刻。

在延安鲁艺学会的本领还很多,除了以上谈到的之外,在生活方面我还学会了游泳和跳舞。我自幼就爱好游泳,我的家乡谓之"耍水",但遗憾的是当年在灵石高小读书时未能在汾河里学会"狗刨"。来到鲁艺,每年夏天师生都到延河里游泳,我下决心要学会"蛙式"。然而要学会"蛙式"谈何容易,是要冒淹死的风险才能学会的。当时我学游泳的积极性很高,不论晴天雨后,不论水清水浑,我都和小鬼们一起去游。我终于学会了"蛙式",跟着也就学会了侧游和仰游。我多么高兴呀! 全国解放后,我在北京横渡颐和园昆明湖,在东北横渡松花湖,感到了一种胜利的愉悦。

对于跳舞，也正和一般人一样，一开始是"看不惯"的。岂止看不惯，简直是非常之反对。但毛主席、周副主席也在跳，于是就渐由"靠边站"而进入了"试试看"。如果说学游泳要冒淹死的危险，那么学跳交际舞就要有不怕碰钉子的勇气。而我是脸皮颇厚的，即使碰了女同志的钉子，也不灰心。但也要感谢我们美术系的一些女同志，她们几乎是有求必应，即使踩了她们的脚，也不过哈哈大笑而已。这样我终于学会了华尔兹和狐步舞，由"试试看"进入了"拼命干"。

最初反对跳舞，是由于一种无知和偏见，认为那是公子少爷们的玩意儿，好像无产阶级和跳舞冰炭不相容。其实，跳交际舞是一种很好的娱乐，既是轻松的运动，也是对于音乐的最好的享受和陶醉，更是脑力劳动之后的一种很好的休息。因此，我现在虽已年逾古稀，但一有机会还是要参加舞会的。

我作为汉族的一员，总感到生活太单调了，而我们的兄弟民族——维吾尔族和哈萨克族，舞蹈在他们的生活中，简直像空气和水那样不可缺少，因此如果我们能经常跳跳交际舞，也是对单调生活的一种必要的调剂。

为此，我的生活中能有游泳和跳舞也是要感谢延安鲁艺的。没有愉悦的运动和娱乐，也难于有充沛的精力去工作。

但在延安自然也有很不愉快的事，这就是1943年整风后期由康生一手导演的"抢救失足者"的恶作剧。所幸时间短，不像后来的十年浩劫，而且事后毛主席在一次大会上代表党中央向蒙冤的同志们进行了赔礼道歉，人们的怨气很快就消失了，像冰在春天消融了一样。

我时常怀念鲁艺，像怀念我的亲人，也像怀念我的故乡。

她牺牲于共和国屹立的前夕
——回忆吴铭烈士

林　恒

　　吴铭牺牲于新中国成立的前夕，我们在延安分手已 40 多年了，她遇难也 40 年，然而音容宛在。1940 年 1 月，吴铭经历了艰难曲折，终于找到了八路军游击队。在于玉梅等同志的帮助关怀下，将她送到西安八路军办事处。在七贤庄等待多日，见到了刚从华北前线回来的朱总司令和康克清同志。吴铭高兴得跳了起来："朱伯伯，在万县你可答应过我的学习要求，还记得吗？"朱德笑了："你不就是杨懋修的女儿、杨森的侄女，叫杨汉秀，在万县女中读书的那个黄毛丫头，对吗？"吴铭又惊又喜："是！为了路上方便，我化名杨稚华。现在用不着化名了，朱伯伯给我取个新名字，送我去延安学习，好报名考试。"总司令已听说了她寻求革命的经历："你为上延安，不辞辛苦，曲曲折折走了一年多的路，遇上危险没有灰心，这已经是最好的入学考试了。我带你去延安，你就进女子大学学习吧。改个名字也好，学好了，将来回四川工作也有好处。你是光改名，还是连姓都改了？""连姓都改了，我下定决心要做军阀地主家庭的叛逆，跟着共产党。就是无名无姓，也决不再姓杨！"康大姐和朱老总都笑了："好！照你自己说的无名无姓就叫吴铭吧！"这便是杨汉秀新姓名的来由。总司令最后语重心长叮嘱道："在经济上脱离家庭比较容易，但是思想上，同剥削阶级彻底决裂是很艰巨的。"

一

　　1941 年 9 月，我由周恩来副主席和邓颖超同志帮助，从重庆八路军办事处乘车到延安。经中组部接党组织关系，转送到鲁艺美术系学习。吴铭是同年 11 月从延安女大第七班转来美术系的，我们成了同期同学，同住在一个窑洞里生活近 4 年之久。她生于 1913 年 8 月，当时已 28 岁；我生于 1924 年 7 月，她比我大 10 多岁。可她身高才一米五，我比她高一头，走在一起，都说我是她的姐姐。1942 年开始整风运动，吴铭在女大第七班写的入党申请书和她的自传，都已转到美术系党支部来了。一天晚上，党支书王曼硕同志来我们窑洞告诉吴铭，让她就她的家庭出身和社会关系写份补充材料。她听完后，非常高兴，连着写了两夜才写完，把底稿交给我看。这是件很郑重的事，因而我说："你信得过我吗？"她有点恼了："我来鲁艺就听说，你从小就在万县地下党的哺育下长大，14 岁就成了共产党员，还能信不过么！王曼硕同志也让我写好给你看，请你多多帮助！"

　　吴铭的家庭是十分特殊的，血腥气很重，加上名声很大，我早就知道。读完材料，留下的印象更深。她出生在四川广安县龙台寺有名的大军阀、大地主庄园的封建城堡中。她家的宅院都是用特制的大砖青石砌墙，四角筑着又高又大的碉楼，四面八方都张着射击孔，储存着可以装备成连的枪械。大门的门扇上，还包上五百斤重的铁皮。两层院墙之间，日夜都有骑着高头大马的乡勇巡逻，喂着成群的狼狗，对于平民百姓，这是个狰狞和恐怖的地方。她伯父杨森是四川省出名的声色犬马将军，凡他看上的女子说谁便是谁，说一不二，妻妾成群。可是一旦发怒，小老婆就都得跪成一地，叫他的马弁打"满堂红"。父亲杨懋修是杨森的胞弟，跟杨森不一样，不敢讨小，只在外面嫖、赌，当土匪。还当上个掌红吃黑的浑水袍哥，做些"拉肥猪""抱童子"（土匪绑票用的黑话）买卖。特别爱做大烟土买卖，自己也是一杆有名的大烟枪。这样的人在军阀混战中，居然混上

376

个旅长娶了大地主阎尊宣的妹子阎玉清为妻，从此成为广安、渠县交界地区的一霸。因为他发迹靠妻族扶持，所以母亲不仅独掌家务，还要过问军务，什么都管。连杨森也惧她三分。她信佛，可是外号却叫"活阎王"。杨森在四川争雄得势，杨懋修很快就在杨森手下当上了师长和补给司令。这时她的母亲就更不得了，只要她发了性，大烟枪一甩，念佛的木鱼一敲，奴仆们马上就得跪倒一大片，听候处理。1913年，杨懋修霸占的田产，一年收租谷达一万三千多担，成为川东巨富。

吴铭有两个哥哥，大哥杨汉奎，绰号大毛牛，二哥杨汉基，绰号二毛牛。他们承袭了父母的凶悍暴戾，其灭绝人性的程度，可以为了一时高兴，持枪将过路行人当活靶子打。

二

吴铭说："凡是我知道的都写了。"历史已经证明，她不仅写得很诚实，而且表现了义无反顾的感情色彩。但在党支部讨论她的入党申请时，还是因为出身问题通不过。到了1943年，康生掌握着审查干部的大权，掀起了一场"抢救失足者"的运动。吴铭这样严重复杂的家庭环境，以及在追求革命的路途中又发生过被捕和脱险的特殊经历，当然在劫难逃了。她被关在桥儿沟东山的一间大窑洞里，精神上非常痛苦，成宿不睡觉。有一天晚上，她边哭边写，直到小油灯烧干了，灯灭了，她才走到我的床前，坐在我身边，抚摸着我的头："林恒，你睡着了吗？"其实，从她回窑洞来，我一直注视着她，我当时也在受审查，只是还没有被"抢救"。领导打发她回窑洞来，要我帮助她，而我们俩却只能泪眼相对，我只注意不让发生什么意外就是了。"林恒，我真有些想不通，你才18岁，又是党员，审查你干什么？"我说："你看周围这么多人，有几个共产党员不受审查！纯洁党组织、纯洁革命队伍嘛！""你有什么可审查呢？""跟你一样也是家庭出身。"吴铭睁大眼睛，非常诧异，于是我向她谈了我的家庭情况，父亲虽然是烈士，却也在杨森手下干过。吴铭向我说起，小时候因为奶妈教她唱《小苦瓜》这首下层社会的歌，引起了父母的震怒，家里的下人跪满一地，要大家招认，而她为了掩护奶妈，谎称是大毛牛、二毛牛教的。奶妈支持她反抗缠足，让她到父母跟前去耍泼，弄得父母毫无办法。这时我追问她："你知道你奶妈是什么人么？"我告诉她："是杨森杀害了她的丈夫，她有两个儿女，大儿子林铁军后来跟着朱德同志参加了红军，在长征中牺牲了。小女儿林红，跟你同年生，比你大3个月，因丈夫被害，生活无着，抱着女儿逃回娘家。这时正遇上你们杨家给你挑选奶妈，强逼着抛下小林红给你当奶妈，你看看这个世界！"

这件事因为与她有直接联系，而且她一直蒙在鼓里，被我捅破了，引起了她思想、感情上的极大震动。单为这一件事，她也十分感激我。她和奶妈相处得很融洽，感情很深，才能在她家做那么长，一直将她抚养成人。她在这个宅院里爱的就是奶妈，而奶妈最恨的应该是这个宅院，为什么她竟能长期做下去？这位"小姐"好侍候固然不必说了，还有更重要的秘密隐藏其中。

吴铭还向我谈起她的大哥杨汉忻回广安，他是杨森的长子，是最早出省求学的人。家里都说汉忻在外面入了"过激党"，谁都不去看他。但是奶妈却怂恿我去。谈起这个家族内部的鸡争狗斗，大哥十分鄙夷。他说杨森、杨懋修都是封建军阀、帝国主义的走狗。他鄙弃这个由狼狗和炮楼围护着的城堡。同他几天接触，吴铭才知道龙台寺外还有很大一个四川省，夔门外还有很大一个中国。大哥向她讲述着日本兵如何在北平、天津蹂躏国土、残杀同胞。大哥在南开中学读书时，为纪念五四运动，散发传单被捕。是杨森托情才保了出来，可他是大军阀，大哥反对的就是他们，保出来也不领情。

没几天大哥就又走了，行前他叮嘱吴铭，尽量多读些新书，要追求新的生活。奶妈好，只能靠她帮助你，长大了决不能做封建军阀的殉葬品。和大哥相处虽短，他的言行给吴铭很大影响。

吴铭要读新书，向父母进行了一番抗争，同意不读私塾，走出这所高墙大院，出外去念新书，但也只准进天主教办的教会学校。这些学校对学生思想禁锢很严，不准看课外读物，不准过问时事，每天还要读圣经，做祈祷、学英文。奶妈陪伴着她念书，奶妈很讨厌教会学校，所以决定离开。正好杨森防区变动，就同奶妈一起到万县，进入万县女子中学。有一个同学经常帮助吴铭做功课，还带她到省万师（万县省立第四师范学校）去听萧楚女讲话。萧楚女魁梧高大，身穿长袍，说话风趣，善宣传鼓动，同学都很爱听。他还给学生讲鲁迅作品，讲《新青年》，组织读书会，让学生阅读他带来的许多书刊，如《少年漂泊者》《新社会观》《共产党宣言》。我问她这个同学的名字，吴铭说她叫黄群，我说这就是你奶妈的女儿，原先叫林红。吴铭不但惊讶，而且陷入了沉思。

三

1926年，吴铭才14岁，住在万县杨森公馆。有一天她坐在客厅的屋角里，静静地听着一位生客向杨森慷慨陈词："英国船为什么在云阳、万县挑衅，这是看到吴佩孚抵挡不住北伐军，既给吴佩孚助威也想威吓革命人民。作为老朋友，我告诉你，革命一定胜利，吴佩孚很快就垮，我们要像收回广州的沙面一样，把汉口英租界也收回来。帝国主义在我们内河的船只也要通通赶走，为中国出口气。你如果不赶紧参加过来，后悔不及，毫无前途！"英舰炮击云阳、万县造成的惨案，吴铭早已义愤填膺，听了这番话，正合她当时的思想情绪，所以不由得站立起来，叫了杨森一声大伯。杨森平时喜欢这个侄女，在这个尴尬的局面下为了缓和气氛，就拉着她的手走到客人面前："这是我的侄女杨汉秀。"回过头又让吴铭叫朱伯伯。朱德同志眼看这个个儿不高的学生，细声道："小姑娘，你上中学了吧？路上好走吗？"吴铭道："我亲眼看见英国船逞凶，云阳和万县的群众都组织起来了，还成立了雪耻会，举行反帝集会游行，英国要不赔偿损失，大家决不答应。"朱德对杨森说："你听听，考虑考虑吧！是要钱？还是要群众？是袖手旁观？还是参加进来？"他告辞要走，吴铭忙拉着他的大手："朱伯伯，我也要去参加雪耻会！"朱伯伯说："好哇！这是爱国行动。"没过几天，吴铭参加了在万县图书馆举行的群众集会，还见到了陈毅和欧阳钦。朱德在会上做了声讨帝国主义暴行的讲演。吴铭听得热血沸腾，找了黄群等许多同学参加抗英示威游行。从此，吴铭回到家中，一个劲地天天唱着刚学会的："打倒列强！打倒列强！除军阀！除军阀……"

北伐部队奋勇挺进，吴佩孚很快就被打垮了。攻占武汉之后，被英帝霸占的汉口租界，也在鞭炮声中收回了。真是扬眉吐气！在这种形势下，杨森才宣布就任国民革命军二十军军长，朱伯伯从武汉给他带来了40多名政工人员，吴铭第一次见到剪短发、穿军服、束皮带的女兵，兴高采烈地去找朱伯伯，央求把她带走，跟他到武汉军政学堂去。朱伯伯说："你家里不能同意。"吴铭说："那我就偷跑。"朱伯伯说："只要你有决心，革命的机会总是有的，长大一点再说吧。"

人长大了，家里便给吴铭订了门当户对的婚事。她为了抗婚，不得不和自己相中的一个贫苦好学的青年赵致和赶紧结婚。迫于无奈，家里只得把那一头退了，而这一头支付大笔田产和嫁奁。结婚没几天，她和赵致和就悄悄地离开了四川，到上海去求学。

赵致和考进了上海法政学院。吴铭只有初中程度，就赁间房子，补习功课。通过赵致和的同学，他们结交了一些进步青年，大家都爱读一些左翼文学作品，谈论天下大事。

抗日战争刚爆发，赵致和却病逝了，丢下了一个小男孩和襁褓中的女婴。但这时的吴铭，因为从报上看到朱德总司令率领八路军挺进敌后的消息，鼓舞了她向困难作斗争的勇气，于是她决定先把孩子送回家去。

1938年初，吴铭回到龙台寺娘家，刚刚把孩子安排好，该考虑下一步了，忽然发现书房有人在教几个侄女唱歌："我们骄傲的称呼是同志，它比一切尊称都光荣，凭这称呼到处都是家庭，不分人种，黑白棕黄红……"她一面感到亲切、激动，一面又好奇怪，这歌声竟闯进杨家大院里来了！不禁又想起小时候唱"小苦瓜"所惹起的祸端，她快步走进书房，一见教唱歌的人，好面熟，就是想不起她是谁，在哪儿见过。经过询问知道了她叫朱挹清，是朱伯伯从武汉带到杨森部队去的政工干部。她借口无钱养病，来家里担任家庭教师。吴铭警告朱老师，要懂得厉害，这里的人都是心狠手毒的。朱老师说："我懂得，所以才用英文唱，而且正是唱这首歌，才能把你引出来。你的两个孩子安排好了么？马上就要去成都，走自己该走的路，去自己该去的地方。"

吴铭后来回忆说："我和朱老师在成都相逢了。她让我脱去旗袍，换上军装，那些脱下的衣服仍然叫我包好，带上。一路上还有许多关卡，有用得着的时候。她说："现在换了八路军装，你就参加革命了。还交给我两封介绍信：一封通过西安找八路军办事处用，一封是绕道山西找游击队用。朱老师把这两封介绍信仔细地缝进我内衣领子里，叮嘱我无论如何都不能脱，免得丢失。就这样，我迎着秦岭的山峰，向北方进发了。"

"走到宝鸡，因为胡宗南封锁去路，只好在双石铺工合（路易·艾黎和斯诺办的那个难民生产自救组织）当小学教员。等到寒假，我又去闯山西那条路，谁知又遇上阎锡山发动的十二月政变。这个山西军阀到处要消灭新军，取缔牺盟会，逮捕共产党和进步青年。介绍信要我去找的于玉梅，刚打了一仗，带着队伍上了中条山。一把钥匙，刚插入锁眼就断了，怎么办？我暂且投宿到一位老乡家里，住了几天。老乡看出我是个信得过的人，才送我到游击队，见到了于玉梅。"

"游击队早晨用雪洗脸，夜里在松林石头上露宿，我不但不觉得苦，而且非常兴奋和愉快，总以为这回算达到目的了。有一天我们住在一个小村子里，突然遭受庞炳勋的国民党四十军包围，把我们的人和物资都扣押了，说是要进行审查。根据支部的决定，要我讲明自己是杨森的侄女，要在他们面前摆出官小姐派头，向他们提抗议。杨森当时是国民党二十七集团军总司令，谁都知道。我这么一闹，果然有所缓解，我假称于玉梅是我表姐，掩护了她。没过几天，担任着国民党第二战区副司令长官的朱德总司令从华北前线回延安。当他经过陵川县境时，庞炳勋怕出事，赶忙把我同于玉梅转送洛阳劳动营。"

"我在家里有点厉害、有点霸道，主要是向家庭作斗争的一种需要，但我从来也没有装模作样向家仆们摆过小姐架子。这回我懂得了，摆架子是对付他们的好计策，所以逮着机会我便摆给他们看看，生怕他们不知道我是杨森的侄女。有一天，劳动营的头头果然找我去谈话，只要我同意进他们的干训团，就允许我去找杨森。我想这有何难，马上我就向这个头头要出入证，又赏给了他几块银圆。他立即叫勤务兵为我雇车，去医院看病。车一到，我叫于玉梅陪我去看病，于是就脱险到了西安，在七贤庄的八路军办事处见到了朱总司令。"

上面都是在那个特定的时刻——所谓"抢救运动"中，我和吴铭在许多难眠之夜的交谈。她真恨不得把自己的心掏出来，奉献给革命，奉献给党，这是我当时十分真切而强烈的感受。

由于她推心置腹，因此关于她的家庭内幕，关于她在家庭内部的种种抵抗，关于她和奶妈的感情细节，以及她追求革命的行程，她都对我尽情倾泻，我却难以全部记住。

中国革命的道路是漫长的，艰难的。这也必然反映在老年革命知识分子的个人经历上。吴铭出身于旧社会的上层，相当典型的封建地主军阀家庭。这种特殊性，需要她有更顽强的意志和更坚定的决心。她终于找到了朱总司令，朱总司令说她的入学考试考得很好。

四

1943年初秋，我同吴铭正在鲁艺门口的教堂里参加纺线比赛。不少人围着我看，认为我纺得快，出线细，可作机器线。弄得我精神紧张，满头大汗。正待休息，有人传话叫我同吴铭到院部去。吴铭立刻表现了可以理解的条件反射："我的历史，怎样来延安参加革命的经过，都向你说了，也写了书面材料交给支部，院部还找我干什么？""你没看，中央《关于领导方法的若干问题》发表以后，支部都在学习。不是来逼你交代，也许是谈甄别定案。"她半信半疑地到了院部，支部书记王曼硕同志在窑洞门前等候我们，一同进了院部党委负责人宋侃夫同志的办公室。待大家都入座了，宋侃夫同志首先问我："林恒同志，你去枣园找了周恩来同志吧？""对。因为抢救，给我戴了那么多帽子，又说我出身是军阀、官僚，又说我入的四川党是假党；周副主席亲自送我参加孩子剧团，却说孩子剧团是国民党。连我离开那里也是周副主席亲自去接的。送我回延安学习的也还是他。一切都清清楚楚，却非硬搞逼供信不可，我不去找周副主席找谁？"说着说着，一肚子委屈突然爆发，哭了起来。坐在一边的吴铭也跟着我哭。宋侃夫同志却反而笑道："你们真是孩子。干部审查是常有的事，有时还相当严格。我们一定要经得起考验，甚至是非常严峻的考验。"说到这里，有人拿出两张用延安粗糙的马兰纸写的东西，由王曼硕同志正式宣读："林恒同志，原名蔡去非，女，生于 1924 年 7 月 30 日，父亲蔡和平在吴玉章同志领导下参加革命。1927 年经刘伯承同志介绍加入中国共产党，后在朱德同志领导下参加杨森部队做军医工作。1928 年南昌起义后，在党的领导下，为抢救伤病员突然患脑溢血症不幸牺牲。"

"本人从小在党的哺育下长大，5 岁时父母双亡，在刘伯承和朱德同志的关照下，由四川地下党负责人之一刘孟伉同志负责抚养，刘是 1927 年同蔡和平同志同时加入中国共产党。1936 年经刘孟伉同志教导任红军儿童团长。1937 年 1 月参加革命，1938 年 5 月 4 日加入中国共产党，任民族解放先锋队队长、万县女中党办的国华中学党支部书记，中共万县中心县委地下交通联络员。后经周恩来同志送去参加党领导的孩子剧团，做抗日宣传工作，任生活部长。后调文化工作委员会，在郭沫若和冯乃超同志直接领导下做敌情资料室工作。任日本在华反战同盟总会中国语教员。1941 年 9 月经周恩来副主席送回延安学习，历史清白……"王曼硕同志读完，又让我自己看，问我有什么意见。一切都水落石出，既高兴又感动。

等我签完字转过身来，吴铭还在那里不停地擦眼泪。她拉着我的手泣不成声，只听她断断续续地说："我太感动了……我相信党……"宋侃夫同志又转脸对吴铭说："你的家庭出身、历史，组织上也调查清楚了。你的家庭出身，你本人也详细写了，是完全真实的。虽然出生在一个大军阀、大地主的家庭里，但也是从小在党的教育影响下长大的。经重庆八路军办事处调查证明，你的奶妈和你大哥杨汉忻都是中共党员。以后一直在受着党的培养教育，1938年在朱挹清同志的帮助下，毅然背叛了家庭，参加革命。随朱德总司令来延安，在女大和鲁艺学习，工作学习表现都好……"说完又将书面结论递给吴铭，仔细看了一遍，签了字。刚才叫她来院部时脸上的阴霾消散了，她虔诚地向组织表示："我知道了许多从来不知道的事，受到了平时根本不可能受到的教育，经受了考验和锻炼。我坚决以革命先烈为榜样，誓做一名共产党员，贡献自己的一切。"宋侃夫和王曼硕同志听到这里都庄重地站了起来，同吴铭亲切地握手："我们相信你很坚强，一定能说到做到。关于你的入党申请和你的自传同今天的书面结论，经中组部通知，给你转到军委去。因你的入党问题特殊，不由鲁艺解决，我们也不过问，这是组织纪律。你参加革命的几个关键时刻，都是朱总司令亲自解决的，他们自有安排。今天叫你同林恒同志一块来谈，同时宣布结论，是因为你们的出身历史都公开审查过，互相了解。特别是林恒同志，组织上还指定她帮助过你。"王曼硕同志对我说："你几时陪吴铭到王家坪去一趟？朱总司令正好在延安，你们见得到的。"

第二天一早，吴铭就拽我同她一起去王家坪。由警卫员把我们领到朱总司令住的窑洞，王维舟、龙潜也都在那里下棋。康大姐见了我们，马上从里屋拿出一些红枣、花生给我们吃。吴铭急不可耐地走到棋桌边，叫了一声："朱伯伯，我又找你来了。"朱总司令边下棋边说："这一局马上就完，你先坐下，慢慢说。"康大姐说："是吴铭和小林两个来了。"这时他们三人才抬起头，总司令高兴地笑着："有两年多不见了吧，鲁艺的运动结束了吗？有结论吗？"没等吴铭开口，王维舟就抢先说了："已经结论，材料都已转到总部来了。主要是家庭出身，本人历史没有问题，表现也很好。来找你是解决她组织问题的。"吴铭吃惊道："王维舟同志，你什么都知道了。鲁艺党组织让我来请朱伯伯指教。"朱总司令说："出身不由人，道路自己选。我早已讲过了，历史是由自己写成的，写黑、写白、写红都由自己。入党问题，就由龙潜、王维舟同志说一下吧！她是特殊关系，一定要遵守党的纪律，绝对保密。"

我马上站起来，准备跟总司令一起出去。王维舟同志却将我留下："你知道一下有好处，你也是四川地下党员，对吴铭同志情况又都已了解。"龙潜同志当时是周恩来同志的秘书，他说："王维舟同志很快就要调四川省委当副书记了。吴铭的党组织关系已经转到他的名下，由他负责联系。"我说："吴铭还没有入党呀？""你听着。"王维舟同志向吴铭说："你自愿申请加入中国共产党的问题，早已研究过了。根据你的行动表现，1942年3月就经总部党组织正式批准了。这段时间因你在受审查，没有正式通知你。现在已经书面结论，没有问题。刚才朱老总也说了，出身不由人，这是客观存在，但不能决定你的人生道路。何况你早已下决心，坚决要做共产党员，立志要为共产主义奋斗终身。所以组织上同意你的请求，批准你为中国共产党员，入党时间从1942年3月算起，入党介绍人王维舟、龙潜。因为工作需要，组织关系是特殊的，只能同我和龙潜发生单线联系，绝对禁止发生横的关系。"吴铭转身指着我说："她不是也知道了，怎样保密？"龙潜说："你别看她岁数小，她可是经过地下党组织严格训练的小交通，组织纪律性很强。现在她知道了，将来有必要的时候，也可以给你做个人证。但是没有经过党组织允许，是绝对不能说的。你已经是中共正式党员，家庭关系和社会关系都很特殊，斗争又十分复杂，万万马虎不得！"

朱总司令在这时走了过来，拉着她的手说："吴铭同志，你现在是共产党员了。一切都要按党章办事，用共产党员的标准严格要求自己，努力认真地学习马列主义和毛泽东思想，树立起历史唯物主义和唯物辩证法的无产阶级世界观。一心为革命，一切为人民，让实践检验自己的言行和思想。"

吴铭和我都怀着充实而高昂的情绪回到鲁艺，好像她觉得自己突然长高长大了，对周围事物都产生了新的情感和态度，一切都变得更有意义。一年半以前，她便是共产党员了，假如她当时能够知道，她能减少多少无谓的烦恼，又能增加多大的精神动力。然而，昨天做结论，今天就见朱老总，谁都没有耽误，体现了生活本身固有的复杂性。

五

我应重庆党史办的邀请，于1986年去重庆。金刚坡是重庆市西郊最为险要的隘口。这儿环境幽僻，山势陡峭，背负着绵延的歌乐山，坡上有龙洞口，坡下是赖家桥。

当年在赖家桥全家院子，只有我同李少青、于再烈士住的时间较长，所以知道一点金刚坡上隐藏着美蒋特务机关的罪恶，不知有多少共产党员和革命志士在"中美合作所"的大屠杀中英勇就义。但是也终于看到，杨森如何炸毁歌乐山的隧洞溃逃，看到头戴红五星的解放军战士，在金刚坡的三座碉堡上架起机枪，封锁成渝公路；看到在白市驿机场差一点就活捉蒋介石。

如今我重上金刚坡，观看了吴铭殉难的地点，向她的遗像默哀致敬！然后回到重庆美蒋特务罪行展览馆，在那里查看到如下的记载。

抗战胜利后，由于工作需要，党中央决定调吴铭到重庆做统战工作。1946年3月22日，王维舟同志介绍她去见周恩来副主席、于同年9月和周副主席同机到达重庆。这时的国民党依恃美国的大力支持而洋洋得意、毫无和平诚意，吴铭一下飞机，便受到国民党特务严密监视。1948年初，川东地下党在华蓥山地区发动武装起义，蒋政权惊恐万状，他们除派出部队进行"围剿"外，四处搜捕地下党员。9月，吴铭二次被捕，押送到重庆渣滓洞监狱。她利用杨森侄女的公开身份，要家里送吃、送药和日用物品，用以救助难友。她所住的女牢房，同江姐、李清林等党员在一起，却从不暴露自己的党员身份。女牢难友左绍英临产狱中不闻不问，吴铭愤怒地捶打门窗，坚持要狱医接生，并让家里送奶粉、衣物给产妇和婴儿。全狱男女难友都为此抗议特务罪行，"监狱之花"才能在狱中活过来。

不管特务封锁得多么严密，辽沈战役和淮海战役的胜利消息，不断传入狱中。吴铭自然惦念着指挥百万大军的朱伯伯，想起了延安鲁艺的秧歌队，由于胜利的鼓舞自然便会跳跳唱唱，吴铭就当上了秧歌舞的教练，还同各个牢房串通、提议集合起来开个春节联欢会。吴铭代表女牢房找李磊谈判。这时解放军已进入重庆防区，有的特务在寻求退路，蒋介石也已宣布"引退"，李磊不得不勉强同意。当"中美合作所"院坝子召开新春联欢会那天，女室牢门一打开，就响起了秧歌舞的锣鼓，吴铭把红被面束在腰间，带领着难友在坝子里扭起来，唱着鲁艺的劳军花鼓："正月里来是新春，赶上猪羊出了门"，"天下闻名的朱总司令，一心爱咱老百姓……"虽然许多人都还戴着脚镣手铐，也都随着又扭又唱，谁也想不到是这样声势显赫的联欢会，看守兵和特务们个个目瞪口呆。

1949年4月，吴铭的妈妈拽着杨森小老婆来到渣滓洞，硬是把女儿从狱中接走。出狱后吴铭卖田卖地，用来购枪购粮，支援农村的武装斗争。下半年她因事返回重庆。9月2日，重庆朝天门一带发生巨大火灾，这是国民党反动派在逃离大陆之前有计划进行的破坏，反过来又血口喷人，贼喊捉贼。吴铭在杨森家里出出进进，目睹了一切，怒不可遏，当众揭露杨森。杨森恼羞成怒，密令军统特务刑警处长张明选，将吴铭秘密处死。

那是11月下旬的一个晚上，几个特务冲进吴铭住室，将她装进麻袋，拖进吉普车，汽车临近金刚坡时，特务们将她活活勒死，弃尸于金刚坡碉堡里。恐其未死，离开时又添了两枪。

延安分手以前，吴铭的一切我都了然于怀。然而分别之后，山河阻隔，经过了40年，依靠这点资料，我获得了一个完整的形象。她义无反顾地走完了自己战斗的一生,她是英勇无畏的,是高尚的。当我阅读并摘录这点资料的时候,《国际歌》的旋律油然升起。世间一切都变化剧烈,这首歌却融入于我们的灵魂和我们的情谊之中。吴铭同志!朱总司令在你入党时说的话,你都见诸行动,你可以毫无愧色去会他于幽冥!

1988 年 4 月 20 日

生活的暖流

文　秋

一

1938年夏，一辆破旧的长途汽车在黄土高原上爬行，车后黄尘扬起很高很高，我坐在靠窗的座位上，望着沿路的风光。陕北的田野和我们江南水乡绝然不同，高高的玉米、矮矮的谷子和土豆使黄土高原披上绿装，一种异乡的景色触动了我，我的心既忧伤又兴奋。

我口袋里装着两封信，一封是西安八路军办事处的，一封是冼星海在武汉给我写的私人介绍信。我风尘仆仆地从湖南沅陵悄悄地离开了国立艺专，经过武汉、西安奔赴延安。

长途车经过洛川，经过富（鄜）县，不停地颠簸，经过两天的长途跋涉，汽车浑身都蒙上了厚厚的黄土，就像泥疙瘩一样。第三天早上，终于到达了延安城。这是我们渴望已久的名城，虽然同车的人很多是头一次来，但它的名字，我们早就闻知。现在，我和其他投奔延安的人一样，用一种新奇的眼光打量着它。

我们从南门外的汽车站走进城门洞，街道虽然狭窄，但打扫得很干净。商店的房屋，都是矮矮的平房，更奇怪的是店面门板，南方门板都是棕色或酱紫色，而这里却是蓝色，连西北大旅社门楣上一块大横招牌的颜色也是蓝色，非常别致。转眼就到了北门，出了城门洞，沿着小路往前，看见左边有一座不高的山，我第一次看到窑洞，看见山坡上有两三排平房。平房前有一块空坪，有不少穿灰军衣的人围聚在那里。我向路人打问，才知道这就是我千里迢迢要来报考的鲁迅艺术学院。这里没有校门，也看不到教室的建筑。

我的故乡江苏已经沦陷，大批同学都和我一样成为无家可归的流亡学生。我的同窗好友杨筠和他的爱人罗工柳已悄悄来到延安。我接到他们平安到达的消息，就约了几个同班同学投奔延安。在一排平房前，我找到了杨筠。她看到我，高兴得拉着我的手，我看她穿了一身灰衣服，腰上还束了一条皮带，脚上还穿了一双布草鞋，俨然一身女八路打扮，她明显地晒黑了，红光发亮的脸上还和以前一样，流露出乐观的精神。她打量着我，疼惜地说："你一路上很累吧！比以前瘦了。"我心急火燎地问起报考鲁艺的手续，她引着我走到一间平房前，站在门口就大声地喊："胡一川同志，有人报考我们美术系来了！"我站在门口，看见屋里有一位矮矮胖胖、额头宽大、敦厚的面孔。看见我们站在门口，便热情招呼我们进屋，杨筠对我说："胡一川同志是我们美术系的教员，他是20年代杭州艺专的学生，30年代左翼著名的木刻家。"他用一口广东腔的普通话和我谈话，同时从抽屉里取出两张画纸，一张要我画宣传画，一张要我画素描。

我被录取了，编进了鲁艺第二期美术系女生班，使我更为高兴的是在这里又遇到了我们杭州艺专的同学张晓非和黄薇。他们两人都结了婚，和爱人一起到延安来的，张晓非的爱人杨角是上海新华艺专的学生，他现在也在美术系学习，黄薇的爱人黄再刊，在总政和江丰同志一起编画刊。

鲁艺和抗大、陕公一样都是3个月就毕业，学生在这里接受革命教育，学习党的政策和基本的业务训练，过的是军事生活。我初来很不习惯，一大早就上操跑步，上课也没有教室，就在平房前的土坡上，每人发一块木板、一个小凳，木板就放在膝盖上当课桌。生活更简单，一早从井边打水用洋瓷缸盛水打湿毛巾，擦一下脸；晚上，用一洋瓷缸的水往脚上冲一下就算洗了脚。吃罢午饭，杨筠、晓非带我到延河里去洗澡，延河水很清澈，水也并不深，男男女女在河里游泳戏水，欢笑声传得很远。河滩上都晾满了衣服，等洗好澡衣服也晾干了。我们住在土窑洞里，一条长炕睡十几个人，每人只有一个被筒的地位。我最讨厌晚上有小虫子咬，早上起来一看，汗衫上尽是红色的小斑点，可是把被子翻过来，什么也找不到。杨筠笑着说："那是跳蚤，天一亮，它们都钻到炕席下面去了。我不会捉跳蚤，只好每天供它饱餐。"

我初次来到北方，水土不服，没两天，就肚痛腹泻，病倒了。杨筠领我到学校医务室去看病。那是山坡上一间小小的平房。走进屋里，令我吃惊的是，看病的竟是一位外国医生，他和同学们一样穿着灰色的土布军服，也用一口中国话问我的病情。我说："我在武汉得了痢疾，病才好就到延安来了。这两天吃了小米饭，也许是不消化，说不定是水土不服，今天又泻肚子！"他很和善地笑着说："不怕，吃上点药！"他不但开了药，还给我开了病号饭的条子，我非常感激他。出了医务室的门，我问杨筠："这医生叫什么名字？"杨筠笑着告诉我："他是延安有名的国际友人马海德同志。"

我个性沉默，开讨论会总是洗耳恭听，从不发表意见。黄薇是大炮脾气，她鼓动我发言，我还没有说话心就跳起来，脸红半天也没声。黄薇好像恨铁不成钢地数落我。我说："我想了好多话，一开口就急得忘了。"她说："你就拿纸片写个提纲，一次不要讲多了，就讲一件事、一个问题好了，要不，将来出去工作，你当哑巴吗？"我们不但讨论马克思主义，也讨论文艺大众化，更多地讨论抗日战争的前途，这是我们最为关心的。因为武汉失守，形势紧张，国家兴亡大事，使每个人都在考虑学习 3 个月后的去向问题，我看到共产党的所作所为，相信只有共产党能够挽救我们的国家，既然下决心来投奔革命，就要革命到底。3 个月结业后，我想要求上前方，把这个想法透露给黄薇，并和她商量，她非常赞同。同系的男同学肖肃找我谈话探询我对共产党的认识，我坦率地把我的想法告诉了他，不久就吸收我加入了共产党。在入党宣誓会上，我新奇地看到我们过去杭州艺专的同班同学杨筠、罗工柳、黄薇、彦涵、晓非和杨角，他们都已经是党员了。这我才知道，以前他们每个星期日都悄悄地走了不约我，原来他们是参加党的秘密会议去了。散会出来，我和黄薇、杨筠同行，我问他们："一个共产党员被敌人逮捕，应当怎么办？"黄薇是我的介绍人，她说："如果敌人没有发觉你，你就不能暴露党员身份；如果已经暴露，就要像季米特洛夫同志一样，把法庭作为讲坛。共产党员决不能丧失立场，要保持党员的气节，不能屈服。"后来鲁艺的同学，有在中美合作所渣滓洞慷慨就义的，也有在前方壮烈牺牲的。

鲁艺是我一生的转折点，也是我革命道路上的起跑点。

二

延安每个星期六的晚上，机关学校常有晚会。鲁艺有美术、戏剧、音乐、文学4个系，都是能歌善演的角色，几乎每个星期六各系都要演出节目。我们美术系的教员丁里同志，不但能画，而且善于编导。我到学校不久，就听说美术系要排演一个活报剧。有一天，丁里同志叫我演一个角色。我问："叫我演什么角色？"他笑着说："演一个和平女神。"我只好点头答应了。星期六晚上，丁里同志把我叫到后台，走进化装室，看见很多人在化装，他请左明同志帮我化装。左明同志是30年代的老戏剧家，是戏剧系主任，他有四五十岁的年纪，长得清癯单瘦，他一会儿就给我轻轻抹上一点淡妆。服装就更简单了，用一床白被单给我披上，顺手给我一根柳树枝，就化装成了和平女神。幕开了，台下的观众黑压压的一片，都鸦雀无声地注视着台上，报幕员说："现在演出活报剧《玩具店》。"我从幕侧看到台上布置了一个橱窗，橱窗里摆着几个机器人玩具：希特勒、墨索里尼、小日本，老板把机器一开动，玩具都自由活动。因为发条开得太足，几个机器人都互相殴打起来，吓得老板惊慌失措。那时，我没有见过活报剧，正看得有味，丁里老师轻轻推我一下，要我上场。我慢慢地轻步拖着白色的长袍走向台前，向疯狂的玩具摇动了橄榄枝，玩具骚动平息了，满头大汗的老板，把希特勒、墨索里尼和小日本几个机器玩具人一个个推回橱窗去。幕布降落了，我听到台前一片掌声。

活报剧演出不久，学校叫我参加延安电影团去拍电影。还抽调了美术系的男同学李黑和音乐系的女同学小林。导演是著名演员袁牧之，摄影师是著名的摄影家吴印咸和肖冰，拍的纪录片名为《延安与八路军》。我们同坐一部卡车出发。电影从黄帝陵开拍，我第一次看拍电影，吴印咸带的是手提式的摄影机，沿途拍了很多场面。在洛河边过河时，我们有一组过河的镜头，在卡车行进中，导演拍摄了我画速写的镜头，回到延安，摄下我和另外的同志背着背包走向学校的镜头。以后延安电影团又到前方去拍摄八路军的战斗场面。听说袁牧之同志到苏联去时，把这部纪录片带到苏联去冲洗。后来，这部影片没有和观众见面，只有部分镜头作为革命历史资料出现过。

回顾我在鲁艺这几个月不平常的学习生活，是多么充实！这座延安的文艺最高学府，担负着培养全国各地来的文艺战士的任务。他们经过短短的 3 个月学习，就要派往各个解放区的文艺岗位上去了。我们杭州艺专来的几个同学，杨筠、罗工柳、彦涵、张晓非，都分配到晋东南鲁艺木刻工作团去了，他们由美术系的老师胡一川、陈铁耕带队，马上要出发到前方去了。却把我留在延安，要我到鲁迅师范去当美术教师。为什么他们都能到前方去，我不能上前方？越想越难受，决心要去问问院长。

我冒着大雪往山上走去，爬到将近最高一层窑洞的拐角，这里面住着沙可夫同志，他是副院长，我从来不敢来打扰他。今天不知哪来的勇气，毫不犹豫地推开了门。

沙可夫同志正在办公桌上批阅什么，身边放着一个炭火盆，约许有 40 多岁，头发有点花白了，戴着一副黑框眼镜。他停下笔，笑眯眯地看着我，我几乎是用恳求的声音说："院长，我要求上前方！"他用很关切的语气说："你留在延安，在鲁迅师范教书，不是和前方一样干革命工作吗？"

"不！我到延安来了，就是为了抗日救亡，我就是想到前方去！"

"前方生活很艰苦，你身体弱，学校里考虑过了，还是留在延安好！"

"不！"我急得话也说不出了，两串眼泪夺眶而出，我赶忙偷偷地抹去眼泪，结结巴巴地说："请放心！我现在身体很好，你批准我上前方吧！"

沙可夫院长看到我两眼激动的泪水，看到了我真挚的情意，摘下眼镜，亲切地问：

"你真的要上前方？前方要打仗，生活很艰苦，你能吃苦？"

"我不怕苦，只要你答应！"

最后他点点头说："好吧！你到120师贺龙师长的部队去吧！沙汀、何其芳老师带队，到晋西北去，那可是艰苦的山区呵！"

我高兴得破涕而笑了，拍了拍满身的雪花，笑着推开门对杨筠说："批准我上前方！我也能去前方了！"

第二天清早，山上吹响了哨音，有人喊："去120师的同志，今天上午出发，赶快准备！"

我着急地问："什么也没准备，怎么一下子就喊出发？""这是军事行动！"杨筠笑着说："不怕！"她的生活能力比我强，自从我们国立艺专撤出杭州，学生们便开始了流亡生活。我们两个总是在一起，同是沦陷区的学生，都同样深切地体会到国破家亡的痛苦。她三下两下帮我清理好东西，一会儿就帮我把行李捆扎好了，我依恋不舍地看着她帮我整理行装，心里想，从今天开始我们两个好朋友要各奔东西了，以后，我有话对谁说呢？有困难有谁帮助我呢？看着她的身影，我的眼泪不由自主地流了下来，但我随即又偷偷地擦去了。

三

我们鲁艺派到120师去工作的同志，共有20多人，带队的老师是著名的作家沙汀和何其芳同志，他们也不过是30多岁的人。和我同去的两个文学系的女同学，一个是写《延安颂》歌词的莫耶；还有一位是我的小同乡黄慕海。因为贺龙师长开完了党的六届六中全会以后返回前方，我们就是随他开往前方去的。一路上，车开得很快，我们站在敞篷卡车上，一面观看沿途大雪冰封的北国风光，一面唱歌，大家的情绪火一般热烈。每个人的心里都有自己的幻想，因为谁都没有上过前方。反正，我达到了到前方的要求，特别是当上了八路军女战士，满心高兴。

车到绥德，我们宿营了，住在一排崭新的石窑里。这种用石头砌的窑，比延安鲁艺的土窑漂亮多了。里面的墙粉得雪白，高大宽敞，冬暖夏凉。一进窑就觉得暖烘烘的。吃过晚饭，同学们散落在院子里闲谈，忽然有人喊："贺师长来了！"

走到大门口，就看见沙汀和何其芳同志已迎出门外，只见贺龙师长穿了一身灰布棉军服，留着八字胡，年纪40多岁的样子。旁边一位个子矮小，双手插在米色皮大衣口袋里，他的上唇也留着一小撮短髭，显得十分稳重威严，是120师的政委关向应。贺师长嘴里含着烟斗笑微微地问了问同学们路上的情况，就告诉大家明天不坐卡车了，有一批马要带到前方去，所以，明天每个人都有一匹马骑。男同学听了很高兴，但我们几个女同学都还没有骑过马，尤其是我，在家乡的时候，看见军队上有马，我都绕道离得远远的。贺师长大概知道我们都没有骑过马，所以站在大门口，给我们讲解骑马的要领，他蹲下身，骑在一尺高的木头门槛上，做了个骑马的姿势说："骑马要把两腿夹牢，把马缰一带，马就会走。"他说话的时候，还用手拍了拍膝盖，"马跑开以后，身子要向前弯，要随着马奔跑的节拍起落，力气要用在双腿上，夹牢马背，就掉不下来。"他转身看见我，又问："你敢骑吗？"

我心里真是有点害怕，听见他对我发问，迟迟不敢表态，他见我发窘的样子，就说："明天给你们女同学骑最老实的马，给你一匹大青骡子，那是我爱人抱着孩子骑的，最老实了！"关政委站在一边，只是微微笑着，贺师长又和同学们说了一阵，眼看天色将晚，才和大家告别走了。

同学们第一次看到心目中的英雄，心里都有说不出的高兴。本来以为首长一定很威严，架子大，没想到这么平易近人，大家都沉浸在刚才见面时的激动情绪中。

第二天清早，把行李整理好，刚吃完早饭，就有人把几十匹马送来了。果然，分给我的是一匹大青骡子。送马来的同志帮我把行李捆扎在马鞍上。我壮起胆子走近大青骡子，可是我刚踩上脚镫它就往旁边退，不是那位同志拉牢缰绳，差一点摔下来。我骑在骡子上，人比围墙都高了，心里说不清的高兴，又很紧张，一路上也顾不上看路旁的景色。我进了一片树林，有一位同志迎上来拉住了我的大青骡，喊我下来吃饭，我肚子早就叽叽咕咕叫了半天了。朝前走了几步，看见贺师长和一些干部坐在大树下休息，他看见我过来，就笑着问："哈哈！你掉队了！""大青骡，它不走！"我显得无可奈何地说。贺师长听了笑笑说："好！快吃饭去！等会儿给你换匹马！"那位帮我牵大青骡子的同志给我牵来一匹小红马，连行李都给我换过来了。这匹马个头矮小，不用别人帮忙我就上去了。

第二天早晨，吃过早饭，队伍又从葭县出发，在黄河之畔，我看见黄色的浪涛翻江倒海，发出震耳的吼声。我发现渡口边拥挤着一群人，还有几十匹马，渡口上停着两只大木船，船头都是平的，显得十分笨重。船上十几个船工，都翻穿羊皮袄，扎着红的白的腰带，头上都挽着羊肚子手巾，从他们身上可以看出西北老乡的纯朴和憨厚。

渡船开航了，船工们划着特别粗重的桨，唱着劳动的号子，雄壮的号子在空中回荡，却又被咆哮的波涛盖住。看着这艘与我们生命联系着的渡船，感觉到我头顶到船身四周都是黄色的波涛，跃起丈把高的浪花，向我们迎面扑来。船身随着浪潮颠簸，在这样的时刻，船工们凭着这么古老的渡船，把河东河西连在一起，多少抗日战士，从陕甘宁边区输送到抗日前线。

拢岸了，我回头看望黄河那边，那就是我们的陕甘宁边区，虽然只生活了短短几个月，我从延安这块圣地找到了中国的希望，找到了信仰。现在，我又要离你远去了，我怀着眷恋之情，站在黄河岸边向着对岸凝视，不禁泪眼模糊了。

延安，从你伟大的胸怀中，我获得了正确的思想，懂得了人生的意义，你是我生活的转折点，你改变了我生活的航向和人生的道路，你将永远刻在我的心上，终生难忘。

回忆叶洛同志

——从木铃木刻社到鲁迅艺术学院

汪占非

1929 年秋，紧邻平湖秋月西侧，有一长排靠湖的精致房舍，叫哈同花园。房舍厅堂之间，点缀着 7 个花木繁丽的庭圃，迎着波光，四时飘香。哈同花园北面，孤山南麓下，还有一片宽广校舍。这两片幽静处所，就是那时的西湖国立艺术院。二三十年代我国文化界名人蔡元培先生，曾热忱筹建、着意扶植这所艺术学府。

一百七八十名来自许多省份的同学，年纪从十七八岁，到二十岁上下，大多数志趣高尚，悟性较强，勤勉笃实，热爱艺术文学。

专业上训练有素、满怀爱国反帝思潮的教授，悉心教导培养这群学生。七八个专业教室的素描习作，准确、紧凑、优美，自不必说；风格之多，几乎各人是各人的，十分令人叹赏。

1932 年 1 月，东三省被日本帝国主义占领。同月，日本帝国主义进攻上海。1933 年 1 月，日本帝国主义占领山海关。我国的民族危机，已到最严重的关头。这几年，我们这所学校已经有共产党员、共青团员在活动。校外的早期共产党员李友邦、冯雪峰、作家张天翼等，都秘密来过学校，给"一八艺社"社员作政治报告，我校的革命社团"菲菲社""一八艺社""泼波社""夜泊社"，都在搞普罗文艺运动。全校半数以上的同学，已经投入爱国反蒋斗争。

国民党反动派秉承帝国主义意旨行事，在我们学校进行露骨的镇压：从 1930 年起，每年一次，在学校逮捕、开除学生。到 1932 年，"菲菲社""一八艺社""泼波社"的骨干,开除得差不多了。但是半年后,1933年,一个新的革命组织又站出来了,这就是新成立的木铃木刻社。

于是,国民党反动派又进行第四次镇压:逮捕了木铃木刻社的骨干刘萍若(曹白)、叶乃芬(叶洛)、郝丽春(力群)3位同志,将他们关进杭州浙江陆军监狱(也叫浙江军人监狱)。叶洛同志入狱前和出狱后,创作了《斗争》《市街战》和《狱》等反映工人阶级、共产党员和革命知识分子为民族解放、人民民主而斗争的新兴木刻。在西湖时,叶洛、刘萍若、孙功炎和我,是1931年进校和1929年进校的两个班里年岁小的学生。我们有时在课余交流专业学习心得,谈论国内外时局和学校动态,相互帮助,很谈得来。

那时的叶洛,性格爽朗热情,高兴时似乎有说不完的话。他的身体也很健康,走路时,腰身笔直,昂头大步,显得洒脱而又稳健。

有一次他向我谈过一段难忘的话,他说,我们学校的高压和广大同学追求光明、反对帝国主义的斗争,会激烈冲突下去。现在重要的问题是保护好我们的领导中枢。为此,我们要广泛联系同学,鼓励大家多交朋友,这样,我们得到的消息会灵通一些,反动派有什么举动我们可以早一点知道,我们人越多,领导中枢可少出面,可以隐蔽深,保护得好。

1932年秋至1933年秋,木铃木刻社的革命活动已经特别困难,但木铃木刻社的同学在反动政治高压下仍然活动了一年,它的主要成员叶洛、叶寒玉、曹白、力群、许天开,几乎经常面临白色恐怖的威胁。这5位同志表现了那个时代的革命青年不怕牺牲的可贵精神。几年后,叶洛出狱到北京。我们感到见面不易,相约畅谈了几次。叶洛谈兴很浓。他着重谈了,如果四万万同胞都接受了马克思主义,绝大部分人民都组织起来了,并且都有枪,那个时候,消灭帝国主义和蒋介石政权,是不成问题的。

1943年,叶洛第三次和我见面,那是在延安桥儿沟鲁迅艺术文学院参加整风学习。

整风学习结束后,美术部学委会指定叶洛主持泥娃娃创作组的工作。

约莫 3 个月后，这个组的创作工作，做出了惊人的成绩。后期销售时，作品受到群众普遍的欢迎。美术部许多同志认为泥人组的工作体现了艺术为人民服务，做到了在普及基础上提高——丰富多彩的佳作，不但老乡很喜欢；延安大学、鲁艺的有些同志也留恋把玩，爱不释手。

泥人组的主攻方向有几方面，其中之一是向高、精、尖发展，在保留民间泥人优点的基础上，进行了创造性的提高：把小泥人缩小到一市寸那么高。为使作品美观耐久，小泥人的泥胎干后，用半寸的小三角薄纸片，把泥胎包糊两三层，以防泥胎发生裂缝，并有摔不坏的优点。裱糊工艺精巧，像镶嵌那样，纸边无重叠，纸面无褶皱，最后的一层纸是很洁白的，上色后，过一层桐油。他们用的桐油，是向民间老艺人多次请教，经过提炼、稀释，透明度和光泽都很好。这些泥人的造型，几乎都经过一两个月的反复推敲才通过。主题鲜明，艺术上高度夸张而又不失真实，洋溢着生活气息，颜色是学习民族、民间的传统用色规律，加以提高给小泥人以强烈的色彩渲染——明快、大胆。薄薄刷上一层高级桐油后，一寸高的小泥人，像经过"喷漆"一样，全身闪闪发光。

这些小巧玲珑的泥人，最初展出时，一位延安老乡愿意用两斗小米买一个。陕北一斗小米是 30 斤，两斗小米够一个农村娃吃两个多月。可见小泥人的神奇。后来，这些闪耀着中国民间艺术光彩的小泥人，通过一些外国朋友，一次又一次被带到国外。

第四次见面，已经是 1957 年的春天，他一人先来到西安，我们又在一个美术学校中工作了。我们都非常高兴，我请他到一家最有名的饭庄为他"洗尘"，饭后我们徒步回南郊兴国寺西安美术学院。

1976 年他黯然地离开西安，回浙江省衢州故乡，我黯然送别他在西安火车站。此后没有通讯，不知他去到什么地方。

第五次见面在西湖。这是 1984 年年底，我到杭州，一位友人告知叶洛同志的居处后，我去栖霞岭看望叶洛、李炎和他们的小女儿小捷，这次见面是极其愉快的，他又回到了青年时代学画和参加革命的母校——浙江美术学院工作了。叶洛同志在这个万象回春的时代，豪情满怀。他兴致勃勃地把他的油画近作给我看，这幅作品使我高兴得惊叹，但他自己仍不满意，表示还要加工。第三天我应约去他家叙谈。我们似乎回到了少年时代的西湖国立杭州艺专校园。他说少年时代我们憧憬的新世界终于实现了。时间在倾谈中很快度过，天色向晚，我得告辞了。他送我到大路上，在路旁商店外边小广场又来回走动谈着。他说他想同我去四川九寨沟画风景画，他建议我们两人合作一幅，我说，如果我们两个人加起来，可以创作出一幅很有特色的风景画。

第六次见面在西安，叶洛1985年春初到达西安，他和一两位浙江省的教授到乾陵等处参观考察。看起来他身体很好。他说自费去九寨沟作画，有困难，暂时还去不成。

他的形象依然像高山上凌空独立的大树，令我看了很高兴。他说这次只能谈半天，下午要去城里看杨青同志。

他告诉我，有一位西湖时的同学，后来从事小说创作。这位同班同学一次住在高级宾馆中，因为外出没有给派高级小轿车，很不满。叶洛对此很不以为然。他说，我们文艺工作者也无非是劳动者，劳动人民给自己住高级宾馆，外出派小卧车，应该认为这已经是担当不起的高待遇了，像这样还要计较排场，显然失去了一个文艺工作者应有的品德了。

他又对一位老同学，提出了精辟见解，认为这位同学，还可以进一步发挥其影响，创作一些重大题材的作品，扩大艺术在为新世界而战斗中的团结、教育和鼓舞作用。想不到，叶洛是这样广泛注意和关切老同学们的情况。

怀念叶洛同志

张　望

1941年，我们在重庆红岩八路军办事处，认识叶洛和李炎诸同志。我们一行数十人乘坐了三辆卡车，穿军装，离渝赴陕。一路上有几处国民党关卡，总是百般刁难、威胁、阻挠，或者软硬兼施，手段毒辣。

数天后，车抵洛川边界，大家才吐了口气，兴奋地唱起歌来了。老叶同志是很健谈的，他说："怕什么？我们是公开身份八路军，还有周副主席找蒋光头签发的通行证嘛。"他心中有数。我们终于到达革命圣地延安了，大家都很轻松愉快，处处感到新鲜。我和袁文殊同志到招待所头一天，中组部便决定我们到鲁艺，次晨派人和毛驴，驮了行李到桥儿沟。老叶夫妇和其他人也分批到达。过了两三天，周扬、宋侃夫等领导请吃饭，还吃了延安名菜"三不沾"。

叶洛同志原名叶乃芬，闻名已久，只是这次同行才第一次晤面。他是杭州国立艺专学生，与力群等人组成木铃木刻研究会，也因此被扣押、开除。

我们到鲁艺美术部，先在研究室，古元、焦心河等同志都来看我们，江丰、王曼硕、蔡若虹等也来了，并要看看速写。根本不了解我们途中过关的为难，什么也不能带，连手纸都是一路上现买的，谁的身上都不得带纸张，避免借口要拿去化验，多方刁难扣留你，只有等候安置后，才和大家一起外出画速写、画素描。江丰与胡一川都很关心我们，常看望我们，问寒问暖。江丰的话不多，就是不断吸着烟斗。这和老叶的性格恰恰相反。读一读叶洛的回忆录，文如其人，真是语言大师，讲起话来很有吸引力，有虚有实，富于风趣。

我和他曾被派往鲁艺对门的部艺（即部队艺术学校）兼课。当江丰同志向我们两人交代任务时，他问得很简单，可是老叶是早已知来意，话如流水，滔滔不绝。无非是说些任务保证完成，并说了自己的想法，全部包下了部艺美术方面的技法理论、基本功、创作等等。江丰听着听着，微微一笑，点点头，有时听得连吸烟也忘记了。

给我印象最深的是泥工组的事，他不光有创业精神和责任心，还善于了解每个人的特长和性格。诸如：张凡夫最能团结人；郭钧身残志不残，干劲大；陈伯希钻研技术，说话一针见血；王秉国也是聪明小伙认真思考埋头苦干。叶洛确是对周围同志了如指掌。因此，他既创造了泥娃娃，又在领导泥娃娃的生产中搞得非常出色。

他认为泥娃娃对我国民间泥玩具传统既有继承又有创新，更富于表现力。他在描绘鲁艺礼堂展出泥娃娃盛况时说："桥儿沟老乡和过路老乡纷纷来看，十分热闹。一时之间，礼堂里沸腾着男、女、老、少的交谈声、赞美声、欢笑声，真像演奏一曲泥娃娃交响乐。"叶洛是忠心耿耿，一心为党、为人民、为民族生死存亡而奋斗终生的。

延安求学记

杜 夏

记得我在赴延安途中，到达西安后，隐蔽在西安二中，当时二中校长是江隆基同志，我冒充他的学生，却谁也不认识谁。到延安后被分到陕公学习，校长是成仿吾同志，江隆基同志是副教务长，我真正成了他的学生，但从来没接近过。后来，我到延大，他是副校长，也只是接近过一次，但我永远记得他爱护青年的音容。至于成仿吾同志，由于他爱护师生，师生们都亲昵地称他为"妈妈"。他不仅在我有病的时候，亲自派勤务员郭管生同志拉来他的马送我住院治疗，而且在开学前后的一个晚上，全校师生在明月下欢度中秋节并纪念鲁迅逝世周年时，成老的讲话感动了所有的人。他首先称鲁迅为同志（而不用"先生"），接着他讲了鲁迅的爱憎分明的精神，并谈到他在创造社时，由于"左"倾关门主义、宗派主义对鲁迅同志犯过错误，挨了鲁迅的骂是应该的，1935 年他从苏区到上海办事，专门去看鲁迅并当面作了自我批评。他的忠厚和善的态度及自我批评精神感动了全体师生。延安的学校似乎都有校训、校歌，这是贯彻学校宗旨的好方式，抗大如此，陕公也这样。陕公的校训是"忠诚、团结、紧张、活泼"；校歌是成校长词，吕骥曲："这儿是我们祖先发祥之地，今天我们又在这儿团聚。民族的命运全担在我们双肩，抗日救亡要我们加倍努力，忠诚团结，紧张活泼，战斗的学习。努力！努力！争取国防教育的模范，努力！努力！锻炼成抗战的骨干。我们要忠诚于民族解放事业，我们献身于新社会的建设，昂头看那边，胜利就在眼前！"我们每天唱这支歌上军事课、政治课。我至今觉得除抗大校歌外，就是陕公校歌最有教育意义了。现在，我希望还应传唱延安时代最流行的这首革命歌曲。

我永远记得，1937年10月23日毛主席来到陕公讲了话，会后留下题词："要造就一大批人，这些人是革命的先锋队。这些人具有政治远见，这些人充满着斗争精神和牺牲精神。这些人是胸怀坦白的，忠诚的，积极的，正直的。这些人不谋私利，唯一的为着民族与社会的解放。这些人不怕困难，在困难面前总是坚定的，勇敢向前的。这些人不是狂妄分子，也不是风头主义者，而是脚踏实地富于实际精神的人们。中国要有一大群这样的先锋分子，中国革命的任务就能够顺利的解决。"毛主席讲话时天上飘着小雪，冷风吹得记笔记时不得不呵一下笔尖才写一个字。但是，这些字句像熔铁一样的铸在青年们的头脑中，把民族兴亡的重担嘱托在我们一大群人的肩上。我经常用毛主席的这些教导检查自己的思想行动，永远记住自己是陕公的一个学员。

我不止一次听到毛主席讲话，前后10多年听到许多次。记得我刚到延安后的四五天，参加纪念抗战周年大会，就听了毛主席的讲话。他把抗战比作唐僧取经，要经过无数磨难，国民党是猪八戒，见了困难就想回家，而共产党是孙悟空，什么妖怪都不怕，终于保护唐僧取得佛经。

1938年冬，我到了鲁艺，副院长沙可夫同志是一位非常关心师生的领导，我是在鲁艺入党的，介绍人就有他的夫人岳慎同志，另一位是安波同志。鲁艺创作了不少好歌曲，冼星海同志向我讲过，他作的曲子必须能为普通人上口，所以他总是把新曲唱给不懂音乐的人，并教他们唱，群众觉得拗口的地方就改，甚至按群众唱走了的调改。他举过他在武汉指挥十万工人唱纪念五一节歌就是这样，十万工人绝大多数是第一次唱歌，但是几分钟后就和谐有力地唱出了自己的心声："全国工友，站起来，站起来，今天是我们的五一节"（副歌复唱）。看来他是师承白居易的，但做得更彻底，成就也就更大，他也是在鲁艺入党的。冼星海同志是贯彻毛主席在座谈会上讲话的模范，对任何工作者都有教益。例如，我搞翻译是赞成鲁迅的硬译主张的，另一方面我坚持必须合乎汉语习惯，能上口，不能糊弄外国人又糊弄中国人。

沙可夫同志关心学生的例子很多。他很重视并亲自进行新生面试，而且只要谈上几分钟话，他就能长久记住对方的姓名、音容、特点，令人感到分外亲切。他告诉过我：王昇与韩冰在面试时说他们爱平（京）剧，要不要试唱，沙可夫同志答道，我相信你们会唱得很好，不必试了。但这两位青年兴奋之余，非唱不可，终于各清唱了一段，他也就耐心听完。戏剧系女学员方华缺乏过冬衣物，沙就把自己的皮大衣借给她搭在被子上。有一次他去中央开会，回来时很晚，还轻轻敲方华宿舍的门将皮大衣送去。他有一匹大青马是贺龙同志送的，他曾派我骑这匹马去40里外的拐峁医院看病号卢雅兰同学。他还同师生一起编戏演戏，当时的政治处主任徐一新同志也多次参加演出。沙和徐的俄语都特别好，可惜我没有向他们求学。鲁艺早期的勤务员同志（小鬼）是以淘气闻名的。他们聪明活泼，经历多，能说会道，一般做政治工作的人做不了他们的工作，可是戏剧系教师崔嵬同志却能成为他们的朋友，也能使他们召之则来，服从指挥。

沙可夫同志到华北联大后，鲁艺的副院长由赵毅敏同志改为周扬同志。赵与周都是我所敬爱的师长。赵重政治，作风严肃；周则重业务，爱护人才。例如当时平（京）剧团有位小生演员陶德康同志，有些骄傲，很为众人议论。周扬同志在一次全校大会上讲：一个革命者干什么就应干得出色，如果画家画不出画，作家写不出作品，那还算什么画家、作家？另一方面，出了成绩也不应骄傲，更不应以己之长比人之短。陶德康同志演小生功夫好是事实，叫他违心地说那些不如他的人比他好，我看也不实事求是。我们提倡谦虚，尊重别人，但反对虚伪。后来就没人再议论陶了。周扬同志很重视艺术道德，反对文人相轻，早在40年代初，他就在鲁艺拟订并提倡了《艺术工作公约》。共10条，非常简练，体现了校训，其中有"不流于轻浮作风、低级趣味"和"不满足自己的即使是最大的成功；不轻视别人的即使是最小的努力"。记得有次开新年晚会，演出了"反串"

的《日出》。林农饰演陈白露，以烧饼为安眠药片，一边掰一边说："不，吃二分之一；不，吃四分之一。"大高个子田方饰演"小东西"。可以想见引起的哄笑。那晚，外国友人马海德同志也被感染了，走进后台不一会穿着红蟒袍，戴着乌纱帽，蹬着粉底靴子，哇呀、哇呀地走出场来跳起"加官"舞来。一个节目比一个节目新奇有趣，大家乐极的时候，台上发出了周扬同志的严肃喊声："大家冷静一下，晚会要热闹有趣，但不能搞低级趣味、庸俗作风！"一声吆喝，大家恍然大悟，好像以后再未出现过类似低级庸俗事件。

在延安求学的人，当时都靠自己记笔记，我听的讲话和做的笔记都不少。有观点有材料，一面听一面记，唯恐遗漏一字一句。这样的人不多，毛主席是最高的典范，周扬同志也是一个很好的榜样。这要有丰富的知识和理论水平，也要有丰富的革命实践经验。所以十年动乱初期有人骂我是周扬的徒子徒孙，我并未以为耻，倒是引以为荣的。我自学俄文的决心就是听了他传达了七大精神后产生的。

康生搞"抢救"运动，我也受了不少的苦难，但由于党的教育，党给了我理想、志气、信心和力量，使我能坚强地活下来，继续乐观地为人民服务。鲁艺是我生命史上一个转折点。周扬同志向全校传达七大精神时说过下面一段未曾发表过的毛主席的话（大意）：马恩列斯都是外国人，他们的经典著作是用外文写的印的，不翻译出来我们就没法子学习，可见翻译工作对革命很有用。可是现在许多翻译家认为翻译工作为别人做媒婆，为他人作嫁衣，说什么翻译不如创作，当媒婆不如当小姐。懂外文的不搞翻译，急需翻译的著作无人去译。我希望有些同志能够甘当媒婆，去学外语，把外国的革命著作翻译过来，扩大和提高我们的队伍。这段话使我下决心自学俄文。"媒婆"不也是"人梯"吗？这种精神不但老同志应有，年轻同志也应当具有。直接鼓励我自学俄文的是文学系教员曹葆华同志。他的英语造诣深厚，早已出版过一本《诗学》；当时正一边翻译美国诗人惠特曼的《草叶集》，一边自学俄文。他向我说他只用了3个月就能阅读和翻译了，并说我要自学的话，有英文基础用不了半年。有了他的榜样，我便在 25 岁那年下决心开始学俄文了。

　　以上拉杂地回忆了延安求学的经过，值得我回忆的事太多了，今天在缅怀我的师长的时候，我没有作出应有的贡献，但有一点可以告慰于诸师友的是：没有给师友们脸上抹黑，没有辜负他们的教导和信任，始终愿为党鞠躬尽瘁，死而后已。

一副对联和一幅漫画

钟 灵

1938 年到 1939 年的上半年，鲁艺还没有搬到桥儿沟，那时的院址，是在延安北门外的西山。

当时的条件很艰苦，衣、食、住的水平，当然都很低，最感到不便的还是学习用品太缺。就拿我们美术系来说，一支画素描的铅笔和一张画纸，是何等的宝贵啊！另一方面，同志们的精神状态，却是朝气蓬勃、十分活跃的，文化艺术的气氛也很浓。

记得当时有位同学出了一个上联："江风徐徐吹柳岸"，征求下联。妙在其中嵌有 3 位同学的名字：江风（不是后来担任美术系主任的江丰同志，而是实验剧团的一位同志）、徐徐和柳岸。这个上联出得好，不牵强还有美的意境，要对得工整，颇不容易。不久，就有位同学以"烈焰熊熊照边疆"对上了（可惜我已忘记这位同学是谁），这副对联在平仄方面，还不是十分完美，不如上联自然和情趣，但也嵌有 4 位同学的名字，即张烈、熊焰、熊塞声和边疆，一时在同学们中间流传称颂，认为很有意思。被写入对联的这 7 位同学似乎并不以为忤，也没有听说提出过抗议，更不会有谁去争名次排列。

还有一件印象很深的事，就是华君武同志在鲁艺墙报上发表的漫画《吃面条》。

当时的伙食，平日顿顿是小米干饭，盐水煮土豆或白菜，一碗菜上面，也许能漂着一星半点儿油花。难得碰到吃一顿面条，因为是细粮，就称得上"打牙祭"了。说起那面条，却不敢恭维，因为做饭的人少，吃饭的人多，来不及细细加工，面条切得和手指头差不多粗细，可吃起来还是有滋有味的。一抬出装面条的大木桶，同学们就一拥而上，争先恐后地去捞。饭缸子小的，到想吃第二缸时，可能面条就没有了。回想起当时抢着打捞面条的形象，大概不太雅观，也是可以谅解的。

到了华君武同志的笔下，漫画化地再一夸张，《吃面条》就变成了游泳池里的高台跳水，一群勇士，手持特大缸子，再加勺子筷子，向装面条的木桶冲刺，有的飞起来脚不沾地，热汗与面条齐飞，缸子共眼睛一色，真是热闹！这幅漫画一登墙报，谁看了都忍俊不禁。从此以后，再碰到吃面条的日子，大家就文明礼让，规矩多了。可见，漫画的威力，实在不小。像这样的作品，同学们反映很好，并不觉得对自己是大不敬，包括带头抢面条的勇士们。

从以上两件小事可以看到，那时的人际关系就是这么简单，更没有什么"人际关系"这个词儿。因为大家在抗日的旗帜下团结起来了，在党的旗帜下团结起来了，并且都开始学会了使用批评和自我批评这个武器。生活艰苦，心情却十分舒畅，大家都为了一个共同的目标，信心百倍。同志们之间，只有互相帮助、互相友爱、互相鼓励、互相切磋，想不到其他。这种"人际关系"在半个世纪后的今天，是多么令人心驰神往呵！

1987 年 12 月

桥儿沟的尾声

刘 旷

那是 1945 年的秋天，日本投降后不久，胜利的喜悦，高昂的歌声震荡着整个延安的大小山川。沸腾了的桥儿沟，人们正准备去新解放区开展工作而紧张忙碌地奔走。一个由江丰、艾青同志带队的华北文艺工作团即将奔赴张家口，大家正整装待发，即将远途跋涉，而我就在这动荡的气氛中来到鲁艺美术系。我的心境正与这些人心浮动、即将远征的同志形成鲜明的对照。

我住在美术系"丁"字形的平房里，很想静下来在屋子里开始工作，但一听见急促的脚步和话别声，就坐不住了，挤在欢送的人堆里为去华北、东北的同志送行。一批又一批，一声比一声高的"再见"声在桥儿沟回荡，送行的人群立在沟口望着他们远去的模糊身影，一张张不断回首、依恋不舍的面孔在视野里消失……大部分同志都走了，美术系仅留下了 20 来个人。少数因有事没有料理就绪，暂时留下的；也有从三边、陇东和其他地方回来暂住的。人来人往，似乎成了个过路的"客栈"。留下的同志我记得有王曼硕、胡蛮、陈铁耕、王式廓、古元、张望、陈叔亮、辛莽、刘蒙天、叶洛、王流秋、阎素、郭钧、吴咸、张菊、白炎、李炎、果克（李槐云）、杜芬、刘旷等 20 来人。胡蛮是这个"客栈"（仍称美术系研究室）的负责人，我担任着生活干事。迎来送往之外，没有多少事情要做。

我是 1943 年春天从晋察冀边区回到陕北的，同年秋天就参加了整风审干运动，次年调陇东抗大七分校任教。日本投降后，就切望到鲁艺进修一段时间，要在延河畔上磨一磨从前方带回的已用钝了的"战斗武器"。我是抱此心愿来到了桥儿沟，因而我的心绪全然与同志们不同。

新的发展着的革命形势，不可能有更多时间让我留在这里钻研业务。时间，对我来说，比任何时候都觉得可贵。拟将近几年在前方积累的一些素材作些整理，酝酿多时想搞而没时间进行的创作。

最初和我同住一间屋子的是刘蒙天同志，他是从陇东抗大七分校刚来这里不久。他原是鲁艺三期毕业，来桥儿沟是"回炉"。我们在敌后同在抗大二分校附中担任过美术教员。他在创作上很刻苦，为完成抢渡大渡河这幅木刻，反复琢磨山石的表现方法。我见他用了不少大大小小的木块在桌上堆砌起来，从不同角度细细观察，画了不少小构图和模拟崖石结构的草稿。为此付出了辛勤的劳动，后来收在《解放区木刻集》里。

胡蛮同志是一位处事谨慎、为人厚道、平易近人的美术前辈。他总是轻言细语和我交谈工作上的事情，以商量的语气提出这样或那样的问题要我处理。他的长者之风，给人以亲切之感。他的理论文章，每次我都不放过，定要找来细读一遍。可到鲁艺以后，只是常在清晨听他朗读俄语，不曾透露他近期在写什么东西。有一天，他凑在我耳边低声地说："刘旷同志，你来！我给你看一样东西。"他的神情有一种神秘感。"是不是有什么重要文件？"我跟随身后猜想。

他轻轻地拉开了抽屉，哦，原来是他的一幅创作。我细一看，却不是木板。他说是国际友人赠送给鲁艺的麻胶版。若不是目睹原版将难以辨认，因它和木板刻出的效果几乎一样，可比木板要省劲得多。

我初次见到胡蛮同志的版画作品，十分高兴。但我们谈得较多的不是对这幅画，而是他想要告诉我，他能不能搞创作。我盯着眼前的这张麻胶版画，端详着初次见到的麻胶版原作，一时不知该说什么好了。

陈铁耕、叶洛同志也都是早年的木刻家，当时他们都已不拿木刻刀了。与陈铁耕同志初次面晤时，见他的神态有些异样，后得知他在精神上曾受过刺激，病还未痊愈，不多与人交往，常常一个人闷坐在屋子里读他的书。而叶洛同志却是个瘦小、精神饱满且又非常健谈的人，话匣子一打开就滔滔不绝，倾诉他的艺术见解和他的不平凡的经历，精力十分充沛。他来到我的屋子里看画，既有赞扬也有批评，十分热情、直爽、坦率，我很喜欢和他交谈艺术上的问题。叶洛同志捏制的泥娃娃，小巧精致，颇受人们的赞赏。这是大生产运动的产物，他在这方面作出了很突出的贡献。一提起叶洛的名字，就联想到他的泥娃娃来了，给人们留下了难忘的印象。

交往较多的要算辛莽同志了。他是鲁艺早期毕业的，后去晋察冀边区工作，在华北联大文艺学院美术系任教。我1942年在联大美术系学习时，他未授课，接触不多。记得在同一年里，曾一同参加过反扫荡，在晋察冀的山沟沟里与敌人周旋、打过游击，有过一段共同战斗生活的经历。他是1943年初春从敌后回到延安的，我们在鲁艺重逢，彼此往来、交谈，倍感亲近。他是一个沉默、深思、寡言的人，待人诚挚、热情，与周围的同志和睦相处，从没有听说他与别人发生过什么争执。我们在阳光明媚的院子里看书、作画、晒太阳，他给我画了一张素描头像。那流利奔放的线条，跃然纸上，将我由于阳光耀眼的神情表现得较为充分，我很喜欢这张画，至今仍珍藏在身边。见到它，不仅可看到我当年的神态，也不由得想到桥儿沟的很多往事，是不可多得的纪念品。

美术系的器材保管室虽不算大，可各种绘画器材存放了不少，这是多年节俭积存下来的。为了满足大家在学习和创作上的需要，简化和取消了原来领取器材的审批手续和限制，可各取所需了。

于是不少同志开始作起油画了，出现了一股"油画热"，我自然也不例外。因它表现力很强，易于修改，就兴致勃勃地面对着桥儿沟的深秋景色，开始专心致志地作些油画风景练习，从而开阔了新的学术境地。

我的近邻是杜芬夫妇，都是广东人，他们原在西北战地服务团工作，同在1943年初从晋察冀边区回到延安的。他俩的生活安排得有条不紊，从容不迫，很有规律。杜芬每天坐在门口支撑起画架作画，妻子在一旁给他读小说，两人生活得很甜蜜。杜芬已陶醉在他那张幅面不大的油画创作中，每天面对着陕北光秃秃的山峦，在金灿灿的阳光照射下，追逐着不断变幻的神秘色彩，没完没了地涂来抹去，不厌其烦地修改。

王式廓同志在医院里听说我们如此挥霍多年艰辛储存的油画颜料，十分痛心。我为此曾专程去医院看望他，也作了点解释。我多少知道一点，积蓄这点家业确实不易。没有油画颜料时，曾用山沟里的赤土、黄胶泥和锅灰制作土颜料来替代。好不容易从国统区弄来些油画颜料，也不是人人可以领取使用，控制较严。不久组织上要美术系拓印一部分木刻作品，与国统区进行交流。不少作者虽已离开，但木刻原版仍留在系上。我和王流秋、郭钧等承担了这个任务，一连印了好几天，当时的木刻作品幅面都不算太大，沃渣同志的《夺回我们的牛羊》大概算是巨作了，多是用三角刀刻成，刀法细而精致，调子灰暗一点，是其中最难印的一张。选印古元、彦涵、力群同志的作品较多，印出的效果好还省劲，还有焦心河和其他数位同志的不少佳作，也都如数完成。都是用铝制的饭勺慢慢磨出来的，这种手工式操作方法，是木质版画创作的一个组成部分，我们也如同搞创作一样，没有厌倦之感。在拓印木刻的过程中，从各个不同风貌的作品中得到不少启示，开始悟出了一点道理：在创造性的艺术劳动中，必须摆脱那些束缚自己的洋教条、洋框框，潜心探索自己的艺术道路，才有可能去开拓新的艺术境地。

不知过了多久，就收到重庆转来的好几十幅木刻作品。后来才知道这是在重庆举行的9人木刻联展的全部作品，是由周恩来同志亲自带回延安的。由陕甘宁边区文协主办的这个国统区的木刻展览，得到各方面的好评，继又移到桥儿沟鲁艺展出，一切具体事务工作由美术系办理。展出时，鲁艺各系和校部留守人员及桥儿沟街上的群众都来参观，桥儿沟有点规模的艺术活动已属十分难得了。这些作品表现了国统区人民在抗日战争胜利前后的苦难生活和城市战时景象，题材广泛，艺术表现手法多样，激发着人们的革命热情，显示了版画艺术的战斗作用。

此后桥儿沟就靠军事上的胜利来刺激它了。延安北关住了个美军观察组，有时驱车来桥儿沟接鲁艺的同志去跳舞、看电影。总务科的小鬼们对看美国电影抱有极大的兴趣和神秘感，想方设法钻上车。看完后又说不出个名堂来，只会说看了不少女人大腿。于是有人就把美国电影叫作"大腿电影"。

到了 1946 年的春天，鲁艺校部和各系的留守人员前前后后走得差不多了，美术研究室留下的同志已屈指可数，这个迎来送往的"客栈"渐渐只出不进，不久就撤销了。

1988 年 4 月

漫忆担任代系主任后二三事

沙　汀

可以说是出乎意外。我同何其芳、卞之琳两位到延安，原是希望从延安转赴华北八路军敌后抗日根据地的，住上三五个月，写一本像立波的《晋察冀边区印象记》那样的散文报道，借以进一步唤醒国统区广大群众，增强抗战力量。

只有之琳一人被批准了，立即去晋东南，后来写了《七一五团》及其他诗文，宣传八路军在抗日前线的功勋，歌颂了我们党和毛主席。而且，约莫三个月左右，他就从太行山回到延安，随后又几乎如期回到了大后方，也就是国民党统治地区。而我同何其芳同志，则一直到鲁艺文学系第一期学员结业，才同部分同学到敌后深入实际，体验战地生活。

鲁艺创办文学系的时间，比较迟于戏剧、音乐、美术三科。在我和其芳同意留下来后，周扬同志要我做系主任，我辞谢了。一则由于学识有限，无力承担；二则担心从此难于有机会到敌后去。最后，只好请求在系主任名义上加一个"代"字。

我同其芳初到鲁艺时，院址在北门外旧文庙后面，有窑洞，也有一些平房。宿舍和教室都相当散漫。南方人大都不习惯于住窑洞，幸而我住的是山坡下的平房。我记得，蔡若虹同志因为到的比我们晚，平房没有了，就被分配在窑洞里，但那眼窑洞已经出现了裂痕，可能崩塌，当时他又病了，由于初到，也不便于向组织请求调换！

约莫两三个星期后，若虹同志的爱人夏蕾想和我一道去延安，已经在抗大学习的黄玉颀透露了他们碍于出口的隐衷。于是我立即向沙可夫同志、李伯钊同志汇报，要求组织上对这位在国统区有一定名望、热情奔赴革命圣城，愿对抗战效劳的专家给以必要照顾。他们两位当时都是负责鲁艺日常行政组织工作的主要成员，政策水平也高，于是很快就给若虹夫妇调换了宿舍，解除了他们的隐忧。

我和其芳是1938年8月到延安的，一个月后就到鲁艺文学系工作。当时物质条件同国统区比起来十分艰苦。没有固定的教室，一般都头上戴顶草帽，在露天里上课。遇到落雨，就挤在一眼较为宽敞的窑洞里学习。同学们一般只有用三块木板做成的简易矮凳，双腿上则放块较大的木板，权当书桌。尽管如此简陋，但精神却很愉快，因为这种艰苦朴素的作风，已经遍及全边区了。

课程呢，我主要是讲述基希的《秘密的中国》，此书早已由立波同志在上海翻译出版了。而在抗日战争爆发前夕，夏衍同志的《包身工》发表后，所谓报告文学就在上海进步文学界流行起来。在我参加《光明》的编辑工作时，宋之的同志所撰《一九三六年春在太原》的发表，更引起新文学工作者和读者的普遍重视。而《晋察冀边区印象记》引起的反响更大，因为它及时反映了当前有关祖国命运的伟大斗争。

当时国际上一些进步作家撰写的反映西班牙革命战争的通讯报道，有时也结合我国一些实际情况作为教材，而目的则照样是让同学们能够掌握这种新出现的轻骑兵式的艺术样式，使之能为抗日战争和与之相适应的政治上的改革服务。因为在到延安以前，乃至30年代中期，特别经过"两个口号"论争，我在上海就学习过党中央、毛主席的有关指示了。

在我们刚到鲁艺不久，以文学系同学为主，成立了一个文艺社团，名叫"路社"。因为要出墙报，同学们曾经写信请求毛主席给以指导。毛主席在回信上提出："反映人民生活和写抗日的现实斗争。"而周扬同志还向我和其芳追述过当年初夏，在一个原本是短期训练班基础上扩建为鲁迅艺术学院的典礼会上，毛主席就明确指出过，文艺是团结人民，打击日本帝国主义的武器；文艺要为工人、农民服务，要到现实斗争中去学习。因此，应该说，我们的教学工作，正是根据党中央和毛主席的指示精神安排的。而且就在当年，我们同一部分文学系同学和一两位美术系同学，前往二十里铺参加秋收之前，经过计议，就决定把这次参加秋收作为深入人民生活，进行创作实习的大好机会。于是在院部领导同志和党组织同意后，我们就向那批将同我们一道去二十里铺的同学宣布，发动他们进行讨论，最后一致同意这样一项具体要求，返校后每人必须写一篇文章。

大家不仅同意完成这一任务，并且还把完成这一任务必须注意的事项做了具体详尽的规定。首先，同学们应该分散居住，与农民共同生活，共同劳动。而且选择一个、两个有代表性又有特点的农民作为自己向之学习，进行深入了解的对象，而这些农民也就是将来写文章的主要内容。由于他们大都是南方人，一直都在大城市上学，即或对农民生活有一定认识，但要写出已经翻身做主的陕北农民，任务就更重了。

我和其芳当然也不例外。归根到底，我们反复强调，这次参加秋收，是一项十分严肃的学习任务，而将来文章写得怎样，即是否真实地或相当真实地写出了已经翻身做主人的陕北农民和农村生活，将是考核我们学习成绩的标准。讨论以后，其芳同志还把所有一致同意的各项要点，一条一款整理油印出来，分发给所有参加秋收的成员，随身携带下去。

我们参加秋收的时间不长，只有一个星期，可这是最紧张的一星期。因为每天收工、晚饭以后，我同其芳还要分头去一些同学居住的老乡家里，探询他们当天在劳动和生活中对于他们各自选择的对象有些什么了解，有时候还要请他们把所选择的对象介绍给我们，进行一次短暂接触和交谈。而在临走之前，则同他们进行一些推敲、建议，力求他们能进一步认识和理解他们各自的对象，以利于将来进行写作。

最后，事实证明，只要你认真领会毛主席在鲁迅艺术学院建院大会上所作的指示，深入到革命斗争中去，并向人民学习，就会取得成果，而绝不至于深入宝山，空手而归。这次，我们在生产战线上尽管只有一个星期，返回院部以后，同学们终于凑合着写成一本小书，题为《秋收一周间》。

在我残留的印象中，《秋收一周间》约有 10 篇左右的散文报道，在一定程度上反映了当时延安近郊的农村面貌和新型农民，可是这本小集子至今下落不明！因为当时在做了一些必要安排后，我和其芳都忙于教学工作，而且就在当年 11 月，按照院部的规定，我和其芳就同文学系部分同学以及其他系少数同学，随贺龙同志一道到晋西北和冀中抗日根据地实习去了。其时荒煤、严文井两位已先后到鲁艺文学系任教。

按照院部预计，实习时间是 3 个月，而实际上我们直到次年 7 月才回到延安。而且，由于部队急需文艺工作者协同作战，各系都有同学留在 120 师。我记得，留下来的同学，有文学系的非垢、莫耶，戏剧系的成荫。美术系也有人，可我记不起是谁了。我们返回延安不到 1 个月，大约 8 月初旬，鲁艺就从北门外旧文庙后面搬往延安东面，位于宝塔山与清凉山之间延河之滨的桥儿沟。

由于边区以及一切敌后抗日根据地，尊重劳动可以说是新的社会风习特点之一，全部搬迁工作都是由教职员工和同学负担。我们不仅搬运自己的行李、用具，对于公用的笨木器，大家都欣然献出自己的劳力。我记得，在搬迁结束后的总结会上，我和其芳还曾受到过表扬。而杜矢甲同志的坦率则引起一阵善意的哗笑，因为他直言无隐、措辞幽默地宣称：他做了一回哥萨克，路上摘了老乡的番茄吃！

桥儿沟离城区较远，半山腰的窑洞也修建得不错，山下边有一座天主教堂，可以利用起来召开全院教职员工和学员的大会。当然更可为一些艺术表演提供场地。我从冀中返回延安以后，搬迁前夕，就曾经在那里为冼星海同志的《黄河大合唱》的演出而感到自豪。我同一般教员住的东山，与冼星海同志算是近邻。正中一排窑洞前面有一块好几十米宽的场坝，他有时就在那里指挥学员组成的乐队进行训练。教员中一些小型座谈会也在那里举行。

搬到桥儿沟后，就由其芳同志做文学系主任了，我呢，教学工作也减轻不少，主要是撰写《记贺龙》，实际是整理我随同他离开延安，直到由冀中敌后返回延安前我随手记录的有关他的战地生活和谈话。而在这年冬天，完成《记贺龙》后，因为黄玉颀病了，又想念留在国统区的老母幼子，我就离开了延安，前去重庆，编辑主要由鲁艺供稿的《文艺战线》。

关于文艺工作团的回忆

荒　煤

我是 1938 年秋到延安去的，开始在戏剧系工作，后来，因沙汀、何其芳同志在第一期文学系同学毕业之后，带领同学随贺龙同志去晋西北，文学系缺乏教员，就又转到文学系工作。

我先后在文学系工作了 7 年——其中有近 1 年的时间（1939 年春—1940 年春）则带领一个文艺工作团体在晋东南活动。在日本投降后不久，就离开延安。

我原来从事文学创作，到延安去的目的，也还是继续搞创作，没有想到要做教育工作。当时鲁艺也是一种短训班性质，每期学习几个月，然后到前方实习一个时期再回来进修一个短时期才算毕业。可是事实上，同学们到前方实习后大都留在那里工作了。例如，文学系一期随沙汀、何其芳同志到晋西北去的同学大多数没有再回延安来。

我和严文井和屈曲夫（笔名）到文学系工作时，当时招进的同学，大概是第二期，好像只有 20 多位同学。

1939 年春，鲁艺组织了实验剧团去晋东南前线，到八路军总部和 129 师去进行慰问演出。于是，我就到中宣部找到当时的宣传部长罗迈（李维汉）同志，建议文学系也应该组织一个文艺工作团到前方采访，报道八路军作战的情况。中宣部很快作出决定，通知鲁艺沙可夫同志，让我组团和实验剧团一同去晋东南。我记得，参加文艺工作团的同学都是文学系第二期的同学，即黄钢、梅行、葛凌、杨明、乔秋远 5 人。

当时延安有一个炮兵团开赴前方，鲁艺实验剧团和文艺工作团是和这炮兵团一同到晋东南去的。实验剧团的负责人是王震之同志。当时除了从西安到潼关过黄河前这一段是乘火车之外，其余都是和部队一同行军走到长治的。尽管我和王震之都还是二十六七的青年人，却也是生平第一次长征。

我还记得最后一天到达长治的时候，要先联系我们两个团的驻地（已与炮兵团分开了），我和震之两个人打前站，这一天黎明就从高平县出发，一共120里，到天黑了才找到部队的兵站。我们吃了饭，一听站长告诉我们，我们休息的村子还在6里地之外，我和震之两个人都发愣了，因为腿都发软、站都站不起来了。只好老老实实把情况告诉站长，站长也笑了，才派了两条小毛驴把我们送走。震之一路上还直叹气，笑着问我："为什么这6里就走不动了呢？"……"真是个考验！"我没有回答，但我心里想："在战争环境里，走路，就真是一个考验！"也可想而知，剧团的同志到部队演出的辛苦了。行军，到了部队驻地又要忙于搭台准备演出，演出完了，又要行军……

文艺工作团几位同学到前方后就分别到129师和385旅各团去活动。我原来留在总部协助刘白羽同志收集材料，和朱德总司令谈话，为准备写《朱德传》进行访问。后来反扫荡开始，我也就到了386旅陈赓部队作随军记者进行采访，直到1940年春才又返回延安。

在这一年里，我不知道全团一共写了多少报道和报告文学。我个人在前方写的和回到延安写的报告文学也不过是十来万字。黄钢同志在延安写了一篇《雨》，还得到了毛主席的称赞。我的报告文学集，取名《新的一代》，1943年就寄到重庆排印准备出版。可是一直没有付印，直到1951年2月才在上海海燕出版社出版。

尽管全国解放后，我没有机会专门从事创作。可是在我短短的创作生涯中，这可是一个重要的转折点，这本小册子的确展现了新的世界、新的人物、新的心灵。特别是在参加延安文艺座谈会之后，更深刻地体会到毛主席所讲的"必须和新的时代相结合"的意义。即使是到今天，这短短一年里的所见所闻，也是不能忘怀的。

因此，回到延安之后，我就向周扬同志建议，要保留文艺工作团，把应该写的东西写下来，更重要的是经常组织这样的团体到前线、到群众中去采访、去生活，比较及时地反映新的事物。所以，后来就长期建立了一个文艺工作团，下面有两个创作组，即美术创作组和文学创作组。这两个创作组有多少同志参加，我现在记不太清楚了。

整风之后，我写了报告文学《模范党员申长林》和独幕剧《我们的指挥部》，与姚时晓、张水华等同志合作写的多幕剧《粮食》，都是下乡、下党校采访而后写作的。但是，后两个剧本实际上都有在前方部队生活中的一些亲身感受。我记得美术组也曾到绥德一带去举行年画展览，受到群众热烈的欢迎。

总之，用文艺工作团这样一种方式，保持一部分得力的创作人员，经常到群众中去进行采访，或担任一个时期的部分工作（我记得孔厥、葛洛等都在乡政府里担任过工作，我在延安县委也参加了工作组的工作），以便及时报道一些新的事物，同时也为创作不断积累更多的资料，现在来看，也还是值得艺术院校参考的一种经验和方式。

1945年后我在晋冀鲁豫工作时，比较注意农村戏剧运动，派遣创作人员到部队担任记者工作，以及建国之后在中南支持者群众中发展文艺通讯员运动，在四野部队开展创作活动，提倡表现新的英雄典型，我也亲身参加前线采访，以记者身份写通讯报告，这实际上都是我在晋东南活动所得到的深切感受，再根据新的形势加以发扬而已。

文艺工作团不是文艺工作者深入生活的唯一形式，但至少是一种比较好的和新的群众时代相结合的方式与渠道。我以为，在今天，各种艺术院校从毕业的学生中挑选部分优秀生组织近似文艺工作团这种性质的创作室或创作组，不断地到群众中去进行一些实验性的创作活动，不断总结经验，不断进行探索创新，不论是对理论研究、对创作、对教学是都有好处的。当然，也可在假期组织学生进行一些这样的活动，或者在学生毕业前组织一两次这样的活动。

回忆鲁艺文艺工作团的活动，我感到这个经验在现在还是很有参考价值的。所以，我愿意把这点感受写出来，供大家参考、研究。

萧军在延安二三事

程　远

"我不是先生，是同志！"

40 年代初的一天，在延安陕甘宁边区政府礼堂召开边区参政会，主持会议的人邀请萧军讲话，说："请萧军先生讲话。"本来，"先生"是对他的尊称，却没料到他感到很委屈，他登上讲坛慷慨陈词："我不是先生，是同志。狭隘地讲，我不是布尔什维克，广泛地讲，我是个布尔什维克！"诚然，他不是布尔什维克，但为了追求真理，在边区最艰苦的 1942 年，他偕夫人、孩子，全家从重庆投奔延安，参加革命，他感到光荣而自豪。从 40 年代到党的十一届三中全会后给他平反前的漫长岁月中，虽然道路坎坷，但他拥护共产党，热爱祖国，热爱人民的真挚感情，始终如一，坚定不移。80 年代初，美国邀请他讲学，挽留他在美国定居，给他优厚待遇，他拒绝了。众所周知，他 30 年代初写的名著《八月的乡村》就歌颂革命，他一生所走的道路，是光辉的革命历程，他不愧是我们的一位好同志、好作家。

"我上山去开荒！"

1944 年夏季的一天，在延安鲁迅艺术文学院，由周扬同志主持召开的防旱备荒的动员大会上，萧军以坚决的口吻说："我学过炮兵，敌人胆敢进攻边区，我马上到前线去，痛击敌人！现在要防旱备荒，明天我就和大家一起上山开荒。我们应有鲁迅先生韧性的战斗精神。"

翌日清晨，鲁艺学院全体师生员工，捐上镢头，浩浩荡荡到鲁艺所在地桥儿沟后山上去开荒。我们文学系的同学，在何其芳、艾青、萧军、舒群、陈荒煤、严文井、公木等同志率领下，去南山坡劳动。萧军利落地脱去了衣服，只穿一条短裤，以他健壮的体魄，双腿跨开，两脚踏地，双臂挥镢，汗流浃背地向荒山搏斗。大家都一排一排，排成横队向前掘，却唯有他独自一人单开了一块荒地，表明他拿出成绩给大家看，绝不滥竽充数。

那时正是 1942 年"自己动手，丰衣足食"之后，鲁艺有自己的农场、牧场，猪满圈，羊成群成群地在山上放牧，蔬菜一大车一大车地往学院灶房拉，生活相当好。凡任讲师、教授者，吃小灶，天天有肉吃；我们学生每隔一天一顿肉。上山开荒时，师生同吃同劳动，午饭大家一起吃炊事员抬上山的装在木桶内的小米饭。萧军带了一小纸包辣椒面，撒在小米饭碗里，同时，取出带去装酒的小葫芦，一边吃，一边喝两口。

"我只读了五年小学，但比高尔基强"

1945 年夏季的一天，大家都在聚精会神地听他讲课，突然有位同学问道："萧军同志，您是那个学校毕业的？"

"我只读了五年小学，但比高尔基强，高尔基只读了 7 个月书。"逗得大家都会心地笑了起来。

原来我和一些同学，总以为他是北大或其他哪个大学文学系毕业的，他却小学还没有毕业，完全依靠自己刻苦自学成才的。

周扬同志曾在鲁艺讲话谈到学历问题时说："学历是相对的。"当时在延安鲁艺任教者大多都是名作家，多数不仅读过大学，并有不少留过学，萧军的自学成才对同学们是个很大的激励和鞭策。

原载 1988 年 11 月 12 日《光明日报》

周立波在鲁艺

林　蓝

1939年底，立波同志奉调至革命圣地延安，任教于鲁迅艺术文学院。

在延安鲁艺任教的两年间，较为稳定的生活环境给了立波同志以写作的条件。他写了论文《论〈阿Q正传〉》和反映边区农村新生活，充盈着轻快、明朗情调的小说《牛》，以及流露着他到延安后昂扬愉悦心境的《一个早晨的歌者的希望》等诗作。同时，他以30年代初那段难忘的狱中生活为题材，写了人物互相连贯、情真意挚的五个短篇（解放后这五篇小说结集为《铁门里》出版）。但是，他主要的精力和时间，是用在文学系的教学工作上。幸存下来的他讲授"名著选读"的部分讲稿，是在当年延安的窑洞里，在昏黄的棉籽油的灯光下，在那时极为珍贵的红绿油光纸上写成的。在那纤细难辨的密密麻麻的字里行间，倾注着立波同志为党培养文艺接班人的满腔热忱和心血。故此，当年延安鲁艺的同学，都对立波同志怀有深切的尊敬之情。

在桥儿沟教堂的洒满阳光的院子里，立波同志坐在横放的木凳上侃侃而谈，他的名著选读课吸引了各系的同学，以及教职员工，自然形成为全校的大课。立波同志讲了我国新文学的奠基人鲁迅及其《阿Q正传》，讲了我国古典文学名著曹雪芹的《红楼梦》，以及苏联革命作家高尔基、法捷耶夫、绥拉菲摩维奇、涅维洛夫等人的作品；还讲了俄罗斯与欧洲古典文学的名著和作家——普希金、莱蒙托夫、果戈理、托尔斯泰、屠格涅夫、陀思妥耶夫斯基、契诃夫，以及歌德、巴尔扎克、司汤达、莫泊桑、梅里美和纪德等。立波同志讲授的"名著选读"课，大大丰富和提高了同学们的文学知识和欣赏写作水平,在他对这些名家名著的深入细致的研究中,随处流露着他的马列主义的革命的文艺思想和观点。例如,第四次讲《安娜·卡列尼娜》,分析托尔斯泰晚年的宿命论思想时,立波同志是以这样一段话来结束他的讲课的:"为了他的永久的宗教的真理,他要创作永久的人性。然而永久的人性是没有的,延安的女孩们、少妇们,没有安娜的悲剧。"讲莫泊桑的《羊脂球》谈到所谓"纯客观""写真实"的问题时,立波同志这样阐述道:"大艺术一定积极的引导读者,一定不是人生抄录,而有选择,剪裁,因为'实际的不是真实的'。"他更进而发挥:"而我们更不同于莫泊桑,不但要表现'按照生活本来的样子',而且要表现'按照生活将要成为的样子'和'按照生活应该成为的样子',因为我们改造人的灵魂的境界。"在讲《毁灭》时,把仪表高雅优美,思想感情纤细温柔,但却缺乏着革命最需要的自我牺牲精神的美谛克和酗酒骂人、性格粗鲁甚至蠢笨的木罗式加以对比,在分析作者为何把最后从革命队伍中逃跑了的美谛克如此描写时,立波同志是这样阐述他的观点的:"这不但是作者对人的爱的心……而且也强调了对革命忠实的重要。虽然有千万好处,只要你是对革命不忠实的,就是坏的。革命的道德高于一切。……美谛克与有许多缺点的木罗式加相比,革命需要的是后者而不是前者。"在讲《不走正路的安德伦》,谈到新的主题和新的题材时,立波同志说了这样一段精辟的话:"在中国,是有了十月革命前后的情景,但是连涅维洛夫这样有才能的作家也没有产生,在中国的主题,大部分还停留在小资产阶级知识分子的上面,一定要走出这狭窄的小巷,走到大野,把农民、工人、士兵,甚至狱中的囚徒介绍到文学里来,一定要突破知识分子的啾啾唧唧的呻吟,吹起洪亮的军号,而这新的主题,都在现实生活里。"立波同志承续着上海30年代革命文艺思想的这段话,今天看来已是不足为奇的这段话,要知道,是在毛主席《在延安文艺座谈会上的讲话》发表之前所讲,这就具有其特殊的重要意义,这说明着立波同志当时就已达到的思想高度。联系当前文艺

427

界论争的所谓写真实的问题，歌颂与暴露的问题，忽视工农兵题材的问题，甚至朦胧诗与意识流的问题，早在40年前立波同志在他的名著选读课中所讲述的这些话，今天看来，都仍然是正确的，都仍然是对我们有所教益的。

在30年代的上海，立波同志有关文艺问题的马列主义观点和为建立无产阶级文学的努力，还只是停留在理论的论述上。譬如文艺大众化的问题，由于当时处于国民党统治下的客观条件的局限，就不可能在生活实践中，从而也不可能在艺术实践中得到解决。延安整风，特别是毛主席《在延安文艺座谈会上的讲话》，明确提出了文艺为工农兵的方向，指出了文艺工作者要与工农兵相结合的道路。立波同志虽然很早参加革命，但由于所接受的旧社会的教育，由于西方古典文学所给予的某些影响，加上到延安以后一直在鲁艺教书，并没有同边区的广大工农兵群众相结合。因之，他也依然像当时延安的大多数知识分子一样，"灵魂深处还是一个小资产阶级的王国"。毛主席的《讲话》有针对性地谈了知识分子出身的文艺工作者必须改造自己的世界观和转变立足点的问题，《讲话》具体号召："中国的革命的文学家艺术家，有出息的文学家艺术家，必须到群众中去，必须长期地无条件地全心全意地到工农兵群众中去，到火热的斗争中去，到唯一的最广大最丰富的源泉中去"。作为党的文艺战士的周立波，便下定决心，遵照毛主席的教导，到工农兵群众中去，到火热的斗争中去锻炼改造自己，从而对他此后40年的创作，发生了极其深刻重大的影响。

延安整风后的1944年，已离开鲁艺调至《解放日报》的立波同志，终于实现了自己的愿望，参加王震、王首道同志所带领的359旅，开始了艰苦卓绝的南征北战。

选自周立波文集编后记《战士与作家》

延安鲁艺之忆

康 濯

延安鲁迅艺术学院创办于1938年4月，当时只有戏剧、音乐、美术3系。7月，这3个系第二期招考，并增开文学系，我就是这时考入的文学系第一期学员。笔试、口试时都有沙可夫同志在场，我知道他就是在鲁迅先生主持的《译文》上发表西班牙战地报告文学的译者克夫，也在那几天听人提到过他的职务，于是报到谈话时我便喊了他一声"沙院长"。他却说："叫同志就好嘛！而且我也不是院长，只是副的。"

不久以后，一天我正和一个同学在延安北门外西山坡鲁艺窑洞下面的坪场上走路，猛抬头却看见一个高头大个子，正穿过北门外公路西边的菜地，大步向我们走来。这就是毛主席！我们在城内的大会上听过他讲话。他靠近我们后，就站下来一手叉腰，一手摘下军帽扇风，同时问我们道："学员同志，沙可夫同志在哪里呀？"这时旁边平房内教务处的几个同志出来了，他们赶紧把毛主席招呼进屋。后面跟着毛主席的小鬼，军装褂子长得拖到膝盖，这时才从菜地里气喘吁吁地跑过来。

我和同学可后悔死啦！当时竟也惊喜愣瞪得忘了上去握握手，说句话。

以后又见过或听说过几次毛主席到了我们学院，也在剧院里几次见到毛主席看学院实验剧团的演出或其他演出。不过我同毛主席的直接接触却是在建国以后，那以前，只在鲁艺有过一次间接联系，时间是1939年3月。

1938年11月，我们学习结束后，我和各个系一批同学在文学系老师

429

沙汀、何其芳同志带领下，跟随贺龙同志上了前方。我和几位同学在晋西北 358 旅工作了一段，翌年 2 月，学院通知我们回去，我便在文学研究室当研究生，同时被选为学院业余文学团体"路社"的副社长，社长是诗人天蓝（王召衡）同志。我们"路社"的墙报不仅贴在院内，同时也贴在北门城楼的门洞上，因此参加的社员除了院里各系教职员工，也有院外抗大、陕公以及区和中央各机关的同志。3 月，我们决定召开一次全体社员大会，筹备时天蓝对我说："这次会要开得很隆重！周扬、沙可夫都决定参加了，我们再给毛主席写个信，请他也参加。"

"那行吗？"我有点疑虑，"他那么忙，这么点小事，何必去打扰他啰！"

"我看可以。他若实在不能来，也不要紧嘛！"

于是我们仔细斟酌、修改着措辞，工工整整地写了一封信。

老实说，发信以后，我并没有抱什么希望。可谁知没过几天，竟接到了毛主席的亲笔回信！这封信写了满满 3 页，说已收到了我们的信，这几天因为忙，不能参加我们的会。"不过我对文艺有个意见，就是现在有些文学作品，老百姓看不懂。这个问题希望你们加以研究，求得解决。"这封信极大地鼓舞了我们。会后，这年 7 月我上前方时，天蓝让我把信抄了一份，装在原信封内，由我带走了。我一直珍藏着，但在 1941 年为粉碎日寇的秋季"大扫荡"，我要转移到敌占区边沿地带去活动，便把信封和信连同一批机密文件，埋在平山县一个山沟里，以后这批东西就始终没找到；主席的原信是天蓝保管，建国后见到他时我曾问及，他也摇头叹气，说是审干时没收了他许多材料，连同那封信，后来材料归还了一点，那封信却再也找不到了。回思及此，十分难过。不过这件事却是永远磨灭不了的。

鲁艺于 1939 年 5 月庆祝建院一周年，毛主席亲来院内参加了大会。当时会场上第一排来宾席位坐了一些中央首长，记得主席是几次被请，可他都不去来宾席，说他是"自己人"，坐在第二排。后来请他讲话，大会结束，大家围住了一定要他做指示，他题写了两句话："抗日的现实主义，革命的浪漫主义。"

可见后来在 1958 年主席提出革命的现实主义和革命的浪漫主义，是早在 20 年前便已在思想上酝酿成熟，并实际提出了的。

鲁艺当时的教员中，对毛泽东的文艺思想我认为大多已开始有所体会了。我们文学系主任周扬同志就是如此。他当时是陕甘宁边区教育厅长，兼任鲁艺工作，每周来文学系讲授文艺论和新文艺运动史两门课，每课每次 3 小时，全院各系学员也都来听。记得讲到生活和文学的关系时，周扬引了高尔基的话，"现实比艺术更伟大，艺术比现实站得更高"，然后加以阐释，说是这个"更高"也还包含了提炼得更突出、更典型的意义。而以后毛泽东同志《在延安文艺座谈会上的讲话》中，对此论述的是，人民生活是文学艺术的唯一源泉，同时文艺又可以而且应该比普通的实际生活"更高，更强烈，更有集中性，更典型，更理想，因此就更带普遍性"，这当然讲得极其深刻而全面。不过，1938 年周扬同志讲课中的阐述，显然是也包含了若干这方面的意义的。

周扬同志在讲课中，还有一些精彩的观点使人难忘。当时我都尽可能详尽地做了笔记。到前方以后，又利用余暇，把这两门课的笔记进一步仔细整理、誊抄了一遍，共有近 4 万字。可惜这两份笔记也和毛主席那封信一起丢失。直到 1984 年春天我去看望周扬同志，那以前他的文集第一卷刚刚出版并送了我一本，当时便曾问我对这卷文集的意见；我表示鲁艺的讲稿没收进去，太可惜了，并告诉了他我的记录整稿丢失的事。周扬同志好像被提醒了似的探身问着旁边的苏灵扬同志："我们的稿子是不是也都丢了？好像……"苏灵扬想了想说："好像是还有一份。"我当即催他们快找，不久果然找出了一份，交给了陈荒煤同志发表。荒煤还问过我是不是要看看，我说等发表了再看。以后连续两期刊载在《文学评论》上，我仔细看了，感到比我记录的要丰富和深刻得多；可惜这只是一门课的讲稿，另一门再也找不到了。

延安 1939 年的《解放》杂志还曾发表过周扬同志一篇文章，其中提到我们当前时期的文艺，不是一般的民主主义的文艺，其性质和意义乃是一种新的民主主义的文艺。这一提法，我是1941年在晋察冀边区重读此文时才发现的，当时自然很感惊异，因为毛泽东同志的《新民主主义论》是发表于1940年1月，而周扬上述提法则是在此之前。直到多年后我再次见到周扬同志时才向他提出这一问题，他说那是因为，毛主席在1939年同他的一次谈话中，就提到过当时的革命性质早已经是新民主主义的了。

周扬同志还在我们文学系代过创作实习课，那时沙汀、何其芳同志正来延安，却还没到。第一次，我们共50名学员交了六七十篇习作，有的一人交了两三篇。当时学员中像天蓝、野蕻、张振亚等早已是发表过作品的青年诗人、作家、评论家，最年轻的是我和另一女同学，才18岁，听理论课有时还不大懂。我事先看了几个同学的习作，感到有的写得很好；对自己一篇题名《哨兵》的四五千字散文，真觉得自惭形秽。后来周扬同志全部看完，专门讲评了一次。他先对全部习作做了几点总的评价和分析，然后提出8篇进行了表扬，其中我那篇《哨兵》竟摆在了第一位！我立刻心跳剧烈，惶惑不止。慢慢听下去才知道，原来所有习作中只有我这一篇写了陕甘宁边区的新生活，其余都是写的大后方或旧社会，我描画的则是我们几个青年步行来延安的路上，头一脚踏进边区的土地，碰到一个老汉查路条的情景。老汉举着雪亮的红缨枪，查看、盘问得十分严格，但在完全证实我们的身份后，又十分热情地接待了我们。我当然也把自己感奋交织的真实情怀写了进去了。周扬同志也谈到作品中感情还真挚，对那个老汉也有些形象的刻画。其实不过如此而已，比起许多习作，实在还差得多。不过由此发端，我逐步自觉地懂得了文艺创作的主要注意力应放在新的人物、新的生活上，也就是毛主席后来在《讲话》中所说的要努力表现新的世界、新的人物。我那篇《哨兵》早已不知丢到那里去了，但由此得到的教益，却是终生未敢忘记的。

由此也可知，鲁艺从一开始就是在马列主义、毛泽东的文艺思想指导之下。这一方面所获教益，包括我还听过的沙可夫、沙汀、何其芳同志的课，和成仿吾、丁玲、徐懋庸等同志的课程或讲话，并得到过外系一些老师以及本系、外系不少同学的指导和帮助。由此而值得回忆的事迹还很多。沙可夫同志则已去世多年了，我却还没写过一点纪念的文字，更时感内疚。60 年代初期曾搜集了一批沙可夫同志过去著、译的文稿，交上去后不幸丢失，目前只能从旁参与协助沙可夫著译的搜集和编辑。1979 年全国第四次文代大会召开的时候，我受托邀约了外地来的代表中和在北京的文学系第一期学员天蓝、萧殷、田蔚、莫耶、那沙、周游同志，连我 7 人聚会了一次，并合影留念，照片以后我也各寄了一张。然而曾几何时，天蓝、萧殷、田蔚、莫耶又都相继逝世。果然是天长地久有时尽，活着的不是实在应该尽量多留下些有关我国革命文艺发展的史料和往事记录么！但愿我关于鲁艺的回思只是开端，今后还能写一点，再写一点。

1987 年 12 月 29 日夜，病中于北京

延河边上的黄昏

冯　牧

从 1939 年底到 1943 年，我在延安的鲁迅艺术文学院（后来被简称为"鲁艺"）生活和学习过 4 年左右时间。那时，我是一个刚过 20 岁的、一脑子朦胧的幻想而又正在选择自己打算为之献身的生活道路的小青年。鲁艺那时刚从延安的北门外迁移到延安东郊 4 公里处的一个叫作桥儿沟的地方。这是一个只有一条小街道和几十户人家的小镇，然而却有着一座用花岗石建造的哥特式风格的天主教堂。那时，这座教堂大约是延安方圆几十里内的最为辉煌的建筑物了。鲁艺的校舍便设立在这座教堂以及它附近的一片地区内。我在这里要特别提到的是：它就地处在当年流水量还很大的、常常也是很清澈的延河之滨。

我发现，我很快便喜欢上了这个地方；我也发现，当时和我同时在这里生活和学习的许多同龄人和同代人，也都很喜欢这个地方。我说的同代人，也包括了当时的学校负责人和教师们，虽然当时他们已经是我的前辈，但其实也都是只有 30 岁左右年纪的年轻人。我认识当时鲁艺的副院长周扬同志的时候，我感到他是一位十分严肃的学者和领导人，其实他那时只有三十一二岁。而当时的文学系主任何其芳同志，也只有二十七八岁。

鲁艺的生活给我留下了许多美好的、丰富的甚至是甜蜜的回忆。那里有着一种宁静、和谐、热烈、纯净、友善和好学的气氛。这种能够对知识青年产生相当强烈的精神感染力量的文化氛围和艺术气氛，是我在别处很难看到的。鲁艺有一个藏书相当丰富的图书馆，这一点，至今对我来说都是个谜。在那样边远偏僻的山沟里，居然拥有即使是现在看来也应当算是相当完备的关于文艺方面的藏书。你在那里几乎可以找到当时国内已经出版的大部分的新文学书籍和报刊，包括二三十年代出版的许多最早的新文学刊物。

书很多，但要看书的人也很多。于是，那时占据了我们相当多时间的工作，便是抄书。我们每个人都有许多笔记本，在那上面用蝇头小字抄满了自己所喜爱的、但是图书馆里只有孤本的一些文学名著。我曾经有一个时期想钻研一下散文写作，于是我便把当时可以找到的堪称散文范本的一些散文：从法国的蒙田、美国的爱默生到西班牙的巴罗哈和阿左林的散文代表作，都抄在本子上，朝夕讽诵。我曾经有一本手抄的梅里美的散文《西班牙书简》（全文大约有五万字）和都德的《磨房书简》的选本，直到解放战争期间才遗失掉。这完全是个笨办法，但是，我必须说，我从这种笨办法当中获益良多。至少，它帮助我克服了我少年时期的那种虽然喜欢广览群书却常常满足于浅尝辄止的毛病。

延安的桥儿沟在延安是个有名的地方，然而却没有什么值得观赏的风景。它的两面都是布满了蜂窝似的土窑的荒山。但是，我在静静地流淌的延水之滨所度过的无数个黄昏，却是我一生之中所度过的最美好的最难忘的黄昏。

除了夏天山洪暴发的时候，延河水都是平静清澈的。在大部分地段，河水不深，人们常常可以涉水过河。但在桥儿沟西边不远的一座山崖前，延河形成了一个水湾，这里的水很深，我们游泳的时候甚至可以从岸上做跳水动作。平时，我们在延河边洗衣服、洗脚；夏天，我们在延河里洗澡和游泳；冬天，我们在延河上滑冰。延河成了我们生活当中不可缺少的伴侣。因此，我对于延安的回忆，对于桥儿沟和鲁艺的回忆，总是同延河连结在一起的。

我时常动情地亲切地回忆起延河之滨的黄昏。是的，不是清晨，也不是夜晚，而是黄昏。

除了下雨天，几乎每一个黄昏，我都会和几个知交朋友和同学相约到延河岸边去作长时间的散步，一直到暮色四合，天边出现了星星，才回到我们居住的窑洞中去。那时，在桥儿沟的小街和延河之间，曾经有过一片相当开阔的绿色田野。每当一天的工作和学习完毕，吃过晚饭以后，我几乎都要约上伙伴穿越田间的小径到延河边去，在延河边的岩石上闲坐谈天，或者是沿着河边来往反复地漫步。在我们四面，往往会有许多青年男女像我们一样，把这片田野看作是可以使自己获得休憩和愉快的所在。在那里，沿着浅绿色的蜿蜒东流的延河向西望去，可以隐约看见遥相峙立的清凉山和宝塔山；往东看去，则是一片伸向远方的在陕北地区难得见到的平川。除了潺潺流水和被小径分割开成块的瓜田和谷地之外，这里可以说没有什么足以使人流连的景观。但在我的记忆里和梦境中，这片田野却永远是一个美好的具有无限魅力的天地。在这片田野上的每一条小径和河边的岩石上，几乎都留下过我的足迹。我在那里和伙伴们认真地谈论文学，谈论理想；我在那里向我所信赖的同志倾诉自己的希望和苦恼；我在那里和朋友们畅怀地吟诵、歌舞，尽情地享受着青春的欢乐。我甚至还相当清晰地记得河边一块平整如石凳岩石的形状，我曾经长久地坐在这块石头上读书，把双脚放在流水中，或者望着夕阳，任凭自己的幻想驰骋。也是在这块石头上，我秘密地写下了第一张入党申请书……

我和许多我的同代人，就是这样在延河边度过我们的无数美好的黄昏的。无论是那时候还是现在，我都觉得延河边黄昏的空气是最清新的，气氛是最和谐的，我所遇到的每个人的脸孔神情都是友善的、真诚的。有一次，我和一位比我小一岁的同学在河边漫步，他挽着我的手臂，向我倾诉着他的艰难而痛苦的少年时代生活，并且和他现在正在得到的新的生活相比较，不禁激动地流下了眼泪，使我第一次知道了什么叫作幸福的眼泪。他微笑着，眼中闪着泪花，向我低声吟诵着他刚写成的一首虽然不免幼稚，但却是十分真诚的诗。其中有几句的确也拨动了我的心弦，那几句诗的大意是：我在延河边走过来走过去／我向人们用微笑表达我的心意／我想向每一个遇到的人打招呼／不论是我认识，还是不认识的……

　　大约是在差不多同时，有一天，何其芳同志为做我的思想工作找我在延河边散步。不知为什么，他总觉得我有一种忧郁的倾向。为了说服我接受他的思想，他掏出小本来，一边走一边向我朗读起他刚刚写完的一首诗，诗中有这样的句子：轻轻地从我琴弦上／失掉了成年的忧伤……

　　我现在还记得，我当时确实是被触动了，就好像是心中确实有一根弦被一只轻柔的手拨动了。这首诗后来发表了，题目是《我为少男少女们歌唱》。我所以要在这里提到这首诗，是因为我觉得它确实非常真实而确切地表达了当时像我这样一代人的心灵和感情。当我们漫步在延河之滨的黄昏时刻，在我心中充溢着的，就是这样一种心境，一种绝对真挚的心境。是什么因素使我以及许多同我年龄相近的青年人产生了这样一种略带感伤色彩的幸福的感情呢？这一点，直到现在，我才逐渐为自己得出了一个比较明确的回答——这个回答是我在努力回忆青年时期生活的过程中得到的。我时常怀着一种甜蜜的心情回想起生活在鲁艺的那些日子。我终于发现，桥儿沟和延河边的黄昏漫步所以始终使我不能忘怀，是由于它是我在鲁艺度过的 4 年生活的一个缩影或者侧影。将近半个世纪以前，我是一个不知世事却又有着一种执着追求精神的少年，用高尔基的话说，是一个"饥渴于人间爱"的人。我幻想着能够进入一个人与人之间能够互相关怀、互相友爱的社会，然而在我前进的道路上却长久得不到它。但是，我终于在延安的窑洞里，在黄昏的延河边，在鲁艺的"教堂"中发现：这正是我所苦苦追求和朝夕寻觅的地方。我在这里感到温暖，我在这里受到哺育，我在这里能够和人们像兄弟姐妹、像真正的同志那样相互看待。

　　我找到的答案的另一点是：这是一个真正能够满足我的求知欲的地方。在我的少年时期，从来没有被看作是一个有才华的人，但是我却是一个有着永无止境的求知欲的人。在这一点上，我感到鲁艺是一个能够满足我的理想和愿望的地方。在那些岁月里，在鲁艺的精神食粮比物质食粮要丰富得无可比拟的环境里，我有一种如鱼得水的感觉。我用珍惜每一分钟时间的精神来学习，来阅读，来充实自己的文化素养。而在延河之滨的黄昏时刻，正是可以激励、切磋、提高和检验这种文化素养的最好的最生动的也是最自由的环境。对于一个心地单纯的20岁的青年来说，这一切就足够了。

上面所谈到的，已经是40几年前的事情了，听说，桥儿沟的延河之滨的那片田野也早已被洪水冲没了。在这漫长的年月里，有许多也许还很重要的事情在我的记忆中也已经淡忘了，但是，一想起延河之滨的桥儿沟的黄昏，历历往事就清晰地在我头脑中显现，而且总是伴随着一种混杂着淡淡的感伤的甜蜜而幸福的感情。我不愿意对我青年时代的有着理想主义色彩的幼稚的精神境界加以苛责，因为，它毕竟为我多少照亮了可以向前迈进的道路。也因为，从那时我才开始真正懂得：只有热爱生活，才能够创造生活。

搬 运

——鲁艺劳动生活散记

葛 洛

10月15日，晨雾变成白云，飘浮在差不多一样高低的土岭的上空，天气晴朗起来。前天，日本的侦察机在我们的头顶盘旋了半个多钟头，我们知道一个大轰炸又将到来。我们加强防空警备，选出一位责任心最强的同志担任防空哨，并且把防空哨的岗位由打谷场边迁到最高的山顶上。

劳动在进行着。我们搬运队23个人，来往不停地将山腰里的谷子捆搬到山沟边的打谷场上。我们都是在早晨出发前集合的时候，自动地从队伍里站出来报名参加搬运的，我们相信自己都有比割谷子的同志们更强壮的身体，更多的力气，我们都为此感到自豪。我们的搬运队长田方同志号召大家在今天要搬完打谷场附近山坡上所有的谷堆，我们正向着这个目标突击。

田方是高个子，笏板形脸孔。他有一双庄严而又温和的眼睛。从前，他常以农民的角色出现在银幕上，今天却真正做了我们秋收队伍的领导者。他背的谷捆比我们任何人的都大，他并且发明了最迅速最科学的捆谷子方法，把这种方法教给我们。

我们23个人排成一道长线，从谷堆边拉到打谷场上。谷捆从谷堆边第一个人开始，一个接一个地传递下去，一直传到打谷场上为止。倘若谷堆和打谷场隔着较远的距离，我们便把这距离分为数段，同时把队员们分为数组，各担任一段路内的搬运工作。这样第一组传给第二组，第二组传给第三组……一直传到存放的地点。我们说笑着，竞赛着，一点也不感到疲劳。

在四周或远或近的山头上，散布着密密的人群，这些都是各单位的谷物收获者。他们都把身子弓得像秤钩一样，不停地挥镰前进。在远处的山脊上，疏疏的高粱秆子摇摆着。一支秋收的队伍经过了，走在山脊上，他们的背景是明亮耀目的蓝天，他们一排排地移动着，移动着，从这个山头转到那个山头。抗大搬运队的同志走过我们身边，背在他们肩上的庞大的谷捆掩埋了他们的头部，谷穗子击打着他们的背。他们长长的身影投到山谷底。

大约10点钟，担任防空哨的同志吹出急促的哨子声。我听出这是警报的信号，便放下肩上的谷捆，跑到山谷里的阴影地方隐蔽起来。当我隐蔽好之后，细心地听了一会儿，却听不出飞机的声音。山谷里不知名的鸟和蝈蝈在鸣叫着，打谷场上停止了噼啪的打谷声和女同志们的吵闹声。

旁边收割过的谷地里，一个女同志在匆匆地收拾堆在地上的花花绿绿的毛线衣和休息时阅读的报纸。山脊的小路上，还有背着谷捆的同志在走动。我们的高个子搬运队长站在斜斜的山坡上向着山上叫嚷，山谷里传来沉闷的回声：

"快隐蔽起来喽！警报喽！"

接着便有一个人从我背后的土崖上跳下来，随后又跳下来两三个。他们的领子上都钉着红领章，我一看便知道他们都是抗大的同志。

"我操他个八辈！"最末跳下来的一个人咒骂着。他的脸上长着疏疏几个大麻子，说话带着河南口音。他咒骂别人都是"稀屎狗"，他就不相信日本帝国主义的炸弹会恰好落到咱们的头上。大概刚才我们搬运队长的叫嚷使他气恼了。到后来那个戴近视眼镜的才告诉我说，这个同志曾经在红军里当过连长，而且又是走过二万五千里的。

"就比方，"这位红军连长、抗大学员像教训小孩子一样对我们说，"敌人就在那山头上。资产阶级的武器总比我们的好，他们总是用飞机、坦克车掩护进攻。要问你，敌人的飞机在你的头顶上嗡嗡飞着，你是不是就放

440

弃阵地逃跑呢?"他用瞪得圆圆的眼睛问我们,接着便一摆手,一字一音地说:"所以我说现在这些人个个都是稀屎狗!"

另一个抗大学员是一个小个儿,他的脸孔像一个淘气的小孩子,但你一眼看去便可认出他的年纪并不小。现在他正在说一个笑话,他说假若给日本帝国主义打一个电报,要他派三千架飞机来,一齐投下所载的炸弹,便可以替我们开完这一带所有的荒地。

腼腆得像姑娘一样的另一个同志也跟着大家笑起来。

他们把话头转到别的事情上去,谈到当前的收割计划,谈到他们的课程,谈到张伯伦的政策,谈到持久战和摩擦问题……那个戴近视眼镜的四川同志像老师一般不停地讲说着。

我修理好我的断了绳子的草鞋,又吃完袋子里余下的半个小米面馒头(早晨出发时每人发给四个),觉得很长的时间过去了,还听不到飞机的声音。山脊的小路上又有人影移动了;我们背后土崖上面的山坡上也传来翻动谷捆的声音。再过一会儿,便听到漫长的哨子声,我们的队长在喊叫集合。

我们23个人从近边各条山沟里走出来,集合在小路旁边一块较平坦的荒草地上,围着队长站成了半圆形。我们的队长用带锁链的哨子敲打着他的左手掌,向我们解释说:因为刚才担任防空哨的同志听到一点嗡嗡声(那大概是汽车的声音,我们这里离城边的大路只有二三里地远),便发出了警报哨音,耽误了我们的搬运工作。

"为了保证今天搬运计划的完成,"他说:"我提议我们马上开始继续工作。现在时间是11点3刻,12点钟休息,吃饭。同志们有什么意见?"

他的被太阳光照得细眯着的眼睛不停地转动着,等待着我们的答复。少顷,他接着说:"没有不同意见,那末,开始工作!"

我们23个人立即分散开来,向着小路边各人停放谷捆的地方跑去。这些谷捆本来是潮湿的,现在被太阳晒得近乎发烫,背起来感到减去不少的重量。

我们以赛跑的速度竞赛着。我们的劳动几乎变成游戏。我们用熟练的方法很快捆好一捆谷子，时间要不了一分钟。我们谈笑得比刚才更加快活。

　　远处传来口琴声。人们在乱哄哄地唱着。山谷里的打谷声又起来了，并且比刚才更加有劲。

　　时间过去大约不过5分钟。我们行走在一个平阔的山岭上。我因为背的谷捆分量过重（我们的搬运队长本来规定每人最多只能背3小捆，我为了和大家竞赛，却背了5小捆），我的腰被压得酸痛，迈步也很困难，大多数的同志都赶到我的前面去了。更讨厌的谷叶子的边沿割得我的脖子发痛发痒，脖子上好像生了疮口，又被谁撒些辣椒末在疮口上面。我的眼睛也被汗水遮挡了。我慢慢地一步步移动着。

　　这时候又有了警报，因为走路的震动，背在我肩上的谷捆窸窣作响，我没有听见。当我听到嗡嗡的飞机声，放下谷捆的时候，我的周围已经看不到一个人影了。更倒霉的是这平阔的山岭一边接连着一个高丘，一边是刀切一般的土崖，土崖下边是几十丈深的山沟，找不到一块阴影、一处凹地来隐蔽身子；而在太阳光下的平地上，一个人躺下来是极容易被低飞的飞机发现目标的。

　　我拼命地绕着左面的山丘向东南方向跑去。转过一个弯，看到一块收割了一半的高粱地，它离我只有二三十步的距离。在高粱地里伏卧着三四个同志。正当我要向高粱地跑去时，不知从什么地方发出了喝叫声——"不要跑！倒下！"这突然的喝叫声对我是一种威胁；不，是一个严厉却又正当时命令。尽管当时我不会想到这些，我却顺从地卧倒了。我仰身躺着，毫无遮掩。我听得见自己的心脏跳得厉害。我用目光在天空搜索，看见一架白色的侦察机在悠然地飞行，它的翅膀在阳光下，发出银色的闪光。

　　我的心稍稍平静下来，向四周探望，在我身右的山丘上有一段内战时期挖的战壕，壕沟几乎坍平了，里边露出两个戴灰军帽的头顶，还传来模糊的语声。在战壕旁边30多步远的地方，有一个炸弹炸的大土坑，这是上次日本飞机轰炸时留下来的。这样的炸弹坑，在附近的荒山上间或可以看到。

侦察机仍在盘旋。当它低飞到我的头顶时，好像要向我的身子扑来，这时我能够看见它的翅膀上可憎的红日徽。太阳光晒得我发昏。又因为多吃了干硬的馒头，我口渴得要死，口液像胶汁一般。我烦躁起来。

我估计当侦察机离开头顶稍远的时候，便以最快的速度跑到100步以外的一条山沟里。但又过了大约3分钟，侦察机飞去了。

这时候我才知道躲在高粱地里和旧战壕里的人，都是我们搬运队的同志。刚才叫我"倒下"的，正是躲在旧战壕里的华君武同志。他是画漫画的，他的性格也和漫画一样幽默。这时他笑得把头几乎低到地面，因为据他说，刚才我听到喊声后那种被吓坏了的样子，是足以使人笑死的。

根据以往的经验，敌人的侦察机去后不久，轰炸机就会到来，我们的高个儿搬运队长吹哨子要我们赶快找安全的地方隐蔽起来。我们六七个人一道走下东边的山沟。

山沟的两边是陡立的土崖，这里又是山沟转弯的地方，坐在山沟里只能看到一小片天空，在这里防空是相当保险的。我们都从皮带上取下当作饭碗用的茶缸，从小溪里舀水，大口地喝着。有的取出剩余的小米面馒头，用脏污的手指把它掰成碎块，泡在冷水里，用羹匙盛起来吞食。做木刻工作的江丰同志衔着他自己用木头雕制的大烟斗，和写诗的天蓝同志在谈论着美学上的问题。我的裤子在刚才跑步时被酸枣刺扯破了，腿也被刺得渗出血来，我找出针线缝裤子。

过了十几分钟，敌人的轰炸机果然来了。起初我们听到一点嗡嗡的声音，像是有人在长时间地按捺风琴的低音键。这声音慢慢扩大升高，变成震耳欲聋的巨响。我们分散开来，靠着土崖躺下，以避免敌机机关枪的扫射。13架重型轰炸机出现在我们的顶空。我们都屏息等待，没有一个人发出一点声音。轰炸机向东南方向飞去，越土崖的顶部不见了。又过了不到半分钟，便传来炸弹落下时发出的嗤嗤声响。

炸弹爆炸着，整个山谷都被震荡。我们像是坐在船舱里，这船正行驶在险浪上。黑色的浓烟升腾起来，霎时间变得天昏地暗。有几个圆烟圈停留在天空中，久久不散。

轰炸机的声音终于消失了。我们都从山沟里走出来。山岭上还有烟雾缭绕，空气中弥漫着火药的气味。在我们近旁的山腰里，散布着两三个崭新的炸弹坑，靠近炸弹坑有一小块高粱地，那高粱秸子只余下几根断茎。

10分钟之后，我们23个人又集合在山沟边的打谷场上。我们的大个儿搬运队长告诉我们，午饭已经准备好了，要我们马上去山谷里吃午饭。

"不过，"田队长接着说，"敌机的轰炸占去我们差不多两个半钟头的时间，影响到我们今天上午的搬运工作，仅仅完成原定计划的三分之二。为了保证秋收计划的全部完成，我提议我们牺牲午睡的时间来突击，大家有没有反对的意见？"

"没有！"我们齐声回答。

原载 1940 年初香港《大公报》，此次转载由作者做了一些文字修改

投考文学系

——一九三八年最后十天的日记

陆　地

十二月二十三日（星期五）　晴

太阳露脸了，阳光驱散了阴沉的气氛，融化了路面的积雪，气候变得更加寒冷。北方的同学说，今天"冬至"，一年中最冷的时节开始了。农谚有讲："一九、二九，怀中插手；三九、四九，冻死猪狗。"一月份是严寒的高峰；到"七九河开，八九燕来"，还得两个月以后才春回大地。此刻，手拿筷条都成问题，上课做笔记怎么办？我们两广同学都在发愁。

听人说，鲁艺不但学习内容跟我们抗大或陕公迥然不同，就是生活的管理方式也别开生面。立正、稍息那套军事制式教练的早操，可以不必上，叠被铺炕那套繁锁的整理内务也完全豁免。专业设有文学、音乐、戏剧和美术四个系。每人根据自己的爱好和特长考进不同的专业。文学系学员随个人喜欢，爱读什么就读什么，自由得很。是否果真如此？好奇使我和老蒙、黄流、江河几个人一道，往北门外去看个究竟。

北门外，左边一带面向延河的山头，就开了一层层排列整齐的窑洞。留守兵团司令部、政治部、抗大的参谋班和敌工班等单位，分别占着各个山头。鲁艺的地址是从文庙的废址往里走，在山脚新建起四合院形式的简易平房，是院部办公的地方，师生宿舍在半山腰的窑洞。古老的文庙只剩几根牌楼的石柱了，周围尽是乱葬的坟堆。这时，有些学员就在坟堆草地上躺着晒太阳。有的看书，有的画画，有的捉虱子，有的女同志在打毛线、补袜子什么的。老蒙对这气氛很感兴趣，极力鼓动我："寒梅，来考文学系吧。听说还在招考学员。"

我们走进办公的一排平房，在秘书处的房间向一位干部问了问。秘书同志说，文、音、戏、美四个系都在招生，分批考，每星期天考一批。文学系50个名额已经满了；不过最后再考一批，成绩突出的话，多一个两个还是要的。报名必须持有单位团体或本院教员个人的介绍信，今天明天报上名的，后天就来考。

介绍信，哪儿去找？要抗大政治部给写行吗？正当为难之际，一位在蟠龙同队、爱画画的田零，从山上窑洞下来，跟他谈起这事。他说自己正是为要考美术系，来找他一位中学时候的老师作介绍的，名已报上了，后天来考；问我是不是想考文学系，要想考，就跟他上编译科去找他那老师说说。我犹豫了一下，说怕考不上。田零热情地怂恿："没问题，看过你写的东西，准考得上。这儿的老师都是著名的文化人。文学系就有沙汀、荒煤和何其芳，翻译家沙可夫是副院长，周扬、卞之琳和徐懋庸是兼课教员。"

田零的老师叫张仲纯，很热情，听田零一讲，马上给写张字条，我便到教务处报了名。像是做梦一样，本来是相当啰唆的事，倒反这样顺利地解决了。心想，要是考试也能如此侥幸，该是三生有幸啊！

十二月二十四日（星期六）　晴

到大队部政治处去问问，我们新来的学员什么时候编组上课？想不到，接见我们的竟是一位副主任。他那么年轻——二十五六岁的模样，态度和蔼，待人亲热。听到我们说话，马上问道："听口音，你们几位是广佬吧？我们是老乡啊。"说他老家是大庾的，红军长征经过老家，便离开学校，跟队伍上路，经历了二万五千里的山山水水。

"你们从那么老远奔来也不容易啊！"副主任感慨地说："小米饭吃得惯吗？有什么要求？"他瞪着眼珠注视我们。

我说，学习上最大的困难是语言别扭。讲得结结巴巴，词不达意。学习完了，会不会派我们回华南工作呢？

副主任一怔，沉思片刻才答道："现在你们首先的任务是，安下心来，好好学习。至于将来的工作分配嘛，那要服从需要来决定。如果华南方面需要干部回去开展工作，当然可以考虑。所谓干部地方化嘛，不过，要是客观条件不允许，那也没办法。语言困难是可以克服的。我现在还不是南腔北调，工作也没多大影响。既来之，则安之，不必焦急，慢慢都会习惯的。"

"他爱好文学，前些时候校刊登的第七大队给延安被炸难民的慰问信就是他写的。"老蒙指着我说。"他要转去鲁艺学文学行吗？"

副主任啊了一声，打量着我："鲁艺是培养有专长的文艺干部，进去是要经过专业考试的。考上了，组织上当然会支持，发挥个人特长也是革命的需要嘛。"

看看副主任桌上有几种文学书籍，特地问他借回三册文学丛刊——《自由中国》。

每月一元的津贴券发下来了。津贴券可以在校部的合作社炒菜部买饭菜，在杂货部买日用品。晚饭时，跟黄流、老蒙、江河和蓝径平几个广西老乡，端着小米饭去合作社要两碗扣肉以改善伙食。大家一时高兴，说说笑笑。

十二月二十五日（星期天）　晴

趁着星期天，到鲁艺赶考去了。

考场是在一排作为小型展览的大开间。考生随到随考。在我进场之前，已经是鸦雀无声地坐满了一屋子人，个个聚精会神地埋头应试，我悄悄地找到了座位，教务处一位干事拿来一张试题和试卷搁在我桌面。

试题是：一、作文一篇——写你一段难忘的回忆；二、阐述对当前抗战文艺的见解；三、回答几个文学知识的问题；四、分析一篇自己最欣赏的作品。

作文，自定的题目叫《冬至》——回忆父亲在那个时节，为财主逼债，感到年关难过的穷愁潦倒的日子。

对当前抗战文艺现状的见解，表示同意郁达夫曾在某篇文章讲过的观点：认为处于当前如此伟大的民族解放战争的动荡年月，之所以还没有伟大作品产生，原因很复杂，其中之一，恐怕正如英国诗人惠迟渥斯说过的："热情的诗，是须要经过一道事后冷静的思考与反省的。"事实的确如此：情人正在热恋之中，亲人正在棺材旁边哭泣之际，她们是吟不出诗来的；李义山有两句诗就说过："此情可待成追忆，只是当时已惘然。"另外，有谁也讲过：夜莺总是到了黄昏才会歌唱的。目前暂时见不到大作品面世，应该是文学现象的必然，不足为怪。

在分析作品方面，举了高尔基成名之作——《玛加尔·周达》和果戈理的《巡按》。

笔试完了，还要到代系主任荒煤同志（主任沙汀和何其芳随贺龙将军上前线去了）的房里去口试。时间已接近晚饭，问得挺简单。只问读过些什么作品？比较喜欢的是哪些？我说中国的《红楼梦》《水浒》《西厢记》和《今古奇观》《聊斋》等等都已读过，外国的，读过《罪与罚》《父与子》《密尔格拉得》《死魂灵》、普希金、高尔基的一些短篇以及《夏伯阳》，等等；初中阶段，喜欢苏曼殊、郁达夫，高中阶段，喜欢高尔基和普希金。荒煤听了点点头，叫下星期三来看结果。

最后一关还要到组织科跟王子刚同志作政治口试。问，到延安之后，政治上有些什么观感和要求，我说，很满意，很快参加了党组织。

"那好，那好，欢迎你来学习。"王子刚同志伸出温暖的手，紧紧握住，送出了门。

这样，考试就算过了关。怀着舒畅的心情，抬起轻快的脚步，赶回抗大四大队宿舍。晚饭已经开过了，肚子却并不觉得饥饿。

老蒙赶紧问："考得怎样？"

"自觉良好。"

"这就行了！拿津贴券去合作社吃拉面。"

448

"我给你算命，准能成个文学家。"到了合作社坐了下来，老蒙还是热情洋溢地给我打气，好奇地询问考试的细节。

十二月二十六日（星期一） 晴

校部宣布：高级班归入第三大队建制。早饭后，队部派人下来找我们作个别谈话：了解各人的文化程度和社会经历：询问本人愿学政治还是军事；还说，高级班培养对象是中级军政干部，毕业出去就要担任营级指挥员。问我个人愿学什么？我说，还是学政治吧。来人说，"也行，在可能的条件下，组织上总是尽量做到照顾个人志愿的。"

十二月二十七日（星期二） 晴

一声哨音，把我们宿舍里还未编入队的人，统统集合到打扫干净的篮球场去站好队。不一会，首长来了，大家一个跟一个噼噼啪啪鼓掌欢迎。原来是大队长和政治处主任来同我们这批留校的新学员见面。首先是大队长讲话，接着便是主任。主任个子矮，声音却叫得很高很响亮，语气很有鼓动性。站在后排的人拼命踮起了脚跟，伸长脖子也看不清他的尊容。原先三大队政治处主任是徐懋庸，是他吗？有人说他是个小矮个，但，好像要上晋东南一分校去了。

两位首长讲完话，队列科的干事便宣布编队名单。我、老蒙、黄流和原来七大队几个熟人，编入第四队，是学政治的；江河和蓝径平他们学军事，编入第一队。

编完队，我们便回宿舍收拾铺盖等待一位同志来领上山，住到各班的土窑洞。人说土窑冬暖夏凉，真不假，比住平房暖和。一眼窑洞一个班，住十来个人，生一炉木炭取暖，生活舒服多了。

班里同学，有的来自洛川分校，有的来自枸邑"青训班"，有的来自其他各大队，彼此见面就谈论原来各地各单位的生活、学习情况，好像熟人似的。

晚上开小组会，每人都得作自我介绍——自报家门。听来，绝大多数是学生出身，社会经历很浅。河北、山东、山西和河南等地，都因家乡沦陷，成了流亡学生，随着大流找个落脚地方而来，不全是由于马列主义理论的感召，为共产主义的远大目标而来的。

十二月二十八日（星期三）　晴

怀着紧张的情绪去鲁艺看榜。到了展览室门口，见到新贴出一张信笺大小的纸片，赶紧凑到跟前，仔细一瞧，才认出用钢笔书写的两行蝇头小字：

上星期文学系考试录取名单：

丁克辛、李清泉、陈寒梅

乍见，我几乎不相信自己眼睛，揉一揉眼皮再认，九个字三个人名，写得清清楚楚，不会错了。这高兴真是无法形容，跟范进中举似的，心里也喊起："噫，好了，我中了!"

进教务处屋里去问入学日期和手续。一位干事说：考上了的，随时都可以搬来，已经来不少人了，来时要带介绍信，党员还要带组织关系，过了年就要正式上课，最迟不能超过元月五号。

带着无比的喜悦回来，见到老蒙，他急切地问："怎样?""名落孙山!"我带着笑答他。他盯着我的眼睛，肯定地说："不会。什么时候入学吧?"我原原本本地告诉了他。

"看看，不出我所料吧。"老蒙赞赏地拍我肩膀："细佬，你可是得其所哉了啊。名师出高徒，有那么一些名家在那里，我敢肯定，中国左翼文学阵营必将添加一名战士!"

我说，自己曾经有过三个幻想，也是平生要追求的三个目标：第一，做个中共党员；第二，当个作家；第三，找个相互了解的伴侣。

"不是幻想，目标必定会达到。"老蒙口气果断。"噢，第一个不是达到了吗? 第二个，已经跨进门槛了，往后只有发挥鲁迅的韧性战斗精神，锲而不舍，必定成功；第三个嘛，听说，鲁艺女生特别多，在同行中，知音应该不至于难遇吧！"

十二月二十九日（星期四） 晴

把三册《自由中国》拿到抗大政治处还给副主任，同时向他提出转学鲁艺的问题。起初他感到突然，说他事先并不知道这回事，我说，抗大、鲁艺都是革命的姐妹学校，文学艺术同军事政治也都是革命事业的一部分；由于个人一贯爱好，比较来说，觉得弄文学，能充分发挥个人特长，对革命贡献也许会大些。副主任听我讲得恳切，沉思片刻才说："啊，想起来了，你文章写得不坏。好吧，考得上也不易。我这就成全你的志愿。但愿中国也出个高尔基！"

副主任慷慨地写了张条，叫拿去队列科给写个证明：准予转学鲁艺。队列科看了看是副主任写的字条，只好照办，连党组织关系的介绍信也给开了。档案材料则另外通过组织给转。

下午，给家写封信，告诉转学鲁艺，今后来信就写：延安鲁迅艺术学院文学系。

十二月三十日（星期五） 晴

田零说，他也考取了美术系。我们俩就一道去报到。秘书处接过介绍信看了看，批了几个字，叫我们自己去找系里辅导员接头。走到山上一排窑洞前面的坪地，看看每眼窑洞都紧关着门，门口又没有个标志。田零是知道美术系辅导员的住处的，可文学系是哪几间，他也不清楚。正踌躇时，一位穿着黑羊皮领子短大氅的少女走出窑洞来夹木炭，看见我们在张望，便主动地问一声："找谁？"拿亲热的目光打量着我们，我仿佛在梦中不期而遇着熟人似的，几乎把她看成家乡的阿丽了，一时发呆，忘了说话。田零对她指着我说："他叫陈寒梅，要找文学系辅导员。"

"哦，刚考上的是吗？跟我来。"

451

田零自己走另一头找美术系去了。我默默地跟在姑娘后头。脑子老驱散不了阿丽那窈窕秀丽的影子。

"辅导员叫梁彦。"姑娘边走边说。"喏,到了。"姑娘站到一间坐北朝南的新窑洞门口,笃笃,敲了两下。

一位矮个的忠厚人拉开半边门来,一见姑娘便笑着说:"哎哟,聂眉初呀,还敲门呢,真规矩。进屋,进屋。"

"不,我回去了。这位是新来的同学,找你的。"

姑娘盯我一眼,说声"再见!"走了。

我进屋把秘书处的字条递给辅导员。辅导员把字条看一眼,伸出烤得很暖和的手握住我说:"欢迎,欢迎!已经编好组了。你在第一组。同你一道考的丁克辛和李清泉是晋察冀来的,他们早住在这儿了。也是第一组。你今天下晌来吗?明天?明天也行。现在我们去见见组长,认识一下窑洞,明天来就直接找他。"

组长叫林漫(李满天),瘦高个子,态度挺和蔼,对人总是笑眯眯的,临走,他还冒着风寒送出门外坪地,带着笑意嘱咐:"明天是年三十晚,抗大要是加菜会餐有好吃的,过了年再来也行。"

田零也许走了。自己一个人走过留守兵团司令部的山脚下,却想不到竟在此时此地遇见一位广东省一师同学。他叫杨思仲(陈涌),在一师时是简易师范班,和我们本科班接触少,彼此并不很熟。只因他也是常在墙报上写文章,加上他哥哥是教务处主任,所以对他有个印象。如今邂逅于此,自然格外亲热。他说,在抗大学习完了,派到司令部秘书处当干事,实在也没太多的事可干。很羡慕我能考上鲁艺。于是对我说:要是有机会的话,能替他跟系里的负责同志讲讲:两个单位相去不远,能不能让他来当个旁听生?我说,能够跟他做第二次同学当然是好事一桩,只是现在自己还未入学呢,以后,跟老师们能说得上话时,帮他一臂之力是不成问题的。

区队要出墙报庆祝 1939 年元旦。组长一定要我写篇稿子,作为临别纪念。写什么呢？想了半天，实在没灵感。不得已，胡诌了几句干巴巴的所谓墙头诗草：

明　天

——为一九三九年元旦而作

逝者如斯夫，

昨天如同流水；

她既一去不复返，

你又何苦回顾流连。

抓紧今天吧，

稍纵即逝的野马，

今天，未成熟的浆果总是苦涩的，

可，香甜必将在明天出现！

组长活像小孩得到压岁钱，赶快拿去交给编墙报的同学凑数。

无巧不成书。晚上散步到王家坪的桃林，居然跟9月初在广州八路军驻穗通讯处匆匆相遇的广东省一师同学符德裕又重逢了！"他乡遇故知！"乐得他情不自禁，谈笑风生。直率地问我入了党没有？听我说入了，高兴地重新握住我的手，使劲摇了又摇，无所顾忌地说，他在省一师时便是地下党员了。当时，学校有个党支部。"你十四班的王禄位、十三班的梁奇达，都是支部的同志。你、王国强、郭植秀、黎秀统和杨绍羲几个，是我们支部外围的基本对象。知不知道？"说到这儿，他得意地朝着我笑笑。临末，说他到延安后，在中央青委工作；不久就要走了，回海南五指山打游击。"好了，后会有期！"说完，把我的手握得生疼，撒手飘然而去。

十二月三十一日（星期六）　晴

在这一年的最后一天，我终于告别拿枪杆的军事学府，走进耍笔杆的

"象牙之塔"来了。

随着明天——新的一年开始，生涯将翻开新的篇章。

也许文艺的爱好者是特别真诚吧，大家一见如故，使人忘了陌生。组长林漫把本组的同学逐个介绍我：李清泉、丁克辛两人都戴着眼镜，李比丁年轻，眼镜的深度却比丁高得多，镜片仿佛玻璃杯底；葛洛恐怕是组里男同学中年纪较小的了，然而，老成持重，不苟言笑；女同学司丁，成为组里的小妹妹，性格开朗，还不失其天真活泼的少女习气。显然，跟娴静端庄的聂眉初形成鲜明对照。此外，还有一位老含着斯大林式烟斗的金曼辉，一脸饱经忧患的皱纹，沉默寡言，叫人莫测高深；田家埋头在写着诗；陆风大高个，一心专注于高尔基《我的大学》的俄文原著的阅读；汪润老实巴交地构思从前方得来的素材……

晚间，全系同学挤在第二组大窑洞举行联欢会。不喜欢热闹的人坐一会就走了，研究员严文井和另一位辅导员林耶两同志来我们一组聊天，漫谈报告文学这样那样的问题。本来是不拘形迹的扯谈，然而，文井同志矜持而冷静，说话很注意分寸。

不管怎样，我终于跨进文学的门槛里了。

1938 年记于延安，1985 年 8 月重抄于南宁

《讲话》杂忆

李清泉

　　真理是素朴的，这不单是说它不取炫耀的表现形式，主要还是就内容而言。例如，我们正在搞建设，大兴土木，水泥就是必不可少的；还有点像水泥的另一个方面，真理具有超常的凝聚力，因而牢固和耐久。毛主席《在延安文艺座谈会上的讲话》就具备上述品格。

　　紧挨着《讲话》之前，毛主席也到鲁艺去讲过一次。因为时间相近，对象相近，论及的范围略有不同，精神却是一致的。他告诫我们不要看不起"豆芽菜"——群众所创造、所利用的各种艺术形式。但也不要停止于"豆芽菜"，要提高。他指着我们说，你们是小鲁艺，小鲁艺要到大鲁艺中去。也就是不要脱离生活，不要脱离群众，不要脱离现实斗争。因为鲁艺在教学上搞了几年"关门提高"。他还讲了一个驴驹子的故事，驴驹子腿长，个子高高的，耳朵长得很长，仪表堂堂，嗓门又大，叫起来蛮吓人，老虎也怕惹它，老虎尝试着撩拨它，它光会蹬腿，光会喊叫，就这么两手。老虎识透了，也就毫不费力地把它吃掉。这是借用古代寓言《黔之驴》，做了他自己的描述和引申，告诫我们不要自高自傲，自以为是，不要摆知识分子架子，只有为人民，为革命所需要又能发挥作用的知识，才是有用有益的知识。他讲话的风格，有点像唠家常，很亲切，很感人，很富于风趣，同时又意味无穷。因为其中埋藏着没有哲学词句的哲理、埋藏着变革自身和变革世界的启悟。所有在延安生活过的人，没有一个不把听他的讲话，当作精神上的难得的满足。

　　世界上当然没有无差别境界，《讲话》不可能像一声口令："立正！齐步走！"于是整齐地起步，保持着相等的速度，都整齐地到达。但《讲话》的效应，应该说是可喜的、迅速的、显著的。许多同志到战士中去了，到农民中去了，大概也就在一年左右的时间内，从他们的创作，可以感应到新的形象、新的语言、新的情感、新的风格。予人印象深刻的有艾青同志的《吴满有》，这个人物后来变坏了，但无妨于从这首诗中发现艾青新的情感天地和艺术天地。有与大家在当时还很生疏的赵树理同志的《李有才板话》，都是新方向的令人鼓舞之作。

1939年春，鲁艺还在延安城北的时候，就曾经演出过一次秧歌，当时只觉得无非是过春节，图个热闹罢了。可是1943年春，艾青同志领着党校秧歌队到鲁艺来拜年，一看就耳目一新了。这种民间形式在流传中很容易沾染的卑俗都被去尽，而陕北秧歌固有的英武、刚健、飒爽，却被发扬光大。现在，在影视屏幕上，有时还能看到陕北秧歌，仍然保持着经过那次改造所取得的面貌。

秧歌剧是一种广场小歌剧，是当时很受拥戴的艺术形式，而《兄妹开荒》是十分驰名的。我从没有见过比它更简单的剧情，几乎无曲折可言，一个演员敢于在这样的剧本中担任角色，勇气和自信都是异常可惊的。演出者可以获得支持的只有音乐语言中所具备的浓郁而又明亮的地方色彩。王大化在《讲话》之前是演大戏、洋戏的好手，一旦陷入众目环顾的广场，扮演陕北农民，对他的考验实在过于严峻。他演出的成功，其魅力在于他对陕北农民深刻的情感体验，这是难得的。艺术家认识世界、改造世界的成果，理所当然地体现在艺术实践上。

鲁艺的同志还创作了《白毛女》，在民族民主革命中产生了相当广泛的革命影响，知名度更高。因为生产的过程较为复杂，而且在不停地修改完善之中，难忆其详。

当时丰硕的文学艺术成果，构成了文学艺术发展的新潮流、新纪元。这是《讲话》的直接效应，是通过改变认识、改造思想、改造文艺观所产生的效应。这种效应只可能出现在延安，因为这里是灯塔，是党中央所在地；因为这里是前方各个抗日根据地的后方，具有相对稳定性，宜于进行文艺生产；这里的社会又十分简单，除了军服便是农民服两种构成。因而很少有复杂社会中的扯皮和干扰，有着较高层次的政治思想一致。毛主席在《讲话》中所指出的那个灵魂深处的小资产阶级王国，明显地发生了撞击，在破裂，在蜕变。大家抛弃一切投奔延安，民族利益、人民利益高于一切，没有什么旧的因袭会舍不得丢掉。

我自己的文艺思想，以至于一般世界观改造、得之于长期革命变革的实践，自然是不容忽视的。但是从思想理论的基本认识上说，主要还是得之于《讲话》。它是我学习得最多，学习得最认真的书。我还没有见过别的文艺书能产生像《讲话》一样的巨大社会作用，能够有《讲话》一样的针对性和实践紧迫性。一本谈文艺问题的书，被列为延安整风运动的文件就足以说明一切了。人们需要反复去阅读它，不是因为它难认、古奥，相反它是透明清晰的。它所论及的都是一些基本的关键性问题，可以说是一个人的立人之本、立德之本。任何人在这些根本性问题上，都不可能获得一次性解决，因为这些问题会不断地以不同的形式和面貌予人困扰。即便为了领会与表达这些新观念的科学和准确，你也不免要到字里行间去寻觅和研磨。毛泽东思想获得我的确认，并不因为它吃香或不吃香，而是因为它总是取得实践的验证，是因为在他的思想引导下，革命在不断地推进。这是十分实在的，只要了解我们的历史进程，就足以服人的。他的晚年犯的错误，已有公断，应该是瑕不掩瑜，我们不能用不科学的态度来对待科学。

凡属美好事物，凡属真理，我们都期望得到社会传播、社会推广，这无疑是善行。但是那种划分为改造者和被改造者，划分为真理的施主与受施者的居高临下的布道，只能造成隔阂，无助于学习的积极主动。最好也还是按照毛主席在《讲话》中说的去做："只有代表群众才能教育群众，只有做群众的学生才能做群众的先生。"

林彪、"四人帮"对于毛泽东思想的垄断，自然十分滑稽可笑。因为他们干得十分愚蠢，而又十分残暴，所以造成了十分严重的危害和破坏，形成十分严重的社会心理障碍，即此一端，便是我们不能忽视的。但是事情也还要从另一方面说，又是十年过去，情绪也应有所平复，还要重复前面提到的一句话：不能用不科学的态度来对待科学。

人事沧桑，事情已经历过好多个革命发展的不同阶段，认为世界上有一种不顾时间、地点、条件的变化，都可以照搬无误的本本，也不是科学，而是迷信，毛主席自己就是"反对本本主义"的。然而文艺为人民以及如何为人民的论断，又是日久而弥新的。

我在延安8年，听毛主席讲话的机会自然很多，连他日常活动的形象也见得不少。在漫长的革命历程中，我受到"左"的无妄之灾（即现在日常口语所谓的折腾）也很不少。然而，只要一旦恢复了正常的轨道与秩序，无碍于能为人民劳作和战斗时，立即前嫌尽释，振鬣驰骋。为人民和如何为人民，不是我与生俱来，而是在民族解放的漫天烽火中，在延安这块圣地上，在《讲活》那样的金石之声的锤击中，熔铸而成的。那时候的人，就像进入流通领域之前的金子一样，闪烁着灿烂的光华。

难忘的岁月

洪 流

我从 1938 年秋天到延安鲁艺，在这个革命熔炉里学习、生活、工作了 5 年半时间（其中有一年在农村工作）。这段时间是我一生中最愉快的日子，我在那里接受了茅盾、周扬、沙汀、何其芳、周立波、陈荒煤诸老师的熏陶哺育，使我明确了：只有和群众打成一片，文艺工作者才有出路。

1940 年 5 月，我们二届文学系学员学习期满时，周扬院长派葛洛、孔厥、岳瑟、我和美术系的毕业生古元一起到延安碾庄乡乡政府工作。这一年的生活更是我一生中难忘的岁月。

下乡前，周扬同志亲切地叮嘱我们："你们在老区农村工作，要向农民群众学习，学习他们的优秀品质！先不要忙着写东西，要做一个名副其实的乡干部，和农民交朋友，做他们的知心朋友。仔细地观察生活、认真思考问题……"

我住在离乡政府所在地碾庄很近的霍义沟村，这一家有个 60 多岁的老妈妈和儿、媳小两口。我和老妈妈同住一间屋子，老妈妈把靠窗的铺位让给我，光线好，可以记日记、看书。老妈妈待我像自己孩子似的，使我非常感激。我从心里打定要做人民群众好儿子的心愿。

我的职务是乡优抗副主任。我一边工作一边参加劳动。每天轮流到各家吃派饭。老乡们对我都很亲切。我和他们混得很熟，别看我这么个愣小子，他们有什么苦恼，有什么难处，倒还愿意跟我说，有时谈得时间很长。

在那多灾的困难岁月，做借粮工作和征收救国公粮，不是一件容易事。那年月，边区军民过的日子是很困难的。国民党反动派百般阻挠把军粮运往陕甘宁边区。我们到乡政府工作前，和边区政府机关其他干部一样，一天规定只吃三两粮，还不够半饱。老区农民却节衣缩食，做家里有落后思想的人的说服工作，把节余的粮食借给公家和缴"救国公粮"。各家各户这些感人的事迹，深深地感动了我，教育了我，使我这个初下农村时还带着不切实际的小资产阶级情调的人，在思想感情上起了很大的变化。我觉得只有全心全意，不避艰苦，忘我地工作和劳动，才对得起人民群众。这一年在群众生活的熔炉里得到锻炼，后来回鲁艺以自己深受感动的人和事为素材，写成短篇小说《乡长夫妇》《一个老人》《孙光亮和黑骡子》等。

《乡长夫妇》是写两口子在借粮问题上的思想矛盾。《一个老人》和《孙光亮和黑骡子》两个短篇，都是着重写乡政府优抗委员孙光亮以自身的模范行动，敢于同自私自利蜕化变质的干部作斗争的故事。

我下乡后曾回过几趟鲁艺，也曾把《乡长夫妇》小说的原型向茅盾老师谈起过，他要我多观察、多体验，把同一类型人物，在典型环境中的典型事迹，好好概括，后来，我才能在《乡长夫妇》中增加了一些细节，从而使内容生动丰富了。

在碾庄乡政府工作的一年岁月里，刻下很多动情的记忆，像延河清清的流水，一直在我心里流着、流着……

难忘的最后两年文学系

纪云龙

鲁艺，这座中国独特的革命大学，曾为抗战培养了不少文学艺术干部，也为建设社会主义准备了不少宝贵的文化骨干力量。可惜我们住过的那些窑洞早已坍没了，但桥儿沟的生活，在我的脑海里却永远那样鲜亮，那样美好。尤其想起哺育我的五、六两期文学系，总感到浑身增添了力量，那些激人奋进的学习、劳动生活，那些纯洁净化了的同志友谊，最后开赴前方时那些激动人心的情景，又重新涌现在眼前。

一

我进鲁艺文学系是经历了一番曲折的。我原是从天津沦陷区出来的一个爱好文学的流亡青年。还在奔赴延安之前，就听地下党的同志讲过鲁艺的革命生活，又从地下刊物看到茅盾在鲁艺讲学的详细报道，我的心早已飞向延安，对鲁艺文学系充满了炽热的向往。1943年我们辗转通过日寇把守的津浦、德石、正太、同蒲四条铁路，突破阎锡山、胡宗南两道封锁线，虽经千难万险，我都矢志不移。可是来到延安，却赶上"抢救"，被分配去延安大学行政学院。这一下，我要求去鲁艺的愿望全部破灭了。然而，天无绝人之路，1944年5月延大开学，毛主席、朱总司令在开学典礼上讲话，指出延大是政治、经济、文化的大学，要重新教育，重新学习，这意味着审干结束，新时期开始了。接着周扬同志到行政学院来开会，并宣布为鲁艺招生，这是一个非常难得的机会，我立即报了名。我至今还清楚记得，他出了一篇论文题为《文学的作用》，我当场就作了答卷，又怀着很大激情，按照他出的叙述文题《最难忘的一段经历》写了我由津赴延的亲身经历，又经他当面口试，我终于被录取了。

五期文学系当时住在东山。我去时，系主任何其芳刚被周恩来同志派到重庆去向大后方文艺工作者传达延安文艺座谈会精神，教员有严文井、周立波、陈荒煤、天蓝以及王季愚等研究员。后来搬到前边石窑洞来时，系主任是舒群，还有大批教员，都是早有成就的，大部分在 30 年代已是知名作家，他们的许多作品已成为中国现代文学的瑰宝，但是和我们朝夕相处，同住同劳动，却是那么平易近人，可亲可敬。

那时，除了有几个同志下乡去采风外，留在东山的学员有洪禹、马沛文、思基、冷冰、柳波、戈壁舟、李南力、陈祖武、王燎荧、黎风、刘学基、苗延秀、詹光和陈波儿的弟弟陈国华，还有潘之汀担任我们的读报员，女同胞则有牟决鸣、赵路、罗真理、叶茵、张凛。他们来自全国各地，生活习惯不同，性格爱好也各异。我记得，李南力、陈祖武请我吃过他们打的野兔子，而一个广西同志给我吃过蛇汤，当然是吃过以后才告诉我的。后来从太行来了孟奚，这位眼镜先生老是夸太行的柿子怎么好吃，还特别爱和张凛、小罗开玩笑，可是我发现最后吃亏的却老是他自己。我来到他们中间成天价无拘无束，后来又从大后方来了更年轻的李冰、杨莘，我们三个一边纺线，一边唱郿鄠，很快就成了班上的活跃分子。

当时正处在文艺座谈会之后，一个欣欣向荣的新时期开始了。戏音系大批人员到绥德下乡演出，深入生活搜集创作素材，他们最突出的成果就是创作了歌剧《周子山》，由王大化扮演马红志，张平扮演周子山，还有于蓝、林农、刘炽、陈克、王岚等参加演出，轰动了整个延安。那是我第一次看到这样新型的歌剧，那些革命农民的形象深深地教育了我，感染了我。在这同时，文学系的同志在采风中搜集了大批信天游、兰花花等民歌，我也参加了抄录整理和继续采集的工作。有的同志被调去报道边区文教大会，马沛文等被调到《解放日报》去工作。我们在系里的学员组织了两次写作实习，把大食堂的炊事员老张请到东山上来，他衔着烟袋，给我们讲长征中的生动事迹。他是一个特别典型的受尽苦难的四川农民。当红军打到他的家乡时，他参加了红军，打仗很勇敢，现在是大食堂的模范。帮厨时，他曾把着手教过我怎样烧灶火，文学系的很多同志跟他学过烧火、剁菜。我们就结合这些材料从不同的侧面写成了多篇特写。现在想起来，这也是文艺座谈会后写工农兵的一个实践吧。

说到生产劳动，我的纺线技巧自然是数不着的。但事有凑巧，后来卷棉卷需要一个男劳力，女同胞们都推我去干，想不到我越卷越熟练，后来被公认为卷卷能手，真是不胜荣幸之至。文学系还糊过火柴盒，糊好由我担送到离城20多里的火柴厂去。这次可遭了罪，论分量并不算重，主要由于我个子小，一路上只能挺直着腰杆，不能打弯，山路又坑坑洼洼，不知流了多少汗。这趟公差却是我自告奋勇要去的，因为我在天津一家火柴厂干过一年，并以火柴工人的生活为素材写过几个短篇。所以，那次我来到盒料机、蘸磷机前操作起来，很快就和工人们交上了朋友，而且大大地激发了我写作的激情。就是从那里回来，我写了《夜毁天津电灯房》和《鱼儿得水》两个短篇，后来发表在《解放日报》上。

也在这段时间，还抬过牟决鸣去柳林店和平医院。那天天刚亮，就听王季愚大嗓门到处喊人，我一出窑洞就拉住我说，牟决鸣昏过去了，可能难产，要赶快送医院，当时何其芳远在重庆，是王季愚和几个女同志张罗着把她弄上担架的。到了医院准备输血时，别人的血型不对，就抽了我200CC血，还送了我几个鸡蛋，我就是从那次才知道自己的血型是O型的。后来她平安地生下了一个男孩子，就是何凯歌。连同王季愚的立平、立凡，这些可爱的孩子都是在文学系的革命大家庭里长大的。

二

1944年6月，舒群同志来系任系主任，7月开学。从此，文学系就进入了最后的也是最有意义的一期。

历史赋予这期文学系的任务，是迎接抗战的最后胜利，为大反攻和解放全中国准备干部。为了适应这个任务，文学专业课程比以前集中，教员的阵容比以前扩大了，除了原来的同志，又增加了萧军、艾青、欧阳凡海和从晋察冀回来的邵子南、孙犁等。他们带来了深入生活创作实践的经验和许多新的见解。学员也注入了大量新鲜血液，有来自晋察冀、太行的，有来自国统区、敌占区的，有前几届的老学员，而最大的不同则是增加了一批陕北新学员和延中学生，给文学系带来了空前活跃的气氛。

为了给大批新学员准备过冬物资，延大开学后不久，统一组织了一支烧炭队，由教育科长张兴带队，到杜甫川去烧炭。鲁艺各系都抽调了人，文学系有苗延秀、张兆虎和我，我们几个人就在那次烧炭中建立了深厚的友谊，我们成天光着膀子，抢着斧头，钻在原始的黑梢林里伐树，衣服都撕破了。为了躲避倒木，彼此拉开一定距离，用唱和信天游保持着相互的联系，就像《诗经·伐檀》里我们的老祖先那样。有一次，美术系的苏晖砍了自己的脚踝骨，血流一地，正是听不到他的声音了，才被我发现的，我们把他抬到延安医院才脱离了危险，烧炭最要紧的是看火候，所以每到出窑时，都是张兴和陕北的同志光着身子钻进窑口去，往外递炭条，我们倒手传。每个人都是从头到脚一身黑，就连晚上擦身的水也是一盆黑水。那次共烧了 11 万斤木炭。当我们用驮骡运回桥儿沟时，受到了生产合作社的表扬，还给了我们一些工钱。我和苗延秀高高兴兴地跑到书店去，我买了一本《哈姆雷特》，老苗买了一本俄语读本，算是我们得到的最高的奖赏了。

后来因为缺床板木料，院部又组织了一次上山伐树锯木板，文学系派我和上届的冷冰、戈壁舟、思基、柳波、李南力、孙邦达这些强劳力去，我们在崂山搞了一个月。几乎每天晚上农场工人李敬喜都给我们唱道情，我吹箫伴奏，他还给我们讲过刘志丹东征的故事，那些密密麻麻的记录至今还保存在我的一本马兰纸本子上。

11 月间，正当我们展开学习的时候，王震将军率 359 旅主力奉命组成南下远征队，挺进湘鄂赣粤区，文学系的周立波、陈祖武、王燎荧和鲁艺的另外几个同志随军工作。当359旅开过桥儿沟时，大家站在沟口送他们。我忘不了和老陈、老王在东山住一个窑洞，还在一起吃野兔肉的那些日子，对他们依依不舍。最后，他们终于挣脱鲁艺同志们的手，走进了大军的行列。我万万没想到，那次竟成了与老陈的诀别，后来听到他在南下转战中牺牲的消息，我十分悲痛。

我不能忘记，从1945年开春以后，文学系加紧了文学专业学习。在石窑洞前那座大棚子里，我们听过萧军讲《〈八月的乡村〉创作谈》，何其芳讲《大后方的文化运动》，公木讲《民间文学论纲》，邵子南讲《〈李勇大摆地雷阵〉是怎么写出来的》，孙犁关于《〈红楼梦〉讨论的发言》，舒非讲《边区秧歌运动》。在大课方面，我们听了几次冀中代表关于游击战争和扩大根据地的报告，十分生动。差不多每个月都请《解放日报》的吴冷西来讲一次欧洲战场的形势。全院的学员围坐在戏音系排戏广场上，好几次都是我去做记录，所以听得特别认真。还请胡绩伟讲过《边区〈群众报〉的办报经验》，陈企霞讲过《〈解放日报〉的副刊》。他们这些报告给我后来从事新闻工作打下了思想基础。

在文学教学中，公木的满怀诗情以及他的长诗《鸟枪的故事》，邵子南的坚持民族形式的热情和追求，都给我留下了很深的印象。除了听课，还组织了学员创作实习，由邵子南、孙犁、孔厥等分别进行辅导，并分组讨论作品。

尤其令我难忘的，是舒群对我们的严格要求。在每次晚点名时，他都展望形势，要求大家加紧刻苦学习，一旦发现有的同志学习松懈，生活散漫，就毫不容情地进行批评。他经常强调文学技巧和群众语言的积累，同时要求我们多从中国和世界名著中吸收营养。那个期间，全系都读了《红楼梦》和宋人无名氏《碾玉观音》，并作了详细笔记。我如饥似渴地从图书馆借读了《虎皮武士》《沙逊的大卫》《瑟德堡的故事》《愤怒的葡萄》《饥民们的橡树》等上百部名著，所以和李石涵也成了莫逆之交。

现在想起来，在当时那样艰苦的条件下，鲁艺和文学系给了我那么多教育和创作实践的机会，而我后来却成了一名新闻工作者（在以后的发展中，有很多鲁艺文学系的同志成了新闻工作者），正说明文学与新闻工作是息息相通的，而鲁艺给它输送了人才。

三

1945 年 8 月 15 日，日寇无条件投降，中国人民抗战胜利这个伟大时刻到来了，延安举城狂欢！在桥儿沟，用草帘子点燃的火炬是从美术系烧起来的，接着文学系也烧起来了，戏音系也烧起来了。在一片震撼山谷的欢呼声中，火光烛天，照彻了整个山沟。

毛主席、朱总司令发出向东北、华北进军的命令。鲁艺师生纷纷接受任务，开赴前线，文学系除少数同志留延外，大部分都参加了东北、华北两个文艺工作团。东北团的团长是东北老作家舒群，文学系的团员有严文井、公木、天蓝、鲁果、雷汀、孙邦达、黄仁、肖彦、张邦来、续磊、陶萍和我。文抗的雷加、谢挺宇、高阳也加入了我们的行列。

一天，正当我们准备行装时，有一个电影团的同志背着照相机，到文学系来找人，恰巧被张兆虎发现了，他大叫一声："来照相了，大家快出来呀！"把全系师生 60 几个人都叫到山坡前边来。就这样，拍下了最后一期文学系出发前的那张历史性的照片。几天后，陈荒煤首先带领葛洛、胡征、计桂森等同志出发，去太岳区了。

我永远不能忘记，一向关怀鲁艺的周恩来同志去重庆谈判前，在欢送我们去东北的会上发表了讲话，号召大家贯彻毛主席在延安文艺座谈会讲话精神和鲁迅方向，把文艺普及到新区和全国去。彭真、丁玲同志也对我们提出了要求。我们听了，都受到极大的鼓舞。9 月 2 日，东北文艺工作团全体同志在鲁艺门口集合，周扬、萧军、萧三和各系师生前来给我们送行，一片熙熙攘攘，谁也止息不下来。最后，还是舒群喊了一声口令，我们终于整队出发了。我们就是从那里走向了东北和全国。

今天，当纪念我们母校 50 周年校庆时，我们看到，从鲁艺和文学系培养出来的很多同志成了社会主义文学、艺术、新闻、出版、教育、卫生等各条战线的骨干。很多朝夕相处的老战友已离开了我们，然而他们的作品，他们的劳绩、贡献和思想品德，还依然活在我们的心中。可喜的是，新一代的文学艺术战士正成长起来。希望他们坚持不懈地继承发扬鲁艺的革命传统，坚定不移地沿着鲁迅开辟的道路前进，为建设社会主义努力不懈，为创造新时代的文学艺术奋斗到底！

1987 年 12 月 25 日

在广阔的"课堂"里

——转战敌后的日日夜夜

尤 淇

一、跟随贺龙到前方去

1938年的初冬，我们离开了延安，跟随贺龙同志到前方去。

我们是一群鲁迅艺术学院的学生，是经过半年学习后到前方实习的，准备在前方实习半年后回校，再学半年后正式毕业。这是一种适应抗战需要的理论与实践相结合的新式的学制。我们中有学戏剧的、美术的、音乐的，但数量最多的是学文学的。我们这支文艺队伍的领队人，就是文学系教员沙汀和何其芳。

同学们对沙汀、何其芳都十分敬重，因为他们两人已是很有成就的作家了。沙汀擅长刻画人物，个个生动传神，是国内小说界公认的第一流的"雕刻家"。何其芳是诗人，也是第一流的散文家，他的《画梦录》是得了《大公报》文艺奖金的。缺点是他的散文过于朦胧，凡是读过的人都说看不懂，宛如读"天书"一般；但是，人人又都赞美他的散文词藻秀丽，意境飘逸，达到了国内无与伦比的地步。

据说，当周扬向贺龙介绍沙汀、何其芳的专长和特点后，贺龙捻着胡子笑道："龟儿子，两个宝，我都要！"

由此我想，贺龙喜欢我们的老师，他也一定会喜欢我们的。

二、雪

陕北的气候说变就变，刚交 11 月，一阵寒风，就飘起大雪来了。但也奇怪，正当它没头盖脑大落大飘的时候，又突然停止了。第二天，雪后放晴，天空显得特别湛蓝透亮。我们的队伍在贺龙同志带领下出发了。

我们没有想到，那时延安仅有的两辆大卡车，都给了我们。一辆载着我们鲁艺的这群学生，另一辆载着贺龙和他的随行人员。用汽车载学生上前方，这在延安是没有先例的，可能是因为有沙汀、何其芳的缘故。

因为是雪后，山路不好走，第一天我们的汽车只开到青化砭就过夜了。青化砭是深山中的一个小镇，不过 10 几户人家。因为这里有兵站，一切吃住都由兵站安排，我们到站后什么都不用管，铺好行李，便到街上溜达。贺龙从后面赶了上来。

"喂，艺术家们！"贺龙用他那敞亮的大嗓子叫道，"我带了你们一天队，可我还不认识大家哩，让我们互相介绍一下好吗？"他首先自我介绍说："我叫贺龙，有人叫我贺胡子，也要得。"

"贺师长，我早认得。"一个同学说。"我也认得。"一个长着一副娃娃脸的女同学跑上前去，跟贺龙握手。贺龙笑着说："你说你认得我，我说我也认得你。""娃娃脸"奇怪地问："我不信，你怎么会认识我呢？"贺龙大笑说："难道就只许你认得我，就不许我认得你吗？你若不信，我可以叫出你的名字。你叫'小皮球'，是唱女高音的，对吧？""小皮球"呆住了，她不知道应该怎样回答才好，因为她很难想象，一位身经百战的将军，怎么会知道她的诨名的呢？

贺龙继续说："我是军人，但也喜欢听歌。你们鲁艺有几个女中音，几个女高音，我都清楚，我都欢迎她们到 120 师来，可惜你们学校不肯放。"

贺龙说完，就去拉沙汀的手，要沙汀一个一个把我们介绍给他。

"我只认识文学系的，"沙汀为难地说，"我对别系的同学认不得几个。"

贺龙装出很神秘的样子笑着说:"你说不出,我说得出,我来介绍。"他一把拉住一个反穿着羊毛筒的男同学问沙汀:"这个你可认得?"

在沙汀为难地掉头询问何其芳的时候,贺龙悄悄地问了这位同学的姓名和专业,然后大声宣布说:"他叫成荫,是学戏剧的。这可好,我们的战斗剧团多了一位演员,战士们有戏看啰。"他对成荫上下端详了一番,发现这人沉着机警,不慌不忙,看来是个肯用脑筋的人,便马上加上一句说:"我看你不仅会演戏,而且是个好导演,希望你给我们部队多导几个好戏。"

贺龙说完后,便朝沙汀看看,两人相视大笑。

沙汀、何其芳把我们所有同学向贺龙一一介绍过后,贺龙忽然拍拍何其芳的肩膀说道:"喂,诗人,我指一样事物问你,看你能不能回答?"

何其芳的脸一下涨红了,他有点紧张,唯恐答不出来,在几十个学生面前不好看。他一步躲到沙汀背后说:"你别考我,你考沙汀,他比我强。"

何其芳与沙汀同是四川人,抗战初期同在成都做救亡工作,两人的友谊很深。沙汀在战前的上海就是左翼作家,那时何其芳还在他自己描画的迷梦中踟蹰。何其芳的进步,与沙汀的帮助有一定关系,因而当他遇上困难的时候,总要求助于沙汀。

贺龙把他抓住说:"你想溜,这可不行,我非考你这位大诗人不可。"贺龙便指着前面一半有积雪一半没有积雪的山头说:"为什么青化砭这里的气候这样特别,半个山头下雪,半个山头不下雪?"

何其芳扶了扶他那高度近视的眼镜,左思右想,答不出来。

贺龙看看沙汀,意思是要沙汀代何其芳回答。沙汀懂得半面积雪的道理,但他是个精明人,他不去加重何其芳的难堪,因此笑而不答。

贺龙就对我们说:"不是这里的气候特别,也不是雪下得不匀,问题在于向阳的山坡地温高,下的雪很快就化了;阴坡的地温、气温都低,雪就化得慢些。冬季在前方行军、作战,可以用它来辨别方向。从积雪扩大到战场上的一草一木，一人一物，都是很重要的物象，任何时候都应细加观察。"

贺龙常自称是个"粗人"，其实他思考问题是十分精细的。

三、马

每天早晨临上汽车的时候，贺龙总要发一通议论，说坐车不如骑马痛快，更不如骑马自由，万一发生情况，坐汽车只能挨打，马则可攻可守，可停可溜。

好容易坐了 3 天汽车，我们来到了米脂县，汽车就到底了，非改骑马不可。贺龙好像获得了解放，跳跳蹦蹦，十分活跃，简直成了一个青年人。了解贺龙历史的人，都知道贺龙从来就是一位外貌庄重，而内心却热烈似火的人。他自己跑进马厩，挑了他喜欢的一匹，抢起马鞭，先在无定河边的滩地上跑了一圈。当他跑回来的时候，像是抽烟的人满足了烟瘾，哈哈大笑说："还是马好，叫人舒筋活血！"

他还亲自从马厩里挑了两匹老实一些的马，给沙汀、何其芳骑。因为我们的老师有马骑，连带我们这些学生也受到了优待，每人都给了一匹，不过比较杂，有马、有骡、有驴。

贺龙给何其芳的是一匹大青马，给沙汀的是一匹小红马。何其芳看着高头大马有点害怕，对沙汀说："老沙，你骑大青马，我骑小红马。"

沙汀还没有答腔，贺龙插言说："诗人，你是头次骑马，对这些马还不了解，我告诉你，这匹大青马善良，比较好骑。那匹小红马，你别瞧它不起，它是云南红鬃烈马的后代，个儿虽小，脾气很大，怕你这个高度近视的人驾驭不了它，给老沙刚好。这马是我们在长征途中打下沾益时的战利品，在长征的一路上它建立过不少功劳。"

何其芳没有再说话，他牵着大青马转了几个圈子，证实那马确实和善，他便大起胆子，攀着鞍背骑了上去。谁知那马只走了几步，便不走了。好似那马已摸清了何其芳的底细，原来是一个从未骑过马的新手，又笨又重，很不愿意为他效劳。

何其芳坐在马背上发急，他用脚后跟猛踹马的肚子，以为它一挨踹就非往前走不可。不料那大青马越发恼火，它不前进，反而后退，一直退到了一个墙角里，以至于把何其芳的大腿都撞痛了，痛得他发出"吁吁"的怪叫。

贺龙跑过去，把马从角落里牵出来，对何其芳说："诗人！骑马先要抓住嚼辔。上了马，你只要把嚼辔轻轻一提，马就会乖乖地向前走。你如今是空手上马，被马一下子就看透了你是一个外行。"

何其芳依言抓住了嚼辔，轻轻一抖，那马果然提步向前了。可是只走了几步，那马便摇晃起来，东一倒，西一歪，看样子它是下了决心，非把何其芳摔下不可。

贺龙在旁边连连喊道："把嚼辔勒紧！勒紧！"

何其芳不懂如何"勒紧"，他一股劲地把嚼辔提了又提，抖了又抖，双脚还不住地踹踢着马的肚皮。大青马便发起火来，它突然向前一窜，使浮坐在鞍背上的何其芳失去了平衡，全身后仰，两脚朝天，从马屁股上滚落了下来。

我们都跑过去扶他，问他摔痛了没有。贺龙认真地说："摔跤哪有不痛的，但要学会骑马就不能怕摔跤。部队里有句老话，叫作'马看骑手，枪靠兵'，骑手敢于冲锋，马就能冲火海，'老套筒'一样能消灭敌人，全看战士的基本功好坏。"

四、我成了"打扫战场的人"

我生长在江南水乡，从来没有骑过牲口，只好挑一匹小毛驴来骑。那时我不了解，小毛驴外表老实，内心里却"鬼"得厉害。我自恃人高腿长，骑只小毛驴是不成问题的，于是一跨而上，洋洋自得地走上了去葭县的山道。

不过，终究因为是第一次骑牲口，我的身躯的摆动不能与驴的步调相合拍，总觉得咯咯噔噔，东摇西晃，十分费劲。那毛驴儿好像也受不了我的别扭，它几次尥起蹶子，把我摔下了地。好在毛驴儿不高，摔下来也不痛。

被摔了几次，我就摔出了经验，我在驴背上不再挺胸凸肚，而把腰杆儿软化、随驴身的摇摆而摇摆，并把双腿夹紧。这样，它几次再想摔我，都没有再把我摔下来。

过不多久，我们正要穿过一个村庄，那小毛驴儿忽然灵机一动，直向一家的小门洞里钻去，我拉勒不住，上身撞上石头的拱券，被摔了下来，而且擦破了额头。这就不得不叫我重视起这头小毛驴来，我牵着它走了很远，让它的气儿平静了下来，我才敢再骑它。

这一天，我有一半的路程是牵着毛驴儿走过来的，因此摸黑走到葭县兵站的时候，我成了最落后的一个。

贺龙大概比我早到 3 个小时，他骑马，速度快。他看到我们之中有不少人跌伤了手脚，就请了一个医生给大家治伤，好在都是皮外伤，不甚要紧。

贺龙点过人数后，诙谐地指着我说："这位大个子同志，是最后一个打扫战场的，他也平安地到达了，现在可以开晚饭了。"

五、夜过同蒲路

到晋西北 120 师的师部后，我被分配到战斗宣传队当文化教员。我听人说，贺龙有三宝：战斗篮球队、战斗演剧队和战斗宣传队。因此，我能被分配到贺龙的一个宝队去工作，使我十分高兴。

战斗宣传队实际上是个娃娃歌舞队，队里除了队长、指导员、管理员和文化教员是成年人外，全部队员都是小孩子，大的十三四岁，小的只有十来岁。他们的文化很低，高的念过两三年小学，低的一字不识。

我在队里只教了 1 个月书，我们的宣传队就跟着贺龙的大部队一起向冀中出发了。

我们行了几天军，到要过同蒲路的那一天，队长交给我 3 个孩子，要我负责帮助他们。他们之中，一个 10 岁，一个 11 岁，一个 12 岁。我问他们是怎样到部队来的，3 个孩子都说，是日寇到了他们的家乡，烧了他们的村庄，杀了他们的父母，他们成了流浪儿，被贺龙收容来的。这一听，我觉得我的肩上仿佛压上了一副重担，我有责任要把这些孩子带好，首先要把他们平安地带过同蒲路去。

在过同蒲铁路的前一天，我们在静乐县东边的山沟里休整了一天，做了一些必要的过路准备，如修补鞋子，补充白色毛巾（黑夜围在脖颈上当作联络记号），准备过路的干粮等等。干粮是发给每人两斤做好的面饼；另给一只可以套在脖子上的长长的米袋，里面装着四五斤小米。这两种粮食是每个人都有的，十来岁的孩子也不例外。

据队长在出发前的动员会上讲，从出发地到同蒲铁路，有 70 多里，从下午两点开始走起，到半夜 12 点左右通过。过了铁路，还要走 70 多里，才能进入晋察冀边区的安全地带。

我们的队长讲完话后，贺龙同志骑马来到了我们的宣传队，他认真地检查了每个孩子的鞋袜、腰带、挂包、米袋、毛巾等等，看穿戴得是否合乎标准。他指出了一些不合格的地方，然后讲话说："这次过封锁线，你们不用害怕，我们分 3 路过路，你们走在中间，两边有大部队保护你们。在敌人的每个据点和碉堡跟前，都有我们的部队埋伏着，只要他们敢动一动，我们就把他们敲掉。"

贺师长的这几句话，简短有力，给大家以极大的鼓舞，也给我增强了过路的信心。

下午两点，我们准时出发了，直到晚上 7 点，我们大约已走了 40 里路，步伐虽快，但步幅均匀，走来不觉吃力，孩子们也都能跟上。但是一到天黑以后，离远一点就看不见前面的人影，又是快近铁路，前面的队伍加快了步伐，后面就开始跑步。

孩子们背着背包、米袋，人小步小，要用比大人快一倍的脚步，才能跟上前面的人。我真是佩服这些小八路的能耐。

那个12岁的孩子叫罗田，他在黑暗中看见前面的人摸铁轨，他也匍匐下去抚摸了一下，然后兴奋地小声地对我说："教员，原来火车是一根铁棍。"

铁轨不能称为铁棍，当然更不是火车，但此时不是讲解火车的时候，我只得对他说："别说话，快跑步跟上！"

这时右前方响起了枪声。接着，由前面传下来口令："883跑步到前面来！"

"883"是警卫连的代号，把他们调到前面去，可见前面发现了紧急情况。

所有正在过铁路的队伍都大跑起来。"883"很快赶了上来，他们像猛虎一样地穿过我们宣传队的队伍，把我们的队伍插乱，把我负责照看的3个孩子都插丢了。

我跑前跑后地寻找了一遍，好容易才找到1个孩子，他是年纪最小的一个，名叫林小耕。我怕他再跑散了，便拉着他的手一起跑。过了铁路后，大约跑了1个小时，右侧的枪声才稍稍稀落下去。

我们依旧毫不停顿地跑着。我跑出了一身又一身的热汗，把里面衣裤都湿透了。一阵风来，塞北的严寒钻入肌肤，冷到叫人咯咯打战。林小耕的小手捏在我的大手掌里，起初也是一阵一阵地出着热汗，后来热汗变成了冷汗，冷汗使他的小手掌变成了冰冷的疙瘩。

我开始感到体力不支，自然而然地放慢了脚步，并注意寻找路边有没有比较合适的石头，准备坐下去歇一歇。有一位从我旁边跑过去的同志警告我说："喂！同志，这里还是敌人的封锁区，不能休息，快往前跑！"

我真不明白，我们过了铁路后已跑了两个多小时，为什么还没有跑出封锁区？还要跑，那就继续跑吧。我紧拉着林小耕的手，发现他的步子越跑越小，到后来简直是我在拖着他跑了。

我开始向林小耕鼓动说："我说小耕，咱们一起鼓起最大的劲儿来跑，顶多再有一个小时，一定可以到达咱们的晋察冀根据地，那就什么也不怕了，我们可以坐下好好休息一阵。"

小耕听我这么一说，忽然"哇"的一声哭了起来，他瞪着眼泪汪汪的眼睛对我说："教员，我实在跑不动了。"我停了下来，蹲下去对他说："那我们就不跑了，慢慢走可以吗？"小耕还是哭丧着脸说："走也走不动。"

我只好鼓励他说："从昨天下午开始，咱们已经走了100里，光跑步，就有40多里，这真是大大的英雄啊！你是英雄，我也是英雄，两个英雄，要把英雄的事业干到底！"这当然只是鼓励的话，光讲鼓励话是不能解决问题的，所以我又说："小耕，你把米袋给我！你减轻了一点负担，就可以走了。"

林小耕受到了鼓励，又减轻了负担，果然迈开步子就走了，走得还蛮轻松。我拿过他的米袋，加到我的脖子上的米袋上。这一加，两只米袋压住了我的耳朵，我突然感到这两只米袋的重量，不是10斤，而是有几十斤似的。

我们刚走了几步，后面有一支武装队伍跑了上来，催促我们不要停留，不要慢走，要跑步前进。因为我的脖子上套了两只米袋，行动不便，便放手对小耕说："我不拉你了，你跟着我慢慢跑吧！"

我们两人一起又跑了大约半个小时，仍然是在山沟里转，看不到一个村庄和一间茅屋。这时我的体力已消耗将尽，两腿发软，身体摇晃。正在这时，我一脚踢到了一块石头上，使我冲出好远，跌进了路旁的一条山沟里。

我没有时间去考虑自己的伤痛，我自觉有责任应该立即爬起来，立即跟上队伍，不能在这里掉队，成为日寇的俘虏。

当我跌进沟里的时候，我还听到小耕大喊了一声："教员掉到沟里了！"我还对他说："别叫喊！这沟不深，我自己会爬上来的，你一个人先往前跑吧。"我爬出山沟，摸上正道，没有看见小耕，我想他一定是独个儿往前跑了。我也就一个人瘸着腿一步一步地往前跑。

我跑了一阵，才感觉到我的身上好像少了一点什么东西，我上下一摸，才发觉我背着的两只米袋不见了。这一丢失使我顿起恐惧，因为在敌人后方，军粮跟子弹一样重要，丢失是要受军纪处分的。但我已无法找到它们。这一突然袭来的恐惧使我失去了仅剩的一点力量，使我瘫倒地上，再也站立不起来。

幸好这里已离杨兴镇不远，有个老乡清早起来拾粪，发现了我，把我扶到他的家里，暖和了一阵，又马上送我上路。我那时真是又饿又渴，很希望那老乡能给我一个馍和一碗水喝，谁知他什么也没有给我。当我稍稍能活动的时候，他马上催我上路，他说："同志，这里是游击区，黄狗子（日伪军）每天一早就要来巡查，走慢了危险。"他领着我走出了杨兴镇的东街。刚出街，黄狗子就进了西街，向街里打了两枪。这两颗子弹就像追逐我似的，从我头上呼啸而过。我拔腿就跑，也不知从哪里来了力量，一口气跑了 15 里路，一直跑到了我们宣传队的宿营地。

当我走进队部门口时，见有一个人正在院子里查点宣传队员的人数，他就是贺龙，贺龙高兴地笑着说："不错，不错，一个也没有丢失，真是我们'老八路'的好后代！"

他看见我一瘸一拐地走进院子，拍着手掌大叫道："哟！又是你，最后一个'打扫战场的'回来了。"

"报告！"我以站立不正的姿态向他敬礼说："我丢失了两只米袋，要求组织上给我处分！"

贺龙向我挥手致意说："刚才有个小鬼向我报告，说你一路上很负责地照看了他，才使他顺利地通过了封锁线。你有功，就将功折罪了吧。"

六、当了 33 天记者

过了同蒲铁路，我们在五台山下的阎家村休息了几天，适逢 1939 年元旦，孩子们给群众唱歌跳舞，中午吃肉会餐，过得很热闹。

在阎家村休息的最后一天，我得到了新的任务，师政治部要我去当

《行军快报》的记者。这事正巧，落实了周扬同志对我的评论。

我到《行军快报》工作以后，才知道这是一个十分难干的工作，我既要采写，又要编稿，还要刻蜡版和印刷，经常忙得没有时间睡觉。我只能在行军中休息，那就是边走边睡——脑子在休息，而双腿还在走着。这种奇特的休息方式，不到前方的人，是根本无法想象的。

有一天，我在行军中睡着了，前面的牲口暂停了一下，我依然闭着眼睛往前走，撞到了一匹骡马身上。那匹骡马受了惊，尥起后蹄就给了我一蹶子。幸好踢偏了，只踢破了我肩头的一层皮。它把我的瞌睡吓醒了。

几天以后，我们通过了平汉铁路，到了东进的目的地冀中军区。

由于是贺龙率领几千人的大部队通过平汉铁路，第二天就被平津的敌伪军所侦知，他们从早到晚都派出飞机，在我们的活动地区上空打转。就这样，我们在白天根本无法活动，只好隐蔽睡觉，把部队的运动改在晚上。《行军快报》也就不能出版了。不久，师政治部正式通知我，把我编到沙汀、何其芳的一个小组，主要任务是随军实习，收集材料，准备进行文艺创作。前后算起来，我在《行军快报》只待了33天，出了五六期油印的快报。在沙、何小组里，有我鲁艺文学系的同班同学艾提、浪淘（曾扬清）、张非垢、岳瑟、莫耶和黄慕海（吴微）等。

七、酒

我离开了《行军快报》，又回到沙汀、何其芳等的小组里，这就更加增加了这个小组的知识分子成堆的书生气。这一堆人聚到一起，有说有笑，不仅减轻了行军的疲劳，还增加了行军的乐趣。

有一天夜晚，当大家走得疲惫不堪的时候，沙汀忽然建议说："等咱们发了津贴，打一壶酒带上，谁瞌睡就喝一口，一定再不会这么累。"何其芳首先赞成沙汀的建议，其实他那时还不大会喝酒。

过了几天，每人一月一元的津贴发下来了，我们每人各自扣下5毛钱零用，交出5毛钱作为集体打酒的投资。那时白酒才1毛多钱1斤，牛羊猪肉的杂碎也是 1 毛钱 1 斤，有了这笔资金，很可以喝几次的。开始时是轮流打酒轮流背，谁想喝时就向他要。执行的结果很不理想，总是背的人偷偷地喝得多，等到有人想到要喝一口酒冲冲瞌睡时，那酒壶已经空了。于是便改成临时打酒轮流喝，一轮到底，喝光为止。

有一天，我们夜行军到安平县的子文镇。这是一个大镇，因已夜深，店铺都已关门，只有街梢的一家小店，从里面还透出一线红光来。艾提走过去轻轻一敲，小门就打开了。店主是个老人，很和气地说："烟有，酒也有。"

这时是 3 月初旬，在冀中平原上还很冷，每人的眉毛、胡子上都结了一层薄薄的冰霜。部队穿过子文镇是为了来找向导的，向导一时难找，大部队便靠着街边临时休息。沙汀是个瘦子，最怕冷，他下了马，一边跺脚，一边哈手，一股劲地叫着："冷啊！冷啊！"可是当他一听说小店里有酒卖时，马上兴奋起来，用浓重的四川腔对何其芳说："老何哎，快拿缸子啰，有救（酒）啰！"

"救啥子么？"何其芳的近视很深，他看不见小店里的灯光，因而莫名其妙地问。

"我说你哟，"沙汀急不可耐地埋怨何其芳说，"你的眼睛近视，你的鼻子做啥子去啰？"

提到鼻子，何其芳醒悟了，马上从肩上卸下背包，从包里拿出一只大缸子来。这只洋磁缸子是特大号的，真是个宝，可以用它洗脸，还可以用它擦澡，用它打酒，至少可以装上 5 斤。这只特大号洋磁缸子还是瑞典国的产品。据何其芳自己说，是他在战前得了《画梦录》的奖金后买作纪念的。他万万没有想到，这只"做梦"得来的缸子，竟然会到抗日战场上来大派用场。

我们出于对老师的尊敬，跑腿、打酒等杂务事儿一向都是由我们几个同学包揽的，这次正好轮到我和艾提。

我用那大缸子打了两斤酒回来，沙汀早就远远地伸着手在等着了。艾提叹着气对沙汀说："可惜没有下酒的菜。""要啥子菜哟,白酒白吃更有劲啰。"他接过缸子就喝,咕嘟咕嘟地就像喝开水一样。

何其芳急了,在一边嚷嚷道："老沙哎,我说你该积点酒德啰,也该留点给别人尝尝酒味哟!"沙汀不理他,直到他喝足了,过了瘾,才一抹嘴巴,把缸子递给何其芳说:"现在要看你的酒德啰。"

何其芳原来是不大会喝酒的,但在我们实行集资喝酒以后,他也怕少喝了吃亏,那酒量便越喝越大。他从沙汀手里接过酒缸后,便把眼镜和脑袋一起钻进了缸子里。

"老何,"沙汀乘机反击道,"看你的酒德多好哟,钻了进去就不想出来啰。"

八、突围

武强县在河北省中部,抗日战争时期归晋察冀边区的冀中军区管辖。过了武强往南,那就属于冀鲁豫边区的冀南军区了。因此,武强是敌人分割我两个边区的一个重要据点,过去我们一直不到它的附近去活动。

贺龙同志到了冀中后,平津敌人惊恐异常,增调了越来越多的日伪军来对付我们,使我们天天作战,日日转移,4个月内进行了大小近百次战斗。其中比较重大的战斗有:2月的河间县城西曹家庄战斗,歼敌450多人;3月初的河间西黑马张战斗,歼敌200多人;3月下旬连续多天的反扫荡战斗,歼敌1000多人;4月下旬的齐会战斗,歼敌700多人。

日寇吃了亏,便更加疯狂,从5月开始,他们从平、津、保、沧等处抽调力量,分兵合击,向我冀中进攻,迫使贺龙同志不得不离开冀中腹地,向献县、武强、深县一带边沿地区转移。

在一个伸手不见五指的黑夜里,贺龙同志领着我们悄悄地钻出了敌人的合击圈,向南疾走,直走到离武强县城不远的地方。这一夜我们一口气走了10个小时,没有歇过一次,是我们进入冀中后从来没有过的。

到天将微明的时候,我们总算在一条河滩上停顿了一下。由于过度的困乏，许多同志一停步就睡着了。我怕睡着了难醒，便再一次拿起我的水壶。我轻轻地摇了它两下，听到里面发出"咣当"的声音。这种"咣当"声有十分奇妙的力量，它能使我的精神为之一振，把瞌睡赶掉了一半。奥妙就在于这个壶里晃荡的不是水，而是酒。原先我们和沙汀、何其芳两位老师是"合资"喝酒的，后来因为有人常下连队，人数难于凑齐，便改成了"各自为政"的政策，我也就把水壶改成了酒壶。由于实在困乏，我在不知不觉间竟把壶里的剩酒全部喝光了，只剩下一个轻飘飘的空壶。

从河滩上继续前进，大家都在盼望赶快进入村庄，准备宿营，因为"夜行晓宿"已成了我们到冀中后牢不可破的习惯。

谁知这次大大的不然，我们的队长站在一条十字路口，面带紧张的神情对我们说："前面发现敌人，大家一不要声张，二不要慌乱，紧跟队伍向前跑！"

我们跑上了河岸，才发现在薄雾蒙蒙的河对岸，有一大队敌人也在跑步，他们好像是要往前去寻觅渡口，以便渡过河来截击我们……

我们在贺龙同志亲自率领下，迅速掉过头来，向敌人的相反方向跑去。

我们是一支几千人的队伍，就像一条龙那样，在薄雾中一忽儿向东，一忽儿向西，与敌人展开了捉迷藏式的大赛跑。这条龙的龙头，就是贺龙。

武强北面本是一片开阔的大平原，村庄很密，交通方便，后来因为要阻挠侵占武强的敌人出来骚扰，把所有的道路都破坏了，使日寇的机械化部队寸步难行，当然也给我们自己的运动增加了困难。不过两相比较，还是对我们有利一些。

这一天，敌人是下了决心要捕捉到贺龙的，他们用了四路兵力，分进合击，结果却扑了一个空，被贺龙这条善于钻缝过隙的神龙钻了出来。

我们虽然钻出来了，但军需物资也丢了不少。我个人也有重大损失，那就是把那只盛酒的水壶丢了。

九、甘泗淇对我的贬褒

贺龙在冀中转圈打仗，打了7个月，大小打了100多仗，总共毙伤俘敌人4900多人。由于有吕正操将军的配合作战，有冀中人民的全力支持，贺龙的部队越打越勇，越打越强，越打越大。贺龙刚到冀中时是6000人马，打了7个月，超过了21000人，真是人强马壮，气吞山河。

我们在部队的实习期到5月份就满了，大家准备回延安鲁艺进行后期的学习。

有一天，正是7月盛夏，青纱帐逐渐长高成林的时候，我们辗转到了滹沱河边，师政治部主任甘泗淇同志找我去谈话，他笑嘻嘻地迎接我说："你来了，咱俩只见过面，还没有正式交谈过。今天咱俩好好谈一谈。"

我说："我也这样想，哪能在部队里待了七八个月，不跟首长好好谈一谈呢。"

甘泗淇道："无巧不成书，咱俩竟然想到一块了。"他接着就说："我请你来，不为别的，是要跟你商量一件事，希望能得到你的支持。"

他这么客气地待我，要跟我商量问题，还希望得到我的支持，真使我有点紧张了起来：因为我是一个普通的学生，并没有什么值得他跟我商量的地位和价值。我没有进过大学，连高中也没有读过，只在无锡一家制丝养成所办的练习班里学了两年养蚕缫丝的技术。所以我只能朝甘泗淇看看，看他要说些什么，我则难以发言。

甘泗淇接着说："我就直截了当地说吧，你来到我们部队后，表现很好，很能吃苦耐劳，给我们留下了很好的印象。现在你们实习期满，大部分同志都要回去，这是没有办法的事。但是，我们部队又很需要有文化的人，因而就想个别跟你谈谈，希望你能留下。"

甘泗淇的几句话，竟像向我头上打了一个晴天霹雳，打得我半身冰凉。我主要是舍不得我在鲁艺文学系还有一年的学习。我的父亲是个小学教员，我8岁时他死了，死后家境贫困，全靠母亲一人在纱厂里当女工养活我们一家，因而在我读了 4 年初小以后，母亲就跟一位木匠师傅商量，请他收我做个小徒弟。正当我收拾行李，要去师傅处的时候，我的叔父尤冠群（尤家坦小学校长）对我母亲说："阿嫂，说句不好听的话，你就是当了裤子，也应该让孩子读到中学，让他有点知识，才能干什么都能上手；现在就去当学徒，永远是个粗工。"我母亲听了叔父的话，借了钱把我送进了寄宿的东林小学，后来还进了县立无锡初级中学。在初中读了 3 年，我看到母亲实在负担不起我读书的费用，便偷偷地去考取了那家丝厂的练习班，因为那里不仅有书读，还不要学费，不要膳费，不要宿费，每月还可得到两元钱零用。抗战爆发后，我流亡到了武汉，认识了作家舒群，承他热情帮助，把我介绍给了在延安鲁艺担任文学系主任的周扬同志，我才好容易地得到了这个学习机会。所以当甘泗淇要中断我这个学习机会时，我真是慌得手足无措。我僵立在他的面前足足有 3 分钟之久，开不得口。

甘泗淇转为严肃的语气说："部队是一个锻炼人的地方，有写不完的材料，你如果真想成为一个有成就的作家，还是留下来好。"我依然不语不言，因为他不了解我，我无法跟他谈心。

甘泗淇见我不说话，又见我面部是极不高兴的表情，所以知道我不愿意留下，便稍带谴责的口气说："一个人的价值，是要看他对民族解放战争和人民事业作出多大贡献来判断的，现在前方在浴血抗战，革命青年正应该拼战疆场，马革裹尸，视死如归才对，你怎么可以脱离战场呢？"

他逼得我不能不说话了，我说："甘主任，我知道前方需要人，我也知道我对抗日战争负有一份责任，我决不逃避这份责任，但是现在，我在文学系只学了一半，这学校是党中央办的，它分两期来办是有道理的，你应该让我回去读完剩下的一半。一年以后，如果你们还需要我，我一定回来，这就算是咱俩的君子之约好吗？"

甘泗淇在房子里来回地走了几趟，见说不动我，便长长地叹一口气说："我做了一辈子政治工作，满以为一定可以说服你的，谁知你也不肯留下，可见知识分子的思想是十分复杂的，复杂到难于捉摸的程度。"

我看到他松了口气，便说："甘主任，你宽宏大度地让我们回去，使我们永远保留着对贺师长、对你、对 120 师的良好回忆。将来有用得着我们的地方，我们一定会全力以赴的！"

谈话结束后，我正要走，他把我叫住，说："还有一件事，我要跟你说一下，因为你的为人，我认为还是蛮正直的。有一个国民党军事委员会派来的联络参谋，跟我们一起来到冀中，我们天天打仗，他是见到的，可他回到重庆后，居然大放厥词，说贺龙率部进入冀中后，游而不击，与华北敌寇相安无事云云，完全是造谣污蔑，破坏抗战。你到延安后，如有可能，写点敌后战场见闻之类的东西，驳斥他一番，也算是你对敌后军民的一种极好的支持。"

我愤慨地说："这人我见过，真是太无耻了，我会写点东西驳斥他的！"

十、尾声

我们于 1939 年中秋回到延安。不久，鲁艺就从延安北门搬到了桥儿沟。我们文学系第一期的一部分同学，与第二期同学一并上课，在桥儿沟那个幽静的环境里又读了一年。

鲁艺搬到桥儿沟后，周扬同志担任了鲁艺院长，何其芳升为文学系主任，沙汀、茅盾、周立波、舒群、荒煤、严文井等是我们文学系的教员。沙汀写了《贺龙将军印象记》一书，在重庆出版，给了那位造谣污蔑的联络参谋以粉碎性的打击。我运用那夜牵着小宣传队员越过同蒲铁路的经历，写了一首 300 多行的长诗，名叫《英雄曲》，获得了 1941 年延安鲁迅青年文学奖的二等奖。此诗后来由舒群把它介绍给了叶以群，发表在重庆出版的《文艺月报》上，一时曾震动了大后方的诗坛，有许多人对它发表了赞扬的评论。

正当我意气风发，在写作第二首长诗《禹门渡》的时候，康生发动了"抢救运动"，使我蒙上了莫须有的罪名。这个天大的打击，曾使我痛不欲生，万念俱灰，一气之下，烧毁了《禹门渡》的初稿，并发誓从此再不与文艺界相接触。1944年冬，在鲁艺政治部主任宋侃夫同志代表院党委恢复了我的名誉之后，我当面向周扬同志提出请求，愿意转到自然科学院的机械工程系学习。在得到他的允准后，我考取了该校，并一直读到日本投降。

回想我在鲁艺6年，曾受到了很好的艺术教育，特别是随贺龙同志去敌后辗转战斗的7个月，对我是极大的锻炼，到如今我还感到那段灼热岁月仍在给我以温暖和鼓舞。至于后来我在文艺创作上一无所成，虽与康生的"抢救"运动有关，但主要还在于我的专业意志不专，个人受不起丝毫打击，这是很对不起我的母校的。

1939年12月初稿

1987年12月抄改

青春火样红

柯 蓝

两次和鲁艺有缘。

我 1937 年到山西八路军总部学兵队学习，1938 年 3 月到延安。这时，我刚 18 岁。由于我酷爱文学写作，听说延安成立了延安鲁迅艺术学院，便离开八路军随营学校到鲁艺去报考。我的姐夫向隅正好在鲁艺音乐系当教员（他是第一个带着小提琴到延安参加革命的人），我向他打听。他说鲁艺刚刚成立，只有戏剧系、美术系、音乐系，还没有文学系，要明年才成立文学系。你要不要先进来，到时再转到文学系去。我想他的话不错，便问：“那你看我先进哪个系？”他大概看我在长沙参加抗日救亡活动时唱救亡歌曲嗓音粗低，又洪亮，便说：“你考音乐系吧！”说着，他便把我领到鲁艺音乐系主任吕骥同志的窑洞里，做了一番介绍。吕骥同志见我说湖南话，便说：“我也是长沙人。我考考你吧！”我生平最怕考试，现在又是考我一窍不通的音乐。我不识“豆芽菜”，又不识简谱，是个地道的音盲。我的心跳得厉害。他却随随便便坐在我面前，说：“你先唱个三拍子的歌，自己唱自己指挥打拍子。”我便站起来唱了一个救亡歌曲，边唱边指挥。好像他没让我唱完，便笑着说：“你的嗓音不错，是个好 Bass。”接着，吕骥同志就很坦率地说：“我看，你就不要进音乐系。等有了文学系，你再来考文学系吧。”说着，他就和向隅谈他们的事去了。我只对吕骥和向隅说：“你们什么时候成立文学系，要马上告诉我啊！”

我第二次报考延安鲁艺，已是 1939 年的二三月。那会儿我从抗大、陕公学习毕业，被派到延安地区人民政府工作。由于我的一再请求，组织上经过再三说服无效，终于派我到鲁艺文学系去学习。这种由组织上派送，就不用什么考试。当时文学系主任是刚从苏联回来的著名诗人萧三同志。文学系的同学也不多，同期的有黄钢、洪流、司仃、林蓝等十多个人。当时好像编了一个墙报，是我们发表习作的园地。当时参加了延安许多次诗歌朗诵活动。天蓝同志的一首《队长骑马去了》长叙事诗，是描写抗日游击战争的，受到大家的欢迎，给我留下了深刻印象。光未然同志的《黄河颂》（即《黄河大合唱》）在延安大礼堂演出时，我也是在鲁艺读书时去参加听的。这时期，鲁艺还在延安北门外的窑洞里，文学系还不太正规，主要靠自学，生活也很艰苦。春三月下大雨，山路滑，在山上用水十分困难，轮流值日，下山打水的都是男生。水挑上来，由萧三同志亲自给学生用洋瓷缸子分水。两三个人共用一盆水洗脸，挤在一起嘻嘻哈哈。精神上无拘无束，十分快乐。刚从苏联回来，学过舞蹈的徐一新同志，是学校的教导主任。他每天带着全院学生上早操，还领着队伍上山开荒，使我们的紧张艰苦的生活，增添了活力。但学校的伙食太差，由于陕北贫困，加上国民党军队的包围，每天三餐是粗糙的小米和水煮洋芋片，上面没有一点油花，日子久了实在叫人吃不下去。有一次我饿慌了，走进伙房，看见有一个油缸，知道是炒菜用的，趁无人之际，便偷偷用小勺子舀了两勺浇在热饭上，谁知一吃到嘴里，又苦又涩。可见我当时多么缺乏生活知识，这种没有熬熟的小蓖麻子油，是吃不得的。生活这么苦，便常常找熟人、同乡请客，到延安唯一的饭馆——机关合作社去打一次牙祭。有一次星期六晚上，我们同系有两位同学，都是湖南老乡，在山坡下石头边，睡倒在地上，我走过去一看，这两位竟是酒气熏天。出了什么事？打听了两天，他俩才吞吞吐吐地透露，是为了女朋友的事。看来，在延安充满战争气氛的紧张生活并不单一，而是十分多样。

我们文学系慢慢走上正轨，是从延安北门外搬到离延安 10 里路的桥儿沟以后的事。我们文学系和美术系住在一排高大的石砖窑里，就在大教堂的后面，比北门外的土窑好多了。这时文学系的老师，除原来的严文井同志，又增添了从前方回来的沙汀、何其芳两位老师。好像何其芳同志多管一些系里的事。譬如我和贾芝、葛洛负责编的墙报《路》上面的稿子，他都亲自看。我们学员写的稿件、习作，也是他拿去一一批改，提意见。我有一篇习作《牛车上》，是不到3000字的散文，他看了以后，为了鼓励我，由他亲自推荐到大后方重庆的《民国日报》上发表。这是我的第一篇处女作。他这种培育文学青年的精神，一直鞭策着我，也是我现在乐意和青年朋友交往的原因。

到1952年，我在上海市文联创联部工作，章靳以同志是创联部主任，夏衍同志要我协助他当副主任，一起共事时，我讲到11年前何其芳同志帮我给《民国日报》转稿的事。他记忆真好，还说把登出的报纸也寄给延安了。他说他当时是副刊的主编。何其芳从延安转给他的稿子不多，后来由于封锁，稿件就收不到了。随后文学系又增加了沙汀、周立波和陈荒煤三位老师，他们给我们讲名著研究，特别讲解鲁迅先生的短篇和外国小说《安娜·卡列尼娜》对我的帮助与印象最深。我们这期同学有贾芝、葛洛、张沛、李清泉、叶克、陆地、尤淇、岳瑟、浪淘。其中，除叶克已去世外，其余均健在。十分难得的是，绝大部分现仍坚持在文学岗位上，作出了应有的贡献。这应该归功于延安鲁艺的领导与老师们，这是他们辛勤培育的成果。而我也完全是靠在鲁艺一年半的时间中，看了一些书和接受了老师们的教导，才打下了走上文学道路的基础。因此，延安鲁艺不仅是我的母校，也是我从事文学事业的起跑点，在我的人生中占了十分重要的位置。

写到这里，我不得不提出，我是在鲁艺找到了终身伴侣。我的爱人王文秋是鲁艺美术系学生。她和我住一排窑洞，那时她刚从120师前方回到桥儿沟，我们朝夕相处，建立了感情，于1940年结婚时，我已离开鲁艺去边区政府工作，组织上发给我30元的结婚费，我什么也没买，却在桥儿沟机关合作社订了一桌酒席，请鲁艺的老师周扬、张庚、荒煤、何其芳、严文井、王曼硕、吕骥、向隅、唐荣枚吃一餐喜酒。除此以外，再没有什么仪式与表示。后来，文秋留在美术系学习，我们的第一个小孩戈茜，也是在鲁艺出生的。当时的困难是难以想象的，虽然学校领导和同学们给了最大的帮助，但戈茜长到一岁半，终于患急性肠炎无救死去。这是我受到的最大打击。当时我抱着用小棉被裹着的心爱的女儿尸体，亲自去掩埋时，天色已经昏暗，我在野地上都差一点昏倒了。

大概是 1943 年，文秋从鲁艺毕业，分配到延安完小工作。我再没有去过桥儿沟。在通过飞机场往桥儿沟的小路上，过去日日夜夜曾经留下过我无数的足迹。现在，小路上没有我的身影了，但这条沿河的荒凉的小路，却深深地埋藏在我的心中，埋藏在我不灭的记忆里。

1988 年 1 月于北京

我与鲁艺文学系

马荆宇

我是 1945 年春季考入延安鲁迅艺术文学院文学系学习的。文学系的系主任是舒群同志，系秘书是陶然同志。1945 年"8·15"以后，舒群同志调赴东北，由欧阳凡海同志接任系主任。

文学系的教师有何其芳、艾青、萧军、严文井、张松如（公木）、陈荒煤、欧阳凡海、邵子南、孙犁、鲁藜、天蓝等同志。

我们这一期是文学系的第 5 期，系下分组，我们是第几小组记不清了。我们这个组的男同学有高岳森、林冬（在鲁艺时名张兆虎）、李冰、草沙、伍炎秀、马荆宇，女同学有刘金兰、续磊。

当时的文学系讲课少，主要靠自己阅读文学作品，练习写作。那时延安的文学书籍很少，能够看到的是迁移到延安的三联书店出版的几部翻译的苏联小说，如《毁灭》《铁流》《我是劳动人民的儿子》《钢铁是怎样炼成的》，能够看到的报纸，也只有延安出版的《解放日报》。当时的《解放日报》每天出 4 版，第 4 版整个版面全是文艺副刊。副刊上时常发表翻译的苏联作品，有小说，有战地通讯，有诗歌，这些作品在苏德战争的战火硝烟中诞生，描写苏联红军战士可歌可泣的英雄事迹，教育意义大，感染力强，给英勇奋战中的中国军民以极大的鼓舞和影响。我那时受苏联作品的影响很深，读过很多翻译过来的苏联作品。解放区作家的文艺作品短小精悍、内容充实，文笔也比较生动洗练，可以激发军民的革命精神和战斗意志。

国民党反动派对陕甘宁边区重重包围，严密封锁，延安的物质生活极端困难。响应毛主席"自己动手，丰衣足食"的号召，从 1942 年起，机关部队学校都动手大搞生产。鲁艺的学生吃过晚饭就操起纺车纺线。1945年初夏，响应党中央及陕甘宁边区政府"防旱备荒"的号召，每人在山坡隙地上种植 10 棵南瓜。窑前舍后，空隙处都播下了希望的种子。学生不但参加生产劳动，而且轮流出公差，应勤务。我还记得，艾青同志的爱人要临产了，我们文学系的 4 个男同学用担架把她送到柳树店和平医院，艾青同志也前往陪送。产后要出院了，又是我们文学系的几个同学把她接了回来。

生产劳动、公差勤务，是要耽误一部分学习时间的，但通过劳动锻炼了思想，加深了对劳动人民的阶级感情，对树立革命的世界观和人生观是非常必要的。在延安十分艰苦的环境中，砥砺了坚忍顽强的革命意志，激发了奋勇向上的革命精神。自力更生、勤俭节约，自己动手，克服困难，在艰苦困难面前不低头，不弯腰，想出办法来战胜困难和艰苦，这就是延安精神。

鲁艺文学系的师生关系是融洽密切的。邵子南同志是四川人，爱摆龙门阵，常常下山来和同学们聊天。他是从冀中战地回到延安的，是《李勇大摆地雷阵》的作者，歌剧《白毛女》的写作素材最初就是从他的口中讲述出来的。他一下山，文学系的大院中满院生辉，他那高亢的、抑扬顿挫的四川声腔，富有吸引力。同学们爱听他讲战斗故事，喜欢他的爽朗。邵子南同志壮年早逝，令人深为惋惜。

萧军同志是位豪放不羁，乐观坦荡，不修边幅的人。他也时常下山来到同学中间聊天。一身粗布灰军衣，一双草鞋，一顶毛了边的灰军帽，军衣的上身不系纽扣，总是散敞着。他不只精于习武，据说京剧的老生腔也唱得颇有韵味。同学们有时请他演唱《打渔杀家》中的唱段。他率直健谈，谈起来天南海北，无拘无束。记得当同学们得知鲁艺要迁往东北地区时，对东北气候的严寒听到一些夸大的传闻，传说东北在数九天外出会冻掉鼻子、耳朵，在露天中小便要手持木棒，边撒尿边敲冰。萧军同志是东北人，熟悉东北的天气和习俗，当同学们问到他是否如此时，他抬手指着自己的鼻子回答说："你看，这都还好好的嘛！"

舒群同志担任文学系主任，他沉默寡言，朴实淳厚，从来不在同学中指手划脚，而是用自己的淳厚性格和踏踏实实的作风来影响这批知识青年。他有病，据说患有肺结核，面容清癯憔悴。同学们不愿用一些琐碎事增加他的负担，系中的日常琐务由秘书陶然同志料理解决。陶然适合当管家婆的角色，爱跑腿，爱张罗，遇事一不急躁，二不愁闷，大家都说："陶然者，陶陶然也？"舒群同志得陶然之助，省却不少纠缠和干扰。从延安到张家口，我和陶然、曼硕、古元、沃渣等同志沿途住在一起，在休息时间，说长道短，打诨逗趣，怡然自得。50年代末，住在沈阳东北旅社，又遇到陶然，他这时在长春东北人民大学文学系工作，谈起来他还有心写些文艺评论之类的文章，准备先多看些东西，然后动手写点东西。他告诉我已经入党了。我为他的进步感到高兴。此后不久，突然听到他自寻短见的不幸消息，又深深为之慨叹和惋惜。

怀念毛蓬同志

梁 彦

毛蓬，又名毛志贤，是我 1934 年秋冬在北平东北大学补习班的同学，又是我 1938 年延安鲁迅艺术学院文学系二期的同学。我们相处的时间不长，但他却使我深深的怀念，永久的怀念。

他是安东（今丹东）人，沉默寡言、内秀，喜作诗，对敌仇恨填膺、战斗不懈，是无产阶级先锋队里的坚强战士。

我们早在北平东北大学学习期间，因为共同参加发动为反对学校无理停发给东北流亡学生的膳宿费而举行罢课斗争，我们 10 多位同学被学校当局开除了。恰好我和毛蓬等 4 位同学租赁了一间民房同住。我们得到一同被开除的同学王健的亲切关注（后来我们才知道他是当时北平中共地下党市委的组织部负责人之一），他陆续把我们逐一安排到各自的战斗岗位。安排得最早、最先搬到别处住的人就是毛蓬。

毛蓬会刻一手整齐秀丽的蜡版，王健把他安排到一个秘密刻印党刊的机关去了。他搬走了，我们隔绝开来，见不着面了。除王健以外，我们谁也不知道他的去处。可是过了一段时间，我和赵铭德（已牺牲）还未安排工作，忽然接到毛蓬从北平高等法院看守所寄出来的一封信。哎呀！毛蓬已经被捕了。我们急忙买了一些牙刷、牙粉、手纸、肥皂一类日用品，带去看望他。我们见到毛蓬时，说不了几句安慰的话，他反而笑容可掬地说了些乐观幽默的话来安慰我们。我们以后多次去看望他，慢慢学会在送东西时做手脚：我们曾把做笔芯用的铅条插进肥皂里，封好后，不露一丝痕迹。送进去后，毛蓬用它在字典和书的夹缝字行间，写了一些小诗，那是些战斗的诗，讽刺的诗，幽默而乐观的诗，是对敌抛去的一支支投枪。

我们在看望中，知道毛蓬的囚室里关着从冀南拘捕来的一位难友，名叫王维纲。毛蓬让我们跑一趟王维纲的辩护律师家，了解王维纲官司的情况。律师告诉我们：王维纲的上诉书已经递给南京国民党最高法院审理，据称，将维持死刑原判。我们将王维纲判处死刑上诉无效的情况告诉了毛蓬。并在再次探望时，把缝在皮鞋底层里的小钢锉送进牢房。接着，我们也被王健安排离开北平，去东北执行任务。

第二年，我们回到北平时，才得知王维纲已经锉断脚镣和窗栏，越狱成功。而毛蓬同志则已转移关押到德胜门外的监狱去了。

隔了几年，1938年我在延安鲁迅艺术学院文学系担任区队长时，非常高兴地见到了毛蓬同志从前方来到延安，也到文学系来学习。我才知道他是被平西抗日游击队从德胜门外监狱解放出来后回到革命队伍的。在鲁艺的学习时日太短了。不久，毛蓬同志重返敌后抗日革命根据地，去宣传群众，组织群众，与敌周旋，顽强战斗去了。他曾多次从敌人后方托人带给我抗日军民对敌斗争生活的照片，至今还有几张存留在我的照相簿里，可是，毛蓬同志再也见不到了。我们永别了！他在敌人的包围圈中没有冲出来，壮烈牺牲了。

1987年12月

忆立波同志讲课

栀 亭

延安城东，约八九华里，在延河北岸，有个小村，名叫桥儿沟。40年代，鲁迅艺术学院就设在这里。从桥儿沟村进入沟口，往西北，上一段慢坡，经过一座教堂遗址，再前进几十米远，到西山脚下，那儿有上下两组宅院。上面是平房，为鲁艺实验剧团团址；下面是砖砌窑洞，为鲁艺各系学员宿舍。

剧团南面，礼堂（教堂）西侧的大院，比较宽阔，是鲁艺全院召开大会的场所。例如：1942年5月末，毛泽东同志到鲁艺作报告，1943年春节及以后的历次秧歌或其他文艺活动，整风动员和大的报告会都是在这个被低矮的平房和小山包围起来的一片平坦土地上进行的。它给当年曾在鲁艺学习和生活过的人们留下永不磨灭的印象。

它的东北面，地势低洼下去大约有一层楼房的光景，被南、北、西三面砖砌平窑围起来的一个雅静、方正的院落，就是各系轮流上课的场所。

给我印象最深、每次忆起就震撼心灵、无限贪恋的是：周立波同志的名著选读课。

你听，嘟——嘟——嘟，学习班长吹着哨子，招呼："上课了！"学员们从宿舍里出来，带着各式各样、高低大小不等的自制小凳、木墩或者捡块半截砖头，散散落落坐在院子里。中间仅仅留下一米见圆的空地。立波同志从东面的甬道走来了。他身材高大、体魄魁梧，可是从不见他摆出赳赳武夫的姿态；行动谈笑倒像位柔情的诗人。他从不放弃参加重体力劳动的机会，然而面庞并未被暴晒得黧黑粗糙，而是永葆红润晶莹的健康肤色。

他在腾起欢笑和掌声中的学员夹空里，像过延河踩石桥似地拣着空地迈到中心，坐在那儿，为他已经准备好了的座位——一个陈旧的高脚凳。他不愿意那么突出，便把凳子放倒，坐在横着的凳腿上。由于身材高大，仍然出人头地，让大伙看得清楚，听得真切。

还没有开口讲课，他透过近视眼镜扫视一下附近的听众，忽然低下头笑了。还赶紧用一卷写得密密麻麻的讲义遮住嘴巴。学员们受到感应，一个、两个，大伙都轻轻松松地笑了起来。我想："立波同志，你笑什么呀？你是看着你的学生们穿着奇奇怪怪的服装？坐着乱七八糟的座位？含着贪馋的眼光，亲切地期待地望着你的样儿好笑吗？还是对于你自己准备得非常充分，预见到讲授后的效果呢？"

我，当仁不让，每次听课一定抢先坐在他的对面，不是第一就是第二圈儿。有一次，他刚坐下，忽然低头发现自己穿的大草鞋不够整洁，并且和并排听众伸出的脚相比，大出一两号，显得太突出了。他敏快地把两只伸得较远的大脚抽回去，不好意思地讪笑，又把一卷讲义捂起他那薄薄的即将长篇成套侃侃而谈的口唇。

在场的学员们（不，有不少是别的系里的教职员）感到多么亲切。"您的腿脚粗大，草鞋破旧，这要什么紧？您的思路却比我们缜密而广阔，感情炽烈而健康，学识更比我们高深和渊博，您是我们敬仰的老师啊！"

一顿丰富的"美餐"开始了，我们怀着幸运和感激的心情承受经他亲手制作的"筵席"。

他讲授古今中外的文学名著，学员们认真地在形形色色的小本上做着笔记。十分可惜，我的笔记本在战争年代丢失了。可是，立波同志讲授《红楼梦》《水浒》《阿Q正传》《驿站长》《塔曼果》《外套》《安娜·卡列尼娜》《猎人日记》《装在套子里的人》《信使》《卡尔曼》《羊脂球》《浮士德》《铁流》《毁灭》《不走正路的安得伦》……某些细节和精彩语言，还能留下深刻印象呢，虽然那是40多年以前的事了。

立波同志在讲授名著的同时，还着重介绍作家的生活时代和思想倾向。记得在讲陀思妥耶夫斯基的《罪与罚》时，既讲艺术成就，也讲思想局限。分析了作家"病态的心理""残酷的天才"和"俗物主义"等等。在讲高尔基时，专门有一节是讲他的"反陀倾向"的。高与陀的人生观、世界观截然不同。高尔基反对陀思妥耶夫斯基，甚至托尔斯泰等大艺术家以其消极思想所进行的人生说教。

立波同志详细介绍了斯托雷平反动时代俄国文学重复流行的一种颓废悲观情调。高尔基创作了《母亲》等不朽作品，用革命的观点，冲击着笼罩人间的乌云，像金色的太阳一样照耀着、引导着人们前进。

在讲授司汤达和《贾司陶的女主持》，梅里美的《卡尔曼》《高龙巴》时，分析了艺术家的客观态度和艺术家的使命。在讲授托尔斯泰的作品时，着重研究了革命导师列宁对托尔斯泰的全面论述。在讲授高尔基的作品时，对其早期与晚年的思想及艺术特征做了细致而深刻的评述。……仅从以上点滴例证看来，立波同志当时就具有如何丰富渊博的学识，在灌输和培育文学青年的劳动中，他付出了多少宝贵的时间和心血啊！

立波同志好像不是在讲理论，虽然他在对作家的生平时代和思想做着精湛的分析与评述，但总觉得他在讲述娓娓动听的故事，还好像述说他自身的经历。记得他讲托尔斯泰写作《安娜·卡列尼娜》的构思与动笔的详细过程，生动极了，好像他了解托翁的整个思想脉络和心理活动的细节。托翁怎样痛苦地构思，怎样得到启示，怎样和夫人抒怀，怎样写下第一句话……简直使听者神往、入迷。

整个上午（中间有时休息片刻），他总是那么兴奋地、感情充沛地讲着，讲着。后来，脸色涨红了，两鬓渗着汗珠，口角有时涌现一点白色的唾液。人们担心老师疲倦了，但谁也舍不得打断他的讲话，只怕他掀到讲义提纲的最末一页。

他在分析评价一篇名著时，经常在语句中加上一个短促的"嗯"字。这不是有的讲演者想不起合适的词儿，用来补空的虚字，更不是用来抬高身价的拿腔作调，而是对上一句的论述予以充分肯定，加深含义。人们习惯了，听着这个"嗯"字十分顺耳透心。嗯，立波同志就是这么一位受人欢迎的，难得的好教授！

在当时的延安，印刷条件极度困难。立波同志的讲稿，没有发表和出版，他所讲的名著也难以从图书馆里借到。于是传抄文学名著的风气在同学们中间兴起。我买不到个像样的小本儿，便抄录在从国统区带来的一个浅蓝色贴相片的簿子上（好在也没有照片可贴）。抓到什么抄什么，简直达到狂热的程度。这件事，在5年前的一个星期天，我在新街口豁口外实验影剧院门口遇见立波同志的时候，还作为闲谈的内容告诉给他。他抿着嘴笑了。透过近视眼镜，亲切、赞许地望着我。两人心照不宣，都是对当年的延安充满无限深厚的甜蜜的感情及无限向往和留恋啊！

就在那个影院门口等候入场的时候，他又关切地询问我的工作、生活情况和写作计划。万万没有想到，那竟是我和立波老师最后的一次会面了！

1982 年夏

498

鲁艺情深

穆 青

提起鲁艺，心中不由得涌起一股特殊的感情。岁月悠悠，不觉已过去40多年。然而，每当我闭目抚鬓、追思往事，脑海中就会像演电影一样闪过一幕幕难忘的镜头：那熟悉的院址——延安桥儿沟的旧教堂；那座洒满阳光的小山坡；那火红的炭火盆；那些朝夕相处、同吃一锅小米饭的同学们……鲁艺，那是我唯一进过的大学，也是一所前所未有的大学，它可以说是我笔耕生涯的摇篮。

1940年前后，八路军前线部队选送一些知识分子中的年轻干部到延安培训。去延安，这是当时同志们做梦都向往的事情。

我从兴县渡过黄河，沿着河岸大踏步地前进。一想到要去延安，不由得心花怒放，一路上只觉得天高地阔，春风得意。13天的路程，只用了9天半的时间就赶到了，我清楚地记得那天是6月30日，第二天就是党的生日。

过了两天，八路军总政治部组织部的同志找我谈话，问我愿意到哪个学校去学习。我毫不犹豫地回答说：想去鲁艺，因为我特别喜欢文学。那位同志望着我这个19岁的青年，笑着摇了摇头，说："上那个学校的都是艺术家，你可能考不上！"我执拗地坚持要去试一试。

又过了几天，那位同志面带喜色地对我讲：前方又回来一批艺术工作者，总政决定成立一个部队干部艺术训练班，由鲁艺的老师来教课，你就去那里吧。

当时的训练班简称部干班，就设在鲁艺的大院里，两排石窑洞紧挨着大教堂的西侧。我是第一批到那里的学员。训练班的课程是综合性的，除了政治课外，还同时学习音乐、美术、戏剧和文学，但允许有所偏重。我们一些喜爱文学的同学组成了一个文学小组，大家推选我担任组长。后来全国著名的作家马烽、西戎、孙谦、束为等都是我们小组的成员。当时，担任我们文学课的天蓝老师，给我留下了难以忘怀的印象。他总是那么和蔼、热情，我最初写的几篇文章就是在他的热情鼓励和耐心指导下完成的。

话再说回来。几个月后，在训练班的基础上又成立了部队干部艺术学院（简称"部艺"），要离开鲁艺，搬到桥儿沟的东山去。天蓝老师深知我的心愿，极力推荐我转到鲁艺文学系去学习。当时鲁艺文学系的系主任何其芳竟破格免试录取了我。我终于如愿以偿，插班进入鲁艺文学系第三期，成为一名鲁艺的正式学员。

刚步入文学系，我的兴头一下子被面临的现实"吓"退了：我的同学们许多都是大学毕业生、诗人、才子等等，与别人相比，我觉得自己简直是个"土包子"。这样一来反倒刺激了我发奋进取的决心。

在我求学的年代里，从来没有像鲁艺时期那样勤奋刻苦，我开始领略到在获取精神食粮上，什么叫"如饥似渴"的含义。当时，延安的图书很少，文学类的书籍就更少了。为了一本书，有时我早早地等在图书馆门口；有时跑十几里甚至几十里路到外单位去求借，只要能找到一本书，就恨不能立刻从头到尾把它"吞"下去。书，在人们手里不停地传递着，书页翻烂了，又重新裱糊好。

我们每周只上几次课，一般学习都在露天，冬天找块太阳地，夏天躲到阴凉地。大家一人一个小板凳，走到哪儿搬到哪儿，膝盖就是"自备书桌"。学习的专业课程有：周扬主讲的艺术概论，茅盾教授的市民文学，何其芳讲的古典文学和诗歌，周立波讲的名著选读，等等。我记得名著选读课最受欢迎，每次讲课，别的系的不少同学都来旁听。周老师深刻地剖析《安娜·卡列尼娜》和《红楼梦》两部名著，分析人物形象和故事结构，娓娓道来，其味无穷，引得同学们对书中主人公的命运争论不休。

老师的教诲，同学们之间的互相切磋，加上自己的刻苦努力，我的文学知识大大丰富起来，写作水平也有了显著的提高。不久，我担任了系党支部的宣传委员，同大家接触、交谈多了，便相处得更加亲密。同学中有了作品，大家互相提意见，生活会上开诚布公地开展批评与自我批评。这届党支部还发展了贺敬之、张铁夫、白原、万力等几位新党员。夏天，大家在河滩上漫步，在延河里游泳；冬天，围坐在暖暖的炭火盆旁边伸出一双双手，谈作品、谈作家，有时还争论得面红耳赤。大家风趣地称这是"炉边闲话"。那种红红火火的情景仿佛就像昨天的事情一样。

后来，学院里创办了一本文学杂志，名叫《草叶》，主编是陈荒煤老师。创刊号选登了我的一篇习作《搜索》。文章写的是晋察冀边区陈庄战斗以后，我们去战场搜索的情景。由于有亲身的经历和感受，描写的气氛、心理还比较动人。此外，我的几篇前方通讯，也分别在重庆《新华日报》和《全民抗战》杂志上发表了，这在同学中引起了反响。一来那时很少有人在报刊上发表作品；二来能收到 10 元 20 元的稿费，这对每月仅发 2 元津贴费，只能吃到南瓜、土豆的同学们来说无疑是个福音。因此，不管每次是谁收到稿费，大家便欢呼雀跃，到桥儿沟街上买些热烧饼和一碗碗羊杂碎，饱餐一顿！

鲁艺的活跃生活令人难忘。每到冬季，我们开赴南泥湾一带去砍树烧炭，虽然天寒地冻，可是一支支自编的烧炭歌唱得大家心里热乎乎的。平时，学校里经常排戏，演戏，有京戏，也有话剧，有时别出心裁演滑稽戏，反串戏。

学校里的学生会主席是各系轮流担任的。轮到文学系的时候，大家一起哄，竟把我推上了这一谁也不愿干的席位。当时正巧在竞选陕甘宁边区参议员，我便组织大家敲锣打鼓，扛着周扬的画像到新市场和延安城去宣传，一连几天为周扬竞选。最后周扬同志虽然选上了，可把我们这些人累得够呛。

1941 年隆冬，同学们离开桥儿沟，到各部队实习。我分到王维舟和耿飚任正副旅长的八路军385旅所在地——陇东庆阳。实习后期，我写了一些文章。其中一篇通讯《我看见了战士们的文化学习》，虽然被《解放日报》采用了，却给我带来了麻烦。当时《解放日报》改版需要加强力量，中央决定从鲁艺文学系抽调一批人去"支援"。我这篇文章无形中等于一纸投名状，结果学院一个调令就把我和张铁夫从陇东实习地召了回来。

回到鲁艺，学校就动员我们到《解放日报》去。当时，我们都不愿当记者，一心想努力成为一名作家。为此，何其芳、荒煤老师找我们谈话，学校党委书记宋侃夫也来做工作，我们思想还是不通。最后周扬副院长亲自出马，晚饭后约我和张铁夫两人到延河边谈心。他讲：你们都是党员，应该服从组织分配。再说当记者也并不妨碍成为作家，爱伦堡不就是一个很好的例子吗？我说我一点也不懂新闻，性格也不爱活动，当记者怎么能行呢？太困难了。周扬说，斯大林讲过，共产党员没有攻不破的堡垒。不懂可以在工作中学嘛。就这样，我们随他沿着河岸走了几十个来回，终于被他说服了。

1942年8月30日，我和张铁夫同志一起来到了《解放日报》。从此，我便结束了令人留恋的鲁艺文学系的学习，走上了新闻工作岗位，直到今天，整整45年。

我在鲁艺的学习生活只有两年，这在人生的征程上弹指即逝。然而，我从中获得的精神财富却是取之不尽，用之不竭的。那盆烧红的炭火永远在我胸中燃烧着青春的火焰。党组织和诸位老师对我的关怀指导使我心中永远充溢着革命战争年代人与人之间纯真、美好的感情。在延安的小山坡上用木棍、钢笔刻下的知识，已成为我几十年来笔耕生涯的基础和力量。

1988年5月

延安情

苗延秀

我的故乡人勤、山水秀，我很想念它。但"平等"不平，没有我立足之地，更无出头之日。我这个"不肖子孙"背井离乡，千里迢迢来到延安，人人平等，个个亲热，犹如投到亲人的怀抱。

在亲人面前，我如实地写了自传，把我人生旅途上的曲折道路，毫无隐瞒地作了交代；把我自己复写的，偷盖有军事委员会中缅运输局仓库事务所公章的"出差榆林"的路条，交给组织。不久——1942 年 4 月底，我考入延安大学教育学院中文系学习。

在延安，学什么专业，是比较尊重个人意见的。我在来行政学院之前，曾与徐特立的秘书沈哲民同志（四川人），在延安大学俄文系学习几个月，当年，朱子奇、张东川等同志就是我同班同学；其后，把我调到行政学院学习，没征求我的意见，我认为不合适，要求转去鲁艺学文学。1943 年 7 月，行政学院秘书余修同志给我写介绍信，我转学考入鲁迅艺术文学院文学系学习。

当时，严文井同志任文学系主任。他考我三门课：一、半天写出一短篇小说，题材、题目自选；二、半天写出一篇文学论文，题材、题目也自选；三、口试。

好严格啊，鲁艺！

半天写出小说和论文来，谈何容易！但是，三门课我都考试合格了。现在想起来，我写的那篇小说，虽然很幼稚，但主题是好的。我写了跟我在延大同班同学的姓崔的朝鲜同志，他没有祖国，在延安学习和生产都很积极，歌颂他的爱国主义和国际主义精神（至今，他的面貌我还念念不忘）。而那篇论文是按毛主席《在延安文艺座谈会上的讲话》的观点写的，结论是：文艺要为工农兵服务，作家就得长期深入生活，甘当人民群众的"老黄牛"。

我是一个文化程度很低的侗族人民的儿子，能进延安最高的两个学府读书，真是犹如喜从天上来，豪情壮志满胸怀。"我要为伟大的祖国和中华民族而歌唱！为勤劳、勇敢而又受苦受难的侗家人民歌唱！我要歌唱共产党是中华各族人民的大救星！"

黄巢的"他年我若为青帝，报与桃花一处开"之梦没有实现，共产党却把它变成现实，侗家儿女与各族儿女欢聚在延安学习、工作，为中华民族的解放和人民的翻身而共同奋斗，怎不令人兴奋！于是，我无论是整风和学习文学创作，都感到有使不完的劲，念不完的书，如饥似渴地埋头读古今中外的一些名著。我特别喜欢普希金描绘农奴起义的《上尉的女儿》和卡达那夫歌颂劳动与爱情的《我是劳动人民的儿子》。在院部窑洞前的大院里，我认真、专心地听了刚从重庆回来的周恩来同志的形势报告和院长周扬关于马克思主义与文艺的多次讲课。在鲁艺的广场里，看了《白毛女》的第一次演出；在大礼堂里（天主教堂）听了柯仲平的《边区自卫军》诗朗诵和于光远的国际形势报告。我在老作家、诗人何其芳、荒煤、严文井、舒群、邵子南、公木等的指导下，用开荒得的带有紫色花纹和喷香的丁香木做的蘸水钢笔，写出了真正的短篇小说处女作《红色的布包》（载 1945 年 2 月 7 日延安《解放日报》，现收入《延安文艺丛书》小说卷），在侗族文学史上迈进了小说的新领域。其后，我又在膝盖上和煤油灯下，陆续写出长达一万多字的短篇小说《共产党又要来了》（载 1949 年由周立波、马加主编的东北《文学战线》，现收入四川民族出版社出版的短篇集《南下归来》）。这两篇作品，是以下述生活为依据：

1934 年冬，红军长征经过我家乡龙胜县北部侗区和通道、黎平等县城，当年国民党除派正规军堵击、围攻红军外，还派民团充当打手。龙胜侗乡宝赠的民团团总鲍钧，曾带民团到平等（我家所在地）堵截红军。他们在平等寨外的田塅里，被红军包围（因民团多是侗族贫苦中青年农民，红军只朝天打枪把他们吓跑，不伤害他们）。鲍钧之流，弃马逃过平等河，连裤子都掉下来，屁滚尿流地爬上六田，逃回宝赠。龙胜县民团司令黄人超，派驻在县城城墙外、靠城墙而居的一个老寡妇唐伯妈的儿子唐刚宁带民团到平等打红军，被红军击毙在我家屋背后的山上。其后，这个贫苦的唐伯妈（她的房子歪歪斜斜要倒，无钱起新房，用树干撑着，她只有一子一女，开小客栈、种茶、打柴过活，会讲侗话），哭天哭地地到平等山上把儿子尸体弄回县城，县民团司令黄人超亲自主持追悼会，吹唐刚宁是"英雄"；而唐伯妈却天天哭，昏天黑地，把眼睛哭的几乎瞎了。她为生活所迫，不得不招平等的一个侗族青年做上门郎。平等侗家有事到龙胜或去桂林，都在她家留宿，把唐伯妈当作自己家人。我曾多次在她家住，对唐伯妈不幸的命运，深感同情。我离开故乡时，还丢掉行李在她家（后来据说唐伯妈叫我父亲挑回平等）。

当年红军过我家乡，群众被国民党的反动宣传所欺骗，绝大多数都躲到山林里去了。红军吃粮吃菜，主人不在家，就把光洋和"中华苏维埃共和国纸币"用红布包着留给主户；特别是镇压了恶霸地主石安玉，开仓济贫，使侗族人民觉醒，认识红军是好人，常常想念红军和共产党。

我根据上述所见所闻，写《红色的布包》和《共产党又要来了》时，躲在文学系小土平房教室的角落里，边写边哭，泪流满面，与作品中主人公唐伯妈同呼吸共命运。这两篇作品，基本上是真人真事。当然，故事的情节也有虚构。我写的这两个姊妹篇，意图塑造侗族老妇人唐伯妈勤劳、善良，容易受骗继而觉醒的形象。通过她，展现侗族人民反抗压迫的精神和思念红军的思想感情，揭示革命洪流必将席卷祖国大地。

鲁艺学生，以鲁迅为师，学习他的文艺思想来指导创作，但决不是模仿，而是把它融合在根据实际生活而进行的创作实践中。它的效果如何？当年，我的创作辅导老师邵子南同志对我说："艾青同志问我：'你们鲁艺文学系现在的学生水平怎样?'我说:'《解放日报》载的短篇小说《红色的布包》,作者就是文学系的学生,你看怎样?'他说:'可以'。"这对我是鼓励,也是鞭策。我对邵子南同志那种热情、朴实、豪爽的性格,以及具有四川人善于摆龙门阵的特点,十分钦佩;而他的《李勇大摆地雷阵》,反映抗日战争的民兵炸死许多日军的短篇小说,更非常欣赏。他多次教育我,直到1955年在北京开中国作家协会理事会扩大会议时,他还对我说:"你是侗族,要开侗族文艺之花。"

邵子南同志是我良师益友之一,可惜他死得太早(1955年12月24日),死时我没有去重庆给他送葬(因为没有及时得到噩耗),感到很遗憾!

在延安,我生活得很愉快,可谓纯真无邪。王大化、李波演出的《兄妹开荒》和陕北民歌信天游,以及延安的秧歌队春节演出的节目,使我大开眼界,对我日后重视民间文学的再创作带来深远的影响,至今念念不忘。

在延安,物质生活的某些方面有困难,正如毛主席说的:"我们曾经弄到几乎没有衣穿,没有油吃,没有纸,没有菜,战士没有鞋袜,工作人员在冬天没有被盖。国民党用停发经费和经济封锁来对待我们,企图把我们困死,我们的困难真是大极了。"但革命者追求的是国家的独立和民族的解放,为人民服务,纵苦犹甜。我们响应毛主席的号召:自己动手,丰衣足食。那时,陕甘宁边区人民政府规定:大专院校教授、教师、学生,每年每人要交一石公粮,做到整风、学习、生产三不误;棉衣要自己缝,毛衣自己纺成线来打,人人要学会纺纱(以纱代交公粮)。一声令下,我也学会了纺纱,每天能纺6两到8两的上等棉纱。天一亮,在窑洞门前的院子里,在教室里,在大礼堂中(天主教堂),一阵阵纺车之声,像成千成万人的大合唱,响入天上。外单位亦莫不如此,方纪同志还为之写了篇小说《纺车的力量》,载当年延安《解放日报》,颇得好评。不是吗!?我们班的同志韩书田,就曾写了一篇相当长的评论文章,在《解放日报》上赞美她。韩因此得到何其芳同志的赏识,把他调到研究室当秘书,与他合作编《陕北民歌选》。

在鲁艺文学系，学生还自己种粮食，开荒、打井、种菜、纳鞋底、扎牙刷、打草鞋、背煤块、去深山里烧木炭等等，什么都有人干，真是干劲冲天，谁也不说苦，更不甘心落后。例如：后来成为名诗人的戈壁舟、成为作家和理论家的思基、成为部队专业作家的李南力等同志，就曾自愿较长期参加农业生产合作社种粮食；我和纪云龙（后来成为中国青年出版社负责人）、张兆虎（后来成为农业电影制片厂厂长）等同学，于1944年8月去杜甫川一带的深山里烧木炭，一去就是几个月。烧窑、出窑、砍荆条包装、赶毛驴驮运等等，一个个弄成像个黑人似的，连吐痰、拉屎都带黑色；特别是出窑（搬炭）由于窑里和木炭还有火温，一个个脱得赤条条的，抱炭磨得肚皮都起了黑茧。黑人黑木炭一色，要是不说话，不听声音，我们谁也认不出谁。辛苦是辛苦，但我们很愉快，在荒山野岭里，跳到溪中打水仗，你泼我，我泼你，把怒开的朵朵白色水花往黑炭般身上栽，放声歌唱：

> 我们是中华民族的英雄儿女，
> 在水里不会下沉，
> 在火里不会燃烧，
> 我们背负着民族的希望。

烧炭时，我还遇到一件事：陕北的深山有狼，狼被我们的伐木声和倒树的响声赶跑了。大雪封山时，快到元旦，我们已超额完成任务，共烧出木炭11万多斤，回到瓦窑堡总结工作，准备回学校。我们的组长（是行政学院的）发现，有一对借用的泥箕没有还给老乡，他们过冬要积肥，叫我一个人去窑里取回来还。那天一早，雪铺的遍地银装，有半尺深。我拿一根木棍探路，走到窑里取回泥箕时，感到深山里冷沉沉的静得两耳欲聋，有点胆寒。我唱桂戏《薛平贵回窑》来壮胆，当我唱到薛平贵离窑十八载回来与王宝钏见面时，在林中小径上遇见一只大灰狼。我没有枪，感到危险。但为了不被狼吃掉，我把泥箕扣在头上，防老狼拍肩咬我的喉咙。狼跟在我背后，寸步不离。我一步一棍往肩后打，它一次也不敢往我肩上爬，却紧追我不放，发出嗷嗷的嚎叫声。我以为它是饥饿而叫，哪晓得诡计多端的豺狼，用嗷嗷的嚎叫声呼喊来它的同伴———一群狼。"完了，完了！我不死于战场上，却死于狼的口。冤哉，我的上帝！冤哉，我的萨千巴！"（按："萨千巴"为侗族远祖女神）。我暗自喊着，但为了逃命，越走越快，在雪地里又跑又跳，跌跌撞撞，挥舞棍子和群狼斗，我在群狼包围之中……

正当我万分危险，精疲力竭的时候，突然一阵枪声，把群狼吓跑了。我们的组长和几位老乡，救我来了。有位穿着羊皮袄、面庞棱角分明、身体结实、性格粗犷而又浑厚的中年人说道："雪封山，狼出窝，牛羊不能留在野山坡。你为啥一个人跑来这里？"我无言以答。组长代我说："不怪他，怪我。回去我检讨。"

我在延安，不仅吃陕北人民的小米长大，而且连生命都是他们保护的。我爱陕北人，我和陕北人民结下生死不解的友谊，永生永世不忘！

延安是我的第二故乡，我在那里学习、成长，那是我人生旅途的黄金时代，一切都念念不忘。

我历历在目：在庄稼成熟的季节，延安周围的群山，长满了黄金似的小米和麦子。我曾和鲁艺文学系同志，有时下乡帮助群众收割；有时参加本院农业生产合作社的秋收。我们这一群男女文学青年，都很积极，热火朝天，歌满山，粮满仓，实现了毛主席号召的"丰衣足食"。说起来也怪，许多刚来到延安的女同志，开始不习惯于吃小米；但一旦吃惯了，就感到越吃越香，长胖了，脸红了，美了，像朵朵鲜花争妍吐艳。要是哪个结婚，其乐更无穷，大家穿着草鞋在院子里与新娘跳舞，扭秧歌，唱陕北民歌《蓝花花》《走西口》等；新婚的宴席上，只有一个菜：金黄的小米饭上放红枣，真是纯朴、美丽、甜蜜极了！此情此景，触动了我的文学心灵，于是，我在延安又写了一篇小说《农家姑娘》，以同班同学梁玉为模特儿，反映从北平经晋察冀边区到延安鲁艺文学系学习的学生，积极参加劳动生产的激情（载 1945 年由周立波、马加主编的东北《文学战线》，现收入短篇集《南下归来》）。

1945 年 8 月 13 日深夜 11 点钟左右，我还没有睡，站在文学系院外的山坡上，突然听到一阵阵鞭炮和锣鼓声，伴着呼叫声，从沟那边的戏剧音乐系传来："日本鬼投降了！日本鬼投降了！我们胜利了！中华民族万岁，万万岁！"

我热泪盈眶，喊醒了当时任系主任的舒群，也喊醒了全系学生，告诉他们这一伟大胜利的消息。于是，人们互相拥抱，并自发地用烂布烂衣服倒上煤油，做成火把，从四面八方，汇成一股长长的火炬游行队伍，涌向桥儿沟街头，通街来往返复游行，高呼口号，通宵兴奋难眠。第三天——8 月 15 日，日本正式宣布投降，我们在戏剧系的院子里，举行庆祝抗日战争胜利晚会。我们又跳舞，又朗诵自己充满着激情的诗句，高唱八路军歌：

> 向前，向前，向前！
> 我们的队伍向太阳，
> 脚踏着祖国的大地，
> 背负着民族的希望，
> ……

我们又一夜狂欢不眠。

抗日战争胜利了，新的任务到来了。去东北的，去华北的，去华东的，去华中、华南的，还有去陇东的，一批批干部走了，一批批同志走了。1945 年 11 月，党中央决定鲁艺迁往东北解放区。我随院长周扬率领的鲁艺师生，告别了革命圣地延安，奔向新的解放区，奔上新的工作岗位，迎接新的战斗——摧毁蒋家王朝，解放全国人民！

如今，我离开延安41年了，但延安杨家岭党中央的大礼堂，王家坪的八路军总司令部的营房，桥儿沟鲁艺的教室，清凉山上的宝塔，清清的延河水，冬暖夏凉的窑洞，以及一个个像馒头式的黄土山和古朴、坚强、勤劳、勇敢的延安人，都仍历历在目，而且永远不会忘记。

啊，延安！我想念你，我的子子孙孙都想你，愿你的革命精神，千秋万代永放光芒！

1987年1月11日至3月8日，第九次修改

鲁艺秧歌队拜年

侯唯动

延安鲁迅艺术文学院在整风后，掀起了新秧歌运动，要去延安各单位拜年演出。文学系生活干事赵自评传达周扬同志的指示，要文学系同学和美术系同学组成高举横幅和旗帜的"摇旗呐喊"的仪仗队。文学系的李方立、胡征等也参加了。

按下精彩的节目不表，且说我所亲眼看见的领导、首长和观众的反映，这是成功的寒暑表。

首先到边区政府去拥政，刘炽是"新伞头"——持铁锤镰刀者之一。一路上人山人海，鲁艺的节目丰姿多彩，队伍排了几十丈长，一连演出几个钟头。

南门外边区政府山下，林伯渠主席和领导同志拍手欢迎。看到林老，使我想起了苏联诗人叶遂宁著名的诗句："像林擒花一样覆在额上的，是我父亲的白发。"担心他累了，请他坐下，他始终笑着站在同志们中间。

第二站到桃林，北门外延河南岸的八路军总部，看见我们敬爱的和蔼的朱总司令，慈祥地笑着，他和同志们挤在一搭儿观看。这里，特别突出的是由文学系四期的李南力、戈壁舟等四川同学，为朱总演出一场四川的《打连响》，那"柳呵柳叶绿呵，荷花柳丝连海棠花"的歌声，朱老总笑眯眯地不住鼓掌。我想，他听到蜀音蜀歌，就像置身在巴山蜀水之间了。

第三站去中央党校。在院子里，摆了一溜长凳子，李维汉、范文澜同志在座，当王大化（他原是党校的学生）唱到"我们给李维汉同志贺年禧，我们来给范文澜同志拜新年……"的时候，他们站起来大笑着热烈鼓掌，并向王大化同志招手致意，使他们跳跃得更欢腾了。

天晚了，党校早给大家准备了过年的馍菜。休息的时候，安波同志来找我，叫我作一篇诗，等一会李伯钊同志来看大家，我们老早就知道，她在井冈山就办艺术学校，在瓦窑堡和温涛、斯诺夫人等教红小鬼宣传队排练歌舞，著名音乐家刘炽就是那时的小队员中最活跃的一个。

李伯钊同志来了，大家围着她笑着鼓掌，我朗诵了诗，她笑着听完，鼓了掌。请她讲话，她先给大家拜年，说道："新秧歌运动，正像诗中说的是继承了井冈山革命艺术传统的，应该和工农兵结合，使艺术发挥革命武器的力量……"

第二天先到西北局，贺老总举着他的大烟斗，笑得胡子和秧歌舞一齐跳动。西北局一位领导人用陕北腔调致辞欢迎，说陕北秧歌得到了新的血液，新的生命，由过去的"骚情秧歌"变成"斗争秧歌"了，这就是人民给你们的评价，最高的奖赏。

到了枣园已是冬日的下午了，毛主席和中央领导同志站在男女同志们中间。秧歌队伍绕场一周，摆开阵势，我们把旗帜举得高高的。我们都目不转睛地看着毛主席，他时常鼓掌，认出了化装后的名演员们，给身边的同志说着指他们。毛主席的心情很舒畅，喜在心里，笑在脸上，看见《在延安文艺座谈会上的讲话》以后的成果，是他心血浇开的大红牡丹花。

说说群众的反映吧，一个延长县的老汉，头挽羊肚子手巾的虎豹头，身穿光板老羊皮大皮袄，背着褡裢，脖项插着长烟杆，跟了三天，忘了走亲戚，给我说他在旧社会当了一辈子"伞头"，那都是老百姓自乐，也得巴结官府、地主。总想说自己心里话，唉！马尾串豆腐——难提！如今，我看见鲁艺家的新秧歌，我的梦算圆了！我说你回去把新秧歌闹起来，他高兴地双脚一跳，两手一拍，笑得眼中溢泪，大声呐喊："一满对着呢！一满对着呢！！"

原载 1982 年《群众音乐》

512

皆 大 欢 喜

——记鲁艺宣传队

黄　钢

从没有哪一个春节像今年这样令人欢喜。半个月以来我们这城市充满了欢乐的声音，锣鼓到今天还没有停息。在这样的庆祝声中，鲁迅艺术文学院的宣传队给人带来愉快，它的活动引起了皆大欢喜。

这支 150 人的宣传队到现在已演出了 40 场，观众约两万人，每一场都在热烈的掌声中结束。宣传队不断受到邀请和挽留：曾有两个晚上不得不在外住宿。宣传队被人们追踪着：2 月 4 日，这队伍第一次出发，桥儿沟有 3 个骑自行车的商人用劲踏动车轮，追赶他们；等晚间宣传队回来，这商人们又在旧历除夕日门前的灯下对宣传队说："我们跟了你们一天，你们知道么？"

青年商人热心的追随，没有人记得了。2 月 4 号，全延安的人们都到了庆祝废约的群众大会，如果 3 名骑车的老百姓终日追赶着一样目的能叫人注意，那就除非是另外的时节，不是像这半个月来这样盛大的祝贺的日子。

鲁艺宣传队是集中了我们的欢乐情绪来游行的。从南门到北门，从古老的城墙外边一直到东区的乡村，人们都跟随它。它的到来，给延安假日的街头情景，制就了有代表意义的、热闹的图景。它的乐队除锣鼓铜钹与笛外，还有七个小提琴，老百姓称之为"洋琴"。"洋琴"奏起来，那首先是天真意味的、逍遥自在的弦声，伴送着两条结满了花絮彩饰的旱船上场。旱船摇荡着，人便唱着。

唱些什么呢？是重复告诉我们消息吗？它是说美国英国，从此放弃内河航行及他们军舰在中国领水内所享特权等等吗？不是不是。等你看了一会，就知道音乐和歌唱还不仅仅说到这里为止。

人们在听取音乐，在听取艺术中的解答。虽然历史事实早已把我们所注意的问题都清楚解答了。在中国共产党的中央办公厅前面，成千的延安干部、工人、学生与军人们围着这一宣传队，虽然这是众所周知的了：中国共产党，远在1922年就提出废除不平等条约的政治纲领。虽然这也是众所周知的了：中国人民百年来的斗争，这宣传队的歌唱简直是叙说不完的。但是这宣传队，到底要用最通俗方便的办法，来作解答。让老百姓很快就听懂了：废约（按：1943年初美、英宣布废除对华不平等条约）的喜事，完全是人民自己的功劳。秧歌舞阵开展起来：穿着清朝时代兵员衣服的男子，及部分妇女30多年前时新的装束，引起人们对于辛亥前后历史的记忆。舞蹈着的八路军和一个绿军衣的友军走在一起，歌唱一再着重说国内革命力量团结的可贵，团结的重要。

歌唱和表演还说：丰衣足食的生活是好的——我们一定要努力得到它。

还说八路军是人民自己的——我们要百倍拥护它。人民、政府、军队是不可分离——我们要巩固这之间的联系。

这就是为什么这些宣传队受人欢迎，人皆欢喜。所有的这些，它都是用民间的艺术形式表达出来的。

像2月7日，在东乡罗家坪。宣传队去的时候，那一项打花鼓的双人表演唱到"猪呀，羊呀，送到哪里去？"老百姓们就能接着唱和道："送给咱英勇的八路军。"——曲调他们是熟悉的，事实也是如此：他们正是在拥军运动中把猪羊慰劳给部队。

宣传队往各个机关、医院、保育院、学校和政府团体那里表演，每一场都有相当多的老百姓观众。在以上各次表演里，因为城里老百姓都常常反复来重看，所以打花鼓的曲调不久流行在延安新市场了。

这宣传队是以老百姓为主要表演对象的。

宣传队的歌曲，很快就成为群众的歌曲。延安县和桥儿沟老乡们的秧歌队，也学着鲁艺，把新内容，开发南泥湾的新词儿，加进表演里了，没有人能忘记了，鲁艺宣传队是向老百姓学习的。这学习才是开始，而老百姓在自己的空场上迎接鲁艺宣传队员，他们是认识那一切的，但他们一向又不能最仔细地认清。这里，歌和舞蹈，好像老百姓的闺女，嫁给外边有知识的人了，现在又按着新打扮回娘家来，说着新鲜的、容易懂的话——内容是新的，但仍旧是乡音。这按捺不住娘家的欣喜，同时使亲人们感到多么亲切呵！在十里铺路口，一个老乡对宣传队说：我早听说你们要来了，所以在这里等你们。这个老乡在野战医院看了一场，又去和平医院看了一场。在川口一家老百姓的妇女说：以前鲁艺的戏看不懂，这回都懂了。这一类例子是很多的。

老百姓们，为了欢喜打花鼓的两个角色，就猜想他们——一男一女——一定是夫妻。表演"推车车"坐在车里的小女角。现在走在街上，老乡就用亲昵的称呼来指唤她了。所谓"推车车"的短剧，情节是这样的：两对陕北年老夫妇，用手车推送公粮入仓库，并接来两家闺女回家过年，此刻他们正在路上，快乐地谈说生产增加、负担很轻、来年还要更多耕织。高兴之余，两老汉决心立下了开荒要赶上劳动模范的志愿。这剧情毫不例外的叫农民群众们接受了，但也有好心的老乡说手车下面该装一个逼真的轮子。除此外他们记下了这短剧里的一切细节，晓得它如何开场如何煞尾，晓得那逗人发笑的地方如何在短剧中形成起来，同时自己也忍不住大笑。

宣传队最后一场戏是往川口乡表演，到时天已经很晚，老乡们与县政府争着款待宣传队吃饭，并且自己发动扎起火把来，因为饭后天就黑了。优抗主任——那一个工作特别积极的王老汉——代表群众讲了话。观众有从十多里路外赶来的。宣传队的人们，分成三个五个一小组在老百姓家里吃了这顿可纪念的晚饭。他们在这里，失去了舞台演员与一般观众的陈旧的关系。老乡们就像那优抗主任一样，称宣传队为自家人。

火把在燃起来，锣鼓响了。这通红的亮光中，自家人的旱船、花鼓、推车车、四川连响、快板和耍狮子依次登场了。远道跑来的邮差在观众里面，人们看见他今天以突击的方式提早送完他的信。看病回来的中医背着他的药箱在观众里面，耍狮子的那一个大头和尚演员所戴的面具，使我们想起一个民间故事，而且自然的也就使他哼起一段小曲来，同以前的任何一场一样，这一场宣传要告诉观众不平等条约的废除，说国共两党的团结，是继续争取胜利的力量和保障，这一场，也要把生产的重大任务提示给人。所不同的，是火把像转动着的巨大花环、围绕成圈；因为夜的静谧，歌声传得更远了。

　　在川口乡的老百姓，这是他们异常欢喜的一夜。就同在这一天，鲁艺负责作家庭访问的女学生在十里铺村庄去探望老百姓妇女，看见只有孕妇或手里抱着最小的孩子的母亲还留在家里，不得走脱身，其余的人都到野战医院那里看鲁艺宣传队了。一家母亲看见女学生来了，就亲热地和她们谈，并将自己一个七岁大的女孩交给鲁艺女学生去看秧歌舞，可是这夜晚，那七岁女孩却又随着她母亲到川口乡来了。这母亲和同村几个妇女，终于耐不住要来看一次，据讲，她们这还是为了听过她们家一个男子汉对这秧歌再次的夸奖和宣传的缘故。

　　这时，鲁艺女学生便走近这母亲所说的男人身边去，想征求他关于鲁艺宣传队的意见，可是，问他，他却不答。那七岁的女孩便对女学生说："他是聋子，他听不见……"原来这聋子也将鲁艺宣传队看了几遍了。

　　宣传队就这样引动了居民，像春之花园，招来了每一只蜜蜂。哪里还有比这样的农村更活跃愉快的呢？如同歌曲里所说：哪里的生活这样好呵？延安县长和县委书记和老乡们要留宣传队住下，怕他们冷，怕他们累得走不动了。宣传队用极大的感谢之情坚持辞别，最后老乡们一起把宣传队送到村口。

　　老乡们所赠的火把，照明了鲁艺这支队伍经过整风之后开始路上的道路。

516

"我们感动了群众，但更甚于此行——这宣传队的工作总结里说道——乃这群众感动了我们。"鲁艺宣传队认为它这次工作，是向着新的艺术活动方向的新的开始，新的出发；党校邓发同志、彭真同志送宣传队每人一双袜子，写信给他们鼓励这与工农兵群众打成一片的新作风。他们牢记着这鼓励。说穿着这袜子一定要坚决认真向群众学习。鲁艺宣传队假如在这时期里也得到快乐，这快乐就一定不是轻率的满足，而是那认识了自己前进道路的人。在开始远行初步时的欢乐感情与那种志愿的明确。

原载 1943 年 2 月 21 日《解放日报》

狮　舞

——延安鲁艺生活回忆片断

胡　征

一

　　中国新文艺史上著名的秧歌运动，是贯彻毛主席《在延安文艺座谈会上的讲话》精神的序幕。"文座会"前，毛主席亲临鲁艺作报告，提出著名的大鲁艺方向——工农兵方向。秧歌运动就是这方向的第一枝艺术花朵。

　　为了学习"工农兵方向"这一新课题，1942 年 12 月，鲁艺在校内发起一次民间文艺形式的普查工作，让来自五湖四海的各系同学自愿填写一张简单表格。表格的内容是：姓名、年龄、籍贯，熟悉何地生活，熟悉何种民间文艺形式，自愿参加何种文艺活动。

　　土造的马兰纸表格，向人们展示出多彩的民间艺术花朵。这些花朵的来路很广，上自长白山下至琼州半岛，并且远越重洋，将泰国、马来西亚、菲律宾、新加坡、印度尼西亚这些东南亚兄弟国家、兄弟民族的民间艺术，神仙一把抓，都囊括入表。

　　当然，表是表，实际是实际。校领导根据当时实际条件，把能办到的品种归纳为若干类型，成立若干小组。同学们各自选取一种形式，或参加编写，或参加演出，或当顾问。有些多才多艺的同学，一身分兼几个小组的活动。当然也有些出息不大的同学半途而退，或东蹦西跳看热闹，到头来，只好当一名秧歌队的"近卫军"成员。演出时担任警卫，打场子维持秩序。

经过反复提炼、审核、去粗取精，又经过首轮试演（1943 年元旦）之后，加以整顿提高，于 1943 年春节，正式向广大的工农兵和敬爱的党中央献演。记得主要节目和人员如下：

《打花鼓》：戏剧系王大化、李波表演（1943 年元旦演出）。

《兄妹开荒》：音乐系羊路由编剧，程安波作曲，戏剧系王大化、李波表演（1943 年春节演出）。

《旱船》《旱车》：表演者：音乐系黄准、杜粹远、徐徐，美术系张波。

《打连响》：表演者：文学系陆石、戈壁舟、孙邦达、李南力，音乐系龙天雨。

《二流子转变》（快板剧）：表演者：文学系王世贻和戏剧系一个同志。

《梨膏糖》（个人演唱）：音乐系刘炽、庄映。

《狮舞》：表演者：美术系古元等四人，文学系鲁光、胡征。

大秧歌队：各系混合组成，全都化装登场。

大乐队：音乐系全体师生组成。

秧歌队领导成员：总领队：江风（文学系），副总领队：张平（戏剧系），总艺术指导：程安波（教务科科长、音乐家）。

二

狮舞组有两只狮子，两个大头和尚。美术系、文学系各分到一只狮子，一个和尚。狮头狮衣的设计制作，由美术系负责，文学系担任打杂跑腿等事务。排练时，各练各的。

那是多么红火的日子！各窑洞张灯结彩，喜气洋洋。戏剧系、音乐系，锣鼓喧天，弦管悠扬，歌声嘹亮。美术系，设计、制作彩衣彩旗，花灯道具，把秧歌队打扮得如同出嫁的姑娘。文学系惯于沉思的小老头们，也坐不住了，分赴各组帮忙。青春的火焰，在桥儿沟古老的教堂上空燃烧，向宇宙放射欢乐的光芒。

我和鲁光同志在排练和演出中结成了亲密战友。

鲁光是东南亚的华侨。他带来的异国情趣，同我故乡大别山区的狮舞风格结合起来，形成一种半洋半土的小杂烩。我们未曾请到民间艺术家作指导，自己既无功底，又缺技艺，只根据朦胧的童年记忆和点滴常识作基础，加上几分创造，竟然承担公演的重任，心中未免怯火。可是我们不气馁，不自卑，运用刚学到的整顿学风精神鼓舞自己，我们拟定一个口号："在苦练中进军！"哪怕只达到哄孩子的水平，也要把演出任务完成。于是利用早晚课余时间，努力苦练。

狮舞的基本功分大动作与细动作两类。大动作又名硬功，包括拜四方、就地滚、扑绣球、耍罗汉、顺栽葱、倒栽葱共6项；细动作又名软功，包括蛟龙舔尾、左右咬腿、抓耳挠腮、饿虎扑蝶，以及属于绝技范畴的凳功、桌功、走钢丝、滚绣球共八项。大动作是基本功，手里没有几个大动作，狮子的形象就立不起来。

倒栽葱和顺栽葱是硬功中的硬功。前人创造这一舞姿，是用以体现狮子的威严凶猛的艺术形象的。如果没有或削弱这一细节，狮舞则成为狗舞或猫舞。这一硬功，练起来是要付出代价的。果然，连练几天，我和鲁光都练得遍体鳞伤，鼻青脸肿。我是狮头，还比较省力，鲁光是狮尾，更其费劲。在分工时，原来我让他当狮头，但他形体矮小，自愿当狮尾。这种角色难度更大，脑袋埋在狮头演员的腋下，躬腰曲背，寸步不能离，又被狮皮裹得严严实实，光线暗，呼吸困难，又热又闷，仿佛被关在照相机的暗盒里。天地就这么大，而又必须闷头闷脑地进行复杂而灵敏的动作，真把位华侨小伙难为苦了。每当排练时，其他各组节目都在教堂或窑洞里进行，我们则选择篮球场的一角，就在雪地上翻、滚、跌、爬。夜深人静，负责琴弦锣鼓者早已进入梦乡，我们还气喘吁吁地像摔跤运动员，把球场的土地敲得嘭嘭作响。第二天清早，再来练时，发现雪地上血迹斑斑，分不清是鲁光的鼻血还是我的腿血。

三

公演的日子终于来到了。我说："伙计，怎么样？拿得下来吧？"鲁光用两广口音的普通话一板一眼地说："有什么了不起？无非是多摔几个包，赔上几滴血，保证活蹦乱跳像个狮子，不像个狗熊就行了！"

果然不错，我们获得的是狮子的荣誉，不是狗熊式的熊包。

演出从1943年正月初一到十五，多少场次记不清，但其中有三次的记忆是深刻的。

第一次是向中央首长拜年。

那是大年初二的晚上。中午从桥儿沟出发，傍晚前到达枣园。这是一个依山傍水的村落。新春雪后，枣树森森，放眼望去，仿佛粗壮的羊毫在一张洁白的宣纸上挥笔而成的泼墨山水画。毛主席、周副主席、朱总司令和中央首长在枣林深处的窑洞里办公，指挥全球瞩目的反法西斯战争。这里没有礼堂，没有剧院，打谷场就是舞台。陕北的隆冬，朔风凛冽，周围没有挡风的墙，更没有任何取暖设备。中央首长就在这空旷的雪地上，和枣园村的人民一起欢度春节，坚持到夜深，把我们的节目看完。

那天下午，中央机关早已为我们准备了丰盛的晚餐。入夜，化装完毕，全体演员聚集在柴草垛边，静候中央首长们到来。打谷场两端挂起了耀眼的大型汽灯，警卫人员搬来许多板凳，沿场边一字儿摆开。接着，全体中央首长陪同几位枣园的农民老大爷缓步而来，一一微笑就坐。首长们都裹着灰布棉大衣，戴着棉军帽。例外的是毛主席、刘少奇和邓发同志，戴的是毡制的大型工人帽。唯一没戴帽的是周副主席。我们窃窃私语，互相印证：周副主席是从来就不爱戴帽的。特别引人注目的是两位外宾。大约是由于礼节原因，我们首长请他们来共同欣赏中国的民间艺术；而他们大约也是出于礼节关系，陪同首长欢度春节。但他们对中国艺术看不懂，兴味索然。在鼓乐喧天、演得正欢之际，一位外宾连打哈欠，另一位却专心地逗弄他的狼狗。当我们狮舞完成全套作业之后，接着顺栽葱落地，作出匍匐姿势,静场片刻,表示向首长拜年的时候,那狼狗误认为是真狮子出现吧?竟对我们突然号叫起来。要不是外宾拉紧铁链,很可能它会冲过来和我们比武。这时,外宾跟首长们一起同时报我们以热烈的鼓掌和纵情的欢笑。

四

演罢归来的路上,鲁光和我同声庆幸这次未出娄子。可是在马列学院演出时,却出现一次意外。

狮舞这行当,与戏剧艺术无关,纯然是杂技。戏剧演员的任务是塑造人的性格形象,狮舞则是模拟兽的性格形象。戏剧演员的天地广阔,除了向生活学习,还有斯坦尼斯拉夫斯基的科学理论作指导,向中外艺术大师的宝库吸取营养。而狮舞的演员只从猫狗身上寻找动作的细节,来揣摸狮子的形象。经过实地演出的反映看来,模拟猫狗动作的软功,比硬功更受观众欢迎。硬功须使出全身解数;软功则侧重腿功。于是我们就在腿功上多用心思。可是我们这种临时组合的土狮子,不但腿功无基础,而且道具不全,没有腿裤、蹄靴这些配备,于是弄得大煞风景,出了个小漏子。

漏子出在我这个耍狮头的演员身上。那年冬天,我自己没有把过冬的准备工作做好,未曾制造鞋袜,而是自己打了一双草鞋,寻来两块破棉絮和一些布条,凑合着绑在脚上,权当棉靴。平常倒也安然无事,而在耍腿功时候,没注意布条松散下来,越拖越长,几乎成了脚布舞,引起一阵喧笑。这就破坏了——至少是冲淡了表演效果。

演罢卸装时候,我嘀咕:"今儿倒霉,真窝囊!少不了吃一顿批评!"回到桥儿沟,刚放下道具,总领队江风同志找上门来。一见面,他半真半假地笑笑说:"你今天算是办了件出色的事!"我心事重重,点点头说:"我知道。"他反问道:"你知道什么?"他慢吞吞地从衣袋里掏出两双银灰色的线袜,说这是范文澜同志特地送给我和鲁光的。我双手捧着范老的礼品,什么我都知道了,不用说下去了!我心潮起伏,久久不能平静。过后，别人告诉我：这虽是普通的线袜，却是范老的朋友托周副主席从大后方带来的。范老舍不得享用，难道我这个年轻人舍得享用么？我把它珍藏在枕下，直到日寇投降，告别延安，仍然未用。

这线袜最后是谁享用的已记不得了，但那银灰色的软绵绵厚墩墩的长袜形象，在我的忆念里永远是那么温暖，那么新鲜。

五

狮舞最后的一场演出，是在延安保小。

此次鲁艺秧歌队周游延安城乡巡回献演，最受欢迎而名列新文艺运动史册的节目，是王大化和李波表演的《兄妹开荒》。其他节目，竞相争艳，各具千秋。而我们这个土狮舞确实略逊一筹，未免有点惭愧。但到保小演出时，我们狮舞却一跃而成为最受欢迎的节目，高踞于群芳之上。全校小朋友一无遗漏地被吸引到我们周围。他们亲昵地喊我们"狮子叔叔"，我们感到无比骄傲，无上光荣。

光荣是光荣，可是狮子少，孩子多，"狮子叔叔"不是白喊的，他们要的代价不高也不低：耍个痛快，玩个够——钻进狮子肚里，骑上狮背，抱起狮头亲吻，用手指挖狮子的大眼睛，把头塞进狮子的大嘴，拿起刀枪棍棒和狮子作战……他们要把狮子拉到课堂，牵回宿舍，他们几乎要把狮子嚼在嘴里，一口吞了！

这次可把鲁光整苦了：他的头被小家伙骑住，而且鞭打他的脊梁，命令狮子赛跑。鲁光蒙在狮皮里面，瓮声瓮气地叫喊："小朋友！小朋友！……"人家根本不理睬。鲁光急了，停止表演，掀开狮衣，露出冒汗的圆脑袋，喊道："喂，喂……"话未落音，脑袋被几只小手塞进狮衣，而且，许多小手伸进了我经营的领域——狮头的上下左右……在这场热情似火的鏖战中，老师、阿姨虽来解了围，而未等我们喘口气，他们可又来了。这些小勇士们千方百计地从各个角度重新组合起来，向我们这个大无畏的雄狮挑战。

不幸的是：在这一场特大的演出中，鲁光又负了伤——流了一滩鼻血。当我们偃旗息鼓告别时，全体小勇士们站在半山坡上高喊："狮子叔叔再见！"

鲁光鼻孔塞着药棉，雪白的棉球上渗出鲜红的血，他笑眯眯地回过头去挥手，瓮声瓮气地回答："小鬼同志们再见！再见！"

更不幸的是：小鬼们再也见不到这位可爱的"狮子叔叔"了！——一年后，鲁光同志离开了这个世界！

这位可敬的东南亚华侨的优秀儿子，把他最美的青春献给了祖国最壮丽的事业，献给了祖国最香的土地！

鲁光同志离开我们太早，这是原来未曾想到的。而38年后的今天，我安然地坐下来写这篇短文怀念秧歌运动，怀念亲爱的鲁光同志，也是原来未曾想到的。今天，我打开了思念之窗，重温青春的足迹、战友的情谊，心绪上又回到那个时代锣鼓琴弦的音波之中。我仍然爱狮子，甘当一只真正的狮子。鲁光同志九泉有知，当会含笑赞赏的。

38年前，延安保小骑过我们狮子的那些小鬼们，如今大都是50岁上下的老干部了，有的大约早已是我们的党政军首长了吧，祝愿他们记起当年骑狮子的战斗精神，在"四化"征途上勇猛前进。

抗战艺术在肤施

——鲁迅艺术学院的轮廓画

萧　殷

在黄土高原上的一个古城的北门外，罗列着密密的荒塚，几根石柱伴着硃红剥落的文庙的牌坊。废墟上还有几个已经湮没一半的什么礼义廉耻的残碑，这些都说明这里也曾经有过巍峨的殿堂，有过金碧辉煌的好景，但在时代车轮不断地进展中，环绕他周围的只剩下寂寞的荒塚了！

随着抗敌浪潮的高涨，这古城——延安——的一切，都欣欣向荣起来了。在这荒凉的北门外的土窑洞里，活跃着无数的青年。他们拿起锄头和笔杆不倦地工作着，学习着。他们骄傲地唱着："我们是艺术工作者，我们是抗日的战士，踏着鲁迅开辟的道路，为建立新的抗战艺术，为继承他的革命传统，努力不懈，……"这一切也同样说明在这荒漠的废墟和荒塚中，正创建着新的抗战艺术。

今年春天，为了纪念一二八，曾来了一个《血祭上海》的集体创作。这3幕话剧在延安公演了10多次，每次都得到各方面的好评。在这情况下，于是有了组织艺术学校的必要。为了适应这实际的客观的要求，鲁迅艺术学院便产生了。第一期学生差不多全数是从抗大、陕公来的，那时只有美术、戏剧、音乐三系，人数不满100人。在上课一月之后，他们为了检阅自己的成绩，所以马上举行了一个美术展览会和戏剧音乐的公演，在这短期中已经表现了惊人的成绩。后来继续有五卅公演，抗战音乐晚会，七一——七七的戏剧节的公演，更加轰动了整个延安！他们创作了不少新的剧本、新歌曲、小调、和民谣、木刻、漫画，几乎随处可见，这一切他们都尽了组织和推动的作用。最近又成立了一个实验剧团，还有木刻研究会，预备聘请苏联作家前来指导，做更进一步的研究。

鲁迅艺术学院的教育计划，开始以 3 个月为一期，读完第一期后，到外面实习 3 个月，再回来学习 3 个月才毕业。7 月间第一届学生的第一阶段的学习已经完毕，分发到前线后方实习去了。为了短期中能够表现出如许的成绩，为了适应客观的需要，第二届便扩大了，并增设了文学系，原定招生 150 名，可是现已达到 200 人了。录取条件虽然没有严格规定，但最低限度必须有相当的艺术修养和技能。这一届来考的几达 300 余人，取录的只能达全数的五分之三。

副院长是沙可夫先生，教员有周扬、徐懋庸、沙汀、何其芳、丁里、沃渣、胡一川、吕骥、向隅、左明、张庚、崔嵬、王震之等。还有洛甫、成仿吾、丁玲等在百忙中，抽空到那里去演讲。这些人都能放弃过去养尊处优的生活，而穿起草鞋，吃小米，住窑洞，不断地为抗战艺术而努力。因为教员和物质的缺乏，主要的仍是靠学生主动自觉的学习。因此，在土窑洞里，在青草地上，在山崖边，经常可以见到他们热烈的集体的学习。开讨论会、排戏、练歌、绘画、写作。他们都孜孜不倦地争取一分一秒的学习时间。至于课程，文学系有艺术论、旧形式研究、世界文学、中国文艺运动史、名著研究、俄文、创作；美术系有解剖学、透视学、美术座谈、野外写生、室内写生、中国文艺运动、艺术论、社会科学；音乐系有音乐概论、作曲法、指挥、练耳、视唱、乐器练习、艺术论、中国文艺运动、社会科学；戏剧系有读辞、化装术、戏剧概论、排戏、作剧法、表演术等。除了这些外，各系还有各种研究小组和课外文化活动。

延安物质条件的困难是谁都知道的，尤其是初期创办的"鲁艺"，物质方面更加困难。因为没有屋子，学生们经常在雨淋日炙中学习，在风沙弥漫中生活。他们不独不屈服于这恶劣的环境下，相反的，他们时时刻刻都用最大的力量去克服一切困难。

有时，他们还跟工人们打成一片，帮助厨师烧饭，帮工人运砖石。他们不怕艰苦，不怕困难，他们虽然吃小米，穿草鞋，住窑洞，睡地铺，然而他们却非常愉快而活泼。他们过着纪律化的生活。学习着吃苦耐劳的精神，经常有热烈的生活检讨会。反对个人主义和过去那种散漫的艺术家的作风，他们强调精诚团结，互相帮助……

总之，他们把理论与实际密切的连在一起了，在这样艰苦的学习环境中，锻炼出来的艺术青年，不但可以拿笔，同时也可以拿枪！

原载 1938 年 10 月 28 日重庆版《新华日报》

透过那张褪了色的合影照片

——怀念第五期鲁艺文学系

肖　彦、纪云龙

　　6个人，除了我们两个，还有此次聚会的发起人鲁果，满头银发的李馥，半秃顶的林冬和冷冰。大家摩肩接踵，挤作一团，把我们的老系主任舒群同志围在当中，正在聚精会神地争看摆在茶几上的一张褪了色的照片。每当谁提到照片上某位老兄的特征、外号或趣闻轶事，立时从包围圈里爆发出一阵哄堂大笑，把舒群也笑得前仰后合，一阵咳嗽过后，直捋他的连鬓胡须。

　　我们6个是在临近鲁艺校庆50周年之际，特意来看望舒群同志，共叙师生之情的。那天唯独林冬来得最晚，但他一拿出那张43年前文学系的合影照片来，大家都被它吸引住了，马上掏出老花镜，又找来一只放大镜，团团围住它，从前排看到后排，从左看到右，又从右看到左，指点着每个难忘的面孔，呼唤着60几个听熟了的名字，勾起了无数美好的回忆。

　　那是1945年8月25日，5期文学系全体师生在桥儿沟东山坡驻地的合影。那是日寇投降后第10天，同窗几百个日日夜夜的战友们，按照党中央的命令，即将离开鲁艺，奔赴全国各地时的合影。

　　那天，正当我们加紧准备行装的时候，延安电影团的一个同志背着照相机到文学系找人，恰巧被林冬发现了，他不问青红皂白大叫一声："来照相了，大家快出来呀！"当时在场的全体师生立即集合到东山坡上来。电影团的同志为我们拍下了这张历史性的合影照片。

　　看那时大家多么年轻！一张张鼓棱棱的脸庞，充满了对未来的希望，

528

炯炯发光的眼睛，或凝思，或微笑，都在注视着左前方，那是摄影师叫往那边看的，却又正是我们要去的方向。大家出发后，底片不知被谁保存下来，后经张逊斌、邢宏翻拍，从此有了新的底片。很多同志把它复印、放大，镶上漂亮的框架陈列起来，有的把它珍藏在最喜爱的相册中，用以寄托对文学系战友们的思念。经过历史风雨的激荡，有 18 位同志已永远地离开了我们，但绝大部分同志都健在，他们紧握手中的笔杆子，在文学艺术、文化教育、新闻、广播、出版等战线作出了重要的贡献，至今还在发挥着力量。

这张照片，看了那么使人感奋。透过那层焦黄颜色，我们又重新回到了桥儿沟，回到了火热的年轻时代和战斗的延安岁月。

这期文学系是在延安的最后一期，也是学员人数最多、教员阵容最强的一期。自 1944 年 7 月开学以后，学员们满怀着对文学的追求和渴望，从四面八方来到系里。有的是冲破层层封锁线从敌占区来的；有的是从遥远的国民党统治区或阎锡山二战区来的；有的来自华北、东北、华东抗日根据地。他们都带着各自不同的特点出现在大家面前。如龚古今躬腰驼背迈着四方步，俨然像个老夫子；李冰和李肖白讲起话来，一个天生的诗人气质，一个则擅长于叙事；梁瑜和彭英，一个快人快语，一个柔声细语，形成了鲜明的对照。后来又来了刘荆兰等绥德、米脂和延中的女学生，她们年纪最轻，说说笑笑，不知教会了我们多少富于幽默感的陕北俏皮话，给系上增添了活力。

1945 年春天，整风学习基本结束，审干甄别也告一段落，文学系的业务学习从此增加课时，进入了一个新阶段。这时第二次世界大战已进入转折关头，抗日战争也处于即将胜利的关键时刻。当此关头，如何在最短的时间内多教多学些东西，让学员们成熟得更快些，以适应形势的发展，把延安的火种点燃到全国各地去，这是教员们共同的心愿。他们为办好鲁艺最后这期文学系，竭尽了自己的力量，付出了辛勤的劳动。

文学系的教学员感情融洽，互相关怀，关系亲密，而在学习上教学相长，以自学为主，从来不分彼此，紧紧地打成一片。这种情景，从那张褪了色的合影上也可以明显地看出来：同志们互相挤在一起，靠在一块，如果不点破，就很难分辨出来谁是先生，谁是学生。你看，照片上最后一排站在最角角上的是谁？就是系主任舒群和教员兼党支部书记邵子南。

舒群这位东北老作家，是这期文学系的主要负责人。大家敬佩他，不仅因为他的《没有祖国的孩子》等作品为大家所熟悉和热爱，而且被他的办学热情和严谨作风所感动。他是在整风后比较困难的条件下，把一批骨干力量团结起来，肩负起这个重担的。他经常强调语言与技术的重要。他说，一个文学工作者光有正确的思想还不行，还必须掌握精美的语言和艺术技巧，否则写不出给人民以艺术享受的好作品来。他善于运用作家特有的深邃观察力，体贴入微地关心每个学员的进步，由于对大家的学习情况了如指掌，因此他的表扬与批评就能有的放矢、实事求是，有时批评得尖锐，被批评的人也能接受下来，所以大家都说他是热情的严师。

另一位与我们接触最多的教员，要算严文井了。他一度负责过文学研究室的工作。他讲的五四以来的文学运动，给我们留下了很深的印象。可是更多的是负责指导写作实习的工作。他在评改我们的创作时，总是那样地循循善诱，倾其心力，细致指点。他不是从开天辟地大讲大道理，而是通过对你的作品的具体分析，讲解写作的技巧、风格和写作态度等大家关心的问题；同时启发学员共同探讨，这样收效更大。在这期间，《解放日报》副刊上发表过冷冰的《斗智》，李馥的《咱们的工厂》、纪云龙的《鱼儿得水》等作品，都曾受到他的鼓励。在他的主持下，1945 年 5 月间全系举行了一次考试，要求每个人回答文学史和文学理论方面的 30 道考题，并写一篇创作。同志们坐在窑洞里苦思苦索，遣词造句，检阅了一年来的学习成果。当严文井在大会上宣布考试成绩的时候，他给每个人都加了比较恰当的评语，作了很有风趣的注脚，使我们于轻松中接受了教益，牢记不忘。

当时正处于延安文艺座谈会之后，学员们对民间文学产生了浓厚的兴趣，经常下去"采风"，学习群众语言。在这种情况下，公木的《民间文学论纲》也成了我们喜欢听的一堂"热门课"。他从"诗三百"，讲到民间文学的产生和发展，讲到它的丰富的内容和形式；从分析胡适的"民间文学是一切文学的母胎"，讲到了创造民族形式问题，讲得有理有据，生动活泼，使我们听得津津有味。公木写词的《八路军进行曲》早已脍炙人口，风靡全国各根据地。他的《鸟枪的故事》也是一首出色的长诗，然而，我们在文学系相处中，却接触到了更多的方面，比如他刻苦钻研，严谨治学和启发别人多思考问题的作风，就对别人产生了影响。

在文学系相处中，还有教员孙犁，他的《白洋淀纪事》散发着浓郁的乡土气息，具有独特的艺术风格。那次全系关于《红楼梦》的大讨论，孙犁的发言表明了他对古典文学的挚爱和深入的研究，同时像他写的散文一样给人以清新和饶有风趣的感受。那时，他刚从晋察冀回来不久，一到系上就投入了写作实习辅导工作，带着他那清癯的面庞和一口浓重的河北乡音，出入我们几口石窑洞，对我们写的每篇作品，都不惮其烦地提出中肯的修改意见。

还有孔厥、鲁藜、侯唯动等几个早期的学员，那时留在系上搞研究工作，也参加系里的一些写作实习辅导。由于他们的写作经验比较多些，分析作品每每能切中要害。

在老一点的教员中，萧军是突出的。我们要求他给讲讲《八月的乡村》的创作体会，他却坚持说："咱们是鲁艺文学系，还是谈谈如何向鲁迅学习和研究《阿Q正传》的心得吧。"有时我们跑到他的窑洞跟前，围在他身旁问这问那，他也乐意发表自己的见解，他那坦率、豪爽的性格，给大家留下了深刻的印象。诗人艾青在讨论新诗和秧歌方面，有不少精辟的论点。他坚决反对先定主题后找材料，坚决主张深入生活，向群众学习，从生活中提炼主题。他自己的诗就是这样的产物，所以也就富于时代感，能打动人的心弦。文学系有不少同志都喜欢写诗，在诗论方面，就接受了他的影响。

回忆的潮水掀起了我们对邵子南的思念。他和文学系同志相处的时间并不算长，可是他那思想境界高又最群众化的形象，却永远活在我们的心里。在系里最会运用评书形式和大众语言讲故事的，就数邵子南了。只要他的话匣子一打开，操起浓重的四川腔，摆起龙门阵来，大家就像着了魔似的再也不肯离开了。他把《李勇大摆地雷阵》讲得有声有色，活灵活现。他讲的《白毛仙姑》更曲折感人，娓娓动听，引人入胜。就是这个在晋察冀阜平一带流传很广的传奇故事，被他搜集整理带到了延安来，后来又经多人之手，写出了不朽的歌剧《白毛女》。这一点，恰恰是说明作家创作道路问题的一个很好的例证。

那个时候给我们讲过课的还有欧阳凡海、何其芳等。

我们这期学员，除了少数的同志，大部分和文学艺术打交道都已有一段时间了。他们多数从学生时代就读过大量文学著作，写过东西，参加革命后仍然热爱文学，从事业余写作，在进鲁艺之前，就有一定的工作经验和初步文学修养，现在有了这个良好环境和可以进一步深造的条件，谁会放过这可贵的机会啊！抓紧时间，勤奋学习，成了每个人的自觉行动。

当时图书馆收藏的文学名著，对大家有着巨大的吸引力。《红楼梦》《水浒》《碾玉观音》《李翠莲》《虎皮武士》《瑟德堡的故事》《虹》《愤怒的葡萄》和鲁迅、高尔基、托尔斯泰、巴尔扎克等人的多部著作，传看中磨破了书皮，也不知裱糊了多少次，充分反映了当时那股如饥似渴的劲头。名著选读是系里的一门重要课程，需要博览，更要求精读、反复读、详做笔记，重点组织讨论，讲出自己的心得体会。至今，我们还保存着记录当时讨论发言的要点，一篇篇作品读书笔记，用紫色自制墨水写在粗糙的马兰纸上，尽管纸张已经磨破，字迹已经变淡，可是它依然忠实地记载着年轻时代那些思想的火花，引起我们美好的回忆。

文学系同志团结无间的情谊，不仅渗透在艰苦的学习活动中，而且表现在轰轰烈烈的大生产运动和丰富多彩的业余生活中。

为了完成每人一石二斗小米（折价）的纺线任务，全系同志连同家属都动员起来了，有的卷棉卷儿，有的纺线线，卷板当当响，纺车吱吱叫，真是热火朝天。为了给新学期师生准备木板、木炭，苗延秀、林冬、纪云龙和冷冰、戈壁舟、思基、孙邦达分别上山去锯木板、烧木炭。当上山的同志把那些劳动果实拉回院部时，受到了系上的表扬。后来又赶上抗旱备荒，每人保证栽活10棵南瓜，那次分了任务又是男女老幼齐动手，每当我们在井边车水的时候，王季愚的两个娃娃立平和立凡，也钻到磨盘底下去捡鸡粪，特别逗人喜爱。

每逢星期六晚上，周末晚会在那排石窑洞前的小坪上开始了。几处窗台上点起了油灯，朦胧的灯光随着微风抖颤着，歌声、锣鼓声、胡琴、笛子、口琴形成了欢乐的交响。有的唱起高亢的信天游，有的来一段秦腔或道情；自然，还是绥德、米脂女同志唱起甜甜的脆脆的《兰花花》，博得的掌声最多，最受欢迎。独唱表演过后，大锣鼓点敲响了，大家随着音乐扭一阵秧歌，跳一阵交谊舞，个个跳得满头大汗，直到跳完最后一个曲子，灯油也燃尽了，才回去休息，多么欢快的延安周末之夜啊！

学习期间，系里也很重视与驻地周围群众加强联系。好几个同志被派到村里去教妇女识字。李冰和肖彦还被派到桥儿沟的一所印刷厂担任过文化教员，利用晚上和节假日给工人们讲课，交识了一些工人朋友。通过这种与周围群众的联系，也使我们获得了生活素材。

正当我们在加紧学习的时候，1945年"8·15"日寇无条件投降，8年抗战胜利这个伟大时刻终于到来了，延安举城狂欢！西山坡不知是谁第一个用草帘子点燃起火炬，接着我们东山坡也燃起了倒上油的扫帚，整整一宿，直到天亮，我们都沉浸在迎接全国大反攻的极度兴奋情绪之中。

很快，由舒群带队的东北文艺工作团和由艾青带队的华北文艺工作团先后成立了。严文井、公木、天蓝、鲁果、雷汀、孙邦达、张邦来、黄仁、续磊、陶萍和我们两个都被分配在东北文工团内。出发时，又加入了雷加、谢挺宇、李汇。另外，贺敬之、李肖白、李冰、赵昔等参加了华北文工团。李馥、马尊卿、冷冰留在延安一段，后来也出发了。

最不能令人忘记的，是在欢送我们赴东北前线的欢送会上，彭真、林老都来讲了话，一向关怀鲁艺的周恩来同志在协助毛主席去重庆谈判之前，也赶到会上给我们作了语重心长的临别赠言，号召大家贯彻延安文艺座谈会精神和鲁艺方向，把新文艺普及到新区和全国去。续范亭同志赠诗给女儿续磊赴东北工作，并写了托付给舒群的手书，林老也赋诗饯行，要我们"呼朋让我分泾渭，认贼看他泯夷华"。我们就是在这次会后，整装出发，开赴东北了。

　　今天，在纪念鲁艺 50 周年校庆的日子里，我们去看望了舒群同志。又看望了艾青、严文井同志。他们都已是年逾古稀的老人了，但精神却依然那么饱满，看了那张珍贵的照片，回忆起那些延安岁月，给我们带来了无限的欢愉和力量。他们异口同声地说，一个真正的文学工作者，都是站在那个时代前列的战士。现在，一个伟大的新时代开始了，愿新一代文学战士永远和人民站在一起，写出更辉煌更能鼓舞激励人民的作品吧！

难忘的鲁艺学习生活

沈蕴敏

我是抗战胜利的那一年春天进入延安鲁艺文学系的，在那里只学习了大半年。日寇投降以后，延安鲁艺结束，我又转到延安大学行政学院的教育系。在鲁艺虽然时间不长，但那段有意义的学习生活，却给我留下了极为深刻的印象。

鲁艺对我最大的教育，就是培养和锻炼了革命意志和革命人生观。因为我是直接从当时的国民党统治区进入陕甘宁边区的，自己当时的想法，就是到了边区可以好好地读书。到了鲁艺，这个愿望是实现了，真是到了书的海洋，书的世界，什么好书都有，自己也就如饥似渴地读。当时延安的生活条件确实很苦，学习以外，要上山开荒，修飞机场，还要纺线，等等。开荒种地、修飞机场，这些重体力劳动，我一点也不怕，那种热闹的场面，干起来十分畅快，大家又说又笑，陕北的民歌也不时地在山梁上随风飘落……只有纺线线这件事，当时可真把我难死了。开始，从棉花卷卷里怎么也抽不出一根又细又均匀的线。我急得全身冒汗，手还是不听使唤，摇了车子，忘了抽线，一抽线，又忘了摇车子……真是扶得东来西又倒，顾了这头忘那头。当时我可后悔了，小时在家，祖母也用这种古老的纺车纺线，要是那时学会了该有多好！可是谁能想到，男子娃要学纺线啊！但在当时的鲁艺，这却是必须要学会的一课。后来，在老同学的帮助下，我终于学会了，而且在规定的期限内，在那种古老的手摇纺车上纺出了两斤标准线，这件事，使我高兴得几乎要跳起来。以后，又通过自己缝补衣服、编织毛衣等生产劳动，慢慢懂得了，要革命，光会读书不行，还要会生产，会劳动。作为一个革命的文艺工作者，要使自己先成为一个革命的人，然后才能成为一个比较好的文艺工作者。正是有了这些初步的认识，懂得了一些革命的道理，所以在紧接着的 1947 年和 1948 年，我才经受住了那种严峻的考验，从战争中走过来，又和大家一起，胜利地回到了延安。

鲁艺在学风方面的民主和宽容空气，也给我留下了极为深刻的记忆，特别是长期受到"左"倾错误路线折磨和打击的人，就更加珍惜和怀念那种民主的学风。那个时候，不论什么问题，大家都可以畅所欲言，各抒己见，谁也不必担心"言者无罪"可以转化成"言者有罪"，而且还能上升到"罪该万死"。记得当时的戏剧系排出了大型歌剧《白毛女》以后，文学系就有人提出把地主黄世仁写得太坏了，说他们家乡的地主就没有黄世仁那么坏。于是大家展开讨论，各摆各的观点，各说各的看法，谁也不强迫谁接受自己的观点，领导上也不作什么结论，至于抓辫子、扣帽子、打棍子这些害人的玩意儿，好像当时还没有出世。又比如，毛泽东同志的某个思想、某个观点，鲁迅先生在他的某个著作和言论中也有类似的表述，有人就认为毛泽东同志的某个思想和某个观点是从鲁迅先生那里来的，讨论时，有人就不同意，说鲁迅先生的著作中，反映了人民的愿望，表述了辩证唯物主义和历史唯物主义，正说明他后来接受了马克思主义，由民主主义战士变成了共产主义战士。毛泽东同志的伟大革命理论，是来自马克思主义，来自中国的伟大革命斗争，不能认为毛泽东的某个思想和某个理论是从鲁迅先生的著作中学来的。

上边这些看法和说法，要放在六七十年代的"文革"时期，那是地地道道的"三反"言论，但在当时的鲁艺，大家可以自由地发表意见，可以充分地讨论。讨论时很认真，很热烈，可以争得面红耳赤，但讨论完了，又说又笑，亲如兄弟，情同手足，不伤和气，不伤感情。

鲁艺文学系的同学，当时在文艺思想和创作实践方面，都坚持了现实主义的道路。一方面，当时在那里学习的，有不少是从各个革命根据地来的有实践经验的同学，他们不是"纯粹"的学生，每个人的头脑中，都有很丰富的革命素材；他们的头脑中没有人民厌恶的那种稀奇古怪的东西。另一方面，就是那些没有革命实践经验的学员，他们看的文学作品，苏联的占相当大的比例。因之，当时鲁艺文学系的同学创作出来的大大小小的作品，几乎都是歌颂抗日战争中的英雄和模范人物，他们着力描写的，是那个伟大时代的历史风貌。毛泽东同志提出的革命的现实主义和革命的浪漫主义相结合的创作方法，在鲁艺文学系的创作活动中，得到了充分体现。这个好传统又被鲁艺文学系的同学带到全国各地，对新中国的革命文学事业，发生了强大的推动作用，并先后产生了不少优秀作品。

1986 年 11 月 5 日于西安

不仅仅是巧合

殷　参

50 年前，我在延安鲁迅艺术学院编辑校刊。50 年后，我又参与编辑延安鲁艺 50 周年纪念文集《延安鲁艺回忆录》。这是巧合。

1938 年 10 月，我到延安不久，有幸进了鲁艺。当时，鲁艺还在延安北门外文庙旧址，山下有几排平房，主要是山坡上错落的窑洞。我是想进文学系学习的，可是和沙可夫同志的一次谈话后，改变了主意，参加编审委员会工作了。

沙可夫同志是鲁艺副院长，主持鲁艺工作，也兼编审委员会主任。经王子刚同志介绍，我去见沙可夫同志，请求到鲁艺文学系学习。他的和蔼可亲，平易近人，使我的紧张情绪马上放松下来。他表示，欢迎我进鲁艺学习，只是编审委员会需要干部，问我可否工作一段，不影响听课学习。

在日常生活中，沙可夫同志经常接近群众，有事找他，谁也不会发怵。多次晚会上，群众热情地拉他唱歌，他就笑呵呵地登上台去，洪亮激情地唱一支苏联歌曲。他在苏联学习几年，会唱很多苏联歌曲，听众懂得俄语的人不多，但人们欣赏他歌唱的才能和革命的激情。鲁艺的领导都给我留下了良好的印象。沙可夫同志是其中给我印象最深的一个，主要原因在于，我在他的直接领导下工作，有机会在工作上和生活上接触、交谈，增进了解，加深我对他的敬重。我离开鲁艺 4 年之后，1943 年，我在绥德地委整风班受审查之际，沙可夫和他的夫人岳慎从晋察冀边区回延安路过绥德，特地到整风班来看我，使我感动不已。

编审委员会的工作人员不多，分两部分，一部分是搞编辑工作的，有温剑风、天蓝、安波和我共 4 人；再一部分是油印科，有刘沛、杜守真、季宗权、顾敏共 4 人。两部分人分住在两个窑洞里。

我们住的窑洞在半山第一排，正好是沙可夫与学院教导主任徐一新两位领导同志所住窑洞的中间。我们 4 个人挤在一铺土炕上，地上安放 4 张桌子和 4 把椅子，各得其所，不显拥挤。天蓝和温剑风都是大学生，懂英文，做翻译工作，也参加编教材；安波懂音乐，对民歌很有研究，他着重搜集、整理和谱写民间歌曲；我的责任是编辑鲁艺校刊。

我在鲁艺半年，大约编过三四期校刊。这都是鲁艺在北门外时的事情。校刊名叫《艺术工作》。每期内容都包括戏剧、音乐、美术和文学等 4 部分，32 开油印本。每期五六万字，一至俩月出版一次。我按照沙可夫同志提出的要求，拟出文章题目，分头向各个系的教员约稿，无不有求必应，一般的情况在半个月内可以集稿，我这个编辑很容易当，文责由作者自负，有不同意见都让讲；我只做文辞上的修改和润色。经过编排，交油印科出版。出版工作比编辑工作辛苦，刻蜡版、油印、装订，都是在几天之内完成，把一本本字迹整齐、笔法娟秀的《艺术工作》送到鲁艺读者手里。回忆起来，当时的文章都是很有见地的，内容相当丰富，发表后在鲁艺产生一定影响。有一期冼星海、王震之和沃渣的 3 篇文章，我现在还有些印象。

我们编审会这几个名不见经传的人，在当时的鲁艺有一定的"知名度"，是和一个诙谐的故事相联系的。1939 年 3 月，安波参加鲁艺实验剧团工作出发赴前方，院领导派搞音乐工作的郄天风参加我们的编译工作。这么一调整，我们住的窑洞里，4 个人有 4 副眼镜。有人就说，这是"四进士"。京剧里有出戏名叫《四进士》，那是指同庚的 4 个进士。我们却是 4 副近视眼镜。杜守真（后来改名杜夏）抓住这个题目，大做文章：他为我们 4 人画了富有特点的漫画像，排列在横匾似的画框上端，下边深红的底色上突出 3 个白色大字："进士第"，然后把画框钉在窑洞门框上边。真是没有不开张的油盐店，自从钉上惹人注目的横匾，招来不少同志，看后哈哈一笑。我们的住处又是上坡必经之地，"进士第"之名也就传开了。如今，剑风、天蓝、安波三位老友已经作古，郗天风即使在世也垂垂老矣，当时青年逸事，难免叫人感叹！

我有幸参加鲁艺教职员党支部工作，担任宣传委员。那时，鲁艺的党组织是秘密的，党支部大会只能利用节假日到野外秘密召开。要求每个党员，以自己的模范行动去影响别人，积极工作，努力学习。鲁艺是培养文艺工作干部的院校，但是党的思想工作是严格的。我在工作和学习的过程中，同样受到党的教育。

我在鲁艺参加大生产运动。1939年的延安春耕生产，也给鲁艺带来一派生机。完成开荒播种任务，对知识分子说来并不轻松，抢起镢头开出大片荒地，是下了辛苦，汗流浃背，手掌磨出血泡，但是，劳动后得到的却是舒心的喜悦。天蓝作词、吕骥作曲的《开荒》歌表达了人们的心情，到处可以听到开荒歌声。塞克作词、冼星海作曲的《生产大合唱》生动地反映了当年的延安大生产运动。火热的生活激起诗人、作曲家写出令人振奋的歌曲，而歌曲又会激励人们更加高昂的热情，引导人们前进，推进历史前进。那一段生活，称得起丰富多彩。

我正赶上鲁艺建校一周年。1939年春天，在大搞春耕生产的同时，为筹备4月21日庆祝鲁艺周年的活动也展开了。众多的创作，连续的晚会，在这本纪念册的文章里，有着详尽的记述，可以说热闹非凡。其中，给我最突出的印象，是光未然作词、冼星海作曲的《黄河大合唱》的首次演出，可称得上是中国音乐史上石破天惊的大事。

我个人遇到一件意外的事。我和天蓝参加鲁艺教职员合唱队，由冼星海指挥。经过认真的排练，在周年期间的一次纪念晚会上演出了。两天之后，我的老友史超来找我，说他参加晚会见到我，才知道我在鲁艺。当时，他在抗大。1938年春天，我们在徐州分手之后，彼此没有音讯，这回才得重逢。他后来去前方工作。现在是八一制片厂的编导，《五更寒》《在被告后面》都是他的编剧。

1939 年夏天，鲁艺部分同志奔赴晋察冀边区，参加华北联合大学办学。沙可夫同志嘱我去华北联大编译处工作。可惜，行军两个月后，我病倒在米脂。返回延安的路上，我被留在绥德，参加绥德地委刚刚创刊的《抗战报》工作，编辑部连我只有 3 个人。

绥德是陕北古老的城镇。秦始皇长子扶苏、大将蒙恬的墓都在那里，曾经设过州、府。街道整齐，商业相当繁华。1939 年 6 月，《抗战报》创刊时，绥德地区（包括绥德、米脂、葭县、吴堡、清涧 5 个县）还是统战区：由八路军的警备司令部管辖，而专员公署、县政府到区村，都是国民党掌权。国民党专员何绍南大搞摩擦，苦了绥德地区的人民。初冬，党中央决定加强黄河河防，359 旅奉调进驻绥德地区。警备区的军事力量发生重大变化。经过一场复杂的政治斗争，何绍南逃跑了，绥德人民才获得解放。

1940 年夏天，我曾回鲁艺一次。王震司令员命我找鲁艺领导派干部加强《抗战报》工作，也希望更多的文艺工作者来绥德体验生活，写文艺作品。我找了周扬同志，他热情支持，告诉我向大家宣传这件事。我在一次全院同志的集会上，向大家介绍了绥德地区发生的一场政治斗争，欢迎同志们参加《抗战报》工作，到绥德分区去体验生活。这次"搬兵"，收获很大，鲁艺领导上派张沛、白焰两同志到《抗战报》工作；派教员姚时晓领着文艺工作组，林兰、李清泉、陈寒梅（陆地）等 4 同志到绥德体验生活。同一时期，延安文抗也派作家庄启东、雷加、柳青、师田手、董速、魏伯等同志到绥德工作和生活。

我在鲁艺的工作和生活仅仅半年多些。但是，我和鲁艺在思想感情上的联系却是一辈子也剪不断。我离开鲁艺之后，由于工作需要，干的是新闻工作，一干几十年，不但没有对鲁艺疏远，相反，一直保持着永不消退的亲近感。所以，值此延安鲁艺成立 50 周年之际，校友会倡议出版纪念册，邀我参与这项工作时，我是十二分乐意的。这是巧合，也不仅仅是时间上的巧合，它有着内心的一致要求，有着感情上深沉的眷恋，有着保持延安鲁艺美好传统的强烈愿望，去从事这一项平平常常的编辑工作。

关于鲁艺院务处工作的一点回忆

黄　霖

1939年底，我在中央办公厅秘书处担任党总支委员、机要材料科科长期间，李富春同志找我谈话说：

近来，鲁迅艺术学院刚从北门外搬到东郊的桥儿沟，教职员工都增加了不少，学员们对学院的工作提了一些意见和建议，主要是反映学院对学员的生活管理得不好。学院就把这些意见汇报给中央了。

中央领导同志认为学员的大部分意见是有道理的，倒不是因为他们这些青年知识分子吃不了苦才发牢骚的，有很多事情也是由于我们管理不善或没有经验而造成的。因此，中央决定派人去加强鲁艺的领导班子，让我们中央办公厅派一位同志去担任院党团成员兼院务处处长。那么，派谁去从事这项工作呢？

经我们研究，在我们周围的人中间选来选去，大家都认为你去最合适。为什么呢？

首先，你是一位参加过北伐战争的老同志，1927年入党的老党员，还参加过南昌起义。你既打过仗，又多年在白区从事过党的秘密工作，还长年坐过国民党的监狱，有相当丰富的革命工作资历，在学员当中能够树立起威信。

第二，你是四川陆军讲武堂的毕业生，又在上海中国公学读过大学，担任过学校的党团书记和学生会主席，在延安也算得上是个大知识分子了。而且，你还做过上海大学联合会的党团书记和中共江苏省学生运动委员会委员，所以，你对青年知识分子的思想状况应该比较了解，与鲁艺的学员们也容易融洽在一起。

第三，你来延安后，还当过将近一年的中央机关总务处处长，参加过开办马列学院的筹备工作，做总务后勤这一类的工作你是有经验的。所以，组织上决定派你到鲁艺去工作一段时间，把鲁艺的工作搞起来以后，再把你调回来。你自己有什么意见吗？

听富春同志这么一说，我当然是立即表示服从组织决定了。

任务确定以后，没有想到，富春同志又带着神秘的表情笑着对我说：

好，黄霖同志，现在工作方面的正事说完了，顺便我再对你个人的生活问题提出一个要求：你现在已经三十五六岁了，该成家了。我建议你去鲁艺以后，在学校里尽快找一个合适的女同志结婚组成一个家庭。那里各方面条件都很好的女同志比较多，工作之余，你抽时间多与她们接触接触，这就容易解决你的个人生活问题了。而且，你平时的身体又不大好，结婚以后，身边也可以有人来照顾你的身体和生活，作为老大哥，我是"过来人"了，光靠勤务员来照顾你的生活是不够的。这可不只是我个人的意见哟，你周边的几位大嫂刘英、蔡畅、纪钧等同志都在不同的场合下，都对我说过，让我做你的工作哟，大家都是关心你嘛！

听富春同志这样讲，我不好意思地回答说："我很感谢你和大家对我的关心。但是，我知道，婚姻是可遇而不可求的，也不是那么容易的。"

富春同志哈哈笑着说："男同志应该主动一点嘛。反正，我们给你创造了这个机会和条件，成不成功，那就要看你自己的努力了。"

就这样，年底，我很快就把机要材料科的工作交代以后，过了1940年的阳历年，我就到鲁迅艺术学院去工作了。

我去鲁艺的时候，正是该校搬迁后不久，才三个多月，又是发展壮大之际，教职工和学员都增加了不少。国民党表面抗日，实际上对我陕甘宁边区实行经济封锁，延安也很困难。显然，鲁艺在行政后勤方面的任务比较繁重。

我到鲁艺工作不几天，陕甘宁边区文化协会第一次代表大会召开，就派我参加了这次大会，开了好几天。毛主席在会上作了《新民主主义的政治和新民主主义的文化》的讲演，后来在《解放》周刊发表时，题目改为《新民主主义论》。张闻天同志作了《抗战以来中华民族的新文化运动与今后的任务》的报告。

后来，在毛主席的建议下，学校由延安鲁迅艺术学院改名为鲁迅艺术文学院。同年4月10日，毛主席为鲁艺题写了新的校名，还题写了校训："紧张、严肃、刻苦、虚心"。建校初期，学校还只有戏剧、音乐、美术三个科系，此时开始，又增设了文学系。

当时中央对延安的知识分子实行的政策在各方面都还比较宽松，首先是在生活待遇方面相当照顾。从衣食住行方面看，延安所有机关、学校一律实行供给制。

衣：公家发的衣服主要是外衣，每人每年一套单衣，每人三年一套棉衣。抗战初期，国民党政府发给八路军的灰军装，八路军还省下来一部分，发给延安的鲁艺等学校。

食：伙食标准一般是每人每天一斤半小米、一钱油、二两盐，副食以蔬菜为主，很少有肉。在鲁艺内部，伙房虽然分大、中、小三种灶，但是，三者差别不太大。院领导吃小灶，教师和研究人员吃中灶，学员们吃大灶。

住：教职工和学员住的都是窑洞，学生一般七八个人住一孔窑洞，少则四五人，多者也可能有十人，因为各系的情况不一样，男女学员的数量也不尽相同，一般都是用火炕通铺。教师和研究人员则与领导人员一样，基本上都是一人一孔窑洞，大部分都用木床。

行：大家都是靠两条腿走路。鲁艺也养了一些马、骡、驴，主要是根据工作需要随时安排。当然，院领导同志和著名的文艺家们用得多一些。如果有病的学员需要，我们也照样安排马匹或马车。

另外，除衣食住行以外，鲁艺人员的生活津贴标准是根据中央统战部关于高级知识分子的津贴标准等级规定而制定的。党对知识分子比较优待，教师津贴一般高于党政干部，教师的最高津贴要比院长还高。

每月生活津贴的基本标准是：教师十至十六元；而行政科员是三元，研究人员是四元，助教、部处长、院长只是从六元至十元；学员则与战士们一样，津贴是一元至两元。

1941 年，我们鲁艺还发了一份《术字第 19 号通告》的文件中规定，无论是教师还是助教，只要是教课者，一律另加讲课津贴两元。

那个时期，毛主席、朱总司令和许多中央领导同志的日常生活津贴，每人每月都还只按五元的标准，相比之下，可见中央对知识分子还是相当照顾的。

学员们从白区来到延安投身革命、参加抗日，绝大多数都是有过艰苦生活的思想准备的，而不是来图享受的。所以，在生活方面，院务处的工作主要是严格按规章制度办事就行。

当时，我们院务处的副处长是刘瞻同志，他也是四川人。工作方面，我首先和他商量好，院务处的管理人员都要按照上述原则，按制度办事，做到严格要求自己，不搞"近水楼台先得月"、不多吃多占。还要经常到教职工和学员们中间走走，听听他们对院务工作的意见和建议，能采用的就及时采用，因客观条件一时还不能采用的建议，也要向提意见的同志说明清楚，还要感谢他们对我们工作的支持。

平时，还要组织好教职工和学员们开展轰轰烈烈的大生产运动，种粮种菜、上山烧木炭、纺棉毛线、挖窑洞等，用以解决生活的困难，大家的积极性还是很高的。因为我身体不好，同志们不让我参加重体力劳动，我主要是承担了纺线的任务，经过学习和实践，我后来纺线的水平还真不亚于许多女同志呢。

为了配合学校教学任务和各类的文艺宣传活动，大家也是花费了不少精力，印制必要的教材，收集各类文艺书籍刊物，学习用的各种器具，笔墨纸张、乐器道具、演出服装……虽然是要求不高，但总要有才行啊！当系里提出要求时，我们院务处就得想办法配合吧。

同时，我也尽可能地将一些学校自身解决不了的困难和问题按程序向中央机关报告，中央也确实给予了不少的支持，帮助学校解决了一些实际困难和问题。中央指示八路军有关的办事处，帮我们从国民党统治区陆续转运来不少边区内生产不了的乐器、油彩颜料。

我还记得，周恩来同志接受了一位爱国人士赠送的一架老式德国钢琴，又经过许多同志的努力，1941年春天运到了延安，转送给了鲁艺，这对全校师生来说，真是一件极为珍贵的宝贝呀！

几个月以后，教职工和学员们就渐渐对院务处的工作感到理解和满意了，院里也对我们的工作提出了表扬。我在这里工作了一年半的时间，还是比较愉快的，在学院各级党团组织的支持和配合下，我的工作也开展得还比较顺利，建立了一些必要而有效的院务管理制度并严格执行之。

回过头来看，我认为，1940年和1941年两年，鲁艺这所学院已经颇有规模了，教学和生活条件都有了很大的改观，无论是在学术方面还是在日常工作方面，都是鲁艺大发展的重要阶段，各方面都取得了可喜的成绩。

在教学指导思想方面，开始强调了各学科的专门化和正规化的发展，在学员的学制方面，也由原来不到一年的短期培训，延长为三年学制。在普及和提高的关系上，鲁艺则渐渐倾向于提高，学术思想显得颇为活跃，教学水平明显提高。

由于工作关系，很自然，一方面，我与院内各级领导同志都熟悉起来了；另一方面，当然我也就与各个学科的许多教职工和学员们也都渐渐熟悉起来了。当时的学员一共才几百人，在这些学员中，后来有很多人都成为了我国著名的艺术家。古元同志就是其中一位，他先在美术系学习，毕业后就留在鲁艺当教员，成为木刻版画家。

在全国解放以后，当年鲁艺的教职工和学员们，都成为了新中国文化艺术界的重要领导者和骨干力量。

1941年8月，果然，组织上又把我从鲁艺调回了中央机关，党中央决定新成立一个机构：中央管理局，由张启龙同志担任局长，我担任副局长。

但是，在鲁艺工作一年半的时间里，我却没有能按富春同志的建议，在鲁艺找到一个对象成婚，回到中央机关后，还受到了富春同志善意的"批评"。

他对我说："奇怪了！鲁艺校内有那么多有文化的女青年，有许多同志都巴不得到鲁艺去找老婆呢，难道你就没有看上一个？你是不是太清高了呀！你去的时候，我不是提醒过你了吗？嗨，你真是自己把宝贵的时间和大好的机会耽误了！"

我只好笑一笑，回答说："不是我清高，那里的女同志都不错，都比我强。但是，这种事情是勉强不得的，只有以后再说，随缘吧！"

我离开鲁艺以后，由于工作不在一起，与许多当年鲁艺的教职工和学员渐渐来往就少多了。但是，无论在什么时候，只要碰在一起，那都还是亲热得很呐！

黄霖之子　罗迎难、罗江南，2022 年 1 月 14 日整理

《延安颂》创作的经过

莫 耶

北京的同志来信告诉我，在最近演出的郑律成作品音乐会上，六十几位当年在延安的老同志，组成了老战士合唱团，上台演唱了《延安颂》等歌曲，要我14日看北京电视台播送的节目。可惜我在遥远的兰州，不能参加这样一个难得的盛会。

14日晚，电视荧光屏上现出一个个我熟悉的面孔，他们虽然大都是鬓发斑白，但却个个精神焕发。他们唱的《延安颂》等歌曲，是那样热烈激昂、悠扬悦耳。特别是吕骥同志领唱时，更使我激动万分！想不到我们鲁艺的老师、已近70高龄的吕骥同志，歌喉嘹亮不减当年。老同学李焕之那苍劲有力的指挥，使满台雄壮悠扬的歌声浑然一体。这是多么动人的场景啊！我看着，听着，不由得衷心地感激党中央。我在想，"四人帮"猖狂之时，这样的音乐会有可能开吗？这么多的老同志有可能上台放声歌唱吗?!

《延安颂》的歌声，使我脑海里重现了40年前在延安那难忘的岁月，重温了延安鲁艺的学习生活，使我更加怀念老同学、老战友郑律成同志。

七七抗战开始，成千上万的革命青年，怀着抗日救国的热情，从全国四面八方奔向革命圣地延安。延安，到处充满清新活泼的气氛，到处是朝气蓬勃的青年，歌声笑语遍城回荡。这是和黑暗腐败的国统区完全不同的崭新社会啊！郑律成同志和我们千千万万的青年，就是在毛主席和党中央的阳光雨露滋润下学习、锻炼、成长的。

1938年春天，延安鲁迅艺术学院成立。律成同志从陕公调到鲁艺，我也从抗大调到鲁艺。律成同志在音乐系。他经常抱着一支心爱的"小洋琴"（即曼陀琳），边奏边放声歌唱，畅快地抒发他热爱党、热爱毛主席、热爱革命圣地延安的感情。

一次，延安城里开大会，散会时已是下午五时左右，我们走出北门外，爬上鲁艺所在地的半山坡，放眼望着眼前一队队从城里出来走向山野田间的战友，歌声和口号声此起彼落，整个延安沸腾了。这时，郑律成同志和我们几位同学站在一起，眺望着动人的场面。律成同志对我说："给我写个歌词吧！"他要我写歌词，已经说过几次，但我总想不出写什么好。这时他一说，正引发了我的满怀激情。眼望着延安庄严雄伟的古城，夕阳辉耀着山头上的宝塔，清澈的延河水哗哗地歌唱着，接着月亮也从东方升起，这一切美丽动人的景色，使我心情激动，思绪联翩。于是，就眼前的情景，我急急抽出笔来，把满腔的激情和感受，倾泻在小本子上，歌词写好，加上题目《歌唱延安》，交给了律成同志。他接过看了后高兴地拿走了。以后几天里，我有时看见他在他们窑洞门口低吟浅唱，有时见他爬上窑洞顶的山头上，放声高歌。后来，他满怀激情地唱给我听了一遍。

就在 1938 年春天的一个晚上，延安城里礼堂开晚会，第一个节目就是《歌颂延安》，由郑律成和女高音歌唱家唐荣枚两同志齐唱。记得他还弹着一把曼陀琳。郑律成同志以饱满的政治热情迸发出激昂的歌声，为伟大领袖毛主席放声歌唱。毛主席和中央首长们微笑地倾听着。唱完后，毛主席高兴地鼓了掌。我当时看到这情景，激动得热泪盈眶。我相信，郑律成同志也会感到幸福。演出的第二天，鲁艺秘书长魏克多同志告诉我，中共中央宣传部要去了这首歌，后来又经中宣部改名为《延安颂》。

律成同志是直爽坦荡、热情洋溢的人，他多次应同志们和群众的要求，在晚会上，在群众场合中，放声歌唱《延安颂》。由于这首歌蕴涵着他那饱满的政治热情和精湛的艺术才能，曲调既抒情又充满雄浑的战斗气氛，使这支歌得以广泛流传到各抗日根据地，甚至流传到当时的国民党统治区和东南亚华侨中去。当我在战火纷飞的华北前线，在祝捷大会和群众集会上，听到这一歌声时，我总深深地感激党中央对我们革命青年的培育，深深佩服律成同志的政治激情和艺术才能。

律成同志以他的崇高的国际主义精神，从朝鲜来中国参加革命，为中国人民的革命事业贡献了自己光辉的一生。他认真贯彻执行毛主席的革命文艺路线，为党的文艺事业英勇战斗，鞠躬尽瘁，是我们文艺工作者学习的榜样。

1978 年 1 月于兰州

1982 年 1 月修订

后　记

　　抗战时期的延安，是中国共产党领导抗日战争的政治中心，更是一座散发着青春魅力的文化艺术的古城，"是建立中国新文艺的古城"，其标志性的历史开端就是鲁艺的创办与发展。

　　1938 年 4 月 10 日，是中国革命历史进程中极其不平凡的日子，鲁艺带着中国共产党"对于目前抗战不可缺少的力量"和鲁迅国民精神的觉醒、"民族解放急先锋"的伟大使命，在毛泽东、周恩来等七位中央领导同志和文化界知名学者领衔发起下，在延安诞生了。

　　这是抗战时期全中国唯一的艺术学院，在近现代以来的世界范围也是少有的。因为鲁艺的成立，延安迅速成为中国文艺青年、全世界文艺青年的古城。鲁艺汇集了诗人、小说家、剧作家、漫画家、木刻家、雕塑家等等，相比法国大革命、俄国十月革命时期，汇集的艺术家群体更加庞大。他们大多是受到鲁迅影响的有志艺术青年，他们身上的火热又改变了二十世纪三四十年代国际社会对中国的看法。埃德加·斯诺因为与他们的接触编译了《活的中国》，通过左翼文学作品告诉国际社会中国希望犹存；海伦·斯诺在《我在中国的日子》书里写道："我对中国革命的最初兴趣是美学而非政治。我吃惊地发现，左翼画家、作家、学生是知识界领袖人物，依我看，也比其他人吸引力大得多，甚至往往在外表上也是如此。蒋介石在镇压中国社会的上流，也在屠杀中国的精英——中国最先进的青年、一批培养灵魂的人。"在延安，他们找到了家的归属、理想的启航。他们把家国责任深深地刻印在无数经典的音符、字符里，让后世无时无刻不在感受思想与崇高。但是，这思想与崇高的背后却是一个一个平凡的身躯，他们用平凡撑起了民族的希望。诗人塞克写下"把祖国人民的命运背在自己身上"，来到延安；诗人艾青来到延安说"我终于回到娘的怀抱"；鲁艺音乐系主任吕骥，来到延安一气出手《抗大校歌》《陕公校歌》《鲁艺院歌》三首歌曲，迅速被贴上校歌专属的标签。向隅拒绝赴比利时布鲁塞尔皇家音乐学院深造的机会，先冼星海到达鲁艺音乐系任教，创作了延安第一部歌剧《农村曲》。婉约诗人何其芳来到延安，延安的抗日激情和清新自由的民主空气，让他一扫往日的忧伤，写下《我歌唱延安》《我为少男少女们歌唱》，唱出如同自己一样走向延安的青年共同的心声："延安的城门成天开着，成天有从各个方向走来的青年，背着行李，燃烧着希望，走进这城门。学习。歌唱。过着紧张的快活的日子。然后一群一群地，穿着军服，燃烧着热情，走散到各个方向去。"民族的危难、时代的召唤，鲁艺青年集体选择了一条庄严的延安道路，从此把青春淬炼的激情讴歌写在战鼓飞扬的红色岁月中。

当年，延安城的古老、荒凉，似乎与鲁艺鲜活的创造力极不相称。那些来源于西方的木刻、戏剧、话剧、歌剧等西洋艺术与中华传统文化，与抗日的现实主义题材相结合，经过鲁艺艺术家们洋为中用、古为今用的文化创造力、文化修复力，都在黄土地上扎下了根，显示出勃勃生机。那无数骄世的成绩诞生于这片土地。这片土地为什么产生如此强大的创造力？鲁艺青年集体打造"延安鲁艺自制"，他们的名字为何集体刻印在中华历史的史册中？在他们实践毛主席《在延安文艺座谈会上的讲话》的一份份成功"答卷"背后，今人应该思考些什么？

研究历史，是为了观照未来。今年，是鲁艺成立 85 周年，如何回顾、研究、总结鲁艺历史，如何从历史过往中汲取思想的精髓、精神的火光，任重道远、意义重大。85 年来，鲁艺作为一个巨大的存在，至今深度影响着社会主义文艺和高等艺术院校教育发展走向，也给予现实人们的文化生活无时不在的影响，正如鲁迅先生所说："无数的人，无穷的远方，都与我有关。"所以，对鲁艺全面系统深入研究总结，以史资政是我们面临的一个重大的新的时代课题。启动一个浩大而持久的研究工程，鲁艺创办与发展过程中的存留文献、鲁艺前辈的回忆录当属一手材料，有迹可循，有据可遵。鲁艺是什么？她的真实面貌，将通过前辈的娓娓道来和每一部经典创作背后的故事使读者有初步的认识。

1992 年 8 月，光明日报出版社出版发行《延安鲁艺回忆录》，该书出版 30 余年，印本已成稀缺，更主要的是参加当年编著出版工作的都是进入耄耋之年的鲁艺前辈，难免出现一些回忆偏差和文字差错。在鲁艺后代与亲属的大力支持下，我们用两年多的时间重新梳理这批珍贵文史资料，在原有基础上进行了完善和增补，几经校对核查，形成一部 40 多万字较为完善的《鲁艺记忆》。

感谢人民出版社对鲁艺题材文献资料出版工作的高度重视，使这部基础研究史料如期进入出版程序。在鲁艺成立 85 周年之际正式出版，我想，这是送给鲁艺生日的最好礼物。尤其感谢责任编辑朱云河博士，他抱着学习和研究鲁艺的谦虚态度，为本书出版投入大量精力与时间，在文字编辑上字斟句酌、精益求精，使我对他的编辑稿竟难以找出"破绽"。

谨以此书献给曾在这片神圣土地上引领时代、书写时代、改变时代的鲁艺前辈们，黄土高原和祖国大地永远铭刻着他们的青春、汗水、功绩，给人们留下温暖恒久、意蕴悠长的生动记忆。

刘　妮

2023 年 4 月

责任编辑：朱云河

装帧设计：王欢欢

责任校对：刘　青

图书在版编目（CIP）数据

鲁艺记忆 / 刘妮　主编 . — 北京：人民出版社，2023.4

ISBN 978 - 7 - 01 - 025505 - 7

I.①鲁⋯　II.①刘⋯　III.①鲁迅艺术学院 - 史料　IV.① I209.6

中国国家版本馆 CIP 数据核字（2023）第 041568 号

鲁艺记忆

LUYI JIYI

刘　妮　主编

人民出版社 出版发行

（100706　北京市东城区隆福寺街 99 号）

北京汇林印务有限公司印刷　新华书店经销

2023 年 4 月第 1 版　2023 年 4 月北京第 1 次印刷

开本：710 毫米 ×1000 毫米 1/16　印张：35.25

字数：487 千字

ISBN 978 - 7 - 01 - 025505 - 7　定价：78.00 元

邮购地址 100706　北京市东城区隆福寺街 99 号

人民东方图书销售中心　电话（010）65250042　65289539